Mordecai Richler

WIE BARNEY ES SIEHT

Mit Fußnoten und einem Nachwort versehen
von Michael Panofsky

Aus dem Englischen
von Anette Grube

Carl Hanser Verlag

Die Originalausgabe erschien erstmals 1997 unter dem Titel
Barney's Version
bei Chatto & Windus in London.

1 2 3 4 5 04 03 02 01 00

ISBN 3-446-19851-2

Satz: Satz für Satz. Barbara Reischmann, Leutkirch
Druck und Bindung: Franz Spiegel Buch GmbH, Ulm
Printed in Germany

Für Florence
und in Erinnerung an vier abwesende Freunde:
Jack Clayton, Ted Allen, Tony Godwin
und Ian Mayer

I

CLARA

1950–1952

1 Terry ist der Pfahl in meinem Fleisch. Der Splitter unter meinem Fingernagel. Zugegeben, ich versuche, Ordnung in diesen Scherbenhaufen zu bringen und die wahre Geschichte meines verpfuschten Lebens aufzuzeichnen (und schreibe, entgegen einem feierlichen Gelübde, in fortgeschrittenem Alter einen Erstling), weil ich die unflätigen Betrachtungen kontern muß, die Terry McIver in seiner demnächst erscheinenden Autobiographie anstellt: über mich, über meine drei Frauen, alias Barney Panofskys Troika, über das Wesen meiner Freundschaft mit Boogie und natürlich über den Skandal, den ich mit ins Grab nehmen werde wie einen Buckel. Terrys klägliches Machwerk, *Zeit und Rausch*, wird demnächst von Die Gruppe (Entschuldigung, die gruppe) lanciert werden, einem kleinen, von der Regierung subventionierten Verlag in Toronto, der auch eine Monatszeitschrift herausgibt, *die gute erde*, gedruckt – darauf können Sie Gift nehmen – auf Recyclingpapier.

Terry McIver und ich, beide in Montreal geboren und aufgewachsen, verbrachten die frühen fünfziger Jahre gemeinsam in Paris. Der arme Terry wurde lediglich toleriert von meinem Verein, einem Rudel mittelloser, geiler junger Schriftsteller, eingedeckt mit Ablehnungsschreiben, aber voller Zuversicht, daß alles möglich war: Ruhm, sie anhimmelnde Mädchen und Wohlstand warteten gleich hinter der nächsten Ecke – so wie in meiner Kindheit der legendäre Lockvogel von Wrigley's. Der Typ überraschte den Ahnungslosen angeblich auf der Straße und überreichte ihm einen brandneuen Dollarschein, vorausgesetzt, er hatte ein Kaugummipapier von Wrigley's in der Tasche. Mir ist Mr. Wrigley's großzügiger Wohltäter nie über den Weg gelaufen. Aber ein paar meiner Freunde brachten es zu Ruhm: der rastlose Leo Bishinsky, Cedric Richardson, wenn auch unter anderem Namen, und natürlich Clara. Clara, die postum Ruhm als feministische Ikone genießt, geschmiedet auf dem Amboß männlich-chauvinistischer Fühllosigkeit. Auf meinem Amboß, wird behauptet.

Ich war eine Anomalie. Nein, eine Anomie. Ein geborener Unternehmer. Ich hatte weder wie Terry Preise an der McGill University gewonnen noch wie ein paar von den anderen in Harvard oder Columbia studiert. Ich schaffte gerade die High-School, nachdem ich mehr Zeit an Billardtischen als im Unterricht verbracht und mit Duddy Kravitz Poolbillard gespielt hatte. Ich konnte weder schreiben noch malen. Hatte keinerlei künstlerische Ambitionen, es sei denn, man ließe meine Phantasie gelten, als Varietésänger und -tänzer aufzutreten und den netten Leuten auf den Balkonen mit einem Antippen des Strohhuts die Ehre zu erweisen, während ich in meinen Steptanzschuhen von der Bühne tänzle und an Peaches, Ann Corio[1], Lili St. Cyr oder eine andere exotische Tänzerin übergebe, die als Höhepunkt ihrer Nummer zu ohrenbetäubendem Trommelwirbel eine erregende nackte Brust aufblitzen lassen würde. Das war zu einer Zeit, als Stripteasetänzerinnen in Montreal noch längst nicht zur Regel geworden waren.

Ich war ein unersättlicher Leser, aber Sie tun gut daran, das nicht als Anzeichen meines Niveaus zu werten. Oder meiner Sensibilität. Im Grunde muß ich mit einem beifälligen Nicken in Claras Richtung die Niederträchtigkeit meiner Seele eingestehen. Mein abstoßend rechthaberisches Wesen. Was mich auf den Geschmack brachte, war nicht Tolstois *Der Tod des Iwan Iljitsch* oder Conrads *Geheimagent*, sondern das gute alte Magazin *Liberty*, das jedem Artikel eine Zeitangabe voranstellte: soundso lange würde man brauchen, ihn zu lesen: zum Beispiel fünf Minuten und fünfunddreißig Sekunden. Ich legte meine Mickey-Mouse-Armbanduhr auf den Küchentisch mit dem karierten Wachstuch und las den fraglichen Artikel in, sagen wir, vier Minuten und drei Sekunden und betrachtete mich anschließend als Intellektuellen. Von *Liberty* ging ich über zu Taschenbuchausgaben von John Marquands *Mr.-Moto*-Romanen, die es damals für fünfundzwanzig Cent in Jack und Moes Friseurladen Ecke Park Avenue und Laurier im Herzen von Montreals altem jüdischem Arbeiterviertel, in dem ich aufgewachsen bin, zu kaufen gab. Dieses Viertel brachte den einzigen kommunistischen Abgeordneten hervor, der je ins kanadische Parlament gewählt wurde (Fred Rose), zwei annehmbare Boxer (Louis Alter, Maxie Berger), die obligatorische Anzahl von Ärzten und Zahnärzten, einen gefeierten Spieler und Kasinobesitzer, mehr

1 Die korrekte Schreibweise ist Coreo.

halsabschneiderische Anwälte, als gebraucht wurden, zahllose Lehrer und *schmate*-Millionäre, ein paar Rabbis und zumindest einen Mordverdächtigen.

Mich.

Ich erinnere mich an eineinhalb Meter hohe Schneewehen, die sich draußen auf den Treppen auftürmten und bei Temperaturen unter Null weggeschaufelt werden mußten, und an das Gerassel von vorbeifahrenden Autos und Lastwagen, über deren Räder Schneeketten gezogen waren, in Zeiten, als es noch keine Winterreifen gab. An steinhart gefrorene Laken, die in Hinterhöfen an Wäscheleinen hingen. In meinem Zimmer, in dem der Heizkörper nachts zischte und klopfte, entdeckte ich schließlich Hemingway, Fitzgerald, Joyce, Gertie und Alice und unseren Morley Callaghan. Ich wurde volljährig, beneidete sie um ihre Abenteuer in fremden Ländern und traf infolgedessen 1950 eine schwerwiegende Entscheidung.

Ach, 1950. Das war das letzte Jahr, in dem Bill Durnan, fünfmaliger Gewinner der Vezina-Trophäe, bester Torhüter der National Hockey League, für meine geliebten Montreal Canadiens im Tor stand. 1950 konnten *nos glorieux* bereits eine großartige Verteidigerriege einsetzen, ihre Hauptstütze der junge Doug Harvey. Die Stürmertruppe existierte nur zu zwei Dritteln: in Abwesenheit von Hector »Toe« Blake, der 1948 aufgehört hatte, stürmten Maurice »The Rocket« Richard und Elmer Lach zusammen mit Floyd »Busher« Curry. Sie wurden in der regulären Liga nach den verdammten Detroit Red Wings Vizemeister und verloren zu ihrer ewigen Schande im Halbfinale des Stanley Cups vier von fünf Spielen gegen die New York Rangers. Zumindest hatte The Rocket ein gutes Jahr und beendete die Saison als zweiter der Torschützenliste mit dreiundvierzig Treffern und zweiundzwanzig Vorlagen.[2]

Wie auch immer, 1950, im Alter von zweiundzwanzig Jahren, trennte ich mich von der Revuetänzerin, mit der ich in einer Kellerwohnung in der Tupper Street lebte. Ich hob meine bescheidenen Ersparnisse bei der City and District Savings Bank ab,

2 Tatsächlich wurde Richard vierter der Torschützenliste. Ted Lindsay von den Detroit Red Wings wurde mit 23 Treffern und 55 Vorlagen erster. Sid Abel war zweiter, Gordie Howard dritter, dann folgte Richard.

Geld, das ich als Kellner im alten Normandy Roof verdient hatte (ein Job, den mir mein Vater, Kriminalinspektor Izzy Panofsky, besorgt hatte), und buchte die Überfahrt nach Europa auf der *Queen Elizabeth*[3], die in New York ablegte. In meiner Arglosigkeit beschloß ich, die Freundschaft derjenigen zu suchen, die ich damals für reinen Herzens hielt, der Künstler, »der heimlichen Gesetzgeber der Welt«, und mich damit zu zieren. Und das, das waren die Zeiten, in denen man noch ungestraft mit College-Mädchen schmusen konnte. Eins, zwei, Cha-Cha-Cha. »If I Knew You Were Comming, I'd've Baked a Cake.« Mondscheinnächte auf Deck, nette Mädchen, die Petticoats, enge Gürtel, Fußkettchen und zweifarbige Halbschuhe trugen, und man konnte sich darauf verlassen, daß sie einen nicht vierzig Jahre später wegen sexuellen Mißbrauchs belangen würden, nachdem virile Psychoanalytikerinnen ihre verdrängten Erinnerungen an Vergewaltigung ans Tageslicht gezerrt hatten.

Ich brachte es nicht zu Ruhm, aber schließlich zu Wohlstand. Dieser Wohlstand hatte bescheidene Anfänge. Zunächst wurde ich gesponsert von Yossel Pinsky, einem Auschwitz-Überlebenden, der uns in einer mit einem Vorhang abgetrennten Ecke eines Fotoateliers in der Rue des Rosiers Dollars zum Schwarzmarktkurs wechselte. Eines Abends setzte sich Yossel an meinen Tisch in The Old Navy, bestellte einen *café filtre*, tat sieben Stück Würfelzucker hinein und sagte: »Ich brauche jemand mit einem gültigen kanadischen Paß.«

»Wofür?«

»Um Geld zu machen. Was gibt es sonst noch zu tun?« fragte er und holte sein Schweizer Armeemesser heraus, um seine verbliebenen Fingernägel zu säubern. »Aber zuerst sollten wir uns ein bißchen besser kennenlernen. Hast du schon gegessen?«

»Nein.«

»Dann laß uns essen gehen. He, ich beiße nicht. Komm schon, Junge.«

Und so wurde ich innerhalb eines Jahres unter Yossels Anleitung Exporteur für französischen Käse in ein zunehmend sol-

3 Es war die *Queen Mary*, die 1967 zum letztenmal fuhr und der *Queen Elizabeth* am 25. September 1967 um 12 Uhr 10 auf See begegnete.

venteres Nachkriegskanada. In Montreal richtete mir Yossel einen Vertrieb für Vespas ein, diese italienischen Motorroller, die einst ein solcher Hit waren. Außerdem handelte ich im Lauf der Jahre, wobei Yossel stets mein Partner war, gewinnbringend mit Olivenöl, genau wie der junge Meyer Lansky; mit Stoffballen, die auf der Hebrideninsel Lewis with Harris gewebt wurden; mit Altmetall, das ich kaufte und verkaufte, ohne je etwas davon zu Gesicht zu bekommen; mit veralteten DC-3, von denen immer noch einige nördlich des sechzigsten Breitengrads fliegen; und – nachdem Yossel, den Gendarmen immer einen Schritt voraus, nach Isreal ausgewandert war –, mit antiken ägyptischen Kunstgegenständen, gestohlen aus kleineren Grabkammern im Tal der Könige. Aber ich habe meine Prinzipien. Waffen, Drogen oder Gesundheitskost habe ich nie angefaßt.

Schließlich wurde ich aber doch ein Übeltäter. In den späten sechziger Jahren produzierte ich mit kanadischem Geld Filme, die nirgendwo länger als eine peinliche Woche liefen, mir und gelegentlich meinen Geldgebern jedoch Hunderttausende von Dollars einbrachten dank eines Steuerschlupflochs, das längst geschlossen ist. Dann produzierte ich am laufenden Band kanadische Fernsehserien, die mies genug waren, um auch in die USA und im Fall unserer großartigen »McIver-von-der-RCMP«-Serie (McIver von der königlich-kanadischen berittenen Polizei), die viele Haudraufszenen in Kanus und Iglus enthält, nach England und in andere Länder verkauft zu werden.

Wenn es von mir verlangt wurde, konnte ich wie ein moderner Patriot herumsäuseln, laut Dr. Johnson die letzte Zuflucht des Schurken. Wann immer ein Minister, ein Verfechter der freien Marktwirtschaft, unter amerikanischen Druck geriet und damit drohte, das Gesetz zu ändern, das auf einem bestimmten Anteil in Kanada produzierter Ätherverschmutzung bestand (und sie in einem schmackhaften Maße auch finanzierte), dann mimte ich auf der Stelle Captain Canada und machte meine Aussage vor dem Komitee. »Wir definieren Kanada für die Kanadier«, erklärte ich ihnen. »Wir sind das Gedächtnis dieses Landes, seine Seele, sein Inbegriff, der letzte Wall, der uns davor schützt, von den schrecklichen Kulturimperialisten aus dem Süden überrollt zu werden.«

Ich schweife ab.

Damals, während unserer Tage in Paris, waren wir Provinz-Großmäuler außer Rand und Band, wir waren trunken von der Schönheit dieser Stadt und hatten Angst, in unsere Hotelzimmer am linken Seineufer zurückzukehren. Womöglich würden wir zu Hause aufwachen, erneut in den Fängen unserer Eltern, die uns daran erinnerten, wieviel sie in unsere Ausbildung investiert hatten und daß es an der Zeit wäre, uns endlich ins Zeug zu legen. In meinem Fall enthielt jeder Luftpostbrief meines Vaters einen eingebauten Stachel: »Erinnerst Du Dich an Yankel Schneider? Er stotterte. Und jetzt? Jetzt ist er konzessionierter Buchprüfer und fährt einen Buick.«

Zu unserem ausgelassenen Haufen gehörten zwei sogenannte Maler, beide aus New York. Die leicht bekloppte Clara und der intrigante Leo Bishinsky, der seinen künstlerischen Aufstieg besser managte als Wellington diese Schlacht in einer Stadt in Belgien, Sie wissen schon.[4] Er verließ deswegen einen Ball. Oder unterbrach eine Partie Boule. Nein, das war Drake.

Eine Garage in Montparnasse diente Leo als Atelier, und dort arbeitete er an seinen riesigen Triptychen, mischte die Farben in Eimern und trug sie mit einem Mop auf. Gelegentlich tauchte er den Mop in einen Eimer, trat drei Meter zurück und warf den Mop auf das Bild. Als ich einmal bei ihm war und wir gemeinsam einen Joint rauchten, drückte er mir den Mop in die Hand. »Versuch's mal«, sagte er.

»Wirklich?«

»Warum nicht?«

Bald schon, so dachte ich, würde Leo sich rasieren und die Haare schneiden lassen und einen Job in einer New Yorker Werbeagentur annehmen.

Ich lag vollkommen falsch.

Wer hätte gedacht, daß Leos Abscheulichkeiten vierzig Jahre später in der Tate Gallery hängen würden, im Guggenheim, im MOMA und in der National Gallery in Washington, daß andere für Millionen an Börsenspekulanten und Arbitrage-Haie verkauft würden, die ihrerseits häufig von japanischen Sammlern überbo-

4 Waterloo, wo der Herzog von Wellington und der preußische Feldmarschall Gebhard Leberecht von Blücher am 18. Juni 1815 Napoleon besiegten.

ten wurden. Wer hätte geahnt, daß eines Tages in Leos Garage in Amagansett, die Platz für zehn Autos bietet, statt eines verbeulten Renault[5] Deux-chevaux ein Rolls-Royce Silver Cloud, ein Morgan-Oldtimer, ein Ferrari 250 Berlinetta und ein Alfa Romeo stehen würden, neben anderen Spielzeugen. Oder daß man mir, wenn ich heute beiläufig seinen Namen erwähne, bisweilen Name-dropping vorwirft. Leo war auf dem Titelbild von *Vanity Fair* als Mephistopheles mit Hörnern, magentarotem Umhang und Schwanz, wie er magische Symbole auf den nackten Körper des Starlets des Monats malte.

Früher wußte man, mit wem Leo ins Bett ging, weil ganz einfach ständig eine junge Weißbrot-und-Twinset-aus-Kaschmir-Frau aus Nebraska, die im Rahmen des Marshallplans arbeitete, im La Coupole auftauchte und sich nichts dabei dachte, an unserem Tisch in der Nase zu bohren. Aber heutzutage treffen sich scharenweise berühmte Models in Leos Villa auf Long Island und streiten sich darum, wer ihm Schamhaare anbieten darf, die er, zusammen mit am Strand gefundenen Glasscherben, Fischskeletten, Salamienden und abgeschnittenen Zehennägeln, in seine Gemälde einarbeiten kann.

1951 protzten meine Jungkünstler mit ihrer Befreiung von dem, was sie durchweg als Konkurrenzkampf verunglimpften, aber die bittere Wahrheit ist, daß sie alle, mit der rühmlichen Ausnahme von Bernard »Boogie« Moscovitch, Rivalen waren. Alle waren sie so unerbittlich maßgebend wie der *Organization Man* oder *Der Mann im grauen Flanell*, falls jemand von Ihnen alt genug ist, um sich an diese längst vergessenen Bestseller zu erinnern, die eine Saison lang aktuell waren. Wie Colin Wilson. Oder der Hula-hoop-Reifen. Und sie waren so besessen von dem Wunsch, Erfolg zu haben, getrieben wie jeder Bengel zu Hause aus der St. Urbain Street, der sein ganzes Geld auf die neue Après-Ski-Kollektion gesetzt hat. Literatur, damit gingen die meisten von ihnen hausieren. Erneuern, wie Ezra Pound verfügte, bevor er für geisteskrank erklärt wurde. Aber keine Angst, sie mußten keine Warenmuster in Kaufhäuser schleppen, nur mit »einem Lächeln und blank geputz-

5 Der 2CV war ein Citroen. Er wurde 1948 auf dem Pariser Autosalon vorgestellt, seit 1990 wird er nicht mehr produziert.

ten Schuhen« bewaffnet, wie Clifford Odets[6] es einmal ausgedrückt hat. Statt dessen schickten sie ihre Produkte an Zeitschriften und Verlagslektoren und legten einen frankierten, mit ihrer Adresse versehenen Rückumschlag bei. Alle, außer Boogie, mein Gebenedeiter.

Alfred Kazin schrieb über Saul Bellow, daß er schon als junger unbekannter Kerl von der Aura eines Mannes umgeben war, dem Großes bevorstand. Mir erging es so mit Boogie, der sich damals anderen jungen Schriftstellern gegenüber ungewöhnlich großzügig verhielt, wobei es sich von selbst verstand, daß er der Beste von allen war.

In seinen manischen Phasen quasselte Boogie ununterbrochen und wich Fragen zu seiner Arbeit durch Clownerien aus. »Schau mich an«, sagte er einmal, »ich habe alle Fehler Tolstois, Dostojewskis und Hemingways zusammen. Ich vögle jedes Bauernmädchen, das mich nimmt. Ich bin ein zwanghafter Spieler. Ein Trinker. He, genau wie Freddy D. bin ich sogar Antisemit, aber da ich selbst Jude bin, zählt das wohl nicht. Das einzige, was bislang in der Gleichung fehlt, ist mein eigenes Jasnaja Poljana, die Anerkennung meines sagenhaften Talents und das Geld fürs heutige Abendessen, außer du lädst mich ein. Gott segne dich, Barney.«

Boogie war fünf Jahre älter als ich, er war am D-Day über den Omaha Beach an Land gekrochen und hatte die Schlacht an der Bulge überlebt. Er war im Rahmen des GI-Gesetzes in Paris, was ihm hundert Dollar im Monat einbrachte, ein Entgelt, das durch Zuwendungen von zu Hause aufgebessert wurde. Für gewöhnlich investierte er sein Geld mit wechselndem Glück an den *Chemin-de-fer*-Tischen im Aviation Club.

Lassen wir mal das bösartige Geschwätz beiseite, das der verlogene McIver neuerdings wieder aufwärmt und das mich bis ans Ende meiner Tage verfolgen wird. Die Wahrheit ist, daß ich nie einen besseren Freund hatte als Boogie. Ich verehrte ihn. Und über vielen gemeinsam gerauchten Joints und literweise *vin ordinaire* gelang es mir, Versatzstücke über seine Familie zusammenzutragen. Boogies Großvater, Moishe Lev Moscovitch, geboren in

6 Nicht Odets, sondern Arthur Miller in *Tod eines Handlungsreisenden*, S. 138. Viking Press Inc., New York 1949.

Bialystok, fuhr auf dem Zwischendeck von Hamburg nach Amerika und brachte es dank harter Arbeit und Sparsamkeit vom fliegenden Hühnerhändler zum Alleininhaber einer koscheren Metzgerei in der Rivington Street in New Yorks Lower East Side. Sein erstgeborener Sohn, Mendel, baute diese Metzgerei zu Peerless Gourmet Packers aus, die während des Zweiten Weltkriegs die US-Armee mit Überlebenspaketen versorgte. Anschließend belieferte Peerless Supermärkte im Staat New York und in Neuengland mit Schinken aus Virginia, Würsten nach altenglischer Art, Spareribs à la Mandarin und Granny's Gobblers (tiefgefrorenen, ofenfertigen Truthähnen). Mendel, der sich jetzt Matthew Morrow nannte, erwarb eine Vierzehn-Zimmer-Wohnung in der Park Avenue, dazu ein Zimmermädchen, eine Köchin, einen Butler, der zugleich Chauffeur war, und eine englische Gouvernante aus der Old Kent Road für seinen erstgeborenen Sohn, Boogie, der später Sprechunterricht nehmen mußte, um sein Cockney loszuwerden. Statt einen Geigenlehrer und einen hebräischen *malamud* für Boogie einzustellen, schickte Matthew seinen Sohn, von dem erwartet wurde, daß er die Familie tief in den WASP-Block trieb, zu einem militärischen Sommercamp nach Maine. »Ich sollte reiten, schießen, segeln, Tennis spielen und die andere Backe hinhalten lernen«, sagte er. Als er sich für das Camp anmeldete, trug er auf Anweisung seiner Mutter in die Rubrik Religionszugehörigkeit »atheistisch« ein. Der Camp-Leiter zwinkerte ihm zu, strich das Wort durch und schrieb statt dessen »jüdisch«. Boogie nahm das Camp auf sich, ebenso Andover, aber das Studium in Harvard hängte er im zweiten Jahr, 1941, an den Nagel, ging als Infanterist zur Armee und änderte seinen Namen in Moscovitch zurück.

Auf hartnäckige Nachfragen seitens des ernsten Terry McIver ließ Boogie einmal widerwillig durchblicken, daß im ersten Kapitel des irritierenden Romans, an dem er gerade schrieb und der im Jahr 1912 begann, der Protagonist von Bord der *Titanic* geht, die ihre Jungfernfahrt beendet und sicher in New York angelegt hat, und von einer Reporterin begrüßt wird. »Wie war die Fahrt?« fragt sie.

»Langweilig.«

Boogie improvisierte, dessen bin ich sicher, und fuhr fort, daß sein Held zwei Jahre später mit dem Erzherzog Franz Ferdinand von Österreich-Ungarn und seiner Frau in einer Kutsche fährt und, als sie über eine Erhebung in der Straße holpern, sein Opernglas fallen läßt. Der Erzherzog, ganz *noblesse oblige*, beugt sich hinunter, um es aufzuheben, und entgeht dadurch der Kugel eines serbischen Wirrkopfs. Ein paar Monate später marschieren die Deutschen nichtsdestoweniger in Belgien ein. Dann, 1917, fragt Boogies Protagonist, der sich mit Lenin in einem Züricher Café die Zeit vertreibt, nach einer Erklärung des Mehrwerts, und Lenin, der sich für das Thema erwärmt, verbringt zuviel Zeit über Blätterteigstückchen und Milchkaffee und versäumt seinen Zug. Der versiegelte Wagen trifft ohne ihn im Bahnhof von Petrograd ein.

»Das sieht dem verdammten Iljitsch ähnlich«, sagt der Anführer der Delegation, die gekommen ist, um ihn auf dem Bahnsteig zu begrüßen. »Was machen wir jetzt?«

»Vielleicht könnte Leo ein paar Worte sagen?«

»Ein paar Worte? Leo? Dann stehen wir in Stunden noch hier.«

Boogie sagte zu Terry, daß er die wichtigste Aufgabe des Künstlers erfülle – Ordnung ins Chaos zu bringen.

»Ich hätte wissen müssen, daß man dir keine ernstgemeinten Fragen stellen darf«, sagte Terry und verließ unseren Tisch.

Während des folgenden Schweigens wandte sich Boogie, um sich zu entschuldigen, an mich und erklärte, er habe von Heinrich Heine *le droit de moribondage* geerbt.

Boogie konnte eine Unterhaltung zum Erliegen bringen, indem er derartige Bemerkungen aus einem versteckten Winkel seines Gehirns hervorholte. Und ich ging anschließend in eine Bibliothek und bildete mich.

Ich liebte Boogie und vermisse ihn fürchterlich. Ich würde mein Vermögen dafür geben (oder sagen wir die Hälfte meines Vermögens), damit dieser rätselhafte Mensch, diese eins fünfundachtzig große Vogelscheuche wieder federnden Schritts durch meine Tür käme, an einer Romeo y Julieta ziehend, ein zweideutiges Lächeln auf den Lippen, und fragte: »Hast du endlich Thomas Bernhard gelesen?« Oder: »Was hältst du von Chomsky?«

Gott weiß, er hatte seine dunklen Seiten, verschwand wochenlang – manche behaupteten, in eine Jeschiwa in Mea Shearim, andere schworen, in ein Kloster in der Toskana, aber niemand wußte wirklich, wo er war. Dann, eines Tages, tauchte er wieder auf –

nein, materialisierte sich – in einem unserer bevorzugten Cafés, ohne ein Wort der Erklärung, in Begleitung einer hinreißenden spanischen Herzogin oder einer italienischen Gräfin.

An seinen schlechten Tagen reagierte Boogie nicht auf mein Klopfen an seiner Hotelzimmertür oder sagte, wenn er doch öffnete, nicht mehr als: »Geh wieder. Laß mich allein.« Und ich wußte, daß er im Bett lag, high vom Heroin, oder daß er an seinem Tisch saß und Listen mit den Namen der jungen Männer zusammenstellte, die mit ihm gekämpft hatten und gefallen waren.

Es war Boogie, der mir Gontscharow, Huysmans, Céline und Nathaniel West nahebrachte. Er nahm Sprachunterricht bei einem weißrussischen Uhrmacher, mit dem er sich angefreundet hatte. »Wie kann jemand durchs Leben gehen«, fragte er, »ohne Dostojewski, Tolstoi und Tschechov im Original lesen zu können?« Er sprach fließend Hebräisch und Deutsch und studierte einmal in der Woche mit einem Rabbi den Sohar, das heilige Buch der Kabbala, in der Synagoge in der Rue Notre-Dame-de-Lorette, eine Adresse, die ihn entzückte.

Vor Jahren beschaffte ich mir alle acht kryptischen Kurzgeschichten, die Boogie in *Merlin, Zero* und der *Paris Review* publiziert hatte, mit der Absicht, sie in einer limitierten Ausgabe herauszubringen, jedes Exemplar numeriert, schön gedruckt, Kosten unerheblich. Die Geschichte, die ich aus offenkundigen Gründen wieder und wieder gelesen habe, ist eine Variation eines keineswegs originellen Themas, aber brillant geschrieben, wie alles von ihm. »Margolis« handelt von einem Mann, der losgeht, um sich eine Schachtel Zigaretten zu kaufen, und nie zu seiner Frau und seinen Kindern zurückkehrt, sondern irgendwo anders eine neue Identität annimmt.

Ich schrieb Boogies Sohn in Santa Fe und bot ihm einen Vorschuß von zehntausend Dollar an, dazu einhundert Freiexemplare und den gesamten Gewinn, den das Unternehmen abwerfen würde. Er antwortete in Form eines eingeschriebenen Briefes, in dem er Verwunderung ausdrückte, daß ausgerechnet ich die Verwegenheit besäße, an so ein Vorhaben auch nur zu denken, und warnte mich, daß er nicht zögern würde, rechtliche Schritte einzuleiten, sollte ich es wagen, den Plan in die Tat umzusetzen. Soviel dazu.

Moment mal. Ich bin ratlos. Ich versuche, mich an den Namen des Autors von *Der Mann im grauen Flanell* zu erinnern. Oder war es *Der Mann mit dem Brooks-Brothers-Hemd*? Nein, das schrieb die Schwindlerin. Lillian wie-hieß-sie-noch? Na los. Ich weiß es. Wie die Mayonnaise. Lillian Krafft? Nein. *Hellman. Lillian Hellman.* Der Name des Autors von *Der Mann im grauen Flanell* ist nicht wichtig. Er hat keinerlei Bedeutung. Aber jetzt, wo es mir ihm Kopf herumgeht, werde ich die ganze Nacht nicht schlafen können. Diese zunehmend häufigen Gedächtnisaussetzer treiben mich noch in den Wahnsinn.

Letzte Nacht, als ich schon fast eingeschlafen war, konnte ich mich nicht mehr an den Namen des Dings erinnern, mit dem man Spaghetti abseiht. Man stelle sich das vor. Ich habe es tausendmal benutzt. Ich sah es vor mir. Aber ich wußte nicht mehr, wie man das verdammte Ding nennt. Und ich wollte nicht aufstehen, um in den Kochbüchern nachzusehen, die Miriam zurückgelassen hat, weil ich dann nur wieder daran gedacht hätte, daß einzig und allein ich an meinem Unglück schuld bin, und um drei würde ich sowieso aufstehen müssen, um zu pinkeln. Nicht den schnellen, sprudelnden Strom meiner Pariser Tage, nein, Sir. Jetzt war es ein Tröpfeln, Tröpfeln, Tröpfeln, und gleichgültig, wie heftig ich ihn schüttelte, die letzten Tropfen rannen immer in ein Bein meiner Schlafanzughose.

Ich lag wutentbrannt im Dunkeln und sagte laut die Nummer auf, die ich wählen mußte, wenn ich einen Herzinfarkt hätte.

»Sie sind mit dem Montreal General Hospital verbunden. Wenn Sie ein Touch-tone-Telefon haben und die Nebenstellennummer wissen, dann wählen Sie jetzt bitte diese Nummer. Wenn nicht, wählen Sie 17 für den Service in der Sprache der *maudits anglais* oder 12 für den Service *en français*, der ruhmreichen Sprache unserer unterdrückten Gesamtheit.«

21 für den Notfallwagen.

»Sie sind mit der Krankenwagen-Einsatzzentrale verbunden. Bitte warten Sie, und jemand wird sich Ihrer annehmen, sobald wir unsere Strippoker-Partie beendet haben. Wir wünschen Ihnen einen schönen Tag.«

Während ich wartete, wurde Mozarts *Requiem* vom Band gespielt.

Ich tastete herum, um mich zu vergewissern, daß meine Digitalistabletten, meine Lesebrille und mein Gebiß in Reichweite auf dem Nachttisch lagen. Dann schaltete ich kurz das Licht ein und zog meine Boxershorts herunter, um sie auf Schleuderspuren zu überprüfen, denn sollte ich in der Nacht versterben, sollten Fremde nicht denken, ich wäre ein schmutziger alter Mann gewesen. Dann versuchte ich es mit dem üblichen Schachzug. Denk an etwas anderes, etwas Beruhigendes, und der Name des Spaghetti-Dingsbums wird dir ganz von allein einfallen. Ich stellte mir Terry McIver vor, der in einem haiverseuchten Meer verblutet, und als der Rettungshubschrauber ihn aus dem Wasser hieven will, spürt er einen weiteren Biß in den Stummeln, die einst seine Beine waren. Was schließlich von dem verlogenen, selbstgefälligen Autor von *Zeit und Rausch* übrigbleibt, ein tropfender Torso, wird aus dem Wasser gezogen und hüpft auf der aufgewühlten Oberfläche auf und ab wie ein Köder, nach dem die Haifische schnappen.

Als nächstes war ich wieder ein schmuddliger Vierzehnjähriger und machte zum himmlischen erstenmal den filigranen BH der Lehrerin auf, die ich Mrs. Ogilvy nennen werde, während eins dieser Nonsenselieder aus dem Radio in ihrem Wohnzimmer tönte:

Mairzy doats,
and dozy doats,
andlittlelambseativy,
akid'lleativytoo,
wouldn'tyou?

Überraschenderweise leistete sie keinen Widerstand. Statt dessen schleuderte sie die Schuhe von sich und wand sich aus ihrem Schottenrock, womit sie mir einen gehörigen Schrecken einjagte. »Ich weiß gar nicht, was in mich gefahren ist«, sagte die Lehrerin, die mir eine Eins mit Stern für meinen Aufsatz über *Zwei Städte* gegeben hatte, den ich, hier und da einen Satz verändernd, aus einem Buch von Granville Hicks abgeschrieben hatte. »Ich vergreife mich an einem Kind.« Dann verpatzte sie in meinen Augen alles, weil sie mit einer gewissen Klassenzimmerstrenge hinzufügte: »Aber sollten wir nicht zuerst die Spaghetti abseihen?«

»Doch. Klar. Aber was für ein Dingens benutzen wir dazu?«

»Ich mag sie *al dente*«, sagte sie.

Und dann gab ich Mrs. Ogilvy in der Hoffnung auf ein besseres Ergebnis eine zweite Chance, rief die Erinnerung an sie erneut wach und taumelte mit ihr auf das Sofa, wobei ich mir für mein altersschwaches Hier und Jetzt zumindest eine halbsteife Erektion ausrechnete.

»Oh, du bist so ungeduldig«, sagte sie. »Warte. Noch nicht. *En français, s'il vous plaît.*«

»Was?«

»Ach du liebe Zeit. Was für Manieren. Wir meinen ›Wie bitte?‹, nicht wahr? Also jetzt bitte ›Noch nicht‹ auf französisch.«

»Pas encore.«

»Sehr gut«, sagte sie und zog eine Schublade im Beistelltischchen auf. »Ich möchte zwar nicht, daß du mich für eine schaurige Schreckschraube hältst, aber bitte sei ein rücksichtsvoller Junge und zieh zuerst dieses Ding über deinen hübschen kleinen Pimmel.«

»Ja, Mrs. Ogilvy.«

»Gib mir deine Hand. Hat man schon je so schmutzige Fingernägel gesehen? Da. So. Mit Gefühl. O ja, bitte. *Warte!*«

»Was habe ich jetzt wieder falsch gemacht?«

»Ich dachte nur, du würdest gerne wissen, daß nicht Lillian Hellman *Der Mann im Brooks-Brothers-Hemd* geschrieben hat, sondern Mary McCarthy.«

Verdammt verdammt verdammt. Ich stand auf, schlüpfte in den fadenscheinigen Morgenmantel, von dem ich mich nicht trennen kann, weil er ein Geschenk von Miriam ist, und tappte in die Küche. Ich riß die Schubladen auf, holte ein Küchenutensil nach dem anderen heraus und benannte sie mühelos: Suppenkelle, Eieruhr, Zange, Tortenheber, Kartoffelschäler, Teenetz, Meßbecher, Dosenöffner, Kochlöffel ... Und dort hing es, an einem Haken an der Wand, das Ding, mit dem man Spaghetti abseiht, *aber wie hieß es?*

Ich habe Scharlach überlebt, Mumps, zwei Überfälle, Filzläuse, die Extraktion aller meiner Zähne, eine Hüftgelenkoperation, eine Mordanklage und drei Ehefrauen. Die erste ist tot, und die zweite Mrs. Panofsky würde, sollte sie meine Stimme hören, auch nach all den Jahren kreischen, »Mörder, was hast du mit seiner Leiche gemacht?«, bevor sie den Hörer aufknallte. Aber Miriam würde mit mir reden. Vielleicht würde sie sogar angesichts meines Dilemmas in Gelächter ausbrechen. Ach, wenn in diesen Räumen nur ihr Lachen zu hören wäre. Ihr Duft zu riechen. Ihre Liebe zu spüren. Das Problem ist, daß wahrscheinlich Blair abheben würde, und ich habe bereits beim letztenmal, als ich diesen arroganten Idioten dranhatte, meinem Ruf geschadet. »Ich möchte mit meiner Frau sprechen«, sagte ich.

»Sie ist nicht länger deine Frau, Barney, und du bist offensichtlich berauscht.«

Das sah ihm ähnlich, »berauscht« zu sagen. »Selbstverständlich bin ich betrunken. Es ist vier Uhr morgens.«

»Und Miriam schläft.«

»Aber ich wollte doch mit dir sprechen. Ich habe gerade meine Schreibtischschubladen aufgeräumt und ein paar umwerfende Nacktfotos von ihr gefunden, als sie noch mit mir zusammen war. Und ich dachte, du wolltest sie vielleicht haben, damit du weißt, wie sie zu ihren besten Zeiten ausgesehen hat.«

»Du bist widerlich«, sagte er und legte auf.

Stimmt. Trotzdem steppte ich durchs Wohnzimmer, tanzte meine Version vom Shim Sham Shimmy des großen Ralph Brown, ein volles Glas Cardhu in der Hand.

Es gibt Menschen, die Blair für einen anständigen Kerl halten. Einen ausgezeichneten Wissenschaftler. Sogar meine Söhne verteidigen ihn. Wir verstehen, wie du dich fühlst, sagen sie, aber er ist ein intelligenter und fürsorglicher Mann und liebt Miriam hingebungsvoll. Blödsinn. Er ist ein Dumpfmeister mit Pensionsberechtigung. Er kam in den sechziger Jahren von Boston nach Kanada, um der Einberufung zu entgehen wie Dan Quayle und Bill Clinton, und folglich gilt er bei seinen Studenten als Held. Was mich betrifft, will es mir nicht in den Kopf, daß jemand lieber nach Toronto geht als nach Saigon. Jedenfalls habe ich Blairs Faxnummer in der Fakultät, und bisweilen, wenn ich mir vorstelle, wie Boogie sich verhalten hätte, setze ich mich und feure ein Geschoß auf ihn ab.

Fax an Herrn Doktor Blair Hopper né Hauptman
von Sexorama Novelties

ACHTUNG
PRIVAT UND VERTRAULICH

Lieber Herr Doktor Hopper,

wir bedanken uns für Ihr Schreiben vom 26. Januar und begrüßen Ihre Idee, am Victoria College den alten Ivy-League-Brauch einzuführen und ausgewählte Studentinnen zu bitten, nackt für Fotos zu posieren, von vorne, von der Seite und von hinten. Ihre Anregung, dabei Strapse und andere Accessoires zu benutzen, zeugt von Inspiration. Das Vorhaben birgt, wie Sie es ausdrücken, ein großes kommerzielles Potential. Wir müssen die Fotos jedoch zuerst eingehend prüfen, bevor wir Ihren Vorschlag aufgreifen können, ein neues Kartenspiel auf den Markt zu bringen.

Hochachtungsvoll
Dwayne Connors
Sexorama Novelties

P.S. Wir bestätigen den Eingang Ihres KNACKIGE-JUNGEN-Kalenders 1995, können Ihnen den Kaufpreis jedoch nicht erstatten, weil die August- und Septemberseiten zusammengeklebt sind.

0.45. Mittlerweile hielt ich das Spaghetti-Dingsbums in meiner leberfleckigen Hand, die zudem verrunzelt ist wie der Rücken einer Eidechse, aber ich wußte immer noch nicht, wie man es nennt. Ich legte es weg, goß mir einen großen Macallan ein, nahm das Telefon und rief meinen ältesten Sohn in London an. »Hallo, Mike. Das ist dein Sechs-Uhr-Weckruf. Zeit, daß du aufstehst und joggen gehst.«

»Hier ist es fünf Uhr sechsundvierzig.«

Zum Frühstück würde mein pedantischer Sohn Müsli, Joghurt und ein Glas Zitronenwasser zu sich nehmen. Die jungen Leute heutzutage.

»Geht's dir gut?« fragte er, und seine Besorgnis trieb mir nahezu Tränen in die Augen.

»Ich bin in Hochform. Aber ich habe ein Problem. Wie heißt das Ding, in dem man Spaghetti abseiht?«

»Bist du betrunken?«

»Natürlich nicht.«

»Hat dir Dr. Herscovitch nicht gesagt, daß es dich umbringen wird, wenn du wieder damit anfängst?«

»Ich schwöre beim Leben meiner Enkelkinder, daß ich seit Wochen keinen Tropfen angerührt habe. Ich bestelle nicht mal mehr *Coq au vin* im Restaurant. Würdest du jetzt bitte meine Frage beantworten?«

»Ich lege hier auf, nehme das Telefon im Wohnzimmer, und dann können wir reden.«

Die Gesundheitsfaschistin durfte nicht geweckt werden.

»Hier bin ich wieder. Meinst du Sieb?«

»Selbstverständlich meine ich Sieb. Es lag mir auf der Zunge. Ich wollte es gerade sagen.«

»Nimmst du deine Tabletten?«

»Klar. Hast du in letzter Zeit von deiner Mutter gehört?« fragte ich zwanghaft, obwohl ich mir geschworen hatte, mich nie wieder nach ihr zu erkundigen.

»Sie und Blair sind am 4. Oktober[7] gekommen und drei Tage geblieben, sie waren unterwegs zu einer Konferenz in Glasgow.«

»Mir ist sie mittlerweile vollkommen egal. Du kannst dir gar nicht vorstellen, wie angenehm es ist, daß mir niemand mehr vorwirft, ich hätte vergessen, den Toilettensitz hochzuklappen. Aber als neutraler Beobachter muß ich sagen, sie hätte jemand Besseren verdient.«

»Du meinst dich?«

»Erzähl Caroline«, sagte ich, um mich zu revanchieren, »ich hätte irgendwo gelesen, daß Salatblätter bluten, wenn man sie schneidet, und daß Karotten traumatisiert werden, wenn man sie aus der Erde zieht.«

»Dad, ich hasse die Vorstellung, daß du allein in dieser großen, leeren Wohnung lebst.«

»Wie der Zufall es will, ist heute nacht eine, wie man es jetzt

7 Laut meinem Tagebuch kamen Blair und meine Mutter am 7. Oktober in London an, und die Konferenz fand in Edinburgh statt.

wohl nennt, ›Unterhaltungskraft‹, oder heißt es ›Sexarbeiterin‹, hier. Ungehobelte Kerle wie ich nannten es früher Weibsbild. Erzähl's ruhig deiner Mutter. Mir ist das egal.«

»Warum kommst du nicht her und suchst uns für eine Weile heim?«

»Weil es in dem London, an das ich mich am besten erinnere, auch im schicksten Restaurant als ersten Gang graubraune Windsor-Suppe gibt oder eine Grapefruit mit einer Maraschinokirsche mittendrauf, die aussieht wie eine Brustwarze, und die meisten Menschen, die ich dort kannte, mittlerweile tot sind, und das war auch an der Zeit. Harrods ist zu einem Euroschrott-Tempel verkommen. Überall in Knightsbridge stößt man auf reiche Japsen, die Filme über ihresgleichen drehen. White Elephant ist kaputt, ebenso Isow's, und auch L'Etoile ist nicht mehr, was es war. Mich interessiert nicht, wer mit Di bumst oder ob Charles als Tampon wiedergeboren wird. In den Pubs hält man es nicht mehr aus wegen dieser lauten Spielautomaten und der dröhnenden Dschungelmusik. Und zu viele von den Unsrigen sind dort was anderes. Wenn sie in Oxford oder Cambridge waren oder mehr als hunderttausend Pfund im Jahr verdienen, sind sie keine Juden mehr, sondern ›jüdischer Abstammung‹, was nicht dasselbe ist.«

In London habe ich nie Wurzeln geschlagen, aber in den fünfziger Jahren war ich für drei Monate dort und 1961 noch einmal zwei Monate. Damals versäumte ich die entscheidenden Spiele des Stanley Cup. Es war das Jahr, in dem im Halbfinale die hochfavorisierten Canadiens in sechs Spielen von den Chicago Black Hawks aus dem Rennen geworfen wurden. Ich wünsche noch immer, ich hätte das zweite Spiel gesehen, in Chicago, das die Hawks 2:1 in der zweiundfünfzigsten Minute der Verlängerung gewannen. An diesem Abend bestrafte der Schiedsrichter, Dalton McArthur, dieser übereifrige Mistkerl, Dickie Moore *in der Verlängerung* wegen Beinstellens und ermöglichte Murray Balfour, den entscheidenden Treffer zu landen. Ein wutentbrannter Toe Blake, unser damaliger Trainer, stürmte aufs Eis, um McArthur eine reinzuhauen, und erhielt eine Geldstrafe von zweitausend Dollar. Ich war 61 nach London geflogen, um an dieser Koproduktion mit Hymie Mintzbaum zu arbeiten, aber es endete in einem so unerquicklichen Streit, daß wir über Jahre hinaus nichts mehr miteinander zu tun haben wollten. Hymie, geboren und aufgewachsen in der Bronx, ist – im Gegensatz zu mir – anglophil.

Den Briten kann man einfach nicht trauen. Bei den Amerikanern (gleiches gilt für die Kanadier) trügt der Schein nicht. Aber man mache es sich in Heathrow auf seinem Sitz in der 747 neben einem scheinbar langweiligen alten Engländer mit wabbligem Doppelkinn und einem angelernten Stottern bequem, offensichtlich ein wichtiger Mann in der Stadt, der sich dem Kreuzworträtsel in der *Times* widmet, und wage ja nicht, ihn von oben herab zu behandeln. Mr. Milquetoast, der einen schwarzen Judogürtel besitzt, wurde vermutlich 1943 mit dem Fallschirm über der Dordogne abgesetzt, hat einen oder zwei Züge in die Luft gejagt und die Gestapo überlebt, indem er sich darauf konzentrierte, was später zur definitiven Übersetzung des *Gilgamesch* aus dem Sin-Leqi-Inninni wurde; und jetzt – seine Koffer vollgestopft mit den besten Cocktailkleidern und der verführerischsten Wäsche seiner Frau – ist er zweifellos unterwegs zur Jahreskonferenz der Transvestiten in Saskatoon.

Wieder einmal bot mir Mike das Gartenhaus an. Ganz für mich allein. Mit eigenem Eingang. Und wie herrlich schrecklich es für seine Kinder wäre, die von *Freitag dem 13.* begeistert waren, ihren Großvater kennenzulernen. Aber ich hasse es, Großvater zu sein. Es ist unanständig. In meiner Vorstellung bin ich immer noch fünfundzwanzig. Höchstens dreiunddreißig. Gewiß nicht siebenundsechzig und nach Verfall und zerschlagenen Hoffnungen riechend. Mit säuerlichem Atem. Mit Gelenken, die dringend geölt werden müßten. Und jetzt, da ich ein Hüftgelenk aus Plastik habe, bin ich nicht einmal mehr biologisch abbaubar. Umweltschützer werden gegen meine Beerdigung protestieren.

Bei einem meiner letzten jährlichen Besuche bei Mike und Caroline traf ich beladen mit Geschenken für meine Enkelkinder und ihre Ladyship (wie Saul, mein zweiter Sohn, sie nennt) ein, die *pièce de résistance* war jedoch für Mike: eine Schachtel Cohibas, die ich mir in Kuba hatte besorgen lassen. Es schmerzte, mich von diesen Zigarren zu trennen, aber ich hoffte, Mike, mit dem ich immer ein schwieriges Verhältnis hatte, damit eine Freude zu machen, und er war überglücklich. Dachte ich zumindest. Aber einen Monat später war Tony Haines, ein Partner von Mike und zufälligerweise auch ein Cousin von Caroline, anläßlich einer Geschäftsreise in Montreal. Er rief mich an, weil er mir ein Geschenk von Mike, einen halben geräucherten Lachs von Fortnum's, übergeben wollte. Wir trafen uns bei Dink's. Er zog sein Zigarrenetui heraus und bot mir eine Cohiba an. »Ach, wunderbar«, sagte ich. »Danke.«

»Mir müssen Sie nicht danken. Sie sind ein Geburtstagsgeschenk von Mike und Caroline.«

»Ach, wirklich«, sagte ich und belastete mich mit weiterem familiärem Verdruß, den ich hegen und pflegen konnte. Oder, laut Miriam, in Ehren halten. »Manche Leute sammeln Briefmarken oder Streichholzbriefchen«, sagte sie einmal, »aber du, mein Liebling, du sammelst Verdruß.«

Bei jenem Besuch brachten mich Mike und Caroline in einem Schlafzimmer im ersten Stock unter, alles todschick, von Conran oder der General Trading Company. Auf meinem Nachttisch standen ein Strauß Freesien und eine Flasche Perrier, aber kein Aschenbecher. Als ich die Nachttischschublade öffnete, um nach etwas zu suchen, was ich statt dessen benutzen konnte, fand ich eine zerrissene Strumpfhose. Ich schnüffelte daran und erkannte augenblicklich den Geruch. Miriams. Sie und Blair hatten in diesem Bett gelegen und es vergiftet. Ich riß die Laken herunter und suchte die Matratze nach verräterischen Flecken ab. Nichts. Ha, ha, ha. Professor Schlappschwanz war nicht vollzugsfähig. Herr Doktor Hopper, né Hauptman, las ihr statt dessen wahrscheinlich im Bett laut vor. Seine dekonstruktivistischen Gedanken zu Mark Twains Rassismus. Oder zu Hemingways Homophobie. Trotzdem holte ich aus dem Bad eine Riesendose Pinienduftspray und besprühte damit die Matratze, dann machte ich irgendwie das Bett und legte mich wieder hin. Ich verhedderte mich in den Laken, das Durcheinander war zum Verrücktwerden. Das Zimmer stank nach Pinien. Ich machte das Fenster sperrangelweit auf. Es war arschkalt. Ich, der verlassene Ehemann, war wohl dazu verdammt, an Lungenentzündung in einem Bett zu sterben, das Miriams Wärme geatmet hatte. Ihre Schönheit. *Ihren Verrat.* Nun ja, Frauen ihres Alters leiden an Hitzewallungen und geistiger Verwirrung und werden manchmal unerklärlicherweise zu Ladendiebinnen. Sollte sie festgenommen werden, würde ich mich weigern, als Leumundszeuge für sie auszusagen. Nein, ich würde beschwören, daß es sie schon immer in den Fingern gejuckt hat. Soll sie im Knast verfaulen. Miriam, Miriam, Sehnsucht meines Herzens.

Mike, Gott segne ihn, ist widerwärtig reich, wofür er büßt, indem er sein Haar zu einem Pferdeschwanz bindet und vorzugsweise Blue Jeans trägt (von Polo Ralph Lauren, klar), aber Gott sei Dank keinen Ohrring. Und auch keine Nehru-Jacken mehr. Oder Mao-Mützen. Er ist ein Immobilienbaron. Besitzer ausgewählter Häuser in Highgate, Hampstead, Swiss Cottage, Islington und Chelsea, die er erwarb und zu Wohnungen umbaute, bevor die Inflation zuschlug. Außerdem hat er was mit Off-shore-Aufträgen zu tun, von denen ich lieber nichts weiß, und macht Warentermingeschäfte. Er und Caroline wohnen im modischen Fulham, an das ich mich aus Zeiten erinnere, als es noch nicht von Do-it-yourself-geübten Yuppies überrannt wurde. Außerdem nennen sie eine Datscha hoch in den Alpes-Maritimes, unweit von Vence, mit dazugehörigem Weinberg ihr eigen. In drei Generationen aus dem Schtetl zum Produzenten von Château Panofsky? Ich kann nicht klagen.

Mike ist zudem Mitbesitzer eines Restaurants für die Schlauen und Schönen in Pimlico. Es heißt The Table, und der Küchenchef versteht mehr von Unhöflichkeit als vom Kochen, aber das ist dieser Tage *de rigueur*, nicht wahr? Zu jung, um sich an Pearl Harbor zu erinnern oder daran, was den Kanadiern widerfuhr, die gefangengenommen wurden in – in – Sie wissen schon, in diesem uneinnehmbaren Außenposten im Fernen Osten. Nicht dort, wo der Morgen wie ein Donnerschlag dämmert, nein, dort, wo die Sassoons reich geworden sind. Singapur? Nein. Der Ort heißt so ähnlich wie der Gorilla in dem Film mit Fay Wray. *Kong*. Hongkong. Und ich weiß, daß Wellington Napoleon bei Waterloo besiegte und wer *Der Mann im grauen Flanell* geschrieben hat. Plötzlich ist es mir eingefallen. Frederic Wakeman[8] schrieb *Der Mann im grauen Flanell*, der mit Clark Gable und Sydney Greenstreet verfilmt wurde.

8 Sloan Wilson schrieb *Der Mann im grauen Flanell* (1955); und *The Hucksters* von Frederic Wakeman wurde mit Clark Gable, Deborah Kerr und Sydney Greenstreet verfilmt, MGM, 1947. Heute gibt es davon auch eine computerkolorierte Version.

Jedenfalls investierte Mike, der zu jung war, um sich an Pearl Harbor zu erinnern, früh in Japan und stieß alles im günstigsten Moment wieder ab. Während der Ölkrise setzte er auf Gold, brachte seinen Einsatz über die Ziellinie und verdoppelte ihn, machte dann nochmals einen Riesengewinn, als er 1992 mit Pfund-Sterling spekulierte. Er setzte auf Bill Gates, bevor jemand von E-Mail gehört hatte.

Ja, mein erstgeborener Sohn ist ein Multimillionär und hat sowohl ein soziales als auch ein kulturelles Gewissen. Er unterstützt ein modernes Theater, fördert knallharte, schonungslose Stücke, in denen die langbeinigen Töchter wichtiger Leute vorgeben, auf die Bühne zu scheißen, und Absolventen der Royal Academy of Dramatic Arts hingebungsvoll Analverkehr simulieren. *Ars longa, vita brevis.* Er ist einer von mehr als zweihundert Geldgebern für die Monatszeitschrift *Red Pepper* (»feministisch, antirassistisch, umweltbewußt und international«); und nicht ohne einen rettenden Sinn für Humor hat er mich auf die Abonnentenliste gesetzt. Die letzte Ausgabe von *Red Pepper* enthält einen ganzseitigen Spendenaufruf von London Lighthouse, auf dem eine kränkliche junge Frau mit ausdruckslosen, von dunklen Ringen umrahmten Augen abgebildet ist, die in den Spiegel in ihrer Hand sieht.

»SIE HAT IHREM MANN GESAGT, DASS SIE HIV-POSITIV IST. ER HAT ES IHR ÜBELGENOMMEN.«

Wie hätte der arme Kerl reagieren sollen? Mit ihr ins Ivy essen gehen und feiern?

Jedenfalls, wie Mr. Bellow bereits bemerkt hat, sterben mehr Leute an gebrochenem Herzen als an Aids. Oder Lungenkrebs, um mich als Spitzenkandidat zu Wort zu melden.

Wohl wahr, daß Mike Shiitake-Pilze, japanische Algen, Nishiki-Reis und Shiromiso-Suppe bei Harvey Nichols kauft, aber wenn er den Feinkostladen verläßt und auf die Sloane Street tritt, vergißt er nie, von einem dort herumhängenden Obdachlosen eine Ausgabe von *Big Issue* zu kaufen. Er besitzt in Fulham eine Galerie, die sich Anerkennung verschafft hat, da sie zweimal wegen Obszönität angezeigt wurde. Er und Caroline legen Wert darauf, Werke von bislang unbekannten Malern und Bildhauern zu erwerben, die, in Mikes Ausdrucksweise, »kurz vor dem Durchbruch stehen«. Mein hypermoderner, stets auf dem neuesten Stand befindlicher Sohn mag Gangsta-Rap, Datenautobahnen (nicht zu verwechseln mit Bibliotheken), Widerspruch, sinnvoll verbrachte Zeit, Internets, alle coolen Dinge und jedes zweite sprachliche Klischee, das typisch ist für seine Generation. Mike hat nie die *Ilias*, Gibbon, Stendhal, Swift, Dr. Johnson, George Eliot oder sonst einen der heutzutage diskreditierten eurozentrischen Heuchler gelesen, aber es gibt nicht einen überschätzten, einer Minderheit angehörigen Schriftsteller oder Dichter, dessen Werk er nicht bei Hatchards bestellt hätte. Ich wette, er hat niemals eine Stunde vor Velázquez' Porträt dieser königlichen Familie[9] gestanden, Sie wissen schon, dieses Bild, das im Prado hängt, aber wenn er zu einer Vernissage eingeladen wird, die mit einem in Pisse schwimmenden Kruzifix oder einer im blutenden Arschloch einer Frau steckenden Harpune lockt, kommt er mit seinem Scheckbuch angelaufen. »Ach«, sagte ich, damit unser transatlantisches Telefongespräch nicht ins Stocken geriet, »ich will ja nicht neugierig sein, aber hast du in letzter Zeit mit deiner Schwester gesprochen?«

»Paß auf. Du klingst schon wie Mom.«

»Das ist keine Antwort.«

»Es hat keinen Zweck, Kate anzurufen. Entweder ist sie gerade im Aufbruch oder mitten in einer Dinnerparty und kann nicht reden.«

»Das klingt nicht wie Kate.«

»Komm schon, Dad. Was dich anbelangt, kann sie überhaupt nichts falsch machen. Sie war schon immer dein Liebling.«

»Das stimmt nicht«, log ich.

»Aber Saul hat gestern angerufen, um mich zu fragen, was ich von seiner letzten Schmähschrift in diesem neofaschistischen Schmierblatt, für das er schreibt, halte. Himmel, es war erst am Morgen mit der Post gekommen. Er ist unglaublich, wirklich. Er hat fünfzehn Minuten gebraucht, um mich über seine eingebildeten gesundheitlichen Probleme und Arbeitsschwierigkeiten auf den neuesten Stand zu bringen. Und dann hat er mich als Champagner-Sozialisten beschimpft und Caroline als Pfennigfuchserin. Mit wem lebt er zur Zeit zusammen, wenn ich fragen darf?«

»Mensch, wie ich gehört habe, greifen die Briten zu den Waf-

9 *Las Meninas*

fen, weil Kälber nach Frankreich verschifft werden, wo sie in Kisten leben müssen statt im Crillon. War Caroline bei den Demos?«

»Du solltest dir was Besseres einfallen lassen, Dad. Aber komm uns bald besuchen«, sagte Mike, sein Tonfall war förmlicher geworden, denn vermutlich war eben Caroline ins Zimmer geschwebt und hatte ostentativ auf ihre Armbanduhr geblickt, nicht wissend, daß ich das Telefongespräch bezahle.

»Klar«, sagte ich und legte auf, angewidert von mir selbst.

Warum konnte ich ihm nicht sagen, wie sehr ich ihn liebe und wieviel Freude er mir im Lauf der Jahre bereitet hat?

Was, wenn es unser letztes Gespräch gewesen sein sollte?

»Aber der Tod, wissen Sie«, schrieb Samuel Johnson an Reverend Thomas Wharton, »hört unsere Bitten nicht noch nimmt er auf die Bequemlichkeit der Sterblichen Rücksicht.«

Und was, wenn Miriam und ich uns nicht mehr versöhnen sollten?

2 Wir haben alle zuviel in Literaturzeitschriften über zu Unrecht verkannte Romanautoren gelesen, aber selten ein Wort über zu Recht verkannte, die Schmierfinken, die mit ihren kümmerlichen Auszeichnungen à la Terry McIver hausieren gehen. Eine Übersetzung ins Isländische oder ein Auftritt bei einem Commonwealth-Kunstfestival in Auckland (zusammen mit ein paar »weißen Autoren«, wie es das neue Benennungssystem will, und einer Minderheiten-Mischung aus Maori, Inuit und amerikanischen Indianern, die das Alphabet beherrschen). Aber nach den vielen Jahren als Durchraßler hat mein alter Freund, meine Nemesis, eine kleine, aber unersättliche Gefolgschaft erworben, Apparatschiks der kanadischen Literaturszene zuhauf. Heutzutage ist dieser Abschaum omnipräsent, äußert sich im Fernsehen und im Radio, hält überall öffentliche Lesungen.

Ich lernte Terry, diesen sich selbst preisenden Mistkerl, über seinen Vater kennen, der in *Zeit und Rausch* ebenfalls verleumdet wird. Mr. McIver, der alleinige Inhaber des Spartacus Bookshop in der St. Catherine Street West, war der bewundernswerteste, wenn auch naivste Mensch der Welt. Er war ein magerer Schotte, aufgewachsen in den Gorbals, unehelicher Sohn einer Wäscherin und eines Schweißers aus Clydeside, der an der Somme gefallen war. Mr. McIver drängte mir Bücher von Howard Fast, Jack London, Emile Zola, Upton Sinclair, John Reed, Edgar Snow auf – und von dem Russen, Sie wissen schon, Lenins Hofdichter, wie hieß er gleich? Anathema für Solschenizyn. Na los, Barney. Du weißt es. Es gibt einen hervorragenden russischen Film über seine Kindheitserinnerungen. Himmel, es liegt mir auf der Zunge. Vorname Max – nein, Maxim –, der Nachname klingt wie gojische Pickles. Maxim Cornichon? Mach dich nicht lächerlich. Maxim Gurke? Vergiß es. Gorki. Maxim Gorki.

Wie auch immer, der Buchladen war wie ein Labyrinth, überall standen schwankende Bücherstapel aus zweiter Hand, die man Gefahr lief umzuwerfen, während man Mr. McIvers klatschenden Schlappen ins Hinterzimmer folgte. In sein Allerheiligstes, wo er am Schreibtisch saß – die Ellbogen hatten die uralte, sich auflösende Strickjacke durchbohrt –, Vorträge über die Übel des Kapitalismus hielt und den Studenten Toast mit Erdbeermarmelade und milchigen Tee servierte. Wenn sie sich den neuesten Algren oder Graham Greene oder den ersten Roman dieses jungen amerikanischen Autors, Norman Mailer, nicht leisten konnten, lieh er ihnen ein brandneues Exemplar, sie mußten nur versprechen, es unversaut zurückzubringen. Die Studenten erwiesen ihre Dankbarkeit, indem sie auf dem Weg hinaus Bücher klauten, die sie ihm in der nächsten Woche zurückverkauften. Ein paar griffen sogar in seine Kasse oder hauten ihn mit einem ungedeckten Scheck von zehn oder zwanzig Dollar übers Ohr und ließen sich nie wieder blicken. »Du gehst also nach Paris«, sagte er zu mir.

»Ja.«

Darauf folgte unweigerlich ein Vortrag über die Pariser Kommune. Die ebenso zum Scheitern verurteilt gewesen war wie der Spartakusaufstand in Berlin. »Könntest du meinem Sohn ein Paket mitbringen?« fragte er.

»Natürlich.«

Ich holte es am gleichen Abend in der stickigen, überheizten Wohnung der McIvers ab.

»Zwei Hemden«, sagte Mr. McIver. »Ein Pullover, den Mrs. McIver für ihn gestrickt hat. Sechs Dosen Lachs. Eine Stange

Player's Mild. Solche Sachen. Terry will Schriftsteller werden, aber ...«

»Aber?«

»Aber wer will das nicht?«

Als er in die Küche ging, um Wasser für den Tee aufzusetzen, gab mir Mrs. McIver einen Umschlag. »Für Terence«, flüsterte sie.

Ich fand McIver in einem kleinen Hotelzimmer in der Rue Jacob, und erstaunlicherweise nahm unsere Beziehung einen vielversprechenden Anfang. Er warf das Paket auf sein ungemachtes Bett, aber den Umschlag schlitzte er sofort auf. »Weißt du, wie sie das Geld verdient hat?« fragte er vor Wut kochend. »Diese achtundvierzig Dollar?«

»Ich habe keine Ahnung.«

»Mit Babysitten. Nachhilfeunterricht in Algebra oder französischer Grammatik für zurückgebliebene Kinder. Kennst du hier jemanden, Barney?«

»Ich bin erst seit drei Tagen da, und du bist der erste, mit dem ich rede.«

»Komm um sechs ins Mabillon, da werd ich dich ein paar Leuten vorstellen.«

»Ich weiß nicht, wo das ist.«

»Dann warte vor dem Haus auf mich. Einen Augenblick noch. Veranstaltet mein Vater immer noch diese Ad-hoc-Symposien für Studenten, die ihn hinter seinem Rücken auslachen?«

»Manche mögen ihn.«

»Er ist ein Narr. Er will, daß aus mir ein Versager wird. Wie er einer ist. Bis später.«

Selbstverständlich habe ich ein Leseexemplar von *Zeit und Rausch* erhalten, auf Empfehlung des Autors. Ich habe mich jetzt zweimal durch das Buch gekämpft, die eklatantesten Lügen und unverschämtesten Passagen angestrichen, und heute morgen habe ich meinen Rechtsanwalt angerufen, Maître John Hughes-McNoughton. »Kann ich jemanden anzeigen, der mich schwarz auf weiß beschuldigt, ein Frauenschänder, eine intellektuelle Niete, ein Plunderproduzent, ein Alkoholiker mit Hang zur Gewalttätigkeit und wahrscheinlich auch ein Mörder zu sein?«

»Klingt, als hätte er die Sache auf den Kopf getroffen.«

Kaum hatte ich aufgelegt, als Irv Nussbaum anrief, *capo dei capi* des United Jewish Appeal. »Hast du die *Gazette* von heute schon gesehen? Großartige Neuigkeiten. Der bekannte Anwalt eines Drogenhändlers wurde in seinem Jaguar erschossen, gestern abend vor seinem Haus in Sunnyside, die ganze Titelseite ist voll davon. Er war Jude, Gott sei Dank. Sein Name ist Larry Bercovitch. Das wird ein erstklassiger Tag heute. Ich sitze hier und schaue meine Spendenkartei durch.«

Als nächstes rief Mike an mit einem seiner heißen Aktientips. Ich weiß nicht, woher mein Sohn seine Insidertips bezieht. 1989 spürte er mich im Beverly Wilshire Hotel auf. Damals fand in Hollywood eins dieser Fernsehfestivals statt, bei dem anstelle des elektrischen Stuhls ein Preis auf den Regisseur des »brillantesten« Werbespots wartet. Ich war nicht wegen des Preises gekommen, sondern auf der Suche nach Märkten für meinen Schund. Mike sagte: »Kauf *Times*-Aktien.«

»Kein ›Hallo‹? Kein ›Wie geht's dir, lieber Daddy?‹«

»Ruf deinen Broker an, sobald ich aufgelegt habe.«

»Ich lese nicht einmal das Magazin. Warum sollte ich dafür investieren?«

»Bitte, tu, was ich dir sage.«

Ich tat es, und – Ekel, das ich bin – freute mich schon auf die Befriedigung, die es mir bereiten würde, die Aktien mit Verlust wieder abzustoßen und meinem Sohn die Schuld in die Schuhe zu schieben. Aber einen Monat später schlugen Warners und Paramount zu, und meine Aktien verdoppelten ihren Wert.

Aber ich eile voraus. Um an diesem Abend meine Hausiererpflichten zu erfüllen, mußte ich zwei leitende, des Lesens und Schreibens praktisch unkundige NBC-Angestellte zum Essen ins La Scala ausführen; mir klang noch Miriams Ermahnung in den Ohren, und ich war entschlossen, höflich zu sein. »Du solltest jemand anders nach L. A. schicken«, hatte sie zum Abschied gesagt, »denn du wirst wie immer zuviel trinken und alle beleidigen.« Und jetzt, während ich meinen dritten Laphroaig trank, erspähte ich Hymie Mintzbaum an einem anderen Tisch mit einem Flittchen, das jung genug war, um seine Enkeltochter zu sein. Nach unserem Zerwürfnis damals in London würdigten wir uns, wenn wir uns im Lauf der Jahre hier und dort auf den internationalen Stationen des Showbusineß-Kreuzwegs begegneten (Ma Maison, Elaine's, The Ivy, L'ami Louis, et cetera, et cetera), lediglich mit einem knappen Kopfnicken. Gelegentlich sah ich ihn in Begleitung eines scharwenzelnden Möchtegern-Starlets oder hörte in einem Restaurant über die Tische hinweg seine rauhe Stimme. »Wie Hemingway einmal zu mir gesagt hat ...« Oder: »Marilyn war wesentlich intelligenter, als die meisten Menschen glauben, aber Arthur war nicht der Richtige für sie.«

Einmal, 1964, kam es zwischen Hymie und mir sogar zu einem kurzen Wortwechsel.

»Miriam hat also nicht auf mich gehört«, sagte er. »Sie hat dich schließlich doch geheiratet.«

»Wir sind zufälligerweise sehr glücklich miteinander.«

»Fängt es jemals unglücklich an?«

Und an jenem Abend, mehr als zwanzig Jahre später, war er wieder da. Er nickte. Ich nickte. Hymie hatte sich eindeutig das Gesicht liften lassen, seit wir uns zuletzt gesehen hatten. Er färbte sich die Haare jetzt schwarz und trug eine Bomberjacke, Designer-Jeans und Adidas-Schuhe. Wie das Schicksal es wollte, liefen wir uns in der Herrentoilette über den Weg. »Du verdammter Idiot«, sagte er, »wir werden noch lange genug tot sein, und dann wird es keine Rolle mehr spielen, daß der Film, den wir in London gedreht haben, auf Boogies Geschichte basierte.«

»Für mich spielte es eine Rolle.«

»Weil du von Schuldgefühlen zerfressen warst?«

»Nach so vielen Jahren bin ich der Meinung, daß Boogie *mich* hintergangen hat.«

»Die meisten Menschen sehen es anders.«

»Er hätte bei meinem Prozeß auftauchen müssen.«

»Aus dem Grab auferstehen?«

»Von irgendwoher einfliegen.«

»Du bist unverbesserlich.«

»Ja?«

»Dickschädel. Weißt du, was ich jetzt mache? Einen ›Film der Woche‹ für ABC-TV. Aufregendes Drehbuch, könnte was Großes draus werden. Ich gehe jetzt zu einer Freudianerin. Wir schreiben gemeinsam an einem sensationellen Drehbuch, und ich vögle sie. Das ist mehr, als ich von allen anderen bekommen habe.«

Zurück am Tisch, sagte einer der jungen NBC-Angestellten, und dabei lächelte er verächtlich: »Sie kennen den alten Mintzbaum, wie?«

Der andere sagte kopfschüttelnd: »Um Himmels willen, bitten Sie ihn nicht an unseren Tisch, sonst wird er uns wieder irgendwas andrehen wollen.«

»Der alte Mintzbaum«, sagte ich, »hat sein Leben bei der Air Force aufs Spiel gesetzt, als Sie noch nicht geboren waren, Sie selbstgefälliger, unerträglicher, langweiliger kleiner Kretin. Und was Sie betrifft, Sie Platitüden von sich gebender kleiner Scheißer«, fügte ich an den anderen gewandt hinzu, »ich wette, daß Sie einen persönlichen Trainer haben, der jeden Morgen Ihre Rundenzeit stoppt, wenn Sie in Ihrem verdammten Swimmingpool rumrudern. Keiner von Ihnen kann dem alten Mintzbaum das Wasser reichen. Verpißt euch, alle beide.«

Das war 1989. Ich wechsle ständig das Thema. Ich weiß, ich weiß. Aber während ich in diesen Endspieltagen an meinem Schreibtisch sitze, meine Blase von einer vergrößerten Prostata zugestöpselt, mein Ischias eine zuverlässige Heimsuchung, und mich frage, wann das zweite Hüftgelenk fällig ist, ein Emphysem vorausahne, an einer Montecristo Nummer zwei ziehe, eine Flasche Macallan griffbereit, versuche ich, meinem Leben einen Sinn abzupressen, die Fäden zu entwirren. Ich erinnere mich an die herrlichen Tage in Paris zu Beginn der fünfziger Jahre, als wir jung und verrückt waren, und erhebe mein Glas auf abwesende Freunde: Mason Hoffenberg, David Burnett, Alfred Chester und Terry Southern, die alle tot sind. Ich frage mich, was aus dem Mädchen geworden ist, die man nie ohne den zirpenden Schimpansen auf der Schulter über den Boulevard St.-Germain flanieren sah. Ist sie nach Houston zurückgekehrt und hat einen Zahnarzt geheiratet? Ist sie heute Großmutter und bewundert Newt? Oder ist sie an einer Überdosis gestorben, wie die vortreffliche Marie-Claire, die ihren Stammbaum bis auf Roland zurückführen konnte?

Ich weiß es nicht. Ich weiß es einfach nicht. Die Vergangenheit ist ein fremdes Land, sie machen die Dinge dort anders, wie

E.M. Forster[10] einmal schrieb. Wie auch immer, das waren Zeiten. Es ging nicht so sehr darum, daß wir jetzt in der Stadt des Lichts waren, sondern daß wir den Zwängen unserer düsteren provinziellen Herkunft entflohen waren, in meinem Fall dem einzigen Land, in dem Königin Viktorias Geburtstag ein Nationalfeiertag war. Unser Leben war unstrukturiert. Vollkommen unstrukturiert. Wir aßen, wenn wir Hunger hatten, schliefen, wenn wir müde waren, vögelten alle, die verfügbar waren, wann immer möglich, überlebten mit drei Dollar pro Tag. Alle außer dem stets elegant gekleideten Cedric, einem schwarzen Amerikaner, Nutznießer einer geheimen Geldquelle, über die wir anderen endlos spekulierten. Es war auf jeden Fall kein Familiengeld. Es waren auch nicht die erbärmlichen Honorare, die er für die Veröffentlichung seiner Geschichten im *London Magazine* oder der *Kenyon Review* erhielt. Und das Gerücht, das in jenen Tagen des wildgewordenen Antikommunismus bei anderen schwarzen Amerikanern am linken Seineufer kursierte, wonach Cedric monatliche Zahlungen vom FBI oder von der CIA für Informationen über ihre Aktivitäten bezog, tat ich als Ente ab. Jedenfalls hauste Cedric nicht in einem billigen Hotelzimmer, sondern residierte in einer komfortablen Wohnung in der Rue Bonaparte. Sein Jiddisch, das er in Brighton Beach gelernt hatte, wo sein Vater als Hausmeister arbeitete, war gut genug, um mit Boogie zu plaudern, der ihn als *schejner reb* Cedric, als *schwarzes goen* von Brooklyn ansprach. Offensichtlich ohne rassische Komplexe, alles andere als ein Spielverderber, ging Cedric darauf ein, wenn Boogie spaßeshalber behauptete, er sei eigentlich ein ehrgeiziger Jemenit, der versuche, als Schwarzer durchzugehen; das mache ihn unwiderstehlich für die jungen weißen Frauen, die in Paris waren, um sich zu befreien, wenn auch mit Hilfe monatlicher Zuwendungen seitens ihrer sittenstrengen Eltern. Er reagierte mit einer Mischung aus Herzlichkeit und Respekt, wenn Boogie, unser anerkannter Meister, seine neueste Kurzgeschichte lobte. Aber ich vermute, daß seine Freude geheuchelt war. Im nachhinein fürchte ich, daß er und Boogie, die ständig Turniere austrugen, sich nicht mochten.

10 Es war L.P. Hartley in *The Go-Between*, Seite 1, Hamish Hamilton, London 1953.

Mißverstehen Sie mich nicht. Cedric hatte wirklich Talent, und so konnte es nicht ausbleiben, daß ihm eines Tages ein New Yorker Verleger einen Vertrag für seinen ersten Roman schickte und ihm 2500 Dollar als Vorschuß bot, verrechenbar mit dem Autorenhonorar. Cedric lud zur Feier des Tages Leo, Boogie, Clara und mich zum Abendessen ins La Coupole ein. Und wir hauten auf den Putz, waren glücklich, zusammenzusein, tranken eine Flasche Wein nach der anderen. Der Verleger und seine Frau, sagte Cedric, kämen in der nächsten Woche nach Paris. »Aus seinem Brief«, sagte er, »schließe ich, daß er mich für einen bettelarmen Nigger hält, der in einer Mansarde lebt und überglücklich ist, wenn er zum Essen eingeladen wird.«

Daraufhin rissen wir Witze darüber, ob Cedric im Lapérouse Innereien bestellen oder barfuß zum Cocktail im Deux Magots auftauchen sollte. Und dann beging ich meinen Fauxpas. In der Hoffnung, Boogie zu beeindrucken, dem für gewöhnlich die ausgefallensten Scherze einfielen, schlug ich vor, daß Cedric den Verleger und seine Frau zum Essen zu sich nach Hause einladen sollte, wo wir vier so tun würden, als wären wir seine Angestellten. Clara und ich würden kochen, Boogie und Leo, in weißen Hemden mit schwarzen Fliegen, sollten bedienen. »Das gefällt mir«, sagte Clara und klatschte in die Hände. Aber Boogie wollte nichts davon wissen.

»Warum?« fragte ich.

»Weil ich fürchte, unser Freund Cedric hier würde zu großen Gefallen daran finden.«

Ein widriger Wind wehte über unseren Tisch. Cedric, der vorgab, müde zu sein, ließ die Rechnung kommen, und wir gingen einzeln in die Nacht davon, jeder von seinen eigenen düsteren Gedanken geplagt. Aber innerhalb von Tagen war die Episode vergessen. Und wieder versammelten wir uns spätabends, nachdem die Jazzclubs dichtgemacht hatten, in Cedrics Wohnung und fielen über seinen Haschischvorrat her.

In jenen Tagen spielten in den unbedeutenden Nachtlokalen, die wir frequentierten, Genies wie Sidney Bechet, Charlie Parker oder Miles Davis. An trägen Frühlingsnachmittagen holten wir in Gaït Frogé's English Bookshop in der Rue de Seine unsere Post ab und schnappten den neuesten Klatsch auf oder spazierten zum

Friedhof Père Lachaise, wo wir die Gräber von Oscar Wilde und Heinrich Heine oder anderer Unsterblicher besuchten. Aber der Tod, ein Fluch, der früheren Generationen wohlbekannt war, fand keinen Eingang in unsere Sicht der Dinge. Er stand nicht auf unseren Tanzkarten.

Jedes Zeitalter hat die Kunstmäzene, die es verdient. Der Wohltäter unserer Truppe war Maurice Girodias, né Kahane, Alleininhaber von Olympia Press, der die scharfen Sachen in der Traveller's Library verlegte. Ich erinnere mich, öfter als einmal an der Ecke der Rue Dauphine auf Boogie gewartet zu haben, der mit den am Vorabend verfaßten gut zwanzig Seiten Pornographie in Girodias' Büro in der Rue Nesle ging und, wenn er Glück hatte, mit fünftausend lebenserhaltenden Francs wieder herauskam – Vorschuß auf einen Porno, den er so bald wie möglich abliefern sollte. Einmal stieß er zu seinem großen Vergnügen mit der Sittenpolizei zusammen, den Männern im Trenchcoat von *La Brigade Mondaine* (Die weltliche Brigade), die hineinstürzten, um die Ausgaben von *Wer bedrängte Paulo?, Die Engel mit der Peitsche, Helen und die Lust* und das *Buch der Limericks* des Grafen Palmiro Vicarion zu beschlagnahmen:

Während Tizian mischte das Rosenrot
Sein Modell einen aufreizenden Anblick bot.
»So wie Sie sich positionieren«, sagte Tizian,
»Überkommt mich der Wunsch zu koitieren.«
Woraufhin er mit ihr eine Nummer schob.

Aus einer Laune heraus oder weil gerade ein Motorrad zur Verfügung war, fuhren wir manchmal für ein paar Tage nach Venedig oder trampten zur *feria* nach Valencia, wo wir auf der Plaza de los Toros Litri und Aparicio und den jungen Dominguin sahen. Eines Nachmittags im Sommer 1952 verkündete Boogie, daß wir nach Cannes fahren würden, um als Komparsen beim Film zu arbeiten, und dort lernte ich Hymie Mintzbaum kennen.

Hymie, gebaut wie ein Footballspieler, mit derben Zügen, schwarzem Haar, das lockig war wie das Fell eines Terriers, hungrigen braunen Augen, großen Segelohren, vorstehender, mißgestalteter, zweimal gebrochener Nase, hatte 1943 beim 281. Bomberverband der American Army Air Force gedient, die in Ridgewell, nicht weit von Cambridge, stationiert war; als neunundzwanzigjähriger Major war er Pilot einer B-17. Mit seiner rauhen, hypnotisierenden Stimme erzählte er in diesem Sommer 1952 Boogie und mir – wir drei saßen auf der Terrasse des Colombe d'Or in St.-Paul-de-Vence, tranken die zweite Flasche Dom Pérignon, in jede Flöte kam ein Schuß Courvoisier XO, alles auf Hymies Kosten –, daß der Befehl seiner Schwadron gelautet habe, tagsüber gezielt Bomben abzuwerfen. Er war beim zweiten Angriff auf die Schweinfurter Kugellagerfabrik dabei, bei dem die Eighth Air Force 60 von 320 Bombern verlor, die in East Anglia gestartet waren. »Wir flogen in 25 000 Fuß Höhe bei 50 Grad unter Null, und obwohl unsere Fliegeranzüge beheizt waren«, sagte er, »hatten wir Angst vor Erfrierungen, ganz zu schweigen von Görings persönlicher Schwadron von ME-109- und FW-190-Jägern, die kreisten und nur darauf warteten, versprengte Bomber abzuschießen. Kennt einer von euch, ihr jungen Genies«, fragte er, die Bezeichnung »Genies« kursiv ausgesprochen, »zufällig die junge Frau, die dort im Schatten sitzt, am zweiten Tisch links von uns?«

Junge Genies. Boogie, dieser scharfsinnigste aller Menschen, vertrug keinen Alkohol, er bekam eine Matschbirne davon, deswegen bemerkte er nicht, daß wir gönnerhaft behandelt wurden. Offensichtlich fühlte sich Hymie, der damals auf die Vierzig zuging, von jungen Männern bedroht. Meine Männlichkeit, wenn nicht Boogies, stand in Frage, da ich nicht kampferprobt war. Außerdem war ich nicht alt genug, um während der Weltwirtschaftskrise ausreichend gelitten zu haben. Ich hatte mich nicht in der guten alten Zeit, gleich nach der Befreiung, in Paris amüsiert und mit Papa Hemingway im Ritz Martinis gekippt. Ich hatte nicht gesehen, wie Joe Louis Max Schmeling in der ersten Runde niederschlug, und konnte nicht verstehen, was das für einen in der Bronx aufgewachsenen Jid bedeutete. Ich hatte verpaßt, wie Gypsy Rose Lee auf der Weltausstellung einen Striptease hinlegte. Hymie litt wie ein verbitterter alter Mann unter dem Irrglauben, daß alle, die nach ihm kamen, zu spät geboren waren. Er war, in unserer Ausdrucksweise, ein Langweiler. »Nein«, sagte ich. »Ich habe keine Ahnung, wer sie ist.«

»Jammerschade«, sagte Hymie.

Hymie, der damals auf der schwarzen Liste stand, drehte unter einem Pseudonym in Monte Carlo einen französischen *film noir* mit Eddie Constantine. Boogie und ich spielten als Komparsen mit. Er bestellte eine weitere Flasche Dom Pérignon, wies den Kellner an, den Courvoisier XO auf dem Tisch stehenzulassen, und bat um Oliven, Mandeln, frische Feigen, einen Teller Krevetten, etwas Trüffelpastete, Brot, Butter, geräucherten Lachs und was es sonst noch zu knabbern gab.

Die Sonne, die uns gewärmt hatte, ging langsam hinter den olivgrünen Hügeln unter und schien sie in Brand zu setzen. Ein Eselskarren, gelenkt von einem grauhaarigen alten Kauz in blauem Kittel, fuhr klipp-klapp unterhalb der steinernen Mauer der Terrasse vorbei, und die abendliche Brise trug den Duft der Rosen, mit denen er beladen war, zu uns heran. Die Rosen waren für die Parfümhersteller in Grasse bestimmt. Dann stapfte ein dicker Bäckerjunge mit einem großen Weidenkorb voller frischgebackener, duftender Baguettes auf dem Rücken an unserem Tisch vorbei. »Wenn sie auf jemanden wartet«, sagte Hymie, »dann kommt er unverzeihlich spät.«

Die Frau mit dem glänzenden Haar, die allein zwei Tische links von uns saß, war wohl Ende Zwanzig. Ein Geschenkpaket. Schlanke nackte Arme, eine elegante Leinenbluse, die langen nackten Beine übergeschlagen. Sie nippte an einem Glas Weißwein, rauchte eine Gitane; und als sie bemerkte, daß wir sie verstohlen musterten, senkte sie den Blick, zog einen Schmollmund, holte ein Buch aus ihrer Strohtasche, *Bonjour Tristesse*[11] von Françoise Sagan, und begann zu lesen.

»Soll ich rübergehen und sie an unseren Tisch bitten?« fragte Boogie.

Hymie kratzte sich das rote Kinn, dann verzog er das Gesicht und legte die Stirn in Falten. »Nee. Ich glaub nicht. Wenn sie rüberkommt, könnte das alles verderben. Ich muß mal telefonieren. Bin gleich wieder zurück.«

»Er geht mir langsam auf den Wecker«, sagte ich zu Boogie. »Sobald er zurück ist, sollten wir uns verabschieden, Mann.«

11 Es muß ein anderes Buch gewesen sein, da *Bonjour Tristesse* erst 1954 publiziert wurde.

»Nein.«

Hymie, der bald wieder auftauchte, begann mit berühmten Namen um sich zu werfen, ein Fehlverhalten, das ich nicht tolerieren kann. Hollywood-Manna. John Huston, sein Kumpel. Dorothy Parker, großer Ärger. Die Zeit, als er zusammen mit dem Spitzel Clifford Odets an einem Drehbuch arbeitete. Seine zweitägige Sauftour mit Boogie. Dann erzählte er uns, daß sein Kommandant alle Flugzeugmannschaften, bevor sie zum ersten Einsatz aufbrachen, in einer Baracke zusammenrief. »Ich will nicht, daß eine von euch Schwuchteln dreihundert Meilen vor dem Zielgebiet mechanische Probleme vortäuscht, die Bomben auf die nächste Kuhweide abwirft und dann nach Hause fliegt. Gottverdammte Kacke. Himmel, Arsch und Zwirn. Ihr würdet nicht nur Rosie the Riveter enttäuschen, sondern auch alle die 4-F-Juden, die auf dem Schwarzmarkt absahnen und zu Hause eure Mädchen vögeln. Macht euch lieber in die Hosen, als mir mit dieser Geschichte anzukommen.« Dann fügte er hinzu: »In drei Monaten werden zwei Drittel von euch tot sein. Irgendwelche dummen Fragen?«

Aber Hymie überlebte, wurde entlassen mit fünfzehntausend Dollar auf der Bank, das meiste davon hatte er beim Pokern gewonnen. Er ging schnurstracks nach Paris, mietete sich im Ritz ein und war sechs Monate lang nicht mehr nüchtern, sagte er. Dann, als er nur noch dreitausend Dollar hatte, buchte er die Überfahrt auf der *Ile de France* und machte sich auf nach Kalifornien. Er fing als dritter Regieassistent an, drängelte sich auf der Leiter nach oben, verprellte Studiomanager, die im Feldzug für Kriegsanleihen ehrenhaft an der Heimatfront gedient hatten, indem er bei Dinnerpartys in seiner Fliegerjacke auftauchte. Hymie produzierte einen *Blondie*-Film, zwei Tim-Holt-Western und eine Folge von Tom Conways *The Falcon*, bevor ihm gestattet wurde, eine Komödie mit Eddie Bracken und Betty Wie-hieß-sie-doch-gleich zu drehen. Sie wissen schon, wie die Aktienhändler. Betty Merrill Lynch? Nein. Betty Lehman Brothers? Schluß damit. Betty, wie in diesem Werbespot. Wenn dieser Fatzke spricht, hören alle zu. *Hutton*. Betty Hutton. Einmal war er für den Oscar nominiert, dreimal ließ er sich scheiden, und dann wurde er vor den Senatsausschuß für unamerikanische Umtriebe zitiert. »Dieser

Drecksack Anderson, unser Genosse«, sagte er, »ein Drehbuchschreiber, der fünfhundert Dollar die Woche verdiente, wurde vom Ausschuß vereidigt und hat denen erzählt, daß er jede Woche in mein Haus im Benedict Canyon kam, um Parteibeiträge einzutreiben. Woher sollte ich wissen, daß er ein FBI-Spitzel war?«

Hymie sah sich auf unserem Tisch um und sagte: »Hier fehlt etwas. *Garçon, apportez-nous des cigares, s'il vous plaît.*«

Dann tänzelte ein Franzose, weit über Fünfzig und offensichtlich jenseits von Gut und Böse, auf die Terrasse. Er trug eine Prinz-Heinrich-Mütze, und um seine Schultern hing ein marineblauer Blazer mit Messingknöpfen: er war gekommen, um seinen Anspruch auf die junge Frau zwei Tische links von uns geltend zu machen. Sie stand erfreut auf, um ihn zu begrüßen, ein aufgestörter Schmetterling.

»Comme tu es belle«, gurrte er.

»Merci, chéri.«

»Je t'adore«, sagte er und streichelte mit der Hand über ihre Wange. Dann rief er gebieterisch nach dem Kellner, *le roi le veut*, zückte ein von einer goldenen Klammer zusammengehaltenes Bündel Francs und beglich die Rechnung. Die beiden näherten sich unserem Tisch, wo sie ihn anhielt, um mit einer wegwerfenden Handbewegung auf die Überreste unseres Festes zu deuten und zu sagen: *»Les Américains. Dégueulasses. Comme d'habitude.«*

»We don't like Ike«, sagte der Franzose kichernd.

»Fiche-moi la paix«, sagte Hymie.

»Toi et ta fille«, sagte ich.

Beleidigt gingen sie, einander den Arm um die Taille legend, zu seinem Aston-Martin, die Hand des alten Mannes tätschelte ihr Hinterteil. Er hielt ihr die Wagentür auf, setzte sich ans Lenkrad, zog seine Rennfahrerhandschuhe an, machte eine obszöne Geste in unsere Richtung und fuhr los.

»Nichts wie weg hier«, sagte Hymie.

Wir zwängten uns in Hymies Citroën und rasten nach Hauts-de-Cagnes, Hymie und Boogie grölten die Synagogenlieder, an die sie sich erinnerten, während wir den nahezu senkrechten Hügel zu Jimmy's Bar hinaufrauschten, und da begann meine Stimmung abzusacken. Frostig war der Zustand meiner Seele. Und an diesem Abend, der ohne meine zornige Präsenz vollkommen gewesen wäre, lastete Neid auf meinem Herzen. Neid auf Hymies Kriegserfahrungen. Seinen Charme. Sein Bankkonto. Auf die Mühelosigkeit, mit der Boogie eine Beziehung zu ihm aufgebaut hatte. In ihre Witzeleien bezogen sie mich jetzt häufig nicht mehr mit ein.

Jahre später, kurz nachdem die Mordanklage gegen mich niedergeschlagen worden war und Hymie, da der Alptraum der Berufsverbote der Vergangenheit angehörte, wieder in den USA lebte, bestand er darauf, daß ich mich in seinem Strandhaus, das er für den Sommer in den Hamptons gemietet hatte, erholte. »Ich weiß, daß du in deiner Stimmung niemanden sehen willst. Aber hier findest du genau das, was der Doktor verordnet hat. Ruhe und Frieden. Das Meer. Sand. Pastrami. Abenteuerlustige geschiedene Frauen. Warte, bis du meine Kascha probiert hast. Und niemand erfährt was von dem Ärger, den du hinter dir hast.«

Ruhe und Frieden. Hymie. Ich hätte es wissen müssen. Er war der großzügigste Gastgeber, den man sich vorstellen kann, und nahezu jeden Abend war sein Strandhaus vollgestopft mit Gästen, die meisten von ihnen jung, und er versuchte, sie alle zu verführen. Er ergötzte sie mit Geschichten von den Großen und Beinahe-Großen, die er angeblich gekannt hatte. Dashiell Hammett, ein Fürst. Bette Davis, mißverstanden. Peter Lorre, genau sein Typ. Dito Spence. Er schlenderte von Gast zu Gast und ließ jeden erstrahlen wie ein Beleuchter. Jeder jungen Frau flüsterte er ins Ohr, daß sie die wunderbarste und intelligenteste auf ganz Long Island sei, jedem Mann suggerierte er, daß er auf einzigartige Weise begabt sei. Er ließ nicht zu, daß ich grübelnd in einer Ecke saß, sondern warf mir buchstäblich eine Frau nach der anderen in den Schoß. »Sie fühlt sich wahnsinnig zu dir hingezogen.« Und wenn er mich vorstellte, sagte er: »Das ist mein alter Freund Barney Panofsky, und er brennt darauf, dich kennenzulernen. Er sieht nicht so aus, ich weiß, aber er ist gerade mit dem perfekten Verbrechen davongekommen. Erzähl ihr davon, Junge.«

Ich nahm ihn beiseite. »Ich weiß, daß du es gut meinst, Hymie, aber die Wahrheit ist, daß ich in eine Frau in Toronto verliebt bin.«

»Natürlich bist du das. Meinst du, ich höre nicht, wie du wie ein verpickelter Teenager zum Telefon schleichst, nachdem ich ins Bett gegangen bin?«

»Hörst du womöglich an deinem Apparat im Schlafzimmer mit?«

»Schau mal, mein Junge, Miriam ist dort, und du bist hier. Genieß das Leben.«

»Du verstehst nicht.«

»Nein, du bist es, der nicht versteht. Komm erst mal in mein Alter, dann bereust du nicht, daß du ein paarmal geschwindelt hast, sondern daß du es ein paarmal nicht getan hast.«

»Mit uns wird es nicht so werden.«

»Ich wette, daß du als Kind Tinkerbell applaudiert hast.«

Jeden Morgen, ob es regnete oder die Sonne schien, ging Hymie, der damals von einer Reich-Anhängerin therapiert wurde, hinaus in die Dünen und ließ Urschreie vom Stapel, die laut genug waren, um die Haie, die vielleicht im flachen Wasser lauerten, zurück in die tiefe See zu treiben. Dann brach er zu seinem morgendlichen Dauerlauf auf, sammelte unterwegs eine schnatternde Schar Kinder auf, machte elfjährigen Mädchen Heiratsanträge, schlug neunjährigen Jungen vor, irgendwo ein Bier zu trinken, und lud sie schließlich alle in den örtlichen Süßigkeitenladen ein. Zurück im Strandhaus, brutzelte er uns Salamiomeletts mit Bergen von Pommes frites. Dann, sofort nach dem Frühstück, noch heiser von seiner Dünentherapie, rief Hymie, der über das Telefon mit der Außenwelt verbunden war, seinen Agenten an: »Was werden Sie heute für mich tun, Sie *kacker*?« Oder er holte sich einen Produzenten an die Strippe, schmeichelte ihm, bettelte, drohte, hustete Schleim in ein Taschentuch, zündete sich eine Zigarette an der anderen an. »Ich kann den besten amerikanischen Film seit *Citizen Kane* drehen, aber ich höre nie von Ihnen. Wie kommt das?«

Oft wachte ich frühmorgens auf, weil Hymie übers Telefon eine seiner Ex-Frauen anschrie, sich für eine verspätete Unterhaltszahlung entschuldigte, wegen einer gescheiterten Affäre sein Mitgefühl ausdrückte oder einen seiner Söhne oder seine Tochter in San Francisco anbrüllte. »Was macht sie eigentlich?« fragte ich ihn einmal.

»Sie geht einkaufen. Wird schwanger. Heiratet. Läßt sich scheiden. Du weißt, was ein Serienkiller ist? Sie ist eine Serienbraut.«

Hymies Kinder waren ein beständiger Quell des Kummers,

Empfänger endloser finanzieller Zuwendungen. Der Sohn in Boston, Hexenmeister und Inhaber eines okkulten Buchladens, schrieb das definitive Buch über Astrologie. Wenn er nicht gerade den Himmel betrachtete, neigte er dazu, auf der Erde ungedeckte Schecks auszustellen, für die Hymie einstehen mußte. Sein zweiter Sohn, ein herumziehender Rockmusiker, mußte immer wieder in kostspielige Entzugskliniken und hatte eine Schwäche dafür, in gestohlenen Sportwagen loszurauschen, die er regelmäßig zu Schrott fuhr. Dann rief er aus einem Gefängnis in Tulsa an, aus einem Krankenhaus in Kansas oder aus einem Anwaltsbüro in Denver, um seinem Vater mitzuteilen, daß ein Mißverständnis vorliege. »Aber mach dir keine Sorgen, Dad, ich bin nicht verletzt.«

Selbst noch nicht Vater, ließ ich mich herab, ihn zu belehren. »Sollte ich je Kinder haben«, sagte ich, »müssen sie mit einundzwanzig selbst für sich sorgen. Es muß einen Schlußpunkt geben.«

»Das Grab«, sagte er.

Hymie unterstützte einen Schlemihl von Bruder, einen Talmudgelehrten, und seine Eltern in Florida. Einmal fand ich ihn um zwei Uhr morgens weinend am Küchentisch, umgeben von Scheckbüchern und Zetteln, auf denen er eilig etwas ausgerechnet hatte. »Kann ich dir irgendwie helfen?« fragte ich.

»Ja. Kümmre dich um deine eigenen Angelegenheiten. Nein, setz dich. Wenn ich morgen einen Herzinfarkt habe, stehen zwölf Menschen auf der Straße, ohne einen Topf, in den sie pinkeln können, ist dir das klar? Hier, lies das.« Es war ein Brief seines Bruders. Er hatte spätabends einen von Hymies Filmen im Fernsehen gesehen: geil, obszön, verlogen, eine Schande für den guten Namen der Familie. Wenn er solchen Dreck mache, könne er es dann nicht unter einem Pseudonym tun? »Weißt du, wieviel Geld er mir schuldet, dieser *mamser*? Ich zahl sogar die College-Gebühren für seine Tochter.«

Ich war alles andere als gute Gesellschaft. Schweißgebadet wachte ich manchmal um drei Uhr morgens auf, überzeugt, daß ich noch immer im Knast von St. Jérôme vor mich hin faulte, daß mir eine Freilassung auf Kaution verweigert wurde und ich höchstwahrscheinlich zu lebenslänglich verurteilt würde. Oder ich träumte, daß wieder einmal diese verschlafene Jury aus

Schweinezüchtern, Schneepflugfahrern und Automechanikern über mich zu Gericht saß. Und wenn ich nicht schlafen konnte, trauerte ich um Boogie, fragte mich, ob die Taucher die Sache versaut hatten und ob er, wider alle Wahrscheinlichkeit, nicht doch zwischen den Wasserpflanzen lag. Oder ob seine aufgeblähte Leiche in meiner Abwesenheit an die Oberfläche getrieben war. Aber eine Stunde später verwandelten sich meine Sorgen in Wut. Er lebte noch, dieser Scheißkerl. Ich wußte es. Warum war er dann bei meinem Prozeß nicht aufgetaucht? Weil er nichts davon wußte. Er hatte sich mal wieder in einen Aschram nach Indien zurückgezogen. Oder lag, betäubt vom Heroin, in einem Hotel in San Francisco. Oder er war in diesem Trappistenkloster in Big Sur, versuchte von den Drogen loszukommen und studierte seine Liste mit den Namen der Gefallenen. Und jeden Tag konnte eine seiner kryptischen Postkarten eintreffen. Wie die, die ich aus Acre erhalten hatte:

> Zu der Zeit war kein König in Israel, und jeder tat, was ihn recht dünkte.
>
> Richter 17,6

Als ich aus dem Gefängnis entlassen worden war, fuhr ich gleich zu meinem Haus am See, sprang in mein Motorboot und suchte jeden Zentimeter Ufer plus die einmündenden Bäche ab. Sergeant O'Hearne erwartete mich auf meinem Steg. »Was tun Sie hier?« wollte ich wissen.

»Ich gehe im Wald spazieren. Sie wurden mit einem Hufeisen im Arsch geboren, Mr. P.«

Eines späten Abends saßen Hymie und ich auf der Veranda und tranken Cognac. »Du warst so ein Nervenbündel, als wir uns kennenlernten«, sagte er. »Du hast alles mitgemacht, was gerade angesagt war, unter deiner Maske warst du allerdings schweißnaß vor Wut und Groll und Aggressivität. Aber wer hätte gedacht, daß du eines Tages mit einem Mord davonkommst?«

»Ich hab's nicht getan, Hymie.«

»In Frankreich hätte man dir lediglich auf die Finger geklopft. *Crime passionnel* nennen sie es. Ich schwöre, ich hätte nie gedacht, daß du so viel Mumm hast.«

»Du verstehst nicht. Er ist noch am Leben. Irgendwo da draußen. Mexiko. Neuseeland. Makao. Was weiß ich.«

»Ich hab gelesen, daß danach nie Geld von seinem Konto abgehoben wurde.«

»Miriam hat herausgefunden, daß in den Tagen nach seinem Verschwinden in drei Sommerhäuser eingebrochen wurde. So hat er wahrscheinlich was zum Anziehen gefunden.«

»Bist du jetzt bankrott?«

»Mein Anwalt. Unterhaltszahlungen. Vernachlässigte Geschäfte. Klar bin ich bankrott.«

»Wir schreiben zusammen ein Drehbuch.«

»Mach dich nicht lächerlich. Ich bin kein Schriftsteller, Hymie.«

»Da sind hundertfünfzig Riesen für uns drin, geteilt durch zwei. Nee, einen Augenblick mal. Ich meine ein Drittel für dich, zwei Drittel für mich. Was sagst du dazu?«

Kaum hatten wir mit dem Drehbuch angefangen, riß Hymie mir Szenen aus der Schreibmaschine und las sie am Telefon einer früheren Geliebten in Paris, einem Cousin in Brooklyn, seiner Tochter oder seinem Agenten vor. »Hör dir das an, es ist großartig.« Wenn die Reaktion nicht seinen Erwartungen entsprach, konterte er: »Das ist nur ein erster Entwurf, und ich habe Barney gesagt, daß es so nicht geht. Er ist Anfänger, verstehst du?« Die Meinung seiner Putzfrau wurde eingeholt, er beriet sich mit seiner Analytikerin, überreichte Kellnerinnen Manuskriptseiten und redigierte gemäß ihrer Kritik. Bisweilen stürmte er um vier Uhr morgens in mein Schlafzimmer und rüttelte mich wach. »Ich hatte grade einen genialen Einfall. Komm.« Er löffelte Eis aus einem riesigen Becher, den er aus dem Kühlschrank geholt hatte, ging in seinen Boxershorts auf und ab, kratzte sich im Schritt und diktierte. »Das ist der Stoff, aus dem die Oscars sind. Hundertprozentig.« Aber am nächsten Morgen las er, was er diktiert hatte, und sagte: »Barney, das ist Scheiße. Wir sollten es heute ernsthaft angehen.«

An schlechten Tagen, alkoholfreien Tagen, konnte er aufs Sofa sinken und sagen: »Weißt du, was mir jetzt recht wäre? Einen geblasen zu kriegen. Technisch gesehen ist das kein Treuebruch. Worüber mache ich mir überhaupt Sorgen? Ich bin im Moment nicht mal verheiratet.« Dann sprang er auf, nahm sein Exemplar von *Die Memoiren der Fanny Hill* oder *Die Geschichte der O* aus dem Bücherregal und verschwand auf die Toilette. »Das sollten wir mindestens einmal am Tag tun. Es hält die Prostata in Schach. Hat mir ein Arzt erzählt.«

Damals, 1952, fuhren wir in Hymies Peugeot[12] von Jimmy's Bar nach Nizza, und als nächstes erinnere ich mich an eine dieser überfüllten, winzigen, rauchgeschwängerten Bar-Tabacs mit Zinktheke in einem engen Sträßchen in der Nähe des Marktes, wo wir drei zusammen mit Gepäckträgern und Lastwagenfahrern Cognac kippten. Wir stießen an auf Maurice Thorez, Mao, Harry Bridges und dann auf La Pasionaria und El Campesino, zu Ehren der beiden katalanischen Flüchtlinge in unserer Runde. Beladen mit geschenkten Tomaten, die noch nach dem Strauch rochen, Frühlingszwiebeln und Feigen, zogen wir weiter nach Juan les Pins, wo wir einen noch geöffneten Nachtclub fanden. »›Tailgunner Joe‹«, sagte Hymie, »mein unerschrockener Waffenkamerad Senator Joseph McCarthy, diese Kakerlake, hat nie einen Kampfeinsatz geflogen ...«

Daraufhin wechselte ein scheinbar apathischer Boogie die Gänge und kam auf Hochtouren. »Wenn die Hexenjagd vorbei ist«, sagte er, »und sich alle dafür schämen, so wie damals nach den Palmer Raids, wird McCarthy im nachhinein vielleicht als der einflußreichste Filmkritiker aller Zeiten gelten. Vergiß Agee. Der Senator hat die Ställe ausgemistet.«

Von mir hätte Hymie das nie hingenommen, aber da es von Boogie kam, ließ er es durchgehen. Es war erstaunlich. Da war Hymie, ein verdienter und relativ wohlhabender Mann, ein erfolgreicher Regisseur, und da war Boogie, arm, unbekannt, ein Schriftsteller, der zu kämpfen hatte und dessen Publikationen sich auf ein paar kleine Zeitschriften beschränkten. Aber Hymie war eingeschüchtert und entschlossen, Boogies Anerkennung zu gewinnen. Boogie hatte diese Wirkung auf Leute. Ich war nicht der einzige, der seinen Segen brauchte.

»Mein Problem ist«, fuhr Boogie fort, »daß ich die zehn Besten in Hollywood als Menschen durchaus respektiere, aber nicht als

12 Auf Seite 44 als Citroën beschrieben.

zweitrangige Schriftsteller. *Je m'excuse.* Drittrangige. So verabscheuenswert ich Evelyn Waughs Politik finde, ich würde jederzeit lieber einen Roman von ihm lesen, als mir noch einmal einen dieser rührseligen Filme anzuschauen.«

»Du bist wirklich ein Scherzbold, Boogie«, sagte ein gedämpfter Hymie.

»›Den Besten mangelt jegliche Überzeugung‹«, sagte Boogie, »›während die Schlechtesten von leidenschaftlicher Inbrunst erfüllt sind.‹ Behauptet zumindest Mr. Yeats.«

»Ich bin bereit zuzugeben«, erwiderte Hymie, »daß unser Haufen, und ich zähle mich dazu, möglicherweise so viel Integrität in unsere von Schuldgefühlen belastete Politik investiert hat, daß kaum noch etwas für unsere Arbeit übrigblieb. Vermutlich könnte man argumentieren, daß Franz Kafka keinen Swimmingpool brauchte. Oder daß George Orwell nie an einer Drehbuchbesprechung teilgenommen hat, aber ...« Und dann, nicht willens, sich mit Boogie anzulegen, entlud sich seine Wut auf mich. »Und ich hoffe, daß ich dasselbe auch von dir werde sagen können, Barney, du arroganter kleiner Arsch.«

»He, ich bin kein Schriftsteller. Ich häng hier bloß rum. Komm, Boogie, laß uns gehen.«

»Zieh meinen Freund Boogie da nicht mit rein. Er sagt zumindest seine Meinung. Bei dir habe ich da so meine Zweifel.«

»Ich auch«, sagte Boogie.

»Zum Teufel mit euch beiden«, sagte ich, sprang vom Tisch auf und verließ den Nachtclub.

Draußen holte mich Boogie ein. »Vermutlich wirst du nicht eher zufrieden sein, bis er dich zusammengeschlagen hat.«

»Ich werde fertig mit ihm.«

»Wie verkraftet Clara deine Tobsuchtsanfälle?«

»Wer außer mir verkraftet Clara?«

Daraufhin mußte er lachen. Ich auch. »Okay«, sagte er, »laß uns wieder reingehen, und du benimmst dich, verstanden?«

»Er geht mir auf die Nerven.«

»Alle gehen dir auf die Nerven. Du bist ein niederträchtiger, verrückter Hurensohn. Und wenn du schon kein Mensch sein kannst, dann tu wenigstens so. Komm. Gehen wir.«

Hymie stand vom Tisch auf und nahm mich in seine Bärenarme. »Ich entschuldige mich. In aller Demut. Und jetzt könnten wir alle ein bißchen frische Luft gebrauchen.«

Wir setzten uns in den Sand am Strand von Cannes, sahen zu, wie die Sonne über dem weindunklen Meer aufging, und aßen unsere Tomaten, Frühlingszwiebeln und Feigen. Dann zogen wir die Schuhe aus, rollten die Hosenbeine hoch und wateten knietief ins Wasser. Boogie spritzte mich an, ich spritzte ihn an, und innerhalb von Sekunden waren wir drei in einen Wasserkampf verwickelt, und damals mußte man sich noch keine Sorgen machen wegen Scheiße und gebrauchter Kondome, die mit der Flut angeschwemmt wurden. Schließlich suchten wir ein Café an der Croisette aus und frühstückten Spiegeleier, Brioches und Milchkaffee. Boogie biß das Ende einer Romeo y Julieta ab, zündete sie an und zitierte Gott weiß wen: *»Après tout, c'est un monde passable.«*[13]

Hymie streckte sich, gähnte und sagte: »Ich muß jetzt zur Arbeit. In einer Stunde fangen wir im Kasino an zu drehen. Heute abend um sieben treffen wir uns im Carlton, um was zu trinken, und dann weiß ich ein Restaurant in Gulf-Juan, wo sie eine köstliche Bouillabaisse machen.« Er warf uns seinen Hotelschlüssel zu. »Für den Fall, daß ihr duschen oder dösen oder meine Post lesen wollt. Bis später.«

Boogie und ich schlenderten zum Hafen, um uns die Yachten anzusehen, und da lag dieser französische Sugardaddy und sonnte sich auf seinem mit den Mittelmeerwogen schaukelnden Teakdeck, seine Geliebte nirgendwo in Sicht. Er sah erbärmlich aus mit seiner Lesebrille, seinem schlappen Bauch, der über seine Badehose hing, während er *Le Figaro* las. Die Seite mit den Aktienkursen zweifellos. Pflichtlektüre für Menschen ohne Innenleben. *»Salut, grand-père«*, rief ich ihm zu. *»Comment va ta concubine aujourd'hui?«*

»*Maricons*«, brüllte er und drohte mir mit der Faust.

»Willst du ihm das durchgehen lassen?« fragte Boogie. »Schlag ihm die Zähne aus. Prügle ihn zu Matsch. Alles, damit du dich besser fühlst.«

»Okay«, sagte ich. »Okay.«

»Du bist verdammt gefährlich«, sagte er und zog mich fort.

13 Voltaire.

3 Das Drehbuch, das Hymie und ich auf Long Island schrieben, wurde nie verfilmt, aber knapp ein Jahr später, 1961, rief er mich aus London an. »Komm rüber. Wir schreiben noch einen Film. Ich bin so aufgeregt wegen diesem Projekt, daß ich bereits meine Danksagung für die Oscar-Verleihung aufgesetzt habe.«

»Hymie, ich hab hier alle Hände voll zu tun. Ich fahre jedes Wochenende nach Toronto zu Miriam, oder sie kommt her, und wir gehen zum Eishockey. Warum holst du dir diesmal nicht einen richtigen Schriftsteller?«

»Ich will keinen richtigen Schriftsteller. Ich will dich, mein Lieber. Es handelt sich um eine Originalgeschichte, die ich vor Jahren gekauft habe.«

»Ich kann hier nicht einfach so weg.«

»Ich hab dir bereits ein Erster-Klasse-Ticket für einen Flug morgen von Toronto gekauft.«

»Ich bin in Montreal.«

»Na und? Gehört doch auch zu Kanada, oder?«

Draußen hatte es fünfzehn Grad unter Null, und eine weitere Putzfrau hatte mir gekündigt. Im Kühlschrank wucherte Schimmel. Meine Wohnung stank nach kaltem Rauch und verschwitzten Hemden und Socken. Damals begann ich meine Tage in der Regel mit einer Kanne schwarzem Kaffee mit Cognac und einem harten Bagel, das ich in Wasser einweichen und in dem mit Fett verkrusteten Backrohr aufbacken mußte. Ich war bereits von der zweiten Mrs. Panofsky geschieden und zudem sozial geächtet. Zwar war ich vor Gericht freigesprochen worden, aber so gut wie alle Welt verdammte mich als Mörder, der unglaubliches Glück gehabt hatte. Ich hatte mir kindische Spielereien angewöhnt. Wenn die Canadiens zehnmal hintereinander gewannen oder Beliveau am Samstagabend einen Hattrick erzielte, dann läge am Montag eine Postkarte von Boogie im Briefkasten, mit der er mir meinen weißglühenden Ausbruch und die harschen Worte verzieh, die ich so nicht gemeint habe, ich schwöre es. Ich spürte gemeinsame Freunde in Paris, Chicago, Dublin und in diesem snobistischen Wüstenpueblo in Arizona auf, der aussah wie ein Hollywood-Schtetl, in dem sich vorzugsweise finanzschwache Filmproduzenten mit Cowboystiefeln aufhielten und in Gesundheitskost-Restaurants, in denen man nicht rauchen durfte, Knoblauch- und Vitamintabletten zu ballaststoffreicher Kost schluckten. Er ist nicht weit entfernt von dem Ort, wo sie die Atombombe entwickelten und wo D. H. Lawrence mit Wie-hieß-sie-doch-gleich lebte. Santa irgendwas.[14] Ich schrieb ihnen oder rief sie an, aber niemand hatte Boogie gesehen oder etwas von ihm gehört, und manche nahmen mir meine Nachforschungen übel. »Was wollen Sie damit beweisen, Sie Mistkerl?« Ich ging in Boogies New Yorker Lieblingskneipen: ins San Remo, ins Lion's Head. »Moscovitch«, sagte der Barkeeper im San Remo, »ich dachte, der wäre irgendwo in Kanada ermordet worden.«

»Blödsinn.«

Zu jener Zeit hatte ich auch Probleme mit Miriam, die die Welt für mich verändern sollte: ein für allemal. Sie schwankte noch. Mich zu heiraten und nach Montreal zu ziehen würde bedeuten, daß sie ihren Job bei CBC Radio aufgeben müßte. Außerdem war ich ihrer Ansicht nach ein schwieriger Mensch. Ich rief sie an. »Na los«, sagte sie, »London wird dir guttun, und ich brauche ein bißchen Zeit für mich selbst.«

»Nein, brauchst du nicht.«

»Ich kann nicht mehr denken, wenn du da bist.«

»Warum nicht?«

»Weil du mich verschlingst.«

»Dann versprich mir, daß du für ein paar Tage nach London kommst, wenn ich länger als einen Monat bleibe. Es ist kein großes Opfer.«

Sie versprach es. Warum also nicht, dachte ich. Die Arbeit wäre nicht hart. Ich brauchte dringend Geld, und alles, was Hymie wollte, war jemand, der mitfühlte. Jemand, der an der Schreibmaschine saß und schallend über seine Kalauer lachte, während er telefonierte, auf und ab schritt, brüllte, Frauen, Agenten, Produzenten oder seiner Therapeutin die Ohren vollschwatzte: »Mir ist gerade was Signifikantes eingefallen.«

Hymies Film war eines seiner unwägbaren Patchwork-Projekte, die Finanzierung zusammengeflickt, indem er vorab die Vertriebsrechte an einzelne Länder verkaufte: Großbritannien, Frankreich, Deutschland und Italien. Sein einst schwarzgelocktes

14 Santa Fe in New Mexico.

Haar war mittlerweile aschgrau, und er hatte sich angewöhnt, mit den Knöcheln zu knacken und die Handflächen mit den Fingernägeln aufzukratzen, bis das Fleisch schmerzhaft wund war. Seine reichsche Therapeutin hatte er gegen eine Jungianerin eingetauscht, zu der er jeden Morgen ging. »Sie ist unglaublich. Eine Magierin. Du solltest auch zu ihr gehen. Sie hat großartige Titten.«

Hymie litt jetzt unter Schlaflosigkeit, schluckte Tranquilizer und schnupfte gelegentlich Kokain. Mit dem damals aktuellen R. D. Laing machte er eine LSD-Sitzung. Sein Problem war, daß in Hollywood niemand mehr seine Dienste brauchte. Die meisten seiner Anrufe bei Agenten und Studiomanagern in Beverly Hills wurden nicht durchgestellt oder erst Tage später von einem Unterling erwidert. Ein Subalterner bat Hymie tatsächlich, seinen Namen zu buchstabieren. »Ruf mich wieder an«, sagte Hymie, »wenn du den Stimmbruch hinter dir hast, Junge.« Aber in der Suite im Dorchester hauten wir, wie abgemacht, auf den Putz. Hymie ermunterte das Zimmermädchen, Gedichte zu schreiben, und den Kellner im Speisesaal, das Personal gewerkschaftlich zu organisieren. Wir rauchten Montecristos und tranken Brandy und Soda, während wir arbeiteten, und mittags ließen wir uns geräucherten Lachs, Kaviar und Champagner aufs Zimmer bringen. »Weißt du, Barney, vielleicht werden wir hier nie auschecken können, weil ich nicht weiß, ob meine Geldgeber die Rechnung bezahlen.« Zur Rechnung gehörten auch meine langen Telefongespräche nach Toronto, manchmal zwei am Tag. »He«, sagte Hymie bisweilen, während er eine Szene vorspielte, »du hast seit sechs Stunden nicht mehr mit deiner Herzallerliebsten gesprochen. Vielleicht hat sie sich verändert.«

Ungefähr am zehnten Tag unserer Zusammenarbeit rief ich wieder und wieder an. Niemand nahm ab. »Sie hat gesagt, sie wäre heute abend zu Hause. Ich versteh das nicht.«

»Wir sind hier, um zu arbeiten.«

»Sie fährt wahnsinnig schlecht Auto. Und heute morgen gab es dort überfrierende Nässe. Was, wenn sie einen Unfall hatte?«

»Sie ist im Kino. Oder bei Freunden zum Abendessen. Laß uns arbeiten.«

Es war fünf Uhr morgens in London, als endlich jemand abnahm. Ich erkannte die Stimme sofort. »McIver, du Mistkerl, was zum Teufel treibst du dort?«

»Wer spricht, bitte?«

»Barney Panofsky, verdammt noch mal, und ich will augenblicklich mit Miriam sprechen.«

Gelächter im Hintergrund. Das Klirren von Gläsern. Schließlich kam sie ans Telefon. »Mein Gott, Barney, warum bist du um diese Zeit noch auf?«

»Du hast keine Ahnung, was ich mir für Sorgen gemacht habe. Du hast gesagt, du wärst abends zu Hause.«

»Heute ist Larry Keefers Geburtstag. Wir waren zusammen beim Abendessen, und ich habe sie alle auf ein letztes Glas zu mir eingeladen.«

»Warum hast du nicht angerufen, als du nach Hause gekommen bist?«

»Weil ich angenommen habe, daß du schläfst.«

»Wieso ist McIver dabei?«

»Er ist ein alter Freund von Larry.«

»Glaub kein Wort von dem, was er über mich sagt. Er ist ein pathologischer Lügner.«

»Barney, ich hab die Wohnung voller Gäste, und allmählich wird es peinlich. Geh jetzt schlafen. Wir reden morgen.«

»Aber ich ...«

»Entschuldige«, sagte sie, und ihre Stimme klang hart. »Ich hab's vergessen. Wie konnte ich nur? Chicago hat Detroit heute abend 3:2 geschlagen. Bob Hull hat zwei Treffer gelandet. Sie sind jetzt punktgleich.«

»Deswegen rufe ich nicht an. Das ist mir egal. Deinetwegen ...«

»Gute Nacht«, sagte sie und legte auf.

Ich erwog, ob ich ein paar Stunden warten und dann erneut anrufen sollte, unter dem Vorwand, mich entschuldigen zu wollen, tatsächlich jedoch, um zu überprüfen, ob sie allein war. Glücklicherweise verwarf ich nach weiterem Nachdenken diesen Einfall. Aber ich war wütend. Wie sich dieser Idiot McIver amüsiert haben mußte! »Du meinst, er ruft wegen der Eishockeyergebnisse aus London an? Erstaunlich.«

Gut bei Kasse oder pleite, Hymie lebte wie ein König. Fast jeden Abend aßen wir entweder im Caprice, im Mirabelle oder im White Elephant. Waren wir nur zu zweit, war Hymie der unterhaltsamste Begleiter, ein geborener Erzähler, unvergleichlich charmant. Aber wenn am Nebentisch irgendeine Hollywood-Größe saß, verwandelte er sich augenblicklich in einen Bittsteller, der einem offensichtlich irritierten Hornochsen erzählte, wie aufregend es wäre, mit ihm zu arbeiten, und einem anderen Dummkopf, daß sein letzter Film, der durchgefallene, eine geniale Produktion war. »Und ich sage das nicht nur, weil Sie gerade hier sind.«

Ein paar Tage bevor Miriam endlich nach London fliegen sollte, machte ich den Fehler, ein ernsthaftes Gespräch mit Hymie führen zu wollen. »Sie ist sehr empfindlich, deswegen gib dir bitte Mühe und sei nicht so vulgär.«

»Ja, Daddy.«

»Und deine letzte ›Entdeckung‹, diese blöde Diana, wird keinesfalls mit uns zu Abend essen, solange Miriam hier ist.«

»Nehmen wir mal an, wir sind in einem Restaurant, und ich muß pinkeln. Soll ich den Finger heben und um Erlaubnis fragen?«

»Und kein geiles Hollywood-Geschwätz, bitte. Sie würde sich zu Tode langweilen.«

Ich hätte mir wegen Miriam und Hymie keine Sorgen zu machen brauchen. Sie himmelte ihn vom ersten Augenblick – Abendessen im White Elephant – an. Dieser Mistkerl brachte sie öfter zum Kichern als ich. Er brachte sie sogar zum Erröten. Und zu meiner Überraschung konnte sie nicht genug kriegen von seinen zotigen Geschichten über Bette Davis, Bogie oder Orson. Und ich schmachtete meine Geliebte an – mein Lächeln ausgesprochen dämlich –, war jedoch definitiv überflüssig.

»Er hat mir erzählt, daß Sie intelligent sind«, sagte Hymie, »aber er hat kein einziges Mal erwähnt, daß Sie auch wunderschön sind.«

»Wahrscheinlich hat er es noch nicht bemerkt. Weil ich noch nie einen Hattrick oder den entscheidenden Treffer in der Verlängerung erzielt habe.«

»Warum wollen Sie ihn heiraten, wenn ich noch zu haben bin?«

»Hat er erzählt, daß ich ihn heiraten würde?«

»Hab ich nicht. Ich schwöre es. Ich habe nur gesagt, daß ich *hoffe*, du würdest ...«

»Warum treffen wir zwei uns morgen nicht zum Mittagessen, während er meine Sachen abtippt?«

Mittagessen? Sie waren vier Stunden weg, und als Miriam endlich in unser Zimmer schwankte, war sie gerötet und lallte und mußte sich hinlegen. Ich hatte für das Abendessen einen Tisch im Caprice bestellt, aber sie war nicht aus dem Bett zu kriegen. »Nimm Hymie mit«, sagte sie, drehte sich um und begann wieder zu schnarchen.

»Worüber habt ihr so lange geredet?« fragte ich Hymie später.

»Dies und das.«

»Du hast sie betrunken gemacht.«

»Iß auf, Junge.«

Nachdem Miriam nach Toronto zurückgeflogen war, nahmen Hymie und ich unser lockeres Leben wieder auf. Die Hölle für Hymie war nicht die Gegenwart anderer Menschen, wie Camus es ausgedrückt hat[15], sondern ihre Abwesenheit. Wenn ich Müdigkeit anführte und von unserem Tisch im White Elephant oder Mirabelle aufstand, setzte er sich unaufgefordert an einen anderen Tisch und becircte die Runde mit Anekdoten über todsichere Namen. Oder er ging an die Bar und quatschte jede Frau an, die dort allein herumsaß. »Wissen Sie, wer ich bin?«

Eines Abends – mich schaudert noch immer, wenn ich daran denke – tauchte Ben Shahn mit einer Gruppe von Bewunderern im White Elephant auf. Hymie, der eine Zeichnung von Shahn besaß, betrachtete das als Lizenz, sich seinem Tisch aufzudrängen. Er deutete mit dem Finger auf Shahn und sagte: »Das nächste Mal, wenn Sie Cliff sehen, richten Sie ihm von mir aus, daß er eine dreckige Ratte ist.«

Cliff war natürlich Odets, der vor dem Ausschuß für unamerikanische Umtriebe geplappert und Namen genannt hatte.

Schweigen legte sich wie ein Leichentuch über den Tisch. Unbeeindruckt schob Shahn seine Brille auf die Stirn, sah Hymie verständnislos an und fragte: »Und wer, soll ich sagen, ist der Absender?«

15 Es war Jean-Paul Sartre.

»Egal«, sagte Hymie und schrumpfte vor meinen Augen. »Vergessen Sie's.« Und während er den Rückzug antrat, wirkte er für einen Augenblick verwirrt, alt, orientierungslos.

Schließlich, mehrere Monate später, kam der Tag, an dem ich mit Hymie in einem Vorführraum in Beverly Hills saß und der Nachspann unseres Films über die Leinwand zog. Erschrocken las ich:

DER FILM BASIERT AUF EINER ERZÄHLUNG
VON BERNARD MOSCOVITCH

»Du Scheißkerl«, rief ich, riß Hymie aus seinem Sitz und schüttelte ihn, »warum hast du mir nicht gesagt, daß die Geschichte von Boogie ist?«

»Das wäre riskant gewesen«, sagte er und zwickte mich in die Backe.

»Als ob ich noch nicht genug am Hals hätte, werd ich mir jetzt auch noch anhören müssen, daß ich sein Werk ausbeute.«

»Eine Sache begreif ich einfach nicht. Wenn er so ein guter Freund von dir war, und wenn er noch am Leben ist, warum ist er dann nicht vor Gericht aufgetaucht?«

Als Antwort holte ich aus und zertrümmerte Hymies zweimal gebrochene Nase ein drittes Mal. Danach hatte ich mich seit dem Tag gesehnt, als er mit Miriam vier Stunden beim Mittagessen war. Er konterte, indem er mir das Knie in die Leiste rammte. Wir prügelten aufeinander ein, rollten über den Boden, verfluchten uns gegenseitig. Drei Männer hatten zu tun, um uns zu trennen

4 Poesie liegt den Panofskys im Blut. Nehmen wir zum Beispiel meinen Vater. Kriminalinspektor Izzy Panofsky verließ dieses Tal der Tränen in einem Zustand der Gnade. Heute vor sechsunddreißig Jahren starb er an einem Herzinfarkt auf dem Tisch eines Massagesalons in Montreals North End, gleich nach der Ejakulation. Als ich die Hinterlassenschaft meines Vaters abholte, nahm mich ein sichtlich erschüttertes junges Mädchen aus Haiti beiseite. Sie teilte mir keine letzten Worte mit, sondern wies darauf hin,

daß Izzy verschieden war, ohne die Kreditkartenquittung zu unterschreiben. Als pflichtbewußter Sohn zahlte ich für den letzten Ausbruch von Leidenschaft meines Vaters, legte ein großzügiges Trinkgeld drauf und entschuldigte mich für die Unannehmlichkeiten, die dem Etablissement entstanden waren. Und heute nachmittag, am Jahrestag seines Todes, machte ich meine alljährliche Wallfahrt zum Chevra-Kadisha-Friedhof, schüttete wie jedes Jahr eine Flasche Crown-Royal-Roggenwhisky auf sein Grab und legte anstatt eines Steins ein Roggensandwich mit mittelfettem Räucherfleisch und Essiggurke auf seinen Grabstein.

Wäre unser Gott gerecht, was er nicht ist, würde mein Vater sich jetzt im opulentesten Bordell des Himmels aufhalten, zu dem ein Imbiß und ein Bartresen mit Messingstange plus Spucknapf gehörte sowie ein unerschöpflicher Vorrat an Zigarren der Marke Weiße Eule und ein TV-Sportkanal, der vierundzwanzig Stunden am Tag sendet. Aber der Gott von uns Juden ist sowohl grausam als auch rachsüchtig. So wie ich die Dinge sehe, war Jahwe auch der erste jüdische Alleinunterhalter, und Abraham war sein Assistent. »Nimm deinen Sohn«, sprach der Herr zu Abraham, »deinen einzigen Sohn Isaak, den du liebhast, und geh hin in das Land Morija und opfere ihn dort zum Brandopfer auf einem Berge, den ich dir sagen werde.« Und Abe, der erste von zu vielen jüdischen Speichelleckern, gürtete seinen Esel und tat, wie ihm geheißen. Er baute einen Altar, legte das Holz darauf und band seinen Sohn Isaak, legte ihn auf den Altar oben auf das Holz. »He, Daddy-o«, sagte ein besorgter Isaak, »siehe, hier ist Feuer und Holz; wo aber ist das Schaf zum Brandopfer?« Als Antwort streckte Abe seine Hand aus und packte das Messer, daß er seinen Sohn schlachte. An dieser Stelle schickte Jahwe, der sich vor Lachen schüttelte, einen Engel, der sagte: »Halt, Abe. Lege deine Hand nicht an den Knaben.« Da hob Abraham seine Augen auf und sah einen Widder hinter sich in der Hecke mit seinen Hörnern hängen und ging hin und nahm den Widder und opferte ihn zum Brandopfer an seines Sohnes Statt. Aber ich bezweifle, daß die Dinge zwischen Abe und Izzy je wieder so waren wie zuvor.

Ich schweife ab. Ich weiß, ich weiß. Aber das hier ist meine einzige Geschichte, und ich werde sie genau so erzählen, wie es mir gefällt. Und Sie befinden sich jetzt auf einem kurzen Umweg in das Gebiet, das Holden Caulfield einst als Nicholas-Nickleby-Zeug[16] verurteilte. Oder war es Oliver Twist? Nein, Nickleby. Da bin ich mir sicher.

Clara fragte mich einmal: »Wieso ist deine Familie ausgerechnet nach Kanada emigriert? Ich dachte, die Juden gingen alle nach New York.«

Ich wurde als Kanadier geboren, erklärte ich, weil meinem Großvater, einem rituellen Schlächter, ein paar Dollar fehlten. 1902 gingen Moishe und Malka Panofsky, frisch verheiratet, zu Simcha Debrofsky von der Hilfsorganisation für jüdische Auswanderer in Budapest. »Wir wollen die Papiere für New York«, sagte mein Großvater.

»Siam ist nicht gut genug für euch? Nach Indien wollt ihr nicht? Klar, ich verstehe. Hier ist das Telefon, ich werd in Washington anrufen und den Präsidenten fragen: ›Fehlen dir in der Canal Street ein paar Greenhorns, Teddy? Brauchst du noch ein paar mehr, die kein Wort Englisch sprechen? Na, ich hab gute Neuigkeiten. Ich hab hier zwei Trottel, die willens sind, sich in New York niederzulassen.‹ Wenn ihr in die *goldene medine* wollt, Panofsky, kostet das fünfzig amerikanische Dollar bar auf den Tisch.«

»Fünfzig Dollar haben wir nicht, Mr. Debrofsky.«

»Im Ernst? Tja, ich sag euch was. Heute hab ich hier ein Sonderangebot. Für fünfundzwanzig Dollar schaff ich euch nach Kanada.«

Meine war keine legendäre jüdische Mutter, keine Kämpferin, die um ihren einzigen Sohn herumscharwenzelte, der kein Opfer zu groß war, nur damit er ein besseres Leben hätte. Zurück von der Schule, riß ich die Tür auf und rief: »Ma, ich bin da.«

»Pst«, sagte sie dann, hielt den Finger an den Mund, denn sie saß vor dem Radio und hörte »Pepper Young«, »Ma Perkins« oder »One Man's Family«. Nur wenn das Programm für Werbung unterbrochen wurde, ließ sie sich herab und sagte: »Im Kühlschrank ist Erdnußbutter. Bedien dich.«

Die anderen Kinder in der Straße beneideten mich, weil sich meine Mutter nicht darum kümmerte, wie ich in der Schule war

16 Tatsächlich war es David-Copperfield-Zeug. Siehe J. D. Salinger, *Der Fänger im Roggen*, Little Brown, Boston 1951, Seite 1.

oder wann ich abends nach Hause kam. Sie las *Photoplay, Silver Screen* und andere Hefte und machte sich Sorgen, was jetzt, da Shirley Temple ein Teenager war, aus ihr würde; ob Clark Gable und Jimmy Stuart heil und gesund aus dem Krieg heimkämen, ob Tyrone Power jemals eine dauerhafte Liebe finden würde. Andere Mütter in der Jeanne Mance Street ernährten ihre Söhne notfalls mit Gewalt mit Paul de Kruifs *Mikroben-Jäger* in der Hoffnung, daß sie daraufhin Medizin studieren würden. Oder sie zwackten etwas vom Haushaltsgeld ab und sparten für *Das große Buch des Wissens*, das ideal dafür geeignet war, sich einen Vorsprung im Leben zu erarbeiten. Dünkirchen, die Schlacht um England, Pearl Harbor, die Belagerung Stalingrads zogen vorbei wie ferne Wolken, aber nicht Jack Bennys Streit mit Fred Allen, der sie tief bekümmerte. Was wir Comics nannten, war für sie realer, als ich es jemals war. Sie schrieb an Chester Gould und forderte, daß Dick Tracy Tess Trueheart heiratete. Als in *Terry and the Pirates* Raven Sherman in den Armen ihres Liebsten, Dude Hennick, starb, war sie eine von Tausenden, die ein Kondolenztelegramm schickten. Sie fieberte, daß Daisy Mae Li'l Abner am Sadie-Hawkins-Tag einholen würde, bevor er von Wolf Gal oder Moonbeam McSwine verführt würde.

Mein eins fünfundsiebzig großer Vater, der *Naughty Marietta* mit Nelson Eddy und Jeanette MacDonald fünfmal gesehen hatte und dessen Lieblingsmelodie »Indian Love Call« war, wäre gern zur berittenen Polizei, zur RCMP, gegangen, aber er wurde als zu klein zurückgewiesen. Und deshalb beschloß er, sich mit der Polizei von Montreal zufriedenzugeben und suchte am Schnorrertag The Boy Wonder auf.

Jerry Dingleman alias The Boy Wonder führte seine Geschäfte normalerweise vom Penthouse seines plüschigen Spielsalons auf der anderen Seite des Sankt-Lorenz-Stroms aus, aber mittwochs stand er in einem winzigen Büro neben der Tanzfläche des Tico-Tico – einem von mehreren Nachtclubs, die er besaß – örtlichen Versagern zur Verfügung. Dem inneren Kreis von The Boy Wonder war der Mittwoch als Schnorrertag bekannt, und zwischen zehn und vier kamen und gingen die Bittsteller.

»Warum willst du ausgerechnet Polizist werden?« fragte Dingleman meinen Vater amüsiert.

»Ich wär Ihn mein Lebn lang dankbar, Mr. Dingleman, wenn Sie mir könnten helfen bei meim erwähltn Vorhabn.«

The Boy Wonder rief Tony Frank an und schickte meinen Vater dann zwecks einer medizinischen Untersuchung zu Dr. Eustache St. Clair. »Und weißt du noch, was du vorher tun sollst, Izzy?«

»Ein Bad nehm?«

»Bei so viel Scharfsinn wird in Null Komma nichts ein Kriminaler aus dir.«

Einen Monat später machte The Boy Wonder bei Levitt's in der Main halt, um sich zwei Sandwiches zu holen, und staunte nicht schlecht, als er meinen Vater immer noch Fleisch hinter der Theke schneiden sah. »Warum trägst du keine Uniform?« fragte er.

»Dr. St. Clair sagt, daß sie mich nich nehm wegen der Aknenarbn in meim Gesicht.«

Dingleman seufzte. Schüttelte den Kopf. »Hat er dir denn nicht gesagt, daß die behandelbar sind?«

Izzy Panofsky machte einen weiteren Termin mit Dr. St. Clair aus, und diesmal steckte er, wie geheißen, einen Hundertdollarschein zu seinen Bewerbungsunterlagen und bestand die Untersuchung. »Damals«, sagte mein Vater und kaute dabei auf einer aufgeweichten Weißen Eule, »wenn du ein Goj mit Plattfüßn und nem dicken Bauch warst, also se ham se sogar aus Gaspé geholt, große dicke Kerle, und unsereins mußte zahln, um bei der Polizei genomm zu werdn.« Von Anfang an, so sagte er, drückte ein Nasenloch zu und rotzte eine Ladung aus dem anderen, habe es Ärger gegeben. »Der Richter, der mich vereidigt hat, ein Säufer mit Froschaugen, schien irgendwie erschrockn. ›Sind Sie nicht Jude?‹ hat er mich gefragt. Und auf der Polizeischule, wo ich Jujitsu und Ringen gelernt hab, ham mich die Gojim immer getestet. Irische *schikurim* und frankokanadische *chasejrim*. Blödmänner. Ignorantusse. Immerhin hab ich die siebte Klasse geschafft und bin nie durchgerasselt, nich ein einziges Mal.«

Auf seiner ersten Runde, in Notre-Dame-de-Grâce, nahm mein übereifriger Vater zu viele Verhaftungen vor und wurde daraufhin ins Stadtzentrum versetzt. Er schlenderte die St. Catherine Street entlang, und sein wachsames Auge fiel vor dem Capitol Theatre, in dem Helen Kane auftrat, das einzige Boop-Boop-a-Doop-Mädchen, auf einen Taschendieb. Mein aufrechter Vater freute sich auf eine lobende Erwähnung wegen seines Fleißes, statt dessen wurde er im Revier in ein Hinterzimmer gezerrt und von zwei Kriminalbeamten bedroht. »›Wenn du hierbleiben willst‹, ham se gesagt, ›dann bring nie wieder ein von diesen Kerle mit.‹ Er hatte ne Erlaubnis, wenn du weißt, wovon ich red.«

Andere Polizisten wurden fett von den Schmiergeldern, die Gauner und ihre Anwälte zahlten, aber mein Papa war nicht käuflich. »Ich mußte ehrlich sein, Barney«, sagte er. »Ich mein, ich heiß Panofsky und konnt es mir nich leistn, daß die ›gottverdammter Jude‹ sagen. Das hätt mir grade noch gefehlt, Himmel, die drohten mir immer, daß se mich aufhängn würdn, *wenn ich über ein Haar stolper.* Du weißt, wovon ich red.«

Im Lauf der Jahre verbitterte mein rechtschaffener Vater zunehmend, weil irische *schikurim* und frankokanadische *chasejrim*, Männer, die er zur Polizei geholt hatte, an ihm vorbei befördert wurden. Izzy mußte neun Jahre warten, bis er Inspektor wurde. »Als ich schließlich zum Inspektor befördert wurd, weißte, was se getan ham? Es hat mich krank gemacht, aber se sind zur Gewerkschaft und erfandn ne Geschichte, daß ich die Schießprüfung nich bestandn hätt. Ich hab meine Männer kontrolliert, verstehste. Ich war ehrlich. Se ham mich gehaßt wie die Pest. Deshalb sind se zur Gewerkschaft und ham mich angeschwärzt.«

Izzy Panofskys Probleme bei der Polizei nahmen nie ein Ende.

»He, ich mußt wegen der Beförderung ne Prüfung machn, Gilbert war in der Prüfungskommission, und er sagt zu mir, wieso sind die Juden immer schlauer? Da gibt's zwei Antworten, sag ich. Du irrst dich. So was wie'n Übermenschn gibt's nich. Aber ich kann dir versichern, wenn du einen Hund dauernd trittst, dann muß er wachsam sein, er muß klüger sein als du. Wir wern seit zweitausend Jahren getretn. Wir sind nich schlauer, wir sind wachsamer. Meine andere Antwort war die Geschichte über den Iren und den Juden. Wieso bist du schlauer? fragt der Ire den Juden. Also, wir essn nen bestimmtn Fisch, sagt der Jude. Ich hab sogar ein dabei, und er zeigt ihn dem Iren. Himmel, sagte der Ire, den Fisch hätt ich gern. Klar, sagt der Jude, wenn du mir zehn Dollar dafür gibst. Und er verkauft dem Iren den Fisch. Dann sieht sich der Ire den Fisch genauer an und sagt, he, das is kein Fisch, das is ein Hering. Darauf sagt der Jude, siehste, du wirst schon schlauer.«

5 Letzte Nacht träumte ich, daß McIver von einer Zecke am Knöchel gebissen wurde und den Biß dummerweise als Mükkenstich abtat. Einen Monat später lag er in seinem Bett im zwanzigsten Stock des Four Seasons Hotel in Toronto, die gefürchtete Lymesche Krankheit pulsierte in seinen Adern und überflutete seinen Körper. Plötzlich wurde McIver vom Schrillen einer Sirene in seinem Zimmer geweckt, dann hörte er eine angsterfüllte Stimme über das Lautsprechersystem: »Ein bedrohliches Feuer hat sich ausgebreitet. Die Aufzüge funktionieren nicht mehr. Schwarzer Rauch macht die Treppen vorübergehend unbenutzbar. Wir bitten unsere Gäste, in ihren Zimmern zu bleiben und nasse Laken unter die Türen zu legen. Viel Glück und vielen Dank, daß Sie sich für das Four Seasons Hotel entschieden haben.« Beißender Qualm sickerte in McIvers Zimmer, aber er konnte, überwältigt von einer Lähmung, nicht einmal die Arme heben, ganz zu schweigen von den Beinen. Flammen fraßen sich unter seiner Tür durch und begannen, um ihn herum hochzuzüngeln, leckten an einem Stapel von *Zeit und Rausch* auf dem Boden, alle Exemplare unsigniert und deshalb noch Sammlerstücke ... Das war der Augenblick, als ich aus dem Bett sprang, ein Lied im Herzen. Ich holte die Zeitungen, die vor der Wohnungstür lagen, kochte Kaffee, schlurfte in der Küche herum und sang: »Take your coat and grab your hat ...«

Als erstes nahm ich mir die Sportseiten der *Gazette* vor, eine lebenslange Gewohnheit. Heute war es nicht gerade ein Vergnügen. Diese Stümper von Canadiens, nicht länger *nos glorieux*, hatten wieder einmal Schande über sich gebracht und 1:3 gegen – das muß man sich vorstellen – The Mighty Ducks of California verloren. Toe Blake würde sich im Grab umdrehen. Zu seiner Zeit hätte nur ein einziger von seiner unfähigen Millionärstruppe in der NHL spielen können, ganz zu schweigen davon, daß es auch nur einer in den einst legendären *Club de hockey canadien* geschafft hätte. Sie haben nicht einen Mann, der gewillt wäre, sich ins Netz zu stellen, aus Angst, einen reinzukriegen. Ach, was waren das noch für Zeiten, als Larry Robinson einen langen Paß zu Guy Lafleur schlug, uns aus den Sitzen riß und wir »Guy! Guy! Guy!« sangen, während er ganz allein aufs Netz zuflog. *Wenn er schießt, dann trifft er.*

Das Telefon klingelte, und es war Kate, natürlich. »Gestern abend hab ich ungefähr fünfmal versucht, bei dir anzurufen. Zum letztenmal um ein Uhr. Wo bist du gewesen?«

»Liebes, ich weiß zu schätzen, daß du dir Sorgen machst. Ehrlich. Aber ich bin nicht dein Kind. Ich bin dein Vater. Ich war aus.«

»Du hast keine Ahnung, wie es mich beunruhigt, daß du ganz allein lebst. Was ist, wenn du, Gott bewahre, einen Herzinfarkt hast und nicht mehr ans Telefon kommst?«

»Das habe ich nicht vor.«

»Beinahe hätte ich Solange angerufen und sie gebeten, nachzuschauen.«

»Vielleicht sollte ich dich jeden Abend anrufen, wenn ich nach Hause komme.«

»Du weckst uns schon nicht auf. Du kannst eine Nachricht auf unserem Anrufbeantworter hinterlassen, wenn wir schlafen.«

»Gott segne dich, Kate, aber ich habe noch nicht einmal gefrühstückt. Wir reden morgen.«

»Heute abend. Ißt du wieder Rührei mit Speck, obwohl du versprochen hast ...«

»Gekochte Pflaumen. Müsli.«

»Klar. Erzähl das deiner Großmutter.«

Ich schweife schon wieder ab. Verliere den Faden. Aber das ist die wahre Geschichte meines verpfuschten Lebens, und, um reinen Tisch zu machen, es gibt nur Kränkungen zu rächen und Wunden zu pflegen. Außerdem habe ich in meinem Alter – in dem es mehr zu erinnern und zu klären gibt als Dinge, auf die man sich noch freuen könnte, abgesehen von den Krankenstuben, die am Horizont lauern – das Recht abzuschweifen. Dieser elende Versuch – Sie wissen schon –, meine Geschichte zu schreiben. Wie Waugh über seine frühen Jahre schrieb. Oder Jean-Jacques Rousseau. Oder Mark Twain in diesem Leben auf dem Wie-hieß-der-Fluß-Buch. Herr im Himmel, bald wird mir mein eigener Name nicht mehr einfallen.

Spaghetti gießt man in einem Sieb ab. Mary McCarthy schrieb *Der Mann im Brooks-Brothers-Anzug* oder *Hemd*. Was auch immer. Walter »Turk« Broda war Torwart bei Toronto Maple Leaf, als die Mannschaft 1951 den Stanley Cup gewann. Es war Stephen Sondheim, der das Libretto von *West Side Story* schrieb. *Ich hab's. Ich mußte es nicht nachschlagen. Mississippi, Leben auf dem.*

Um zu rekapitulieren. Dieser elende Versuch einer *Autobiographie*, den Terry McIvers Verleumdungen ins Rollen brachte, wird in der schwachen Hoffnung verfaßt, daß Miriam diese Seiten lesen und von Schuldgefühlen überwältigt werden wird.

»Was ist das für ein Buch, in das du so vertieft bist?« fragt Blair.

»Dieser von der Kritik so gelobte Bestseller ist die Autobiographie meiner einzigen großen Liebe, du unzulänglicher kleiner Schmock mit Pensionsanspruch.«

Wo war ich? Paris 1951. Terry McIver. Boogie. Leo. Clara seligen Angedenkens. Wenn ich heutzutage die Zeitung aufschlage, schaue ich als erstes den Dow Jones Index an und dann die Todesanzeigen, um zu überprüfen, wie viele Feinde ich überlebt habe, welche Ikonen nicht länger unter den Lebenden weilen. 1995 fing für Säufer schlecht an. Peter Cook und ein wütender Colonel John Osborne mußten den Löffel abgeben.

1951. Quemoy und Matsu[17], falls jemand diese Pickel im Chinesischen Meer finden kann, wurden von den Kommunisten beschossen, einige Stimmen sprachen von einem Vorspiel zur Invasion von Formosa, wie Taiwan damals hieß. Die Amerikaner standen noch immer unter dem Eindruck der BOMBE. Als Kuriositätensammler habe ich noch die Bantam-Taschenbuchausgabe von *Wie man die Atombombe überlebt*:

> Von einem führenden Experten in Frage-und-Antwort-Form verfaßt, wird Ihnen dieses Buch erklären, wie Sie sich und Ihre Familie im Fall eines atomaren Angriffs schützen können. Dieses Buch enthält keine »Angstmacherei«. Im Gegenteil, wenn Sie es gelesen haben, werden Sie sich *besser fühlen*.

Rotarier buddelten in ihren Hinterhöfen Bunker zum Schutz vor dem atomaren Niederschlag der A-Bombe, legten Vorräte von

17 Quemoy und Matsu liegen in der Meerenge von Taiwan, und die Festlandkommunisten begannen erst im August 1958, die Inseln zu beschießen. Als der amerikanische Außenminister John Foster Dulles mit Vergeltungsmaßnahmen drohte, beschränkten sie die Bombardierung plötzlich auf die ungeraden Tage des Monats. Dann, im März 1959, hörte das Bombardement ganz auf, ohne jede Erklärung.

Wasser, Suppenpulver, Reissäcken an, brachten dort ihre Sammlung von *Reader's-Digest*-Büchern und Pat-Boone[18]-Platten unter, die ihnen helfen sollten, die kontaminierten Wochen zu überstehen. Senator Joe McCarthy und seine beiden Handlanger, Cohn und Schein, liefen Amok. Julius und Ethel Rosenberg wurde der Prozeß gemacht, und so gut wie alle entschieden sich 1952 für Ike. Im noch nicht aufsässigen Kanada wurden wir statt von einem Premierminister von einem onkelhaften Chef vom Dienst, Louis St. Laurent, verwaltet. In Quebec, meinem geliebten Quebec, regierte der Gauner Maurice Duplessis mit einer Bande von Dieben.

Morgens standen wir spät auf und trafen uns dann entweder im Café Sélect oder im Mabillon und scharten uns um Boogie Moscovitch, der die *International Herald Tribune* las, zuerst Pogo und den Sportteil, und uns davon unterrichtete, wie Duke Snider und Willie Mays am Abend zuvor gespielt hatten. Aber Terry McIver gesellte sich nie zu uns. Wenn man Terry an einem Tisch sah, saß er immer allein, machte Anmerkungen in seine Ausgabe von Walter Savage Landors *Imaginary Conversations*. Oder kritzelte eine Entgegnung zu Jean-Paul Sartres Leitartikel in der letzten Ausgabe von *Les Temps Modernes*. Nicht einmal in jenen Tagen schien Terry sich Sorgen zu machen, daß, um MacNeice[19] zu zitieren, »nicht alle Kandidaten bestehen«. Nein, Sir. Terry McIver saß bereits Modell für das Porträt des gutaussehenden jungen Künstlers, der seine offensichtliche Bestimmung erfüllt. Für Frivolität hatte er nichts übrig. Er war ein lebender Rüffel für uns Zeitverschwender.

Eines Abends, als ich den Boulevard Saint-Germain des Prés entlangspazierte, unterwegs zu einer Bottle-Party, zu der Terry nicht eingeladen war, sah ich ihn ungefähr einen halben Block vor mir. Er verlangsamte den Schritt in der Hoffnung, daß ich ihn auffordern würde, mit mir zu kommen. Ich blieb stehen und betrachtete die Bücher im Schaufenster von La Hune, bis er in der Ferne verschwand. Spät an einem anderen Abend schlenderten ein alles andere als nüchterner Boogie und ich den Boulevard Montparnasse entlang und hielten in den Straßencafés Ausschau nach

18 Pat Boone hatte seinen ersten Hit erst 1955: »Two Hearts, Two Kisses.«

19 Das Zitat stammt von Auden. *Selected Poems*, Faber & Faber, London 1979.

Freunden, von denen wir einen Drink oder Joint schnorren konnten, als wir Terry, der in eins seiner Notizbücher kritzelte, im Café Sélect entdeckten. »Ich wette zehn zu eins«, sagte ich, »daß die Einbände seiner Notizbücher numeriert und datiert sind aus Rücksicht auf spätere Exegeten.«

Terry, ein Mann von erschreckender Integrität, hatte natürlich keine hohe Meinung von Boogie. Für dringend benötigte fünfhundert Dollar hatte Boogie einen schlüpfrigen Roman für Maurice Girodias' Reisebegleiter-Serie geschrieben. *Vanessas Muschi* war der unzweifelhaft treuen Frau des Columbia-Professors gewidmet, der Boogie in einem Kurs über elisabethanische Poesie hatte durchfallen lassen. Die Widmung lautete:

Für die geile Vanessa Holt
in Erinnerung an vergangene priapische Nächte

Aufmerksam, wie er war, schickte Boogie je ein Exemplar von *Vanessas Muschi* an seinen Professor, den Dekan der geisteswissenschaftlichen Fakultät von Columbia sowie an die Chefredakteure der *New York Times Book Review* und des Literaturteils der *New York Herald Tribune.* Aber niemand weiß, was sie damit angefangen haben, denn Boogie hatte *Vanessas Muschi* unter einem Pseudonym veröffentlicht: Baron Claus von Manheim. Ein verächtlicher Terry sandte sein Freiexemplar ungelesen zurück. »Schreiben«, sagte er, »ist kein Job, sondern eine Berufung.«

Wie dem auch sei, *Vanessas Muschi* war so erfolgreich, daß Boogie prompt beauftragt wurde, weiter zu produzieren. Wir übrigen waren begierig zu helfen, und so trafen wir uns im Café Royal St.-Germain, das längst Le Drugstore übernommen hat, um uns sexuelle Ausschweifungen in Turnhallen, unter Wasser oder unter Zuhilfenahme aller Gerätschaften, die sich im Stall eines Reiters oder im Studierzimmer eines Rabbis finden, auszudenken. Terry, angewidert von unserem anzüglichen Gelächter, nahm an diesen spätabendlichen Seminaren selbstverständlich nicht teil.

In seinem zweiten Reisebegleiter-Opus, veröffentlicht unter dem Namen Marquis Louis de Bonséjour, erwies sich Boogie als seiner Zeit weit voraus, als literarischer Erneuerer, der Karaoke, interaktives Fernsehen, Computer-Pornographie, CD-ROMs, das

Internet und andere zeitgenössische Plagen voraussah. Der männliche Held von *Scharlachrote Spitze*, gesegnet mit einer monströsen Ausstattung, hatte keinen Namen, was nicht heißen soll, daß er anonym war. Dort, wo sein Name hätte stehen sollen, befand sich eine leere Stelle, in die der Leser seinen eigenen Namen eintragen konnte, zum Beispiel wenn eine seiner üppigen, sexbegeisterten Eroberungen während multipler Orgasmen voll Dankbarkeit ausrief: »– – – – – – – – –, du wunderbarer Mann.«

Es war Clara, die zwanghaft obszöne Reden führte, die die einfallsreichsten, wenn auch sonderbarsten pornographischen Ideen beisteuerte, was mich überraschte angesichts der Probleme, die sie meines Erachtens damals hatte. Zu diesem Zeitpunkt wohnten wir bereits zusammen, nicht infolge einer willentlichen Entscheidung, sondern weil es sich irgendwie beiläufig so ergeben hatte. So lief das damals.

Kurz gefaßt war folgendes passiert: Eines späten Abends verkündete Clara – die unter Weltschmerz litt –, daß sie einfach nicht mehr in ihrem Hotelzimmer schlafen könne, weil es von einem Poltergeist heimgesucht würde. »Wißt ihr, dieses Hotel war während des Kriegs ein Bordell der Wehrmacht«, sagte sie. »Es muß der Geist des Mädchens sein, das dort Gott weiß wie oft in jede nur mögliche Körperöffnung gefickt wurde und starb.« Und nachdem sie mitfühlende Blicke von allen, die am Tisch saßen, eingeheimst hatte, kicherte sie und fügte hinzu: »Die Glückliche.«

»Wo wirst du schlafen?« fragte ich.

»Beiß dir auf die Zunge«, sagte Boogie.

»Auf einer Bank in der Gare Montparnasse. Oder unter dem Pont Neuf. Der einzige Clochard in der Stadt, der in Vassar mit *magna cum laude* abgeschlossen hat.«

Und so nahm ich sie mit auf mein Zimmer, wo wir eine zölibatäre Nacht verbrachten und Clara unruhig in meinen Armen schlief. Am Morgen bat sie mich, ein Schatz zu sein und ihre Leinwände, Zeichnungen, Notizbücher und Koffer aus dem Grand-Hôtel Excelsior in der Rue Cujas zu holen. Sie versicherte mir, daß ich sie nur ein paar Nächte würde ertragen müssen, bis sie ein angenehmeres Hotel gefunden hätte. »Ich würde ja mitkommen und dir helfen«, sagte sie, »aber Madame Defarge« – so nannte sie die Concierge – »haßt mich.«

Boogie erklärte sich zähneknirschend bereit, mich zu begleiten. »Ich hoffe, du weißt, worauf du dich da einläßt«, sagte er.

»Es ist nur für ein paar Nächte.«

»Sie ist verrückt.«

»Und du?«

»Mach dir keine Gedanken. Ich kann damit umgehen.«

Damit meinten wir Drogen. Boogie war von Haschisch auf Heroin umgestiegen. »Wir sollten alles ausprobieren«, sagte er. »Nörgelnde jüdische Prinzessinnen, bevor sie nach Hause zurückkehren, um Ärzte zu heiraten. Arabische Jungen in Marrakesch. Schwarze Puppen. Opium. Absinth. Alraunwurzel. Magic Mushrooms. Gefüllte Kischke. Halva. Alles, was auf und unter dem Tisch liegt. Wir leben alle nur einmal. Außer Clara natürlich.«

»Was soll das heißen?«

»Miss Chambers mit Wohnsitz am Gramercy Park und in Newport hat es mit der Reinkarnation. Die ist Bestandteil des Treuhandvermögens. Weißt du denn gar nichts über sie?«

Zu Claras Sachen gehörten unter anderem eine zweibändige Ausgabe von H. P. Blavatskys *Die Geheimlehre*, eine Wasserpfeife, ein Wörterbuch des Satanismus, eine ausgestopfte Eule, mehrere Bücher über Astrologie, Schaubilder des Handlesens, Tarotkarten und ein gerahmtes Porträt von Aleister Crowley, das Große Tier 666 mit dem Kopfschmuck des Horus. Aber die Concierge ließ uns die Sachen erst mitnehmen, nachdem ich die Mietschulden in Höhe von 4200 Francs beglichen hatte. »Geld widert mich an«, sagte Clara. »Deins. Meins. Spielt keine Rolle. Es ist nicht wert, daß man darüber redet.«

Es wäre nicht präzise genug, Clara als groß zu beschreiben. Sie war lang. So dürr, daß man die Rippen zählen konnte. Ihre Hände waren ständig in Bewegung, zogen die Schals zurecht, glätteten den Rock, strichen das Haar aus der Stirn, rissen die Etiketten von Weinflaschen. An ihren Fingern waren Nikotin- und Tintenflecken, ihre Nägel waren rissig und bis aufs Fleisch abgekaut. Ohren in Form von Teetassenhenkeln ragten aus ihrem Haar heraus (»es ist scheißefarben«, sagte sie, »ich hasse es«), das bis zu ihrer schmalen Taille reichte. Sie hatte kaum erkennbare Augenbrauen, und in ihren großen schwarzen Augen glomm Intelligenz. Und Verachtung. Und Panik. Sie war leichenblaß, was sie mit Halbmonden aus Rouge auf den Backen und – je nach Laune – mit orangefarbenem, grünem oder violettem Lippenstift unterstrich. Ihre Brüste, meinte sie, wären zu üppig für ihre Figur. »Mit diesen Titten könnte ich Drillinge stillen.« Sie jammerte, daß ihre Beine zu lang und mager und ihre Füße zu groß waren. Aber trotz aller geringschätzigen Bemerkungen über ihr Äußeres konnte sie an keinem Spiegel in einem Café vorbeigehen, ohne stehenzubleiben und sich zu bewundern. Ach, ihre Ringe. Ich habe vergessen, ihre Ringe zu erwähnen. Ein Topaz. Ein blauer Saphir. Und, ihr Lieblingsring, ein Henkelkreuz.

Jahre bevor es Mode wurde, trug Clara weite, gereihte, knöchellange viktorianische Kleider und geknöpfte Stiefeletten, die sie auf dem Flohmarkt auftrieb. Sie wickelte sich in Schals, deren Farben oft nicht zusammenpaßten, was mich wunderte, da sie doch Malerin war. Boogie taufte sie »das Genrebild«, wie in *Rette sich, wer kann.* »Hier kommen Barney und das Genrebild.« Und um ehrlich zu sein, es gefiel mir. Ich schrieb nicht. Ich malte nicht. Und schon damals war ich kein liebenswerter Mensch, sondern bereits eine griesgrämige, intolerante Person. Aber plötzlich hatte ich so etwas wie eine Auszeichnung erworben. Ich war zu einem Faszinosum geworden. Zum Aufpasser der verrückten Clara.

Clara tatschte zwanghaft, was mich ärgerte, sobald wir zusammenlebten. In Cafés brach sie an der Brust anderer Männer in Lachen aus und streifte dabei ihre Knie. »Wenn Grouchy nicht dabei wäre, könnten wir jetzt irgendwohin gehen und vögeln.«

Gedächtnistest. Schnell, Barney. Die Namen der sieben Zwerge. Grouchy, Sneezy, Sleepy, Doc. Ich weiß die Namen der anderen drei. Letzte Nacht wußte ich sie noch. Sie werden mir wieder einfallen. Auf keinen Fall werde ich nachschlagen.

Besonders gern nahm Clara Terry McIver auf den Arm, was ich aus ganzem Herzen guthieß. Dito Cedric Richardson, lange bevor er als Ismail ben Yussef berühmt wurde, Geißel längst verstorbener jüdischer Sklavenhändler, lebender Eigentümer abbruchreifer Mietshäuser, Nemesis aller Eis-Menschen.

Zu verfolgen, was aus allen wurde, hält mich in meiner Senilität aufrecht. Es ist erstaunlich. Schwindelerregend. Der intrigante Leo Bishinsky, der mit seinen Späßen auf Leinwand Millionen machte. Clara, die andere Frauen verachtete, wurde postum als feministische Märtyrerin berühmt. Ich bin in begrenztem Rahmen berühmt-berüchtigt als das chauvinistische Schwein, das sie im Stich ließ, und obendrein bin ich womöglich ein Mörder. Die unsäglich langweiligen Romane von diesem pathologischen Lügner Terry McIver, die jetzt in Universitätsseminaren in ganz Kanada gelesen werden. Und mein einst geliebter Boogie irgendwo da draußen, bis ins Mark verletzt, unversöhnlich und zornig. Einmal nahm er mein Exemplar von *Rabbit, Run* in die Hand und sagte zu meiner Bestürzung: »Ich kann nicht glauben, daß du so einen Schrott liest.«

Grouchy, Sneezy, Soc ... Snoopy? *Nein, du Idiot. So heißt der Hund von Pogo. Ich meine Peanuts.*

Weiter. Vor ein paar Tagen stieß ich in *Time* auf einen Bericht über Ismail ben Yussefs jüngste öffentliche Erklärung, aber anstatt wütend zu werden, mußte ich über Cedrics Aufmachung kichern: Fez, Dreadlocks und ein regenbogenfarbener Kaftan. Einmal habe ich ihm sogar einen Brief geschrieben:

Salaam Ismail,

ich schreibe Dir im Namen der Stiftung »The Elders of Zion«. Wir sammeln Geld, um Mugging-Stipendien für schwarze Brüder und Schwestern einzurichten – zum immerwährenden Andenken an drei junge jüdische Blutsauger (Chaney[20], Goodman und Schwerner), die 1964 nach Mississippi gingen, um Schwarze zu überreden, sich als Wähler registrieren zu lassen, und infolgedessen von einer Bande Eis-Menschen ermordet wurden. Ich vertraue darauf, daß Du Deinen Beitrag leisten wirst.

Vielleicht kannst Du mir auch bei der Lösung eines philosophischen Rätsels helfen. Ich stimme mit Louis Farrakhans Aperçu überein, daß die alten Ägypter schwarz waren. Laß mich als weiteren Beleg Flaubert aus seinem *Reisetagebuch in Ägypten* zitieren. In Vorwegnahme von Sheik Anta Diops Behauptung, daß die Wiege der Zivilisation schwarz war, schrieb er über die Sphinx: »... ihr Haupt ist grau, die Ohren sind sehr

20 James E. Chaney, 21, war schwarz.

groß und stehen ab wie die eines Negers ... (und) die Tatsache, daß die Nase fehlt, steigert den platten negroiden Eindruck ... die Lippen sind dick ...«

Aber, Himmel noch mal, wenn die alten Ägypter schwarz waren, dann war auch Moses, ein Prinz am Hof des Pharaos, schwarz. Und daraus folgt, daß die Sklaven, die Moses befreite, ebenfalls schwarz waren, sonst wäre er aufgefallen wie der sprichwörtliche »N---- im Holzstoß«, und die berüchtigt streitsüchtigen Israeliten hätten sich beschwert: »Hört mal, sind wir so tief gesunken, daß wir uns von einem *schwarzer* vierzig Jahre lang in der Wüste im Kreis führen lassen?«

Wenn ich also davon ausgehe, daß Moses und sein Stamm schwarz waren, dann frage ich mich, ob der unbestritten eloquente Farrakhan, wenn er mein Volk denunziert, möglicherweise keine Ahnung hat, daß er wie Philip Roth auch nur ein Jude ist, der sich selbst haßt?

Ich freue mich auf Deine Antwort, Bruder, ganz zu schweigen von Deinem Scheck, und vergiß nicht, einen frankierten und adressierten Rückumschlag beizulegen.

Allah Akbar!

Dein alter Freund und Bewunderer
Barney Panofsky

Auf die Antwort warte ich noch immer.

Als ich diesen alten Brief vor kurzem wiederlas, erlitt ich einen der häufigen Anfälle von geistiger Sprachpost: Miriam, mein Gewissen, stellte mir wieder einmal ein Bein.

Wenn ich die Uhr zurückdrehen könnte, dann zu den Tagen, als Miriam und ich die Hände nicht voneinander lassen konnten. Wir liebten uns im Wald und, nachdem wir eine öde Dinnerparty früh verlassen hatten, auf einem Küchenstuhl, auf dem Boden von Hotelzimmern und in Zügen, und einmal wären wir beinahe in der Toilette der Shaar-Hashomiyim-Synagoge erwischt worden, anläßlich eines von Irv Nussbaum veranstalteten Wohltätigkeitsessens. »Du hättest exkommuniziert werden können«, sagte sie. »Wie Spinoza.«

An einem denkwürdigen Nachmittag trieben wir es auf dem Teppich in meinem Büro. Miriam war unerwartet gekommen, geradewegs von ihrem Gynäkologen, der sie sechs Wochen nach der Geburt von Saul wieder für fit erklärt hatte. Sie schloß die Tür ab, zog ihre Bluse aus und stieg aus ihrem Rock. »Ich habe mir sagen lassen, daß hier Schauspielerinnen vorsprechen.«

»O mein Gott«, sagte ich und simulierte Entsetzen, »was, wenn meine Frau zufällig vorbeischaut?«

»Ich bin nicht nur deine Frau«, sagte sie und zerrte an meinem Gürtel, »und die Mutter deiner Kinder. Ich bin auch deine Hure.«

Glück war es, von unseren Kindern geweckt zu werden, die in ihren Schlafanzügen in unser Schlafzimmer stürmten und in unser Bett sprangen.

»Mommy hat nichts an.«

»Daddy auch nicht.«

Wie konnte ich nur die frühen Warnsignale, so selten sie auch waren, nicht beachten? Einmal kam sie von einem, wie ich hoffte, vergnüglichen Abendessen mit ihrem früheren Produzenten von CBC Radio, Kip Horgan, diesem Mistkerl, der es nicht lassen konnte, sich einzumischen, nach Hause und wirkte zerstreut. Sie begann, Bilderrahmen an der Wand zurechtzurücken und Sofakissen aufzuschütteln, immer ein schlechtes Zeichen. »Kip ist enttäuscht von mir«, sagte sie. »Er hätte nie gedacht, daß ich mich damit zufriedengeben würde, Hausfrau zu sein.«

»Aber das bist du doch nicht.«

»Natürlich bin ich das.«

»Blödsinn.«

»Reg dich bitte jetzt nicht auf.«

»Laß uns am Wochenende nach New York fahren.«

»Saul hat immer noch Fieber ...«

»Sechsunddreißig Komma neun Grad.«

»... und du hast Mike versprochen, ihn am Samstagabend zum Eishockey mitzunehmen.« Und dann fügte sie aus heiterem Himmel hinzu: »Wenn du mich verlassen willst, dann tu es bitte jetzt, bevor ich alt bin.«

»Gib mir zehn Minuten zum Packen.«

Später haben wir ausgerechnet, daß wir vermutlich in dieser Nacht Kate zeugten. Verdammt verdammt verdammt. Wenn Miriam mich verlassen hat, dann bestimmt wegen meiner Dickfelligkeit. *Mea culpa.* Trotzdem finde ich es unfair, daß ich mich noch immer gegen ihre moralischen Urteile zur Wehr setzen muß. Mein andauerndes Bedürfnis nach ihrer Zustimmung ist ein Armutszeugnis. Zweimal bin ich auf der Straße stehengeblieben, um ihr Vorhaltungen zu machen, ein verrückter alter Trottel, der mit sich selbst spricht. Und jetzt, den Brief an Cedric in der Hand, höre ich sie sagen: »Manchmal ist das, was du witzig findest, in Wirklichkeit gehässig und soll verletzen.«

Ach ja? Vielleicht bin ich derjenige, der das Recht hat, sich verletzt zu fühlen. Wie konnte Cedric, in Paris einer von uns Brüdern, sich an die College-Pulte stellen und mich und mein Volk wegen unserer Religion und Hautfarbe geißeln? Warum schwor so ein talentierter junger Mann der Literatur ab, um sich auf die vulgärpolitische Bühne zu begeben? Verdammt, wenn ich sein Talent hätte, würde ich Tag und Nacht schreiben.

Ich hätte gern, daß Farrakhan, Jesse Jackson, Cedric et al. mich in Ruhe ließen. Ja, Miriam. Ich weiß, Miriam. Tut mir leid, Miriam. Hätte ich erlitten, was sie in Amerika erleiden mußten, wäre auch ich geneigt zu glauben, daß Adam und Eva schwarz waren, aber Kain wurde weiß vor Entsetzen, als Gott ihn verdammte, weil er Abel umgebracht hatte. Trotzdem, es ist nicht okay.

Wie auch immer, damals in den Tagen am linken Ufer sah man Cedric selten ohne ein weißes Mädchen am Arm. Clara, die Eifersucht heuchelte, begrüßte ihn normalerweise mit: »Wie lange muß ich noch auf dich warten?«

Bei Terry schlug sie einen anderen Kurs ein: »Für dich, mein Süßer, würde ich mich sogar als Junge verkleiden.«

»Aber so, wie du bist, Clara, gefällst du mir besser. Aufgetakelt wie ein Clown.«

Oder Clara, eine begeisterte Virginia-Woolf-Leserin, tat so, als hätte sie einen verräterischen Fleck auf seiner Hose entdeckt. »Du könntest blind werden, Terry. Oder hat man in Kanada noch nicht davon gehört?«

Clara malte nicht nur gequälte abstrakte Bilder, sondern auch erschreckend gegenständliche, meist Tuschezeichnungen, auf denen furchterregende Wasserspeier, hüpfende Teufel und geifernde Satyrn heiratsfähige Frauen von allen Seiten bedrängten. Sie schrieb zudem mir unverständliche Gedichte, die in *Merlin* und *Zero* veröffentlicht wurden und ihr eine Anfrage von James Laughlin von

New Directions Press einbrachten, der mehr lesen wollte. Clara war eine Kleptomanin. Sie versteckte die geklauten Sachen unter ihren großen Schals. Dosen mit Fisch, Shampoo, Bücher, Korkenzieher, Postkarten, Rollen mit Borte. Am liebsten klaute sie bei Fauchon, bis sie Hausverbot erhielt. Es war unvermeidlich, daß sie einmal bei MonoPrix erwischt wurde, als sie ein Paar Nylonstrümpfe mitgehen ließ, aber sie kam davon, so erzählte sie, weil sie dem fetten schmierigen Polizisten gestattete, sie in den Bois de Boulogne zu fahren und zwischen ihren Brüsten zu kommen. »Genau wie es mein lieber Onkel Horace getan hat, als ich erst zwölf war. Nur hat der mich nicht aus dem fahrenden Auto geworfen und sich halb totgelacht, als ich mich überschlagen habe. Er hat mir auch keine dreckigen Namen nachgerufen, sondern hat mir jedesmal zwanzig Dollar gegeben, damit ich das Geheimnis für mich behalte.«

In unserem Zimmer im Hôtel de la Cité auf der Ile de la Cité war es immer dunkel, das kleine Fenster ging auf einen Innenhof von der Größe eines Fahrstuhlschachts hinaus. Im Zimmer befand sich ein winziges Waschbecken, die Gemeinschaftstoilette war am Ende eines langen Gangs. Es war ein Stehklo, eigentlich nur ein Loch im Boden, mit erhöhten Stellflächen für die Füße und einem Haken an der Wand, an dem aus den politisch korrekten Zeitungen *L'Humanité* und *Libération* ausgeschnittene Papiervierecke aufgespießt waren. Ich kaufte einen Bunsenbrenner und einen kleinen Topf, so daß wir mittags Baguette-Sandwiches mit hartgekochten Eiern essen konnten. Aber die Krümel zogen Mäuse an, und Clara wachte eines Nachts schreiend auf, weil ihr eine übers Gesicht gelaufen war. Ein anderes Mal öffnete sie eine Kommodenschublade, um einen Schal herauszuholen, fand darin drei neugeborene Mäuse und begann zu kreischen. Daraufhin gaben wir es wieder auf, in unserem Zimmer zu essen.

Wir lagen viel im Bett, ohne miteinander zu schlafen, einfach weil wir Wärme suchten. Wir dösten, lasen (ich Jean-Paul Sartres *Wörter*, das sie verachtete), verglichen unsere schwierigen Kindheiten und beglückwünschten uns dazu, daß wir erstaunlicherweise überlebt hatten. In der Intimität unseres Zimmers, weit weg von den Cafés, wo Clara sich bemüßigt fühlte, zu schockieren oder, weil sie Kritik ahnte, auf anderer Leute

Schwächen herumzutanzen, war sie eine wunderbare Geschichtenerzählerin, meine private Scheherazade. Ich unterhielt sie im Gegenzug mit den Heldentaten von Kriminalinspektor Izzy Panofsky.

Clara haßte ihre Mutter. In einem früheren Leben, sagte sie, müsse Mrs. Chambers eine Ajah gewesen sein. Oder, während einer anderen Drehung des Rades der Wiedergeburten, eine Chinesin, der man als Kind die Füße bandagiert hatte und die zu Zeiten der Ming-Dynastie mit gezierten Trippelschritten in der Verbotenen Stadt herumlief. Sie war der Inbegriff des Eheweibchens. »Ganz allerliebst. Alles andere als eine Xanthippe«, sagte Clara. Die Eskapaden ihres Mannes betrachtete sie als Segen, da sie ihn deswegen nicht länger im Bett ertragen mußte. »Es ist erstaunlich, was ein Mann alles auf sich nimmt«, hatte sie einmal zu Clara gesagt, »für dreißig Sekunden Reibung.« Nachdem sie Mr. Chambers einen Sohn geschenkt hatte, Claras jüngeren Bruder, sah sie ihre Pflicht als erfüllt an und bezog mit Freuden ein eigenes Schlafzimmer. Aber sie blieb weiterhin eine vorbildliche Hausherrin, verwaltete souverän das Stadthaus am Gramercy Park und die Villa in Newport. Mrs. Chambers war Mitglied des Vorstands der Metropolitan Opera. Giuseppe di Stefano sang auf einer ihrer Soireen. Elisabeth Schwarzkopf kam häufig zum Abendessen. Mrs. Chambers bestand darauf, Kirsten Flagstad zum Mittagessen ins Le Pavillon einzuladen, nachdem sich die Juden gegen sie gewandt hatten. »Meine Mutter würde einen Anfall kriegen, wenn sie wüßte, daß ich mit einem Juden zusammenlebe«, sagte Clara und kitzelte meine Nase mit einer Boa aus Straußenfedern. »Sie hält euch für das Gift, das den amerikanischen Blutkreislauf versaut. Was hast du dazu zu sagen?«

Ihr Vater, erzählte sie mir, war Teilhaber von John Foster Dulles' Rechtsanwaltskanzlei. Er hielt arabische Pferde und flog einmal im Jahr nach Schottland, um im Spey mit Fliegenködern Lachse zu angeln. Aber ein andermal hörte ich sie sagen, er sei Broker in der Wall Street und züchte seltene Orchideen, und als ich sie unter vier Augen danach fragte, konterte sie: »Sei doch nicht so ein verdammter Wortklauber. Es ist doch völlig einerlei.« Und dann lief sie davon, verschwand um die Ecke der Rue de Seine und kehrte an diesem Abend nicht in unser Zimmer zurück. »Aus purer Neugier«, fragte ich sie, als sie am nächsten Abend im Pergola auftauchte, »wo bist du letzte Nacht gewesen?«

»Du bist nicht mein Besitzer. Meine Möse gehört mir.«

»Das ist keine Antwort.«

»Zufälligerweise ist meine Tante Honor gerade im Crillon abgestiegen. Ich war bei ihr. Wir haben im Lapérouse gegessen.«

»Ich glaube dir nicht.«

»Schau«, sagte sie, kramte in ihren Rocktaschen und zog ein Bündel Tausendfrancscheine hervor, das sie mir zuwarf. »Nimm, was immer ich dir für Unterkunft und Verpflegung schulde. Ich bin sicher, du bist auf dem laufenden.«

»Ist es in Ordnung, wenn ich Zinsen draufschlage?«

»Ich fahre heute abend mit meiner Tante nach Venedig. Mit dem Zug. Wir wohnen bei Peggy Guggenheim.«

Eine Woche später, kurz nach ein Uhr morgens, kehrte Clara zurück, zog sich aus und legte sich neben mich ins Bett. »Wir haben unzählige Bellinis mit Tennessee Williams in Harry's Bar getrunken. Einmal hat uns Peggy nach Torcello zum Mittagessen eingeladen. Deinetwegen habe ich mir den Campo del Ghetto Nuovo angesehen. Hättest du damals dort gelebt, hättest du nach zehn Uhr abends nicht mehr herausgedurft. Ich wollte dir eine Postkarte von der Rialto-Brücke schicken«, sagte sie, »um dir zu schreiben, daß es nichts Neues gibt, aber ich hab's vergessen.«

Am Morgen waren die langen häßlichen Kratzer auf ihrem Rücken nicht zu übersehen. »Peggy hat russische Windhunde«, sagte Clara. »Sie sind durchgedreht, als ich auf dem Boden mit ihnen gekämpft habe.«

»Nackt?«

»Hat nicht dein Mentor gesagt, wir sollten alles ausprobieren?«

»Boogie ist nicht mein Mentor.«

»Schau dich nur an. Innerlich kochst du vor Wut. Du willst mich rauswerfen, aber du wirst es nicht tun. Weil es dir Spaß macht, mit mir anzugeben, mit deiner verrückten Oberklassen Schickse.«

»Es würde schon was bringen, wenn du dich gelegentlich waschen würdest.«

»Du bist kein Künstler wie wir anderen. Du bist ein Voyeur. Und wenn du nach Hause zurückkehren und Geld machen wirst, was bei deinem Charakter unvermeidlich ist, und wenn du ein nettes jüdisches Mädchen geheiratet hast, das die Einkäufe erledigt, dann wirst du die Gäste bei einem Essen des United Jewish Appeal mit Geschichten über die Zeit unterhalten können, als du mit der ungeheuerlichen Clara Chambers zusammengelebt hast.«

»Bevor sie berühmt wurde.«

»Wenn ich dir jetzt keinen Spaß mache, dann im nachhinein. Weil du hier dein Erinnerungskonto auffüllst. Terry McIver hat dich treffend beschrieben.«

»Ach ja? Was hat dieser Wichser über mich zu sagen?«

»Wenn du wissen willst, was Boogie gestern gedacht hat, dann mußt du heute nur Barney zuhören. Er nennt dich Barney, das mechanische Klavier. Du spielst immer die Musik eines anderen, weil dir keine eigene einfällt.«

Getroffen knallte ich ihr eine, und zwar so fest, daß sie mit dem Kopf gegen die Wand schlug. Und als sie mit den Fäusten auf mich losging, warf ich sie aufs Bett. »Warst du mit einem Typ namens Carnofsky zusammen?« fragte ich.

»Ich weiß nicht, wovon du redest.«

»Ich habe gehört, jemand, der so heißt, zeigt ein Foto von dir herum und will wissen, wo du steckst.«

»Ich kenne niemanden mit diesem Namen. Ich schwöre es bei Gott, Barney.«

»Hast du wieder geklaut?«

»Nein.«

»Ungedeckte Schecks ausgestellt? Irgend etwas, was ich wissen sollte?«

»Warte. Jetzt weiß ich's wieder«, sagte sie mit tückischem Blick. »In New York hatte ich einen Kunstlehrer namens C*h*arnofsky. Der war echt krank. Er hat mich immer zu meinem Loft im Village verfolgt, ist davor stehengeblieben und hat mein Fenster beobachtet. Ich kriegte obszöne Anrufe. Einmal hat er sich auf dem Union Square vor mir entblößt.«

»Ich dachte, du kennst niemanden, der Carnofsky heißt.«

»Mir ist es gerade erst wieder eingefallen, aber er hieß C*h*arnofsky. Der muß es sein, dieser Perversling. Er darf mich nicht finden, Barney.«

Eine Woche lang verließ sie unser Hotelzimmer nicht, und danach war sie sehr vorsichtig, verbarg das Gesicht hinter Schals, mied unsere üblichen Treffpunkte. Ich wußte, daß sie log, was Carnofsky oder Charnofsky anbelangte, aber ich kapierte nicht, was los war. Hätte ich es kapiert, hätte ich sie vielleicht retten können. *Mea culpa*, wieder einmal. Scheiße. Scheiße. Scheiße.

6

»Saul, ich bin's.«

»Wer sonst ruft so früh am Morgen an.«

»Mein Gott, es ist doch schon halb elf.«

»Ich hab bis vier Uhr gelesen. Ich merke, daß ich eine Erkältung kriege. Gestern hatte ich Durchfall.«

Als er achtzehn war, riß ein wütender Saul einmal die Haustür auf, warf seine Bücher zu Boden und rief auf seine widerliche Art: »Scheiße. Scheiße. Scheiße«, bevor er ins Wohnzimmer stürmte, wo ich und Miriam saßen. »Es war ein schrecklicher Tag«, sagte er. »Ich habe mich mit diesem Kretin mit Pensionsanspruch gestritten, der mein Philosophielehrer sein will. Blöderweise hab ich in Ben's zu Mittag gegessen, und seitdem hab ich Magenschmerzen. Vermutlich eine Lebensmittelvergiftung. Beinahe hätte ich einen dämlichen Bibliothekar k.o. geschlagen, und ich weiß nicht mehr, was ich mit meinen Englisch-Notizen gemacht hab, nicht daß irgend etwas aufschreibenswert ist, was dieser sabbernde Idiot von sich gibt. Ich mußte vierzig Minuten auf den Bus warten. Ich hab mit Linda gestritten. Ich hab fürchterliche Kopfschmerzen. Ich hoffe, daß es zum Abendessen nicht schon wieder Pasta gibt.« Dann sah er, daß Miriams Bein, das auf einem Kissen lag, eingegipst war. »Oh«, sagte er, »was ist passiert?«

»Deine Mutter hat sich heute morgen den Knöchel gebrochen, aber mach dir deswegen nicht auch noch Sorgen.«

Jetzt sagte ich: »Erinnerst du dich, daß wir mal alle zusammen *Schneewittchen und die sieben Zwerge* im Kino gesehen haben? Sie hießen Sneezy, Sleepy, Doc, Grouchy und ...«

»Grouchy? Du meinst Grumpy, oder?«

»Sag ich doch. Wie heißen die anderen drei?«

»Happy.«

»Das weiß ich. Und?«

»Die anderen beiden fallen mir jetzt auf die Schnelle nicht ein.«

»Denk nach.«

»Verdammt, Daddy. Ich hab mir noch nicht mal die Zähne geputzt.«

»Hoffentlich hab ich Sally nicht aufgeweckt.«

»Sally ist Schnee von gestern. Du meinst Dorothy. Nee, die ist schon zur Arbeit. Scheiße. Scheiße. Scheiße.«

»Was ist jetzt los?«

»Sie hat die *Times* nicht auf dem Bett liegenlassen, und wie ich sehe, hat sie vergessen, meine schmutzige Wäsche mitzunehmen. Hör mal, wenn es dir nichts ausmacht, versuche ich jetzt, noch ein bißchen zu schlafen.«

Er ist brillant, mein Saul, wesentlich intelligenter als ich, aber unzufrieden bis in die Haarspitzen. Ein Griesgram. Abweisend. Geschlagen mit einem cholerischen Temperament, was ich für überaus abstoßend halte. Aber er hat auch etwas von Miriams Schönheit. Ihrer Anmut. Ihrer Originalität. Ich vergöttere ihn. Bevor er an der McGill *magna cum laude* abschloß, ließ er sich dazu herab, die Prüfung für ein Rhodes-Stipendium abzulegen, und als er genommen wurde, lehnte er es auf seine unvergleichliche Art ab. »Cecil Rhodes«, erklärte er der Kommission, »war ein bösartiger Imperialist, und die Stipendiengelder wären ehrenhafter verwendet, wenn man den Schwarzen, die er ausgebeutet hat, Wiedergutmachung zahlen würde. Mit diesem Blutgeld will ich nichts zu tun haben.« Er ließ Oxford links liegen und absolvierte sein Promotionsstudium in Harvard. Aber selbstverständlich nahm mein Junge den Titel nicht an, denn der galt in jenen Tag als spießiges Stigma.

Meine Söhne sind irgendwo kurzgeschlossen. Sie verstehen sich nicht. Mike, ein militanter Sozialist, ist sündhaft reich und mit einer Aristokratin verheiratet. Aber Saul, wiedergeboren als Neokonservativer, ist arm wie eine Kirchenmaus und lebt im Dreck, in einem Loft im New Yorker East Village, wo verliebte Mädchen kommen und gehen, kochen, seine Unterwäsche waschen und stopfen. Saul schlägt sich mehr schlecht als recht durch, indem er Polemiken für die rechte Presse schreibt: *American Spectator*, *Washington Times*, *Commentary*, *National Review*. The Free Press hat einen Band mit seinen Essays publiziert, und jedesmal, wenn ich außerhalb der Stadt in einem Buchladen bin, knalle ich drei teure Kunstbände auf den Ladentisch und frage: »Haben Sie zufällig ein Exemplar von Saul Panofskys brillantem *Minderheitenreport*?« Und wenn sie verneinen, sage ich: »Tja, in diesem Fall brauche ich auch diese drei Bücher nicht.«

Saul ist ein Phantast. Seine zweifellos gut geschriebenen rechten Tiraden sind beleidigend, homophobisch, bar jeden Mitgefühls für die Armen, aber sie amüsieren mich unendlich, denn 1980, mit gerade mal siebzehn Jahren, war Saul ein marxistischer Unruhestifter. Er trat leidenschaftlich für die Unabhängigkeit Quebecs ein, die er als kurze Übergangsphase zum ersten Arbeiterstaat auf nordamerikanischem Boden betrachtete, nachdem seine Gruppe den Winterpalast in Quebec City gestürmt hätte, was allerdings nicht vor elf Uhr morgens passieren würde. Er sprach auf spärlich besuchten Versammlungen, denunzierte Israel als rassistischen Staat und forderte Gerechtigkeit für die Palästinenser. »Wenn Gott den Nachfahren Abrahams Kanaan überließ, dann fallen darunter auch Esaus Abkömmlinge.«

Saul wohnte damals schon nicht mehr bei uns, in dem Haus, das ich nach Michaels Geburt in Westmount gekauft hatte, sondern in einer Kommune, meist zusammen mit jüdischen Mittelklassekindern, in einer Wohnung mit fließend kaltem Wasser in der St. Urbain Street, meinem alten Viertel. Gelegentlich gehe ich dort spazieren – auf der vergeblichen Suche nach bekannten Gesichtern und alten Wahrzeichen. Aber wie ich sind die Jungen, mit denen ich aufgewachsen bin, weggezogen: die Wohlhabenden nach Westmount oder Hampstead, diejenigen, die noch immer zu kämpfen haben, in austauschbare Vororte wie Côte St. Luc, Snowdon oder Ville St. Laurent. Die Straßen bevölkern jetzt italienische, griechische und portugiesische Kinder, deren Eltern so gehetzt sind wie unsere früher, weil sie ständig mit fälligen Rechnungen jonglieren müssen. Zeichen der Zeit. Dort, wo der Schuhputzsalon war, zu dem ich die Filzhüte meines Vaters zum Formen brachte, befindet sich jetzt ein Damen- und Herrenfriseur. Der Eingang zum Regent Theatre, in dem ich zwei Filme hintereinander für fünfunddreißig Cent sehen und drei Stunden ununterbrochen mit der berüchtigten Goldie Hirschorn knutschen konnte, ist zugenagelt. Die Bücherei, in der ich mir für drei Cent pro Tag Bücher auslieh (*Forever Amber*; *Farewell, My Lovely*; *King's Row*; *The Razor's Egde*), existiert nicht mehr. Mr. Katz's Supreme Kosher Meat Mart hat ein Videoverleih übernommen: FILME FÜR ERWACHSENE SIND UNSERE SPEZIALITÄT. In meinem alten Viertel stößt man heutzutage auf einen New-Age-Buchladen, ein vegetarisches Restaurant, ein Geschäft, das mit ganzheitlichen Arzneien handelt, und eine Art buddhistischen Tempel, der die Bedürfnisse von Saul und seinesgleichen befriedigt.

Das war schon eine Truppe, zu der Saul sich zählte. Poster der üblichen Verdächtigen hingen an den Wänden. Lenin. Fidel. Che. Rosa Luxemburg. Louis Riel. Dr. Norman Bethune. Auf eine Wand war FUCK PIERRE TRUDEAU gesprüht. Die Wohnung stank nach schmutzigen Socken, Fürzen und Marihuana. Pizzareste lagen herum. Gelegentlich besuchte ich ihn. Einmal kam Saul widerwillig aus einem Schlafzimmer, um mich zu begrüßen, sein braunes Haar reichte ihm bis zu den Schultern, ein Cree-Stirnband zierte seine Stirn wie ein verrutschter Heiligenschein, er blätterte in einem Buch über die chinesische Revolution. Prompt begann er, in Anwesenheit seiner ehrfürchtigen Genossen, einen Vortrag über die Härten des Langen Marsches zu halten.

»Langer Marsch – Quatsch«, sagte ich und zündete mir eine Montecristo an. »Das war ein Spaziergang, Kind. Ein Picknick. Ich erzähl dir was von einem langen Marsch. Vierzig Jahre durch die Wüste ohne Glasnudeln oder Pekingente, deine Vorfahren und meine . . .«

»Du hältst alles für einen Witz. Die Schweine filmen alle unsere Treffen.«

»Saul, mein Junge, *abi gezunt.*«

Das schlaksige Mädchen, das in BH und Unterhose auf einer Matratze auf dem Boden lag, rührte sich. »Was soll das heißen?« fragte sie.

»Das ist ein Spruch unserer Vorfahren. Ihr wißt schon, den Miethaien von Kanaan. Es bedeutet ›solange du dich groovy fühlst‹.«

»Ach, warum verschwinden Sie nicht einfach«, sagte sie, stand auf und schlurfte aus dem Raum.

»Was für eine reizende junge Dame. Warum bringst du sie nicht mal zum Essen mit?«

Ein anderes Mädchen – plump, nackt, mit verschlafenem Blick – torkelte herein und steuerte hüftenwackelnd die Küche an. »Darf ich fragen, welches dieser appetitlichen Geschöpfe deine Freundin ist?«

»Wir halten hier nichts von Besitzansprüchen.«

Ein weiterer junger Revolutionär, das schmierige Haar zu einem Pferdeschwanz gebunden, schwebte aus der Küche herein und trank Kaffee aus einem Marmeladenglas. »Wer ist der alte Kerl?« fragte er.

»Sprich nicht so mit meinem Vater«, sagte Saul. Dann zog er mich beiseite und flüsterte: »Ich will nicht, daß ihr, du und Mom, euch Sorgen macht, aber vielleicht kommen sie mich holen.«

»Die Leute vom Gesundheitsamt?«

»Die Polizei. Sie wissen Bescheid über meine Aktivitäten.«

Da war was dran. Ein Jahr zuvor hatte Saul, der im Wellington College ein Nachholsemester einlegte, herausgefunden, daß das College in amerikanische Firmen investierte, von denen eine Zündkerzen für israelische Panzer herstellte. Empört hatte sich Sauls Gruppe geschlossen erhoben und sich im Fakultätsclub verbarrikadiert. Augenblicklich entfremdeten sie sich damit gewisse Professoren, die sich einerseits zwar der neuen Linken zurechneten, andererseits jedoch um ihren Alkohol auf Kredit fürchteten. Aus einem Fenster des Fakultätsclubs warfen die jungen Leute das Manifest von Der 18. November Fünfzehn, das am Morgen zwischen den Verkehrsnachrichten in Pepper Logans CYAD-Talk-Show mit Hörerbeteiligung verlesen wurde. Es enthielt folgende Forderungen:

Wellington sollte alle Investitionen in Firmen, die mit faschistischen oder rassistischen Staaten Geschäfte machen, zurückziehen.

In Anerkennung der früheren Ausbeutung des Volkes von Quebec – die Weißen Nigger Nordamerikas – sollten fünfzig Prozent der Kurse in Wellington von nun an auf französisch gehalten werden.

Studien der disponiblen Vergangenheit sollten nicht länger unter der Bezeichnung »history«, sondern statt dessen als »his and herstory« angeboten werden.

Die Polizei errichtete Barrikaden vor Wellington, ohne jedoch Kanonen in Stellung zu bringen. Mit Slogans beschmierte Laken hingen aus den Fenstern. TOD DEN SCHWEINEN. ES LEBE DAS FREIE QUEBEC. REPATRIIERT DIE FLQ-FREIHEITS-KÄMPFER. Am dritten Tag wurde der Strom abgeschaltet, was bedeutete, daß Der 18. November Fünfzehn sich nicht länger im Fernsehen sehen konnte. Als Möbelstücke zertrümmert und in den diversen Kaminen verbrannt wurden, verschlimmerte sich Judy Frishmans Asthma. Kaum ging das brennbare Holz zur Neige, holte sich Marty Holtzman eine Erkältung. Er sah seine Mutter, die jenseits der Barrikaden kampierte und einen Kaschmirpullover und seinen lammfellgefütterten Mantel bereithielt, aber auf die peinigende Distanz hin mußte er nur um so öfter niesen. Eine Schokoriegel-Diät war an sich in Ordnung, aber Martha Ryans Haut wurde daraufhin picklig, die Eitelkeit gewann die Oberhand über den guten Zweck, und sie weigerte sich, weiterhin barbusig in einem Fenster für die Fotografen zu posieren. Auf dem abendlichen Zellentreffen wurde sie infolgedessen als bourgeoises Flittchen denunziert.

Die beengten Verhältnisse, die Dunkelheit und die Temperaturen unter dem Gefrierpunkt führten unweigerlich zu Meinungsverschiedenheiten. Greta Pincus gingen die Allergietabletten aus, und sie bat, aus gesundheitlichen Gründen gehen zu dürfen. Donald Potter jr. wurde dabei erwischt, wie er sich auf der Toilette heimlich Kontaktlinsenflüssigkeit in die Augen tropfte, anstatt sie mit den Genossen zu teilen, die keine mehr hatten. Potter wurde denunziert. Er konterte, indem er den anderen vorwarf, sie hätten Vorurteile gegen Schwule. Molly Zucker bat darum, am Donnerstag entlassen zu werden, um den Termin bei ihrer Analytikerin wahrnehmen zu können. Die Abstimmung fiel gegen sie aus. Die Toiletten, in denen seit Tagen die Spülung nicht mehr funktionierte, wurden unerträglich. Und so beschloß der frustrierte 18. November Fünfzehn am neunten Tag der Belagerung, rechtzeitig zu den landesweiten CBC-Fernsehnachrichten aufzugeben. Sie marschierten erhobenen Hauptes und diszipliniert hintereinander heraus und salutierten mit geballter Faust, bis sie in die wartende grüne Minna verfrachtet wurden. Ich stand da und sah zu, neben mir eine leidgeprüfte Miriam, die ihre Fingernägel in meine Handfläche bohrte, bis ich zusammenzuckte.

Hinter Miriams scheinbar so heiterem Naturell verbarg sich eine Kriegerin, die nur darauf wartete, sich auf jemanden stürzen zu können. Anders ausgedrückt, jeder, der in unserem Land einen Spaziergang durch den Wald macht, weiß, daß er nicht zwischen eine Bärin und ihre Jungen kommen darf. Ich würde es jederzeit lieber riskieren, von einem Grizzly angefallen zu werden, als Miriams Kinder zu bedrohen.

»Werden sie Saul auf dem Revier zusammenschlagen?« fragte sie mich.

»Sie werden sich mit diesen Leuten auf nichts einlassen. Einige der Eltern haben zu gute Verbindungen. Außerdem warten die Anwälte mit der Kaution, darunter John Hughes-McNoughton. Morgen früh ist Saul wieder zu Hause.«

»Wir werden der grünen Minna zum Revier nachfahren und diese Dreckskerle warnen. Wenn sie Saul auch nur ein Haar krümmen ...«

»Miriam, das wäre vollkommen falsch.«

Trotz ihrer heißen Tränen bestand ich darauf, sie nach Hause zu bringen. »Glaubst du etwa, ich wäre nicht besorgt? Selbstverständlich bin ich das«, sagte ich. »Aber du bist so ein Unschuldslamm. Du hast keine Ahnung, wie die Dinge funktionieren. Man kommt keinen Schritt weiter, wenn man Polizisten bedroht. Oder Petitionen unterschreibt. Oder Briefe an den Herausgeber verfaßt. In so einem Fall muß man den richtigen Leuten um den Bart gehen, ein bißchen Bakschisch verteilen, wo es drauf ankommt. Und das werden Hughes-McNoughton und ich von morgen an tun.«

»Wir könnten zumindest aufs Revier fahren und dort bleiben, bis Saul auf Kaution freikommt.«

»Miriam, nein.«

»Ich werde hingehen.«

»Den Teufel wirst du tun.«

Wir stritten uns, und schließlich brach sie laut schluchzend in meinen Armen zusammen und beruhigte sich erst wieder, nachdem ich sie ins Bett gebracht hatte. Um fünf Uhr morgens schritt sie im Wohnzimmer auf und ab und begrüßte mich mit ihrem kältesten Blick. »Gott steh dir bei, Barney Panofsky, hoffentlich weißt du, wie wir mit dieser Sache fertig werden.«

»Mach dir keine Sorgen«, sagte ich, aber in Wirklichkeit war meine Zuversicht mehr als nur ein bißchen aufgesetzt.

Saul wurde am Morgen auf Kaution freigelassen. Unbestreitbar der Anführer, wurde er unter anderem wegen Ruhestörung und vorsätzlicher Zerstörung fremden Eigentums angeklagt. Niemand wußte genau, welche Anklagen Wellington erheben würde, aber wie ich Miriam hastig erklärte, war Calvin Potter sr. Mitglied der College-Behörde, und Marty Holtzmans Vater saß in Trudeaus Kabinett.

Nach dem Frühstück stellte ich eine Liste hilfreicher Namen zusammen und rief Saul in die Bibliothek. Miriam und Kate kamen ebenfalls, um ihn zu beschützen. »Du brauchst dir keine Sorgen zu machen, Genosse«, sagte ich. »Maître Hughes-McNoughton wird hier ein paar Leuten einen Besuch abstatten, und ich werde mich in Ottawa um die Sache kümmern.«

»Ja, klar. Das paßt. Diese Gesellschaft ist bis ins Mark korrumpiert.«

»Du hast Glück, daß dem so ist, weil dir sonst zwei Jahre im Knast bevorstünden, so sieht es jedenfalls John, und ich habe gesessen, glaub mir, es würde dir nicht gefallen. Bis die Affäre ausgestanden ist, wirst du kein Wort irgendwelchen Journalisten oder anderen Helfershelfern des Imperialismus gegenüber verlautbaren. Keine Manifeste. Keine Geistesblitze des Vorsitzenden Saul. Verstanden?«

»Bitte, droh ihm nicht«, sagte Miriam.

»Ich bin willens, dir zuzuhören, Mom, weil du es nicht für nötig erachtest zu schreien, um deine schwachen Argumente vorzubringen, und du leistest auch keinen Beitrag zum Unterhalt der israelischen Besatzungsarmee auf dem Boden der Palästinenser.«

»Saul, das Gefängnis ist nicht so, wie du es dir vorstellst. Auch wenn sie dich nur für ein halbes Jahr einsperren, wirst du jede Nacht mehrmals vergewaltigt werden.«

»Ich muß mir deine homophobischen Vorurteile nicht anhören.«

»Scheiße. Scheiße. Scheiße.«

»Ich werde nichts tun, was meine Genossen belasten könnte.«

»Spartakus hat gesprochen.«

»Liebling, hör auf deinen Vater. Du wirst niemanden belasten müssen.«

Der Richter, fand ich heraus, war Mr. Bartolomé Savard aus Saint-Eustache, der im Ruf stand, ein Frauenheld und Bonvivant zu sein. John hatte mich ihm in Les Halles vorgestellt. »Ich bin ein großer Bewunderer Ihres Volkes«, sagte er. »Meine Leute könnten von Ihnen lernen, wie man in größter Not zusammenhält, soviel steht fest.«

Ich eilte nach Hause, um Miriam mit dieser Nachricht zu beruhigen. »Wir haben im Lotto gewonnen, meine Liebe. Der Richter ist zufälligerweise der Bruder meines einstigen Retters, des guten Bischofs Sylvain Gaston Savard.«

Sie reagierte nicht, wie ich gehofft hatte. »Jetzt könntest du mir endlich erzählen«, sagte sie, »warum du nie den wahren Grund zugegeben hast, wieso du die englische Übersetzung dieses dämlichen Buches über seine grauenhafte Tante durchgesetzt hast. Glaub ja nicht, daß ich nicht danach gefragt würde.«

Ich hatte nicht nur den Privatdruck der englischsprachigen Ausgabe der kleinen Monographie über Schwester Octavia finanziert, sondern war auch verpflichtet gewesen, einen Gutteil der Kosten für die Aufstellung einer Statue zu Ehren dieses Weibes in Saint-Eustache zu übernehmen. Bischof Savard hoffte, daß seine Tante eines Tages seliggesprochen würde, wenn schon nicht für ihre guten Werke unter den Armen, dann zumindest für die von ihr 1937 initiierte Kampagne, die ihr Volk davon abhalten sollte, bei jüdischen Ladenbesitzern zu kaufen, »denen das Betrügen im Blut liegt«.

»Weil«, sagte ich, »alles nur schlimmer würde, käme die Wahrheit ans Licht.«

»Du bist nicht ehrlich«, sagte sie. Sie ärgerte sich über mich. »Und das, weil du Boogie nach diesen vielen Jahren immer noch beeindrucken willst. Er wäre hocherfreut, wenn er wüßte, daß du für einen Skandal gesorgt hast. ›Siehst du, Boogie, auch wenn es nicht den Anschein hat, aber ich kann die Spießer immer noch provozieren, so wie du es mir beigebracht hast.‹«

»Du nimmst heute nacht eine Schlaftablette.«

»Nein, das tue ich nicht.«

Ich fuhr nach Ottawa, wo ich in der Lobby des Château Laurier auf Graham Fielding stieß, den schlaksigen Stellvertreter des Justizministers, und wir zogen uns ins Restaurant des National Arts Centre auf der gegenüberliegenden Straßenseite zurück. Fielding war der Sproß einer unermeßlich reichen Aktienhändler-Familie in Montreal. Seine Frau, die ihm die Haare schnitt und die Socken stopfte, durfte ihre Kleidung nicht allein kaufen. Er begleitete sie einmal im Jahr in den Oxfam Nearly New Store. Wir hatten uns vor langer Zeit in Paris, als er an der Sorbonne studierte, kennengelernt und zusammen ein paar Bier getrunken. Jetzt war Fielding an die Fünfzig, stieß ständig mit dem Zeigefinger gegen den Bügel seiner Hornbrille und sah immer noch aus wie ein frühreifer Schuljunge, die Klassenpetze. Wir waren bei der zweiten Runde, als er den Kellner heranwinkte und ihn um sein persönliches Kistchen mit Montecristos bat. Ist das nicht nett von ihm? dachte ich. Dann sah ich ihm dabei zu, wie er eine Zigarre für sich auswählte, wie er sie vom Kellner anschneiden und anzünden ließ, bevor er ihn wieder wegschickte. Amüsiert sagte ich, wie sehr ich die geometrischen Bilder seiner Frau bewundere, die alle in unterschiedlichen Gelbschattierungen gehalten waren, und es sei doch eine verdammte Schande, daß sie noch nicht in New York ausgestellt habe, wo ihre Werke *hundertprozentig einen Haufen Geld* bringen würden. Sie möge doch so gut sein und mir Dias schicken, die ich an meinen alten Freund Leo Bishinsky weiterleiten könnte. Dann erzählte ich ihm von Saul, polierte die Geschichte ein bißchen auf, um sie so unterhaltsam wie möglich zu machen.

»Ist dir klar«, sagte Fielding und zog seine langen Beine unter dem Tisch zurück, »daß die Strafverfolgung der Provinzbehörden eine Welt für sich ist?«

»Graham, ich hätte den Fall dir gegenüber nicht erwähnt, wenn ich gedacht hätte, daß du in irgendeiner Weise darauf Einfluß nehmen könntest. Das wäre höchst unstatthaft«, sagte ich und bat um die Rechnung. Ich gab ihm meine Karte. »Und vergeßt nicht, mir die Dias zu schicken.«

Als nächstes veranlaßte ich einen Freund, mich zum Mittagessen in den Mount Royal Club mitzunehmen, und zwar an einem Tag, an dem auch Calvin Potter sr. dort aß. Ich blieb neben seinem Tisch stehen, gratulierte ihm zur Verlobung seiner Tochter mit Senator Gordon McHales Sohn, der eine große politische Zukunft vor sich hätte. »Leider stirbt der Kalvinismus nur langsam aus«, sagte ich. »Der alte Gordon zum Beispiel kann Homosexualität einfach nicht ertragen. Er hält es für eine Krankheit.«

Potter wechselte das Thema, zog gegen vorsätzliche Sachbeschädigung und hitzköpfigen Radikalismus zu Felde und ließ mich wissen, daß den jungen Vandalen von Wellington einschließlich seines Sohnes eine Lektion erteilt werden müßte.

»Du hast recht, aber meine Sorge gilt den unschuldigen Familienmitgliedern. Denn sollte sich der Prozeß in die Länge ziehen, werden die privaten Kavaliersdelikte von ein paar Angeklagten, von denen manche offensichtlich unter – selbstverständlich vorübergehender – sexueller Verwirrung leiden, von der Presse ausgeschlachtet werden. Deren unersättlicher Appetit auf Skandale in der Oberschicht ist ja bekannt.«

Indem ich hier und dort einen Schuldschein einzog, ergaunerte ich mir eine Einladung in den Club Saint-Denis, wo ich mich dem Justizminister der Provinz aufdrängte und leidenschaftlich argumentierte, daß Kanada außer der frankokanadischen keinerlei nennenswerte Kultur besitze. Und am Wochenende zog ich mich in die Benediktinerabtei von Saint-Benôit-du-Lac zurück, wo es mir gelang, die Bekanntschaft mit dem guten Bischof Sylvain Gaston Savard zu erneuern, dem anhänglichen Neffen der verhaßten Schwester Octavia. Wir umarmten uns, wie es sich für alte Freunde geziemt, und setzten uns, um zu plaudern. Der Bischof erzählte mir vom traurigen Zustand der Renovierungsarbeiten in der Kathedrale von Saint-Eustache und dem dringenden Bedarf an Spenden, um sie in ihrer einstigen Herrlichkeit wiederherzustellen. »Das ist ja interessant«, sagte ich, »denn ich bin dieser Provinz – nein, dieser Nation, die darum gekämpft hat, geboren zu werden – über die Maßen dankbar dafür, daß sie mir und meiner Familie ein Auskommen ermöglicht, und ich möchte Quebec dafür etwas zurückgeben. Aber selbstverständlich wäre es höchst unstatthaft zu helfen, während Ihr Bruder zu Gericht sitzt über meinen auf Abwege geratenen Sohn.«

Selbst Miriam mußte zugeben, daß ich alles in meiner Macht Stehende getan hatte, und das Verfahren begann beunruhigend gut. Tatsächlich war es zuerst so etwas wie eine Antiklimax. Die

Rechtsanwälte von Wellington gingen nicht aufs Ganze, vielleicht waren sie beschwichtigt, weil die Eltern der Angeklagten versprochen hatten, einen Lehrstuhl für Minderheitenstudien einzurichten. Ein niedergeschlagener, angemessen blasser Saul trug einen Anzug und beantwortete die Fragen mit so ängstlicher Stimme, daß Richter Savard ihn mehrmals bitten mußte, lauter zu sprechen.

An dem Vormittag, als das Urteil über Saul und seine Genossen gesprochen werden sollte, hatten sich vor dem Gerichtsgebäude Sympathisanten versammelt. Sie trugen Plakate mit der Aufschrift: BEFREIT DEN 18. NOVEMBER FÜNFZEHN. ERINNERT EUCH AN DIE PATRIOTEN. Glücklicherweise war der Richter, dem noch nie zuvor so viel Aufmerksamkeit zuteil geworden war, ausnehmend gut gelaunt. Er faßte zusammen und erinnerte sich an die eigenen Auseinandersetzungen als rebellischer Jugendlicher in Saint-Eustache. Er war zu einer Zeit aufgewachsen, als man in einem Eaton's-Kaufhaus noch nicht Französisch sprach und die Rezepte auf Makkaroni-Packungen nur in Englisch gedruckt waren. Er erinnerte sich an die Weltwirtschaftskrise. Den Zweiten Weltkrieg, den er in Wochenschauen verfolgt hatte. Er räumte ein, daß die Zeiten dazu angetan waren, die Seelen junger Männer und Frauen in Versuchung zu führen. Der Kalte Krieg. Drogen. Umweltverschmutzung. Promiskuität. Pornographische Magazine und Filme. Bedauernswerte Spannungen zwischen den Engländern und Franzosen in Quebec. Eine beklagenswerte Abnahme von Kirch- und – fügte er augenzwinkernd hinzu – Synagogengängern. Die jungen Menschen waren offensichtlich verstört, vor allem die Sensiblen unter ihnen. Aber das, so machte er deutlich, gab ihnen nicht das Recht, Amok zu laufen und fremdes Eigentum zu zerstören. Niemand stand über dem Gesetz. Dennoch – dennoch –, so dachte er laut nach, würde es etwas nützen, wenn man die Söhne und Töchter ehrbarer, gesetzestreuer Familien zusammen mit gewöhnlichen Kriminellen einsperrte? Ja, auf jeden Fall, wenn sie an ihren radikalen Ansichten festhielten. Nein, möglicherweise nicht, wenn sie aufrichtig bereuten. Dann, nachdem er Saul diesen Hinweis gegeben hatte, fragte er ihn, ob er etwas zu sagen habe, bevor er verurteilt würde.

Ach! Saul war sich sowohl der Reporter als auch seiner vielen

Bewunderer im Gerichtssaal nur allzu bewußt. Sie waren mucksmäuschenstill, erwartungsvoll. »Nun, junger Mann«, forderte Richter Savard ihn wohlwollend lächelnd auf.

»Mir ist es absolut scheißegal, wozu Sie mich verurteilen, Sie alter Knacker, denn ich erkenne die Autorität dieses Gerichts nicht an. Sie sind nur ein weiterer Helfershelfer des Imperialismus.« Dann reckte er die geballte Faust und brüllte: »Alle Macht dem Volk. *Vive le Québec libre.*«

Miriam, davon überzeugt, daß Saul alles vermasselt hatte, war starr vor Entsetzen. Maître Hughes-McNoughton und ich fürchteten, daß all unsere Mühe umsonst gewesen war, und tauschten verzweifelte Blicke. Während Richter Savard den Saal zur Ordnung rief, wußte ich mir nicht anders zu helfen, als aus dem Gerichtssaal zu fliehen und zu rauchen.

Nach ein paar Minuten kam eine lächelnde Miriam heraus, gefolgt von einem enttäuschten Saul, den Mike und Kate sofort in die Arme schlossen. »Er hat Bewährung«, sagte Miriam, »vorausgesetzt, er zettelt keine weiteren Ausschreitungen an und wohnt zu Hause. Außerdem muß er eine Geldstrafe zahlen.«

Erst in diesem Augenblick bemerkte ich den guten Bischof Sylvain Gaston Savard, der sich mir, übers ganze Gesicht strahlend, mit einer Mappe voller Baupläne und Kostenvoranschläge näherte.

7 In der heutigen *Gazette* steht ein Artikel über den früheren Cafeteria-Manager des Smithsonian Museums in Washington, dem 400 000 Dollar zugesprochen wurden, nachdem die Geschworenen erfahren hatten, daß sein Chef ihn »alter Knacker« genannt hatte. Der Cafeteria-Manager, ein junges Bürschchen von gerade mal vierundfünfzig Jahren, behauptete, daß sein Chef ihm gegenüber regelmäßig altersbezogene Bemerkungen fallenließ, unter anderem: »Zählt Jims graue Haare nach.« »Wie geht's dir, Alter?« »Hier kommt der Alte, holt den Rollstuhl.«

Leider ergeht es mir wie Jim, meine Straße nähert sich dem Ende. Als ich gestern aus der Folterkammer des Mannes, der meinen Rücken behandelt, wenn mein Ischias unerträglich wird, in einen Regenschauer trat, fand ich kein Taxi. Ich stieg in einen Bus Richtung Sherbrooke Street. Er war gerammelt voll. Keine freien Plätze. Aber vor mir saß eine bezaubernde junge Frau im Minirock mit übereinandergeschlagenen Beinen. Im Geist begann ich augenblicklich, sie auszuziehen, quälend langsam Reißverschlüsse und Haken zu öffnen. Sie mußte über telepathische Kräfte verfügen, denn siehe da, entweder litt sie unter einem nervösen Tick, oder sie zwinkerte mir zu. Ja, sie lächelte den alten Barney Panofsky geradezu an, worauf mein alterndes Herz für einen Schlag aussetzte. Ich erwiderte ihr Lächeln. Sie sprang auf und sagte: »Wollen Sie sich setzen, Sir?«

»Ich bin absolut in der Lage zu stehen«, sagte ich und drückte sie wieder auf den Sitz.

»Tja«, sagte sie, »geschieht mir recht, weil ich heutzutage rücksichtsvoll sein will.«

Weiter. Auf das Risiko hin, meine Nachbarn zu beleidigen und mir womöglich eine Anzeige einzuhandeln wie Jims Chef, dieser das Alter diskriminierende Bauer, muß ich sagen, daß das Gebäude im Zentrum Montreals, in dem sich mein sogenanntes Zuhause befindet, die Burg eines reichen alten Knackers ist. Es gibt zwar keinen Burggraben und keine Zugbrücke, trotzdem würde es leicht als Festung für belagerte englischsprachige Siebzigjährige durchgehen, die leise auftreten aus Angst vor unserem separatistischen Provinzpremier, der in der Schule auf den Spitznamen »Das Wiesel« hörte. Die meisten meiner Nachbarn haben ihre Familienhäuser in Westmount abgestoßen und ihre Aktienpakete aus Sicherheitsgründen nach Toronto verlagert, während sie darauf warten, daß die *québécois pure laine* (das heißt die rassisch reinen Frankophonen) in einem zweiten Referendum mit Ja oder Nein über die Unabhängigkeit dieses provinziellen Notstandsgebiets namens Quebec abstimmen.

Die Teitelbaums verkauften unser Gebäude kürzlich zum Einzelhandelspreis an einen frisch aus Hongkong eingetroffenen Clan, der Koffer voller Bargeld mitbrachte. Es nennt sich Lord Byng Manor, nach Viscount Byng, dem britischen General, der 1917 Tausende von Kanadiern in der Schlacht von Vimy Ridge hinmetzeln ließ und später unser Generalgouverneur wurde. Die Leute aus Hongkong, die stets wissen, woher der Wind weht, wollen unseren herrschaftlichen Haufen Granit in Le château Dollard des Ormeaux umbenennen zu Ehren eines frühen Helden von Neufrankreich. Dollard des Ormeaux soll sich und seine sechzehn jungen Gefährten in einer Schlacht gegen dreihundert Irokesen am Long Sault geopfert haben, um Ville-Marie, wie Montreal 1660 hieß, zu retten. Vielleicht war er aber auch ein Pelzhändler, der nur seinen eigenen Vorteil im Auge hatte und verdienterweise ein schlechtes Ende fand, als sein Stoßtrupp in einen Hinterhalt geriet. Jedenfalls sind meine Nachbarn empört angesichts dieser Beleidigung ihres anglophonen Erbes, und es zirkuliert eine Unterschriftenliste, um gegen die geplante Namensänderung zu protestieren.

Einer meiner Nachbarn, einst ein gefürchteter Minister im Bundeskabinett, jetzt in den Achtzigern, ist völlig gaga. Er zieht sich noch immer piekfein an, zeigt sich nie ohne Tweedhut, Regimentskrawatte, Reitjacke und Kavalleriehose aus Twill. Aber sein Blick ist leer. Wenn es das Wetter zuläßt, führt ihn seine fröhliche junge Pflegerin einmal am Tag in der frischen Luft im Hof herum. Dann setzen sie sich auf eine Bank in der Sonne, die Pflegerin liest in einem Harlequin-Taschenbuch, und der frühere Minister lutscht Gummibärchen, beobachtet die Autos, die auf den Parkplatz fahren, und notiert sich ihre Kennzeichen. Wann immer ich vorbeikomme, lächelt er und sagt: »Herzlichen Glückwunsch.«

Der Senator, der vor kurzem in unser Penthouse zog, ist niemand anders als Harvey Schwartz, der frühere *consigliere* des Schnapsbarons Bernard Gursky. Harvey ist billionenschwer. Er und Becky besitzen einen Hockney, der mir auch gefallen könnte, einen Warhol, ein Bild von Wie-hieß-er-noch-gleich?, der immer mit einem Fahrrad über seine Leinwände fuhr[21], und einen Leo Bishinsky, der ständig im Wert steigt. Unlängst hielt ich die Schwartzens in der Lobby auf, die beiden waren offensichtlich unterwegs zu einem Wohltätigkeitskostümball. Er war als Zwanziger-Jahre-Mafioso verkleidet, sie als seine Gangsterbraut. »Mensch, ich will gottverdammt sein«, sagte ich, »wenn das nicht Bonnie und Clyde Schwartz sind. Nicht schießen.«

»Ignorier ihn«, sagte Harvey. »Er ist mal wieder betrunken.«

21 Jackson Pollock (1912–1956).

»Einen Augenblick«, sagte ich. »Der Bishinsky, den Sie besitzen ...«

»Wir haben Sie noch nie zu uns eingeladen«, sagte Harvey, »und das werden wir auch nie tun. Vergessen Sie's.«

»Ich dachte, Sie würden gern erfahren, daß ich daran mitgearbeitet habe. Ich habe einen nassen Mop darauf geworfen, den Leo mir in die Hand gedrückt hat.«

»Das ist das Lächerlichste, was ich je gehört habe«, sagte Becky.

»Ich wette, daß Sie Bishinsky überhaupt nicht persönlich kennen«, sagte Harvey und drängte sich an mir vorbei.

Wir haben auch eine Schar geschiedener Frauen eines gewissen Alters im Lord Byng Manor zu bieten. Die mir liebste leidet an Anorexie und hat einen Helm aus blondgefärbtem gelacktem Haar, Brüste, die früher so flach waren wie alte Pfannkuchen und Beine so dünn wie Pfeifenreiniger. Sie spricht nicht mehr mit mir, seit wir uns begegnet sind, als sie aus einer Klinik in Toronto zurückkehrte, wo sie sich das Gesicht hatte liften und den Busen hatte nachfüllen lassen. Ich begrüßte sie in der Lobby mit einem Kuß auf die Wange.

»Warum starren Sie mich so an?« fragte sie.

»Ich warte, ob der Abdruck verrutscht.«

»Idiot.«

Ich muß eigentlich nicht mehr in mein Büro, in dem ich als verbrauchte Kraft gelte. Ich könnte überall leben. In London bei Mike und Caroline. In New York bei Saul und wer immer seine neueste Freundin ist. Oder in Toronto bei Kate. Kate ist mein Liebling. Aber in Toronto würde ich zwangsläufig auf Miriam und Blair Hopper né Hauptman, Herr Doktor Professor für Quacksalberei, treffen.

CBC Radio war hoch erfreut, als Miriam nach Toronto zurückkehrte, und fand sofort eine Nische für sie. Sie nahm ihren Mädchennamen, Greenberg, wieder an, unter dem sie es als Kulturjournalistin zu landesweiter Bekanntheit gebracht hatte, und moderiert jetzt eine morgendliche Musiksendung mit dem Titel »Auf besonderen Wunsch«. Die Zuhörer dürfen sich jede Aufnahme wünschen, die sie unbedingt hören wollen, und wir kommen in den Genuß der unerträglich kitschigen Geschichten, die hinter ihrer Auswahl stecken. Ich nehme diese Sendungen auf und kenne die Melodien, die bei Mr. und Mrs. Schrebergarten am beliebtesten sind. Es sind in zufälliger Reihenfolge: die Wilhelm-Tell-Ouvertüre; die Mondscheinsonate; das Warschauer Konzert; die Vier Jahreszeiten; die Ouvertüre von 1812. Abends sitze ich im Dunkeln, einen Macallan in der Hand, höre mir die Bänder noch einmal an und koste die Stimme meiner einzigen wahren Liebe aus, tue so, als käme sie nicht vom Band, sondern aus dem Badezimmer, wo Miriam ihre abendlichen Waschungen vornimmt, sich fürs Bett vorbereitet, wo sie sich an mich schmiegen und meine alten Knochen wärmen wird und ich ihre Brüste umfassen werde, bis ich einschlafe. Mit genug Macallan gehe ich sogar so weit, ihr zuzurufen: »Ich weiß, daß du dir wegen meiner Raucherei Sorgen machst, Liebling, deswegen werde ich die Zigarre sofort ausdrücken und ins Bett gehen.«

Arme Miriam. Ihre Sendung ist Schrott. Zwischen den Musiktiteln muß sie Briefe ihrer Zuhörer laut vorlesen; darunter einmal – zu meiner immerwährenden Schadenfreude – ein Brief, der angeblich von einer Mrs. Doreen Willis aus Vancouver Island stammte:

Liebe Miriam,

ich hoffe, Sie nehmen mir die vertraute Anrede nicht übel, aber hier draußen auf Vancouver Island gehören Sie sozusagen zur Familie. Also, jetzt kommt es. Die Schamesröte steigt mir ins Gesicht. Heute auf den Tag vor vierzig Jahren waren Donald und ich unterwegs in die Flitterwochen auf der »yellow brick road« nach Banff. Wir hatten einen Plymouth Compact. Er war blau, meine Lieblingsfarbe. Mir gefallen auch Ocker, Silber und Lila. *Manchen Leuten* steht auch Kanariengelb, wenn Sie verstehen, was ich meine. Aber Kastanienbraun kann ich einfach nicht ausstehen. Es schüttete wie aus Fässern. Und dann? Ein platter Reifen. Das hatte mir gerade noch gefehlt. Donald, der damals bereits an einer Frühform von multipler Sklerose litt, obwohl wir das nicht im Traum vermutet hätten (ich hielt ihn einfach für ziemlich ungeschickt), konnte den Reifen nicht wechseln. Und ich kleines Frauchen? Also, ich wollte auf keinen Fall riskieren, mein brandneues gepunktetes Kostüm mit Wagenschmiere zu ruinieren. Es hatte ein enganliegendes

Oberteil, das knapp über der Taille endete, und war türkis. Dann kam ein barmherziger Samariter des Wegs und rettete uns in Null Komma nichts. Schwein gehabt. Oh. So, wie Sie heißen, essen Sie bestimmt kein Schweinefleisch, aber nichts für ungut. Als wir im Banff Springs Hotel ankamen, waren wir vollkommen erschöpft. Trotzdem bestand Donald darauf, daß wir unsere sichere Ankunft mit zwei Singapore Slings feierten. Der Barkeeper hatte das Radio angeschaltet, und Jan Peerce sang »The Bluebird of Happiness«. Ich schwöre Ihnen, ich bekam eine Gänsehaut. Es paßte zu unserer Stimmung wie das Tüpfelchen aufs I. Heute ist unser vierzigster Hochzeitstag, und Donald, seit Jahren an den Rollstuhl gefesselt, ist niedergeschlagen. Aber Sie sollen wissen, daß er sich seinen Sinn für Humor bewahrt hat. Ich nenne ihn Shaky, und dann muß er immer so kichern, daß ich ihm das Kinn abwischen und die Nase putzen muß. Na ja, in guten wie in schlechten Zeiten, das haben wir geschworen, *obwohl ich einige Frauen kenne, die sich nicht die Bohne daran halten.*

Bitte, spielen Sie Jan Peerces Aufnahme von »The Bluebird of Happiness« für Donald, denn das wird seine Stimmung mit Sicherheit heben. Es dankt Ihnen eine treue Hörerin.

Ihre Doreen Willis

Reingelegt, dachte ich, goß mir einen großen Whiskey ein und machte ein paar schlurfende Tanzschritte. Dann setzte ich mich und machte die ersten Notizen für einen weiteren Brief.

An meinem Lebensabend hänge ich weiterhin in Montreal herum, riskiere trotz meiner zunehmend porösen Knochen vereiste Straßen. Es gefällt mir, in einer Stadt zu leben, die wie ich von Tag zu Tag kleiner wird. Es scheint, daß die Separatisten erst gestern ihre Referendumskampagne mit einer Veranstaltung vor tausend treuen Gläubigen in Quebecs Grand Théâtre starteten. Ihre weitschweifige, wenn auch definitiv verfrühte Unabhängigkeitserklärung, vorgetragen von einem scheinwerferbestrahlten Duo, hatte mehr mit kitschigen Glückwunschkarten als mit Thomas Jefferson gemein.

Wir, das Volk von Quebec, erklären hiermit, daß wir frei sind, unsere Zukunft selbst zu bestimmen.

Wir kennen den Winter in unseren Seelen. Wir kennen seine stürmischen Tage, seine Einsamkeit, seine täuschende Ewigkeit und seinen scheinbaren Tod. Wir wissen, was es heißt, wenn die Winterkälte an uns zehrt.

Wir haben es hier mit einem doppelköpfigen Ungeheuer zu tun: unserem Provinz-Premierminister, alias das Wiesel, und seinen Lakaien in Quebec City und Dollard Redux, dem aufbrausenden Führer des Bloc Québéçois in Ottawa. Dollard Redux hat hier ein Feuer gelegt. Bald werden die Alten, die Kranken und die Armen die einzigen Menschen in Montreal sein, die noch Englisch sprechen. Nichts gedeiht mehr außer ZU-VERKAUFEN/A-VENDRE-Schildern, die tagtäglich auf den Rasenflächen vor den Häusern sprießen wie unzeitgemäße Osterglocken, und in einst schicken Straßen hängen überall ZU-VERMIETEN/A-LOUER-Schilder in den Geschäften. In meiner bevorzugten Kneipe in der Crescent Street findet mindestens einmal im Monat eine Nachtwache für einen weiteren Stammgast statt, der genug hat vom Tribalismus und nach Toronto oder Vancouver zieht. Oder, Gott steh ihm bei, nach Saskatoon, »einem guten Ort, um Kinder großzuziehen«.

Dink's heißt die Kneipe, die ich zum Mittagessen aufsuche und dann wieder um fünf Uhr nachmittags, wenn sich dort die mürrischen alten Knacker treffen. Der entzückende Wildfang, meine persönliche Assistentin bei Totally Unnecessary Productions, die unentbehrliche Chantal Renault, kennt meine tägliche Routine. Trotz der Männer, die ihre Anwesenheit stets in gesteigerte Aufregung versetzt, kommt und geht sie mit Schecks, die ich unterschreiben muß, und weit ärgerlicheren Problemen. Gott sei Dank weilt Arnie Rosenbaum nicht länger unter uns. Arnie, der in der Fletcher's Field High School in meiner Klasse war, ist der Nebbich, den ich einst dummerweise für das Montrealer Büro meiner Käseimportfirma einstellte. Von Schuldgefühlen geplagt, übernahm ich ihn als Buchhalter, als ich 1959 vorzeitig in die Fernsehproduktionsbranche einstieg. Das waren Zeiten. Himmel noch mal. Meinen Gläubigern stets einen Schritt voraus, beglich ich

Labor-, Filmmaterial- und Kamerakosten immer erst im letzten Moment. Und ich mußte mich um Arnie kümmern. Um den zähneknirschenden Arnie, der an Mundgeruch, Asthma, Magengeschwüren und Blähungen litt, seine Krankheiten verschlimmert durch die Qualen, die ihm sein Vorgesetzter, Hugh Ryan, unser konzessionierter Buchprüfer in Montreal, auferlegte. Eines Tages kam Arnie ins Büro und fand in seinen Büchern einen Eintrag, der nicht von ihm stammte und ihn veranlaßte, Stunden mit überflüssigen Kalkulationen zu verbringen. An einem anderen Tag schluckte er, was er für eine seiner Pillen hielt, und noch vor Mittag hatte er plötzlich Durchfall. Dann der Nachmittag, als er mich in Dink's heimsuchte und seinen Mantel auf den Tresen warf. »Ich komme gerade von der Reinigung«, sagte er. »Schau, was sie in den Taschen gefunden haben.« Kondome. Einen Vibrator. Eine zerrissene, winzige schwarze Unterhose. »Was, wenn Abigail die Taschen geleert hätte?«

Ich konnte Hugh ebenfalls nicht ausstehen, traute mich aber nicht, ihn zu feuern. Er war der Neffe unseres Bundesfinanzministers und häufig zu Gast bei den Präsidenten der Bank of Montreal und der Royal Bank. Ohne seine Zusicherungen wäre der Fluß der dringend notwendigen Kredite versiegt. »Arnie, wenn du lernen würdest, ihn zu ignorieren, würde er aufhören, dich zu ärgern. Aber ich werde mit ihm reden.«

»Eines Tages, Ehrenwort, werde ich ein Messer nehmen und es ihm zwischen die Schulterblätter rammen. Feuer ihn, Barney, ich kann seine Arbeit machen.«

»Ich denk drüber nach.«

»Genau das habe ich erwartet. Danke für nichts«, sagte er.

Zu den Stammgästen von Dink's gehören ein paar Geschiedene, Journalisten, darunter Zack Keeler, der Kolumnist der *Gazette*, zwei Langweiler, die man besser meidet, ein paar Rechtsanwälte, ein hängengebliebener Neuseeländer und ein sympathischer schwuler Friseur. Unser unbestrittener Star und mein bester Freund dort ist ein Anwalt, der seinen Barhocker für gewöhnlich mittags für sich beansprucht und ihn erst wieder um sieben frei macht, wenn wir Dink's ohrenbetäubender Rockmusik und den jungen Leuten überlassen.

John Hughes-McNoughton, Sproß einer wohlhabenden Westmount-Familie, hat seinen moralischen Kompaß vor vielen Jahren verlegt. Er ist ein großer, schlaksiger Mann mit Hängeschultern, der sich das mittlerweile lichte Haar braun färbt und dessen blaue Augen Verachtung ausstrahlen. John war ein brillanter Strafverteidiger, bis ihm zwei kostspielige Unterhaltsvereinbarungen und eine tödliche Mischung aus Alkohol und Respektlosigkeit den Garaus machten. Vor ein paar Jahren verteidigte er einen berüchtigten Betrüger und Salonlöwen, einen Mann, der des sexuellen Mißbrauchs einer Frau angeklagt war, die er in der Esquire Show Bar aufgegabelt hatte, und John beging den Fehler, bei Delmo's ein langes feuchtes Mittagessen zu sich zu nehmen, bevor er ins Gericht zurückkehrte, um sein Plädoyer zu halten. Er schwebte in den Saal und lallte: »Meine Damen und Herren Geschworenen, es ist jetzt meine Pflicht, ein leidenschaftliches Plädoyer zur Verteidigung meines Mandanten zu halten. Dann werden Sie in den Genuß einer unvoreingenommenen Zusammenfassung der hier vorgetragenen Beweise seitens des Richters kommen. Und anschließend werden Sie, meine Damen und Herren Geschworenen, in Ihrer Weisheit kundtun, ob Sie meinen Mandanten für unschuldig oder schuldig halten. Aber, aus Respekt vor Juvenal, der einst schrieb *probitas laudatur et alget*, was ich, um Sie nicht zu beleidigen, nicht übersetze, muß ich zugeben, daß ich viel zu betrunken bin, um ein Plädoyer zu halten. In meinen vielen Jahren im Gericht ist mir noch kein unvoreingenommener Richter begegnet. Und Sie, meine Damen und Herren Geschworenen, sind unfähig, zu entscheiden, ob mein Mandant unschuldig ist oder nicht.« Dann setzte er sich.

1989 sprach John auf öffentlichen Veranstaltungen einer schrulligen neuen anglophonen Protestpartei, von der vier Mitglieder in unsere sogenannte Nationalversammlung in Quebec City gewählt wurden. Außerdem veröffentlichte er hier und da ätzende Kommentare und zog die dämlichen Sprachgesetze Quebecs ins Lächerliche, die unter anderen idiotischen Vorschriften verfügten, daß von nun an englische und auch zweisprachige Werbeschilder als Affront gegen das *visage linguistique* der *belle province* verboten seien. In jenen streitsüchtigen Tagen wurde sogar Dink's von einem Inspektor (oder Sprachpolizisten, wie wir sie nannten) von der *Com-*

mission de protection de la langue française heimgesucht. Diesen modernen kugelbäuchigen *patriote* in Hawaiihemd und Bermudashorts stimmte es traurig, daß über der Bar ein Banner mit folgender Aufschrift hing:

ALLONS-Y EXPOS
GO FOR IT, EXPOS

Mit tadellosen Umgangsformen räumte der Inspektor ein, daß die zum Ausdruck gebrachte Empfindung bewundernswert sei, das Schild aber leider gesetzwidrig, da die englische Schrift genauso groß sei wie die französische, während das Gesetz unzweideutig fordere, daß die französische doppelt so groß sein müsse wie die englische. Es war drei Uhr nachmittags, als der Inspektor sein Urteil verkündete, und ein gutgeölter John war bereits in Grölstimmung. »Wenn Sie einen Inspektor schicken können, der doppelt so groß ist wie wir Anglophonen«, brüllte er, »dann nehmen wir das Schild ab. Bis dahin bleibt es hängen.«

»Sind Sie *le patron*?«

»Fiche le camp. Espèce d'imbécile.«

Ein halbes Jahr später war John in den Nachrichten. Er hatte während der letzten sechs Jahre keine Einkommenssteuer gezahlt. Ein Versehen. Er bestellte die Journalisten zu Dink's. »Ich werde verfolgt«, sagte er, »weil ich anglophon bin und für mein Volk spreche, dem seine verfassungsmäßigen Rechte verweigert werden. Ich kann Ihnen versichern, daß ich mich nicht einschüchtern oder zum Schweigen bringen lassen werde. Und ich werde überleben. Denn, wie Terenz gesagt hat, *fortes fortuna juvat*. Den schreibt man T, E, R, E, N, Z, meine Herren.«

»Aber haben Sie Ihre Steuern gezahlt, oder nicht?« fragte ein Reporter von *Le Devoir*.

»Ich weigere mich, auf Fragen Auskunft zu geben, die mir von politisch motivierten Reportern der frankophonen Presse gestellt werden.«

Wenn er eine Überdosis Wodka mit Preiselbeersaft intus hat, sein Lieblingsgetränk, kann John wirklich unausstehlich sein, seine bevorzugte Zielscheibe ist dann der harmlose schwule Friseur, den er anschreit und einen Schwanzlutscher oder Schlimmeres nennt, und damit verärgert er Betty, unsere einzigartige Barkeeperin, und alle anderen. Betty, die für diesen Job geboren ist, sorgt dafür, daß niemand, der nicht ausgewiesenes Mitglied unserer Gruppe ist, an unserem Ende des hufeisenförmigen Tresens Platz nimmt. Sie wimmelt unerwünschte Anrufer ab. Wenn zum Beispiel Nate Golds Frau anruft, sieht sie Nate direkt an und wartet auf ein Zeichen, während sie ruft: »Ist Nate Gold hier?« Sie nimmt unter anderem von Zack Keeler Schecks an und behält sie, bis sie sicher ist, daß sie gedeckt sind. Wenn der Alkohol John unerträglich gemacht hat, faßt sie ihn behutsam am Arm und sagt: »Dein Taxi ist da.«

»Aber ich hab doch gar kein ...«

»Doch, hast du. Stimmt's, Zack?«

John ist definitiv ein Schurke, aber er ist auch ein intelligenter Mensch und ein Original, eine Spezies, von der es in dieser Stadt zu wenige gibt. Außerdem bin ich ihm auf ewig zu Dank verpflichtet. Ich vermute zwar, daß er mich für schuldig hielt, aber vor Gericht verteidigte er mich wie ein Hexer. Er war für mich da, als nur Miriams Besuche im Gefängnis von St. Jérôme zwischen mir und einem Zusammenbruch standen.

»Selbstverständlich glaube ich dir«, sagte sie damals, »aber ich glaube auch, daß du mir nicht alles erzählt hast.«

Wenn der Beamte, der die Ermittlungen leitete, Kriminalkommissar Sean O'Hearne, in Dink's auftaucht, tut John bis zum heutigen Tag sein Bestes, um ihn zu demütigen. »Wenn Sie sich diesem erlauchten Kreis schon aufdrängen müssen, O'Hearne, dann werden Sie für Ihre Drinks auch selbst bezahlen, jetzt, wo Sie pensioniert sind.«

»Wenn ich Sie wäre, Maître Hughes Bindestrich McNoughton, würde ich meine Nase nicht in fremder Leute Angelegenheiten stecken.«

»*Ite, missa est*, Sie Viper. Lassen Sie meinen Mandanten hier in Ruhe. Sie können immer noch wegen Belästigung belangt werden.«

Raskolnikoff kann mich nicht zum besten halten. Oder, anders ausgedruckt, jedem Verdächtigen sein eigener Inspektor Porphyrij. O'Hearne läßt nicht locker. Er hofft auf ein Geständnis auf dem Totenlager.

Armer O'Hearne.

Alle, die wir uns nachmittags in Dink's treffen, leiden unter dem Raubzug der Zeit, aber zu O'Hearne, der jetzt Anfang Siebzig ist, waren die Jahre besonders unfreundlich. Einst war er gebaut wie ein Boxer, Warner-Brothers-hart, alles Schlaffe war ihm fremd, er hatte eine Schwäche für Borsalinos, Krawatten mit Fischgrätenmuster und maßgeschneiderte Anzüge, die er sich durch Beschlagnahme aneignete. In längst vergangenen Tagen reichte seine Anwesenheit in Dink's oder jeder anderen Kneipe in der Crescent Street aus, daß alle Händler von Drogen, gestohlenen Waren und Callgirls sich verzogen, keiner von ihnen wollte, daß O'Hearne sah, wie verschwenderisch sie mit Geld um sich warfen. Aber heutzutage ist O'Hearne, dessen schneeweißes Resthaar noch immer in der Mitte gescheitelt ist – einzelne Strähnen zu beiden Seiten des Kopfes hingeklatscht wie ausgebleichte Lachsgräten –, nicht eigentlich korpulent, aber vom Bier aufgeschwemmt, sein Schwabbelspeck scheinbar ohne stützenden Halt. Würde man ihn mit einer Gabel anstechen, würde er Fett verspritzen wie eine Wurst in der Pfanne. Hängebackig ist er, verschwitzt, mit einem wabbligen Doppelkinn und einem gewaltigen Bauch. Er raucht nicht mehr eine Player's Mild nach der anderen, aber er hat einen so nassen Bronchialhusten, daß wir uns jedesmal, wenn er von einem Anfall heimgesucht wird, entschließen, zu Hause unsere Testamente noch einmal zu lesen. Als er das letzte Mal vorbeischaute, um mich zu kontrollieren, hievte er sich ächzend neben mich auf einen Barhocker und sagte: »Wissen Sie, was *mir* am meisten Sorgen macht? Darmkrebs. In einen an der Hüfte befestigten Beutel scheißen zu müssen. Wie der arme alte Armand Lemieux. Erinnern Sie sich an ihn?«

Lemieux hatte mir die Handschellen angelegt.

»Jeden Morgen sitze ich jetzt mindestens eine Stunde auf dem Scheißhaus, bevor ich fertig bin«, sagte er. »Es kommt in unwirschen kleinen Portionen raus.«

»Das ist überaus interessant, Euer Exkret. Warum lassen Sie sich nicht gründlich untersuchen?«

»Essen Sie gern japanisch?«

»Nur wenn's sich nicht vermeiden läßt.«

»Ich hab diesen neuen Schuppen in der Bishop ausprobiert, die

Lotosblüte oder wie immer er heißt, und sie haben mir kalten rohen Fisch und heißen Wein vorgesetzt. Hörn Sie mal, hab ich zur Kellnerin gesagt, ich mag *heißes* Essen und *kalten* Wein. Nehmen Sie das Zeug wieder mit, und versuchen Sie's noch mal. In letzter Zeit lese ich viel.«

»Auf dem Scheißhaus?«

»Lemieux erinnert sich an Sie, als wär's gestern gewesen. So, wie Sie die Sache gehandhabt haben, sagt er, müssen Sie ein Genie sein.«

»Ich bin gerührt.«

»Lemieux hat sich ein hübsches Weibsstück zugelegt, allerhand für einen alten Polizisten. Eine italienische Witwe, soon Busen, hat im North End eine Autowerkstatt. Aber wie wird es für sie sein, hm? Ich meine, er liegt im Bett mit ihr, zisch, zisch, zisch, und sie sieht hin, und der verfluchte Scheißebeutel läuft voll. Langweile ich Sie?«

»Ja.«

»Wissen Sie, nach all diesen Jahren lädt mich die zweite Mrs. Panofsky, wie Sie sie beharrlich nennen, immer noch gelegentlich zum Abendessen ein.«

»Da haben Sie Glück. Von all meinen Frauen ist sie bislang die beste Köchin. Das können Sie ihr ruhig erzählen«, sagte ich in der Hoffnung, daß Miriam diese Verleumdung zu Ohren kommen würde.

»Ich glaube nicht, daß sie auf dieses Kompliment Wert legt, wenn es von Ihnen kommt.«

»Meine monatlichen Schecks nimmt sie an.«

»Lassen Sie uns für einen Augenblick ernsthaft reden. Es ist, als ob ihr Leben damals aufgehört hätte. Sie hat die Prozeßprotokolle in Leder binden lassen und liest sie immer wieder, macht Notizen und sucht nach Schlupflöchern. He, kennen Sie den Unterschied zwischen Christopher Reeve und O. J.?«

»Keine Ahnung.«

»O. J. wird nicht sitzen«, sagte er und lachte schallend.

»Sie sind so ein Einfaltspinsel, Sean.«

»Haben Sie's nicht kapiert? Reeve ist der Schauspieler, der Superman spielte und diesen Reitunfall hatte. Seitdem ist er gelähmt und sitzt im Rollstuhl. O. J. ist schuldig, das ist klar. Genau wie

Sie. Ach, na kommen Sie schon. Machen Sie nicht so ein Gesicht. Das ist alles Schnee von gestern. An Ihrer Stelle hätte ich vielleicht dasselbe getan. Niemand nimmt es Ihnen übel.«

»Warum kommen Sie immer wieder her, Sean?«

»Ich bin gern in Ihrer Gesellschaft. Wirklich. Würden Sie mir einen Gefallen tun? Hinterlassen Sie mir einen Brief, in dem steht, was Sie damit getan haben.«

»Mit der Leiche?«

Er nickte.

»Aber Sie werden zuerst sterben, Sean. Bei dem Gewicht, das Sie mit sich herumschleppen, fordern Sie einen Herzinfarkt geradezu heraus.«

»Ich werde Sie überleben, Panofsky. Garantiert. Hinterlassen Sie mir diesen Brief. Ich verspreche Ihnen, ich werde ihn lesen und dann vernichten. Ich bin nur neugierig, weiter nichts.«

8 Irv Nussbaum rief heute morgen an, noch bevor ich meinen Kaffee getrunken hatte. »Großartige Neuigkeiten«, sagte er. »Schalt CJAD ein. Schnell. Jugendliche haben letzte Nacht ein Hakenkreuz auf die Mauern einer Talmud-Torah-Schule gemalt. Und Fenster eingeworfen. Bis bald.«

Und im heutigen *Globe and Mail* fand sich eine unwiderstehliche Meldung aus Orange County, Kalifornien. Eine siebzigjährige Frau, die ihren krebsgeplagten Mann pflegte – sie wechselte seine Windeln, fütterte ihn, schlief jede Nacht nur ein paar Stunden, weil er ständig fernsah –, drehte durch. Sie bespritzte ihre signifikant bessere Hälfte, dem sie seit fünfunddreißig Jahren verbunden war, mit Franzbranntwein und zündete ihn an, weil er ihren Schokoriegel gegessen hatte. »Ich war nur kurz raus zum Briefkasten gegangen, und als ich zurückkam, war mein Schokoriegel weg. Da niemand anders im Haus war, konnte nur er es gewesen sein«, sagte sie. »Jeden Tag kriegt er Süßigkeiten. Aber er hat meinen Schokoriegel gegessen. Und da habe ich einen Löffelvoll Franzbranntwein geholt und ihn damit angespritzt. Die Streichhölzer hatte ich in der Tasche. Er ging in Flammen auf. Ich habe es nicht wirklich gewollt. Ich wollte ihn nur erschrecken.«

Um ein Uhr war ich verabredet, und ich machte mich schlechtgelaunt, aber frühzeitig auf den Weg. Im Gegensatz zu Miriam bin ich stolz darauf, pünktlich zu sein. Dann blieb ich plötzlich stehen. Auf einmal wußte ich nicht mehr, was ich hier auf der ... das Schild an der Ecke besagte Sherbrooke Street ... eigentlich tat. Ich hatte keine Ahnung, wohin ich wollte. Oder warum. Mir wurde schwindlig, und trotz der Kälte schwitzte ich und schlurfte zur nächsten Bushaltestelle, wo ich mich auf die Bank fallen ließ. Ein junger Mann, der auf den Bus wartete und die Baseballmütze verkehrt herum aufhatte, beugte sich über mich und sagte: »Alles in Ordnung, Opa?«

»Halten Sie den Mund«, sagte ich. Dann begann ich vor mich hin zu murmeln, was wohl mein Mantra werden wird. Spaghetti gießt man in das Ding ab, das an meiner Küchenwand hängt. Mary McCarthy schrieb *Der Mann im Brooks-Brothers-Anzug*. Oder *Hemd*. Egal. Ich bin einmal verwitwet und zweimal geschieden. Ich habe drei Kinder – Michael, Kate und noch einen Jungen. Mein Lieblingsgericht ist Rinderbraten mit Meerrettich und Latkes. Miriam ist die Sehnsucht meines Herzens. Ich lebe in der Sherbrooke Street West in Montreal. Die Hausnummer spielt keine Rolle, weil ich das Gebäude überall wiedererkennen würde.

Mit pochendem Herzen, das meine Brust zu sprengen drohte, griff ich nach einer Montecristo und schaffte es, sie anzuzünden und daran zu ziehen. Ich lächelte den besorgten jungen Mann, der noch immer vor mir stand, schwach an und sagte: »Entschuldigen Sie, ich wollte nicht unhöflich sein.«

»Ich könnte einen Krankenwagen rufen.«

»Ich weiß nicht, was über mich gekommen ist. Aber jetzt geht es mir wieder gut. Ehrenwort.«

Er schien daran zu zweifeln.

»Ich bin mit Stu Henderson in Dink's verabredet. Das ist eine Kneipe in der Crescent Street. Nach dem nächsten Block gehe ich nach links, und da ist sie auch schon.«

Stu Henderson, ein sich abmühender selbständiger Fernsehproduzent, früher Mitglied der Kanadischen Filmkommission, wartete an der Bar auf mich. John, der bereits auf seinem angestammten Stuhl neben ihm saß, schien vor sich hin zu träumen. 1960 hatte Stu einen preisgekrönten, aber langweiligen Dokumentarfilm über den Canadair CL-215 gedreht, einen Wasserbomber, der damals auf mehreren Seen in den Laurentians getestet wurde und der, ohne zu landen, 45 000 Liter Wasser aufnehmen und sie über dem nächsten Waldbrand wieder ablassen konnte. Und jetzt wollte er mir ein Projekt vorschlagen. Er war auf der Suche nach Startkapital für einen unabhängig produzierten Dokumentarfilm über Stephen Leacock. »Klingt faszinierend«, sagte ich, »aber mit kulturellen Projekten habe ich nichts am Hut.«

»In Anbetracht all des Geldes, das du mit Schund gemacht hast, würde ich ...«

Ein glasig blickender John mischte sich ein. »*Non semper erit aestas*, Henderson. Oder, in der Landessprache, nichts zu machen.«

Ich leide unter einem schiefen Wertsystem, das ich während meiner unbekümmerten Pariser Tage erworben und bis heute beibehalten habe. Es handelt sich um Boogies Standard, wonach jeder, der einen Artikel für *Reader's Digest* verfaßte oder womöglich einen Bestseller schrieb oder promovierte, die Grenzen des Erlaubten überschritten hatte. Aber für Girodias einen pornographischen Roman aus dem Boden zu stampfen war höchst aufregend. Ähnliches galt für den Film: Drehbücher zu schreiben war verachtenswert, es sei denn für einen Tarzanfilm, das wäre der letzte Schrei. Mit der idiotischen Serie »McIver von der RCMP« Geld zu machen war absolut koscher, aber einen ernsthaften Dokumentarfilm über Leacock zu finanzieren wäre *infra dignitatem*, wie John es als erster ausdrücken würde.

Terry McIver war selbstverständlich kein Anhänger von Boogies Wertsystem. Soweit es ihn betraf, waren wir ein unverzeihlich respektloser Haufen. Verdächtig. Unsere entschieden linke Weltanschauung – bestärkt vom *New Statesman* – war in seinen Augen erbärmlich naiv. Und Paris war in jenen Tagen ein politischer Zirkus, es gab jede Menge tierische Nummern. In einer Nacht klebten die fanatisch antikommunistischen Schläger von *Paix et Liberté* überall Plakate, auf denen Hammer und Sichel von der Spitze des Eiffelturms fielen, darunter war zu lesen: WIE WÜRDE IHNEN DAS GEFALLEN? Früh am nächsten Morgen gingen die Kommunisten von Plakat zu Plakat und überklebten die sowjetische Flagge mit dem Sternenbanner.

An dem Tag, als General Ridgway, kaum zurück aus dem Korea-

Krieg, in Paris eintraf, um Eisenhower bei SHAPE abzulösen, dem Hauptquartier der Alliierten Streitkräfte in Europa, saßen Clara, Boogie, Cedric, Leo und ich auf der Terrasse des Mabillon und häuften betrunken jede Menge Bierdeckel an. Nur eine kümmerliche gelangweilte Menge Neugieriger hatte sich eingefunden, um einen Blick auf den General zu werfen, aber überall waren Polizisten, und auf dem Boulevard Saint-Germain wimmelte es vor Gardes Mobiles, deren schwarze Helme in der Sonne glänzten. Plötzlich stürmten kommunistische Demonstranten auf die Place de l'Odéon, Männer, Frauen und Jungen drängten aus den Seitenstraßen, zogen Besenstiele aus ihren weiten Jacken und schwenkten antiamerikanische Plakate, die daran befestigt waren. Clara begann zu stöhnen. Ihre Hände zitterten.

»RIDGWAY«, grölten die Männer.

»*À la porte*«, antworteten die Frauen kreischend.

Augenblicklich stürzten sich die Polizisten auf die Demonstranten, sie schwärmten aus, dabei schwangen ihre hübschen blauen Umhänge, die auf jedem französischen Tourismusplakat abgebildet sind, deren Futter jedoch mit Blei beschwert ist. Sie zerschlugen Nasen. Köpfe. Der zunächst disziplinierte Schrei *Ridgway à la porte* stockte, verstummte. Die Demonstranten traten den Rückzug an, liefen davon, hielten sich die blutenden Köpfe. Und ich rannte der flüchtenden Clara nach.

An einem anderen Tag kam ein von der NATO herbeizitierter deutscher General nach Paris, und französische Juden und Sozialisten marschierten düster schweigend in Konzentrationslagerkleidung die Champs-Elysées entlang. Darunter Yossel Pinsky, der Geldwechsler aus der Rue des Rosiers, der bald darauf mein Partner werden würde. »*Mischt sich nischt ejn*«, sagte er. Die Probleme mit Algerien hatten bereits begonnen. Die Polizei machte am linken Ufer in einem Hotel nach dem anderen Razzien auf der Suche nach Arabern ohne Papiere. Um fünf Uhr klopften sie eines Morgens an unsere Tür und wollten unsere Pässe sehen. Ich zeigte ihnen meinen, während Clara sich im Bett verkroch, die Decke bis zum Kinn zog und wimmerte. Ihre Füße ragten heraus, jeder Zehennagel in einer anderen Farbe lackiert. Ein wahrer Regenbogen. »Zeig ihnen um Himmels willen deinen Paß.«

»Ich kann nicht. Ich bin nackt.«

»Sag mir, wo er ist.«

»Nein. Das sollst du nicht.«

»Verdammt noch mal, Clara.«

»Scheiße. Verdammt.« Sie zog, so gut es ging, die Decke um sich und wimmerte weiterhin, während die Polizisten sich ansahen und grinsten und sie ihren Paß ganz unten aus einem Koffer fischte, ihn den Gendarmen zeigte und anschließend wieder im Koffer verschloß.

»Sie haben meine Möse gesehen, diese dreckigen Schweine. Sie haben hingestarrt.«

An diesem Nachmittag traf ich Terry im Café Bonaparte, wohin ich gegangen war, um Flipper zu spielen. Meine Beziehung zu Terry beruhte zunächst auf der Tatsache, daß wir beide aus Montreal stammten. Ich aus der Jeanne Mance Street im alten jüdischen Arbeiterviertel der Stadt, Terry aus dem marginal wohlhabenderen und schickeren Notre-Dame-de-Grâce, wo sein Vater mit dem Secondhand-Buchladen, der sich auf marxistische Texte spezialisierte, einen bescheidenen Lebensunterhalt zusammenkratzte. Seine Mutter hatte an einer Grundschule unterrichtet, bis die Eltern der Schüler protestierten, weil ihre Kinder statt Dokumentarfilmen über das Leben auf gemeinschaftlich bewirtschafteten Landgütern in der Ukraine lieber Bugs-Bunny-Filme sehen sollten.

Wenn die meisten von uns knapp bei Kasse waren, dann war Terry absolut pleite. So schien es zumindest. Es gab Tage, an denen er nichts außer einem Baguette und einem Milchkaffee zu sich nahm. Er trug Nyltesthemden, die er abends im Waschbecken wusch und über Nacht zum Trocknen aufhängte. Ein Mädchen in der *Cité Universitaire* schnitt ihm die Haare. Terry überlebte, indem er sechshundert Wörter lange Artikel für die UNESCO schrieb, die kostenlos an Zeitungen in der ganzen Welt verteilt wurden. Für fünfunddreißig Dollar verfaßte er einen gelehrten Artikel, der an den hundertsten Geburtstag eines berühmten Schriftstellers erinnerte oder daran, daß Marconi vor fünfzig Jahren zum erstenmal eine Nachricht über den Telegraphen schickte, oder daran, daß Major Walter Reed entdeckte, daß Gelbfieber von Moskitos übertragen wird. Von unserer Gruppe wurde er so gut wie nicht toleriert, wie ich vielleicht schon früher erwähnt habe, und wenn irgendwo eine Party stattfand, ging von Café zu Café die Parole: »Sagt um Gottes willen Terry nichts.« Terry, der Paria. Aber perverserweise mochte ich ihn und lud ihn einmal in der Woche zum Essen in ein Restaurant in der Rue du Dragon ein. Clara kam nie mit. »Er ist die degoutanteste Person, die ich kenne«, sagte sie, »vollkommen entwurzelt, ein Nörgler. Und außerdem hat er eine schlechte Aura und dirigiert ständig Elemente auf mich.« Aber Yossel mochte sie genausowenig. »Er jagt mir Schauer über den Rücken. Er stinkt nach allem Bösen dieser Welt.«

Terry faszinierte mich. Unbekümmert und unbefangen, wie wir waren, machten wir uns keine Gedanken über unser Alter: dreiundzwanzig oder siebenundzwanzig oder wie alt auch immer. Wir dachten nicht in Lebensspannen. Oder, anders ausgedrückt, es landeten noch keine Granaten in der Nähe unserer Schützengräben. Terry jedoch war sich dessen bewußt, daß er jung war und gerade seine »Pariser Phase« durchlebte. Das Leben war ihm nicht gegeben, um es bedenkenlos zu genießen und zu verschwenden wie Onan seinen Samen. Es war eine Verantwortung. Ein Treuhandgut. Wie eine Schwarzweißzeichnung in einem Malbuch für Kinder, die er bunt ausmalen mußte, füllte er es mit größter autobiographischer Sorgfalt aus, stets mit Rücksicht auf zukünftige Kritik. Und so schien er den Mangel als Phase seiner literarischen Entwicklung zu genießen, statt darunter zu leiden. Dr. Johnson war es schlimmer ergangen. Mozart auch. Alles, was Terry tat oder hörte, war Futter für seine Tagebücher, doch die Einträge waren, wie ich zu spät feststellte, verdreht.

Terry, der sich über die politische Einstellung seiner Eltern mokierte, hatte nichtsdestostrotz ein paar ihrer Vorurteile übernommen und schimpfte auf alles Amerikanische. Er verzweifelte an der Coca-Cola-Kultur. Dem neuen Rom. »Erinnerst du dich an den Abend«, sagte er, »als Cedric mit uns die Vertragsunterzeichnung für seinen Roman feierte und dabei mit seinem neuen Wohlstand angab? Ich wollte ihm seine Prahlerei, das Zusammenschlagen dieser nubischen Zymbeln nicht verderben, deshalb schwieg ich damals, was du zweifellos als Neid interpretiert hast. Aber, um der Wahrheit die Ehre zu geben, Scribner's hat mir gerade die ersten drei Kapitel des Romans, an dem ich zur Zeit arbeite, mit einem schmeichelnden Begleitbrief und einem Caveat zurückgeschickt. Leider, leider sei das Interesse an allem Kanadischen geringfügig. Ob es mir etwas ausmache, die Handlung stattdessen in Chicago anzusiedeln? Hugh MacLennan, den ich nicht besonders schätze, hat in diesem Fall recht: ›Junge trifft Mädchen in Winnipeg? Wen interessiert das?‹ Und wie geht es der unberechenbaren Clara?«

»Sie wäre mitgekommen, aber sie fühlt sich nicht wohl.«

»Du mußt mir nicht ausweichen. Ich leide nicht wie du unter dem Zwang, ständig anerkannt werden zu wollen, gewiß ein Bestandteil deines Jeanne-Mance-Street-Erbes. Aber was ich nicht begreife, ist, warum du wie ein Pudel hinter Boogie herläufst.«

»Du bist so ein Idiot, Terry.«

»Jetzt komm schon. Dieser Scharlatan ist dein Idol. Du hast sogar ein paar von seinen Gesten übernommen.« Terry – der spürte, daß er ins Schwarze getroffen hatte – lehnte sich zurück und sah mich arrogant lächelnd an.

Terrys erste Publikation erschien in *Merlin*, einem dieser kleinen Magazine, die damals in Paris kursierten. »Paradiso« war unerträglich poetisch, joycesch, *geschrieben*, und wir liefen kichernd zu unseren Lexika und schlugen Wörter nach wie: Didymanie, Matäologie, *chaude-mellé*, sforzato.

Ich bin jetzt so etwas wie ein Sammler von Kanadiana, mein besonderes Interesse gilt den Tagebüchern früher Reisender nach Lower Canada, und Händler schicken mir regelmäßig ihre Kataloge. Neulich fand ich in einem folgendes Angebot:

Außergewöhnlich selten und in hervorragendem Zustand

McIver, Terry. Die erste Veröffentlichung des Autors, »Paradiso«, eine Kurzgeschichte. Ein früher, aber folgenreicher Fingerzeig auf spätere Obsessionen eines unserer Meisterromanciers. Merlin, Paris. 1952.
Bei Lande, 78; Sabin, 1052.
C$ 300.

Eines Abends stürzte sich ein überschwenglicher Terry im Café Royal Saint-Germain auf mich: »George Whitman hat meine Geschichte gelesen und mich gebeten, in seiner Buchhandlung zu lesen.«

»Das ist ja großartig«, sagte ich und heuchelte Begeisterung. Aber den Rest des Abends war ich schlecht gelaunt.

Boogie bestand darauf, mit Clara und mir in die Buchhandlung gegenüber von Notre-Dame zu gehen. »Das darf man nicht versäumen«, sagte Boogie, der offensichtlich stoned war. »In zukünftigen Jahren werden die Leute fragen: Wo warst du an dem Abend, als Terry McIver aus seinem *chef-d'œuvre* gelesen hat? Weniger vom Glück begünstigte Menschen werden sagen müssen: Ich habe meinen Gewinn im Pferderennen abgeholt oder mit Ava Gardner gevögelt. Oder Barney wird damit angeben können, daß es der Abend war, an dem seine geliebten Canadiens wieder mal einen Stanley Cup gewonnen haben. Aber ich werde behaupten können, daß ich dabei war, als Literaturgeschichte geschrieben wurde.«

»Du kommst nicht mit. Vergiß es.«

»Ich werde mich benehmen. Ich werde sprachlos über seine Metaphern staunen und jedesmal klatschen, wenn er ein Wort richtig gebraucht.«

»Boogie, ich will dein Ehrenwort, daß du nicht mit Zwischenrufen stören wirst.«

»Ach, hör auf zu nörgeln«, sagte Clara. »Du bist nicht Terrys Mutter.«

Für vierzig Leute hatte man Klappstühle aufgestellt, es waren aber nur neun Personen da, als Terry mit halbstündiger Verspätung zu lesen begann.

»Ich glaube, Edith Piaf singt heute abend irgendwo am rechten Ufer«, sagte Boogie *sotto voce*, »sonst wären bestimmt mehr gekommen.«

Terry hatte sich gerade in Schwung gelesen, als eine Gruppe Letteristen in die Buchhandlung stürmte. Sie waren Anhänger von *Ur, Cahiers pour un dictat culturel*, das von Jean-Isador Isou herausgegeben wurde. Der gefürchtete Isou war der Autor von *Eine Antwort auf Karl Marx*, ein schmales Bändchen, das von hübschen Mädchen auf der Rue de Rivoli und vor American Express an

Touristen verhökert wurde – die der quälenden Illusion erlagen, sie würden das wirklich heiße Zeug kaufen. Die Letteristen glaubten, daß alle Kunstformen tot seien und nur wiederauferstehen könnten durch die Synthese ihrer kollektiven Absurditäten. Ihre eigenen Gedichte, die sie für gewöhnlich in einem Café auf der Place Saint-Michel vortrugen, bestanden aus Grunzen und Stöhnen und inkohärenten Zusammenstellungen von Buchstaben vor einem antimusikalischen Hintergrund, und eine Zeitlang war ich ein Fan von ihnen. Und jetzt, während Terry mit monotoner Stimme weiterlas, spielten sie auf Harmonikas, bliesen in Trillerpfeifen, drückten auf eine Gummihupe und machten mit den Händen unter den Achseln Furzgeräusche.

Zuinnerst bin ich ein Patriot. Ich stehe hinter den Montreal Canadiens und, als sie noch in Delormier Downs spielten, unseren Triple-A Royals. Und so sprang ich Terry instinktiv zur Seite. »Schert euch zum Teufel! Dummschwätzer! Schweine! Ihr kleinen Scheißer! Flittchen!« Aber das spornte die Rowdys nur an.

Ein geröteter Terry las weiter. Und weiter. Und weiter. Er schien wie in Trance, sein unbeugsames Lächeln war schrecklich anzusehen. Mir wurde übel. *Bitte bleiben Sie dran.* Ja, ich war wirklich besorgt um ihn, aber zugleich war ich Mistkerl erleichtert, daß nur wenige gekommen waren. Und daß sie ihn nicht bejubelten. Nach der Lesung sagte ich zu Boogie und Clara, ich würde sie im Old Navy treffen, aber zuerst wollte ich mit Terry etwas trinken. Bevor wir uns trennten, erstaunte mich Boogie, denn er sagte: »Ich hab schon Schlimmeres gehört.«

Terry und ich trafen uns in einem Café am Boulevard Saint-Michel und setzten uns an einen Tisch im Freien; außer uns war nur noch ein kanadisches Paar da, dem die Kälte nichts anzuhaben schien. »Terry«, sagte ich, »diese Clowns wollten Blut fließen sehen, und sie hätten sich nicht anders verhalten, wenn Faulkner gelesen hätte.«

»Faulkner wird überschätzt. Er wird nicht überdauern.«

»Trotzdem, was passiert ist, tut mir leid. Es war brutal.«

»Brutal? Es war einfach wunderbar«, sagte Terry. »Weißt du denn nicht, daß die erste Aufführung von *Die Hochzeit des Figaro* in Wien ausgebuht wurde und man die Impressionisten, als sie zum erstenmal ihre Werke zeigten, auslachte?«

»Ja, schon. Aber ...«

»›... Sie sollten wissen‹«, sagte er und zitierte irgend jemanden, »›daß das Großartige dem schwachen Mann notwendig obskur erscheint. Das, was auch ein Dummkopf begreifen kann, ist meiner Achtsamkeit nicht wert.‹«

»Und wer hat das gesagt, wenn ich fragen darf?«

»William Blake schrieb es in einem Brief an Reverend Dr. John Trusler, der Aquarelle bei ihm bestellt hatte und sie dann kritisierte. Nicht daß es wichtig wäre, aber wie fandest du es?«

»Wer konnte bei dem Krach schon was hören?«

»Weich mir bitte nicht aus.«

Mittlerweile ausreichend irritiert, um seiner Schale aus Arroganz einen Sprung beizubringen, kippte ich meinen Cognac und sagte: »Na gut. Viele sind berufen, wenige auserwählt.«

»Du bist erbärmlich, Barney.«

»Richtig. Und du?«

»Ich bin umgeben von Dummköpfen.«

Daraufhin mußte ich lachen.

»Warum zahlst du nicht, schließlich hast du mich eingeladen, und gehst dann dort hin, wo du deinen einfältigen Trilby und deine unflätige Paphia treffen willst?«

»Meine unflätige was?«

»Metze.«

Die zweite Mrs. Panofsky bemerkte einmal, daß in Abwesenheit eines Herzens ein Klumpen Wut in mir poche. Und jetzt, mein Blut in Wallung, sprang ich auf, zerrte Terry von seinem Stuhl und schlug ihn hart ins Gesicht. Sein Stuhl fiel um. Dann stand ich vor ihm, wahnsinnig vor Wut, die Fäuste geballt. Mord im Herzen. Aber Terry wehrte sich nicht. Statt dessen saß er auf dem Gehsteig und hielt sich grinsend ein Taschentuch an die blutende Nase. »Gute Nacht«, sagte ich.

»Die Rechnung. Ich hab nicht genug Geld dabei. Bezahl verdammt noch mal die Rechnung.«

Ich warf ihm ein paar Scheine zu und wollte flüchten, als er zu zittern und zu schluchzen begann. »Hilf mir«, sagte er.

»Was?«

»... mein Hotel ...«

Ich half ihm auf die Beine, und wir gingen los, er klapperte mit den Zähnen, seine Beine waren aus Gummi. Nach nur einem Block begann er wieder zu zittern. Nein, zu vibrieren. Er sank auf die Knie, und ich hielt ihm den Kopf, während er sich wieder und wieder erbrach. Irgendwie schafften wir es in sein Hotelzimmer in der Rue Saint-André-des-Arts. Ich brachte ihn ins Bett, und als er neuerlich zu zittern anfing, häufte ich alle Kleidungsstücke, die ich finden konnte, auf seine Decke. »Das ist eine Grippe«, sagte er. »Ich bin nicht wütend. Das hat nichts mit der Lesung zu tun. Du sagst kein Wort davon.«

»Was sollte ich denn sagen?«

»An meinem Talent gibt es keinen Zweifel. Mein Werk wird überdauern. Das weiß ich.«

»Ja.«

Dann begann er so heftig mit den Zähnen zu klappern, daß ich Angst um seine Zunge hatte. »Bitte, geh noch nicht.«

Ich zündete eine Gauloise an und reichte sie ihm, aber er konnte sie nicht halten.

»Mein Vater kann es kaum abwarten, daß ich versage und wie er im Elend lande.«

Wieder begann er zu weinen. Ich griff nach dem Papierkorb und hielt seinen Kopf, aber obwohl er würgte und würgte, kotzte er nur einen Faden grünen Schleim. Sobald er sich beruhigt hatte, brachte ich ihm ein Glas Wasser. »Es ist die Grippe«, sagte er.

»Ja.«

»Ich bin nicht wütend.«

»Nein.«

»Wenn du den anderen erzählst, daß du mich so gesehen hast, werde ich dir das nie verzeihen.«

»Ich werde kein Wort sagen.«

»Schwör's.«

Ich schwor und saß bei ihm, bis er nicht mehr bibberte und in einen unruhigen Schlaf fiel. Aber ich war Zeuge seines Zusammenbruchs, und auf diese Weise, liebe Leser, macht man sich Feinde.

9 Ich bin entschlossen, fair zu sein. Ein verläßlicher Zeuge. Die Wahrheit ist, daß Terry McIvers Romane, einschließlich *Der Mann des Geldes*, in dem mir die große Rolle des habsüchtigen Benjy Perlman zugewiesen wird, alles andere als originell sind. Sie sind langweilig, ernst, so appetitanregend wie Naturkost und, das versteht sich von selbst, bar jeden Humors. Die Figuren in diesen Romanen sind so hölzern, daß man sie zum Feuermachen verwenden könnte. Nur in Terrys Tagebüchern kommt die Phantasie ins Spiel. Die Seiten über Paris sind definitiv voller Erfindungen. Erfindungen eines kranken Gehirns. Mary McCarthy bemerkte einmal, daß alles, was Lillian Hellman schrieb, gelogen war, auch jedes »und« und »aber«. Dasselbe gilt für Terrys Tagebücher.

Es folgen Beispiele. Ein paar Seiten aus den Tagebüchern von Terry McIver (Officer of the Order of Canada, Gewinner des Governor General's Award), die demnächst in seiner Autobiographie *Zeit und Rausch* erscheinen werden, veröffentlicht von die gruppe, Toronto, die sich für die Unterstützung der heiligen Dreieinigkeit des Mittelmaßes bedankt: dem Canada Council, dem Ontario Arts Council und dem City of Toronto Arts Council.

Paris. 22. Sept. 1951. Kam heute morgen mit Célines *Tod auf Kredit* nicht weiter. Es wurde mir vom rührend unsicheren P--- empfohlen, was nicht verwundert angesichts der Tatsache, daß er selbst mit einer wachsenden Wut auf die Welt belastet ist. Ich unterhalte die brüchigsten Beziehungen zu P---, es geht nicht anders, wir sind beide Montrealer, was wohl kaum für eine Seelenverwandtschaft ausreicht.

P--- tauchte letztes Frühjahr eines Tages in Paris auf, von meinem Vater mit meiner Adresse ausgestattet. Er kannte niemanden hier und suchte mich infolgedessen täglich auf. Er störte mich bei der Arbeit, lud mich zum Mittagessen ein und wollte als Gegenleistung die Namen der Cafés wissen, die er frequentieren sollte, und bat mich, ihn anderen Leuten vorzustellen. Innerhalb einer Woche hatte er die modische Negersprache gemeistert, sie sozusagen als Ganzes verschluckt. Denkwürdig war eine Begegnung auf der Terrasse des Mabillon, wo ich Evelyn Waughs *Aber das Fleisch ist schwach* las.

»Is es öde, oder is es okay, Mann?«

»Wie bitte?«

»Würd's mir gefalln?«

Schließlich gelang es mir, ihn einem Haufen frivoler Amerikaner aufzubürden, deren Gesellschaft zu meiden ich mir die größte Mühe gab. Sie waren selbstverständlich alles andere als dankbar, aber bald entdeckten sie, daß P---, entschlossen, sich einzuschmeicheln, leicht um Geld anzugehen war. Leo Bishinsky lieh sich Geld von ihm, um Leinwand und Farben zu kaufen, und auch die anderen nahmen ihn aus, jeder nach seinen Bedürfnissen. Im Vorübergehen sagte ich einmal zu Boogie: »Wie ich sehe, hast du einen neuen Freund.«

»Jeder hat das Recht auf einen Lakaien, meinst du nicht?«

Boogie, der an den Spieltischen von einer längeren Pechsträhne verfolgt wurde und dem der Hinauswurf aus seinem Hotel drohte, brachte P--- dazu, seine Mietrückstände zu begleichen.

Mit anderen Autodidakten hat P--- gemein, zwanghaft mit seiner aktuellen Lektüre anzugeben, seine Redebeiträge sind gespickt mit Zitaten. Den armseligen Straßen des Ghettos entsprungen, liegt ihm Vulgarität im Blut, aber er neigt auch zum Trinken und zu Handgreiflichkeiten, was angesichts seiner jüdischen Herkunft überrascht. Selbstverleugnung? Möglicherweise.

Geboren in Montreal, aufgewachsen in einem Heim, in dem Englisch gesprochen wurde, tendiert P--- noch immer dazu, viele seiner Sätze umzustellen, als würde er sie aus dem Jiddischen übersetzen, wie zum Beispiel in: »Er war ein hassenswerter Mistkerl, Claras Doktor.« Oder: »Hätte ich es gewußt, wäre es anders gewesen, mein Verhalten.« Ich darf nicht vergessen, diese merkwürdige Syntax zu benutzen, wenn ich einen Dialog zwischen Juden schreibe.

P---s Erscheinung ist nicht unangenehm. Schwarzes lockiges Haar, hart wie Stahlwolle. Die Augen eines gerissenen Händlers. Der Mund eines Satyrs. Groß, schlurfender Gang, Neigung zum Prahlen. Er scheint hier immer noch nicht Fuß gefaßt zu haben, nicht in seiner Liga zu spielen, ist jetzt jedoch der Akolyth eines der anrüchigsten Wichtigtuer des Quartiers, dem er nachläuft, als wäre er sein Lustknabe, sein Ganimed, was nicht der Fall ist. Keiner von beiden ist homosexuell.

Heute 600 Wörter geschrieben und dann zerrissen. Inadäquat. Mittelmäßig. Wie ich?

Paris. 3. Okt. 1951. S---s Mann ist geschäftlich in Frankfurt, deswegen schickte sie mir heute morgen ein Briefchen, in dem sie mich zum Abendessen in unser ›Verlies‹ einlud, ein Bistro in der Rue Scribe, wo es unwahrscheinlich ist, daß wir jemanden treffen, den wir kennen. Eine umsichtige Frau, die böse Zungen fürchtet (»Sie hält sich einen Gigolo. Stellen Sie sich vor«), langte sie unter dem Tisch nach meiner Hand und gab mir genügend Francs, damit ich die Rechnung bezahlen konnte.

Seit drei Monaten bin ich jetzt S---s pflichtbewußter Liebhaber. Eines Sommerabends sprach sie mich auf der Terrasse des Café de Flore an. Sie saß allein am Nebentisch, deutete auf das Buch, das ich las, und sagte: »Nicht viele Amerikaner sind in der Lage, Robbe-Grillet auf französisch zu lesen. Ich muß gestehen, daß sogar ich ihn schwierig finde.«

Sie gibt zu, vierzig zu sein, aber ich vermute, daß sie etwas älter ist, wie ihre Schwangerschaftsstreifen bezeugen. S---, meine selbsternannte Houri, läuft nicht unmittelbar Gefahr, mit Aphrodite verwechselt zu werden, aber sie ist erfreulich hübsch und schlank. Sie beginnt morgens zu trinken (»Gin Tonic, wie die englische Königin«), und heute abend trank sie fast den ganzen Wein und gab mir dann zu verstehen, daß ihre Beine unter dem Tisch gespreizt waren, eine Aufforderung an mich, Schuh und Socke auszuziehen und sie mit den Zehen zu massieren.

Später zogen wir uns in mein scheußliches kleines Hotelzimmer zurück, das sie angeblich großartig findet, weil es ihre Sehnsucht nach Schmutz befriedigt und ihrer Vorstellung davon entspricht, wie ein aufstrebender junger Künstler leben sollte. Wir kopulierten zweimal, einmal von vorn, einmal von hinten, und dann verweigerte ich ihr den Cunnilingus. Daraufhin schmollte sie. Ihre Stimmung hellte sich jedoch wieder auf, als ich auf ihr Drängen hin aus meinem in Arbeit befindlichen Roman vorlas. Sie nannte ihn »wunderbar, einfach unglaublich«.

S--- träumt davon, in meinem Werk gefeiert zu werden, und hat sich dafür den Namen Héloise gewählt. Trotz des strömenden Regens und meiner Erschöpfung begleitete ich sie zu ihrem Austin Healey, den sie in diskreter Entfernung geparkt hatte, und versicherte ihr, wie sehr ich ihre Schönheit, ihren Witz, ihre Intelligenz schätze. Zurück in meinem Zimmer, setzte ich mich unverzüglich hin und schrieb 500 Wörter, schilderte, solange es mir noch frisch im Gedächtnis war, wie ein Orgasmus sie erbeben läßt.

Um zwei Uhr nachts wachte ich auf, weil ich ständig niesen mußte. Ich griff nach dem Fieberthermometer und mußte feststellen, daß ich eine Temperatur von 36,9 hatte. Mein Puls war erhöht. Meine Gelenke schmerzten. Ich hätte bei dem Regen nicht hinausgehen sollen.

Paris. 9. Okt. 1951. Seit zehn Tagen liegt ein Brief meines Vaters auf dem Tisch, und heute morgen riskierte ich endlich, den deprimierend dicken Umschlag zu öffnen.

Ich sehe meinen Vater vor mir, wie er diesen Brief in seiner verkrampften Handschrift zu Papier bringt, an seinem eichenen Schreibtisch hinten in der Buchhandlung sitzend. Er raucht eine Export A, ein Zahnstocher steckt im Filter, damit er daran ziehen kann, bis ihm fast die Lippen verbrennen. Auf dem Schreibtisch befinden sich unter anderem ein Stapel unbezahlter Rechnungen und eine Zigarrenkiste für seine Sammlung von Büroklammern, Gummibändern und ausländischen Briefmarken. Die Briefmarken sind für den frankokanadischen Postboten, den er bekehren will. Außerdem die Überreste seines Mittagessens. Bröckchen seines hartgekochten Eis, das er nie aufißt, oder ein fettverschmiertes Sardinen-Sandwich. Das Kerngehäuse eines Apfels. Er saugt an seinen gelben Zähnen und schreibt mit einem altmodischen Füller mit Korkgriff, er rasiert sich nach wie vor naß und putzt jeden Morgen seine gesprungenen Halbschuhe.

Sein Brief beginnt wie immer mit einer Litanei politischer Bissigkeiten. Julius und Ethel Rosenberg sind natürlich für schuldig befunden und zum Tode verurteilt worden. Im Pazifik wurde die H-Bombe getestet, eine Provokation der Sowjetunion und anderer Volksrepubliken. In den USA wurden einundzwanzig kommunistische Führer verhaftet und beschuldigt, eine Verschwörung zum Umsturz der Regierung angezettelt zu haben. Dann kommt er zur Sache. Mutter geht es nicht besser. Sie kann nicht allein zu Hause bleiben, deswegen schiebt er sie jeden Morgen im Rollstuhl in die Buchhandlung, und bald wird es schneien und frieren, und wie soll er es dann schaffen mit seiner schlimmen Arthritis? Mutter döst oder liest hinten im Laden, bis er die Jalousien herunterläßt und sie nach Hause schiebt. Nach Hause, wo er sie badet, mit Franzbranntwein einreibt und ihr dann Campbells Tomatensuppe aufwärmt, danach Karottenwürfel und Mais, alles aus der Dose. Oder er brät ihr zwei Eier in altem Schinkenfett, bis die Ränder braun sind. Mit seiner Raucherstimme liest er ihr abends vor – ab und zu hat er einen Hustenanfall und spuckt Schleim in ein schmutziges Taschentuch –, Howard Fast, Gorki, Ilja Ehrenburg, Aragon, Brecht. Statt eines Kruzifixes hängt eine gerahmte Kopie von Maos Tribut an den Genossen Norman Bethune über dem Bett, das jetzt ihretwegen mit einer Gummiunterlage ausgestattet ist. An manchen Abenden kämmt er ihr verfilztes graues Haar, während er sie in den Schlaf singt:

Kommt zur Gewerkschaft, Kollegen,
Männer und Fraun voller Mut,
Um die Feiglinge hinwegzufegen
Wie eine mächtige große Flut.
Denn gemeinsam zeigen wir Stärke,
Doch allein sitzen wir in der Falle.
Drum unsere Devise dir merke:
Alle für einen und einer für alle.

Dann schreibt mein Vater, daß es ihm nahezu nicht mehr möglich ist, allein mit allem fertig zu werden. Wenn ich nach Hause komme, wird er mir meine Sünden verzeihen, alles, was ich unterlassen und begangen habe. Ich könnte das rückwärtige Zimmer haben, in dem der Heizkörper die ganze Nacht lang zischt und klopft. Durch das Fenster die beflügelnde Aussicht auf anderer Leute lange Unterhosen und steinhart gefrorene Bettlaken an der Wäscheleine im Hinterhof. Morgens könnte ich schreiben, ab und zu nach Mutter sehen, die Pfanne unter ihrem Rollstuhl leeren, wohl um meinen Appetit aufs Mittagessen zu steigern. Nachmittags könnte ich ihn in der Buchhandlung ablösen und marxistische Patentrezepte an Genossen verhökern. Gelegentlich einen Unschuldigen bedienen, der hereinkommt und fragt: »Haben Sie vielleicht Norman Vincent Peales *Die Macht positiven Denkens*?« Oder vielleicht Gayelord Hausers *Wie man jünger aussieht und länger lebt*? Er würde mir fünfundzwanzig Dollar in der Woche zahlen.

»Ich werde nicht jünger, ebensowenig Deine Dich hingebungsvoll liebende Mutter, und wir brauchen Deine Hilfe, während unser Leben zu Ende geht.«

Und was ist mit meinem Leben, wenn ich fragen darf? Warum sollte ich es für sie opfern? Ich würde mir lieber die Pulsadern aufschneiden wie die arme Clara[22] (Clara, deren großartiges Talent ich als einer der ersten erkannte), als in diese armselige Hütte zurückzukehren. Dieses sogenannte Zuhause, in das ich nach der Schule nie meine Freunde mitbringen konnte, es sei denn, sie wollten Vorträge über den Generalstreik in Winnipeg hören und beladen mit Pamphleten für ihre Eltern wieder gehen.

Ich lese das Schreiben meines Vaters noch einmal, nehme einen Bleistift und korrigiere seine Grammatik und Interpunktion. Mir fällt auch auf, daß er sich auf den ganzen sieben Seiten nicht nach meinem Befinden erkundigt. Kein Jota Interesse an meiner Arbeit zeigt. Typisch.

Unvermeidlich, daß dieser Aufruf eine Migräne zur Folge hat. Arbeiten erweist sich als unmöglich. Ich schlendere durch den Jardin du Luxembourg zur Rue Vavin, dann zum Montparnasse. Das war dumm von mir, denn diese körperliche Ertüchtigung regt meinen Appetit an, und ich habe kein Geld für ein Mittagessen. Als ich am Dôme vorbeikomme, erspähe ich P--- zusammen mit dem Betrüger, der jetzt angeblich einer

22 Der Eintrag zu Clara in McIvers handgeschriebenen Tagebüchern, die sich in der Universität von Calgary befinden, lautet: »Ich würde mir lieber die Pulsadern aufschneiden wie C--- (ohne Erfolg, *faute de mieux*, wie alles, was sie anfängt).« Tagebuch 31, Sept.–Nov. 1951, Seite 83.

seiner Vertrauten ist. Er ist ein Geldwechsler aus der Rue des Rosiers.

Ein verschwendeter, brachliegender Tag, nicht ein Wort geschrieben.

Paris. 20. Okt. 1951. Der Scheck von der UNESCO, längst überfällig, ist immer noch nicht eingetroffen. Der *New Yorker* hat eine Erzählung mit einer vorformulierten Ablehnung zurückgeschickt. Irwin Shaws Ergüsse sind mehr nach ihrem Geschmack. Ich hätte es mir denken können.

S--- ist immer wunderbar gekleidet, Dior oder Chanel. Ich könnte monatelang vom Preis eines dieser Kleider leben. Die Perlenkette mit dem Diamantverschluß. Die Ringe. Die Armbanduhr von Patek Philippe. Ihr Mann ist ein hohes Tier bei Crédit Lyonnais. Seit über einem Jahr hat er nicht mehr mit ihr geschlafen. Sie hat für sich beschlossen, daß er eine Tunte ist, von ihr aus könne er »verschleiert und verhüllt« gehen, wie sie einmal sagte.

S--- war wieder einmal beim Einkaufen in der Rue Faubourg St.-Honoré. Als ich vom Markt in der Rue de Seine zurückkehre, überreicht mir die Concierge ein kleines, mit einem Band verschnürtes Paket, das jemand vorbeigebracht hat. Es ist von Roger et Gallet. Ein Herrenparfüm. Drei parfümierte Seifen. Oh, die Überheblichkeit der Reichen.

Dann, gerade als ich mich an meinen Tisch setze, stürmt sie atemlos herein, weil sie nicht gewohnt ist, zu Fuß in den fünften Stock zu gehen. »Ich habe nur eine Stunde Zeit«, sagt sie. Ihr Kuß riecht nach ihrem knoblauchgewürzten Mittagessen.

»Aber ich bin mitten in der Arbeit.«

Sie hat eine eisgekühlte Flasche Roederer Crystal dabei und zieht sich bereits aus. »Beeil dich«, sagt sie.

300 Wörter heute. Mehr nicht.

Paris. 22. Okt. 1951. Der gönnerhafte P--- hat mich heute zum Mittagessen in das billige Restaurant in der Rue du Dragon eingeladen, und selbstverständlich erwartet er als Gegenleistung Dankbarkeit. Er habe ein bißchen Geld, sagt er, infolge eines dubiosen Geschäfts mit seinem Geldwechsler-Komplizen. Er verströmt Besorgnis und macht sich anheischig, mir Geld zu leihen. Mein Bedarf ist groß, aber ich lehne ab, weil ich jemandem wie ihm kein Geld schulden will. P--- ist nur dem Anschein nach besorgt. Er ist offenkundig unsicher und tut anderen Gefallen in der Hoffnung, die ihm Überlegenen an sich zu binden.

Nach dem Essen schlendern wir zusammen bis zum Jeu de Paume, wo ihn Seurat sehr beeindruckt.

»Seurat gilt als Neuerer, als Erfinder eines neuen Stils«, sage ich, »aber er und auch einige Impressionisten waren wahrscheinlich kurzsichtig und malten die Dinge lediglich so, wie sie sie sahen.«

»Das ist lächerlich«, sagt er.

Paris. 29. Okt. 1951. Die Bagage versammelte sich an einem Tisch im Mabillon. Leo Bishinsky, Cedric Richardson, ein Paar, an deren Namen ich mich nicht mehr erinnere, ein mir unbekanntes Mädchen mit glänzenden haarigen Achselhöhlen – und natürlich P---, in Begleitung seines Svengali und seiner Clara. Als Reaktion auf ihre geheuchelt freundlichen Grüße bleibe ich kurz an ihrem Tisch stehen, lasse mich jedoch von Boogies Sticheleien nicht provozieren. Sie sind alle high vom Haschisch, was sie nur noch langweiliger macht.

Um mich selbst zu erheitern, habe ich versucht, mir einen Spitznamen auszudenken, der dieser Bande angemessen ist. Die Rohlinge? Die Faulpelze? Schließlich gebe ich mich mit Der bunte Haufen zufrieden.

Sie sind nicht hier, um sich französische Kultur anzueignen, sondern um sich zu treffen. Nicht einer von ihnen hat Butor, Sarraute oder Simon gelesen. An einem Abend, an dem ich es mir leisten kann, den neuesten Ionesco oder eine Vorstellung von Louis Jouvet anzusehen, findet man sie im Vieux Colombier, wo sie Sidney Bechet zujubeln. Sie versammeln sich an einem Tisch in irgendeinem Café und reden endlos darüber, wer die größeren Verdienste aufzuweisen hat, Ted Williams oder Joe DiMaggio. Oder, wenn P--- in seiner ermüdenden Eishockey-Stimmung ist, Gordie Howe oder Maurice Richard. Oder sie versuchen verzweifelt, sich an den Text eines Lieds der Andrew Sisters zu erinnern. Oder an einen Dialog aus dem

Film *Casablanca.* Sie beglückwünschen sich gegenseitig und marschieren zusammen los, wenn sie ein Kino finden, in dem eine alte Komödie mit Bud Abbott und Lou Costello läuft oder ein Musical mit Esther Williams, und danach gehen sie ins Old Navy oder ins Mabillon, um stundenlang schallend zu lachen.

Paris. 8. Nov. 1951. George Whitman ließ sich nicht davon abbringen, daß ich in seiner Buchhandlung lese. Vermutlich stand James Baldwin nicht zur Verfügung.

Fünfundvierzig Leute sind da, als ich zu lesen beginne, darunter P--- und seine Kumpane, die offensichtlich gekommen sind, um sich über mich lustig zu machen. Dann taucht eine Gruppe Letteristen auf, zweifellos auf Veranlassung von Boogie. Sie stören die Lesung, täuschen sich jedoch, wenn sie glauben, mich damit einschüchtern zu können. Ich lese trotz ihres Gekreischs weiter – für diejenigen, die gekommen sind, um zuzuhören.

P---, der über die Angriffe auf mich hoch erfreut scheint, lädt mich anschließend zu einem Drink ein, vermutlich um die Gelegenheit zur Häme zu nutzen. Eifrig um mich bemüht, bietet er noch einmal an, mir Geld zu leihen. Vielleicht, so schlägt er vor, sollte ich nach Montreal zurückkehren und einen Job als Lehrer annehmen. »Du mit deinem McGill-Stipendium und deiner Medaille«, sagt er mit kaum verhohlenem Neid.

»Diejenigen, die anderen keinen Bissen gönnen«, sage ich zu ihm.

Beleidigt will er sich aus dem Staub machen, ohne zu bezahlen. Aber ich weise darauf hin, daß ich nur auf seine Einladung in das Café gegangen bin. Ertappt und wütend reißt er mich von meinem Stuhl hoch und schlägt mir auf die Nase, die fürchterlich blutet. Dann flieht er in die Nacht, und ich muß die Rechnung begleichen.

Es ist nicht das erste Mal, daß P--- versucht, Zwistigkeiten mit den Fäusten zu regeln. Auch wird es, so glaube ich, nicht das letzte Mal sein. Er ist ein gewalttätiger Mann. Eines Tages zu Mord fähig, fürchte ich.[23]

23 Im Eintrag von Terry McIvers handgeschriebenem Tagebuch 31, Sept.–Nov. 1951, Seite 89, findet sich der letzte Satz nicht. »Eines Tages zu Mord fähig, fürchte ich« muß später hinzugefügt worden sein.

10 Hallo, hallo. Reb Leo Bishinsky ist wieder in der Zeitung. Das MOMA zeigt eine Retrospektive seiner Werke, die als nächstes in Torontos AGO zu sehen sein wird, endlich Weltklasse. Dem Foto von Leo im *Globe and Mail* ist zu entnehmen, daß er jetzt ein Toupet trägt – gefertigt aus seiner Sammlung von Schamhaaren berühmter Models, so wie es aussieht. Sein Oberkörper ist nackt, er strahlt, wird umarmt von seiner zweiundzwanzigjährigen Geliebten, einer wahren Barbiepuppe, die ihre Arme um seinen riesigen haarigen Pastramibauch schlingt. Ich vermisse Leo. Wirklich. »Bevor ich am Morgen zu arbeiten beginne«, gesteht Leo dem Reporter des *Globe*, »gehe ich hinaus in den Wald und lausche dem Raunen der Bäume.«

Auf Seite drei des *Globe* findet sich noch Saftigeres.

Vergessen Sie Abelard und Héloïse. Romeo und Julia. Chuck und Di. Oder Michael Jackson und den erstgeborenen Sohn des Kieferorthopäden aus Beverly Hills. Der *Globe* von heute morgen bietet eine harte Nuß aus Ontario, eine wahrhaft pikante Liebesgeschichte. Ein Mann namens Walton Sue heiratete gestern und »fügte damit«, berichtet der Reporter des *Globe*, »der an Shakespeare gemahnenden Geschichte von Liebe, Geld und Familienfehde, in der er und seine Frau die Rollen bizarrer Protagonisten spielen, einen weiteren Akt hinzu«. Walton Sue, der körperlich und geistig behindert ist, seit er vor fünfzehn Jahren von einem Auto überfahren wurde, ist jetzt mit der an den Rollstuhl gefesselten Ms. Maria DeSousa verheiratet, die an Hirnlähmung leidet. Sie wurden in einer »geheimgehaltenen« Zeremonie in Torontos ehrwürdigem Rathaus getraut, bei der mehr Medienvertreter als Familienmitglieder anwesend waren, schreibt der Reporter des *Globe*.

Sues Problem war, daß sein Vater, der absolut gegen die Heirat war, die 245 000 Dollar Schmerzensgeld, die der Unfall eingebracht hatte, kontrollierte. Aber vorgestern ließ ein Anwalt Sue für unfähig erklären, das Eigentum zu verwalten, und die Kontrolle über das Geld wurde auf einen Öffentlichen Vormund und einen Treuhänder von Ontario übertragen, was es Sue und Ms. DeSousa ermöglichte, in eine Behindertenwohnung zu ziehen.

Ich mache mich nicht über dieses Paar lustig, dem ich ein herzliches *Masl tow* zurufe. Ich will damit nur klarstellen, daß die Behinderung Sue einen besseren Ausgangspunkt für eine glückliche Ehe gibt, als ich ihn je hatte, und ich spreche als Veteran, der dreimal zugeschlagen hat. Das letzte Mal war ich mit einer Frau verheiratet, die »Alter nicht hinwelken kann, täglicher Genuß nicht stumpfen«[24], die mich jedoch letztlich als ihrer unwürdig befunden hat, was noch untertrieben war. Miriam, Miriam, Sehnsucht meines Herzens.

Wäre meine erste Frau noch am Leben, würde ich sie, die zweite Mrs. Panofsky und Miriam zu einem exzellenten Mittagessen ins Le Mas des Oliviers einladen – zu einem Symposium über das eheliche Versagen des Mister Barney Panofsky. Zyniker, Schwerenöter, Trinker, mechanisches Klavier. Und Mörder, vielleicht.

Le Mas des Oliviers, mein Lieblingsrestaurant in Montreal, ist der Beweis, daß diese gepeinigte geteilte Stadt noch über versöhnende Werte verfügt. Ihre Rettung ist, daß sich die treibenden Kräfte in dieser Stadt nach wie vor dem Vergnügen hingeben. Nach der mittäglichen Partie Squash wird in Montreal weder gejoggt noch hastig ein Salat geknabbert, eine Krankheit, unter der das vom Geld besessene Toronto leidet. Statt dessen trifft man sich zu dreistündigen Mittagessen im Le Mas des Oliviers, nimmt großzügig bemessene Portionen von *côtes d'agneau* oder *boudin* zu sich, spült sie mit mehreren Flaschen St. Julien hinunter, greift dann zu Cognac und Zigarren. Hier legen Anwälte und auch Richter ihre Streitigkeiten gütlich bei, aber erst nachdem sie die neuesten und obszönsten Klatschgeschichten ausgetauscht haben. Man sieht mehr Geliebte als Ehefrauen. Der Pate der Tory-Partei von Quebec nimmt an seinem angestammten Tisch Huldigungen entgegen und zeigt sich freigebig. An anderen Tischen leihen Minister des Provinzkabinetts, die fette Straßenbauaufträge an verdiente Personen erteilen können, Bittstellern ihr Ohr. Manchmal nehme ich am runden Tisch der jüdischen Sünder Platz, dem Irv Nussbaum vorsitzt, meine Vergehen sind mir vergeben und werden höchstens in der Hoffnung erwähnt, damit Gelächter zu provozieren.

24 »Nicht kann sie Alter hinwelken, täglicher Genuß nicht stumpfen/ Die immer neue Reizung ...« *Antonius und Kleopatra*, 2. Aufzug, 2. Szene.

Hierher brachte ich Boogie am Tag vor meiner Hochzeit mit der zweiten Mrs. Panofsky.

Boogie wäre jetzt, sofern er noch lebte, einundsiebzig Jahre alt, und wahrscheinlich würde er noch immer mit diesem ersten Roman kämpfen, der die Welt in Erstaunen versetzen sollte. Das ist fies von mir. Rachsüchtig. Aber seit Jahren rechne ich nicht mehr damit, daß er an meiner Tür klingelt, wenn nicht morgen, dann übermorgen. »Hast du Lovecraft gelesen?«

Lange vorbei sind die Nächte, als ich um vier Uhr morgens erschrocken aufwachte und in wahnsinnigem Tempo zu meinem Sommerhaus am See fuhr, die Tür aufstieß, vergeblich Boogies Namen rief und dann zum Steg rannte und ins Wasser starrte, wo ich ihn zuletzt gesehen hatte.

»Ich hab ihn nur dieses eine Mal auf deiner Hochzeit gesehen«, sagte Miriam, »und es tut mir leid, aber ich fand ihn bedauernswert. Schau mich bitte nicht so an.«

»Tu ich nicht.«

»Ich weiß, daß wir hundertmal durchgekaut haben, was an jenem letzten Tag am See passiert ist. Aber ich habe immer noch das Gefühl, daß du mir etwas vorenthältst. Habt ihr gestritten?«

»Nein. Natürlich nicht.«

Die Freude an meinem geliebten Haus in den Bergen, ungefähr siebzig Meilen nördlich von Montreal, hat im Lauf der Jahre etwas nachgelassen. Es stimmt, daß ich nur noch eine Stunde dorthin brauche statt fast zwei, nachdem in den sechziger Jahren die sechsspurige Autobahn gebaut wurde. Aber leider machte die Autobahn den See auch zugänglich für Pendler und Computerexperten, die in den Häusern dort Büros eingerichtet haben. Ich nehme die Autobahnausfahrt und muß nicht auf einem gefährlichen Holzfällerweg fahren, ständig herunterschalten, um herumliegenden Steinen und tiefen Löchern auszuweichen, und der zerbeulte Auspuff muß nicht mehr jedes Jahr erneuert werden. Ich trauere den umgestürzten Bäumen nicht nach, die bisweilen den Weg blockierten, aber ich vermisse die riskante einspurige Holzbrücke über den Chokecherry River, dessen rauschendes Wasser während der Schneeschmelze im Frühjahr bedrohlich stieg. Die Brücke wurde vor langer Zeit von einem ordentlichen Stahlbetonbauwerk abgelöst. Und die Holzfällerstraße, die in den fünfziger Jahren verbreitert wurde, ist jetzt geteert und wird im Winter geräumt. Wir haben auch vom politischen Fortschritt profitiert. Dieses Juwel von einem See, an den ich immer noch als an Lake Amhurst denke, wurde in den siebziger Jahren von der *Commission de toponymie*, die dafür verantwortlich ist, daß die *belle province* von den Ortsnamen der Eroberer gereinigt wird, in Lac Marquette umbenannt. Und wo einst auf einem dreiundzwanzig Meilen langen See nur Kanus und Segelboote zu sehen waren, entweihen jetzt ganze Flotten von Motorbooten und Wasserskiläufern unsere Sommer. Kampfflugzeuge von der NATO-Basis in Plattsburg fliegen über den See und bringen Fensterscheiben zum Klirren. Gelegentlich leiden wir auch unter einem transatlantischen Jumbo-Jet in der Einflugschneise zu Montreals Flughafen Mirabelle, und es haben sich drei Tycoons angesiedelt, die übers Wochenende in eigenen kleinen Wasserflugzeugen kommen. Ich erinnere mich, daß unsere friedlichen Wasser damals nur ein einziges Mal von einem Flugzeug gestört wurden. Es war einer dieser verdammten Wasserbomber, die getestet wurden, es war 1959, glaube ich, und er donnerte auf den See zu, schluckte Gott weiß wie viele Tonnen Wasser und flog davon, um sie über einem fernen Berg wieder abzulassen. Als ich anfangs hierherkam, gab es nur fünf Häuser am See, meines eingeschlossen, aber jetzt sind es über siebzig. Zu meinem eigenen Amüsement fällt mir jetzt die altmodische Rolle des komischen Kauzes vom See zu, der zu den Nachbarn eingeladen wird, um ihren Kindern Geschichten von den Tagen zu erzählen, als es Forellen noch im Überfluß gab, jedoch keine Elektrizität und kein Telefon, geschweige denn Kabelfernsehen und Satellitenschüsseln.

Ich stolperte per Zufall über mein Jasnaja Poljana. Ich war 1955 übers Wochenende in die Hütte eines Freundes, die an einem anderen See lag, eingeladen, nahm eine falsche Abzweigung und fand mich auf einer Holzfällerstraße wieder, die abrupt hoch oben auf einem Hügel über dem See endete, bei einer anscheinend verlassenen Hütte. An einem Pfosten der morschen Veranda war ein ZU-VERKAUFEN-Schild mit dem Namen des Maklers befestigt. Die Tür war verschlossen, die Fenster waren mit Brettern vernagelt, aber es gelang mir, ein Fenster aufzustemmen, hineinzuklettern und Eichhörnchen und Feldmäuse aufzuschrecken. Die

Hütte, so fand ich heraus, war 1935 von einem Angler aus Boston gebaut worden und stand seit zehn Jahren zum Verkauf, was mich nicht überraschte angesichts ihres kläglichen Zustands. Aber ich war auf den ersten Blick hingerissen und kaufte sie und die umgebenden zehn Morgen Wiesen und Wald für nur zehntausend Dollar. Während der nächsten vier Jahre kampierte ich im Sommer nahezu jedes Wochenende in einem Schlafsack dort, begnügte mich mit Paraffinlampen und mitgebrachter Verpflegung, stellte überall Mausefallen auf und stritt mit den schwerfälligen örtlichen Bauunternehmern, die die Hütte bewohnbar machen sollten. Im dritten Jahr installierte ich einen Gasgenerator, aber erst als Miriam und ich verheiratet waren, schaffte ich es, das Haus winterfest zu machen und die Nebengebäude und das Bootshaus zu errichten. Das komplizierte Baumhaus, in dem die Kinder spielten, halte ich bis zum heutigen Tag instand. Für meine Enkelkinder vielleicht.

Aufgeregt begann ich in meinem Wohnzimmer auf und ab zu gehen. Jemand wollte um elf Uhr vorbeikommen und mich interviewen, aber ich erinnerte mich nicht, wer es war. Oder warum. Irgendwo hatte ich deswegen einen gelben Zettel hingeklebt, aber jetzt fand ich ihn nicht. Gestern saß ich in meinem Volvo und wollte in die Decarie abbiegen, als ich plötzlich nicht mehr wußte, wo der dritte Gang liegt. Ich blieb am Randstein stehen, ruhte mich aus, fuhr die Karre nach Hause und übte das Schalten.

Moment. Ich hab's. Die junge Frau, die mich besuchen wird, ist die Moderatorin von »Lesben am Mikro«, eine Sendung des Studentenradios der McGill University. Sie schreibt eine Doktorarbeit über Clara. Es ist nicht das erste Mal, daß ich Fragen zu Clara beantworten muß. Ich bekam Besuch oder schriftliche Anfragen von Feministinnen aus weit entfernten Orten wie Tel Aviv, Melbourne, Kapstadt und aus dieser Stadt in Deutschland, wo Hitler aufmarschieren ließ. Sie wissen schon, der britische Premierminister mit dem Regenschirm war auch dort. Frieden hat er versprochen. Verdammt verdammt verdammt. Es ist die Stadt, in der sie das berühmte Bierfest feiern. Pilsner? Molson's? Nein. Der Name klingt wie der Name des kleinen Volks in *Der Zauberer von Oz*. Oder wie das Bild »Der Ruf«[25] von ... von Munch. *München.*

25 »Der Schrei«.

Wie auch immer, ich wollte sagen, daß die Bewunderinnen der Märtyrerin Santa Clara Legion sind und daß sie alle zwei Dinge gemeinsam haben: Sie halten mich für ein Scheusal und wollen nicht begreifen, daß Clara andere Frauen nicht ausstehen konnte, weil sie sie als Rivalinnen um die Gunst der Männer betrachtete.

Über meinem Kamin hängt bis zum heutigen Tag eine von Claras übervollen gequälten Stift-und-Tusche-Zeichnungen. Dargestellt ist die Vergewaltigung von Jungfrauen. Eine Orgie. Wasserspeier und Kobolde treiben ihr Unwesen. Der kichernde Satyr mit meinen Gesichtszügen hält eine nackte Clara an den Haaren fest. Sie kniet, und ich zwinge meinen Schwanz in ihren offenen Mund, nutze die Tatsache, daß sie schreit. Mir wurden bis zu 250 000 Dollar für dieses charmante Tableau geboten, aber ich werde mich um nichts in der Welt davon trennen. Allem Anschein zum Trotz bin ich wirklich ein sentimentaler alter Kauz.

Und jetzt bereitete ich mich auf den Besuch einer, wie Rush Limbaugh sie nennt, Feminazi vor. Wahrscheinlich hat sie einen Diamanten im Nasenflügel, gepiercte Brustwarzen und trägt Schlagringe. Einen deutschen Wehrmachtshelm. Springerstiefel. Statt dessen öffnete ich einem fürchterlich sittsamen Ding die Tür, einem Hauch von einem Mädchen, kein Bürstenschnitt, sondern wallendes kastanienbraunes Haar; sie lächelte süß, trug eine Großmutterbrille, ein Laura-Ashley-Kleid und zierliche Pumps. Was sie mir noch sympathischer machte war, daß sie sofort die Fotos von den Unsterblichen des Steptanzes an meinen Wänden bewunderte: Willy »Pickaninny« Coven, Erfinder des Rhythm Waltz; Peg Leg Bates, mitten im Sprung; die Nicholas Brothers, berühmt aus dem Cotton Club; Ralph Brown; James, Gene und Fred Kelly als junge Männer in Liftboy-Uniformen, aufgenommen im Nixon Theatre, Pittsburgh, 1920; und natürlich der große Bill »Bojangles« Robinson mit Hut, weißer Krawatte und Frack, *circa* 1932. Ms. Morgan stellte ihren Kassettenrecorder auf, zog ein Blatt mit Notizen hervor und stimmte mich mild mit den üblichen Fragen – »Wie haben Sie Clara kennengelernt?« »Warum fühlten Sie sich zu ihr hingezogen?« und so weiter und so fort –, bevor sie ihr erstes Geschoß abfeuerte. »Nach allem, was ich gelesen habe, sieht es so aus, als hätten Sie Claras großen Talenten als Dichterin und

Malerin gleichgültig gegenübergestanden und nichts getan, um sie zu ermutigen.«

Amüsiert versuchte ich, Ms. Morgan auf die Palme zu bringen: »Ich möchte Sie daran erinnern, was Marike de Klerk, die Frau des früheren südafrikanischen Premierministers, einmal in der Kirche gesagt hat: ›Frauen sind unwichtig. Wir sind da, um zu dienen, Wunden zu heilen, Liebe zu geben ...‹«

»Sie sind aber ein Witzbold«, sagte sie.

»›Wenn eine Frau einen Mann dazu anregt, gut zu sein‹, sagte Madame de Klerk, ›dann ist er gut.‹ Sagen wir, wenn auch nur um des Argumentes willen, daß Clara in dieser Hinsicht versagt hat.«

»Und Sie haben bei Clara versagt?«

»Was geschehen ist, war unvermeidlich.«

Clara hatte entsetzliche Angst vor Feuer. »Wir wohnen im fünften Stock«, sagte sie. »Wir hätten keine Chance.« Wenn jemand unangemeldet an unsere Hotelzimmertür klopfte, erstarrte sie, deswegen gewöhnten sich unsere Freunde daran, sich zuerst anzukündigen. »Ich bin's, Leo.« Oder: »Es ist der Boogie Man. Stecken Sie alle Ihre Wertgegenstände in eine Tasche und reichen Sie sie mir zur Tür heraus.« Nach einem reichhaltigen Essen mußte sie sich übergeben. Sie litt unter Schlaflosigkeit. Aber mit genügend Wein konnte sie schlafen, kein reines Vergnügen, denn dann hatte sie Alpträume, aus denen sie zitternd erwachte. Sie mißtraute Fremden, und Freunden gegenüber war sie noch argwöhnischer. Sie reagierte allergisch auf Schellfisch, Eier, Pelze, Staub und alle, die ihr gegenüber gleichgültig waren. Wenn sie ihre Periode hatte, litt sie unter Kopfschmerzen, Krämpfen, Übelkeit und schlechter Laune. Über lange Zeiträume hinweg hatte sie Ekzeme. Unter unserem Fenster stellte sie einen geschlossenen irdenen Krug mit ihrem Urin und ihren abgeschnittenen Fingernägeln auf, um bösen Zauber abzuwehren. Sie fürchtete sich vor Katzen. Sie hatte Höhenangst. Wenn es donnerte, wurde sie zu Stein. Sie hatte Angst vor Wasser, Schlangen, Spinnen und Menschen.

Leser, ich habe sie geheiratet.

Und wenn ich damals auch ein geiler Dreiundzwanzigjähriger war, so nicht deshalb, weil Clara eine sexuelle Wildkatze gewesen wäre. Unsere Beziehung wurde nicht durch Hemmungslosigkeit im Bett bereichert. Clara, die zwanghaft flirtete und Obszönitäten von sich gab, war zumindest mir gegenüber so prüde wie ihre Mutter, die sie erklärtermaßen haßte, und verweigerte mir immer wieder das, was sie als meine »dreißig Sekunden Reibung« verunglimpfte. Oder ließ es über sich ergehen. Oder tat ihr Bestes, um jedes Vergnügen, das wir bei unseren zunehmend seltenen und frustrierenden Paarungen hätten haben können, im Keim zu ersticken. Nach den vielen Jahren erinnere ich mich in erster Linie an ihre Ermahnungen.

»Du sollst ihn mit Seife und heißem Wasser waschen, und trau dich ja nicht, in mir zu kommen.«

Einmal ließ sie sich zu Fellatio herab und mußte sich dann sofort ins Waschbecken übergeben. Gedemütigt zog ich mich wortlos an, verließ das Hotel und spazierte am Quai entlang bis zur Place de la Bastille und wieder zurück. Im Hotel mußte ich feststellen, daß sie ihren Koffer gepackt hatte, vornübergebeugt auf dem Bett saß und zitterte, trotz der Schichten von Schals, in die sie sich gehüllt hatte. »Ich wäre weggewesen, bevor du zurückkommst«, sagte sie, »aber ich brauche Geld für ein Zimmer irgendwo.«

Warum ließ ich sie nicht gehen, als ich es noch ungestraft hätte tun können? Warum nahm ich sie in die Arme, hielt sie fest, während sie schluchzte, zog sie aus, legte sie ins Bett und streichelte sie, bis sie den Daumen in den Mund steckte und regelmäßig atmete?

In der Nacht saß ich neben dem Bett, rauchte Kette und las den Roman über den Golem von Prag von wie hieß-er-noch, Kafkas Freund, und früh am nächsten Morgen ging ich zum Markt, um ihr eine Orange, ein Croissant und einen Joghurt zum Frühstück zu holen.

»Du bist der einzige Mann, der jemals eine Orange für mich geschält hat«, sagte sie, als sie bereits an der ersten Zeile des Gedichts arbeitete, das jetzt in so vielen Anthologien steht. »Du wirst mich nicht hinauswerfen, oder?« fragte sie mit der Stimme eines kleinen Mädchens, das seine Mutter fragt, ob es einen Schritt machen darf.

»Nein.«

»Du liebst deine verrückte Clara noch, stimmt's?«

»Ehrlich gesagt, ich weiß es nicht.«

Warum gab ich ihr damals nicht einfach Geld und suchte ein anderes Hotel für sie, überdrüssig, wie ich ihrer war?

Mein Problem ist, daß ich unfähig bin, den Dingen auf den Grund zu gehen. Es stört mich inzwischen nicht mehr, daß ich die Motive anderer Leute nicht verstehe, aber weshalb verstehe ich nicht, warum *ich* etwas tue?

In den folgenden Tage hätte Clara nicht zerknirschter, gefügiger, demonstrativ liebevoller sein können, sie ermutigte mich im Bett, ihre geheuchelte Leidenschaft verraten von ihrem angespannten, unnachgiebigen Körper. »Das war gut. Wunderbar«, sagte sie. »Ich brauchte dich in mir.«

Den Teufel tat sie. Aber fraglos brauchte ich sie. Man unterschätze nicht die Sehnsucht, die in jedem Menschen steckt, sogar in jemandem, der so giftig ist wie ich, eine Krankenschwester zu sein. Mich um Clara zu kümmern gab mir das Gefühl, etwas Edles zu tun. Mutter Teresa Panofsky. Dr. Barney Schweitzer.

Während ich um zwei Uhr morgens an meinem Schreibtisch in Montreal sitze, bei zwanzig Grad unter Null, an einer Montecristo ziehe, schreibe und versuche, meiner unverständlichen Vergangenheit einen Sinn aufzuzwingen, unfähig, meine Sünden mit Jugend und Unerfahrenheit zu entschuldigen, kann ich mir die Augenblicke mit Clara ins Gedächtnis rufen, an die ich mich bis zum heutigen Tag gern erinnere. Sie konnte einen geistreich auf den Arm nehmen und brachte mich zum Lachen über mich selbst, auch ein Talent, das man nicht unterschätzen sollte. Ich liebte die Momente gemeinsamer Ruhe. Ich lag in unserer Schachtel von Hotelzimmer auf dem Bett und gab vor zu lesen, tatsächlich aber beobachtete ich Clara, die an ihrem Arbeitstisch saß. Die nervöse neurotische Clara vollkommen entspannt. Konzentriert. Hingerissen. Ihr Gesicht gereinigt von entstellenden Turbulenzen. Ich war über die Maßen stolz auf die Wertschätzung, die andere Leute, gebildeter als ich, ihren Zeichnungen und veröffentlichten Gedichten entgegenbrachten. Ich stellte mir eine Zukunft als ihr Hüter vor. Ich würde sie mit allem versorgen, was ihrer Arbeit förderlich wäre, und alle weltlichen Bedrängnisse von ihr fernhalten. Ich würde sie nach Amerika zurückbringen und ihr auf dem Land ein Atelier bauen mit Licht von Norden und einer Feuerleiter. Ich würde sie vor Donner,

Schlangen, Pelzen und bösem Zauber beschützen. Schließlich würde ich mich in ihrem Ruhm sonnen, ein pflichtbewußter Leonard an der Seite einer beflügelten Virginia. Aber in unserem Fall wäre ich stets auf der Hut und würde sie von einem wahnsinnigen Gang ins Wasser, die Taschen mit Steinen beschwert, zurückhalten. Yossel Pinsky, der den Holocaust überlebt hatte und mein Partner werden sollte, hatte Clara ein paarmal getroffen und war skeptisch. »Du bist kein besserer Mensch als ich«, sagte er, »warum also versuchst du es? Sie ist meschugge. Schick sie weg, bevor es zu spät ist.«

Aber es war bereits zu spät.

»Vermutlich willst du, daß ich abtreibe«, sagte sie.

»Warte einen Moment«, sagte ich. »Laß mich nachdenken.« Ich bin dreiundzwanzig, dachte ich. Herrgott noch mal. »Ich gehe spazieren. Bin gleich wieder da.«

Während ich weg war, mußte sie sich wieder ins Waschbecken übergeben, und als ich zurückkam, schlief sie. Drei Uhr nachmittags, und Clara, die Schlaflose, schlief tief und fest. Ich machte sauber, so gut es ging, und eine Stunde später stand sie auf. »Da bist du ja«, sagte sie. »Mein Held.«

»Ich könnte mit Yossel reden. Er wird jemanden finden.«

»Oder er könnte es selbst machen, mit einem Kleiderbügel. Nur daß ich beschlossen habe, das Baby zu kriegen. Mit dir oder ohne dich.«

»Wenn du das Baby kriegen willst, dann sollte ich dich vermutlich heiraten.«

»Was für ein Antrag.«

»Ich erwähne es nur als Möglichkeit.«

Clara machte einen Knicks. »Vielen Dank, Prinz Charmingbaum«, sagte sie, und dann lief sie aus dem Zimmer und die Treppen hinunter.

Boogie war unnachgiebig. »Was soll das heißen, du bist verantwortlich?«

»Also, das bin ich doch, oder?«

»Du bist noch verrückter als sie. Überrede sie zu einer Abtreibung.«

An diesem Abend suchte ich Clara überall und fand sie schließlich allein im La Coupole. Ich beugte mich zu ihr und küßte sie auf die Stirn. »Ich habe beschlossen, dich zu heiraten«, sagte ich.

»Ist ja irre. Wow. Darf ich ja oder nein sagen?«

»Wir könnten dein I Ching befragen, wenn du willst.«

»Meine Eltern werden nicht kommen. Sie würden sich in Grund und Boden schämen. *Mrs.* Panofsky. Hört sich an wie die Frau eines Pelzhändlers. Oder des Besitzers eines Bekleidungsgeschäfts. Alles zum Großhandelspreis.«

Ich fand eine Wohnung im fünften Stock in der Rue Notre-Dame-des-Champs, vier frühere *chambres de bonne*, und wir heirateten im Rathaus des 6. Arrondissements. Die Braut trug einen Schlapphut, einen lächerlichen Schleier, ein knöchellanges schwarzes Wollkleid und eine Boa aus weißen Straußenfedern. Gefragt, ob sie mich zum Mann nehmen wolle, zwinkerte Clara, die stoned war, dem Standesbeamten zu und sagte: »Bei mir ist was Kleines unterwegs. Was würden Sie tun?« Boogie und Yossel waren die Trauzeugen, und es gab Geschenke. Eine Flasche Dom Pérignon und vier Unzen Haschisch in gestrickten blauen Babyschühchen von Boogie; sechs Laken aus dem Hôtel George V und Badehandtücher von Yossel; eine signierte Skizze und ein Dutzend Windeln von Leo; und von Terry McIver eine signierte Ausgabe von *Merlin*, in der seine erste Erzählung veröffentlicht war.

Bei den Vorbereitungen für die Hochzeit gelang es mir endlich, einen Blick in Claras Paß zu werfen, und ich wunderte mich, daß er auf den Namen Charnofsky ausgestellt war. »Sei unbesorgt«, sagte sie. »Du hast dir eine blaublütige Schickse eingehandelt. Mit neunzehn bin ich mit ihm durchgebrannt, und wir haben in Mexiko geheiratet. Mein Zeichenlehrer. Charnofsky. Es hat nur drei Monate gedauert, hat mich aber viel gekostet. Mein Vater hat mich enterbt.«

Als wir in die Wohnung gezogen waren, blieb Clara bis in die frühen Morgenstunden auf, schrieb in ihr Tagebuch oder konzentrierte sich auf ihre alptraumhaften Tuschezeichnungen. Dann schlief sie bis zwei, drei Uhr nachmittags, verließ die Wohnung und ward bis abends nicht mehr gesehen, als sie an unserem Tisch im Mabillon oder Café Select wieder auftauchte, ihr Verhalten kriminell.

»Aus Interesse, Mrs. Panofsky, wo bist du die ganze Zeit gewesen?«

»Ich weiß es nicht mehr. Vermutlich bin ich rumgelaufen.« Und dann kramte sie in den Taschen ihres voluminösen Rocks und sagte: »Ich hab dir ein Geschenk mitgebracht.« Und sie reichte mir eine Dose mit Entenleberpastete oder ein Paar Socken und einmal ein silbernes Feuerzeug. »Wenn es ein Junge ist«, sagte sie, »werde ich ihn Ariel nennen.«

»Das kommt einem aber nur schwer über die Zunge«, sagte Boogie. »Ariel Panofsky.«

»Ich bin für Othello«, sagte Leo mit einem gerissenen Lächeln.

»Zum Teufel mit dir, Leo«, sagte Clara mit funkelnden Augen und erlitt einen ihrer unberechenbaren, aber immer häufiger auftretenden Stimmungswechsel. Dann ging sie auf mich los. »Vielleicht wäre, alles in allem, Shylock der angemessenste Name.«

Nachdem Clara morgens nicht mehr schlecht wurde, machte es uns überraschenderweise richtig Spaß, die Wohnung einzurichten. Wir kauften Küchenutensilien und ein Kinderbett. Clara bastelte ein Mobile, das sie darüber aufhängte, und malte Hasen, Streifenhörnchen und Eulen an die Wände des Kinderzimmers. Ich kochte, selbstverständlich. Spaghetti bolognese, *die Pasta wurde in einem Sieb abgegossen*. Salat mit Hühnerleber. Und meine *pièce de résistance*, panierte Kalbsschnitzel, dazu Kartoffelpuffer und Apfelmus. Boogie, Leo mit einem seiner Mädchen und Yossel kamen oft zum Abendessen, einmal kam sogar Terry McIver, aber Clara weigerte sich, Cedric zu ertragen, der auch unserer Hochzeit ferngeblieben war. »Warum nicht?« fragte ich.

»Darum. Ich will einfach nicht, daß er kommt.«

Gegen Yossel hatte sie auch Einwände.

»Er hat eine schlechte Aura. Er mag mich nicht. Und ich will wissen, was ihr zwei vorhabt.«

Ich bat sie, sich aufs Sofa zu setzen, und brachte ihr ein Glas Wein. »Ich muß nach Kanada«, sagte ich.

»*Was?*«

»Ich werde nur drei Wochen weg sein. Höchstens einen Monat. Yossel wird dir jede Woche Geld bringen.«

»Du wirst nicht zurückkommen.«

»Clara, fang bitte nicht damit an.«

»Warum mußt du nach Kanada?«

»Yossel und ich steigen ins Käseexportgeschäft ein.«

»Du machst Witze. Das Käsegeschäft. Es ist einfach zu peinlich. Clara, du hast doch in Paris geheiratet, oder? Ja. Einen Schriftsteller oder einen Maler? Nein, einen verdammten Käsehändler.«

»Es bringt Geld.«

»Darauf kann man bei dir Gift nehmen. Ich werde hier allein verrückt. Ich will, daß du ein Vorhängeschloß an der Tür anbringst. Was, wenn es brennt?«

»Oder die Erde bebt?«

»Vielleicht verdienst du mit dem Käse so viel Geld, daß du mich nach Kanada holst, und wir können in einen Golfclub eintreten und Leute zum Bridgespielen einladen. Oder zum Mah-Jongg. Ich werde nicht Mitglied von irgendeinem verdammten Synagogen-Frauenhilfswerk, und Ariel wird nicht beschnitten. Das werde ich nicht zulassen.«

In drei fieberhaften Wochen schaffte ich es, in Montreal eine Firma registrieren zu lassen, ein Büro zu eröffnen und einen alten Schulfreund einzustellen, Arnie Rosenbaum, der sich um alles kümmern sollte. Und Clara gewöhnte sich daran, ja, sie schien sich darauf zu freuen, daß ich alle sechs Wochen nach Montreal flog, vorausgesetzt, ich kehrte beladen mit Erdnußbutter in Gläsern, Oreokeksen und mindestens zwei Dutzend Packungen Lowney's-Glosette-Rosinen zurück. Während meiner Abwesenheit schrieb sie das *Versbuch der Xanthippe* – und illustrierte es mit Tuschezeichnungen –, das mittlerweile in der achtundzwanzigsten Auflage erschienen ist. Darin findet sich auch das »Barnabus P.« gewidmete Gedicht. Dieser rührende Tribut, der beginnt:

> er schälte meine Orange und noch öfter mich,
> Calibanovitch,
> mein Hüter.

Ich war in Montreal und hetzte mich ab, und Clara war im siebten Monat, als Boogie mich eines Morgens in meinem Zimmer im Mount Royal Hotel aufspürte.

»Du gehst besser ran«, sagte Abigail, die Frau meines Schulfreunds, der mein Büro in Montreal leitete.

Boogie sagte: »Du nimmst besser das erste Flugzeug, das du kriegen kannst.«

Ich landete auf diesem Wie-immer-er-hieß-Flugplatz, der später de Gaulle[26] genannt wurde, um sieben Uhr morgens am nächsten Tag und fuhr sofort ins amerikanische Krankenhaus. »Ich will Mrs. Panofsky besuchen.«

»Sind Sie ein Verwandter?«

»Ihr Mann.«

Ein junger Assistenzarzt, der auf sein Clipboard schaute, blickte auf und betrachtete mich plötzlich mit Interesse.

»Dr. Mallory würde vorher gern mit Ihnen sprechen«, sagte die Schwester am Empfang.

Dr. Mallory, ein stattlicher Mann mit einem Kranz grauer Haare, der Selbstachtung ausstrahlte und offensichtlich noch nie einen Patienten behandelt hatte, der seiner Fähigkeiten würdig gewesen wäre, war mir auf den ersten Blick unsympathisch. Er bot mir einen Stuhl an und eröffnete mir, daß das Baby tot geboren worden sei, daß aber Mrs. Panofsky, eine gesunde junge Frau, mit Sicherheit noch weitere Kinder bekommen könne. Mit schalkhaftem Lächeln fügte er hinzu: »Ich sage Ihnen das, weil ich davon ausgehe, daß Sie der Vater sind.«

Er schien auf meine Antwort zu warten.

»Ja.«

»In diesem Fall«, sagte Dr. Mallory und ließ seine farbigen Hosenträger schnalzen, eine Pose, die offenkundig eingeübt war, »müssen Sie ein Albino sein.«

Ich schluckte diese Neuigkeit mit pochendem Herzen und warf Dr. Mallory meinen, wie ich hoffte, haßerfülltesten Blick zu. »Ich schau später noch mal vorbei.«

Ich fand Clara auf der Entbindungsstation in einem Zimmer mit sieben anderen Frauen, von denen mehrere neugeborene Babys stillten. Sie mußte eine Menge Blut verloren haben. Sie war kreideweiß. »Alle vier Stunden«, sagte sie, »bringen sie Klemmen an meinen Brustwarzen an und drücken die Milch heraus, als wäre ich eine Kuh. Hast du mit Dr. Mallory gesprochen?«

»Ja.«

»›Ihr Typen‹, hat er zu mir gesagt. ›Ihr Typen.‹ Und mir dieses

26 Der Flughafen Charles de Gaulle existierte nie unter einem anderen Namen. Der hier gemeinte Flughafen ist zweifellos Le Bourget.

arme, verhutzelte tote Ding entgegengehalten, als wäre es aus einem Abwasserkanal gerutscht.«

»Er hat gesagt, daß ich dich morgen mit nach Hause nehmen kann«, sagte ich, überrascht, wie fest meine Stimme klang. »Ich hole dich gleich früh.«

»Ich hab dich nicht reingelegt. Ich schwöre es, Barney. Ich war sicher, daß das Baby von dir war.«

»Wie zum Teufel konntest du so sicher sein?«

»Es war nur einmal, und wir waren beide high.«

»Clara, wir haben hier eine sehr aufmerksame Zuhörerschaft. Ich hole dich morgen früh ab.«

»Ich werde nicht hier sein.«

Dr. Mallory war nicht in seinem Büro. Aber zwei Flugtickets erster Klasse nach Venedig und eine bestätigte Reservierung des Gritti Palace lagen auf seinem Schreibtisch. Ich schrieb die Telefonnummer des Hotels ab, lief zum nächsten Postamt und rief im Gritti Palace an. »Hier spricht Dr. Vincent Mallory. Ich möchte die Reservierung für morgen abend rückgängig machen.«

Es folgte eine Pause, während der Hotelangestellte in seinem Ordner blätterte. »Für die gesamten fünf Tage?« fragte er.

»Ja.«

»In diesem Fall verlieren Sie Ihre Anzahlung, Sir.«

»Das überrascht mich nicht, Sie billiger kleiner Mafioso«, sagte ich und legte auf.

Boogie, dem ich diese Eingebung verdankte, wäre stolz auf mich. Dieser Meisterscherzbold hatte Leuten weit übler mitgespielt, dachte ich und begann, ziellos herumzuwandern. Außer mir. Mord im Herzen. Ich landete schließlich, Gott weiß wie, in einem Café in der Rue Scribe, wo ich einen doppelten Johnny Walker bestellte. Ich zündete eine Gauloise an der nächsten an und war überrascht, als ich Terry McIver an einem Tisch ganz hinten entdeckte, zusammen mit einer herausgeputzten älteren Frau, die zuviel Make-up aufgetragen hatte. Glauben Sie mir, seine »erfreulich hübsche« Héloise war plump, ein Knödel, mit aufgeschwemmtem Gesicht und mehr als nur einer Andeutung von einem Damenbart. Terry fing meinen Blick auf, erschrak und schob ihre vielfach beringte Hand von seinem Knie, flüsterte ihr etwas zu und schlenderte zu meinem Tisch. »Sie ist Marie-Claires langweilige Tante«, sagte er und seufzte.

»Marie-Claires liebevolle Tante, würde ich sagen.«

»Ach, ihr geht's schrecklich«, flüsterte er. »Ihr Pekinese wurde heute morgen überfahren. Stell dir das vor. Du siehst grauenhaft aus. Alles in Ordnung?«

»Nichts ist in Ordnung, aber ich will nicht darüber reden. Du bumst diese alte Schachtel doch nicht, oder?«

»Verdammt«, zischte er. »Sie versteht Englisch. Sie ist Marie-Claires Tante.«

»Okay. Richtig. Und jetzt verpiß dich, McIver.«

Aber er ging nicht, ohne zuvor noch einmal zuzuschlagen. »Und in Zukunft«, sagte er, »wäre es sehr freundlich von dir, wenn du mir nicht mehr nachlaufen würdest.«

McIver und »Marie-Claires Tante« verließen das Café, ohne auszutrinken, und fuhren *nicht* in einem Austin Healey, sondern in einem alles andere als neuen Ford Escort[27] davon. Lügner, Lügner, Lügner, dieser McIver.

Ich bestellte einen weiteren doppelten Johnny Walker und ging dann auf die Suche nach Cedric. Ich fand ihn in seinem bevorzugten Café, das sowohl die Leute von der *Paris Review* als auch Richard Wright frequentierten, dem Café le Tournon, am Ende der Rue Tournon. »Cedric, alter Freund, wir müssen miteinander reden«, sagte ich, nahm seinen Arm und wollte ihn aus dem Café zerren.

»Wir können hier reden«, sagte er, riß sich los und dirigierte mich zu einem Tisch in der Ecke.

»Ich lad dich ein«, sagte ich.

Er bestellte Rotwein und ich einen Scotch. »Weißt du«, sagte ich, »mein Daddy hat mir vor Jahren gesagt, daß ein Kind zu verlieren das Schlimmste ist, was einem Mann zustoßen kann. Was meinst du, Mann?«

»Wenn du mir was zu sagen hast, dann spuck's aus, *Mann.*«

»Ja. Du hast recht. Aber es sind leider schlechte Nachrichten, Cedric. Du hast gestern einen Sohn verloren. Den von meiner Frau. Ich bin hier, um zu kondolieren.«

27 Der Ford Escort wurde erst ab 1968 produziert.

»Scheiße.«

»Jaa.«

»Ich hatte keine Ahnung.«

»Dann sind wir schon zwei.«

»Was, wenn er auch nicht von mir war?«

»Das ist ein höchst interessanter Gedanke.«

»Tut mir leid, Barney.«

»Mir auch.«

»Darf ich dir eine Frage stellen?«

»Schieß los.«

»Warum zum Teufel hast du Clara überhaupt geheiratet?«

»Weil sie schwanger war, und ich hielt es für meine Pflicht meinem ungeborenen Kind gegenüber. Jetzt bin ich dran.«

»Nur zu.«

»Hast du sie vorher und nachher gevögelt? Ich meine, seit wir verheiratet sind.«

»Was hat sie gesagt?«

»Ich frage dich.«

»Scheiße.«

»Ich dachte, wir wären Freunde.«

»Was hat das damit zu tun?«

Dann hörte ich mich sagen: »Da ist bei mir Schluß. Mit der Frau eines Freundes rumzumachen. Das könnte ich nie.«

Er bestellte eine weitere Runde, und diesmal bestand ich darauf, daß wir anstießen. »Schließlich«, sagte ich, »ist das die Gelegenheit, was meinst du?«

»Was wirst du jetzt mit Clara machen?«

»Wie wär's, wenn ich sie dir überlasse, Daddy-o?«

»Nancy würde das nicht gefallen. Drei in einem Bett. Nicht mein Fall. Aber ich danke dir für das Angebot.«

»Es war ernst gemeint.«

»Ich weiß es zu schätzen.«

»Ich glaube, es ist schrecklich anständig von mir, dir so ein Angebot zu machen.«

»He, Barney, Baby, du willst dich doch nicht mit einem bösen Nigger wie mir einlassen. Ich könnte dir ein Messer reinstoßen.«

»Daran hab ich nicht gedacht. Laß uns lieber noch was trinken.«

Als der Wirt uns die nächsten Gläser brachte, stand ich unsicher auf und erhob meins. »Auf Mrs. Panofsky«, sagte ich, »in Dankbarkeit für das Vergnügen, das sie uns beiden beschert hat.«

»Setz dich, bevor du umfällst.«

»Gute Idee.« Dann begann ich zu zittern. Ich schluckte den Klumpen, der mir in die Kehle gestiegen war, und sagte: »Ich weiß wirklich nicht, was ich jetzt tun soll, Cedric. Vielleicht sollte ich dir eine reinhauen.«

»Verdammt noch mal, Barney, ich sag's nicht gern, aber ich war nicht der einzige.«

»Oh.«

»Hast du das nicht gewußt?«

»Nein.«

»Sie ist unersättlich.«

»Nicht bei mir.«

»Vielleicht sollten wir Kaffee bestellen, dann kannst du mir eine reinhauen, wenn du meinst, daß du dich danach besser fühlst.«

»Ich brauche noch einen Scotch.«

»Okay. Jetzt hör mal auf deinen Onkel Remus. Du bist erst dreiundzwanzig, und sie ist verrückt. Schick sie weg. Laß dich scheiden.«

»Du solltest sie sehen. Sie hat jede Menge Blut verloren. Sie sieht schrecklich aus.«

»Du auch.«

»Ich hab Angst, daß sie sich was antut.«

»Clara ist stärker, als du denkst.«

»Warst du es, der ihr den Rücken zerkratzt hat?«

»Was?«

»Also jemand anders.«

»Es ist vorbei. Finito. Gib ihr eine Woche, damit sie ihren Kram zusammenpackt, und dann schmeiß sie raus.«

»Cedric«, sagte ich, und der Schweiß brach mir aus, »mir dreht sich alles. Ich muß kotzen. Bring mich aufs Klo. Schnell.«

11 Die energische, hennarotgefärbte Solange Renault, die einst in unserem Stratford die Katharina in *Heinrich V.* spielte, sah sich vor langer Zeit genötigt, sich mit der Rolle der frankokanadischen Krankenschwester in meiner Serie »McIver von der RCMP« zu begnügen.

(Privater Scherz: Ich lasse mir häufig das wöchentliche Drehbuch geben und schreibe zu ihrem Vergnügen ein paar Zeilen um, bevor es ihr geschickt wird.

SCHWESTER SIMARD: Beim Herrgott, heut nacht wird draußn ein Höllenwind blasn. Seid vorsichtig alle miteinanda wegen dem Eis.

Oder SCHWESTER SIMARD: Schaut dort, dassis Vadder St.-Pierre, der da kommt. Jungs, schließt den Alkol weg und paßt auf eure Ärsche auf.)

Ich achte darauf, daß Solange in so gut wie allen Produktionen mitspielt, die Totally Unnecessary Productions Ltd. seit den siebziger Jahren macht. Mittlerweile ist sie Anfang Sechzig, noch immer nervös und dünn, gekleidet wie ein naives junges Mädchen, aber ansonsten ist sie eine bewundernswerte Frau. Ihr Mann, ein begabter Bühnenbildner, starb mit Anfang Dreißig an einem Herzinfarkt, und Solange hat ihre Tochter, die unbändige Chantal, meine persönliche Assistentin, allein großgezogen und für ihre Ausbildung gesorgt. Samstag abends, vorausgesetzt, die aufgemotzten, talentlosen, feigen neuen Canadiens, jeder von ihnen mehrfacher Millionär, spielen in der Stadt, essen Solange und ich früh bei Pauzé's zu Abend und gehen dann ins Forum, wo *nos glorieux* einst so gut wie unbesiegbar waren. Mein Gott, ich erinnere mich an Zeiten, als sie in ihren rot-weißen Trikots nur über die Bande springen mußten, und die Gastmannschaft war ein Todeskandidat. Eishockey, so rasant wie die Feuerwehr. Weiche, aber präzise Pässe. Blitzschnelle Schüsse aus dem Handgelenk. Verteidiger, die auch stürmten. Und keine ohrenbetäubende, 10 000 Dezibel laute Rockmusik, während ein Bully wegen eines Werbespots verzögert wurde.

Wie auch immer, jetzt scheint mein traditioneller, wenn auch zunehmend ärgerlicher Samstagabend mit Solange bedroht. Mir wird vorgeworfen, ich hätte mich letzten Samstag wieder einmal wie ein Hooligan verhalten, was ihr peinlich war. Mein Vergehen trug sich angeblich wärend des letzten Drittels zu. Die verweichlichten Canadiens, die gegen die Ottawa Senators 1:4 zurücklagen – man stelle sich das um Himmels willen vor –, machten gerade ihr sogenanntes Powerplay, spielten völlig zerfahren und hatten nach einer Minute noch nicht einmal aufs Tor geschossen. Savage, der Idiot, schoß den Puck zu einem ungedeckten Stürmer und ermöglichte es einem verschlafenen Ottawa-Verteidiger, einem Gesellen, der sich in den alten Tagen hätte glücklich schätzen können, es in die Landesliga zu schaffen, den Puck vor unser Tor zu schlagen. Turgeon erwischte ihn, lief damit in die neutrale Zone und schlug in die Ecke, Damphousse und Savage stolperten hinterher und veranstalteten nahezu ein Handgemenge. »Dieser verdammte Turgeon«, schrie ich, »in seinem Vertrag steht, daß er für jedes Tor hunderttausend Dollar kriegt, Beliveau bekam für die ganze Saison nicht mehr als fünfzigtausend[28], und er hatte keine Angst, den Puck über die blaue Linie zu treiben.«

»Ja, ich weiß«, sagte Solange und verdrehte die Augen. »Und Doug Harvey hat nie mehr als fünfzehntausend Dollar im Jahr verdient.«

»Das hast du von mir. Du hast es nicht gewußt.«

»Ich streite nicht ab, daß du es mir erzählt hast, ich weiß nicht, wie oft. Aber willst du jetzt bitte still sein und aufhören, dich lächerlich zu machen?«

»Schau dir das an! Niemand steht vor dem Netz, weil sie womöglich einen Ellbogen benutzen müßten. Wir können von Glück reden, wenn Ottawa nicht gleich noch einen Treffer landet. Scheiße! Verdammt!«

»Barney, bitte.«

»Sie sollten Koivu gegen einen anderen finnischen Knirps einwechseln«, sagte ich und stimmte in den Chor der Buhrufer ein.

Ein namenloser Senator sprang von der Strafbank, holte sich den Puck, lief ganz allein auf unseren versteinerten Torwart zu, der sich natürlich zu früh aufs Eis warf, und hob den Puck über seinen gepolsterten Arm. 5:1 für Ottawa. Angewiderte Fans begannen, den Gästen zuzujubeln. Programmhefte wurden aufs Eis

28 1970–71, in seiner letzten Saison bei den Canadiens, bekam Beliveau 100 000 Dollar.

geworfen. Ich riß mir die Überschuhe von den Füßen und zielte damit auf Turgeon.

»Barney, reiß dich zusammen.«

»Halt den Mund.«

»Wie bitte?«

»Wie soll ich mich aufs Spiel konzentrieren, wenn du ununterbrochen quasselst?«

Das Spiel war fast vorbei, als ich bemerkte, daß eine dünnhäutige Solange nicht mehr auf ihrem Platz saß. Ottawa gewann 7:3. Ich zog mich zu Dink's zurück und trauerte bei zwei Macallan, bevor ich Solange anrief. Chantal nahm ab. »Ich möchte mit deiner Mutter sprechen«, sagte ich.

»Sie will nicht mit dir sprechen.«

»Sie hat sich kindisch benommen. Ist einfach gegangen. Ich hab meine Überschuhe verloren und bin draußen auf dem Eis ausgerutscht und hab mir fast ein Bein gebrochen, bis ich ein Taxi gefunden habe. Hast du dir das Spiel im Fernsehen angeguckt?«

»Ja.«

»Dieser Idiot Savard hätte Chelios nie einwechseln dürfen. Wenn deine Mutter nicht ans Telefon kommt, setze ich mich in ein Taxi und bin in fünf Minuten bei euch. Sie schuldet mir eine Entschuldigung.«

»Wir werden dich nicht reinlassen.«

»Ihr macht mich krank, alle beide.«

Schuldbewußt, wie ich war, blieb mir zu dieser fortgeschrittenen Stunde nichts anderes übrig, als Kate anzurufen und ihr zu erzählen, wie schlecht ich mich benommen hatte. »Was soll ich jetzt tun?« fragte ich.

»Schick ihr gleich morgen früh Blumen.«

Aber Blumen waren für Miriam, und jemand anders Blumen zu schicken, auch Solange, wäre einem Verrat gleichgekommen. »Ich glaube nicht«, sagte ich.

»Pralinen?«

»Kate, hast du morgen viel vor?«

»Nein. Warum?«

»Was, wenn ich für einen Tag zu euch fliege, und wir beide leisten uns ein exquisites Mittagessen?«

»Im Prince Arthur Room?«

Selbst nach diesen vielen Jahren schnürte es mir die Kehle zu.

»Daddy, bist du noch da?«

»Bestell einen Tisch bei Prego's.«

»Kann ich Gavin mitbringen?«

Verdammt verdammt verdammt. »Klar.« Aber früh am Sonntagmorgen sagte ich ab. »Ich fühl mich heute nicht gut genug, Liebes. Vielleicht nächste Woche.«

Am Montagmorgen ging ich ins Büro, um zu beweisen, daß ich nicht vollkommen überflüssig war und noch mehr konnte, als Schecks zu unterschreiben. Chantal begrüßte mich mit schlechten Neuigkeiten. Unser entsetzlich teurer neuer Pilotfilm strotzte vor bedeutungsvollen, den Horizont erweiternden Inhalten: schwules Geschmuse, nette Minderheitentypen, Verfolgungsjagden mit dem Auto, die mit schweren Körperverletzungen endeten, Vergewaltigung, Mord, eine Prise S & M und ein Schuß New-Age-Schwachsinn. Ich hatte gehofft, die Serie würde am Donnerstagabend um neun Uhr auf CBC-TV gesendet, aber wir hatten gegen eine noch grauenhaftere Serie von The Amigos Three aus Toronto verloren. Es war das zweite Mal in diesem Jahr, daß dieser Ganove Bobby Tarlis, der Amigos Three leitete, uns ausgebootet hatte. Und noch schlechtere Neuigkeiten. Die einst so beliebte Serie »McIver von der RCMP« rutschte in der Zuschauergunst plötzlich ab, und CBS drohte damit, sie einzustellen. Daraufhin stattete die Dreieinigkeit der Dummköpfe meinem Büro einen Besuch ab: Gabe Orlansky, Drehbuchautor, in Begleitung von Marty Klein, Produktionsleiter, und Serge Lacroix, Regisseur. Eine ängstliche Chantal folgte ihnen, Notizblock in der Hand. Die Dreieinigkeit war sich einig, daß wir die Darstellerriege verjüngen müßten. Einschlägiges Beispiel: Solange Renault, die seit Beginn der Serie vor acht Jahren die Krankenschwester spielte, sei inzwischen viel zu alt. »Sie könnte umgebracht werden«, sagte Gabe.

»Und dann?« fragte ich kochend vor Wut.

»Hast du schon mal ›Baywatch‹ gesehen?«

»Ihr meint, wir sollen Mädels in taschentuchgroßen Bikinis nördlich des sechzigsten Breitengrades durch den Schnee hüpfen lassen?«

»Ich denke, wir, das heißt deine kreativen Leute, sind uns einig, daß wir eine neue Krankenschwester brauchen«, sagte Gabe. »Deshalb sollst du dir diese Fotos hier anschauen.«

»Ich hoffe, du vögelst sie nicht, Gabe. Drei Monate nach einem dreifachen Bypass. Schäm dich.«

»Wir müssen drastische personelle Veränderungen vornehmen, Barney. Ballast über Bord werfen. Ich habe eine Versuchsgruppe zwei neue Episoden ansehen lassen, und die Figur, die sie am wenigsten sympathisch fanden, wurde von Solange gespielt.«

»Wenn wir schon von Ballast sprechen: Bevor Solange geht, werdet ihr gefeuert. Außerdem werde ich Solange bitten, dieses Jahr bei mindestens zwei Folgen Regie zu führen.«

»Welche Qualifikationen kann sie aufweisen?« fragte Serge.

»Sie ist gebildet. Und im Gegensatz zu euch hat sie einen guten Geschmack. Deshalb ist sie zweifellos überqualifiziert, aber ich bin entschlossen. Also, unser Problem ist nicht Solange. Es sind die abgedroschenen Geschichten. Wie wäre es zur Abwechslung mal mit etwas Unvorhersehbarem? Sagen wir, einem hundsgemeinen Eskimo? Oder mit einem offensichtlich weisen indianischen Medizinmann, der bei seinen Weissagungen den *Almanach des Farmers* zu Rate zieht? Ich hab's. Jetzt, wo die Sikh-Rekruten der RCMP Turbane tragen dürfen, wie wäre es da mit einem jüdischen RCMP-Corporal, der eine Jarmulke aufhat, Bestechungsgelder annimmt und in den Läden der Hudson's Bay feilscht? Und jetzt raus mit euch, alle, und ich will neue Drehbücher sehen. Schnellstens. Am liebsten schon gestern.«

Chantal blieb noch einen Augenblick. »Ich fürchte, sie haben recht, was Solange angeht.«

»Natürlich haben sie recht, aber sie ist deine Mutter, und sie wird uns beide in den Wahnsinn treiben, wenn sie nicht spielen kann. Das ist ihr Leben, wie du weißt.«

»Wirst du sie wirklich fragen, ob sie Regie führen will?«

»Versuch nicht, mir vorzugreifen. Ach, und Chantal, ich kann mich wirklich nicht dazu überwinden, diese Drehbücher zu lesen. Das wirst du für mich tun müssen. Und bitte laß dir von Gabe diese Fotos geben«, sagte ich und vermied ihren Blick, »ich glaub, ich schau sie mir besser noch mal an.«

Als nächstes nahm ich mir die unaufgefordert zugesandte Post vor, die Chantal für mich dagelassen hatte.

Dhaka, 21. Sept. 1995

Sir,

mit großem Respekt bitte ich festzustellen, daß ich für immer dankbar sein werde, wenn Sie selbst freundlich meine folgende demütige Bitte lesen und darauf antworten wollen. Ich bin Khandakar Shahryer Sultan, Student aus Bangladesch. Ich habe meine Mutter in Kindheit verloren, und seitdem muß ich viel kempfen. Trotz viel Probleme habe ich Abschlußdiplom in Englisch von Dhaka Universität.

Ich bin willens und habe viel versucht seit vielen Jahren, um nach Kanada oder so ein Land zu gehen, um die Kunst des Fernsehens zu studieren, in der Sie hervorragen. Aber ich bin ruiniert. Ich habe niemand hier, der mir hilft, ins Ausland zu gehen.

Deswegen habe ich an viele große Personen wie Sie in verschiedenen Ländern um Hilfe geschrieben. Ich möchte in Ihrem Land studieren, wenn Sie eine Universität oder einen Bezirk von einem Stipendium überzeugen können und das wäre am besten für mich. Wenn Sie wollen, wohne ich bei Ihrer Familie und diene, wie ich kann.

Wenn Sie dazu nicht in Lage sind, schicken Sie mir freundlich irgendeine Spende ($ 50 oder $ 100 oder wie möglich) zur Sammlung von notwendigem Geld, um nach Kanada zu Ausbildung gehen zu können. Viele haben was geschickt und so habe ich viel gesammelt. Ich hoffe, ich kann notwendiges Geld bald sammeln, und mein Traum wird in Erfüllung gehen. Vergessen Sie nicht, was zu schicken.

Wenn Sie Geldschein oder Scheck schicken, machen Sie den Umschlag undurchsichtig und schicken Sie mit gesicherter Post. Konto-Nr. 20784, Sonali Bank, Dilusha Branch, Dhaka. Oder INTERNATIONALE GELDANWEISUNG ist der beste Weg.

Ich warte auf Ihre freundliche Antwort. Ich bitte um Entschuldigung für alles falsche

Hochachtungsvoll
Khandakar Shahryer Sultan

Totally Unnecessary Productions Ltd.
Barney Panofsky
1300 Sherbrooke St. West
Montreal, QUE H3G 1J4 Canada

5. Okt. 1995

Lieber Mr. Sultan,

ich habe, wie erbeten, eine internationale Geldanweisung über $ 200 in einem undurchsichtigen Umschlag an Konto-Nr. 20784, Sonali Bank, Dilusha Branch, Dhaka geschickt.

Ich habe zudem Ihren Fall mit dem unvergleichlich reichen Professor Blair Hopper, Victoria College, Universität Toronto, Ont., Kanada, besprochen, und er kann es kaum erwarten, von Ihnen zu hören. Es wäre jedoch gut, wenn Sie in Ihrem Schreiben an den verehrten Professor meinen Namen nicht erwähnten.

Hochachtungsvoll
Barney Panofsky

P.S. Die Privatnummer des Professors ist 41 68 19 24 27, und Sie können zu jeder Tages- oder Nachtzeit ein R-Gespräch mit ihm führen.

Auch vom Großen Antonio war ein Brief da.

LEBENDE LEGENDE DIE GRÖSSTE DER GROSSEN MENSCHLICHEN KRÄFTE BEI 510 LBS., 225 KILO; DER STÄRKSTE MANN DER WELT. PRÄHISTORISCHER MANN STARK WIE 10 PFERDE. ZIEHT 4 BUSSE, DIE MIT EINER KETTE ZUSAMMENGEBUNDEN SIND, GEWICHT 70 TONNEN, 700 METER VOR NBC-KAMERAS. ÜBER FÜNF MILLIONEN MENSCHEN KAMEN, UM DEN GROSSEN ANTONIO IN TOKIO ZU SEHEN.

Der Große Antonio aus Montreal war umsichtig genug, seinem Brief ein Exposé für ein Fernsehfeature beizulegen.

FILMGESCHICHTE VOM GROSSEN ANTONIO – NR. 1

Der Große Antonio ist sehr beliebt und beeindruckt die ganze Welt.

1. Antonio zieht 4 Busse 70 Tonnen – Weltrekord.
2. Hält mit den Händen 10 Pferde.
3. Zieht mit den Haaren 400 Leute.
4. Ein Meisterschafts-Ringkampf.
5. Auch Liebesgeschichte-Drama mit einer Schauspielerin.
6. Versöhnung.
7. Ende mit großer Parade vor Millionen und Millionen von Leuten. Hauptstraße im Zentrum von Tokio, New York, auch Rio de Janeiro, Paris, London, Rom, Montreal und allen größeren Städten der Welt.

Der Große Antonio erregt die Neugier der ganzen Welt. Film wird großer Erfolg, weil alle Menschen in der Welt den Großen Antonio sehen wollen. Der Film wird einhundert Millionen Dollar kosten und wird in zwei Jahren gedreht. Er wird zwischen fünf und zehn Milliarden Dollar einbringen. Alle auf der Welt wollen den Großen Antonio mit der geheimnisvollen Kraft sehen. Der Große Antonio ist unbesiegbar. Der Große Antonio schreibt die Geschichte und wird Regisseur des Großen-Antonio-Films.

DER GROSSE ANTONIO IST WIRKLICH EINE GOLDMINE.

Totally Unnecessary Productions Ltd.
Barney Panofsky
1300 Sherbrooke St. West
Montreal, QUE H3G 1J4 Canada

5. Okt. 1995

Lieber Großer Antonio,

tief bekümmert sehe ich mich gezwungen, Ihren Knüller von einer Idee abzulehnen, aber unsere Produktionsfirma ist zu bescheiden, um ihr Gerechtigkeit widerfahren zu lassen, und es wäre selbstsüchtig von uns, Sie aufzuhalten. Ich habe jedoch mit meinem Freund Bobby Tarlis von der Firma Amigos Three in Toronto gesprochen, und nie zuvor habe ich ihn so begeistert von einem Projekt erlebt.

In der innigen Hoffnung, ein Geburtshelfer für Ihr erstaunliches Vorhaben zu sein, lege ich einen Scheck über $600 bei, der Ihren Hin- und Rückflug nach Toronto und andere Spesen abdecken soll. Die Adresse von Amigos Three in Toronto lautet: 33 Yonge St. Es ist nicht nötig, daß Sie sich telefonisch anmelden. Bobby erwartet Sie. Je eher, desto besser, hat er gesagt. Ach, und ich will Sie in ein kleines Geheimnis einweihen. Bobby ist der frühere ungarische Amateurmeister im Ringen, und er hat eine beträchtliche Summe mit mir gewettet, daß er Sie in zwei von drei Versuchen auf den Boden bringen kann. Ich setze auf Sie, Antonio, enttäuschen Sie mich nicht. Versuchen Sie es, nachdem Sie sein Büro betreten haben, sofort mit einem Dropkick. Das wird ihm gefallen. Viel Glück.

Hochachtungsvoll
Barney Panofsky

Um fünf Uhr schaute ich bei Dink's vorbei und blieb zu lange an der Bar hängen, zog dann mit Hughes-McNoughton und Zack Keeler, dem *Gazette*-Kolumnisten, ins Jumbo's und in den frühen Morgenstunden in eine Flüsterkneipe, die Zack kannte. Sean O'Hearne hat mal zu mir gesagt: »In den alten Tagen, wenn wir wissen wollten, wo die illegalen Kaschemmen sind, saßen wir in unseren Zivilfahrzeugen herum und warteten, bis Zack aus Jumbo's taumelte, und dann folgten wir ihm, wohin immer er ging. Der Mistkerl hatte jedesmal ein hübsches kleines Ding dabei. Wie macht er das bloß?«

»Er macht das«, sagte ich, »indem er ein ungewöhnlich attraktiver Mann ist. Geistreich. Witzig. Dinge jenseits Ihres Horizonts.«

Aber an diesem Abend ging mir Zack, der gerade von einem kurzen Trip nach Toronto zurück war – ein Auftritt bei CBC-TV –, auf die Nerven. Er hatte Miriam und Blair auf einer Party getroffen. »Du wolltest uns glauben machen, daß Blair ein hoffnungsloser Langweiler ist. Okay, Leichtfertigkeit ist nicht sein Problem. Aber ich mag ihn. Wenn er so ein Trottel wäre, was würde eine Frau wie Miriam dann mit ihm anfangen?«

»Wie geht es ihr?«

»Großartig. Du weißt schon, sehr witzig auf ihre unterkühlte Art. Aber von Sauls neuer Freundin ist sie nicht gerade begeistert. ›Er trinkt aus einer benutzten Tasse‹, sagte sie. Und sie macht sich sogar Sorgen um dich. Deine Kinder behaupten, du würdest zuviel trinken. Schäm dich.«

Es muß vier Uhr früh gewesen sein, als ich nach Hause kam, ich brauchte beide Hände, um den Wohnungsschlüssel ins Schlüsselloch zu stecken, trotzdem wachte ich früh auf und schrieb den heutigen Tag, Dienstag, ab. Ich beschloß, den Vater zu spielen und mich Anrufen beim Panofsky-Nachwuchs zu widmen. Ich fing mit Mike an. Seine Sekretärin teilte mir mit, daß die Familie übers Wochenende in die Normandie gefahren sei. Übers Wochenende? Es war Dienstag. Ein verlängertes Wochenende, sagte sie. Ein britisches Wochenende. Als nächstes versuchte ich es bei Saul.

»Oh, mein Gott, es ist noch nicht mal Mittag. Ich wußte gleich, daß du es bist. Ruf bitte später noch mal an, Daddy.«

»Ich kenne diese heisere Raucherstimme. Du warst lange unterwegs und hast getrunken, stimmt's?«

»Und das aus deinem Munde . . .«

»Jetzt hör aber mal zu, ich bin nicht prüde. Ich habe nie was gegen das Trinken gehabt, *aber in Maßen.*«

»Ich war letzte Nacht auf und habe die Autobiographie von Geronimo gelesen. He, die Apachen könnten einer der verlorenen Stämme sein. Geronimo hat nie Speck oder Schweinefleisch gegessen. Ein Stammestabu. Als sein Vater starb, haben die Apachen sein Pferd getötet und sein Eigentum weggegeben. Bei Apachen wird der Besitz eines toten Verwandten nicht behalten. Ihr ungeschriebenes Stammesgesetz verbietet es ihnen, denn sie fürchten, daß sich die Kinder eines reichen Mannes sonst freuen könnten, wenn ihr Vater stirbt. Gib Haus und Hof her, Daddy. Caroline würde wahnsinnig werden.«

»Saul, ich bin nicht gern eine Nervensäge, aber hast du in letzter Zeit mal mit Kate gesprochen?«

»Damit sie subtil einflechten kann, was für ein Versager ich bin, so wie ich lebe?«

»Sie liebt dich.«

»Ja, klar. Übrigens schicke ich Mike meine Artikel nicht mehr. Monate vergehen, und er hat sie immer noch nicht gelesen. Er tut so, als wäre er Vegetarier, nur um Ihrer Ladyschaft zu gefallen, aber als er letzte Woche in New York war, ging er zum Abendessen ins Palm, wo er sich ein riesiges Steak reingezogen hat. Und er hat sich überschlagen, um Aviva zu ködern.«

»Aviva?«

»Sie ist Israeli. Schreibt für die *Jerusalem Post*, die nicht länger auf seiten Arafats ist. Deswegen hat Mike natürlich zwanghaft darüber geredet, wieviel er für Peace Now und das Anliegen der Palästinenser tut. Es schert ihn nicht, daß ihr Bruder bei einem Terroranschlag ums Leben gekommen ist.«

»Lebst du zur Zeit mit ihr zusammen?«

»Gestern hab ich mir Glenn Goulds Goldberg-Variationen angehört, und sie fängt an, ihre Nägel zu feilen. Sie steht früh auf und schneidet Artikel, die sie braucht, aus meiner *Times* aus, und wenn ich am Frühstückstisch sitze, sind diese vielen Fenster in der Zeitung. Deswegen mußte ich sie rauswerfen. Wann kommst du wieder mal für ein paar Tage nach New York?«

»Letztes Mal hatten wir wirklich viel Spaß miteinander, stimmt's?«

»Gib's zu. Du vergötterst Mike und hältst mich für unzulänglich, und der Hintergedanke bei deinen ständigen Fragen, mit wem ich gerade zusammenlebe, ist ...«

»Du trinkst aus zu vielen gebrauchten Tassen, Kind.«

»... ist, daß ich unfähig zu einer reifen Beziehung bin.«

»Möchtest du wirklich, daß ich komme?«

»Ja. Und letzte Woche habe ich tatsächlich mit Kate telefoniert. Wir haben gestritten. Ich weiß zufällig, daß sie am Abend zuvor bei Mom zum Essen waren und daß Kate überflüssigerweise unhöflich zu Blair war.«

»Das ist ja furchtbar. Ich will nicht, daß ihr Partei ergreift. Blair mag etwas jung sein für deine Mutter, aber er macht sie glücklich, und das sollte uns genügen. Er ist außerdem ein Mann, der sich für viele noble Anliegen engagiert. Wie zum Beispiel Greenpeace.«

»Hör auf, Daddy. Du haßt ihn wie die Pest. Was hältst du von meinem jüngsten Artikel im *American Spectator*?«

»Ich halte ihn für fehlinformiert und bigott, aber du kannst schreiben, daß einem schwindlig wird, soviel steht fest.«

»Das hört sich nach dir an. Tut mir leid. Ich muß mich beeilen. Natasha geht mit mir im Union Square Café zum Essen.«

»Natasha?«

»Warum heiratest du nicht Solange?«

»Ich mag sie zu gern, um ihr das anzutun. Außerdem weißt du ja, was die amerikanischen Gerichte verfügt haben? Zwei Schlagfehler, und du bist draußen.[29] Möchtest du wirklich, daß ich bald nach New York komme?«

»Ja. Ach, da ist noch etwas, was ich vergessen habe. Die *Washington Times* hat mir *Zeit und Rausch* zur Rezension geschickt.«

»Willst du damit sagen, daß irgend jemand in New York tatsächlich McIvers Schund publiziert?«

»Nur die Ruhe.«

»Mißversteh mich nicht. Ich lasse mich nicht herab und versuche, dich zu beeinflussen. Na los, besprich es. Lob es in den Himmel. Dein Ruf steht auf dem Spiel, nicht meiner. Bis dann.«

Mein erstgeborener Sohn denkt sich nichts dabei, eine Kiste Cohibas zu verschenken, die ich ihm mitgebracht habe, und Saul ist gewillt, mich für sagen wir 250 Dollar zu verraten. Eine schöne Familie habe ich da am Busen genährt. Nachdem ich mich mit ein paar Schluck Cardhu beruhigt hatte, zündete ich mir eine Montecristo an und rief Kate an. »Rufe ich zur falschen Zeit an?« fragte ich.

»Daddy, ich wollte dich auch gerade anrufen.«

»Kate, mir kam zu Ohren, daß du und Gavin kürzlich bei deiner Mutter zum Abendessen wart und daß du keine Mühe gescheut hast, unhöflich zu Blair zu sein.«

»Ach, er betatscht sie immer, wenn wir am Tisch sitzen. Ich könnte kotzen.«

»Liebes, ich weiß, wie du fühlst, aber du darfst nichts tun, was deine Mutter verletzen könnte. Außerdem ist Blair immer gut zu dir und den Jungs gewesen. Offensichtlich kann er keine eigenen Kinder haben, was vielleicht damit zusammenhängt. *Wo betatscht er sie?*«

»Ach, du weißt schon. Er hält ihre Hand. Streichelt ihren Arm. Küßt ihre Backe, wenn er aufsteht und ihr Wein nachschenkt. Lauter solche schmierigen Dinge.«

29 Drei Schlagfehler.

»Ich werde dir jetzt was sagen, aber du darfst es niemandem weitererzählen. Der arme Blair ist einer dieser Männer, die sich ihrer Männlichkeit nie sicher waren, und deswegen sieht er sich gezwungen, seine Zuneigung für deine Mutter in der Öffentlichkeit zur Schau zu stellen.«

»Vermutlich hat sich Mom bei Saul beschwert, der immer ihr Liebling war ...«

»Ich glaube, er erinnert sie an mich, als ich noch jung genug für sie war.«

»... und der hat bei dir geplaudert. Ach, ich bin so wütend auf Saul. Wir haben gestritten.«

»Saul liebt dich. Er besteht darauf, daß ich bald nach New York komme. Wie findest du das?«

»Du mußt zuerst zu uns kommen. Bitte, Daddy. Gavin wird mit dir zu einem Hockeyspiel gehen.«

»Zu den *Maple Leafs*?«

»Du solltest ihn anheuern, damit er sich um deine Steuern kümmert, er ist so eine Kanone, und er würde nichts von dir verlangen. Was wirst du tun, wenn die Separatisten das Referendum gewinnen?«

»Das werden sie nicht. Du brauchst dir keine Sorgen zu machen.«

»Ach, du kannst so herablassend sein. Als wir Kinder waren, hast du stundenlang mit den Jungs über Politik geredet, aber nie mit mir.«

»Das stimmt nicht.«

»›Du brauchst dir keine Sorgen zu machen.‹ Ich bin nicht blöd, weißt du.«

»Natürlich nicht. Ich wollte damit nur sagen, daß du wahrscheinlich genug eigene Probleme hast, mit denen du fertig werden mußt.«

Kate lehrt Englische Literatur an einer Schule für Hochbegabte, und an einem Abend in der Woche gibt sie in einer Kirche Immigranten Englischunterricht. Ständig setzt sie mir zu, einen Film über die Mutter aller kanadischen Suffragetten zu finanzieren, über die bewundernswerte Nellie McClung.

»Bald ist Weihnachten, und Mutter erwartet uns zum Abendessen. Ein Weihnachtsbaum und eine Menora. Mike und Caroline kommen mit den Kindern, und Saul wird dasein, und er und Mike werden sich gegenseitig schikanieren, kaum daß sie zur Tür herein sind. Letztes Jahr konnte ich nicht aufhören zu heulen. Ich liebe dich, Daddy.«

»Ich liebe dich auch, Kate.«

»Wir waren vielleicht eine Familie. Ich kann Mom nicht verzeihen, daß sie dich verlassen hat.«

»Aber es ist meine Schuld, daß ich sie verloren habe.«

»Ich leg jetzt auf. Bevor ich anfange zu flennen.«

Die Spannungen zwischen Miriam und Kate hatten schwelend fast immer existiert. Ich habe es nie verstanden. Schließlich war es Miriam gewesen, nicht ich, die Kate jeden Abend Geschichten vorlas, ihr das Lesen beibrachte, mit ihr in die Museen und auf Theatertour in New York ging. Meine Rolle als Elternteil beschränkte sich überwiegend darauf, für ein gutes Leben zu sorgen, die Kinder am Eßtisch auf den Arm zu nehmen – Streitigkeiten zu schlichten überließ ich Miriam – und nach Absprache mit Miriam die Bücher für sie auszusuchen. »Wenn ein Kind geboren wird«, erklärte ich den dreien, »kaufen manche Väter Wein für sie, der in Flaschen reift, während sie zu undankbaren Erwachsenen heranwachsen. Wenn ihr sechzehn werdet, schenke ich jedem von euch statt dessen eine Bibliothek; die hundert Bücher, die mir am besten gefallen haben, als ich ein dummer Jugendlicher war.«

Kate machte ihr letztes Jahr bei Miss Edgar's and Miss Cramp's, als sie eines Spätnachmittags nach Hause kam und eine genervte Miriam vorfand, die mit einem Auge ständig zur Küchenuhr blickte, während sie zwei Enten vorbereitete. Perfektionistisch, wie Miriam war, entfernte sie die letzten, kaum sichtbaren Federkiele mit einer Pinzette. Auf jeder Herdplatte dampfte ein Topf. Brot mußte noch gebacken werden. Weingläser, frisch aus der Spülmaschine, standen aufgereiht da, um gegen das Licht gehalten und gegebenenfalls noch einmal poliert zu werden. Ein Berg Erdbeeren in einer Glasschüssel mußte noch gezupft werden. Eine schlechtgelaunte Kate ging geradewegs zum Kühlschrank, entnahm ihm einen Joghurt, räumte sich einen Platz am Tisch frei und setzte sich, um *Middlemarch* weiterzulesen.

»Kate, könntest du so nett sein und die Stiele von den Erdbeeren zupfen und dann die Kissen im Wohnzimmer aufschütteln?«

Keine Reaktion.

»Kate, um halb acht kommen sechs Leute zum Essen, und ich hab noch nicht mal geduscht und muß mich noch umziehen.«

»Warum können dir die Jungs nicht helfen?«

»Sie sind nicht da.«

»Wenn ich erwachsen bin, werde ich nicht als Hausfrau enden. Wie du.«

»Was?«

»Ich wette, es sind nicht mal deine Freunde, die kommen, sondern seine.«

»Hilfst du mir mit den Erdbeeren oder nicht?«

»Wenn ich mit dem Kapitel fertig bin«, sagte sie und verließ die Küche.

Wie es das Schicksal wollte, betrachtete ich, als Miriam in unser Schlafzimmer rauschte, hilflos einen Hemdsärmel. »Ich weiß nicht, wie oft ich dich gebeten habe, zu einer anderen Wäscherei zu gehen. Sag nichts. Ich weiß. Mr. Hejaz hat sieben Kinder. Aber er hat schon wieder einen Knopf zerquetscht. Könntest du mir einen neuen annähen, bitte?«

»Mach's selbst.«

»Was ist los?«

Ich versuchte, sie zu umarmen, aber sie wehrte sich und schniefte. »Scheiße«, rief sie, »mein Brot.« Und sie raste in die Küche, ich hinterher.

»Es ist verbrannt«, sagte sie. Tränen strömten ihr über die Wangen.

»Nein, ist es nicht. Es ist bloß gut durch«, sagte ich und nahm ein Messer, um das Schwarze abzukratzen.

»So werde ich es auf keinen Fall servieren.«

»Ich schick Kate zur Bagel Factory.«

»Deine Tochter ist in ihrem Zimmer und liest *Middlemarch*«, sagte sie schroff.

»He, du hast aber eine Laune. Wär's dir lieber, sie würde *Cosmopolitan* lesen?«

»Du wirst sie nicht losschicken. Sie hat schon genug gegen mich.«

»Wie kannst du nur so etwas sagen?«

»Ach, Barney, du hast keine Ahnung von deinen eigenen Kindern. Mike ist krank vor Sorgen, weil seine Freundin drei Wochen überfällig ist, und Saul handelt mit Drogen.«

»Miriam, darüber können wir jetzt nicht reden. Es ist zehn nach sieben, und du bist noch nicht umgezogen.«

Nachdem sich Miriam in unser Schlafzimmer zurückgezogen hatte, ging ich zu Kate und fand heraus, was passiert war. »Schau mal, Kate, deine Mutter hat eine vielversprechende Karriere beim Hörfunk aufgegeben, um mich zu heiraten, und, Ehrenwort, ich weiß nicht, was ich getan hätte, wenn sie mir einen Korb gegeben hätte. Sie hat ich weiß nicht wie viele Opfer für dich und die Jungs gebracht. Außerdem ist sie, ob Hausfrau oder nicht, die intelligenteste Person, die ich kenne. Und deswegen gehst du jetzt sofort ins Schlafzimmer und entschuldigst dich.«

»Weißt du, wie wir Kinder uns fühlen? Wir sind immer im Unrecht, gleichgültig, um was es geht, weil ihr immer zusammenhaltet.«

»Du hast mich gehört«, sagte ich und nahm ihr das Buch weg.

»Es macht mich krank, wenn ich sehe, wie sie dich ständig versorgt.«

»Ich denke, daß wir uns gegenseitig versorgen.«

»Seit heute morgen kocht sie wie eine Wilde, und wenn deine Freunde kommen, trinken sie sich dumm und dämlich, noch bevor sie sich an den Tisch setzen, und dann schlingen sie das Essen runter, nur damit sie schneller Cognac kippen und Zigarren rauchen können, und ihre ganze Mühe war umsonst.«

»Du gehst jetzt und entschuldigst dich.«

Sie ging, aber Miriam war nicht dankbar für meine Intervention. »Du hast ein bemerkenswertes Talent, die Dinge noch schlimmer zu machen, Barney. Hast du ihr das Buch weggenommen?«

»Nein. Ja. Ich weiß nicht mehr.«

Aber ich hielt es noch in der Hand.

»Gib es ihr bitte sofort zurück.«

»Scheiße Scheiße Scheiße. Es klingelt.«

Miriams Zustand ließ mich eine Katastrophe vorausahnen, und ich trank gehörig vor dem Essen, aber wieder einmal versetzte sie mich in Erstaunen. Statt auch noch der langweiligsten Person am Tisch elegant entgegenzukommen, wie es normalerweise ihre Art war, und so zu tun, als wäre sie fasziniert von ihren Banalitäten, wollte Miriam unsere Gäste diesmal nicht für sich einnehmen, was selten war. Als erste bekam Nate Golds Frau ihr Teil ab, aber sie war selbst schuld. Sie hätte die gebratene Ente auf ihrem Teller nicht beiseite schieben, in ihre über der Stuhllehne hängende Tasche greifen und eine Plastiktüte mit grünen Trauben herausholen sollen. »Die Ente sieht köstlich aus«, sagte sie, drehte ihre Portion mit der Gabel um und stach hinein, um den Fettgehalt zu überprüfen, »aber ich bin auf Diät.« Nate füllte das folgende Schweigen mit der Bemerkung, daß er mit seinem hochgeschätzten Freund, dem Kultusminister, vor kurzem in Ottawa beim Mittagessen war. »Und wißt ihr, was«, sagte Nate, »er hat noch nie ein Buch von Northrop Frye gelesen.«

»Ich auch nicht«, sagte Nates Frau und fügte dem Berg von Traubenkernen auf ihrem Teller einen weiteren hinzu.

»Es sind ja auch keine Bilder drin«, sagte Miriam.

Der arme, empfindliche Zack Keeler kam als nächster an die Reihe. Er war zunächst ungewöhnlich mürrisch, weil er am Nachmittag auf Al Mackies Beerdigung gewesen war. Mackie, ein uns bekannter Sportjournalist, war üblicherweise aus Jumbo's oder Friday's, die beide um zwei Uhr früh schlossen, in den Press Club getorkelt, der bis vier Uhr geöffnet hatte. Zack war bedrückt, weil Als Witwe, so erzählte er, beunruhigend gefaßt gewesen war, als Als Sarg in das Grab gesenkt wurde.

»Das ist doch kein Wunder«, sagte Miriam. »Es muß das erste Mal seit zwanzig Jahren sein, daß sie genau weiß, wo ihr Mann nach zehn Uhr abends anzutreffen ist.«

Um ihm Gerechtigkeit widerfahren zu lassen – Zacks Lebensgeister erwachten sofort wieder. »Du bist zu gut für ihn«, sagte er und küßte Miriam die Hand.

12

Am Morgen, als ich Clara aus dem Krankenhaus holte, mußten wir auf jedem der fünf Treppenabsätze eine Pause einlegen, damit sie Luft schöpfen konnte. Clara zog sich sofort bis auf ihre ausgebeulte rotgefleckte Unterhose und das komplizierte Arrangement von Gürteln aus. »Deine Garantie, daß ich keusch sein muß«, sagte sie. Sie stellte ihre Sammlung von Medikamenten auf dem Nachttisch auf, nahm eine Schlaftablette, legte sich ins Bett, drehte das Gesicht zur Wand und schlief ein. Ich setzte mich mit einer Flasche Wodka in die Küche, und Trübsinn senkte sich auf mich herab. Stunden später hörte ich, wie sie aufwachte, und brachte ihr Tee und Toast. »So«, sagte sie, »und was passiert jetzt?«

»Du mußt dich erst erholen, bevor wir reden können.«

Sie schlurfte zur Toilette und spähte unterwegs in das kleine Zimmer, das das Kinderzimmer hätte werden sollen. »Armer kleiner Sambo«, sagte sie, und dann sah sie, daß ich mir aus den Sofapolstern dort ein Bett gemacht hatte. »Warum läßt du nicht ein heißes Brandeisen kommen«, fragte sie, »und brennst ein scharlachrotes A in das Fleisch zwischen meinen tropfenden Brüsten?«

»Ich hab Kalbsschnitzel zum Abendessen gekauft. Willst du im Bett essen oder mit mir in der Küche?«

»Vermutlich wirst du erst wissen, was du mit mir machen sollst, wenn Boogie aus Amsterdam zurück ist und dir deinen Marschbefehl gegeben hat.«

Aber ein mit Drogen vollgepumpter Boogie war keine Hilfe. Ich brachte ihn auf den neuesten Stand und fragte dann: »Was hast du in Amsterdam gemacht?«

»Eingekauft.«

Yossel sagte: »Jedesmal wenn ich dich sehe, bist du betrunken. Ich hab einen Rechtsanwalt für dich. Einen Landsmann. Jemand, der keine überhöhten Rechnungen stellt. Maître Moishe Tannenbaum.«

»Noch nicht.«

»Meinst du, daß es in einem Monat leichter sein wird?«

Da ich schon zum Frühstück Wodka trank, im Lauf des Tages darin schwamm und deshalb zwangsläufig gehirntot war, erinnere ich mich an nicht allzuviel, was während der nächsten Woche geschah, aber ich weiß noch, daß wir bisweilen Freundlichkeiten austauschten. Bissige Freundlichkeiten.

»Geht's dir besser, Clara?«

»Was interessiert dich das, Dr. Prudestein?« Und ein andermal: »Ich bin ein kopfloses Frauchen. Wahrscheinlich sollte ich mich nach dem Käsehandel erkundigen. Geht Camembert besser als Bresse bleu?«

»Reizend von dir.«

»Armer Barney. Sein Frauchen eine Hure, sein bester Freund ein Junkie. *Oj wej*. So ein trauriges Schicksal für einen ordentlich erzogenen jüdischen Jungen.«

Eines Abends, Clara rauchte Kette und tigerte im Wohnzimmer auf und ab, während ich auf dem Sofa saß und sie willentlich ignorierte, wirbelte sie plötzlich herum und riß mir das Buch aus den Händen. Es war Austryn Wainhouses Übersetzung von Becketts *Molloy*.[30] »Wie kannst du nur so langweilige Scheiße lesen?« wollte sie wissen.

Das ermöglichte es mir, sie zu demütigen, indem ich einen ihrer Lieblingsdichter zitierte. »William Blake schrieb einmal einen Brief an einen Typ, der vier Aquarelle bei ihm in Auftrag gegeben hatte, aber nicht damit zufrieden war. ›... daß das Großartige dem schwachen Mann notwendig obskur erscheint.‹ Er hätte genausogut Frau schreiben können. ›Das, was auch ein Dummkopf begreifen kann, ist meiner Achtsamkeit nicht wert.‹ Also möglicherweise ist es nicht Beckett, der unzulänglich ist, sondern du.«

Sie blieb jetzt nachts wieder lange auf, schrieb in ihre Notizbücher und zeichnete. Oder sie saß stundenlang vor dem Spiegel und probierte schockierende Lippenstift- und Nagellackfarben aus, glitzernde Lidschatten. Dann nahm sie eine oder zwei Schlaftabletten und wachte erst spät am nächsten Tag wieder auf. Eines Nachmittags verschwand sie und kehrte drei Stunden später zurück, ihr Haar lila gefärbt und orange gesträhnt. »Jesus Christus«, sagte ich.

»Ach, mein Schatz«, sagte sie und klimperte mit den Wimpern, eine Hand auf dem Herzen, »du hast es bemerkt?«

»Ja.«

»Vermutlich hat es dir scheißefarben besser gefallen?«

An anderen Tagen verließ sie am frühen Nachmittag die Wohnung und kam erst um Mitternacht oder später zurück.

»Hast du es geschafft, aufs Kreuz gelegt zu werden, während du aus warst?«

30 Patrick Bowles war der Übersetzer von *Molloy*. Wainhouse übersetzte de Sade und schrieb *Hedyphagetica. A Romantic Argument after certain Old Models. Scenes of Anthropophagy, and Assortment of Heroes.*

»So, wie ich jetzt bin, würde mich nicht einmal ein Clochard wollen.«

»Wenn du noch immer stark blutest, sollte ich dich zu einem Arzt bringen.«

Sie warf mir eine Kußhand zu. »Ich bin bereit zu reden. Wie steht's mit dir, Prinz Charmingbaum?«

»Klar. Wenn nicht jetzt, wann dann?«

»Fröhliches Chanukka. Frohes Pessach. Du kannst die Scheidung haben, wenn du sie willst.«

»Ich will.«

»Aber ich sollte dir mitteilen, daß ich bei einer Anwältin war, und sie sagt, daß mir, wenn du dich scheiden läßt, für den Rest meines Lebens ungefähr die Hälfte deines Einkommens zusteht. Gott sei Dank, daß du so gesund bist.«

»Clara, du überraschst mich. Ich hätte nie gedacht, daß du eine so praktische Ader hast.«

»Eines muß man jüdischen Ehemännern lassen. Sie sind hervorragende und treusorgende Ernährer. Das hab ich schon als Kind gelernt.«

»Ich gehe nach Hause. Nach Kanada«, sagte ich zu meinem eigenen Erstaunen, denn ich hatte mich erst in diesem Augenblick dazu entschlossen.

»Ich dachte, ich wäre hier die Verrückte. Was wirst du in Kanada machen?«

»Mit Schneeschuhen herumziehen. Biber jagen. Im Frühjahr Ahornsirup kochen.«

»Ich bin kein Schwein, auch wenn du mich dafür hältst. Ich gebe mich mit der Jahresmiete für dieses Loch hier und mit fünfzig Dollar Unterhalt pro Woche zufrieden. Ach, schau nur, deine Backen kriegen wieder Farbe.«

»Ich ziehe morgen früh aus.«

»Mach nur. Ich werde die Schlösser auswechseln lassen. Ich möchte nicht, daß du hereinplatzt, wenn ich gerade so richtig schön am Vögeln bin. Und jetzt verschwinde hier, bitte«, kreischte sie und heulte los. »Laß mich allein, du selbstgerechter Mistkerl.« Ihr Gekreische verfolgte mich die Treppe hinunter. »Warum können wir nicht noch einmal von vorn anfangen? Antworte mir.«

Am Montag fand ich ein Zimmer in einem Hotel in der Rue de

Nesle, und am nächsten Nachmittag, als sie ausgegangen war, packte ich einen Koffer mit dem Notwendigsten und Kartons mit meinen Büchern und Platten, um sie später zu holen. Aber als ich sie am Donnerstag holen wollte – die Türschlösser waren noch nicht ausgetauscht –, war der Küchentisch für zwei Personen zum Essen gedeckt, inklusive Kerzen. Vielleicht kocht sie Soulfood für Cedric, dachte ich. In der Wohnung roch es jedenfalls widerlich, was ich zunächst dem qualmenden Gasherd und dem verbrannten Huhn im Backrohr zuschrieb. In der Schüssel mit geriebenen Kartoffeln hatten sich schimmlige Flecken gebildet. Für wen zum Teufel wollte sie Latkes machen? Etwas, was sie nie für mich getan hätte. Sie nannte es schmieriges Judenessen. Und obendrein Kerzenlicht. Ich drehte das Gas ab und riß das Küchenfenster auf. Aber der Gestank kam aus dem Schlafzimmer, wo ich Clara eiskalt und tot fand, ein leeres Schlaftablettenröhrchen auf dem Nachttisch.

Offensichtlich hätte irgendein Techtelmechtel stattfinden sollen, denn meine Gattin starb in ihrem verführerischsten, nahezu durchsichtigen schwarzen Chiffonnachthemd, ein Geschenk von mir. Kein Abschiedsbrief. Ich goß mir einen riesigen Wodka ein, trank ihn in einem Zug, und dann rief ich die Polizei und die amerikanische Botschaft an. Claras Leiche würde in der Leichenhalle aufgebahrt werden, bis Mr. und Mrs. Chambers, wohnhaft am Gramercy Park und in Newport, herüberfliegen und sie abholen würden.

Als ich in mein Hotel de Nesle zurückkehrte, klopfte die Concierge ans Fenster ihrer kleinen Kammer und öffnete es. »Ach, Monsieur Panofsky.«

»Ja.«

Tausend Entschuldigungen. Ein Brief war am Mittwoch für mich abgegeben worden, aber sie hatte vergessen, ihn mir auszuhändigen. Er war von Clara, die darauf bestand, daß ich zum Abendessen käme. Es sei wichtig, daß wir miteinander redeten. Ich setzte mich auf die Treppe und weinte.

Schließlich gewannen praktische Überlegungen die Oberhand. Konnte eine Selbstmörderin, auch eine unfreiwillige, auf einem protestantischen Friedhof beerdigt werden? Ich hatte keine Ahnung.

Verdammt verdammt verdammt.

Dann erinnerte ich mich an die Geschichte, möglicherweise apokryph, die Boogie mir über Heine erzählt hatte. Als er auf dem Totenbett lag, ausgezehrt, in Morphiumtrance, drängte ihn ein Freund, seinen Frieden mit Gott zu schließen. Angeblich antwortete Heine: »Gott wird mir vergeben. Das ist sein Beruf.«

Aber in meinem Fall zählte ich nicht darauf. Und tue es auch jetzt noch nicht.

13

Letzte Nacht wälzte ich mich im Bett, aber schließlich gelang es mir, die unvergessene lüsterne Mrs. Ogilvy in einem erregenden, von mir selbst erfundenen Phantasieauftritt heraufzubeschwören:

Eine wütende Mrs. O kanzelt mich vor der Klasse ab, schlägt mich mit einer zusammengerollten Ausgabe der Illustrated London News *auf den Kopf. »Du wirst dich sofort nach dem Unterricht im Erste-Hilfe-Zimmer bei mir melden.«*

Eine Einladung in das gefürchtete winzige Erste-Hilfe-Zimmer, das mit einem Feldbett eingerichtet ist, bedeutet normalerweise Züchtigung. Zehn Schläge auf jede Hand. Pünktlich um 15 Uhr 35 tauche ich auf, und eine scheinbar zornige Mrs. Ogilvy schließt die Tür hinter mir ab. »Was hast du zu deiner Rechtfertigung vorzubringen?« fragt sie.

»Ich weiß gar nicht, warum ich hier bin. Ehrenwort.«

Sie reißt mit einem langen roten Fingernagel die Zellophanhülle von einer Schachtel Player's Mild, holt eine Zigarette heraus und zündet sie an. Sie atmet Rauch aus. Mit einer langsamen Bewegung ihrer nassen Zunge entfernt sie einen Tabakkrümel von der Lippe und starrt mich dann böse an. »Ich habe mich an mein Pult gesetzt und angefangen, die ersten Seiten von Tom Brown's School Days *vorzulesen, als du deinen Stift auf den Boden hast fallen lassen, natürlich mit der Absicht, mir unter den Rock zu schauen.«*

»Das ist nicht wahr.«

»Und dann, als wäre das noch nicht ekelhaft genug, hast du während meines Vortrags über Die besten Wege zum Lesen *deinen Johannes gerieben.«*

»Habe ich nicht, Mrs. Ogilvy.«

»Ich schwöre«, sagt sie, wirft ihre Zigarette zu Boden und tritt sie mit der Ferse aus, »ich werde mich nie an die überheizten Räume in den Dominions gewöhnen.« Sie knöpft ihre Bluse auf und läßt sie fallen. Sie trägt einen filigranen schwarzen BH. »Komm her, mein Junge.«

»Ja, Mrs. Ogilvy.«

»Und jetzt, in diesem Augenblick, platzt du fast vor schmutzigen Gedanken.«

»Tu ich nicht.«

»O doch, junger Mann. Der Beweis steckt in deiner Hose.« Und sie knöpft meinen Hosenstall auf und greift mit unglaublich kühlen Fingern hinein. »Jetzt schau dir nur deinen Johannes an. Offensichtlich bringst du deinen Lehrern keinen Respekt entgegen. Schämst du dich nicht, Barney?«

»Doch, Mrs. Ogilvy.«

Sie berührt mich weiterhin mit ihren langen roten Fingernägeln, und aus meinem Penis tritt ein kleiner Tropfen aus.

»Wenn das ein Lutscher wäre«, sagt sie, »wäre ich versucht, ein klitzekleines Mal daran zu lutschen. Ach ja, spare in der Zeit, so hast du in der Not.« Sie fährt mit ihrer Zunge einmal über die Spitze der Eichel, und sofort quillt ein weiterer kleiner Tropfen heraus. »Aber, mein Lieber«, sagt Mrs. Ogilvy und sieht mich streng an, »wir wollen doch nicht, daß der Zug vorzeitig aus dem Bahnhof fährt, oder?« Dann zieht sie Rock und Schlüpfer aus. »Jetzt möchte ich, daß du ihn dort unten an mir reibst. Mais, attendez un instant, s'il vous plaît. *Aber nicht von links nach rechts, sondern von oben nach unten.«*

Ich versuche zu gehorchen.

»Du machst es noch nicht ganz richtig, verdammt noch mal. Wie wenn man versucht, ein Zündholz zu entfachen. Verstehst du denn nicht?«

»Doch.«

Plötzlich erbebt sie. Und dann faßt sie mich am Hinterkopf und zieht mich zu sich auf das Feldbett. »Jetzt steck ihn mir rein wie ein braver Junge, und raus und rein. Wie ein Kolben. Auf die Plätze! Fertig! Los!«

Diese zwei Seiten sind mein erster und einziger Versuch, Belletristik zu schreiben, meine kurze kreative Blüte, von Boogie angeregt, der überzeugt war, daß ich für die Reisebegleiter-Serie produzieren konnte, was unser Haufen ein SB[31] nannte. Boogie zerrte mich eines Nachmittags in Maurice Girodias' Büro in der Rue de Nesle. »Vor Ihnen steht der nächste Marcus Van Heller«, sagte er. »Er hat zwei großartige Projekte. Eins mit dem Titel *Der Liebling der Lehrerin*«, improvisierte er auf die Schnelle, »das andere heißt *Die Tochter des Rabbi.*«

Girodias war fasziniert. »Ich muß zwanzig Seiten sehen, bevor ich Ihnen den Auftrag erteilen kann«, sagte er. Ich kam nie über Seite zwei hinaus.

Heute morgen blieb ich so lange im Bett liegen, bis mich der Postbote weckte.

Ein Einschreiben.

Ich kann mich darauf verlassen, im Jahr zwei Einschreiben von der zweiten Mrs. Panofsky zu bekommen: eins am Jahrestag von Boogies Verschwinden, das zweite heute, am Jahrestag meines Freispruchs vor Gericht, wiewohl ich in ihren Augen schuldig wie der Teufel bin. Das Schreiben von heute war zur Abwechslung bewundernswert prägnant. Es lautet in voller Länge:

WIR WERDEN NIEMANDEM RECHT
ODER GERECHTIGKEIT
VERKAUFEN, VERWEIGERN ODER VORENTHALTEN.

Artikel 40,
Magna Carta, 1215.

Es läßt sich nicht vermeiden, daß ich die zweite Mrs. Panofsky ab und zu überraschend treffe. Einmal entdeckte ich sie in der Unterwäscheabteilung von Holt Renfrew, wo ich mich gern umsehe. Ein anderes Mal an der Theke des Brown Derby, wo sie sich so viel Kischkes, Rinderbraten, Leberpastete und Kartoffelsalat auflud, daß eine ganze Bar-Mizwa-Party satt geworden wäre, aber ich wußte, daß sie alles ganz allein aufaß. Neulich traf ich sie im Speisesaal des Ritz, wohin ich, um meiner Geschichte vorzugreifen, Ms. Morgan eingeladen hatte, um unsere Diskussion über diejeni

31 Schmutziges Buch.

gen fortzusetzen, die sich, vielleicht nicht unwiderruflich, zur sapphischen Überzeugung bekennen. Die zweite Mrs. Panofsky war mit ihrem Cousin, einem Notar, und seiner Frau da. Auf ihrem eigenen Teller hatte sie bereits die letzte Spur Sauce mit Brot getilgt, und jetzt pickte sie mit ihrer Gabel Fleisch- und Kartoffelstücke von den Tellern der anderen. Sie starrte uns finster an, die Flasche Dom Pérignon, die in einem Kübel auf unserem Tisch stand, blieb nicht unbemerkt. Nachdem die Rechnung bezahlt war, kam sie an unserem Tisch vorbei, blieb stehen und lächelte Ms. Morgan drohend an. Dann wandte sie sich mir zu und fragte: »Und wie geht es deinen Enkelkindern?«

»Blick nicht zurück«, sagte ich, »oder du könntest dich in eine Salzsäule verwandeln.«

Die zweite Mrs. Panofsky, die noch nie gertenschlank war, nicht einmal als Braut, jedoch, um ihr Gerechtigkeit widerfahren zu lassen, einst erfreulich wohlgeformt, war vor langer Zeit dazu übergegangen, ihre beständigen Sorgen im Essen zu ersticken. Um einen Hüfthalter unterzubringen, der einem Sumo-Ringer zur Ehre gereichen würde, trägt sie jetzt zeltartige Kaftane. Sie geht am Stock, und auch das nur unter Schwierigkeiten, und leidet unter Atemnot. Sie erinnert mich an Garricks Beschreibung von Sam Johnsons Tetty im Alter von fünfzig Jahren: »... sehr beleibt ... mit einem Busen von mehr als gewöhnlicher Fülle und aufgeschwemmten Backen von einem knalligen Rot, das von dick aufgetragener Schminke herrührte und noch erhöht wurde durch die Liköre, denen sie reichlich zusprach; dazu phantastisch aufgedonnert und sowohl in ihrer Sprechweise wie auch in ihrem Gehaben machig und geziert«. Wie ich höre, hat sie nur noch wenige Freunde, unterhält jedoch eine intime Beziehung zu ihrem Fernsehgerät. Ich stelle sie mir gern in ihrem Haus in Hampstead vor, das ich bezahlt habe, auf dem Sofa liegend, und während sie irgendeine Seifenoper sieht, verschlingt sie eimerweise belgische Pralinen, dann döst sie und ißt schließlich zu Abend, wobei sie statt Messer und Gabel eine Schaufel benutzt. Danach sinkt sie wieder auf das Sofa vor dem Fernseher.

Während des Frühstücks lese ich pflichtbewußt die *Gazette* und den *Globe and Mail* und tue mein Bestes, um mich über die Komödie auf dem laufenden zu halten, die wir in Kanadas einzigartiger und »unverwechselbarer Gesellschaft« erleben.

Die Panik ist dieser Tage so groß, daß die weitsichtigen jungen jüdischen Mittelklassepaare, die in den achtziger Jahren nach Toronto gezogen sind – nicht nur um den endlosen ethnischen Schikanen zu entfliehen, sondern auch ihren überbesorgten, aufdringlichen Eltern –, jetzt in großer Gefahr schweben. Viele von ihnen bekommen dringende Telefonanrufe von ihren alternden Mamas und Papas. »Herky, ich weiß, daß sie nicht verrückt nach uns ist, deine wunderbare Frau, die den Haushalt erledigt, aber Gott sei Dank habt ihr dieses Gästezimmer, weil wir nächsten Mittwoch zu euch ziehen, bis wir eine eigene Wohnung in eurer Nähe gefunden haben. Denk dran, Mama kann Rockmusik nicht ausstehen, also wirst du mit deinen Kindern reden müssen, Gott segne sie, und wenn du unbedingt rauchen mußt, während wir bei euch sind, dann aber bitte auf dem Küchenbalkon. Wir werden euch nicht zur Last fallen. Herky, bist du noch dran? Herky, sag etwas.«

Die letzten Meinungsumfragen sagen ein totes Rennen voraus, und Dink's hallt von »Wir-pfeifen-knapp-am-Grab-vorbei«-Scherzen wider. Einer der Stammgäste, Cy Tepperman, ein Textilfabrikant, der einen Boykott seiner Waren im restlichen Kanada vorausahnt, verkündete: »Ich ziehe im Fall, daß die Mistkerle gewinnen, ernsthaft in Betracht, ›Made-in-Ontario‹-Schilder in meine Jeans nähen zu lassen.« Zack Keeler, der *Gazette*-Kolumnist, läßt uns nicht im Stich, wenn es um kindische Witze geht. »Habt ihr gehört, daß die Neufundländer hoffen, daß die Separatisten gewinnen? Sie glauben nämlich, daß sie dann zwei Stunden schneller in Ontario sind.«

Ms. Morgan von den »Lesben am Mikro« erzählte mir bei ihrem ersten Besuch, daß sie vorhabe, für die Unabhängigkeit zu stimmen. »Sie haben ein Recht auf ein eigenes Land. Sie sind wirklich eine unverwechselbare Gesellschaft.«

»Ich möchte Sie zum Mittagessen einladen.«

»Sie könnten mein Großvater sein.«

»Die nächste Frage, bitte.«

»Wäre das Baby, das Clara verloren hat, weiß gewesen, hätten Sie sie dann trotzdem verlassen?«

»Mich von ihr scheiden lassen, meinen Sie. Tja, das ist eine interessante Frage. Ich wäre dumm genug gewesen zu glauben, es wäre von mir.«

»Sie haben große Vorurteile gegen Afroamerikaner.«

»Den Teufel hab ich.«

»Ich war in Verbindung mit Ismail ben Yussuf, den Sie unter seinem Sklavennamen Cedric Richardson kennen, und er behauptet, daß Sie ihm ausfallende Briefe schreiben.«

»Ich schwöre beim Leben meiner Enkelkinder, daß er lügt.«

Sie griff in eine Aktenmappe und reichte mir die Kopie eines Briefes, der einen Spendenaufruf im Namen der Stiftung »The Elders of Zion« enthielt, um Mugging-Stipendien für schwarze Brüder einzurichten. »Das ist wirklich schändlich«, sagte ich. »Eine absolute Geschmacklosigkeit.«

»Aber ist das unten auf der Seite nicht Ihre Unterschrift?«

»Nein.«

Sie seufzte laut.

»Seit Jahren schickt Terry McIver – dieser Rassist, dieser *Frauenfeind* – ausfallende Briefe an irgendwelche Leute und unterschreibt mit meinem Namen.«

»Jetzt hören Sie aber auf.«

»Und wenn Sie nicht wollen, daß achtbare Männer auf Ihren bezaubernden Busen starren, sollten Sie einen BH anziehen, damit Ihre Brustwarzen nicht so vorstehen. Das ist beunruhigend, um mich vorsichtig auszudrücken.«

»Hören Sie mal, Mr. Panofsky, ich bin oft genug von Männern, die auf Penispower stehen, gezwickt oder angetatscht worden, also lassen Sie Ihre Witzchen einfach weg. Der Grund, warum schwule Frauen Ihnen Angst einjagen, ist, daß Sie Ihr, Anführung, normales, Abführung, patriarchalisches autoritäres System von ihnen bedroht sehen, das System, das darauf beruht, daß sich Frauen Männern unterwerfen.«

»Ich will ja nicht neugierig sein«, sagte ich, »aber was halten Ihre Eltern davon, daß Sie lesbisch sind?«

»Ich halte mich für humansexuell.«

»Dann haben wir ja was gemeinsam.«

»Haben Sie sich nur deswegen einverstanden erklärt, mir dieses Interview zu geben, damit Sie sich über mich lustig machen können?«

»Warum reden wir nicht beim Mittagessen weiter?«

»Fahren Sie zur Hölle«, sagte sie und sammelte ihre Sachen ein. »Wenn Sie nicht gewesen wären, wäre Clara heute noch am Leben. Das hat mir Terry McIver erzählt.«

14

Paris 1952. Ein paar Tage nach Claras Tod erwachte ich widerwillig aus einem weiteren Wodka-Vollrausch, unsicher, wo ich war, und es schien, als wäre jemand an meiner Tür, wo immer sie war, und mache ein Geräusch zwischen Kratzen und Klopfen. Hau ab, dachte ich. Aber das Klopfen hörte nicht auf. Vielleicht Boogie. Oder Yossel. Meine wohlmeinenden Krankenschwestern. Hau ab, dachte ich und drehte mich zur Wand.

»Mr. Panofsky. Mr. Panofsky, bitte«, flehte eine mir unbekannte Stimme. Die Stimme eines Bittstellers.

»Verschwinden Sie, wer immer Sie sind. Mir geht's nicht gut.«

»Bitte«, fuhr die Jammerstimme fort. »Ich werde hierbleiben, bis Sie öffnen.«

Fünf Uhr nachmittags. Ich stand vom Sofa auf, die gebrochenen Sprungfedern quietschten, taumelte ins Bad und spritzte mir kaltes Wasser ins Gesicht. Vielleicht war es jemand, der die Wohnung mieten wollte. Ich hatte eine Anzeige in die *International Herald Tribune* gesetzt. Deswegen sammelte ich hastig schmutzige Wäsche, leere Flaschen und Teller mit angebissenen Frankfurter Würstchen oder Eierresten zusammen und warf alles in die nächste Schublade. Vorsichtig wich ich den Schachteln mit Claras Sachen aus und öffnete einem kleinen dicken Fremden die Tür. Er hatte einen grauweißen Vandyke-Bart und trug eine Hornbrille, die seine traurigen braunen Spanielaugen vergrößerte. Ich schätzte ihn auf Anfang Fünfzig. Er hatte einen wollenen Wintermantel mit Persianerkragen an und einen Homburg, den er sofort zog, um eine schwarze Jarmulke zu enthüllen, die er mit einer Haarklammer auf seinem dichten grauen Haar befestigt hatte. Sein Mantel war nicht zugeknöpft, und ich sah, daß das breite Ende seiner Krawatte mit einer Schere ordentlich entzweigeschnitten war. »Was wollen Sie?« fragte ich.

»Was ich will? Aber ich bin Charnofsky«, sagte er. »Chaim Charnofsky«, wiederholte er, als ob damit alles erklärt wäre.

Charnofsky? Ihr erster Mann. Ich schüttelte meinen schmerzenden Kopf, versuchte vergeblich, den Preßlufthammer darin abzustellen. »Der Zeichenlehrer?« fragte ich verwirrt.

»Der Zeichenlehrer? Darf ich so unverschämt sein und fragen, ob Sie Jiddisch verstehen?«

»Ein bißchen.«

»Ich bin Ihr *machuten*. Claras Vater. Darf ich eintreten?«

»Ja. Natürlich. Entschuldigen Sie mich bitte einen Augenblick.«

Ich spritzte mir noch einmal Wasser ins Gesicht, trat aus dem Bad und mußte feststellen, daß ich nicht halluzinierte. Mr. Charnofsky war immer noch da. Die Hände hinter dem Rücken, betrachtete er die Tuschezeichnungen an den Wänden. »Ich nehme an, Sie sind Künstler, Mr. Panofsky.«

»Claras«, sagte ich.

»Claras. Warum kaufte sie so ekelerregende Dinge?«

»Sie hat sie gezeichnet.«

»Sie hat sie gezeichnet. Ich konnte nicht umhin, in dem kleinen Zimmer dort ein Kinderbett zu bemerken. Haben Sie ein Kind?«

»Wir haben ihn verloren.«

»Sie haben einen Sohn verloren – und ich eine Tochter. Möge es keine Trauerfälle mehr geben in Ihrem und in meinem Haus.«

»Möchten Sie einen Kaffee?«

»Davon kriege ich Blähungen. Besonders von dem französischen, den man hier trinkt. Aber eine Tasse Tee wäre nett, wenn es Ihnen keine Umstände macht.«

Er räumte sich einen Platz am Tisch frei, schob demonstrativ die Krümel und eine halbvolle Tasse, in der mehrere Gauloise-Kippen schwammen, beiseite. Dann inspizierte er den Teelöffel und wischte ihn am Tischtuch ab. »Zitrone, haben Sie welche?« fragte er.

»Tut mir leid, die sind mir ausgegangen.«

»Sie sind ihm ausgegangen«, sagte Mr. Charnofsky achselzuckend. Und dann, während er an einem Stück Zucker saugte und am Tee nippte, erzählte er mir, daß er der Kantor der B'nai Jacob Synagoge in Brighton Beach war. »Es ist kein fürstliches Leben«, sagte er, »aber sie stellen uns eine Wohnung. Das Mietshaus gehört dem Präsidenten der Synagoge, der lieber sterben würde, als daß er die Wohnung neu streichen ließe, geschweige denn die undichte Toilettenschüssel erneuerte, seine Frau ist unfruchtbar, so eine Schande, wem also wird er sein Vermögen hinterlassen? Sein Problem. Ich habe genug eigene. Gallenblasensteine, hoffentlich werden Sie das nie erleben. Außerdem leide ich unter vereiterten Nebenhöhlen, Krampfadern und Hühneraugen. Weil ich so viel in der Synagoge stehen muß. Hören Sie, zumindest kein Krebs, stimmt's? Und, ach ja, da ist noch der Hungerlohn, den ich bei Hochzeiten und Beerdigungen einnehme, wenn sie einem fünfzig Dollar zustecken, wollen sie eine Quittung für die Steuer, und ich habe den Vorsitz bei jedem Pessachfest im Finestone's Strictly Kosher Hotel in den Catskills. Jedes Jahr ist es ausverkauft, wegen mir. Meiner Stimme. Ein Geschenk des Allmächtigen, gesegnet sei Er. Aber wo bringt Finestone mich unter, obwohl er doch so dankbar ist für das viele Geld, das er einstreicht? In einer schrankgroßen Kammer hinter der Küche, nachts werden die Vorratskammer und der Kühlschrank zugesperrt, damit ich nur ja keine Dose Fisch oder eine Coca-Cola klauen kann. Ich muß eine Meile weit gehen, um mein Geschäft machen zu können. Jedenfalls habe ich Clara, was immer ich erübrigen konnte, über American Express geschickt, die einzige Adresse, die ich von ihr hatte.«

Mr. Charnofsky hatte zwei Kinder. Solly, ein Buchhalter, ein grundanständiger Mensch, verheiratet, gesegnet mit zwei wunderbaren Kindern. Beide hervorragende Schüler. Er zeigte mir Fotos. »Sie sind jetzt ihr Onkel. Milton hat am 18. Februar Geburtstag und Arty am 28. Juni, falls Sie es sich für die Zukunft notieren wollen.« Und natürlich Clara. »*Alef-ha-scholem*«, sagte er. »Sie scheinen *epeß* überrascht, mich zu sehen.«

»Ich brauche Zeit, um das zu verdauen.«

»Zeit braucht er. Und was ist mit mir, Mister? Wußte ich auch nur, daß sie verheiratet war, meine eigene Tochter?« fragte er. Zorn gewann jetzt die Oberhand über sein schmeichlerisches Verhalten. »Sie sagten, meine Clara hat diese schmutzigen Bilder gezeichnet?«

»Ja.«

Offensichtlich machte der Zustand unserer Wohnung Mr. Charnofsky mutiger. In seinen Brighton-Beach-Augen mußte sie aussehen wie eine Müllhalde und nicht wie das Schnäppchen, für das ich Abstand gezahlt hatte. Er zog ein weißes Leinentaschentuch aus der Hosentasche und tupfte sich die Stirn damit ab. »Und sie hat Ihnen nie von uns erzählt, unnötig es zu erwähnen.«

»Ich fürchte, nein.«

»Er fürchtet, nein. Tja, was mich anbelangt, so bin ich jedenfalls überrascht, daß die snobistische Göre einen Juden geheiratet hat. Ich hätte eher mit einem Nigger gerechnet. Sie hat sie angehimmelt.«

»Ich mag es nicht, wenn man ›Nigger‹ sagt, falls es Ihnen nichts ausmacht.«

»Falls es mir nichts ausmacht. Bitte sehr. Nennen Sie sie, wie Sie wollen«, sagte Mr. Charnofsky, zog die Nase hoch und schnüffelte die abgestandene Luft. »Wenn Sie ein Fenster aufmachen wollen, hätte ich nichts dagegen.«

Ich tat, worum er mich bat.

»Wenn Sie kein Künstler sind, Mr. Panofsky, darf ich Sie dann fragen, was genau Ihr Tätigkeitsbereich ist?«

»Ich bin Exporteur.«

»Er ist Exporteur. Aber die Geschäfte können nicht sehr gut gehen. Wenn man so lebt wie Sie. Fünf Stockwerke ohne Aufzug. Kein Kühlschrank. Keine Geschirrspülmaschine.«

»Wir sind zurechtgekommen.«

»Sie halten mich für unfair. Aber wenn Ihr Sohn, Ihr eigen Fleisch und Blut, *alef-ha-scholem*, gelebt und sich als Erwachsener für Sie geschämt hätte, wie würden Sie sich dann fühlen?«

Ich stand auf, fand den Cognac und goß etwas davon in meinen Kaffee. Mr. Charnofsky schnalzte mit der Zunge. Er seufzte. »Ist das Schnaps?«

»Cognac.«

»Cognac. Du sollst Vater und Mutter ehren. Das ist ein Gebot. Tun Sie wenigstens das?«

»Meine Mutter ist ein Problem.«

»Und wie verdient Ihr Vater seinen Lebensunterhalt, wenn ich fragen darf?«

»Er ist Polizist.«

»Polizist. Oho. Woher kommen Sie, Mr. Panofsky?«

»Montreal.«

»Montreal. Aha. Dann kennen Sie vielleicht die Kramers? Eine feine Familie. Oder Kantor Labish Zabitsky?«

»Tut mir leid. Nein.«

»Aber Kantor Zabitsky ist sehr bekannt. Wir sind gemeinsam bei Konzerten in Grossinger's aufgetreten. Die Leute mußten früh vorbestellen. Sind Sie sicher, daß Sie nie von ihm gehört haben?«

»Meine Familie ist nicht religiös.«

»Aber Sie schämen sich nicht, Jude zu sein«, rief er, ein aufgeplatztes Furunkel. »Wie sie. Wie Clara.«

»Alef-ha-scholem«, sagte ich und griff erneut zur Cognacflasche.

»Sie war zwölf Jahre alt, als sie anfing, sich büschelweise die Haare auszureißen. ›Dr. Kaplan‹, sagte ich, er ist ein geachtetes Mitglied unserer Gemeinde und spendet viel, ›was soll ich tun?‹ ›Hat sie schon ihre Periode?‹ fragte er. Pah. Woher sollte ich so etwas wissen. ›Schicken Sie sie zu mir‹, sagte er. Man sollte meinen, Clara wäre dankbar gewesen, er hat mir nichts berechnet. ›Er hat meine Titten abgetastet‹, sagte sie. *Eine Zwölfjährige. Redet so daher. Als käme sie aus der Gosse.* Mrs. Charnofsky hat sie festgehalten, und ich hab ihr den Mund mit Seife ausgewaschen.

Dann fing es an. Was sage ich? Sie hatte längst angefangen. Die Verrücktheit. ›Ihr seid nicht meine Eltern‹, sagte sie. Wir hätten uns glücklich geschätzt. ›Ich bin adoptiert‹, sagte sie. ›Und ich will wissen, wer meine richtigen Eltern sind.‹ ›Gewiß‹, sagte ich. ›Du bist die Tochter von Zar Nikolaus. Oder vielleicht war es auch König George von England. Ich hab's vergessen.‹ ›Ich bin keine Jüdin‹, sagte sie. ›Das weiß ich. Deswegen sollt ihr mir sagen, wer meine richtigen Eltern sind.‹ Bis wir es ihr sagten, wollte sie nichts mehr essen. Deswegen mußten wir ihr gewaltsam den Mund öffnen, und sie biß zu, das können Sie mir glauben, und ihr mit einem Trichter Hühnerbrühe einflößen. Und dann hat sie absichtlich alles auf mich erbrochen. Auf meinen guten Anzug. Es war wirklich ekelhaft.

Als nächstes fand ich schmutzige Bücher unter ihrer Matratze. *Aus dem Französischen übersetzt. Nina* oder *Nana* oder so ähnlich. Gedichte von diesem Mistkerl Heine, der sich auch schämte, ein Jude zu sein. Scholem Aleichem war nicht gut genug für unsere Miss Hotzenklotz. Sie fing an, sich in Greenwich Village rumzutreiben, und blieb manchmal zwei Tage fort. Da begann ich, sie nachts in ihr Zimmer einzusperren. Wie ich herausfand, zu spät. Weil sie keine Jungfrau mehr war. Geht auf die Straße, angezogen wie eine Hure. Unsere Straße. Die Leute redeten. Ich hätte meine Stellung in der Synagoge verlieren können, und was dann? Auf der Straße singen? So hat Eddie Cantor angefangen, und sehen Sie ihn sich heute an, so eine dünne Stimme und Froschaugen. Ich wette, er ist nicht mal einen Meter fünfzig groß. Aber er ist Millionär, und deswegen achten sie ihn, die Gojim.

Es wurde einfach zuviel. Ihre Wutanfälle. Die schmutzige Sprache, deren sie sich befleißigte. Manchmal verließ sie ihr Zimmer zehn Tage lang nicht, saß da und starrte ins Leere. Gott sei Dank für Dr. Kaplan, er wies sie in eine Nervenklinik ein. Experten kümmerten sich um sie, gleichgültig, was es kostete. Wir verzichteten. Sie bekam Elektroschocks, der letzte Schrei in der modernen Medizin. Sie kommt nach Hause, schneidet sich zum Dank in der Badewanne die Pulsadern auf. Der Krankenwagen steht vor der Tür. Alle schauen hinter ihren Vorhängen zu. Mrs. Charnofsky schämte sich so sehr, daß sie eine Woche lang die Wohnung nicht mehr verließ. Neben meinen vielen anderen Pflichten mußte ich auch noch die Einkäufe erledigen oder mich mit einem Thunfisch-Sandwich begnügen.

Mr. Panofsky, Sie sollen wissen, daß es nicht Ihre Schuld ist. Es war nicht das erste Mal, daß sie versuchte, sich umzubringen. Oder das zweite Mal. Dr. Kaplan sagt, es ist ein Hilfeschrei. Wenn sie Hilfe braucht, soll sie darum bitten. Bin ich taub? Ein schlechter Vater? Unsinn. Mr. Panofsky, Sie sind noch jung«, sagte er, entfaltete sein riesiges Taschentuch und putzte sich die Nase. »Exporthandel ist ein erstklassiges Geschäft, und Sie würden sich besser stehen, wenn Sie härter arbeiten würden. Sie sollten wieder heiraten. Kinder kriegen. Diese Kartons hier auf dem Boden. Ziehen Sie aus? Ich hätte Verständnis dafür.«

»Es sind ihre Sachen. Lassen Sie mir Ihre Adresse da, und ich schicke sie Ihnen.«

»Was für Sachen zum Beispiel?«

»Kleider. Tagebücher. Gedichte. Notizbücher. Ihre Tuschezeichnungen.«

»Was sollte ich damit tun?«

»Es gibt Leute, die von ihrer Arbeit sehr viel halten. Ein Verleger sollte sich die Sachen ansehen.«

»Tagebücher, sagten Sie. Voller Lügen über uns. Dreck. Damit alle Welt uns für Ungeheuer hält.«

»Vielleicht wäre es besser, wenn ich mich darum kümmere.«

»Nein. Schicken Sie uns die Sachen. Ich lasse Ihnen meine Karte hier. Meine Neffe soll sie sich ansehen. Er ist Professor für Literatur an der New York University. Hoch geachtet. Er hat sie ermutigt.«

»So wie Sie.«

»So wie ich. Ach, wie nett. Danke. Schließlich haben Mrs. Charnofsky und ich gelitten. Die Schande, die sie über uns gebracht hat.«

»Elektroschocktherapie. Mein Gott.«

»Was ist, wenn ich Ihnen erzähle, wie sie zehn Tage lang, vielleicht zwei Wochen, nicht aus ihrem Zimmer gekommen ist. Wir haben Essen für sie vor die Tür gestellt. Einmal geht Mrs. Charnofsky hin, um den leeren Teller zu holen, und schreit so laut, daß ich dachte, es wäre jemand gestorben. Und wissen Sie, was auf dem Teller war? Entschuldigen Sie bitte, ihr Aa. Ja, Mister. Das hat sie getan. Im Krankenhaus haben sie diese Operation empfohlen. Wie heißt sie? Eine frontale Laborotie. Aber mein Neffe, der Professor, sagte nein. Ich dürfe das nicht zulassen. Glauben Sie, daß es falsch war, auf meinen Neffen zu hören?«

»Oh, es war falsch, Mr. Charnofsky. Verdammt falsch. Aber nicht das, Sie alter Narr.«

»Sie alter Narr. Redet man so mit einem älteren Mann? Ich habe gerade meine Tochter verloren.«

»Verschwinden Sie, Mr. Charnofsky.«

»Verschwinden Sie. Haben Sie geglaubt, ich würde mich in so einen Saustall zum Abendessen einladen?«

»Verschwinden Sie, bevor ich Sie auf den Boden werfe und Ihren Mund mit Seife auswasche.«

Ich packte ihn, zerrte ihn aus der Wohnung und knallte die Tür zu. Er begann, gegen die Tür zu hämmern. »Ich will meinen Homburg«, sagte er.

Ich holte ihn, riß die Tür auf und warf ihm den Hut zu.

»Sie können sie nicht besonders glücklich gemacht haben«,

sagte Mr. Charnofsky, »sonst hätte sich meine Clara nicht umgebracht.«

»Wissen Sie, Mr. Charnofsky, ich bin in der Lage, Sie buchstäblich die Treppe hinunterzuwerfen.«

»Pfui, pfui.«

Ich trat einen Schritt auf ihn zu.

»Der Mann in der Botschaft hat gesagt, daß sie seit zwei Tagen[32] tot war, als Sie sie am Donnerstag fanden. Aber der Tisch war für zwei gedeckt. Im Backofen war ein verbranntes Huhn. Und deswegen frage ich mich, wo waren Sie an diesem Abend, Mr. Panofsky?«

Ich trat einen weiteren Schritt auf ihn zu. Er begann, die Treppe hinunterzugehen, blieb auf halber Höhe stehen, drohte mir mit der Faust und brüllte: »Mörder. *Ojßworf. Mamser.* Ich wünsche *makeß* auf Sie und Ihre ungeborenen Kinder. Seuchen. Mißbildungen. Pfui!« sagte er noch einmal, spuckte auf den Boden und drehte sich um, um zu flüchten, als ich ihm nachsetzte.

15 Paris. 7. Nov. 1952. Nun, nachdem sie befruchtet ist, sinne ich darüber nach, daß die dicker werdende Clara weniger promiskuitiv, wenn auch nicht gerade zölibatär leben müßte.[33] Aber heute nachmittag brachte sie mir ihr jüngstes Gedicht, nahm meine mit Ermutigungen vermischten Korrekturen an und unterwarf mich anschließend jenen Diensten, die sie mit ihrer Schlangenzunge so wohltuend meisterhaft leisten kann, und verschmierte dann mein Sperma auf ihrem Gesicht. Gut für ihren Teint, sagte sie.

P--- muß ahnen, daß er ein Hahnrei ist. Freitag abend, als ich den Boulevard Saint-Germain entlangschlenderte, veranlaßte mich irgend etwas, mich umzudrehen. Mein drittes Auge,

32 Nicht viel länger als vierundzwanzig Stunden. Siehe Seite 164.

33 Der ursprüngliche handgeschriebene Eintrag in McIvers Tagebuch, aufbewahrt in der Special Collections Library, Universität von Calgary, lautet: »... wenn nicht gerade zölibatär, was ihrer vergnügungssüchtigen Natur widersprechen würde. Aber heute nachmittag störte sie mich wieder bei der Arbeit und unterwarf mich ...« Siehe Tagebuch 112, Seite 42.

würde Clara sagen. Und da war er, hoppelte weniger als einen Block hinter mir her, und als er meinen vorwurfsvollen Blick auffing, blieb er vor dem Schaufenster einer Buchhandlung stehen und tat so, als hätte er mich nicht gesehen. *Et voilà*, gestern abend war er wieder da, hinter mir auf dem Boul'Mich. Ich glaube, er verfolgt mich in der Hoffnung, uns zusammen zu erwischen. Immer häufiger taucht er unaufgefordert bei mir auf, gibt vor, sich um mich Sorgen zu machen, lädt mich in das grauenhafte Restaurant in der Rue du Dragon zum Mittagessen ein und erwartet Dankbarkeit.

»Ich mache mir Sorgen um Clara«, sagt er und läßt mich nicht aus den Augen. Aber ich tappe nicht in die Falle, die er mir stellt.

Heute 670 Wörter.

Paris. 21. Nov. 1952. Ein weiterer Brief von meinem Vater, in dem ich drei gespaltene Infinitive, zwei unverbundene Partikel sowie die übliche Entgleisung in einen Pleonasmus hier und da entdecke. Mutter geht es schlechter, und sie sehnt sich danach, mich noch einmal zu sehen, bevor sie stirbt, aber ich verspüre keinen Wunsch, ihre Schmähungen zu ertragen. Ich kann mein Manuskript nicht im Stich lassen oder mich der Angst aussetzen, die ein Besuch zwangsläufig mit sich bringen würde. Die Streitereien. Die Migräneanfälle. Und ihr unvermeidlicher Versuch, mir auf dem Totenbett den Schwur zu entlocken, daß ich in Montreal bleiben und mich um Vater kümmern werde, mit dessen Gesundheit es ebenfalls nicht zum besten steht. Ich bezweifle angesichts des treuliebenden Naturells meines Vaters, daß er sie lange überleben wird. Sie verliebten sich in der High-School, wo sie sich passenderweise bei einem Picknick der Kommunistischen Jugendliga kennenlernten.

Heute nichts geschrieben. Nicht ein Wort.

16 Nachdem Ms. Morgan meine Einladung zum Mittagessen ausgeschlagen und meine Wohnung fluchtartig verlassen hatte, war meine Laune miserabel, und ich versuchte, meine Nerven zu beruhigen, indem ich meinen Strohhut aufsetzte, den alten Spazierstock mit dem silbernen Griff nahm und meine Steptanzschuhe anzog. Zu einer King-Oliver-CD wärmte ich mich auf, schaffte dann einen passablen Shim Sham Shimmy und ein ordentliches Pulling the Trenches, aber meine Nervosität legte sich nicht. Ich war so mies gelaunt, weil die unglaublich alberne, aber ergötzliche Ms. Morgan einen Zuschuß in Höhe von 2500 Dollar von der Clara-Charnofsky-Stiftung für Frauen bekam, um ihre Promotion über »Frauen als Opfer im quebecschen Roman« beenden zu können.

Mea culpa wieder einmal. *Mea maxima culpa.*

Es war Claras Cousin, der hochgeachtete Professor an der NYU, der ihre Manuskripte und Zeichnungen liebevoll sortierte und sie Verlegern und Kunsthändlern zukommen ließ – und ihr Wert steigerte sich im Lauf der Jahre. Aber zunächst bestand er darauf, mich in New York kennenzulernen, ein Treffen, dem ich mit einigen Bedenken zustimmte, da ich, vorurteilsbeladen, wie ich bin, eine schwierige Begegnung mit einem akademischen Langweiler voraussah. »Dir ist doch klar«, sagte Hymie Mintzbaum einmal, als er von einer Sitzung mit einer seiner Seelenklempnerinnen kam, »daß das ein Abwehrmechanismus ist. Du bist davon überzeugt, daß jeder, der dich zum erstenmal trifft, dich für ein Stück Scheiße hält, deswegen ergreifst du Präventivmaßnahmen. Entspann dich, Junge. Wenn sie dich besser kennen, werden sie merken, daß sie recht hatten. Du bist ein Stück Scheiße.«

Norman Charnofsky war, wie sich herausstellte, ein sanftmütiger, etwas naiver Mensch, dem Geiz fremd war. Eine *gute neschome*, wie meine Großmutter zu sagen pflegte. Eine gute Seele. Zweifellos ein ständiges Risiko für sich selbst und andere. Von seinem abscheulichen Onkel Chaim hatte er erfahren, daß ich trank, und deswegen schlug Norman rücksichtsvoll vor, daß wir uns in der Lobby des Algonquin treffen sollten, in dem ich abgestiegen war, und bestärkte augenblicklich mein vorgefaßtes Urteil, indem er für sich ein Perrier bestellte. Er war ein wenig attraktiver kleiner Mann mit zinnfarbenem Haar, dicker Brille, Knollennase, fleckiger Krawatte, sein Kordsamtanzug an den Schultern mit Schuppen übersät und an den Knien fast durchgewetzt. Die alte Schultasche, die er neben sich abstellte, war so vollgestopft, daß sie beinahe platzte. »Ich sollte Ihnen zuerst einmal danken«, sagte er, »daß Sie sich die Zeit nehmen, mich zu treffen, und mich für meinen Onkel Chaim entschuldigen, der keine Ahnung hatte, daß das Kind, das Clara verlor, nicht von Ihnen war; Sie waren zu rücksichtsvoll, ihn darauf hinzuweisen.«

»Sie haben also ihre Tagebücher gelesen.«

»Ja, das habe ich.«

»Einschließlich des letzten Eintrags über das Abendessen, zu dem ich nicht kam.«

»Der überraschende Besuch meines Onkels Chaim kann weder für Sie noch für ihn leicht gewesen sein.«

Ich zuckte die Achseln.

»Bitte, mißverstehen Sie mich nicht. Ich achte meinen Onkel über die Maßen. Er ist ein verbitterter Mann, ja, aber er hat seine Gründe, und viele sind ihm zu Dank verpflichtet. Ich an erster Stelle. Chaim war der erste Charnofsky, der aus Polen nach Amerika kam, und von an Anfang an verleugnete er sich, sparte jeden Pfennig und ließ seine Verwandten nachkommen. Wenn er nicht gewesen wäre, hätten meine Eltern in Lodz bleiben müssen, ich wäre dort geboren, und Auschwitz wäre das Ende unserer Geschichte gewesen – wie für zu viele andere Charnofskys. Aber in den Augen der meisten Kinder derjenigen, die Chaim hierhergeholt hat, Männer und Frauen, die es in Amerika zu Wohlstand gebracht haben, ist er jetzt eine Peinlichkeit. Ein Atavismus. Ein Ghetto-Jude. Und sie wollen nicht, daß er morgens in ihrem Wohnzimmer seinen *taleß* anlegt und sein *dawnen* spricht, was ihre Kinder zum Kichern bringt, oder in ihrem Garten in Long Island oder Florida seinen blassen Körper sonnt, die Jarmulke auf dem Kopf, weil er sie damit vor ihren Nachbarn kompromittiert. Okay. Genug. Ich rede zuviel. Fragen Sie meine Frau. Und ich muß zugeben, daß er ein engstirniger Mann ist, verstockt, intolerant, aber sehen Sie, er ist immer noch verblüfft, was aus den Juden in Amerika geworden ist. Und von Ihrem Standpunkt aus, daran habe ich keinen Zweifel, war er unverzeihlich grausam zu Clara. Aber wie sollte er ein so frühreifes und eigenwilliges Kind in seinem Haus verstehen? Sie war so schwierig. Ein so leidgeprüfter Geist. Ach, arme Clara«, sagte er und biß sich auf die Lippe, »als sie erst zwölf war, lag sie bei uns im Wohnzimmer auf dem Boden, umgeben von Büchern, skizzierte, ihre mageren Beine schwangen hin und her, an den Knöcheln gekreuzt. Ich liebte Clara, und ich bedaure zutiefst, daß ich nicht mehr getan habe, um sie zu beschützen. Wovor? Vor der Welt, davor.«

»Waren Sie es, der nach Paris kam, um sie zu suchen?«

»Ja. Dann schrieb sie mir, bat mich, wegzubleiben, mir keine Sorgen mehr zu machen, sie hätte einen guten Mann kennengelernt, Sie, Mr. Panofsky, der sie heiraten wolle.«

Norman gab an einem Abend in der Woche Nachhilfe in Lesen in Harlem. Er gehörte einer Gruppe an, die Kleider sammelte, um sie Juden in Rußland zu schicken, er war Blutspender, und er hatte einmal für die Sozialistische Partei kandidiert. Seine Frau Flora hatte ihren Job als Lehrerin aufgegeben, um sich um ihr einziges Kind zu kümmern, einen Jungen, der am Down Syndrom litt. »Flora würde sich sehr freuen, wenn Sie heute abend zum Essen kämen.«

»Ein andermal vielleicht.«

»Flora würde jetzt sagen, hör auf zu quasseln und komm zur Sache. Ich wollte Sie treffen, weil ich einen Verleger für Claras Gedichte gefunden habe und eine Galerie, die sich für ihre Zeichnungen interessiert. Aber selbstverständlich können Claras Tagebücher nicht veröffentlicht werden, selbst wenn jemand sie haben wollte, solange mein Onkel Chaim und meine Tante Gitel noch leben.«

»Oder ich?« fragte ich und lächelte vorsichtig.

»Wenn man zwischen den Zeilen liest«, protestierte er, »merkt man, daß sie mehr als dankbar für Ihre Zuneigung war. Ich glaube, sie liebte Sie.«

»Auf ihre Weise.«

»Sehen Sie, alles könnte im Sande verlaufen. Aber es ist meine Pflicht, Sie darauf hinzuweisen, daß Claras Arbeit möglicherweise einen wesentlichen finanziellen Wert darstellt, und wenn das der Fall ist, sind Sie es, der Anspruch auf die Einnahmen hat.«

»Ach, kommen Sie, Norman, reden Sie keinen Unsinn.«

»Ich will Ihnen einen Vorschlag machen, den Sie gründlich

überdenken sollten. Ich bin verrückt. Fragen Sie, wen Sie wollen. Aber falls Geld fließen sollte, möchte ich in Claras Namen eine Stiftung gründen, die Frauen mit künstlerischen oder wissenschaftlichen Ambitionen fördern soll, denn sie haben es weiterhin extrem schwer«, und er fuhr fort, mir Beispiele und Zahlen dafür zu nennen, daß nur wenige Frauen an der NYU oder Columbia Stellen mit Pensionsanspruch innehatten oder als ordentliche Professorinnen berufen wurden und daß sie mit einem geringeren Gehalt auskommen und mit männlicher Herablassung fertig werden mußten. »Ich habe diese Papiere mitgebracht, damit Sie sie durchsehen können«, sagte er und griff in seinen dicken Schulranzen. »Verzichtserklärungen. Rechtsübertragungen. Nehmen Sie sie mit. Konsultieren Sie einen Anwalt. Überlegen Sie sich die Sache gut.«

Nach Normans Anerkennung lechzend, unterzeichnete ich die Papiere in dreifacher Ausfertigung an Ort und Stelle. Man hätte mir besser die rechte Hand abhacken sollen. Wie hätte ich ahnen können, daß ich damit Ereignisse in Gang setzte, die einen der wenigen wahrhaft guten Menschen, die mir je über den Weg gelaufen sind, in den Untergang trieben?

II

DIE ZWEITE MRS. PANOFSKY

1958–1960

1 Ich vermisse die alten Zeiten bei Totally Unnecessary Productions, wenn ich aus einer langweiligen Produktionsbesprechung im Konferenzraum geholt wurde, weil Miriam mir einen unvorhergesehenen Besuch abstattete und am Empfang auf mich wartete. Mit der einen Hand stemmte sie Saul auf die Hüfte, an der anderen hielt sie Mike. Die Tasche über ihrer Schulter war beladen mit einem Babyfläschchen, Windeln, einem Malbuch und Stiften, mindestens drei Matchbox-Autos, einem Taschenbuch von Yeats oder Berryman und der letzten Ausgabe der *New York Review of Books*. Eine betretene Miriam mit einem Streuner im Schlepptau, den sie auf der Greene Avenue beim Betteln oder bibbernd in einem Hauseingang in der Atwater aufgelesen hatte. Eines Morgens war es ein ausgezehrter Jugendlicher, die Schultern hochgezogen, als wollte er Schläge abwehren, sein Lächeln zugleich schmeichlerisch und gerissen. »Das ist Timothy Hobbs«, sagte sie. »Er ist aus Edmonton.«

»Hi, Tim.«

»'lo.«

»Ich hab Tim versprochen, daß du ihm einen Job verschaffen wirst.«

»Als was?«

»Tim mußte im Bahnhof schlafen, deswegen braucht er leider einen Wochenlohn Vorschuß.«

Ich setzte Tim als Botenjungen ein, ließ ihn am Kopierer arbeiten, auch wenn er sich die Nase immer wieder am Ärmel abwischte. Am Ende der Woche war er verschwunden – mit der Handtasche unserer Empfangsdame, einer Rechenmaschine, einer IBM-Schreibmaschine, einer Flasche Macallan und meinem frisch aufgefüllten Humidor.

An einem anderen Tag brachte Miriam ein junges, von zu Hause fortgelaufenes Mädchen vorbei, das als Kellnerin in einem schmutzigen Loch völlig fehl am Platze war und unter einem Chef zu leiden hatte, der, so Miriam, in der Küche nie an ihr vorbeikomme, ohne ihren Busen zu begrapschen. »Marylou«, sagte sie, »ist willens, einen Computerkurs zu absolvieren.«

Als ich mittags mein Büro verließ, rannte ich in eine davor geparkte Flottille von Motor- und Fahrrädern eines Kurierdienstes. Wie sich herausstellte, war Marylou im mittlerweile gefeierten Lastenaufzug unseres Bürogebäudes den Kerlen zu Diensten. Beschwerden wurden laut, und ich mußte sie gehen lassen.

Heutzutage öffnet Miriam, soweit ich weiß, am Freitagabend ihre Wohnung für Blairs Studenten und tröstet die Leidgeprüften und die, die weit entfernt von zu Hause leben. Sie hat mit jungen Frauen Abtreibungen durchgestanden und vor Gericht für junge Männer ausgesagt, die des Drogenbesitzes beschuldigt wurden.

Heute morgen mied ich die Büros von Totally Unnecessary Productions und blieb statt dessen lange im Bett liegen. Ich hörte »Auf besonderen Wunsch«, die Augen geschlossen, dem Schicksal hilflos ausgeliefert, und stellte mir vor, Miriam läge bei mir unter der Daunendecke und wärmte meine alten Knochen. Ich kenne jede Nuance ihrer Stimme. *Irgend etwas stimmte nicht.* Abends spulte ich das Band zurück, und nun war ich mir ganz sicher. Miriam hat Sorgen. Sie hat wieder einmal mit Kate am Telefon gestritten. Oder, noch besser, mit Blair. Vielleicht ist es der richtige Zeitpunkt für den liebenswerten alten Panofsky, seinen nächsten Schachzug zu machen. »Natürlich kannst du nach Hause kommen, mein Liebling. Wenn ich sofort losfahre, kann ich morgen früh bei dir in Toronto sein. Nein, du brauchst dir keine Sorgen zu machen, wenn ich unterwegs bin. Ich hab mit dem Trinken aufgehört. Du hast völlig recht. Es hat meine Persönlichkeit auf ungünstige Weise verändert. Ja, ich liebe dich auch.«

Ein weiterer Drink, und ich war mutig genug, um ihre Nummer in Toronto zu wählen, aber kaum meldete sie sich mit ihrer unverwechselbaren Stimme, meinte ich, mein Herz würde brechen. Deswegen knallte ich den Hörer auf. Jetzt hast du es tatsächlich getan, dachte ich. Blair konnte irgendwo unterwegs sein und sich an Bäume ketten oder Tierschutzsticker an Pelzgeschäfte kleben. Miriam war vielleicht allein zu Hause, in ihrem Morgenrock, und glaubte womöglich, daß ein Einbrecher die Wohnung überprüfe. Oder ein obszöner Anrufer. Ich hatte ihr Angst eingejagt. Aber ich traute mich nicht, sie noch einmal anzurufen und zu beruhigen. Statt dessen goß ich mir noch einen Drink ein und merkte, daß mir eine dieser Alter-Knacker-Nächte bevorstand, in denen ich vor meinem geistigen Auge mein verpfuschtes Leben abspulte und mich fragte, wie ich von dort nach hier gekommen war. Wie aus dem netten Teenager, der *Das wüste Land* laut im Bett las, der misanthropische alternde Produzent von TV-Dreck wurde, den nur eine verlorene Liebe und der Stolz auf seine Kinder aufrechterhielt.

BOSWELL: »Aber ist denn nicht die Todesfurcht dem Menschen innewohnend?«

JOHNSON: »So sehr, daß wir ein ganzes Leben damit hinbringen, den Gedanken daran zu verscheuchen.«

Meinen ersten Job – ein Vorbote zukünftiger Sünden wider den guten Geschmack – hatte ich beim Varieté oder, wie es der hassenswerte Terry McIver nennen würde, bei der *»commedia dell'arte*, wo P--- in die Kunst der Nachahmung eingeweiht wurde«. Einfach ausgedrückt: Ich war angeheuert, um Eis, Schokoriegel und Erdnüsse im Gayety Theatre zu verkaufen, wo ich mit meinem Bauchladen durch die Gänge patrouillierte. Dann wurde Slapsy Maxsy Peel zum Conférencier der Show, in der Lili St. Cyr als Star auftrat, und ich bekam meine erste Chance. »He, Großnase, würdest du gern zwei Dollar pro Vorstellung verdienen?«

Und so mußte ich, wann immer Slapsy Maxsy zum erstenmal die Bühne betrat, auf den Balkon hasten und, bevor er ein Wort sagen konnte, mit den Händen am Mund einen Trichter formen und grölen: »Hallo, Schmock.«

Scheinbar überrascht, starrte Slapsy Maxsy dann finster zum Balkon und schrie: »He, Junge, warum steckst du die Hände nicht in die Hosentaschen und versuchst das Leben in den Griff zu kriegen?« Dann, als Reaktion auf das schallende Gelächter in den Orchesterlogen, ging er dazu über, die Leute in der ersten Reihe zusammenzustauchen.

Morty Herscovitch hat mich letzte Woche untersucht und hocherfreut verkündet: »Seit letztem Jahr bist du fast drei Zentimeter geschrumpft.« Er warf mir eine Kußhand zu und rammte mir einen behandschuhten Finger in den Arsch.

»Trüffel wirst du dort keine finden«, sagte ich.

»Das müssen wir demnächst mal zurechtstutzen. Je früher, desto besser. Erinnerst du dich an Myer Labovitch?«

»Nein.«

»Klar erinnerst du dich. Zimmer 39. Großes Tier in der AZA. Der erste, der in einem Anzug mit wattierten Schultern und Röhrenhosen in die Schule kam. Gestern ist er nach Zürich geflogen. Nierentransplantation. Sie kaufen sie in Pakistan. Kostet ein Vermögen, aber was soll's? Weißt du, was demnächst in einem Krankenhaus ganz in deiner Nähe möglich sein wird? Transplantation von Schweineherzen auf den Menschen. Im Augenblick arbeiten sie noch in Houston dran. Jetzt verrat mir mal, was der Lubavitscher Rabbi dazu sagen wird, hm, Barney?«

Ich war Mortys letzter Patient an diesem Tag, aber während wir uns plaudernd in sein Büro zurückzogen, stieß ein wütender Duddy Kravitz die Tür auf und stürmte auf uns zu, warf unterwegs seinen Kaschmirmantel und seinen weißen Seidenschal ab und enthüllte einen piekfeinen Smoking. Mich nahm er mit einem kurzen Nicken zur Kenntnis, dann wandte er sich an Morty. »Ich brauche eine Krankheit.«

»Wie bitte?«

»Es ist für meine Frau. Schau, ich hab's schrecklich eilig, und sie wartet draußen im Auto. Ein Jaguar. Das neueste Modell. Du solltest dir auch einen anschaffen, Barney. Wenn du bar bezahlst, kannst du ihn runterhandeln. Sie ist in Tränen aufgelöst.«

»Weil sie keine Krankheit hat?«

Duddy erklärte uns, daß er trotz seiner Millionen, seiner jährlichen Spenden für das Montreal Symphony Orchestra, das Kunstmuseum, die McGill University, trotz des Riesenschecks an Centraid nicht in der Lage war, die Westmount-Gesellschaft zur Zufriedenheit seiner Frau zu knacken. Aber an diesem Abend, unterwegs zum Erdbeer-und-Champagner-Ball des Museums – »normalerweise kriegen wir einen Tisch im letzten Eck –, hatte ich einen Geistesblitz. Es muß doch eine Krankheit geben«, sagte er, »die noch nicht in aller Munde ist, etwas, wofür ich eine wohltätige Stiftung gründen, einen Ball im Ritz organisieren, eine berühmte Ballettänzerin oder Opernsängerin einfliegen lassen kann, egal, was es kostet, und alle müssen kommen. Aber das ist keine einfache Sache. Sag nichts, ich weiß. Multiple Sklerose hat sich schon jemand geschnappt. Krebs sowieso. Parkinson. Alzheimer. Leber- und Herzkrankheiten. Arthritis. Alles weg. Ich brauche also eine Krankheit, die noch frei ist, irgendwas Attraktives für eine

Stiftung, dann könnte ich den Generalgouverneur oder irgendeinen anderen Idioten zum Ehrenpräsidenten ernennen. Ihr wißt schon, wie Schwester Kenny – oder war es Mrs. Roosevelt? – und die Pfennigparade. Polio war großartig. Irgendwas, was Kindern das Herz zerreißt. Darauf sind die Leute ganz wild.«

»Wie wär's mit Aids?« schlug ich vor.

»Wo lebst du? Längst gegessen. Da gibt's doch was, was Frauen kriegen, ihr wißt schon, sie fressen wie die Schweine, stecken sich dann einen Finger in den Hals und kotzen's wieder aus. Wie heißt das?«

»Bulimie.«

»Ekelhaft, aber wenn Prinzessin Diana es hat, könnten sich auch die Westmount-Typen dafür begeistern. Verdammt«, sagte Duddy und blickte auf seine Uhr. »Mach schon, Morty. Ich bin spät dran. Jeden Augenblick kann sie mit dem Hupen loslegen. Sie treibt mich noch in den Wahnsinn. Na los, gib mir einen Tip.«

»Die Crohnsche Krankheit.«

»Nie gehört. Weit verbreitet?«

»Es leiden ungefähr zweihunderttausend Kanadier darunter.«

»Gut. Jetzt hast du begriffen. Sprich weiter.«

»Auch bekannt als Ileitis oder Krummdarmentzündung.«

»Erklär es mir bitte so, daß es auch der Laie versteht.«

»Man leidet unter Blähungen, Durchfall, rektalen Blutungen, Fieber, Gewichtsverlust. Wenn man es hat, hat man bis zu fünfzehnmal am Tag Stuhlgang.«

»Großartig! Wunderbar! Ich ruf Wayne Gretzky an und frage: Würden Sie gern Ehrenvorsitzender einer Furzstiftung? Mr. Trudeau, hier spricht DK, und ich hab was, was Ihr Image hundertprozentig aufpolieren wird. Wie wäre es, wenn Sie Vorstandsmitglied einer Stiftung werden, die meine Frau organisiert für Leute, die Tag und Nacht scheißen? Hallo, hiermit möchte ich euch alle zum jährlichen Durchfallball meiner Frau einladen. Hör mal, für meine Frau muß es ein bißchen Klasse haben. Bis morgen früh um neun muß dir was Bahnbrechendes einfallen, Morty. Freut mich, dich gesehen zu haben, Barney. Tut mir leid, daß dich deine Frau verlassen hat. Stimmt es, daß ein jüngerer Mann im Spiel war?«

»Ja.«

»So machen sie es jetzt. Die Emanzen. Am Abend hilft man

ihnen mit dem Geschirr, und am nächsten Tag gehen sie zurück auf die Uni, um ihr Studium abzuschließen, und kurz darauf lassen sie sich von einem Jungen *schtupn*. Barney, wenn du Eishockey- oder Baseballkarten willst, bin ich dein Mann. Ruf mich an, und wir gehen zum Mittagessen. Da, hört ihr's? Hup, hup, hup.«

Ich hatte gerade ausgetrunken und wollte ins Bett gehen, als Irv Nussbaum anrief und fragte, ob ich von der letzten Meinungsumfrage zum Ausgang des Referendums gehört hätte. »Wir verlieren an Boden«, sagte er.

»Ja, ich weiß.«

Trotzdem war Irv euphorisch. »Aber es müssen sich jetzt mehr antisemitische Zwischenfälle ereignen. Ich spür's in den Knochen. Großartig!« Irv war vor kurzem von einer United-Jewish-Appeal-Wohlfühl-Tour durch Israel zurückgekehrt. »Ich hab einen Typ namens Pinksy getroffen, der behauptet, dich in Paris gekannt zu haben, als du nicht mal einen Topf zum Reinpissen hattest. Er sagt, ihr hättet zusammen Geschäfte gemacht. He, wenn das stimmt, dann wette ich, daß es keine koscheren Geschäfte waren.«

»Richtig. Was macht Yossel derzeit?«

»Irgendwas mit Diamanten. Ich hab ihn im Ocean getroffen, wahrscheinlich dem teuersten Restaurant in ganz Jerusalem. Er hat sich in Gesellschaft einer jungen russischen Immigrantin mit Champagner zugeschüttet. Die war vielleicht ne Nummer. Blond. Und er ist in einem BMW davongerauscht, also muß es wohl zum Leben reichen. Ach, er hat mich gebeten, dich zu fragen, ob ein Kerl, mit dem ihr beide bekannt wart – Biggie oder Boogie, ich weiß nicht mehr –, dir auch soviel Geld schuldet wie ihm.«

»Hat er in letzter Zeit von Boogie gehört?«

»Seit Ewigkeiten nicht mehr, hat er gesagt. Er hat mir seine Karte gegeben. Er würde gern von dir hören.«

Ich konnte nicht schlafen. Verzehrte mich vor Schuldgefühlen, weil ich vor Jahren den Kontakt zu Yossel aufgegeben hatte. Weil er mir nicht länger von Nutzen war? War ich zu einem solchen Stück Scheiße verkommen?

Verdammt verdammt verdammt. Hätte ich geahnt, daß ich das hohe Alter von siebenundsechzig Jahren erreichen würde, wäre es mir lieber gewesen, den Ruf eines Gentleman zu erwerben statt den eines Rüpels, der mit TV-Schund ein Vermögen gemacht hat. Ich wäre gern wie Nathan Borenstein geworden, der pensionierte Allgemeinmediziner Dr. Borenstein muß jetzt Ende Siebzig sein, ein, wie meine Tochter Kate es nennt, Baumwollkopf mit runden Schultern und einer Trifokalbrille, den man selten ohne die silberhaarige winzige Mrs. Borenstein am Arm sieht, die vermutlich genauso alt ist. Ich habe dafür gesorgt, daß ich bei den Symphoniekonzerten im Place des Arts direkt hinter ihnen sitze, der Platz neben mir bleibt jetzt leer, aber ich will ihn nicht aufgeben, man weiß nie. Wenn die Lichter erlöschen, hakt er sich sehr diskret bei Mrs. Borenstein unter, später zieht er den Arm wieder zurück, öffnet die Partitur und folgt mit Hilfe einer kleinen Taschenlampe den Noten, nickt anerkennend oder beißt sich auf die Lippen, je nachdem, was die Gelegenheit erfordert. Zum letztenmal sah ich die beiden bei einer Aufführung der *Zauberflöte* der Montreal Opera Company. Wie immer hatte ich ein Auge auf Borenstein, applaudierte einer Arie, wenn er es tat, und enthielt mich des Klatschens, wenn er davon absah.

Aufgetakelte, mit Klunckern behangene Frauen, die sich Nase und Bauch haben korrigieren, an allen möglichen Stellen Fett haben absaugen lassen und sich einer Ultrapuls-Karbondioxid-Laserbehandlung unterzogen haben, dominieren im Place des Arts. Laut Morty Herscovitch haben sich manche von ihnen auch Sojaöl-Implantate in die Brüste einsetzen lassen. Man knabbert an einer Brustwarze, und was kriegt man? Salatsauce.

Ich sammle kleine Informationen über die Borensteins. Ihr Augenlicht, habe ich gehört, läßt nach, deswegen liest er ihr nach dem Abendessen vor. Sie haben drei Kinder. Der älteste Sohn ist Arzt bei Ärzte ohne Grenzen und arbeitet in Afrika, wo immer die mit Fliegen übersäten Kinder mit den aufgeblähten Bäuchen zu finden sind. Sie haben eine Tochter, die im Toronto Symphony Orchestra Geige spielt, und einen weiteren Sohn, der Physiker ist in [illegible]m – nicht Tel Aviv, sondern in der anderen Stadt in Israel. Auch nicht Jerusalem. In diesem Institut, weder in Tel Aviv noch in Jerusalem. Es liegt mir auf der Zunge. Es fängt mit einem H an. Das Herzl-Institut.[1] Nein. Aber so ähnlich. Ist ja unwichtig.

1 Das Weizmann-Institut in Haifa.

Nach einem Konzert im Place des Arts habe ich es einmal gewagt, die Borensteins anzusprechen. Sie standen draußen, scheinbar unentschlossen. Es regnete in Strömen. Es donnerte und blitzte. Ein Sommergewitter. »Entschuldigen Sie, wenn ich störe, Doktor«, sagte ich, »ich hole jetzt meinen Wagen aus der Garage. Darf ich Sie nach Hause bringen?«

»Das ist sehr freundlich von Ihnen, Mr. ...?«

»Panofsky. Barney Panofsky.«

Dann sah ich, wie Mrs. Borenstein erstarrte und den Arm ihres Mannes drückte. »Wir haben bereits ein Taxi bestellt«, sagte sie.

»Ja«, sagte er verlegen.

Auf der ersten Seite dieses unter einem schlechten Stern stehenden Manuskriptes schrieb ich, daß ich ein sozialer Paria sei wegen des Skandals, den ich mit ins Grab nehmen werde wie einen Buckel. Aber, um der Wahrheit die Ehre zu geben, nach meinem Freispruch waren da auch Männer, weiße protestantische Angelsachsen, die nach altem Geld stanken und mich früher mit dem allerbeiläufigsten Kopfnicken zur Kenntnis genommen hatten, mich jetzt aber zu einem Drink ins Ritz einluden. »Gut gemacht, Panofsky.« Oder sich im Beaver Club unaufgefordert zu mir an den Tisch setzten und mir auf die Schulter klopften. »Meiner unmaßgeblichen Meinung nach haben Sie wirklich eine Lanze für die anständigen Kerle gebrochen.« Oder mich mittags zu einer Runde Squash in ihren nobelsten Club einluden. »Ich bin dort nicht Ihr einziger Bewunderer.«

Manche ihrer hochmütigen Frauen, die mich bislang als unangenehm empfunden hatten, ein Rauhbein, sauertöpfisch und unattraktiv, waren von meiner Anwesenheit jetzt wie elektrisiert. Sie flirteten schamlos mit mir, meine niedere Herkunft war vergeben. Man stelle sich das vor. Ein Jude, der außer für Geld noch für etwas anderes Leidenschaft aufbrachte. Ein echter Mörder. »Sie dürfen es mir nicht übelnehmen, Barney, aber Ihr Volk wird in der Regel mit White-collar-Kriminalität in Verbindung gebracht und nicht mit, na, Sie wissen schon.« Am meisten erregte es diese Frauen, wenn ich die niederträchtige Tat zugab, statt sie zu leugnen. Ich lernte eine Menge über die Upper-Westmount-Gesellschaft und ihre Unzufriedenen. Die Frau eines Partners von McDougal, Blakestone, Corey, Frame und Marois sagte zu mir:

»Ich könnte nackt ins Ritz spazieren, und Angus würde nicht mit der Wimper zucken. ›Du kommst zu spät‹, mehr würde er nicht sagen. Ach, Angus ist übrigens Dienstagnacht in Ottawa, falls Sie Zeit haben, ich bin zu allem bereit, außer zur Missionarsposition. Über die Alternativen bin ich selbstverständlich informiert. Ich bin Mitglied im Buchclub.«

Aber ich war und bin Anathema für die wirklich Vornehmen. Gott sei Dank gibt es davon in Montreal nicht viele.

Die Borensteins fahren jeden Sommer zum Shakespeare-Festival nach Stratford, Ontario, und einmal saß ich nicht sehr weit von ihnen entfernt im Restaurant The Church. Mrs. Borenstein war gerötet, und ich bin willens zu schwören, daß der alte Mann, die Hand unter dem Tisch, mit der Frau flirtete, mit der er seit über fünfzig Jahren verheiratet war. Ich winkte dem Kellner und bat ihn, den beiden eine Flasche Dom Pérignon zu bringen, sobald ich gegangen wäre, jedoch nicht zu sagen, wer sie geschickt hatte. Dann schlenderte ich in den Regen hinaus, tat mir selbst furchtbar leid und verfluchte Miriam, die mich verlassen hatte.

Fast alle Menschen, die ich im Leben kennengelernt habe, mochte ich nicht, aber ich ekelte mich vor ihnen bei weitem nicht so sehr wie vor dem Nicht-Ehrenwerten Barney Panofsky. Miriam begriff das. Nach einem für mich nur allzu typischen Wutausbruch im Vollrausch, nach dem ich mich zwangsläufig mit einer Flasche Macallan aufrecht hielt, sagte Miriam: »Du haßt die Fernsehsendungen, die du produzierst, und du verachtest so gut wie alle, die für dich arbeiten. Warum gibst du diese Arbeit nicht auf, bevor du Krebs davon bekommst?«

»Und was soll ich dann tun? Ich bin noch nicht mal fünfzig.«

»Eröffne eine Buchhandlung.«

»Dann könnte ich mir keine Havannas mehr leisten, keinen XO-Cognac und keine Erste-Klasse-Flüge für uns beide nach Europa. Oder die College-Gebühren zahlen. Oder den Kindern etwas hinterlassen.«

»Ich will meine Tage nicht mit einem mürrischen alten Mann verbringen, der sein verpfuschtes Leben bereut.«

Und, letzten Endes, sie tut es nicht, oder? Statt dessen verschwendet sie sich an Herrn Doktor Professor Rettet-die-Wale, Verbietet-die-Robbenjagd, Benutzt-recyceltes-Klopapier, Hopper né Hauptman, der das zweite »n« in seinem Familiennamen gestrichen hat, damit niemand merkt, daß er mit dem Lindbergh-Entführer verwandt ist und womöglich, wenn man die Geschichte seiner Familie genau unter die Lupe nimmt, sogar mit Adolf Eichmann.

Genug.

Dr. Borenstein ist das Thema der heutigen Predigt. Angesichts der Tatsache, daß er ein Gentleman mit untadeligem Geschmack ist, kann man sich vorstellen, wie konsterniert ich war, als ich ihn und Mrs. Borenstein letzten Mittwochabend in der vierten Reihe des Leacock Auditorium bei Terry McIvers Lesung aus *Zeit und Rausch* sitzen sah. Ich mußte selbstverständlich hingehen und versteckte mich in der letzten Reihe. Seit jenem katastrophalen Abend am anderen Ende der Welt in George Whitmans Buchhandlung hatte ich diesen arroganten Blender nicht mehr lesen hören. Aber was tat ein so kultiviertes Paar zwischen all den Can-Cult-Groupies?

Terry wurde von Professor Lucas Bellamy, Autor von *Nordische Riten: Essays zu Kultur und Raum im postkolonialen Kanada* vorgestellt. Er begann seine immer wieder stockende zehnminütige Hymne mit der Behauptung, daß Terry McIver eigentlich nicht vorgestellt werden müsse. Dann zählte er Terrys Preise auf. Der Literaturpreis des Generalgouverneurs. Die Verdienstmedaille des kanadischen Schriftstellerverbandes. Den kanadischen Orden. »Und«, schloß der Professor, »so es denn Gerechtigkeit gibt, in der nicht allzu fernen Zukunft der Nobelpreis. Denn die Wahrheit ist, daß Terry McIver, wäre er nicht Kanadier, international gefeiert würde, statt von den Kulturimperialisten in New York und den Snobs, die die literarische Hühnerleiter in London beherrschen, übersehen zu werden.«

Bevor Terry zu lesen begann, verkündete er, daß er gemeinsam mit anderen Schriftstellern eine Verlautbarung unterzeichnet habe, die sich gegen Waldrodung und für den Schutz des Clayoquot Sound in British Columbia aussprach. Rodung, sagte er, führe zu Artensterben. Nach Schätzungen würden täglich einhundert Arten durch menschliche Einflußnahme auf die Umwelt ausgerottet, was wiederum zur globalen Erwärmung beitrage – eine Aussicht, die, wie ich gedacht hätte, in unserem Land nur als Segen begrüßt werden konnte. »Biovielfalt ist unser lebendiges Erbe«, verkündete er unter Applaus, und dann bat er alle, eine Petition zu unterschreiben, die er herumgehen lassen würde. Ich war mit Solange gekommen, derzeit meine ständige Begleiterin, die demnächst zu mir in die Pensionistenriege aufsteigen wird, aber dennoch Minikleider trägt, die für eine Frau in Chantals Alter angemessen wären. Ich fürchte, daß sie darin lächerlich aussieht, was mich bekümmert, weil ich sie sehr schätze, aber ich wage nicht, auch nur ein Wort zu sagen. Als Fernsehregisseurin macht mir Solange alle Ehre, aber sie will immer noch in romantischen Hauptrollen vor der Kamera agieren. Ich zwang sie, mit mir zu gehen, als McIver anfing, Bücher zu signieren, drängte ich sie hastig aus dem Saal und lud sie zum Essen ins L'Express ein. »Warum hast du diese dämliche Petition unterschrieben, die sie herumgehen ließen?« fragte ich.

»Sie war nicht dämlich. Die Tierwelt ist wirklich überall bedroht.«

»Du und ich auch. Aber weißt du, was? Du hast recht. Sorgen mache ich mir besonders um das Aussterben von Hyänen, Schakalen, Kakerlaken, Giftschlangen und Kanalratten.«

»Hättest du nicht warten können, bis ich mit dem Essen fertig bin?«

»Was wäre, wenn sie dank unserer Unachtsamkeiten alle den Weg der Dinosaurier gingen?«

»Du zum Beispiel?« fragte sie, und dann begann ich, mich treibenzulassen, und mußte gegen Tränen ankämpfen. Hier war ich oft mit Miriam gewesen. Miriam, Sehnsucht meines Herzens. Weswegen war sie heute morgen besorgt gewesen? Vielleicht hatte Kate ihr am Telefon Vorwürfe gemacht, weil sie mich verlassen hatte? Wie konnte Kate es wagen? *Ach ja? Nur zu, mein Liebes. Erinnere sie daran, was sie versäumt. Nein, tu's nicht.*

»Hallo, hallo, ich bin immer noch da«, sagte Solange und fuchtelte mit der Hand vor meinem Gesicht herum.

»Wirst du sein Buch kaufen?«

»Ja.«

»Aber Solange, meine Liebe, es sind keine Bilder drin.«

»Wenn das einer deiner hinreißenden Alle-Schauspielerinnen-sind-blöd-Abende werden soll, nur zu, bitte sehr.«

»Entschuldige, das hätte ich nicht sagen sollen. Ich habe McIver in Paris kennengelernt, und seitdem verfolge ich seinen Werdegang.«

»Das hast du mir schon mehr als einmal erzählt«, sagte sie besorgt.

»Wir mögen uns nicht.«

»Worauf bist du eifersüchtiger, Barney, auf sein Talent oder auf sein gutes Aussehen?«

»Ah, das ist schlau. Aber darüber muß ich erst nachdenken. Jetzt sag mir, du als *bona-fide* –, als *Pure-laine*-Französin, die vermutlich von den *filles du roi* abstammt, wie wirst du beim Referendum abstimmen?«

»Ich denke ernsthaft darüber nach, diesmal mit Ja zu stimmen. In der PQ sind ein paar Leute, die echte Rassisten sind, und die verabscheue ich, aber seit mehr als hundert Jahren kämpft diese Provinz und wird doch daran gehindert, ein Land zu sein. Natürlich ist es riskant, und es wird nicht leicht sein, aber warum sollten wir nicht unser eigenes Land haben?«

»Weil es meines kaputtmachen würde. Deine Vorfahren waren Dummköpfe. Sie hätten Quebec verkaufen und Louisiana behalten sollen.«

»Barney, du siehst fürchterlich aus. Wie kann man in deinem Alter nur so viel trinken? Und so tun, als würde Miriam zurückkommen.«

»Und was ist mit dir? Nach so vielen Jahren hast du Rogers Kleider immer noch nicht weggeworfen. Das ist krankhaft.«

»Chantal sagt, daß du dich im Büro unmöglicher als je zuvor benimmst. Die Leute fürchten die Tage, an denen du auftauchst. Und, Barney«, sagte sie und nahm meine Eidechsenhand, »du kommst jetzt in ein Alter, in dem es gefährlich werden könnte, wenn du weiterhin allein lebst.«

»Was nagt an dir, Solange? Spuck's aus.«

»Chantal sagt, daß du letzten Donnerstag einen Brief an Amigos Three diktiert hast, und als du am Montag ins Büro kamst, hast du den gleichen Brief noch einmal diktiert.«

»Da war ich eben mal vergeßlich. Wahrscheinlich war ich verkatert.«

»Das kommt dauernd vor.«

»Morty Herscovitch untersucht mich regelmäßig. Ich schrumpfe, sagt er. Wenn ich neunzig werde, kannst du mich in deiner Handtasche herumschleppen.«

»Chantal und ich haben darüber nachgedacht, und sollte sich dein Zustand verschlechtern, kannst du jederzeit zu uns ziehen. Wir werden einen Teil der Wohnung mit einem Maschendrahtzaun abtrennen, so wie die Leute in ihren Kombis den hinteren Teil für ihre Hunde reservieren. Und ab und zu werfen wir dir einen Latke zu.«

»Da zieh ich lieber zu Kate.«

»Wage ja nicht, auch nur im Traum daran zu denken, du Idiot. Sie hatte genug Sorgen und ist jetzt glücklich verheiratet. Das letzte, was sie in der Welt braucht, bist du.«

»Es wäre dumm von dir, mit Ja zu stimmen. Ich will nicht, daß du das tust.«

»Das willst du nicht? Wie kannst du es wagen! Was würdest du tun, wenn du jung und frankokanadischer Abstammung wärst?«

»Ich würde natürlich mit Ja stimmen. Aber wir sind beide nicht mehr jung und dumm.«

Als ich sie vor ihrer Wohnung in der Côte des Neiges absetzte, blieb Solange neben der Wagentür stehen. »Bitte trink jetzt nichts mehr. Fahr nach Hause und geh ins Bett.«

»Genau das habe ich vor.«

»Na klar, und du wirst es beim Leben deiner Enkelkinder beschwören.«

»Ehrenwort, Solange.«

Aber außerstande, die leere Wohnung zu ertragen, das Bett ohne Miriam, fuhr ich in der Hoffnung zu Jumbo's, dort Maître John Hughes-McNoughton oder Zack zu treffen. Statt dessen halste ich mir Sean O'Hearne auf, der sich schwer auf den Barhocker neben meinem sinken ließ, seine Augen funkelten vor alkoholisierter Bosheit. »Bring Mr. P. einen Drink«, sagte er keuchend.

»Wissen Sie was, Sean? Ich hab auf Sie gewartet. Hab da was, was Sie interessieren wird.«

»Ja ja ja.«

»Ihr habt meinen Garten umgegraben, habt Taucher wieder und wieder den See absuchen lassen, ihr habt von allem im Haus eine Probe genommen und auf Blutspuren untersucht, so wie ihr's von den Polizisten im Fernsehen gelernt habt. Aber Blödmänner, die ihr seid, habt ihr nie gefragt, wo meine Kettensäge war.«

»Bullshit. Sie hatten nie eine, Mr. P. Denn wenn es bei Ihnen irgendwelche harte Arbeit zu erledigen gab, haben Sie Gojim wie mich angeheuert. So war das bei eurem Haufen schon immer.«

»Wieso war dann ein Haken an meiner Garagenwand leer?«

»Leerer Haken, Blödsinn. Ich laß mich von Ihnen nicht verarschen, Mr. P.«

»Was, wenn ich Ihnen erzähle, daß ich letzte Woche in dem Haus einen Koffer mit alten Steuerunterlagen durchgesehen und eine Rechnung über eine Kettensäge vom 4. Juli 1959 gefunden habe?«

»Dann würd ich behaupten, daß Sie ein verdammter Lügner sind.«

Die anderen Gäste an der Bar sahen die Spätnachrichten im Fernsehen. Die tägliche Übersicht zum Referendum. Sie lachten schallend, als das Wiesel den Bildschirm ausfüllte und Todesröcheln-Witze erzählte, die jetzt das Schicksal aller Anglophonen sind.

»Und wo ist die Kettensäge jetzt?«

»Wo ich sie weggeworfen habe. Irgendwo hundert Meter tief im Wasser rostet sie vor sich hin und ist nach so vielen Jahren für Sie nicht mehr zu gebrauchen.«

»Wollen Sie mir erzählen, daß Sie dazu fähig waren, ihn zu zersägen?«

»Sean, jetzt, wo Sie so dicke mit der zweiten Mrs. Panofsky sind, warum heiraten Sie sie nicht? Ich werde weiterhin Unterhalt zahlen. Ich bin sogar gewillt, für eine Aussteuer aufzukommen.«

»Ein Typ wie Sie könnte niemals einen Mann abschlachten. Und wir haben nirgendwo Blut gefunden. Hören Sie auf, mich zu verarschen, Wichser.«

»Klar habt ihr kein Blut gefunden, weil ich ihn draußen im Wald abgeschlachtet haben könnte. Vergessen Sie nicht, daß ich einen Tag allein im Haus war, bevor ihr Idioten soviel gesunden Menschenverstand hattet, mich festzunehmen.«

»Sie haben einen kranken Sinn für Humor, das ist Ihnen hoffentlich klar, Mr. P. He, schaun Sie mal, da ist er. Ihr verdammter Erlöser.«

Jetzt war ein wutentbrannter Dollard Redux auf dem Bildschirm zu sehen. Lassen Sie sich von Drohungen nicht einschüchtern, sagte er. Gleichgültig, was sie heute sagen, wenn das Referendum erst mal durch ist, wird das restliche Kanada auf den Knien zum Verhandlungstisch kriechen.

»Vermutlich«, sagte O'Hearne, »werden Sie und der Rest Ihres Stammes am nächsten Tag nach Toronto ziehen. Aber was ist mit jemandem wie mir? Ich sitz hier fest.«

»Auch ich denke daran, mit Ja zu stimmen.«

»Ja ja ja.«

»Mehr als hundert Jahre wurde diese Provinz daran gehindert, ein Land zu sein. Sind Sie bereit, ein weiteres Jahrhundert pubertären Gezänks auf sich zu nehmen, oder sollen wir die Angelegenheit ein für allemal erledigen?«

Ich war immer noch nicht willens, einem Bett ohne Miriam gegenüberzutreten, deshalb ließ ich den Wagen, wo er war, schlug den Mantelkragen hoch gegen den scharfen Wind – ein Vorbote des bevorstehenden halbjährigen Winters – und schlenderte durch die Straßen des einst brodelnden Zentrums dieser sterbenden Stadt, die ich noch immer liebe. An zugenagelten Geschäften vorbei. An verfallenden Boutiquen in der Crescent Street mit Schildern in den Fenstern, auf denen stand: RÄUMUNGSVERKAUF oder ALLES MUSS RAUS. Hausbesetzer hatten sich des bröckelnden Art-deco-Gebäudes bemächtigt, das einst das York Theatre gewesen war. Ein Flegel hatte auf das Schaufenster eines Secondhand-Buchladens »FUCK YOU, ENGLISH« gesprüht. In der St. Catherine Street klebte an jedem Lampenpfosten sowohl ein Plakat mit OUI als auch eines mit NON darauf. Schmuddlige bibbernde Teenager campierten in Schlafsäcken vor dem Forum, wo am Morgen die Karten für ein Bon-Jovi-Konzert verkauft würden. Ein schmieriger bärtiger alter Mann mit wilden Augen, der vor sich hin murmelte und einen Einkaufswagen dabeihatte, durchwühlte eine Mülltonne nach leeren Dosen, die er einlösen könnte. Eine dicke Ratte schlitterte aus dem Sträßchen hinter einem indischen Restaurant

MacBarney mordet den Schlaf.

In meinem Bett versuchte ich es mit einem Trick nach dem anderen, vergeblich. Als ich nach Mrs. Ogilvy langte und meine Hände unter ihren Pullover glitten und versuchten, ihren filigranen BH zu öffnen, schlug sie mir ins Gesicht. »Wie kannst du es wagen?« sagte sie.

»Warum haben Sie dann in der Küche Ihre Titten an meinem Rücken gerieben?«

»Ich? Niemals. Glaubst du, ich bin so ausgehungert, eine hinreißende Frau wie ich – die es jeden Nachmittag in der Turnhalle von Mr. Stuart, Mr. Kent und Mr. Abercorn besorgt kriegt, wenn auch nicht unbedingt in dieser Reihenfolge –, daß ich mich herablassen und mich von einem kleinen jüdischen Wichser mit dreckigen Fingernägeln aus der Jeanne Mance Street verführen lassen würde?«

»Sie haben Ihre Schlafzimmertür offengelassen.«

»Ja. Und du konntest schon damals deine Blase nicht kontrollieren. Mußtest Pipi machen. Erst vierzehn Jahre alt und schon Probleme mit der Prostata. Wahrscheinlich Krebs.«

Und noch immer konnte ich nicht schlafen. So ließ ich das Band meines Lebens zurückspulen, schnitt Peinlichkeiten heraus, verfilmte sie im Geist neu ... auch jenen Montagnachmittag 1952, als ich mein Hotel in der Rue de Nesle betrat und die Concierge an das Fenster ihrer Kammer klopfte, die Scheibe aufschob und sagte: *»Ein Brief für Sie, Monsieur Panofsky.«*

Clara erwartete mich zum Abendessen. Warum nicht? Ich ging unterwegs in einen Laden und kaufte eine Flasche St. Emilion, einen ihrer Lieblingsweine. Ich fand sie fest schlafend auf unserem Bett, ein leeres Fläschchen Schlaftabletten lag auf dem Boden. Ich setzte sie augenblicklich auf, stützte sie und hielt sie in der Senkrechten, bis der Krankenwagen eintraf. Nachdem sie ihr den Magen ausgepumpt hatten, saß ich neben ihrem Bett und streichelte ihre Hand. »Du hast mir das Leben gerettet«, sagte sie.

»Ich bin dein Held.«

»Ja.«

Dann schwebte ihr verwesender Körper auf mich zu, die Augenhöhlen waren leer, Würmer weideten sich an ihrem Busen, und wieder klopfte Kantor Charnofsky an meiner Tür. »Pinkeln Sie in Ihrem Alter noch ins Bett?« fragte er.

Wieder hellwach, wurde mir klar, daß es Zeit war, ein paar Tröpfchen herauszupressen, dann tappte ich zurück ins Bett.

Vier Uhr dreißig. Ich döste ein, und meine Augen leuchteten

vor Freude, als ich Boogie in Lebensgröße vor mir sah. »Ich wußte, daß du irgendwann wieder auftauchen würdest«, sagte ich, »aber wo warst du all die Jahre?«

»Petra. Neu-Delhi. Samarra. Babylon. Papua. Alexandria. Transsilvanien.«

»Ich kann dir gar nicht sagen, was für Probleme du mir gemacht hast. Aber egal. Miriam, der Boogie-man ist da. Würdest du bitte noch ein Gedeck auflegen?«

»Wie kann ich? Ich lebe nicht mehr hier. Ich habe dich verlassen.«

»Nein, das hast du nicht.«

»Erinnerst du dich nicht mehr?«

»Du verdirbst mir meinen Traum.«

Dann nahm ich eine falsche Abzweigung. Und die zweite Mrs. Panofsky tauchte auf. Lief wieder zu ihrem Honda, weinend, kreischend. »Was wirst du jetzt tun?«

»Ich werd ihn umbringen, das werd ich tun.«

O Gott, ich muß mich für so viel verantworten, aber noch nicht jetzt. Bitte. Bittebitte.

Dann klingelte das Telefon. Klingel, klingel, klingel. *Es ist etwas passiert. Miriam. Die Kinder.* Aber es war eine tränenerstickte Solange. »Serge wurde von einem Haufen verdammter Schwulenschläger verprügelt.«

»O nein.«

»Er war im Parc Lafontaine. Er muß genäht werden. Ich glaube, sein Arm ist gebrochen.«

»Wo ist er?«

»Hier.«

»Warum kümmert sich Peter nicht um ihn?«

Peter, ein begabter Bühnenbildner, war Serge Lacroix' Lebensgefährte. Sie wohnten in einem ausgebauten Loft in Old Montreal, und gelegentlich aß ich bei ihnen zu Abend. Purpurrot gestrichene Wände. Überall Spiegel. Ich weiß nicht, wie viele Perserkatzen sich dort herumtreiben.

»Wenn Peter hier wäre, wäre das nicht passiert. Er ist bei einem Dreh in British Columbia.«

»Ich komme sofort.« Ich legte auf und rief Morty Herscovitch zu Hause an. »Morty, tut mir leid, daß ich dich geweckt habe, aber mein bester Regisseur ist bei einem Unfall verletzt worden. Ich werd ihn ins General fahren, aber ich will nicht, daß er zwei Stunden in der Notaufnahme warten muß und dann von einem Assistenzarzt behandelt wird, der seit sechsunddreißig Stunden nicht mehr geschlafen hat.«

»Nicht ins General. Ich treff dich in einer halben Stunde im Queen Elizabeth.«

Statt mit meinem Wagen zu Solanges Wohnung zu fahren, nahm ich ein Taxi. Serge hatte eine Platzwunde am Kopf, das linke Auge war fast ganz zugeschwollen, und er umklammerte ein eindeutig gebrochenes Handgelenk mit der gesunden Hand.

»Was mußt du auch in deinem Alter in diesem Park herumhuren? Du weißt doch, wie gefährlich das ist.«

»Ich dachte, du bist gekommen, um zu helfen«, sagte Solange.

Morty, der im Queen Elizabeth auf uns wartete, nähte seinen Kopf mit achtzehn Stichen, ließ ihn röntgen und gipste sein Handgelenk ein. Dann nahm er mich beiseite. »Ich möchte, daß er einen Bluttest machen läßt, solange er hier ist, aber er will nicht.«

»Überlaß das mir.«

Später fuhr ich mit Solange und Serge in meine Wohnung. Ich steckte Serge im Gästezimmer ins Bett. »Und bist du jetzt ein braver Junge, oder muß ich meine Schlafzimmertür absperren, bevor ich schlafen gehe?«

Er lächelte und drückte meine Hand, und ich ging in die Küche und machte für Solange eine Flasche Champagner auf. »Hör bitte auf, Chantal den Kopf zu verdrehen«, sagte sie.

»Du phantasierst.«

»Sie weiß nicht, was für ein Hooligan du bist. Und sie ist empfindlich.«

Ich öffnete den Kühlschrank. »Wir haben die Wahl. Ich habe ein Glas mit Leberpastete. Ich könnte ein paar Kascha-Pfannkuchen aufwärmen. Oder ich könnte zähneknirschend diese Dose Kaviar mit dir teilen.«

2 Mrs. Ogilvy wirft lange Schatten.
In der *Gazette* von heute morgen war eine Geschichte über eine hübsche einundvierzigjährige Musiklehrerin in Manchester, die zwölf Jahre nach der Tat angeklagt wurde, dreizehn- bis fünfzehnjährige Jungen aus einem Jugendorchester verführt zu haben. Ein angebliches Opfer, dem der Besuch eines zweitägigen Kindesmißbrauch-Workshops auf die Sprünge geholfen hatte, schilderte dem Richter, wie er als Vierzehnjähriger nach einer Geigenstunde mißbraucht worden war. »Penelope legte sich auf ihr Bett und zog mich neben sich. Sie knöpfte ihre Bluse auf und forderte mich auf, ihre Brüste zu liebkosen. Ich machte ihre Jeans auf. Darunter trug sie einen Slip aus rotem Satin. Sie schob die Hand in meine Hose. Zwanzig Minuten lang hatten wir oralen Sex. Danach servierte sie mir Tee und verdauungsfördernde Schokolade und sagte: ›Du bist ein ungezogener Junge.‹«

Zu einem weiteren Vorfall, der sich nach einer Weihnachtsfeier ereignet hatte, sagte ein vermeintlich mißbrauchter Junge: »Penelope saß auf der Bettkante und zog ihren Slip aus. Dann legte sie sich hin, knöpfte ihre Bluse auf, schloß die Augen, und es kam zu einem richtigen Gerangel.«

Der Richter verfügte, daß es unfair wäre, den Prozeß fortzusetzen, weil die angeblichen Vorfälle vor so langer Zeit stattgefunden hätten und es schwierig wäre, Zeugen und Beweise beizubringen, die die Leugnung der Vorwürfe durch die Lehrerin stützen würden. Weiterhin urteilte er, daß die Jungen zweifellos keine psychischen Schäden davongetragen hätten, vielmehr freiwillig teilgenommen und »die Aktivitäten gründlich genossen« hatten. Er müsse jedoch darauf hinweisen, daß Penelope insgesamt mehr getan hätte als Yehudi Menuhin, um die musikalische Begeisterung der Jugend zu fördern. Penelope verlor das Interesse an den Jungs, sobald sie fünfzehn waren. Leider galt das auch für Mrs. Ogilvy. Dieser grausame Schlag wurde nur geringfügig abgemildert durch meine neue Beziehung zu Dorothy Horowitz. Dorothy, so alt wie ich, ließ lediglich zu, daß ich sie auf dem mit einem Schonbezug aus Plastik bedeckten Sofa ihrer Eltern oder auf einer Bank im Outrement Park begrapschte, und auch diese Aktivität wurde durch gewaltsam aufrechterhaltene Verbotszonen eingeschränkt. Dorothy zog ihre Hand zurück, als hätte sie sie verbrannt, wenn ich sie zu der pulsierenden Wurzel meiner Leidenschaft dirigierte, die, zuvorkommend freigelegt, heraushüpfte wie Punch aus seiner Schachtel.

Das war 1943. Feldmarschall von Paulus' Armee war bei Stalingrad bereits dezimiert worden, die Amerikaner hatten Guadalcanal eingenommen, und an meiner Schlafzimmerwand prangte das berühmte Pin-up von Chili Williams in einem gepunkteten Bikini. Meine Mutter hatte damit begonnen, Bob Hope und Jack Benny Witze und Walter Winchell Einzeiler zu schicken, und mein Vater war bereits uniformiertes Mitglied von Montreals Besten. Izzy Panofsky, der einzige Jude bei der Polizei. Der Stolz der Jeanne Mance Street.

Im Hier und Jetzt, in meiner Wohnung im Lord Byng Manor, nahm ich mein Frühstück ein und beschloß, die Tatsache zu nutzen, daß die Familie in der Wohnung direkt unter meiner, die McKays, in ihrem Wochenendhäuschen am Lake Memphremagog waren. Ich rollte meinen Wohnzimmerteppich zusammen und zog den Vorhang zurück, der einen peinlichen, aber unerläßlichen mannshohen Spiegel verbarg. Als nächstes setzte ich meinen Strohhut auf, zog meinen Frack und die treuen Capezio-Schuhe an und schob Louis Armstrongs Version von »Bye Bye Blackbird« in den CD-Player. Den Stock über der Schulter, tippte ich an den Hut, um den guten Leuten auf dem Balkon die Ehre zu erweisen, und lockerte mich mit einem Round-the-Clock-Shuffle auf, legte dann einen akzeptablen Brush hin, gefolgt von einem wirklich großartigen Cahito, bevor ich einen Shim Sham riskierte und mich anschließend keuchend in den nächsten Sessel sinken ließ.

Hallo, Schmock, dachte ich. Und wieder einmal beschloß ich, die Montecristos einzuschränken, ebenso Pastrami-Sandwiches, Maltwhisky, dieses köstliche Horsd'œuvre aus Rindermark[2], das sie im L'Express servieren, XO-Cognac, das mit Fett marmorierte Rippenstück bei Moishe's, Koffein und alles andere, was schlecht für mich ist – jetzt, da ich es mir leisten kann.

Wo war ich? 1956. Seit langem zurück aus Paris. Clara tot, aber noch keine Ikone; Terry McIvers erster Roman wurde publiziert,

2 Es ist aus dem Mark von Kälbern.

obwohl man der Literatur einen größeren Dienst erwiesen hätte, wäre er auf halber Strecke von einem Herrn von Porlock aufgehalten worden; und Boogie, meistens high vom Heroin, schrieb mir immer, wenn seine Not am schmerzlichsten war. Ich nahm ihm die Bitten um Geld nicht übel, aber es fiel mir nicht leicht, sie zu erfüllen, da ich gerade erst angefangen hatte, auf den schmutzigen Wassern der Fernsehproduktion zu segeln, kämpfen mußte und keine Rechnung vor der letzten Mahnung zahlte. Um meine Probleme noch zu verschärfen, hatte ich dummerweise meine Affäre mit Abigail wieder aufgefrischt, und, o mein Gott, sie deutete an, daß sie Archie meinetwegen verlassen und vielleicht ihre beiden Kinder mitbringen würde.

Einen Moment. In meinem Notizbuch habe ich etwas, was sehr gut zu der Zeit damals und zu dem Problem paßt, an dem ich herumlaborierte. Der dreiundsechzigjährige Dr. Johnson schrieb 1772: »Mein Geist ist unruhig, und meine Erinnerung ist wirr. In letzter Zeit wenden sich meine Gedanken mit sinnlosem Eifer vergangenen Ereignissen zu. Ich habe keine Macht mehr über meine Gedanken; ein unerfreulicher Vorfall wird mir gewißlich die Ruhe rauben.«

Was folgt, ist ein unerfreulicher Vorfall, und wie er ins Rollen kam. Eines Tages schickte mein Buchhalter, der gemeine, unsägliche Hugh Ryan, Arnie mit einem versiegelten Umschlag, der angeblich einen Scheck über fünfzigtausend Dollar enthielt, in die Zentrale der Bank of Montreal. Als der Bankmanager den Umschlag öffnete, fand er jedoch Fotos von nackten Jungen und eine Einladung zu einem Abendessen bei Kerzenlicht in Arnies Wohnung. Ein am Boden zerstörter Arnie fand mich in Dink's. »Es gibt da was, was du nicht weißt. Jeden Morgen, bevor ich mich an meinen Schreibtisch setze, gehe ich auf die Herrentoilette, um mich zu übergeben. Ich habe Gürtelrose. Abigail und ich sehen ›Bonanza‹ im Fernsehen, und ich fange aus heiterem Himmel an zu heulen. Es ist nichts, sage ich. Ja. Ein Riesennichts. Barney, ich bin dein Freund und er nicht. Wir kennen uns seit Ewigkeiten, du und ich. Als du die Aufgaben in der Trigonometrieprüfung nicht lösen konntest, wer hat dir da geholfen? Schon damals war ich ein Crack in Mathe. Seit wie vielen Jahren jongliere ich mit den Zahlen für dich? Ich könnte dafür ins Gefängnis kommen, macht mir das was aus? *Schmeiß den verdammten Hurensohn raus. Ich könnte seine Arbeit mit links machen.*«

»Arnie, ich zweifle nicht an deinen Fähigkeiten. Aber gehst du mit Mackenzie von der Bank of Montreal am Restigouche Lachse angeln?«

»Ich könnte nie einen Wurm auf einen Haken spießen, mich ekelt davor.«

»Weißt du, wieviel bei den Projekten, die in der Entwicklung sind, auf dem Spiel steht? Ich könnte sang- und klanglos untergehen. Arnie, ich muß ihn noch behalten. Maximum ein Jahr.«

»Ich schreie meine Kinder an. Wenn das Telefon klingelt, spring ich auf, als würde mir jemand die Pistole an die Brust setzen. Um drei Uhr morgens wache ich auf, weil ich geträumt habe, daß ich mit diesem Judenquäler streite. Ich wälze mich im Bett hin und her, daß die arme Abigail keine Ruhe findet, und deswegen muß sie einmal in der Woche den Schlaf nachholen. Mittwochs kocht sie wie eine Verrückte und nimmt das Essen mit zu einer Freundin in Ville St. Laurent. Sie schläft bei Rifka Ornstein. Ich kann's ihr nicht verübeln. Sie kommt erfrischt zurück.«

»Wieviel zahle ich dir, Arnie?«

»Fünfundzwanzigtausend.«

»Von nächster Woche an sind es dreißigtausend.«

Als Abigail am Mittwochabend pünktlich um acht auftauchte, hielt ich ihr meine einstudierte Rede. »Noch nie zuvor war es für mich so wie mit dir, aber wir müssen um Arnies und der Kinder willen ein Opfer bringen. Ich könnte nicht mit dem Wissen leben, daß wir ihnen weh tun, und eine Frau von deiner Schönheit, Intelligenz und Integrität kann es auch nicht. Unsere Erinnerungen kann uns niemand nehmen. Wie Celia Johnson und Trevor Howard in *Begegnung*.«

»Ich sehe mir keine britischen Filme an. Wegen dem komischen Akzent. Wer kann dieses Englisch schon verstehen?«

»Niemand kann uns den Zauber nehmen, den wir miteinander erlebt haben, aber wir müssen tapfer sein.«

»Weißt du was? Wenn ich die Hände frei hätte, würde ich klatschen. Ich hab dir einen Schmorbraten und Kascha gemacht. Hier«, sagte sie und schob mir das Essen hin. »Ich hoffe, du erstickst daran.«

Als sie gegangen war und die Tür hinter sich zugeknallt hatte, wärmte ich den Braten auf, der wunderbar saftig war, wenn auch eine Spur zu salzig. Aber die Kascha war perfekt. Was wäre, fragte ich mich, wenn wir den Sex aufgeben, sie aber weiterhin für mich kocht? Nein. Darauf ließe sie sich nicht ein.

Später an diesem schuldbeladenen Abend rauchte ich eine Montecristo und überraschte mich, weil ich mich entschloß, Arnie endlich Gerechtigkeit widerfahren zu lassen und seinem Büroleiden ein Ende zu setzen. Am nächsten Morgen wachte ich auf, gewillt, mich zu opfern, ein entschlossener Mann, glühend vor tugendhaften Vorsätzen. Ich machte ein paar Steptanzschritte und schmetterte »Blueberry Hill«. Dann, direkt nach einem langen feuchten Mittagessen bei Dink's, das meine Entschlossenheit stärkte, rief ich Arnie zu mir.

»Was ist los?« fragte er mit zitternder Unterlippe.

»Setz dich, Arnie, alter Freund«, sagte ich und strahlte wohlwollend. »Ich habe Neuigkeiten für dich.«

Arnie nahm auf der Stuhlkante Platz. Stocksteif. Schwitzend. Eine Spur des Angstgeruchs schwebte zu mir. »Ich habe über unser Problem nachgedacht«, sagte ich, »und ich habe die einzig mögliche Lösung gefunden. Halt dich fest, Arnie, ein Rausschmiß steht an.«

»Zum Teufel noch mal«, brüllte er und schoß vom Stuhl hoch. Spucke spritzte. »Ich kündige.«

»Arnie, du hast mich nicht verstanden. Ich ...«

»Ach ja? Dein blödes Grinsen kannst du dir sparen. Du hast deine Wahl getroffen, und ich meine. Ich habe auch meinen Stolz.«

»Arnie, hör mir doch bitte zu.«

»Glaub nur nicht, ich wüßte nicht, was dahintersteckt. Judas. Du hast meiner Frau unsittliche Anträge gemacht. Du hast versucht, es mit der Mutter meiner Kinder zu treiben. Gestern nacht ist sie nicht bei Rifka geblieben, sondern kam vor Mitternacht nach Hause und hat mir alles erzählt. Du hast ihr *in meiner Küche* aufgelauert, ausgerechnet *bei Craigs Bar Mizwa Party*, du hast dich an sie gedrückt, du Mistkerl. Sie hat dir einen Korb gegeben, und ich muß jetzt den Preis dafür zahlen. Und du lachst. Findest du das komisch?«

»Tut mir leid. Ich kann nicht anders«, sagte ich und kicherte unkontrolliert.

»Dir ist nach Lachen? Gut. Weil du gleich vor Lachen wiehern wirst. Hier arbeitet kein einziger, der sich nicht längst irgendwo anders nach einem Job umsieht. Großmaul. Hurenbock. Du hältst dich für David Selznick, aber hier nennen sie dich Hitler und manchmal, hinter deinem Rücken, auch Dean Martin. Nicht etwa, weil du so gut aussiehst – sei unbesorgt, du bist potthäßlich –, sondern weil du wie er ein Säufer bist. Was bist du überhaupt? Anständig jedenfalls nicht. Dein Vater ist ein bestechlicher Bulle, und deine Mutter hat sich von Anfang an lächerlich gemacht. Von Hedda Hopper hat sie einmal einen Brief gekriegt mit einem signierten Foto – die Unterschrift war aufgedruckt –, aber deine Mutter hat es in der ganzen Straße rumgezeigt, und die Leute wußten überhaupt nicht mehr, wo sie hinschauen sollten.«

»Du gräbst dir ein tiefes Loch, Arnie.«

»Francine hat dir mal Unterlagen nach Hause gebracht, und sie sagt, daß sie dich mit einem albernen Strohhut auf dem Kopf erwischt hat, angezogen wie der Herzbube mit Steptanzschuhen. Ha, ha, ha. Fred Astaire, nimm dich vor deinem Rivalen in acht. Wuup-di-du, hier kommt Gene Kelly Panofsky. Junge, haben wir auf deine Kosten gelacht! Zur Hölle mit dir, du Narr von anno dazumals, ich kann dir gar nicht sagen, wie froh ich bin, daß ich hier nichts mehr zu suchen habe.« Damit verschwand er.

Ich stürmte aus meinem Büro, Arnie hinterher, und wäre fast mit Hugh Ryan zusammengestoßen. »Das ist alles deine Schuld, Hugh. Du bist gefeuert. Fristlos.«

»Ich hab keinen Schimmer, was du da vor dich hin brabbelst, aber mir scheint, da hat jemand zu tief ins Glas geschaut.«

»Du wirst Arnie nicht mehr quälen. Räum deinen Schreibtisch auf und hau ab.«

»Was ist mit meinem Vertrag?«

»Du kriegst noch ein halbes Jahr Gehalt, und damit basta. *Bonjour la visite.*«

»In diesem Fall wirst du von meinem Anwalt hören.«

Scheiße Scheiße Scheiße. Was hatte ich getan? Ohne Arnie, diesen Nörgler, konnte ich leben, aber nicht ohne meine unschätzbare gojische Bankverbindung. Vor meinem geistigen Auge sah ich meinen Schreibtisch überladen mit Zahlungsaufforderungen. Kredite wurden gekündigt. Wirtschaftsprüfer durchkämmten meine Akten. »Was starrt ihr mich so an?« rief ich.

Sie senkten die Köpfe.

»Euer Hitler denkt darüber nach, Personal abzubauen. Downsizing nennt man das.[3] Wenn also jemand woanders einen Job sucht, ist jetzt der richtige Augenblick. Ihr seid alle entbehrlich. Jeder von euch. Wie Kleenex. Einen schönen Tag noch.«

Ich fühlte mich elend, mein unverzeihlicher Ausbruch war mir hochnotpeinlich, und deswegen ging ich schnurstracks zu Dink's, um mich zu stärken.

»Ärger im Büro, Liebling?« fragte John Hughes-McNoughton.

»Weißt du was, John? Du bist nicht annähernd so witzig, wie du meinst. Vor allem wenn du den ganzen Tag getrunken hast. Wie heute«, sagte ich und ging in die Bar des Ritz.

Es muß gegen acht gewesen sein, als ich dort heraustaumelte, in ein Taxi stieg und zu Arnies Wohnung im tiefsten Chomedy fuhr. Abigail öffnete die Tür. »Du traust dich hierher?« zischte sie entgeistert.

»Ihn will ich sprechen, nicht dich«, sagte ich und drängte mich an ihr vorbei.

»Es ist das Arschgesicht, Arnie. Für dich.«

Arnie schaltete den Fernseher aus. »Ich war heute nachmittag bei meinem Anwalt, und alles, was du zu sagen hast, solltest du ihm sagen. Denn laut Lazar habe ich gute Argumente für eine Abfindung. Unrechtmäßige Entlassung.«

»Aber du hast doch gekündigt.«

»Du hast ihn zuerst gefeuert«, sagte Abigail. »Das steht auch in seinen Notizen.«

»Hat jemand was dagegen, wenn ich mich setze?«

»Setz dich.«

3 »Downsizing« wurde als stehender Begriff erst im September 1975 in den allgemeinen Sprachschatz aufgenommen, als der *U.S. News & World Report* seine Leser informierte: »›Länger, breiter, tiefer‹ ist nicht mehr angesagt. ›Klein, kleiner, am kleinsten‹ heißt die neue Maxime. Ingenieure in Detroits Autoindustrie nennen diesen aktuellen Trend ›downsizing‹.« Sechs Jahre später, als 1981 die Rezession zuschlug und Firmen Tausende von Arbeitern entließen, erhielt »downsizing« seine derzeitige Bedeutung.

»Arnie, ich habe nicht dich entlassen. Ich habe dich rufen lassen, um dir mitzuteilen, daß ich Hugh feuern will«, sagte ich.

»O mein Gott«, sagte Arnie und schlug die Hände vors Gesicht.

»Fang bloß nicht an zu greinen. Ich hab genug für heute.«

»Hast du es getan?«

»Was?«

»Hast du Hugh gefeuert?«

»Ja.«

»Wurde auch Zeit«, sagte Abigail.

»Habt ihr was zu trinken da?«

Arnie hastete zum Schrank. »Wir haben noch etwas Pfirsichlikör von Craigs Bar-Mizwa. Warte. In der Flasche Chivas ist auch noch ein Rest.«

»Er trinkt keinen Chivas. Er trinkt – woher soll ich das wissen? Ich bin ganz durcheinander. Ich weiß schon nicht mehr, was ich rede. Ich hol dir ein Glas.«

»Und was jetzt?« fragte Arnie und schaukelte vor und zurück, die Hände zwischen die Beine geklemmt.

»Na ja, du hast heute ein paar harsche Sachen zu mir gesagt.«

»Aber ich war am Verrücktwerden. Ich nehm's zurück. Alles. Ich möchte, daß du weißt, daß ich dich immer bewundert habe für die großen Dinge, die du erreicht hast. Du bist mein Mentor.«

»Ich sterbe«, sagte Abigail.

»Arnie«, sagte ich und schluckte den Rest Chivas aus der Flasche, »du hast die Wahl zwischen zwei Möglichkeiten. Du kannst aufhören und kriegst noch ein Jahresgehalt, oder du kommst morgen früh wieder zur Arbeit. Besprich es mit der Mutter deiner Kinder.«

»Sag ihm, daß du Hughs Stelle und Hughs Gehalt willst.«

»Ich will Hughs Stelle und Hughs Gehalt.«

»Ich hab sie gehört. Die Antwort lautet nein.«

»Warum?«

»Arnie, ich hab dir ein Angebot gemacht. Besprich es mit Abigail, und gib mir dann Bescheid«, sagte ich und stand auf.

»In deinem Zustand solltest du nicht fahren«, sagte Arnie. »Warte. Ich bring dich nach Hause.«

»Ich bin mit dem Taxi gekommen. Du könntest mir jetzt eins rufen, Arnie, bitte.«

Kaum war Arnie in der Küche verschwunden, sagte Abigail: »*Meine Kasserolle. Die Pyrex-Schüssel.* Wenn er merkt, daß sie nicht mehr da sind, wird er denken, daß unsere Putzfrau sie hat mitgehen lassen.«

»Aber ich habe die Kascha noch nicht aufgegessen«, sagte ich.

23. Okt. 1995

3 Lieber Barney,

jedem sein Albatros.

Seit dem Tag Deiner Ankunft in Paris, rührend linkisch, ungebildet, ehrgeizig, war mir überdeutlich klar (und auch anderen, die ich namentlich aufführen könnte), daß Dich der Neid auf mein Talent verzehrte. Nein, besessen warst Du davon, wolltest Dich bei mir einschmeicheln, indem Du Freundschaft heucheltest. Ich ließ mich nicht täuschen. Aber ich hatte Mitleid mit Dir und sah amüsiert zu, wie Du Dich in den Bunten Haufen eingeschlichen und Sympathien erworben hast und nicht zu stolz warst, das unbezahlte Faktotum zu spielen. Claras Essensmarke. Boogies Pudel. Im nachhinein mache ich mir selbstverständlich Vorwürfe, so nachsichtig gewesen zu sein, denn hätte ich Dich nicht mit ihnen bekannt gemacht, wäre die arme Clara Charnofsky heute noch am Leben, ebenso Boogie, letzterer, leider, ein größerer Verlust für die Drogenhändler als für die Welt der Literatur. Seit damals frage ich mich bisweilen, als Beobachter der *condition humaine*, wie es Dir, der Du zwei Tode zu verantworten hast, möglich ist, weiterhin zu funktionieren. Es kann Dir nicht leichtfallen, zu schlafen.

Wie ich gehört habe, war Dein Großvater mütterlicherseits Schrotthändler, und so empfinde ich es als durchaus passend, als eine Art Symmetrie, daß Du als Produzent von Fernsehschund reich geworden bist. Angesichts Deiner rachsüchtigen Natur hat es mich nicht überrascht, daß es Dir drollig erschien, einer besonders geschmacklosen Serie den Titel »McIver von der RCMP« zu geben. Es erstaunte mich auch nicht, Dich im Leacock Auditorium leiden zu sehen, wo ich vor kurzem vor ausverkauftem Saal las. Aber, Narr, der ich bin, glaubte ich, daß es eine Art von Verleumdung gibt, zu der auch Du Dich nicht herablassen würdest. Herzlichen Glückwunsch, Barney. Deine jüngste racheschnaubende Geste hat mich wirklich überrascht. Das soll heißen, daß ich die bösartige Attacke Deines Sohnes auf *Zeit und Rausch* in der *Washington Times* gelesen habe. Armer sklerotischer Barney Panofsky. Im Alter aller Kräfte beraubt, so daß Dein Sohn einspringen muß, wo Dir der Mut fehlt.

Obwohl ich es nie für nötig erachte, auf Rezensionen meiner Werke zu reagieren oder sie auch nur zu lesen (die meisten sind im übrigen positiv), fühlte ich mich doch verpflichtet, den für Literatur verantwortlichen Redakteur der *Washington Times* darauf hinzuweisen, daß Saul Panofskys Schmähung vom Animus seines Vaters inspiriert ist.

Mit freundlichen Grüßen
Terry McIver

4 Was jetzt folgt, scheint ebenfalls eine Abschweifung zu sein. Ist aber keine. Ich will auf etwas ganz Bestimmtes hinaus. Mr. Lewis, unser Klassenlehrer in Zimmer 43 der F.F.-High-School, liebte es, uns Henry Newbolts aufrüttelnde *Drachen-Trommel* vorzutragen.

Wenn Devon sich nähert, der Grande, verlaß ich die
himmlischen Lande,
und trommle ihn über den Kanal, wie wir es taten vor
langer Zeit.

Wie ich der heutigen *New York Times* entnehme, war Newbolt (was für eine Überraschung) ein Heuchler. Er verfaßte zwar patriotische Knittelverse, lehnte jedoch den Militärdienst im Burenkrieg mit der Begründung ab, es sei seine Pflicht, die Moral an der Heimatfront zu heben. Die Legende von der Drachen-Trommel war Betrug, seine Erfindung. Der Dichter, der sich selbst als die Verkörperung viktorianischer Tugenden anpries, unterhielt lebenslange Beziehungen zu seiner Frau und ihrer Cousine, vögelte abwechselnd seine Frau in London und ihre Cousine auf dem Land. W.H. Auden schrieb:

Die Zeit, sie verweigert ihre Huld
Sowohl Tapferkeit als auch Unschuld,
Und nach einer Woche schon ist alt
auch die lieblichste Gestalt,

Ehre erweist sie jedoch der Sprache
Verzeiht jedem, der fördert ihre Sache;
Feigheit und Hochmut läßt sie nie büßen,
legt statt dessen Lob zu ihren Füßen.

Nun, vielleicht stimmt's, vielleicht auch nicht. Aber ich habe nie einen Schriftsteller oder Maler kennengelernt, der sich nicht selbst in höchsten Tönen lobte, der kein Aufschneider und kein bezahlter Lügner und Feigling gewesen wäre, getrieben von Habgier, versessen auf Ruhm.

Hemingway, dieser Maulheld, der zugegebenermaßen über einen eingebauten Scheißedetektor verfügte, schrieb seinen Bericht über den Ersten Weltkrieg auf der Schreibmaschine. Lewis Carroll, dieses alte Schätzchen, geliebt von Generationen von Kindern, war kein Babysitter, dem man seine zehnjährige Tochter anvertraut hätte. Genosse Picasso ist den Nazis während der Okkupation von Paris in den Arsch gekrochen. Wenn Simenon es tatsächlich mit zehntausend Frauen getrieben hat, fresse ich meinen Strohhut. Odets hat vor dem Ausschuß für unamerikanische Umtriebe Freunde verraten. Malraux war ein Dieb. Lillian Hellman log, was das Zeug hielt. Der liebenswerte alte Robert Frost war in Wahrheit ein gemeiner Dreckskerl. Mencken war ein tollwütiger Antisemit, allerdings nicht ganz so tollwütig wie der berüchtigte Plagiator T. S. Eliot oder viele andere, die ich namentlich nennen könnte. Evelyn Waugh war ein sozialer Aufsteiger, und Frank Harris starb vermutlich unberührt. Jean-Paul Sartres Résistance-Beitrag war fragwürdig, und später rechtfertigte er den Gulag. Edmund Wilson hinterzog Steuern, und Stanley Spencer war ein Trottel. T. H. Lawrence las nicht alle Bücher der Bodleian-Bibliothek. Marco Polo kam auf der Suche nach dem Reich der Mitte wahrscheinlich nicht weiter als bis zum Markusplatz. Wenn die Fakten bekannt wären, würde sich herausstellen, daß Homer hervorragend gesehen hat.

Ich war aufgebrochen und nach Paris gegangen, um die Welt der Kultur zu ergründen, und hatte gehofft, durch die Verbindung mit Menschen reinen Herzens, »den heimlichen Gesetzgebern der Welt«, bereichert zu werden, und ich kehrte nach Hause zurück – entschlossen, fortan Schriftsteller und Maler zu meiden wie der Teufel das Weihwasser.

Außer Boogie.

Nach meiner Abreise wurde der Boogie-man angeblich in Istanbul, Tanger und auf dieser Insel vor der Küste Spaniens gesehen. Nicht Mallorca, sondern die andere. Kreta? Quatsch. Die, die von den Hippies ruiniert wurde.[4] Wie auch immer, den ersten Brief von Boogie erhielt ich zwei Jahre nachdem ich nach Montreal zurückgekehrt war. Er kam aus einem buddhistischen Kloster im ehemaligen Formosa[5], das jetzt anders heißt, so wie Coke als Coke Classic wiedergeboren wurde. Scheiße. In meinem Alter bin ich nicht mehr verpflichtet, mich auf dem laufenden zu halten. Ich überfliege die Kinoanzeigen, die für Filme mit irgendeinem mißgelaunten Jüngelchen und irgendeinem Starlet mit vergrößerten Brüsten werben. Alle stecken sie zehn Millionen Dollar pro Film ein, und ich hab keine Ahnung, wer sie sind. Tatsache. Einst mußten Frauen, die Leinwandstars waren, dunkle Sonnenbrillen und ein Kopftuch tragen, damit sie auf der Straße nicht erkannt wurden, heutzutage müssen sie sich nur was anziehen. Wenn ich schon dabei bin, ich habe keinen blassen Schimmer, was »fickfacken« bedeutet oder warum schicke junge Leute in Restaurants nur noch Snacks und keine richtigen Mahlzeiten mehr zu sich nehmen. Ich bin nicht online und werde es nie sein.

Boogie schrieb:

> Die offensichtlich unvollkommene Menschheit fährt immer noch auf dem evolutionären Fahrrad. In ferner Zukunft werden die Genitalien von Männern und Frauen dorthin wandern, wo heute unsere Köpfe sitzen – und sei es nur um der Bequemlichkeit willen –, und unsere zunehmend überflüssigen Birnen werden an die Stelle hinuntersinken, wo sich einst unsere Geni-

4 Ibiza.

5 Boogie schrieb diesen Brief erst 1957 und schickte ihn nicht in Taiwan ab, sondern in New York nach dem Besuch seines ersten Rock-'n'-Roll-Konzerts.

talien befanden. Dadurch wird es jung und alt möglich, sich ohne ermüdendes romantisches Vorspiel oder das unvermeidliche Gefummel mit Knöpfen oder Reißverschlüssen ineinander zu verhaken. Sie werden in der Lage sein, »nur den Bogen zu schlagen«, wie Forster schrieb, während sie darauf warten, daß die Ampel umschaltet, oder während sie an der Supermarktkasse Schlange stehen oder auf einer Synagogen- oder Kirchenbank sitzen. »Ficken« oder das vornehmere »sich lieben« wird man »Kopfstoß« nennen, wie in: »Ich ging die Fifth Avenue entlang, roch dieses bezaubernde Ding und gab ihr einen Kopfstoß.«

Andererseits wird diese kulturelle Vervollkommnung dazu führen, daß nicht länger Bordelle oder Freudenhäuser, sondern Bibliotheken als verbotene Orte gelten, wo sich die Sünder treffen (Reißverschlüsse öffnen und die Hosen runterlassen, um grammatikalisch korrekt miteinander zu diskutieren). Diese Orte werden beständig von Schließung durch die Bildungspolizei bedroht sein. Die neue sozial gefährliche Krankheit wird Intelligenz sein. Denk dran, Du hast es als erster gelesen.

Terry kehrte ein Jahr nach mir nach Montreal zurück, um den Besitz seines Vaters abzuwickeln, die Buchhandlung des alten Mannes wurde eine Pizzeria, und – das ist erstaunlich, wirklich erstaunlich – als wir uns zum erstenmal über den Weg liefen, in der Stanley Street, fielen wir uns tatsächlich in die Arme, hocherfreut über diese zufällige Begegnung, und gingen ins Tour Eiffel, um bei einem Drink unser Wiedersehen zu feiern und die Illusion zu hegen, daß wir einst Busenfreunde waren, Überlebende der beiden locker-aufregenden Jahre am linken Ufer. Über eine Stunde verbrachten wir damit, uns an das eine zu erinnern und das andere, verdammt noch mal, nicht zu vergessen. Den Abend, als wir alle zu einem Konzert von Charles Trenet gingen und in Les Halles endeten, wo wir Zwiebelsuppe aßen. Oder, he, als sich Boogie in der Bar in Montmartre ans Klavier setzte und so tat, als wäre er Cole Porter, und uns allen eine Freirunde nach der anderen verdiente. Dann stimmten wir den *De-haut-en-bas*-Refrain über die provinzielle Stadt an, in die zurückzukehren wir uns herabgelassen hatten, und daß wir die St. Catherine Street, Montreals Hauptstraße, die uns jetzt unerhört schäbig vorkam, einst als Dreh- und Angelpunkt der Welt betrachtet hatten. Mein Gott, dachte ich, nie habe ich bemerkt, was für ein prima Kerl McIver ist, und ich bin sicher, daß er an jenem Nachmittag dasselbe von mir dachte. Ich versprach, ihn anzurufen, wenn nicht am nächsten Tag, dann am übernächsten, und er versicherte mir, er würde sich bei mir melden. Aber er tat es nicht und ich ebensowenig. Jammerschade. Denn wenn wir es getan hätten, dann, glaube ich, wären wir Freunde geworden. Es war eine Straße, an der ich vorbeigefahren bin. Und nicht die einzige in meinem Leben. Beileibe nicht.

Weiter. Leo Bishinsky war zurück in New York, hatte sich in einem Loft im Village eingerichtet und war bereits Gegenstand unlesbarer Kritiken in ausgesuchten Kunstzeitschriften. Und Cedric Richardsons großartiger erster Roman war veröffentlicht und ekstatisch besprochen worden. Ich schickte ihm einen furchtlosen Fanbrief, auf den er nicht reagierte. Das tat weh. In Anbetracht der Tatsache, daß wir einmal mehr als nur Freunde waren. Daß wir einst auf gewisse Weise miteinander verbunden waren.

»Ihr Typen, hat er zu mir gesagt. Ihr Typen. Und mir dieses arme verhutzelte tote Ding entgegengehalten, als wäre es aus einem Abwasserkanal gerutscht.«

Als nächstes erschien Cedrics Foto auf der Titelseite der *New York Times*. Zwei grinsende fettärschige Staatspolizisten aus Kentucky hielten den blutverschmierten Cedric fest, der eine gebrochene Nase hatte. Er hatte an dem Versuch teilgenommen, zwölf schwarze Kinder in einer weißen Schule einschreiben zu lassen, und war bei den folgenden Handgreiflichkeiten, bei denen Ziegelsteine flogen, festgenommen worden. Zehn an den Ausschreitungen beteiligte Weiße waren ebenfalls verhaftet worden.

Was mich anbelangt, so beschloß ich nach meiner Rückkehr aus Paris und der dort mit künstlerischen Wichsern verschwendeten Zeit einen Neuanfang zu machen. Was hatte doch Clara gesagt? »Und wenn du nach Hause zurückkehren und Geld machen wirst, was bei deinem Charakter unvermeidlich ist, und wenn du ein nettes jüdisches Mädchen geheiratet hast, das die Einkäufe erledigt ...« Na gut, dachte ich, sie soll im nachhinein recht behalten. Von jetzt an sollte es das bourgeoise Leben für Barney Panofsky sein. Sportclub. Aus dem *New Yorker* ausgeschnittene und an die Badezimmerwand geklebte Cartoons. Abonnement von *Time*. American Express card. Mitgliedschaft in der Synagoge. Attachékoffer mit Kombinationsschloß. Et cetera, et cetera.

Vier Jahre waren vergangen, und ich handelte nicht mehr mit Käse, Olivenöl, alten DC-3 und gestohlenen ägyptischen Kunstgegenständen, aber ich brütete immer noch über Clara nach, schuldbewußt an einem Tag, trotzig am nächsten. Ich ging los und kaufte mir ein Haus im Montrealer Vorort Hampstead. Es war perfekt. Es war alles da, Wohnzimmer mit abgesenkter Sitzgruppe, Natursteinkamin, Backrohr auf Augenhöhe, indirekte Beleuchtung, Klimaanlage, geheizte Toilettensitze und Handtuchablage, Hausbar im Keller, außen Aluminiumverkleidung, angebaute Doppelgarage, im Wohnzimmer ein Panoramafenster. Als ich mir meine Neuerwerbung von außen ansah, war ich einerseits zufrieden, weil sich Clara im Grab umdrehen würde, andererseits fehlte etwas, und ich machte mich sofort auf, kaufte ein Basketballnetz und schraubte es über der Doppeltür an die Garage. Jetzt brauchte ich nur noch ein Frauchen und einen Hund namens Rover. Zu diesem Zeitpunkt hatte ich 250 000 Dollar auf dem Konto, verkaufte mein Import-Unternehmen, zog dabei noch mehr *mesumen* an Land, ließ den Namen Totally Unnecessary Productions Ltd. ins Handelsregister eintragen und mietete im Stadtzentrum Büroräume. Dann machte ich mich auf die Suche nach dem fehlenden Faktor in meiner gehässigen Mittelklasse-Gleichung, das Juwel in der Krone von Reb Panofsky, sozusagen. Schließlich ist es eine universell anerkannte Tatsache, daß ein lediger Mann, der ein nicht unbeträchtliches Vermögen besitzt, eine Frau braucht. Ja. Aber um mir eine Mrs. Right zu beschaffen, mußte ich mich zuerst als grundanständiger Kerl beweisen.

Deswegen beschloß ich, das jüdische Establishment zu infiltrieren, mich als Säule der Gemeinde oder zumindest als Sims zu qualifizieren. Zu Beginn arbeitete ich freiwillig als Spendensammler für den United Jewish Appeal, was erklärt, daß ich eines Spätnachmittags im Büro eines argwöhnischen, jedoch unglaublich energiegeladenen Textilfabrikanten saß. Ich war am richtigen Ort. Eine Mann-des-Jahres-Plakette hing an der Wand hinter dem Schreibtisch des rundlichen, gutmütigen Irv Nussbaum. Ebenso ein Paar Babyschuhe aus Bronze. Ein Foto von Golda Meir mit Widmung.

Auf einem anderen Foto war Irv Nussbaum zu sehen, wie er Mr. Bernard Gursky im Namen der Freunde der Ben-Gurion-Universität im Negev eine Ehrendoktor-Urkunde überreichte. Auf einem Podest stand ein Modell der Zwölfmeteryacht, die Irv in Florida liegen hatte: das gute Schiff hieß *Queen Esther* nach Irvs Frau, nicht nach der biblischen Miss Persien. Und überall standen und hingen Fotos von Irvs gräßlichen Kindern. »Sie sind etwas jung dafür«, sagte Irv. »Unsere Spendensammler sind normalerweise, nun ja, reifere Männer.«

»Man kann nicht zu jung sein, um seinen Teil für Israel tun zu wollen.«

»Möchten Sie etwas trinken?«

»Ein Coke wäre nett. Oder ein Wasser.«

»Wie wäre es mit einem Scotch?«

»Verflucht. Für mich ist es noch zu früh am Tag, aber tun Sie sich bitte keinen Zwang an.«

Irv grinste. Entgegen allen Gerüchten war ich offensichtlich doch kein Säufer. Ich hatte die Prüfung bestanden. Jetzt wurde ich einem Crash-Kurs im Einmaleins des Spendensammelns unterzogen.

»Am Anfang werde ich Ihnen nur ein paar Namen anvertrauen«, sagte Irv. »Aber hören Sie erst einmal gut zu. Es folgen die Spielregeln. Sie dürfen die Zielperson niemals in ihrem Büro aufsuchen, wo der Mann König ist und Sie nur ein weiterer Schmock sind, der um ein Almosen bettelt. Wenn Sie ihn zufällig in der Synagoge treffen, bringen Sie ihm Israels Bedürfnisse nahe, aber setzen Sie ihm dort bloß nicht zu. Das zeugt von schlechtem Geschmack. Geldwechsler im Tempel. Rufen Sie ihn an, um einen Termin zu vereinbaren, aber die Tageszeit dafür ist von größter Bedeutung. Frühstück ist ausgeschlossen, weil ihn seine Frau in der Nacht zuvor nicht rangelassen hat oder weil er Sodbrennen hatte und nicht schlafen konnte. Die ideale Zeit ist das Mittagessen. Wählen Sie ein kleines Restaurant, in dem die Tische weit auseinander stehen. Wo man nicht schreien muß und Sie ihm in die Augen sehen können. Scheiße. Dieses Jahr gibt's Probleme. Die Anzahl antisemitischer Vorfälle ist zurückgegangen.«

»Ja. Es ist wirklich eine Schande«, sagte ich.

»Verstehen Sie mich nicht falsch. Ich bin gegen Antisemitismus.

Aber jedesmal, wenn irgendein Arschloch ein Hakenkreuz auf eine Synagogenmauer schmiert oder einen Grabstein in einem unserer Friedhöfe umwirft, werden die Unsrigen so nervös, daß sie von sich aus anrufen, um zu spenden. So wie die Dinge dieses Jahr liegen, müssen Sie die Leute mit dem Holocaust unter Druck setzen. Schikanieren Sie sie mit Auschwitz. Mit Buchenwald. Sagen Sie: ›Sind Sie sicher, daß es nie wieder passieren wird, hier zum Beispiel, und wohin wollen Sie dann? Israel ist Ihre Versicherungspolice.‹

Wir geben Ihnen Insiderinformationen über das Jahreseinkommen des Mannes, und wenn er anfängt zu weinen, behauptet, es sei ein schlechtes Geschäftsjahr, dann sagen Sie, Scheiße und lesen ihm die Zahlen vor. Nicht die Zahlen von seiner Steuererklärung. Die richtigen. Sie sagen ihm, daß dieses Jahr, wo wir mit diesem Nasser zu kämpfen haben, die Spende größer ausfallen muß. Und wenn er sich als harte Nuß erweist, als Quaßler, lassen Sie einfließen, daß jeder in Elmridge oder in welchem Club auch immer er Mitglied ist, erfahren wird, wieviel er gespendet hat, und daß seine Auftragslage darunter leiden könnte, wenn er sich als Geizhals geriert. He, ich hab gehört, Sie machen jetzt Fernsehproduktionen. Wenn Sie Hilfe bei der Auswahl von Schauspielern brauchen – Irv ist Ihr Mann.«

Hilfe bei der Auswahl von Schauspielern? Ich war ein Baby im Showbiz-Dschungel, in dem es nur so wimmelte vor Frettchen, Betrügern und Giftschlangen, und damals hätte ich sogar Hilfe gebraucht, um mir die Schnürsenkel zu binden. Ich blutete Geld, in einem Blutsturz. Mein erster Pilotfilm – die Idee dafür hatte mir ein Gauner verkauft, der behauptete, an einer Perry-Mason-Episode mitgewirkt zu haben – war für eine geplante Serie über einen Privatdetektiv »mit einem eigenen Ehrenkodex«. Eine Art kanadischer Sohn von Sam Spade. Die Hauptrolle im Pilotfilm, bei dem ein Günstling der kanadischen Filmbehörde Regie führte, spielte ein Schauspieler aus Toronto (unser Olivier, sagte sein Agent, der Angebote aus Hollywood aus Prinzip ablehne), der unweigerlich schon vor dem Frühstück betrunken war, während die Frau an seiner Seite, eine seiner früheren Geliebten, wovon ich keine Ahnung hatte, bei jeder gemeinsamen Szene in Tränen ausbrach. Das Ergebnis war so unglaublich grauenhaft, daß ich es niemandem vorzuführen wagte, aber ich habe eine Kassette davon und sehe sie mir an, um zu lachen, wann immer ich deprimiert bin.

Ich war ein so geschickter Spendensammler, daß Irv mich zu seiner Party anläßlich seines fünfundzwanzigsten Hochzeitstags einlud – ein Abendessen mit anschließendem Tanzvergnügen für die Crème de la crème –, die in den Privaträumen von Ruby Foo's stattfand, die Männer im Smoking, alle außer mir gut für eine jährliche Spende von mindestens zwanzigtausend Dollar an den UJA, ganz zu schweigen von den Anleihen, die sie zeichneten, und anderen Wohltaten zugunsten der jüdischen Gemeinde. Und dort traf ich die Xanthippe, die meine zweite Frau werden sollte. Verdammt verdammt verdammt. Hier bin ich, ein siebenundsechzigjähriger schrumpfender Mann mit einem tröpfelnden Schwanz, und ich weiß immer noch nicht, wie ich meine zweite Ehe erklären soll, die mich heute noch zehntausend Dollar im Monat kostet, ohne Inflationsausgleich, und dann der Gedanke, daß ihr Vater, dieser aufgeblasene alte Langweiler, *mich* einst als Mitgiftjäger fürchtete. Wenn ich zurückblicke auf der Suche nach irgend etwas, was meine Idiotie rechtfertigen, was meine Sünden entschuldigen könnte, dann muß ich sagen, daß ich damals nicht ich selbst war, sondern ein Darsteller. Ich tat so, als wäre ich der Draufgänger, den Clara verflucht hatte. Ich war zerfressen von Schuldgefühlen. Trank schon in den frühen Morgenstunden, ängstigte mich vor dem Schlaf, der von Visionen von Clara in ihrem Sarg begleitet wurde. Der Sarg war, wie es die jüdischen Gesetze vorschreiben, aus Kiefernholz mit Löchern darin, damit sich die Würmer möglichst schnell an der allzu jungen Leiche fett fressen konnten. Zwei Meter unter der Erde. Ihre Brüste verwesten. »... dann wirst du die Gäste bei einem Essen des United Jewish Appeal mit Geschichten aus der Zeit, als du mit der ungeheuerlichen Clara zusammengelebt hast, unterhalten können«. Ich tat alles, um respektabel zu erscheinen, weil ich entschlossen war, Claras Gespenst zu beweisen, daß ich den sympathischen jüdischen Mittelklassejungen besser spielen konnte, als sie es sich je erträumt hätte. Manchmal hatte ich das Gefühl, neben mir zu stehen und mich zu beobachten, und gelegentlich war ich dann versucht, in Applaus auszubrechen, um meine Heuchelei gebührend zu feiern. Da war zum Beispiel der Abend in dem einen Monat, in dem ich der Zeitbombe, die die zweite Mrs. Panofsky werden sollte, nach allen Regeln der Kunst den Hof machte. Ich führte sie ins Ritz zum Essen und trank viel zuviel, während sie ununterbrochen davon faselte, wie sie mit Hilfe eines ihr bekannten Innenarchitekten meine Hampstead-Respektabilitätsfalle aufmöbeln würde. »Wirst du mich nach Hause fahren können«, fragte sie, »... in deinem Zustand?«

»Wieso?« sagte ich, küßte sie auf die Wange und improvisierte nach einem Drehbuch, das nur Totally Unnecessary Productions Ltd. hätte verfilmen können. »Ich würde es mir nie verzeihen, wenn du bei einem Unfall zu Schaden kämest, und das aufgrund ›meines Zustands‹. Dazu bist du viel zu kostbar. Wir lassen meinen Wagen stehen und nehmen ein Taxi.«

»Ach, Barney«, schwärmte sie.

Ich hätte nicht schreiben sollen »›Ach, Barney‹, schwärmte sie«. Das war mies von mir. Eine Lüge. In Wahrheit war ich ein emotionaler Krüppel, als ich sie kennenlernte, ich war öfter betrunken als nüchtern, bestrafte mich für Dinge, die ich wider mich selbst tat, aber die zweite Mrs. Panofsky verfügte über genügend Vitalität für uns beide und über ein ganz eigenes komödiantisches Flair oder Funkeln. Wie die alte Hure Hymie Mintzbaum seligen Andenkens besaß sie die Eigenschaft, die ich bei anderen Menschen am meisten bewundere – Lebenshunger. Nein, mehr. In jenen Tagen war sie entschlossen, alles, was mit Kultur zu tun hatte, zu verschlingen, so wie sie sich jetzt hemmungslos durch die Theke im Brown Derby frißt. Die zweite Mrs. Panofsky las nicht zum Vergnügen, sondern um auf dem laufenden zu sein. Jeden Sonntagmorgen setzte sie sich mit der *New York Times Book Review* hin wie zu einer Prüfung, notierte nur die Titel, über die wahrscheinlich bei gesellschaftlichen Anlässen diskutiert würde, bestellte sie und las sie in halsbrecherischem Tempo: *Dr. Schiwago, Die Überflußgesellschaft, Der Gehilfe, Von Liebe beherrscht.* Die größte Todsünde war in ihren Augen Zeitverschwendung, und mir warf sie wieder und wieder vor, in Kneipen Zeit mit belanglosen Leuten zu vergeuden. Unsinn zu quatschen mit ausrangierten Eishockeyspielern, trinkenden Sportreportern und kleinen Hochstaplern.

Bei einem dreitägigen Ausflug nach New York stiegen wir im Algonquin ab. Ich bestand auf getrennten Zimmern, weil ich mich unbedingt an das halten wollte, was meines Erachtens die Regeln waren. Ich hätte dieses Intermezzo frohgemut damit verbringen können, ziellos herumzuschlendern, in Buchhandlungen und Bars zu gehen, aber sie hatte ein Programm, für das jeder normale Mensch zwei Wochen gebraucht hätte. Nachmittags und abends Theater: *Two for the Seesaw, Sunrise at Campobello, The World of Suzie Wong, The Entertainer.* Zwischen Terminen sah ihre Liste Gewaltmärsche zu abseits gelegenen, von *Vogue* empfohlenen Kunsthandlungen und Juwelieren vor. Trotz wunder Füße war sie eine der ersten, die durch die Türen von Bergdorf-Goodman stürmten, kaum wurde am Morgen geöffnet, dann weiter zu Saks und den Läden in der Canal Street, die nur Insider kannten und die Givenchys neue »Sackkleider« billiger verkauften. Auf dem Flug nach New York trug sie irgend etwas Altes, das sie, kaum hatte sie etwas Neues gekauft, im Hotelzimmer in den Papierkorb warf. Am Morgen bevor wir zurückflogen zerriß sie inkriminierende Rechnungen und behielt nur die, die zuvorkommende Verkäuferinnen für sie ausgestellt hatten und die etwa den Preis eines Pullovers für 150 Dollar mit 39,99 angaben. Als sie ins Flugzeug stieg, trug sie weiß Gott wie viele Garnituren Unterwäsche und eine Bluse über der anderen, und dann clownte sie sich in Montreal am Zollinspektor vorbei und flirtete mit ihm auf französisch.

Ja, die zweite Mrs. Panofsky war ein Exemplar dieser vielgeschmähten Gruppe jüdisch-amerikanischer Prinzessinnen, aber es gelang ihr, meiner damals verlöschenden Glut so etwas wie neues Leben einzuhauchen. Als wir uns kennenlernten, hatte sie bereits in einem Kibbuz gearbeitet, ihr Psychologiestudium an der McGill abgeschlossen und arbeitete mit gestörten Kindern im Jewish General Hospital. Die Kinder liebten sie abgöttisch. Sie brachte sie zum Lachen. Die zweite Mrs. Panofsky war kein schlechter Mensch. Wäre sie nicht mir in die Hände geraten, sondern hätte einen echten grundanständigen Kerl statt eines falschen geheiratet, wäre sie heute eine vorbildliche Ehefrau und Mutter. Sie wäre keine verbitterte, stark übergewichtige Hexe, die mit New-Age-Kristallkugeln herumspielt und esoterische Scharlatane zu Rate zieht. Miriam sagte einmal, Krishna hätte eine Lizenz zum Zerstören gehabt, aber du nicht, Barney. Okay, okay. Dann also die Wahrheit.

»Dazu bist du viel zu kostbar«, schwärmte ich. »Wir lassen meinen Wagen stehen und nehmen ein Taxi.«

»Ach, Barney«, sagte sie, »du redest heute abend mal wieder so eine Scheiße.«

Ach, Barney, du Mistkerl. Bei dem Versuch, jene Tage zu rekonstruieren, ist ein nachlassendes Gedächtnis ein großer Segen. Vignetten ziehen an meinem Auge vorbei. Peinliche Vorfälle. Stiche des Bedauerns. Boogie kam aus Las Vegas, wo er am Spieltisch ausnahmsweise moderate Gewinne eingestrichen hatte, um mein Trauzeuge zu sein. Er lernte meine Braut ein paar Tage vor der Hochzeit kennen, und wir beide gingen an dem Abend zum Essen, an dem ich im Maple Laef Gardens in Toronto hätte sein und dabei zusehen sollen, wie die Canadiens die Leafs 3:2 schlugen und mit 3:1 in der Endrunde des Stanley Cup in Führung gingen. Und was für ein Spiel ich versäumte! Bei einem 0:1-Rückstand im letzten Drittel versenkten die *bleu, blanc et rouge* in gut sechs Minuten dreimal den Puck im Tor: Backstrom, McDonald und Geoffrion.

»Tu's nicht, Barney, bitte«, sagte Boogie. »Wir könnten zum Flughafen fahren, wenn wir unseren Cognac ausgetrunken haben, und das nächste Flugzeug nach Mexiko oder Spanien oder irgendwohin nehmen.«

»Ach, komm schon«, sagte ich.

»Ich sehe, daß sie attraktiv ist. Eine lüsterne Lady. Hab eine Affäre mit ihr. Wir könnten morgen in Madrid sein. Tapas essen in den engen Gassen um die Plaza Mayor. *Cochinillo asado* in der Casa Botín.«

»Verdammt noch mal, Boogie, ich kann während der Stanley Cup Finals nicht weg aus der Stadt.« Und mit schwerem Herzen zeigte ich ihm die zwei Karten für das nächste Spiel in Montreal. *Für das Spiel, das am Abend meiner Hochzeit stattfinden würde.* Sollten die Canadiens gewinnen, wäre das unser vierter Sieg in Folge, und ich hoffte, daß sie, nur dieses eine Mal, verlieren würden, damit ich unsere Hochzeitsreise verschieben und das letzte und vermutlich entscheidende Spiel sehen könnte. »Meinst du, sie würde es übelnehmen«, fragte ich, »wenn ich nach dem Abendessen für eine Stunde verschwinde und mir das letzte Drittel im Forum anschaue?«

»Bräute sind in diesen Dingen normalerweise sehr empfindlich«, sagte er.

»Ja, vermutlich. Wieder mal Pech gehabt, was?«

Irv Nussbaum hatte bei seinem Hochzeitstagsessen vor Freude gestrahlt.

»Die *Gazette* von heute gelesen? Ein paar Kerle haben auf die Treppe der B'nai Jacob Synagoge geschissen. Den ganzen Tag hat das Telefon geläutet. Klasse, was?« Dann zwinkerte er mir zu und stieß mich mit dem Ellbogen. »Wenn du noch enger mit ihr tanzt, muß ich dir hier ein Zimmer buchen.«

Meine kesse, wollüstige, wunderbar duftende zukünftige Braut entzog sich meiner Umarmung auf der Tanzfläche nicht. Statt dessen sagte sie: »Mein Vater beobachtet uns.« Und drückte sich noch fester an mich.

Ein anscheinend polierter kahler Schädel. Gewichster Schnurrbart. Goldgefaßte Brille. Buschige Augenbrauen. Kleine braune Knopfaugen. Dicke Backen. Wohlstandsbauch in einen Kummerbund gezwängt. Dummer Rosenknospenmund. Und keine Herzlichkeit in dem gemessenen Lächeln, als er sich unserem Tisch näherte. Er war Bauunternehmer. Zog Bürokomplexe hoch – mit Räumen so groß wie Keksschachteln und Wohnhäuser, die Bienenstöcken ähnelten – und hatte Ingenieurwesen an der McGill studiert. »Wir kennen uns nicht«, sagte er.

»Er heißt Barney Panofsky, Daddy.«

Ich ergriff die feuchte, schlaffe kleine Hand, die er mir hinhielt. »Panofsky? Panofsky? Kenne ich Ihren Vater?«

»Nur wenn du mal gesessen und mir nichts davon erzählt hast, Daddy.«

»Mein Vater ist Kriminalinspektor.«

»Aha. Tatsächlich? Und wie verdienen Sie Ihr tägliches Brot?«

»Ich bin Fernsehproduzent.«

»Du kennst doch diese Werbung für Molson's Bier, sie ist zum Schreien komisch. Die, wo du immer so lachen mußt. Barney hat sie produziert.«

»Gut, gut, gut. Mr. Bernards Sohn sitzt bei uns, und er würde gern mit dir tanzen, Liebes, aber er ist zu schüchtern, um dich aufzufordern«, sagte er und nahm ihren Arm. »Kennen Sie die Gurskys, Mr. ...?«

»Panofsky.«

»Wir sind mit ihnen befreundet. Komm, meine Liebe.«

»Nein«, sagte sie und riß ihren Arm los, zog mich vom Stuhl und führte mich wieder auf die Tanzfläche.

Kennen Sie Mockturtlesuppe? Tja, der Vater der Braut erwies sich als der ultimative Mock-Wasp-Jude. Von den Enden seines gewichsten Schnurrbarts bis zu den Spitzen seiner Schnürschuhe. An den meisten Tagen gefiel er sich in einem Nadelstreifenanzug mit kanariengelber Weste, die von einer goldenen Taschenuhr mit Kette und Uhrtasche aufgewertet wurde. Bei Aufenthalten auf dem Land trug er einen Malakkaspazierstock und weite Knickerbocker, wenn er an einem Nachmittag mit Harvey Schwartz Golf spielte. Aber für Dinnerpartys in seinem Westmount-Anwesen bevorzugte er einen magentaroten Samtsmoking und farblich passende Schuhe, und zu allem Überfluß strich er sich ständig mit dem Zeigefinger über die nassen Lippen, als würde er über eine schwergewichtige philosophische Frage nachdenken. Seine unerträgliche Frau trug ein Pincenez und klingelte jedesmal mit einem winzigen Glöckchen, wenn die Gesellschaft bereit war für den nächsten Gang. Als ich zum erstenmal dort aß, korrigierte sie die Richtung, in der ich den Löffel zum Mund führte. Sie machte es mir vor und sagte: »Schiffe segeln aufs Meer hinaus.«

Die Damen nahmen den Kaffee selbstverständlich im Salon, während die Männer am Tisch sitzen blieben und Portwein tranken, die Karaffe wurde linksherum weitergereicht, und Mr. Mock Wasp schnitt ein diskussionswürdiges Thema an: »George Bernard Shaw hat einmal gesagt …« Oder: »H. G. Wells wollte uns glauben machen … Was meinen Sie dazu, meine Herren?«

Der alte Trottel hatte natürlich etwas gegen mich. Aber, um fair zu sein, er war einer dieser besitzergreifenden Väter, die sogar explodiert wären, wenn ein Gursky Daddys Mädchen gevögelt hätte, nicht daß wir bereits so weit gegangen wären. Er beschwerte sich bei ihr und sagte: »Er spricht mit den Händen.« Eine Verhaltensweise, die er für kompromittierend hielt. *Très* jüdisch. »Ich verbiete dir, dich weiterhin mit ihm zu treffen.«

»Ach ja? In diesem Fall ziehe ich aus. Ich werde eine Wohnung mieten.«

Wo, so stellte es sich der arme Mann vor, seine geliebte Tochter morgens, mittags und abends geschändet würde. »Nein«, widersprach er. »Du wirst nicht ausziehen. Du kannst ihn weiterhin sehen. Aber es ist meine väterliche Pflicht, dich zu warnen. Du machst einen großen Fehler. Er kommt aus einer anderen Welt.«

Wie sich herausstellte, hatte er zu Recht etwas dagegen, daß seine Tochter einen Halunken wie mich heiratete, aber er intervenierte nicht aus Angst, sie völlig zu verlieren. Er rief mich in seine Bibliothek und sagte: »Ich kann nicht behaupten, daß mich diese Verbindung erfreut. Sie stammen aus keiner Familie, Sie sind ungebildet, und Sie sind in einem vulgären Gewerbe tätig. Aber wenn Sie mit meiner Tochter verheiratet sind, bleibt es meiner guten Frau und mir überlassen, ob wir Sie als einen der Unsrigen aufnehmen oder nicht – wenn auch nur um unserer geliebten Tochter willen.«

»Sie hätten es nicht schöner ausdrücken können«, sagte ich.

»Es sei, wie es wolle, ich habe eine Bitte. Meine gute Frau war, wie Sie wissen, eine der ersten jüdischen Frauen, die an der McGill studiert haben. Abschluß 1922. Sie ist eine ehemalige Präsidentin der Hadassah, und sie hat sich ins Goldene Buch der Stadt eingetragen. Sie wurde von unserem Premierminister belobigt für ihre Arbeit mit britischen Kindern, die während der letzten globalen Krise evakuiert wurden ...«

Ja, aber nachdem er sich an den Stab des Premierministers gewandt und um dieses Schreiben gebeten hatte, das jetzt gerahmt in ihrem Salon hing.

»... Sie ist eine überaus anspruchsvolle Dame, und ich wäre Ihnen dankbar, wenn Sie in Zukunft davon absehen würden, Ihre Gesprächsbeiträge an unserem Tisch mit Kraftausdrücken zu garnieren. Das ist gewiß keine zu hohe Auflage, die ich Ihnen mache.«

Im Rückblick gibt es durchaus Dinge, die für den alten Knaben sprachen. Er diente während des Zweiten Weltkriegs in einem Panzerkorps als Captain und wurde zweimal in den Kriegsberichten erwähnt. Man sehe die Sache einmal folgendermaßen: Die bittere Wahrheit ist, daß viele Leute, über die Liberale wie ich sich lustig machen – Oberste, begriffsstutzige Privatschüler, Golfspieler aus den Vororten, mediokre Männer, die Banalitäten von sich gaben, langweilige Wichtigtuer –, diejenigen waren, die 1939 in den Krieg zogen und die westliche Zivilisation retteten, während Auden, offensichtlich Angehöriger einer antifaschistischen Kommandogruppe, nach Amerika floh, als die Barbaren vor den Toren standen.[6]

Der Ruf meines Schwiegervaters als Geschäftsmann war tadellos. Er war ein treuer Ehemann und liebevoller Vater der zweiten Mrs. Panofsky. Ein Jahr nachdem wir geheiratet hatten, erkrankte er an Krebs, und seine letzten Monate, als er nur noch dahinsiechte, verbrachte er so würdevoll und stoisch wie die von ihm so bewunderten Helden von G. A. Henty. Leider nahm meine Beziehung zu Mr. und Mrs. Mock Wasp einen stürmischen Anfang. Zum Beispiel das erste Treffen mit meiner zukünftigen Schwiegermutter, ein Mittagessen zu dritt im Ritz Gardens, das meine besorgte Braut arrangiert hatte. Am Vorabend gab sie mir stundenlang Anweisungen. »Vor dem Essen darfst du nicht mehr als einen Drink bestellen. Ist das klar?«

»Klar.«

»Und was immer du tust, kein Pfeifen bei Tisch. *Du darfst bei Tisch absolut nicht pfeifen*. Das kann sie nicht ausstehen.«

»Aber ich habe noch nie im Leben bei Tisch gepfiffen.«

6 Während ich das Manuskript meines Vaters durchging, mich darauf beschränkte, Fakten zu korrigieren und Namen, Orte und Daten einzufügen, wo sein Gedächtnis versagte, las ich zufällig Peter Vansittarts Erinnerungen an das London des Nachkriegs, *In the Fifties* (John Murray, London 1995) und stieß auf Seite 29 auf folgende Stelle:

> Ein angeschimmelter Oberst, über den wir witzelten, daß er ein Bein in Mons, ein anderes in Ypern, ein drittes an der Marne und den Rest seines Verstands an der Somme verloren hatte, kläffte mich 1938 an: »Ihr Mr. Auden ist kein großer Liebhaber von Herrn Hitler, aber wird er an meiner Seite gegen die Ratte kämpfen?« Viele, über die sich Auden lustig machte – Oberste, zurückgebliebene Hauptschulabsolventen, Golfer aus den Vororten, mediokre Männer, die Plattheiten von sich gaben, romantische, aber vertrottelte Wichtigtuer –, retteten die westliche Zivilisation. Meine Vorstellung von Auden als Mitglied einer antifaschistischen Kommandogruppe konnte ich nicht aufrechterhalten, da er nach Amerika abreiste, als die Barbaren vor den Toren standen.

Ich kann zu den vielen Sünden, für die sich mein Vater verantworten muß, nicht auch noch Diebstahl geistigen Eigentums hinzufügen. Statt dessen ziehe ich es vor, Kate recht zu geben, die darauf bestand, daß es sich um einen harmlosen Irrtum handelte. »Zweifellos«, sagte sie, »hat Daddy diesen Gedanken Vansittarts auf einer seiner Karteikarten notiert und später versehentlich für seinen eigenen gehalten.«

Die Sache nahm einen schlechten Anfang, da Mrs. Mock Wasp der Tisch nicht paßte. »Mein Mann hätte die Reservierung vornehmen sollen«, sagte sie.

Von Beginn an war es anstrengend, die Unterhaltung stockend, Mrs. Mock Wasp erzürnte mich, weil sie Antworten auf unverhohlene Fragen zu meinem familiären Hintergrund, meiner Vergangenheit, meiner Gesundheit und meinen Aussichten hören wollte, bevor ich das Gespräch in sicherere Gewässer steuern konnte: den Tod von Cecil B. De Mille, wie großartig Cary Grant in *Der unsichtbare Dritte* spielte, die bevorstehende Tournee des Bolschoi-Balletts. Mein Verhalten war absolut exemplarisch, bis sie mir erzählte, daß ihr *Exodus* von Leon Uris über die Maßen gefallen habe, und plötzlich begann ich, »Dixie« zu pfeifen.

»Er pfeift bei Tisch.«

»Wer?« fragte ich.

»Sie.«

»Ich? Niemals. Scheiße, wirklich?«

»Er wollte es nicht, Mutter.«

»Bitte vielmals um Entschuldigung«, sagte ich, aber als der Kaffee kam, war ich so nervös, daß ich ganz unvermittelt »Lipstick on Your Collar« pfiff, ein Hit in jenem Jahr, und abrupt wieder innehielt. »Ich weiß nicht, was in mich gefahren ist.«

»Ich würde gern meinen Beitrag zur Rechnung leisten«, sagte meine zukünftige Schwiegermutter und stand vom Tisch auf.

»Das will Barney nicht gehört haben.«

»Wir sind oft hier. Man kennt uns. Mein Mann gibt immer zwölfeinhalb Prozent Trinkgeld.«

Als nächstes kam der gefürchtete Tag, an dem ich meinen zukünftigen Schwiegereltern meinen Vater vorstellen mußte. Meine Mutter war bereits weg vom Fenster (nicht daß sie jemals voll bei Verstand gewesen wäre) und vegetierte in einem Pflegeheim dahin, ihr Geist weiß Gott wo. Die Wände ihres Schlafzimmers waren tapeziert mit signierten Fotos von George Jessel, Ishkabibble, Walter Winchell, Jack Benny, Charlie McCarthy, Milton Berle und den Marx Brothers: Groucho, Harpo und, Sie wissen schon, der andere.[7] Der Name liegt mir auf der Zunge. Egal. Als ich

7 Chico. Es gab noch einen vierten Bruder, Zeppo, der in vielen Filmen mitspielte.

meine Mutter das letzte Mal besucht hatte, erzählte sie mir, daß ein Pfleger versucht habe, sie zu vergewaltigen. Sie nannte mich Shloime, so hieß ihr verstorbener Bruder. Ich fütterte sie mit ihrem Lieblingsschokoladeneis und versicherte ihr, daß es nicht vergiftet sei. Dr. Bernstein meinte, sie leide an Alzheimer, ich solle mir jedoch keine Sorgen machen, es müsse nicht vererbt werden.

Als Vorbereitung auf den Besuch von Mr. und Mrs. Mock Wasp in meinem Haus malte ich mit Kugelschreiber ein »P« in meine rechte Handfläche als Erinnerungshilfe, um nicht zu pfeifen. Ich kaufte geeignete Bücher und ließ sie irgendwo herumliegen: den letzten Harry Golden, eine Biographie Herzls, den neuesten Herman Wouk, einen Bildband über Israel. Bei Aux Délices erwarb ich einen Schokoladenkuchen. Ich füllte die Obstschale auf. Versteckte den Schnaps. Packte eine Schachtel mit abscheulichen Porzellantassen und Untertassen aus, die ich erst am Morgen erstanden hatte, und legte fünf Gedecke auf, einschließlich Leinenservietten. Ich saugte Staub. Schüttelte die Sofakissen auf. Und da ich ahnte, daß ihre Mutter eine Ausrede finden würde, um mein Schlafzimmer zu inspizieren, suchte ich es zentimeterweise nach Haaren ab, die nicht von mir stammten. Dann putzte ich mir zum drittenmal die Zähne in der Hoffnung, den Scotchgeruch auszumerzen. Mr. und Mrs. Mock Wasp sowie ihre Tochter saßen bereits im Wohnzimmer, als mein Vater endlich auftauchte. Izzy war tadellos gekleidet, trug den Anzug, den ich für ihn bei Holt Renfrew gekauft hatte, aber als kleinen Akt der Rebellion hatte er ein unverwechselbares Accessoire hinzugefügt. Er trug seinen forschen Filzhut mit dem lächerlichen vielfarbigen Büschel – groß wie ein Staubwedel – an der Krempe. Außerdem stank er nach Old Spice und war in der Stimmung, in Erinnerungen an alte Dienstzeiten in Chinatown zu schwelgen. »Wir warn junge Kerle damals, ziemlich schlau, und wir ham schnell ein paar Wörter Schinesisch gelernt. Von den Dächern aus ham wir zugesehn, wenn sie ihre Geschäfte machn. Wir ham gewußt, wann sie Opium rauchn, weil in den Straßn immer nasse Decken hingn, wegen dem Geruch. Barney, würdest du mir bitte nen Scotch einschenken«, sagte er und schob seine Teetasse beiseite.

»Ich weiß nicht, ob ich welchen im Haus habe«, zischte ich und starrte ihn böse an.

»Ja, und in Newcastle, da gibt's keine Kohle«, sagte er, »und in Yukon keinen Schnee.«

Also holte ich ihm eine Flasche plus Glas.

»Was is mit dir? Trinkst du heute nachmittag nich?«

»Nein.«

»*L'chaim*«, sagte Izzy und kippte den Scotch, während meine Kehle trocken blieb. »Und Mädchen warn auch dabei, wissn Se. Ach ja, es war – Himmel – man nehme die durchschnittliche frankokanadische Familie, wie's heute ist, weiß ich nich, aber früher hatten se zehn oder fünfzehn Kinder und nix zu essen, wissn Se, deswegen haben se die Mädchen hingeschickt, und die ham ihre Freundinnen mitgenommen, und man kommt rein, macht ne Razzia, wissn Se, und man findet vier, fünf Schinesen mit vier, fünf Mädchen, Himmel, sie ham ihnen sogar Drogen gegeben. Damals gab's jede Menge Opium. Ich red von 1932, als unsere gesamte Kriminalabteilung nur ein einziges Automobil hatte, wissn Se, nen zweisitzigen Ford.« Izzy hielt inne, um sich auf den Schenkel zu hauen. »Wenn wir zwei Halunken festgenommen ham, wissn Se, ham wir se einfach über die Motorhaube geworfen, Handschellen angelegt, und wrumm, wrumm, los ging's. Se lagen da wie Hirsche, wissn Se, wie wenn Se auf die Jagd gehn, einfach über die Motorhaube.«

»Aber da war doch der Motor drunter«, sagte meine zukünftige Braut. »War es nicht heiß?«

»Wir fuhrn ja nich weit. Nur zum Revier. Und ich hab's nich gespürt«, sagte Izzy und kicherte. »*Sie* lagen ja drauf.«

»Recht besehen«, sagte ich und wagte es nicht, meine zukünftigen Schwiegereltern anzublicken, »könnte ich auch einen winzigen Schluck vertragen.« Ich langte nach der Flasche.

»Bist du sicher, Liebling?«

»Ich hab das Gefühl, eine Erkältung ist im Anzug.«

Jetzt räusperte sich Izzy und rotzte in eine meiner neuen Leinenservietten. Volltreffer. Ich schaute verstohlen zu meiner zukünftigen Schwiegermutter, deren Teetasse auf dem Teller klapperte.

»Wenn wir nen Kerl verhaftet ham, sind wir mit ihm runter, damit er redet, wenn Se wissn, was ich meine.«

»Sie waren doch nicht grundlos gewalttätig gegenüber mutmaßlichen Gesetzesbrechern, Inspektor Panofsky?«

Izzy sah aus, als hätte er Schmerzen. »Grundlos?«

»Unnötig«, sagte ich.

»Auf gar kein Fall, Mister. Das hab ich verdammt. Absolut. Aber, wissn Se, es is die menschliche Natur, wenn ein Kerl jung is, braucht er Autorität, sonst schikaniert er andere. Aber als ich jung war, hab ich niemand schikaniert, weil ich weiß, daß mein Name Panofsky is.«

»Aber wie haben *Sie* Verdächtige zum Reden gebracht, Inspektor?« fragte mein zukünftiger Schwiegervater und sah dabei seine Tochter an, als wollte er fragen: Willst du wirklich in so eine Familie einheiraten?

»Ich hab meine Mittel und Wege.«

»Wie die Zeit vergeht«, sagte ich und blickte ostentativ auf meine Armbanduhr. »Es ist schon fast sechs.«

»Man läßt se Autorität spürn. Wenn se nich reden, bringt man se runter.«

»Und was geschieht dann, Inspektor?«

»Also, wir bringn den Kerl in das Zimmer, wir knalln die verdammte Tür zu, und dann werfn wir die Stühle um. Wir jagen ihnen ne Scheißangst ein, wissn Se. Vielleicht tret ich ihm auf die Zehn. *Um ehrlich zu sein*, ich schrei se an.«

»Was geschieht, wenn Sie zufälligerweise eine Frau hinunterbringen?«

»Also, ich kann mich nich erinnern – und ich mach Ihnen nix vor –, ich kann mich nich erinnern, daß ich jemals ne Frau geschlagen hätt, wir hattn keine Gelegenheit dazu, aber wenn man an nen harten Kerl gerät, Beispiele könnt ich Ihnen nennen ...«

»Dad, kann ich bitte die Flasche noch einmal haben?«

»Liebling, bist du sicher?«

»Ich sag Ihnen ein anderes zum Beispiel. 1951 war das, da wurden diese bärtigen Rabbiner-Studenten vor ihrer Schule in der Park Avenue von diesen Blödmännern verprügelt. Also, diese Blödmänner sehn mich, und ich, also, se sind sich nich sicher, weil wir nich so sehr wie Juden aussehn und weil wir uns nich so verhaltn, aber wenn se einen so angezogen sehn, wissen Se ... Egal, ihr Anführer, dieser ungarische Rowdy, grade hier angekommen, wurde verhaftet, und ich bin mit ihm zum Revier siebzehn gefahrn, um ihn mir vorzuknöpfn. Er hat diese Stiefel an, wissn

Se, so große Stiefel, hart wie Stein, ich mach die Tür zu. Wie heißt du? sag ich. Kann dir doch egal sein, sagt er mit dem starken Akzent, den se ham. Sein Englisch is schrecklich. Und da hab ich ihm eine vorn Latz geknallt, Mister. Er geht zu Boden. Bewußtlos. Himmel noch mal. Ich denk, der stirbt. Versuch, ihm Erste Hilfe zu gebn. Wissn Se, was mir dabei durchn Kopf ging? Stelln Se sich vor … JÜDISCHER POLIZEIBEAMTER TÖTET … wenn der Kerl stirbt. Da hab ich nen Krankenwagen gerufn, und die habn ihn wach gekriegt …«

Dann, als sich Izzy den Mund mit der Hand abwischte und gerade ein weiteres »zum Beispiel« zum besten geben wollte, sah ich mich gezwungen, eine drastische Maßnahme zu ergreifen. Ich fing an zu pfeifen. Aber diesmal, aus Respekt vor meiner zukünftigen Schwiegermutter, etwas kulturell Hochstehendes, die Arie »La donna è mobile« aus *Rigoletto*. Damit gelang es mir, sowohl meine zukünftigen Schwiegereltern als auch meine Braut aus dem Haus zu treiben. Nach ihrem hastigen Aufbruch sagte Izzy: »He, Glückwunsch. Das sind echt nette Leute. Freundlich. Intelligent. Hab gern mit ihnen geredet. Wie war ich?«

»Ich glaube, du hast einen unvergeßlichen Eindruck gemacht.«

»Bin froh, daß du mich geholt hast, damit ich se mir ansehn kann. Ich bin nich umsonst seit vielen Jahren bei der Polizei. Die ham Kohle. Das sag ich dir. Besteh auf ner Mitgift, Junge.«

5 Tralala, jetzt kommt eine wirklich heiße Geschichte aus dem *Globe and Mail* von heute morgen:

BEWÄHRUNG FÜR »TREUERGEBENE« EHEFRAU, DIE IHREN MANN UMBRACHTE.
Nach 49 Jahren Ehe ist die Pflege des kranken Mannes eine »unerträgliche Belastung«.

Eine treuergebene 75jährige Frau, die ihren schwerkranken Mann kurz vor ihrem goldenen Hochzeitstag umbrachte, wurde gestern vom Obersten Gericht in Edinburgh freigesprochen.

Die arme Alte bekam zwei Jahre Bewährung, nachdem sie gestanden hatte, im vergangenen Juni ihren Mann mit einem Kissen zu Hause erstickt zu haben, bevor sie versuchte, sich selbst mit einer Überdosis Tabletten umzubringen. Vor Gericht wurde festgestellt, daß sie und ihr Mann seit neunundvierzig Jahren »ein treuergebenes und liebendes Paar« waren. Aber nachdem Hubbie, dieser rücksichtslose Dickschädel, einen schweren Herzinfarkt hatte und unter chronischem Nierenversagen litt, wurde die Belastung, ihn zu Hause zu pflegen, zu groß für seine Frau, und sie litt ihrerseits unter Depressionen. Ts-ts. Ihr Anwalt führte ins Feld, daß die Sorge um ihren Mann zu »einer zunehmend unerträglichen Belastung« für sie wurde. Am Abend der Tat, sagte er, stand der Mann vom Bett auf, und sie schickte ihn wieder zurück, aber er weigerte sich, ihr Folge zu leisten. Sie gab ihm eine Ohrfeige, er fiel zu Boden, und sie drückte ihm das Kissen aufs Gesicht und erstickte ihn. Der Richter meinte, daß es nicht angemessen wäre, eine Gefängnisstrafe zu verhängen. »Es ist ein wahrhaft tragischer Fall«, sagte er. »Sie sahen sich mit einer Situation konfrontiert, mit der Sie nicht fertig wurden. Sie begingen die Tat, als Sie unter beträchtlicher Anspannung und unter der Geisteskrankheit Depression litten.«

Diese lapidare Geschichte von wahrer, aber letztlich doch schiefgegangener Liebe zwischen Senioren ließ meine Gedanken zu einem meiner wenigen noch lebenden über siebzigjährigen Freunde schweifen, und deshalb kaufte ich am Nachmittag eine Schachtel von Hand hergestellter belgischer Pralinen am Westmount Square und besuchte Irv Nussbaum, jetzt neunundsiebzig Jahre alt, aber munter wie eh und je und immer noch aktiv in Gemeindebelangen. Irv, Gott segne ihn, war wie immer von Angst geplagt um das Schicksal unseres Volkes, allerdings beschäftigte ihn das bevorstehende Referendum noch mehr. Erst gestern warnte des Wiesels fanatischster Sekundant *les autres*, daß wir bestraft würden, sollten wir massiv mit Nein stimmen. »Das ist eine gute Nachricht«, sagte Irv, »weil wegen diesem Vollidioten mindestens wieder tausend nervöse Juden ihre Koffer packen. Ich bin ihm dankbar. Aber mir wär's lieber, sie würden nach Tel Aviv gehen statt nach Toronto oder Vancouver.«

»Irv, was soll ich bloß mit dir machen, du bist ein schrecklicher alter Mann.«

»Erinnerst du dich, als wir jung waren und die Pepsis[8] durch die Hauptstraße marschierten und ›Tod den Juden‹ schrien und *Le Devoir* sich las, als stammten die Ideen darin direkt von Julius Streicher? Erinnerst du dich, daß es damals in den Laurentians diese Hotels gab, die keine Juden aufnahmen, und ein Jude konnte nicht mal Kassierer in einer Bank werden, ganz zu schweigen davon, daß er eine Nichtjüdin hätte heiraten können. Wie bekloppt haben wir uns darüber beschwert. Erbittert haben wir gegen die Diskriminierung gekämpft. Aber im nachhinein war der Antisemitismus ein Segen, wenn einem soviel wie mir an Israel und am Überleben der Juden liegt.«

»Meinst du, daß es wieder Pogrome geben sollte?«

»Ha, ha, ha. Ich meine es ernst. Jetzt sind wir akzeptiert, fast überall sogar willkommen, und die Jungen denken sich nichts dabei, eine Schickse zu heiraten. Schau dich um. Heutzutage sitzen Juden im Aufsichtsrat von Banken, im Obersten Gerichtshof und sogar in Ottawa im Kabinett. Dieser Gursky-Arschkriecher Harvey Schwartz ist im Senat. Das bleibende Problem, das uns der Holocaust hinterlassen hat, ist, daß er den Antisemitismus aus der Mode gebracht hat. Ach, die ganze Welt steht kopf. Du zum Beispiel, du bist ein Säufer, und was ist das? Eine Krankheit. Du ermordest deine Eltern, schleichst dich von hinten mit einem Gewehr an sie an und schießt ihnen die Köpfe weg – wie diese Jugendlichen in Kalifornien, und was brauchst du? Verständnis. Du schlitzst deiner Frau die Kehle auf und wirst freigesprochen, nur weil du schwarz bist. Entschuldigung, Afroamerikaner. Du bist homosexuell und erwartest von einem Rabbi, daß er dich traut. Früher durfte man sich als Schwuler nicht zu erkennen geben, aber was darf man heute nicht mehr sein? Antisemit. Hör mal, mein alter Freund, wir haben Hitler nicht überlebt, damit sich unsere Kinder assimilieren und das jüdische Volk sich auflöst. Sag mal. Glaubst du, daß Duddy Kravitz diesmal davonkommen wird?«

»Insidertips sind schwer nachweisbar.«

Das letzte Mal hatte ich Duddy, in Begleitung eines Flittchens von einer Sekretärin, im Flughafen von Toronto getroffen. »He,

8 »Pepsi« ist pejorativ. Slang für Frankokanadier, die angeblich Pepsi-Cola zum Frühstück tranken.

Panofsky, wenn du nach London fliegst, dann laß uns doch nebeneinander sitzen.«

»Ich fliege nach New York, wo ich die Concorde nehme«, sagte ich und fügte hastig hinzu, daß nicht ich, sondern MCA für das Ticket zahlte.

»Glaubst du etwa, ich könnte mir die Concorde nicht leisten? Schmock. Ich bin damit geflogen, und es hat mir nicht gefallen. In der Concorde ist jeder ein paar Millionen wert. DK mag die First Class in einer 747, die von Montreal aus fliegt, da kann ich durch die Club und Economy schlendern, und alle diese Scheißer, die früher auf mich herabgeblickt haben, können sehen, wie reich ich bin, und daran ersticken.«

Irv fuhr fort: »Ich hoffe sogar, daß ihre verdammte Parti Québécois diesmal das Referendum gewinnt und den Juden, die noch hier sind, eine Mordsangst einjagt. Aber diesmal sollen sie nach Tel Aviv, Haifa oder Jerusalem gehen. Ja. Bevor Israel von äthiopischen Schwarzen überschwemmt wird oder diesen neuen russischen Immigranten, von denen die meisten nicht mal Juden sind. Wie findest du das? Siebenhundertfünfzigtausend russische Immigranten. Israel könnte demnächst ein gojisches Land werden. Aber trotzdem sind die Israelis jetzt die einzigen verläßlichen Antisemiten. Sei ehrlich, sie hassen die Diaspora-Juden. Wenn du dort ein jiddisches Wort sagst, würden sie dich am liebsten die Toilette hinunterspülen. ›Ach, Sie müssen ein Ghetto-Jude sein.‹ Nach den vielen Jahren des Spendensammelns – und ich muß persönlich für ungefähr fünfzig Millionen verantwortlich sein, die ich im Lauf der Jahre hier rausgepreßt habe – fahre ich hin, und sie nennen mich einen schlechten Juden, weil meine Kinder nicht dort leben und an vorderster Front dienen.«

Eintrag in Panofskys Buch der Ironien:

Meine erste Frau, Clara, hatte nie Zeit für andere Frauen und gilt postum als feministische Ikone, aber die zweite Mrs. Panofsky, dieses Klatschmaul, die mich noch immer wegen Mordes hinter Gitter bringen will, ist heute eine militante Feministin. Ich verfolge ihren Werdegang und habe in Erfahrung gebracht, daß sie jedes Pessach mit sechs anderen zurückgewiesenen Ehefrauen – zeitgenössische Boadiceas – einen Frauen-Seder veranstaltet. Sie beginnen damit, auf die Schekina anzustoßen, laut Kabbala der weibliche Aspekt Gottes. Sie heben den Teller mit den Matzen und stimmen einen Sprechgesang an:

> Das ist der Seder-Teller.
> Der Teller ist flach. Frau ist flach, wie ein Teller,
> flach im Relief der Geschichte …

Dann geht es weiter:

> Warum waren unsere Mütter an diesem Abend verbittert?
> Weil sie die Vorbereitungen trafen, aber
> nicht das Ritual durchführten. Sie bedienten, aber
> sie hatten nichts zu sagen. Sie lasen von ihren
> Vätern, aber nicht von ihren Müttern.

Gemäß den Kriegerinnen, die diese Travestie der Haggada verfaßten, wurde Miriam, Moses' Schwester, nie fair behandelt. Wo zum Beispiel findet sich in Exodus die Geschichte von Miriams Brunnen? Sie liegt auf dem Boden des Schneideraums. Aber laut rabbinischer Legende folgte zu Ehren Miriams den Kindern Israels ein Brunnen mit Wasser durch die Wüste. Und als Miriam starb, trocknete der Brunnen aus und verschwand.

Die Tochter von Rabbi Gamaliel sagte: »Zorn ist unser Erbe. In der Wüste fragten Miriam und Aaron: ›Ist Moses der einzige, mit dem der Herr gesprochen hat? Hat er nicht auch mit uns gesprochen?‹ Der Herr fuhr zwischen sie, und Miriam wurde weiß mit Aussatz, aber Aaron blieb unversehrt. Miriam wurde behandelt wie die böse Tochter, der der Vater ins Gesicht spuckte und die er sieben Tage lang aus dem Zelt verbannte, bis er ihr verzieh.«

Miriam, Miriam, Sehnsucht meines Herzens. Ich spucke Blair ins Gesicht, niemals dir.

Heute ist Miriams Geburtstag. Ihr sechzigster. Wäre sie noch bei mir, würde ich ihr das Frühstück ans Bett bringen. Roederer-Crystal-Champagner, Belugakaviar, ganz zu schweigen von sechzig langstieligen Rosen und seidener Wäsche, elegant, aber unanständig. Vielleicht diese überteuerte Perlenkette, die ich bei Birk's gesehen habe. Statt dessen, so stelle ich mir vor, wird Herr Doktor Professor Hopper hemmungslos Geld verprassen für ein Gerät, das die Luftverschmutzung mißt. Oder vielleicht für ein Paar Gesundheitsschuhe ohne Tierleder. Nein, ich hab's. Er schenkt ihr eine Platte mit Walmusik. Ha, ha, ha.

Ich war zum Mittagessen verabredet, konnte mich jedoch nicht erinnern, mit wem und wo, und traute mich nicht, Chantal deswegen anzurufen. Meine gelegentlichen Gedächtnisausfälle, die nicht besorgniserregend und bei Leuten meines Alters weit verbreitet sind, hatten sie schon argwöhnisch genug gemacht. Ich rief statt dessen im Le Mas des Oliviers an, um herauszufinden, ob ich dort einen Tisch reserviert hatte. Nein. Und auch nicht im L'Express oder Ritz. Dann meldete sich Chantal. »Ich rufe an, um dich daran zu erinnern, daß du heute zum Mittagessen verabredet bist. Weißt du, wo?«

»Natürlich. Sei nicht so frech.«

»Oder mit wem?«

»Chantal, ich könnte dich rauswerfen.«

»Mit Norman Freedman in Moishe's um ein Uhr. Oder ich könnte lügen und sagen, mit meiner Mutter bei Chez Gauthier. Aber da du es sowieso weißt, ist das ja kein Problem. Bis bald.«

Norman Freedman war einer unter den über zweihundert Gästen gewesen, die zu meiner Hochzeit im Ritz-Carlton kamen. Smoking, Abendkleid. Boogie stoned und ich betrunken, meine Stimmung miserabel, weil ich mich danach verzehrte, auf meinem Tribünenplatz im Forum zu sitzen. Verdammt verdammt verdammt. Die Canadiens konnten in meiner Abwesenheit den vierten Stanley Cup in Folge für sich entscheiden. Aber es war nichts zu machen, denn als ich entdeckte, daß ich für diesen Abend doppelt gebucht hatte, war es zu spät, um die Hochzeit noch zu verschieben. Und, nicht zu vergessen, der *Club de hockey canadien* 1959 war eine der besten Mannschaften aller Zeiten. Man bedenke die Aufstellung: Jacques Plante im Tor, Doug Harvey, Tom Johnson und Jean-Guy Talbot verteidigten an der blauen Linie, und vorne stürmten Maurice und Henri Richard, Bernie Geoffrion, Dickie Moore, Phil Goyette, Ab McDonald und Ralph Backstrom. Aber leider traten die Canadiens in der Endrunde ohne ihren besten Spielmacher an. Der große Jean Beliveau war während der Halbfinalrunde im dritten Spiel gegen Chicago böse gestürzt und für den Rest der Saison außer Gefecht gesetzt.

Kaum waren wir zu Mann und Frau erklärt, küßte ich die Braut und stürmte zur Bar. »Wie steht es?«

»Mahovlich mußte vor ein paar Minuten wegen einem Crosscheck raus, und Backstrom[9] hat einen Treffer gelandet. Es steht also eins zu null, aber sie haben ja erst angefangen. Beliveau fehlt«, sagte der Barkeeper.

Zwischen so vielen Fremden fühlte ich mich durch und durch unwohl, und meine Laune war unsäglich, bis sich alles veränderte. Damals und für immer. Am anderen Ende des überfüllten Raums, wie Howard Keel einst schmetterte[10], stand die bezauberndste Frau, die ich je gesehen hatte. Langes schwarzes Haar wie die Flügel eines Raben, unglaubliche blaue Augen, elfenbeinfarbene Haut, schlank, in einem Cocktailkleid aus blauem Chiffon. Sie bewegte sich mit hinreißender Anmut. Ach, dieses Gesicht von einzigartiger Schönheit. Diese nackten Schultern. Mein Herz schmerzte bei ihrem Anblick. »Wer ist diese Frau, auf die Myer Cohen einredet?« fragte ich Irv.

»Schande über dich. Sag bloß, daß du Augen für eine andere Frau hast, wo du gerade mal eine Stunde verheiratet bist.«

»Quatsch. Ich bin neugierig, das ist alles.«

»Ihren Namen habe ich vergessen«, sagte Irv, »aber ich weiß, daß Harry Kastner es bei ihr versucht hat, vielleicht vor einer halben Stunde, und was immer sie gesagt hat, er ist erbleicht. Sie hat eine spitze Zunge, diese Frau. Seit ihre Eltern gestorben sind, lebt sie in Toronto.«

Absolut auserlesen, stand sie jetzt alleine, aber wachsam da. Myer Cohen war entlassen worden, ein anderer Verehrer holte ihr ein Glas Champagner. Als sie merkte, daß ich sie anstarrte, wandte sie den Blick der blauen Augen, für die ich hätte sterben können, ab, trat einen Schritt zurück, kehrte mir den Rücken und schloß sich einer Gruppe an, zu der dieser Mistkerl Terry McIver gehörte. Ich war nicht der einzige, der sie beobachtete. Magere, knochendürre und in Hüfthaltern steckende dicke Frauen musterten sie mißbilligend von oben bis unten. Dann war die zweite Mrs. Panofsky, die gerade mit Boogie getanzt hatte, an meiner Seite.

9 Backstrom traf nach 4 Minuten, 12 Sekunden nach Vorlage von Geoffrion und Moore.

10 Es war Ezio Pinza in *South Pacific*, das 4 Jahre, 9 Monate am Broadway lief.

»Dein Freund ist ein so melancholischer Mann, so verletzlich«, sagte sie. »Ich wünschte, wir könnten etwas für ihn tun.«

»Da ist nichts zu machen.«

»Ich glaube, du solltest dich ein bißchen mit deinem Freund McIver unterhalten. Er wirkt verloren.«

»Scheißegal.«

»Psst. *Am Tisch hinter uns sitzt mein Großvater.* Hast du McIver nicht eingeladen?«

»Terry kommt zu allen meinen Hochzeiten.«

»Ach, wie nett. Sehr nett. Warum trinkst du nicht noch etwas? Dein Vater hat schon zuviel intus, und wenn er mit einer seiner Geschichten anfängt, wird meine Mutter vor Scham sterben.«

»Sag mal, wer ist die Frau, der der verfluchte Gordon Lipschitz auf die Pelle rückt?«

»Ach, die. Vergiß es, Mr. Casanova. Du bist nicht gut genug für sie. Bitte, unternimm jetzt etwas wegen deines Vaters. Steck das in deine Tasche.«

»Was ist das?«

»Ein Scheck über fünfhundert Dollar von Lou Singer. Ich nörgle nicht gern, aber ich glaube, du hast bereits genug getrunken.«

»Was soll das heißen, ich bin nicht gut genug für sie?«

»Wenn ich gewußt hätte, daß sie uns die Ehre geben würde, hätte ich einen roten Teppich ausgelegt. Findest du sie etwa attraktiv?«

»Natürlich nicht, Liebling.«

»Ich wette, sie hat Schuhgröße vierzigeinhalb, und trotzdem sind ihre Zehen noch eingequetscht. Sie heißt Miriam Greenberg. Wir waren zusammen an der McGill, sie hatte ein Stipendium, und das war auch gut so, weil sie die Gebühren nur unter Schwierigkeiten hätten aufbringen können. Ihr Vater war Zuschneider in einer Fabrik, und ihre Mutter hat für einen Schneider zu Hause genäht. Sie tritt unerhört großspurig auf, aber sie ist in einer dieser Wohnungen, die nur kaltes Wasser haben, in der Rachel Street aufgewachsen. Meinem Onkel Fred gehörten ein paar von diesen Häusern, und er sagte, daß es einfacher wäre, Wasser aus einem Stein zu pressen, als bei manchen von diesen Typen die Miete zu kassieren. Einige zogen lieber bei Nacht und Nebel aus. Sie anzeigen? Sinnlos. Onkel Fred liebte mich abgöttisch. Ich werde dich entführen, hat er immer gesagt. Die Studenten wollten, daß Miriam Greenberg Karnevalsprinzessin wird. Mein Gott, so attraktiv ist sie auch wieder nicht, diese Füße, aber sie wäre das erste jüdische Mädchen gewesen. Sie lehnte ab. Miss Amerika war gut genug für Bess Myerson, aber Bess war natürlich, ahem, ahem, keine Intellektuelle. Sie schleppte nicht die *Partisan Review* oder die *New Republic* in die Seminare, damit jeder sah, was sie las. Ja, klar. Ich wette, wenn man in ihrem Zimmer nachgesehen hätte, hätte man auch *Cosmopolitan* gefunden. Irgendein junger Pianist, niemand hatte je von ihm gehört, gab sein Debüt in der Moyse Hall, und sie stand in einem schwarzen Kleid von der Stange, das bei Eaton's nicht mehr als 29,99 gekostet haben kann, auf der Bühne und blätterte die Seiten für ihn um. Tolle Sache. Jetzt ist sie nach Toronto gezogen und sucht Arbeit beim Hörfunk. Nicht hoffnungslos bei ihrer Stimme. Dein Vater steht wieder an der Bar. Er redet mit Dr. Mendelsohn. *Tu etwas.*«

»Miriam wie hast du gesagt?«

»Greenberg. Willst du, daß ich dich vorstelle?«

»Nein. Laß uns tanzen.«

»Der Barkeeper sieht dich verzweifelt an.«

»Ach ja, ich hab ihm gesagt, wenn es Probleme gibt – entschuldige, bin gleich wieder da.«

»Das erste Drittel ist vorbei«, sagte er, »und wir führen drei zu null. Geoffrion[11] und Johnson[12] haben jeweils einen Punkt geholt. Bower sieht etwas erschüttert aus in ihrem Tor.«

»Ja, aber jetzt werden sie sich zurückfallen lassen, und dann werden die Leafs stürmen. Mahovlich oder Duff können immer noch jede Menge Schaden anrichten.«

Auf der Tanzfläche gelang es mir, meine Braut in Richtung Miriam zu steuern, die mit McIver tanzte. Ich kam nahe genug an sie heran, um ihren exquisiten Duft einzuatmen, und prägte ihn mir ein. Ein Hauch von Joy an den Schläfen, in den Kniekehlen und am Saum ihres Rocks, wie ich später erfuhr. Jahre später, als ich mit Miriam im Bett lag, meinen Cognacschwenker auf ihren Brüsten ausleerte und den Cognac aufleckte, sagte ich: »Weißt du,

11 Geoffrion traf nach 13 Minuten, 42 Sekunden nach Vorlage von Backstrom und Harvey.

12 Johnson traf nach 16 Minuten, 26 Sekunden nach Vorlage von Backstrom.

wenn du mich wirklich an meinem Hochzeitstag hättest verführen wollen, du hinterhältiges Stück, hättest du dich nicht mit Joy parfümiert, sondern mit Räucherfleisch-Essenz. Ein unglaubliches Aphrodisiakum aus Gewürzen aus Schwartz's Delicatessen. Ich würde es Nektar aus Judäa nennen und den Namen urheberrechtlich schützen lassen.« Aber am Tag meiner Hochzeit sagte ich »Entschuldigung« zu Miriam, nachdem ich sie angerempelt hatte, und dann sagte die zweite Mrs. Panofsky: »Ich möchte nicht noch einmal hören, daß du dir vom Barkeeper den neuesten Spielstand geben läßt. Es ist unser Hochzeitstag. Und das ist kränkend.«

»Ich werd's nicht wieder tun«, log ich.

»Dein Vater sitzt jetzt am Tisch des Rabbis. O mein Gott«, sagte sie und drängte mich in diese Richtung. Aber es war bereits zu spät. Einschließlich des Rabbis und seiner Frau, der Hubermans, Jenny Roth, Dr. und Mrs. Mendelsohn und ein paar anderen, die ich nicht kannte, saßen zwölf verdatterte Personen an dem langen Tisch, und ein beduselter Izzy Panofsky war voll in Fahrt. »Als ich bei der Sitte war«, sagte er, »lernte ich die Puffmütter schätzn. Manche echte Damen aus Paris und sehr nett. Es warn immer zwischn fünfzehn und fünfundzwanzig Mädels da, und sobald man reinkam, machte die Puffmutter ne Tür auf und sagte: *›Les dames au salon.‹* Und dann kamen se rein, und man konnt sich eine aussuchn.«

»Darf ich Sie daran erinnern, daß Damen an diesem Tisch sitzen«, sagte der Rabbi mit seiner honigsüßen Stimme.

»Ja, na und? Se sehn alle aus, als wärn se über einundzwanzig. *Mindestens.* War nur n Scherz, Mädels. Niemand blieb die ganze Nacht, der Umsatz war zu groß, verstehn Se, was ich mein? Ein paar von den Hurenhäusern warn richtig elegant eingerichtet.«

»Daddy, ich möchte kurz mit dir reden.«

»Sauber? Rabbi, da konnt man vom Boden essn. Ach ja, und se hattn wunderbare Bettn, und alles war ganz systematisch ... Se verstehn, was ich mein? ... In jedem Zimmer stand n großer Krug, und sobald man reinkam, habn se ihn für ein gewaschn.«

»Daddy, meine Braut möchte mit dir tanzen.«

»Du unterbrichst mich.«

»Entschuldigen Sie mich«, sagte die Frau des Rabbis und stand vom Tisch auf, zwei weitere Damen folgten widerstrebend.

»Tja, damals kostete ein Schuß ein Dollar, und die Mädels mußtn für die Seife und das Handtuch zahln, und wenn se fertig war, mußt se dafür zahln, daß se dort arbeitn durft. Und alle möglichn Hausierer gingn dort ein und aus, schlaue Judn, die ihnen rechtzeitig bestimmte Sachen verkauftn. He, Doc, sagtn Se nich, Se heißn Mendelsohn?«

»Bessie, möchtest du tanzen?«

»Immer mit der Ruhe, Doc. Shmul Mendelsohn. Wir nanntn ihn ›Grapscher‹, weil, also, muß ich deutlicher werdn?« fragte mein Vater augenzwinkernd. »Der Hausierer. War das Ihr Alter?«

»Ich komme«, sagte Bessie.

Schließlich gelang es mir, meinen Vater von seinem Stuhl loszueisen und zur Bar zu schleppen, wo ich mich sofort beim Barkeeper nach dem Spielverlauf des zweiten Drittels erkundigte.

»Geoffrion hat den Puck noch einmal zwischen Bowers Beine geschossen, und dann hat Bonin[13] einen versenkt.«

»Das muß sein zehnter Treffer in der Endrunde sein.«

»So ist es. Aber als Doug Harvey wegen Foulspiels auf die Bank mußte, hat Pulford es zurückgekriegt. Es steht also fünf zu zwei für die Guten.«

»Ich dachte, die Leute hier wärn echte Snobs«, sagte mein Vater, »aber tatsächlich sind se alle sehr freundlich. Junge, ich amüsier mich vielleicht. Was gibt's da zu lachn?«

»Komm her«, sagte ich und nahm ihn in die Arme. Er zog mehrmals die Augenbrauen in die Höhe, ergriff meine Hand und drückte sie auf seinen Dienstrevolver an der Hüfte. Der Revolver, der mein Leben ruinieren sollte. Fast. »Ich geh nirgendwo mehr nackt hin«, sagte er. »Wenn dich jemand ärgert, sag's mir, und ich werd ihm verdammt noch mal ein paar Luftlöcher verpassn.«

Nachdem das geregelt war, stellten wir unsere Gläser auf die Theke, Vater und Sohn, und baten um Nachschub. Der Barkeeper kratzte sich am Hinterkopf. Er wand sich. »Tut mir leid, Sir, aber Ihre Frau und Ihr Schwiegervater waren gerade hier und meinten, daß Sie beide nichts mehr trinken sollten.«

13 Es war Pulford, der als erster traf, nach 4 Minuten, 27 Sekunden nach Vorlage von Armstrong und Brewer. Bonin traf nach 9 Minuten, 56 Sekunden nach Vorlage von Henri Richard und Harvey, und Geoffrion traf nach 19 Minuten, 26 Sekunden nach Vorlage von Backstrom und Johnson.

Mein Vater holte seine Brieftasche heraus und hielt dem Barkeeper seine Dienstmarke vors Gesicht. »Se sprechn mit dem Gesetz«, sagte er.

Ich beugte mich vor, langte nach der nächsten Flasche Johnnie Walker Black Label und goß uns beiden die Gläser voll. »Wo ist der aufgeblasene Kerl?« fragte ich.

»Ich amüsier mich so«, sagte mein Vater. »Bring mich nich in Verlegenheit.«

Ich fand meinen Schwiegervater an einem Tisch, wo er sich vor acht Leuten ausließ. »Herr im Himmel, was für Narren sind wir Sterblichen doch, schrieb Shakespeare, und wie recht er doch hatte, der Barde vom Avon. Hier sitzen wir, meine Herren, versammelt zu einem gesitteten Gespräch, und reflektieren über die menschliche Natur, unser kurzes Verweilen in diesem Jammertal, tauschen Ideen aus, umgeben von Familie und alten Freunden. Und während wir hier sitzen und mit empfehlenswerter Zurückhaltung dem Wein zusprechen, heulen siebzehntausend Seelen auf ihren Plätzen im Forum, ihr winziges Hirn vollkommen blockiert von einer kleinen schwarzen Gummischeibe, die auf dem Eis hin und her geschoben wird, ihr Besitz umstritten von Männern, die nie Tolstoi gelesen oder Beethoven gehört haben. Man könnte an der Menschheit verzweifeln, finden Sie nicht?«

»Entschuldigung. Aber es muß ein Irrtum vorliegen«, sagte ich. »Der Barkeeper behauptet, Sie hätten ihn angewiesen, mir und meinem Vater nichts mehr zu trinken zu geben.«

»Es liegt kein Irrtum vor, junger Mann. Meine Tochter ist in Tränen aufgelöst. *An ihrem Hochzeitstag*. Und Ihr geschätzter Vater, junger Mann, hat die Frau des Rabbis aus der Fassung gebracht, und seinetwegen sind meine guten Freunde, die Mendelsohns, bereits gegangen.«

»Dr. Mendelsohns Vater war ein Hausierer, der die Mädchen in den Puffs begrapscht hat.«

»Das sagen Sie. Damit Sie es wissen, Mrs. Mendelsohn ist eine Gursky. Man sollte Ihren Vater nach Hause bringen, bevor er noch mehr ekelhafte Geschichten erzählt oder aufs Gesicht fällt.«

»Wenn man meinen Vater nach Hause schickt, gehe ich ebenfalls.«

»Wie konnten Sie meiner Familie und meinen Freunden solche – solche – nun gut, ich werde es aussprechen – solche Hooligans zumuten? Dieser junge Mann dort«, sagte er und deutete auf McIver, der allein an einem Tisch saß und etwas notierte, »unterhält sich mit meinen Gästen, und dann zieht er sich zurück, um sich Notizen zu machen. Und der da drüben«, sagte er und zeigte auf Boogie, »saß vor einem Spiegel in der Damentoilette und hat mit einem Strohhalm irgendeine weiße Substanz durch die Nase eingeatmet. In der Damentoilette, ich bitte Sie.«

Weitere Vorwürfe folgten, aber ich hörte nicht mehr zu, denn dort stand Miriam, erneut belagert von Verehrern, und ich ging einfältig strahlend auf sie zu. Als der Saal zu wanken und zu schwanken anfing, riß ich meine wackligen Beine zusammen und segelte auf sie zu, vertrieb ihre Verehrer, indem ich mit einer glühenden Zigarre herumfuchtelte, die beträchtlichen Schaden hätte anrichten können. »Wir wurden einander nicht vorgestellt«, sagte ich.

»Ich war nachlässig. Sie sind der Bräutigam. *Masel tow.*«

»Jaa. Möglich.«

»Ich glaube, Sie sollten sich setzen«, sagte sie und half mir auf den nächsten Stuhl.

»Sie sich auch.«

»Kurz. Es ist spät. Wie ich höre, sind Sie beim Fernsehen.«

»Totally Unnecessary Productions.«

»Das ist hart.«

»So heißt meine Firma.«

»Nein«, sagte sie.

Und – ah! – ich hatte mir ein kleines Lächeln verdient. Ach, das Grübchen in ihrer Wange. Diese blauen Augen, für die ich hätte sterben können. Diese nackten Schultern. »Darf ich Sie etwas Persönliches fragen?«

»Was zum Beispiel?«

»Welche Schuhgröße haben Sie?«

»Neununddreißig. Warum?«

»Ich bin oft in Toronto. Könnten wir mal zusammen zum Abendessen gehen?«

»Wohl kaum.«

»Ich würde aber gern.«

»Das ist keine gute Idee«, sagte sie und versuchte aufzustehen. Aber ich ergriff ihren Ellbogen und hielt sie zurück. »Ich habe zwei Tickets für den morgigen Flug nach Paris in der Jackentasche. Kommen Sie mit.«

»Würden wir Ihrer Braut zum Abschied zuwinken?«

»Sie sind die schönste Frau, die ich jemals gesehen habe.«

»Ihr Schwiegervater starrt uns an.«

»Am Dienstag könnten wir in der Brasserie Lipp zu Mittag essen. Ich leih einen Wagen, und wir fahren nach Chartres. Waren Sie schon mal in Madrid?«

»Nein.«

»Wir könnten in den engen Gassen um die Plaza Mayor Tapas essen und *cochinillo asado* in der Casa Botín.«

»Ich werde Ihnen einen Gefallen tun und vergessen, daß dieses Gespräch stattgefunden hat.«

»›Come live with me and be my love.‹ Bitte, Miriam.«

»Wenn ich jetzt nicht gehe, verpasse ich meinen Zug.«

»Ich lasse mich scheiden, sobald wir zurück sind. Alles, was Sie wollen. Sagen Sie einfach nur ja, bitte. Wir nehmen kein Gepäck mit. Wir kaufen alles, was wir brauchen.«

»Entschuldigen Sie mich«, sagte sie und entwand sich mir, Seide raschelte.

Zerknirscht ging ich zum Tisch, an dem mein Vater jetzt Hof hielt, umgeben von faszinierten jungen Paaren. »Ach, Se mein das in der Ontario Street«, sagte er. »Wir saßn genau gegenüber, im viertn Revier. Ab und zu gab's ne Razzia, in den Hurnhäusern. Also, wenn man bei der Sitte arbeitet, und natürlich als junger Kerl, wenn wir ne Razzia machtn, bliebn die höhern Ränge unten, und wir sind raufgeschlichn, versteht ihr, und ham se nich gestört, wißt ihr, wovon ich sprech? Wenn man was sehn will ...«

Miriam war noch im Saal, hatte jetzt aber ihren Mantel an, plauderte an der Tür mit Boogie und steckte ihm etwas zu. Dann kam Boogie an unseren Tisch, als mein Vater gerade mit einer neuen Geschichte anfing, und steckte mir ein gefaltetes Blatt Papier zu, das ich sofort auf meinen Schoß legte und im Schutz des Tischtuchs las:

Endstand. Canadiens 5, Toronto 3.[14]
Glückwunsch.

»Boogie«, sagte ich, »ich bin verliebt. Zum erstenmal in meinem Leben bin ich wirklich, ernstlich, unwiderruflich verliebt.«

Selbstverständlich hatte ich nicht bemerkt, daß die zweite Mrs. Panofsky direkt hinter mir stand, und jetzt umarmte sie mich und wiegte meinen Kopf. »Ich auch, Liebling«, sagte sie. »Ich auch.«

Mein Herz war schwer von Schuld. Ja. Aber trotzdem stahl ich mich ein paar Minuten später aus dem Ballsaal des Ritz und stieg in das erste Taxi, das draußen in der Schlange wartete.

6 »Windsor Station, bitte«, sagte ich zum Fahrer, »und beeilen Sie sich.« Es ging um Minuten, aber, Scheiße Scheiße Scheiße, der Verkehr stockte wegen der Stanley-Cup-Feiern. Hupende Autos, die auf der Straße dahinkrochen. Das Getöse von Tröten. Betrunkene hüpften mitten auf der Straße herum und riefen: »Wir sind die Nummer eins! Wir sind die Nummer eins!«

Mit pochendem Herzen schaffte ich es zum Bahnhof, gerade noch rechtzeitig, um mir eine Schlafwagenkarte für den Nachtzug nach Toronto zu kaufen. Miriam saß im dritten Wagen, vertieft in *Goodbye, Columbus*, und ich ließ mich dumm lächelnd auf den Sitz neben ihr fallen, als der Zug anfuhr. »Hallo«, sagte ich.

»Das glaub ich nicht«, sagte sie und schlug ihr Buch zu.

»Ich auch nicht, aber hier bin ich.«

»Wenn Sie den Zug in Montreal West nicht verlassen, steige ich aus.«

»Ich bin verliebt in Sie.«

»Machen Sie sich doch nicht lächerlich. Sie kennen mich ja nicht mal. Montreal West. Sie oder ich. Entscheiden Sie sich.«

»Wenn Sie aussteigen, steige ich auch aus.«

»Wie können Sie so etwas am Tag Ihrer Hochzeit tun?«

»Ich hab's getan.«

14 Toronto erzielte im letzten Drittel zwei Tore. Mahovlich nach 12 Minuten, 7 Sekunden nach Vorlage von Harris und Ehman, und Olmstead nach 16 Minuten, 19 Sekunden in einem Powerplay, unterstützt von Ehman.

»Sie sind sturzbetrunken. Ich rufe den Schaffner.«

Ich zeigte ihr meine Fahrkarte.

»Bitte, Barney, bringen Sie mich nicht noch mehr in Verlegenheit. Steigen Sie in Montreal West aus.«

»Wenn ich aussteige, gehen Sie dann mit mir in Toronto zum Essen?«

»Nein«, sagte sie, sprang auf und zog ihre Tasche von der Gepäckablage. »Ich gehe jetzt in den Schlafwagen und schließe meine Tür ab. Gute Nacht.«

»Sie behandeln mich nicht gerade freundlich angesichts dessen, was ich auf mich genommen habe.«

»Sie sind verrückt. Gute Nacht.«

In Montreal West[15] stolperte ich auf den Bahnsteig, blieb schwankend stehen und sah zu, wie der Zug aus dem Bahnhof fuhr. Und dann, was für ein Wunder, winkte Miriam aus ihrem Fenster, und ich könnte schwören, daß sie lachte. Mein Herz jubilierte. Ermutigt setzte ich mich in Trab, um dem Zug hinterherzulaufen und wieder einzusteigen. Ich stolperte und stürzte, zerriß meine Hose und schrammte mir das Knie auf. Vor dem Bahnhof hatte ich Glück und fand ein Taxi. »Das Ritz«, sagte ich. »He, das war ein Spiel, was?«

»Mon Blutdruck est himmelhoch«, sagte der Fahrer. *»C'est le stress.«*

Ich klopfte furchtsam an die Tür unserer Suite im Ritz, bereitete mich auf das Schlimmste vor, aber zu meinem Erstaunen be-

15 Meine Zweifel hinsichtlich der Chronologie dieser Ereignisse wurden bestärkt, als ich feststellte, daß das Eishockeyspiel am 9. April 1959 um 22 Uhr 29 endete, der Nachtzug nach Toronto jedoch um 22 Uhr 25 abfuhr, was bedeutete, daß mein Vater unmöglich den Endstand des Spiels erfahren konnte und noch Zeit genug hatte, um zum Bahnhof zu fahren und in den Zug meiner Mutter zu steigen. Als ich meine Mutter mit diesen ärgerlichen Details konfrontierte, begann ihre Unterlippe zu zittern. »Es stimmt«, sagte sie, »es stimmt.« Und dann fing sie an zu schluchzen, und ich hielt es für taktlos, das Thema weiter zu verfolgen.

Ich zweifle nicht an der Wahrhaftigkeit meines Vaters oder der Aussage meiner Mutter, aber ich glaube, daß Barney die Dinge durcheinanderbrachte. Miriam verließ das Ritz wahrscheinlich am Ende des zweiten Drittels, um 21 Uhr 41, und das Taxi meines Vaters blieb vermutlich auf dem Rückweg von Montreal West im Stanley Cup Verkehr stecken. Eine andere Möglichkeit ist, daß der Nachtzug nach Toronto verspätet abfuhr. Ich habe zweimal an Canadian Pacific geschrieben und mich nach der Abfahrtszeit des Nachtzugs nach Toronto am 9. April 1959 erkundigt, aber ich warte immer noch auf eine Antwort.

grüßte mich die zweite Mrs. Panofsky mit einer Umarmung, was meine Schuldgefühle noch vergrößerte. »Ach, Gott sei Dank, daß dir nichts passiert ist«, sagte sie. »Ich wußte nicht, was ich davon halten sollte.«

»Ich habe ein bißchen frische Luft gebraucht«, sagte ich und wiegte sie in meinen Armen.

»Das überrascht mich nicht, aber ...«

»Die Habs haben ohne Beliveau und mit Rocket auf der Bank gewonnen. Wie findest du das?«

»... hättest du mir nicht Bescheid sagen können? Wir waren ganz krank vor Sorge.«

Erst da bemerkte ich ihren Vater, der in einem Sessel vor sich hin schmorte. »Sie wollte, daß ich bei der Polizei anrufe und frage, ob es einen Unfall gegeben hat. Ich hätte es für erfolgversprechender gehalten, die Bars in der Gegend abzusuchen.«

»Ach du liebe Zeit. Schau dir dein Knie an. Ich hole ein nasses Handtuch.«

»Mach dir bitte keine Umstände.« Dann strahlte ich ihren Vater an und sagte: »Würden Sie gern einen Gute-Nacht-Schluck mit uns trinken?«

»Ich habe heute genug getrunken, junger Mann, und Sie ganz gewiß auch.«

»Tja dann, tschüs.«

»Soll ich glauben, daß Sie eineinhalb Stunden durch die Straßen gelaufen sind?«

»Daddy, er ist gesund und munter, und das ist das Wichtigste.«

Kaum war er gegangen, führte mich die zweite Mrs. Panofsky zu einem Sessel, machte im Bad ein Handtuch naß und betupfte damit mein aufgekratztes Knie. »Sag mir, wenn's weh tut, Liebster, und ich hör auf.«

»Du verdienst einen besseren Mann als mich.«

»Aber jetzt ist es zu spät, stimmt's?«

»Ich habe mich schlecht benommen«, sagte ich, und Tränen liefen mir unaufgefordert übers Gesicht. »Wenn du die Scheidung willst, werde ich dir keine Steine in den Weg legen.«

»Ach, du bist wirklich komisch«, sagte sie und ging in die Hocke, um mir Schuhe und Socken auszuziehen. »Was du brauchst, ist ein bißchen Schlaf.«

»In unserer Hochzeitsnacht?«

»Ich werd's nicht verraten.«

»O nein«, sagte ich und begann, ihre Brüste zu streicheln, aber dann kippte ich dem Vernehmen nach im Stuhl nach hinten und fing an zu schnarchen.

7 Einst wagte ich zu hoffen, daß Miriam und ich, wenn wir beide über neunzig wären, wie Philemon und Baucis gleichzeitig sterben würden. Ein wohltätiger Zeus würde uns anschließend, mit einem sanften Schlag seines Stabs, in zwei Bäume verwandeln, deren Äste sich im Winter liebkosen und deren Blätter sich im Frühjahr vermischen würden.

Bäume erinnern mich an den Nachmittag, als Sean O'Hearne mit mir und Miriam auf der Rundumveranda unseres Häuschens in den Laurentians saß und auf den See blickte, in dem Polizeitaucher einst nach Boogie gesucht hatten. Boogie, der, wenn man mir glauben konnte, zuletzt gesehen worden war, als er im Zickzack den Hügel hinunterlief, über den Steg raste und ins Wasser sprang, wodurch er meiner Kugel entging. O'Hearne offenbarte eine unvermutete poetische Ader, als er mich durchdringend ansah, auf die Bäume deutete und sagte: »Ich frage mich, was diese Ulmen sagen würden, wenn sie sprechen könnten.«

»Aber das ist doch klar, O'Hearne«, sagte Miriam. »Sie würden sagen: ›Wir sind Ahornbäume.‹«

Ich weiß nicht, wie oft ich in den Jahren seit seinem Verschwinden auf dem Steg gesessen habe und Boogie mit schierer Willenskraft dazu zwingen wollte, heil und unversehrt dem Wasser zu entsteigen. Erst vorletzte Nacht träumte ich, daß sich Boogie, vom langen Schwimmen ernüchtert, tatsächlich auf den Steg hievte. Er hüpfte auf einem Bein, um ins Ohr gelaufenes Wasser herauszuschütteln.

– Boogie, ich habe es nicht so gemeint. Nicht ein Wort davon. Ich weiß nicht, was in mich gefahren ist.

– He, wir sind doch alte Freunde, sagte er und umarmte mich. Gut, daß du so ein schlechter Schütze bist.

– Stimmt.

Zurück in die wirkliche Welt. Ein Witz von einer Geschichte in der *Gazoo* von heute morgen, die ich ausschneiden und der bezaubernden Ms. Morgan von »Lesben am Mikro« schicken muß.

FEMINISTINNEN EMPÖRT
FRAUEN SOLLEN IN KETTEN GELEGT WERDEN

Männliche Strafgefangene in Alabama, denen letztes Jahr Fußeisen angelegt und die für zwölfstündige Arbeitsschichten auf den Highways aneinandergekettet wurden, wo sie die Randstreifen säubern und trimmen mußten, schrieben an den Gouverneur, um ihn darauf hinzuweisen, daß diese Art Bestrafung sexueller Diskriminierung gleichkäme. Der in Alabama zuständige Beamte antwortete: »Es gibt keinen wirklich Grund, warum wir die Frauen nicht auch aneinanderketten sollten.« Er wies den Direktor des Julia-Tutwiler-Frauengefängnisses in Wetumpka, Montgomery, an, innerhalb von drei Wochen die Frauen an den Füßen aneinanderzuketten. Sie werden jedoch nicht auf den Highways arbeiten, sondern auf dem Gefängnisgelände, wo sie Gemüse pflanzen, Gras mähen und Abfall beseitigen sollen.

Nach all den Jahren noch immer schuldgeplagt, habe ich das Thema der katastrophalen Flitterwochen, die die zweite Mrs. Panofsky und ich in Paris verbrachten, bis jetzt vermieden, die Cafés, in denen ich von Erinnerungen an Clara heimgesucht wurde, meine Stimmung, die von der Sehnsucht nach Miriam geprägt war. Ein Foto von Clara im Fenster von La Hune verschlimmerte die Sache noch. Sie saß an einem Tisch im Mabillon, und wenn man genau hinsah, erkannte man in der Gruppe um sie Boogie, Leo Bishinsky, Hymie Mintzbaum, George Plimpton, Sinbad Vail, Cedric Richardson und mich. Nur ein Jahr später beteiligte sich Cedric an einem Sit-in von Studenten eines Landwirtschaftlichen und Technischen College vor der Essenstheke eines Kleinkaufhauses in Greensboro, North Carolina. 1963, glaube ich, wandte er sich von Martin Luther King ab und schloß sich Malcolm X an, und als nächstes hörte man, daß er irgendwo in Chicago untergetaucht war, später wurde er nur noch in Begleitung von Fruits-of-the-Loom-Leibwächtern[16] oder wie immer die Banditen des Propheten Elija sich nennen, gesehen. Ich eile mir wieder einmal voraus.

Das Foto in La Hune stand auf einem Stapel von Claras kurz zuvor übersetzten Gedichten, die in den Vereinigten Staaten, wenn mich mein Gedächtnis ausnahmsweise nicht trügt, bereits in der sechsten Auflage erschienen waren. Zu diesem Zeitpunkt war *Das Versbuch der Xanthippe* in sechzehn Sprachen übersetzt worden, und die Stiftung, die Norman Charnofsky ins Leben gerufen hatte, scheffelte zu meinem Erstaunen Geld. Und dann holte Norman, zu Ehren von Claras spezieller Vorliebe, zwei schwarze Feministinnen in den Vorstand und säte damit den Samen seines Untergangs.

Ich nahm an, daß ein kleines Hotel am linken Ufer der zweiten Mrs. Panofsky nicht angemessen genug wäre, und deswegen stiegen wir im Crillon ab. Und das war auch gut so, weil sie immer noch über das Fiasko unserer Hochzeitsnacht nachgrübelte, verständlicherweise.

Ich sollte darauf hinweisen, daß die zweite Mrs. Panofsky und ich vor unserer Hochzeitsreise nur einmal ein paar Tage miteinander verbracht hatten, und zwar die drei hektischen Tage in New York, als ich sie kaum sah, weil sie ständig unterwegs war. Damals hatten wir einander nur begrapscht, bis sie sich mir entwand und »Schluß« rief, ihre Brüste in den BH zurückschob und sich den Rock wieder über die Knie zog. »Puh! Das war knapp.« In unserem Bett im Crillon schliefen wir zum erstenmal miteinander, und ich mußte zu meiner Überraschung feststellen, daß sie keine Jungfrau mehr war.

Mit der zweiten Mrs. Panofsky nach Paris zu fahren war ein Fehler. Ich konnte mir jetzt zwar all die teuren Restaurants leisten, an denen ich 1951 hatte vorbeigehen müssen: Le Grand Véfour, Lapérouse, La Tour d'Argent, La Closerie des Lilas. Aber wenn wir im Café de Flore saßen, meine Frau elegant gekleidet, ich in einem guten Anzug, und ich die unfrisierten jungen Leute Hand in Hand flanieren sah, fühlte ich mich zu sehr wie der reiche Tourist, über den Clara und ich uns stets lustig gemacht hatten. Meine

16 Sie nennen sich Fruits of Islam.

Stimmung sackte ab. »Kannst du den verdammten Führer nicht beiseite legen, solange wir hier sitzen?«

»Bringe ich dich in Verlegenheit?«

»Ja.«

»So wie mit dem Bidet?«

»Du hättest das Zimmermädchen nicht fragen müssen. Ich hätte dir sagen können, wofür es ist.«

»Sprichst du Hebräisch?«

»Nein.«

»Hast du einen Abschluß von McGill?«

»Nein.«

»Bringt mich das in Verlegenheit?«

Ich brummte etwas vor mich hin.

»Wir sitzen seit zirka einer Stunde hier, und du hast ungefähr acht Worte zu mir gesagt. Ich will für so viel Aufmerksamkeit nicht undankbar erscheinen, aber wie lange bleiben wir noch hier?«

»Noch einen Drink.«

»Das sind jetzt elf Worte. Ich bin nicht hierhergekommen, um über den Tod deiner ersten Frau zu trauern.«

»Ich auch nicht.«

»Ständig behauptest du, mein Vater wäre ein Snob, aber mich hältst du für minderwertig, weil ich dachte, es wäre zum Füßewaschen. Schau dich doch im Spiegel an.«

»Ich trau mich nicht.«

»Ich werde hier nicht länger rumsitzen und dir dabei zusehen, wie du ins Leere starrst. Wir sind nur noch vier Tage in Paris, und ich habe noch eine Menge vor«, sagte sie und zog aus ihrer Handtasche eine Liste, die in drei Kategorien unterteilt war: *Unbedingt, Wahlweise, Wenn Zeit bleibt.* »Ich treff dich um sieben im Hotel. Und es wäre nett, wenn du zum Abendessen noch nüchtern wärst. Oder sagen wir, es wäre eine willkommene Abwechslung.«

Während sich unser Hotelzimmer mit Einkäufen füllte, kam ich mir immer mehr vor wie eine Figur in einem Stück von diesem Rumänen, Sie wissen schon, wen ich meine.[17] Er schrieb ein Stück, in dem sich Zero Mostel in einen Elefanten verwandelte.[18]

17 Eugène Ionesco (1909–1994), rumänisch-französischer Dramatiker des absurden Theaters, Autor von *Die kahle Sängerin, Die Unterrichtsstunde* und anderen Stücken.

18 *Rhinozeros.*

Nein, in ein Nilpferd. Das Stück heißt *Die Stühle*, ja, genau, und der Vorname des Autors ist derselbe wie von dem Kerl, der in frühen Jahren die Expos managte. Gene Mauch hieß er. Der Baseballmanager, nicht der Stückeschreiber. *Ein Rumäne namens Gene?* Ach, ist es wirklich wichtig? Im Stück füllt sich das Zimmer mit Einrichtungsgegenständen, bis kein Platz mehr für die Personen ist, und auch unser Hotelzimmer schien sich in einen Parcours zu verwandeln.

Amüsiert sah ich zu, wie sich auf unserer Kommode von einem Ende bis zum anderen Flaschen mit Parfüm, Eau de Cologne, Shampoo und Hautöl aufreihten; Lippenstifte standen nebeneinander wie Patronen; dazu Schachteln mit unterschiedlich parfümierten Seifen; Sprays, Badesalze und Körperpuder; ein Naturschwamm; Tiegel mit Nährcreme, Tuben mit geheimnisvollen Salben; Augenbrauenstifte; Puder und Puderdosen. Hier, dort, überall stolperte ich über Schachteln und Tüten von Geschäften am Boulevard de la Madeleine, dem Faubourg Saint-Honoré, der Rue de Rivoli, der Avenue George V und dem Boulevard des Capucines. Kleidung und passende Accessoires von Courrèges, Cardin, Nina Ricci. Eine Abendtäschchen von Lanvin. Und nicht umsonst war die zweite Mrs. Panofsky eine McGill-Absolventin. Lange nachdem ich ins Bett gegangen war, saß sie noch da und schnitt mit einer Rasierklinge vorsichtig verräterische Couturier-Etiketten heraus, die sie mit der Post nach Hause schickte; stattdessen nähte sie Etiketten von Eaton's, Ogilvy und Holt Renfrew hinein, die sie aus Montreal mitgebracht hatte.

Wir waren im Louvre, Jeu de Paume, Musée Rodin, wo sie, ausgestattet mit einer Liste der wichtigsten Werke, einen kurzen Blick auf selbige warf, sie von der Liste strich und zum nächsten hastete. Wir waren erst seit vier Tagen in Paris und konnten zu ihrer großen Freude bereits zur Kategorie *Wahlweise* übergehen.

Ich bin ein impulsiver Mensch, ein Mann, der daran glaubt, daß es besser ist, Fehler zu machen, statt verpaßten Gelegenheiten nachzuweinen, und einer meiner größten Fehler war das blitzartige Werben um die zweite Mrs. Panofsky, was mein grauenhaftes Verhalten in unseren Flitterwochen nicht entschuldigen kann. Sie mußte irritiert sein, während ich zwischen Verdruß und, von Schuldgefühlen überwältigt, übermäßiger Aufmerksamkeit schwankte, entschlossen, unsere Verbindung zum Funktionieren zu bringen. An einem Abend simulierte ich Begeisterung für ihre jüngste Erwerbung von Dior oder Lavin, die sie mir in unserem Zimmer vorführte, und ging anschließend mit ihr in ein Restaurant auf ihrer Liste, wo ich mich hinterhältig nach Verwandten von ihr erkundigte, die ich bei unserer Hochzeit kennengelernt hatte, steinreiche Spießer, die ich nie wiederzusehen hoffte. Ich heuchelte Interesse für ihre geschwätzigen Antworten und sagte schließlich beiläufig: »Ach ja, und dann war da, glaube ich, noch das Mädchen, deren Namen ich vergessen habe, sie trug ein Cocktailkleid aus blauem Chiffon und kam sich offensichtlich ganz toll vor, nicht daß ich sie besonders fand.«

»Miriam Greenberg?«

»Ja. Ich glaube, so hieß sie. Ist sie auch eine Verwandte?«

»Wohl kaum. Sie war nicht einmal eingeladen.«

»Du meinst doch nicht etwa, daß sie es gewagt hat, zu unserer Hochzeit . . .? Das finde ich aber schrecklich aufdringlich.«

»Mein Cousin Seymour hat sie mitgebracht.«

Ich täuschte ein Gähnen vor und fragte: »Ist er ihr Freund?«

»Woher soll ich das wissen?«

»Ist ja auch egal. Laß uns im Mabillon noch einen Schluck trinken.«

»Wenn du noch nicht genug hast, wär's mir lieber, wir gingen in Harry's Bar.«

Meine Lady der Listen hatte ihre Hausaufgaben gemacht und Sexhandbücher studiert, die nicht in der Jüdischen Bibliothek standen. Sie hatte sich wichtige Dinge notiert und Diagramme auf Karteikarten gezeichnet. Zu meinem Erstaunen wußte sie alles über *feuille de rose, gamahuche, pompoir, postillonage, soixante-neuf, saxonus* und sogar die *Viennese oyster*, und jeden Abend bat ich darum, etwas Neues auszuprobieren. Die zweite Mrs. Panofsky war unerbittlich in ihren Vergnügungen. Für sie war das Leben eine Prüfung, die es zu bestehen galt.

»Was findet sie bloß an deinem Cousin Seymour?«

»Sind wir fertig?« fragte sie und wischte sich den Mund am Bettlaken ab.

»Du machst die Listen, nicht ich.«

»Bäh. Ich weiß gar nicht, was die Leute daran finden.« Sie putzte sich die Zähne. Sie gurgelte. Dann kam sie zurück. »Was war gerade so wichtig?«

»Es ist überhaupt nicht wichtig, aber ich habe mich gefragt, was sie an deinem Cousin Seymour findet, er ist so ein Einfaltspinsel.«

»Wer?«

»Ach, ich habe ihren Namen vergessen. Das Mädchen in dem blauen Chiffonkleid.«

»Aaha. Aaha.« Sie starrte mich böse an und fragte: »Was habe ich heute zum Mittagessen getragen?«

»Ein Kleid.«

»Ja, klar. Ein Kleid. Nicht mein Nachthemd. *Welche Farbe hatte es?*«

»Ach, komm schon.«

»Geht dir Miriam Greenberg nicht mehr aus dem Kopf, oder was ist los?«

»Beruhige dich. Ich hab mich nur gefragt, was sie an Seymour findet.«

»Er fährt einen Austin-Healey. Er hat ein Segelboot mit sechs Kojen, irgendwo auf den Westindischen Inseln. Er wird mindestens einen Häuserblock in der Sherbrooke Street und ich weiß nicht wie viele Einkaufszentren erben. Wenn das ein Einfaltspinsel ist.«

»Willst du damit sagen, daß sie auf das Geld aus ist?«

»Weißt du, wie oft ich sie schon in diesem blauen Kleid gesehen habe, das dir nicht mehr aus dem Kopf geht? Es ist wahrscheinlich zehn Jahre alt, prêt à porter, sie hat es vermutlich im Winterschlußverkauf bei Macy's gekauft. Warum sollte sie sich nicht verbessern wollen?«

Dann waren da noch die täglichen Anrufe bei ihrer Mutter.

»Ich muß mich kurz fassen, weil wir gerade gehen wollen. Nein, nicht zum Abendessen, hier ist es erst sieben Uhr. *Apéritifs*, meine Liebe. In einem Café am Montparnasse. Dôme, glaube ich, heißt es. Ja, ich denke an das, was Tante Sophie gesagt hat, und trinke nur Mineralwasser. Gestern abend? Ach, wir haben in diesem tollen Restaurant gegessen, La Tour d'Argent heißt es, es würde dir gefallen, man fährt in einem Fahrstuhl hinauf und sieht auf eine angestrahlte Notre-Dame, jeden Augenblick habe ich damit gerechnet, daß Charles Laughton an einem der Wasserspeier hängt. Hab nur Spaß gemacht. Ihre Spezialität ist gepreßte Ente, und jede ist numeriert, und man kriegt eine Postkarte mit der Nummer, und ich hab sie dir heute morgen geschickt. Und weißt du, wer auch da war, nur zwei Tische neben uns? Audrey Hepburn. Ja, ich weiß, daß Jewel ein großer Fan von ihr ist, aber ich habe schon etwas für sie. *Ich konnte einfach nicht.* Es wäre ihm peinlich gewesen. Ich darf nicht einmal eine Speisekarte als Souvenir mitnehmen. Ich mußte nie in Paris mit zehn Cents am Tag leben, und in seinen Augen bin ich deswegen eine Kriegsverbrecherin oder was noch Schlimmeres. War nur ein Spaß. Nein, Mom, wir kommen prima miteinander aus. Oh, ich habe mein neues Kleid von Givenchy getragen, warte nur, bis du mich darin siehst, und gib Daddy einen dicken Kuß von mir und sag ihm tausend Dank. Ach, es ist aus schlichter schwarzer Seide und Wolle mit hoher Taille, der Saum bedeckt gerade das Knie. Nein, der ›Sack‹ ist passé. Vorbei. Aber bitte kein Wort zu Pearl oder Arlene, sie sollen es selbst herausfinden, jetzt, wo sie so viel Geld ausgegeben haben für die *schmatess* vom letzten Jahr. *Bitte, hör auf, dir Sorgen zu machen.* Wenn wir abends zurückkommen, egal, wie spät es ist, schließen sie meine Perlen in den Safe. Ja ja ja. Die Kamera auch, ich weiß, wie teuer sie war. Die Kamera bleibt sowieso immer hier. Er läßt mich damit nicht auf die Straße, damit uns niemand für Touristen hält. Laß mich nachdenken. Als erstes geräucherter Lachs, da lief einem das Wasser im Mund zusammen. Nein, sie servieren ihn hier nicht mit Frischkäse. Barney hatte Schnecken in der Schale. Ja, ich weiß. Aber ihm schmecken sie. Nein, würde ich nie tun. Genausowenig die Austern, ehrlich. Ich mußte ihn bitten, den Brotkorb wegzustellen, oder ich hätte alles aufgegessen, auch die Butter aus der Normandie. Dann haben wir beide die Ente gegessen und zum Nachtisch Crêpes. Ach, keine Ahnung, aber er war rot, auf jeden Fall ein Vermögen, nicht daß er geklagt hätte, aber der Weinkellner, der uns am Anfang angesehen hat, als würden wir schlecht riechen, war beeindruckt. Ja, zu Kaffee und Zigarre. Cognac, einen besonderen, nein, zwei. Sie kommen mit einem Wagen voller Flaschen vorbei. Nein, sie wärmen hier die Schwenker nicht an. Ja, aber Ruby Foo's ist nicht das A und O, und nirgendwo in Paris wärmen sie die Gläser an. Zwei hat er getrunken, hab ich doch gesagt. Ja, ich werd's ihm ausrichten, aber er muß ja nicht Auto fahren, und wir sind in den Flitterwochen. Ob wir Spaß haben? Genau. Was kann man in mittleren Jahren davon kriegen? Ach was. Dr. Seligman hat das gesagt? Wirklich? Also das ist bislang bestimmt nicht sein Problem, toi, toi, toi. Was soll das heißen, du bist beleidigt? Ich bin jetzt eine verheiratete Frau. Es ist erlaubt. Ja, Mom. Gut. Ich hab ihn um sieben wachgerüttelt, dann hab ich mir die Zähne geputzt und die Haare gewaschen, und, stell dir vor, dann haben wir zusammen geduscht, erzähl's Daddy nicht, er wäre schockiert. Und du bist jetzt bestimmt rot geworden. Hab nur Spaß gemacht. Du solltest die Bademäntel sehen, die wir hier haben, die Seifen sind von Lanvin. Ja, klar, mach ich. Ich hab schon drei Seifen für dich in einen Koffer gesteckt, da fällt mir ein, daß ich mir heute für meine neuen Sachen noch einen Koffer kaufen muß. Mom, ich weiß, daß Onkel Herky mir einen zum Großhandelspreis besorgen könnte, aber ich brauche ihn hier und jetzt. Ich werde nicht ungeduldig. Ich schreie nicht. Das bildest du dir ein. Ja, Taille ist wieder der letzte Schrei, und ich habe meine noch. *Ich bin nicht frech.* Wie oft muß ich dir noch sagen, daß du für eine reife Frau eine sagenhafte Figur hast. Es ist von Dior. Ha, ich hab's heute vormittag angehabt. Mann, haben sich die Leute nach mir umgedreht. Blaßblaue Shantungseide, in Falten, mit Schalkragen, und darüber habe ich meinen neuen Mantel getragen, von Chanel, einen Cardigan, knubblige Wolle, beige, durchschossen mit marineblauer Seide. Ich werd sie zu Rosch-Haschana in den Tempel anziehen, Arlene wird auf der Stelle sterben. Und warte erst, bis du die farblich dazu passenden Schuhe und die Handtasche siehst. Sag Daddy, daß er mich maßlos verwöhnt, aber ich will mich nicht beschweren. Erzähl's ihm nicht, aber ich habe ihm bei Hermès ein seidenes Halstuch gekauft und Manschettenknöpfe mit Perlen und ein Hemd bei Cardin, und was ich für dich habe, sage ich nicht, aber ich glaube, du wirst dich freuen. *Mom, ich schwöre, daß ich das über deine Figur nicht sarkastisch gemeint habe.* Ich bin überzeugt, daß dich die meisten Frauen deines Alters beneiden. Nein, Jewel und Irving habe ich nicht vergessen. Das würde mir überhaupt nicht ›ähnlich sehen‹. Ich besorge alles, was auf deiner Liste steht. Mom, hör auf. Niemand wird Rabbi Hornstein Fotos schicken. Selbstverständlich schließen wir die Tür ab, bevor wir zusammen duschen, aber das ist heutzutage kein Verbrechen mehr. Es ist nichts Schlimmes dabei, wenn man sich seines Körpers erfreut. Ja ja ja. Ich weiß, daß du nur mein Bestes willst, aber darüber will ich jetzt nicht reden. *Ich habe dir nicht vorgeworfen, daß du nörgelst.* Was soll das heißen, man hört es meiner Stimme an? Fang bloß nicht damit an. Ach, Mom, Barney hat in der *Herald Tribune* gelesen, daß die Canadiens vielleicht Doug Harvey hergeben, und er will wissen, ob das stimmt. *Ich weiß, daß du nie den Sportteil liest,* aber dir würde kein Stein aus der Krone fallen, wenn du nachsehen würdest. Mom, ich kann dir gar nicht sagen, wie schön es hier ist. Das stimmt nicht. Ich will damit nicht behaupten, daß Montreal scheußlich ist. Himmel, bist du heute empfindlich. Wenn ich es nicht besser wüßte, würde ich denken, du kriegst deine Tage. *Ich bin nicht hämisch.* Ich weiß, daß es irgendwann auch mir so gehen wird, und wenn es soweit ist, werde ich es hoffentlich besser zu nehmen wissen als du. Nicht schon wieder. Ich habe nun mal diese Stimme, und wenn dir mein Tonfall nicht paßt, dann lege ich jetzt auf. Okay, okay. Es tut mir leid. Nein, er haßt es einzukaufen, aber wir treffen uns selbstverständlich zum Mittagessen. In der Brasserie Lipp. Er hatte das Sauerkraut, dafür sind sie berühmt. Nein, warte, er hat mit Austern angefangen. *Mom, ich doch nicht.* Aber, um ehrlich zu sein, nicht aus Prinzip. Ich hatte die hartgekochten Eier mit Mayonnaise und dann Lachs mit Pommes frites. Er hat ein Bier getrunken und ich Weißwein. Mom, nur ein Glas. Ich werde nicht als Alkoholikerin zurückkommen. Ach, er ist zurück ins Hotel und hat geschlafen. Gut, daß er nicht wußte, daß ich BHs und Unterwäsche einkaufen wollte, denn da wäre er mitgekommen. Sie bringen ihm einen Stuhl, und er sitzt da und lächelt wie eine Katze, die einen Kanarienvogel verschluckt hat, und sieht den Frauen zu. *Mom, wäre es dir lieber, wenn er wie dein armer Cousin Cyril wäre?* Nein, er ist nicht homosexuell. Wie könnte er? Ein Mitglied unserer geschätzten Familie. Er ist nur ein fünfundfünfzigjähriger Junggeselle, der noch immer bei seiner Mutter lebt und alle Bodybuilding-Zeitschriften abonniert hat, die auf dem Markt sind. Außerdem wurde er gebeten, nicht am Schwimmbecken herumzuhängen, wenn die Schulkinder da sind. Wie bitte? Na gut, er wurde nicht gebeten. Das war Klatsch. Er ging einfach nicht mehr hin. Aber meiner Meinung nach haben wir ihn alle psychisch stark geschädigt, weil wir ihn gezwungen haben, so zu tun, als wäre er etwas, was er nicht ist. Nein, da täuschst du dich. Barney hält ihn für sehr geistreich. Zufälligerweise mag er ihn. Sie waren mehrmals zusammen beim Abendessen. Wie findest du das? Heute abend? In einem Club im Pigalle tritt ein Steptänzer auf, den Barney sehen will. Ja, Mom. Er ist Eishockeyfan, und er mag Steptanz, willst du, daß ich mich scheiden lasse? Jetzt muß ich aber wirklich auflegen, wir wollen gehen. Barney läßt dich und Daddy grüßen. Nein, das sage ich nicht einfach so. Er hat mich darum gebeten. Wir telefonieren morgen wieder.«

8 »Canadian Broadcasting Corporation. Radio Canada. Was kann ich für Sie tun?«

»Bitte verbinden Sie mich mit *Artsworld*.«

»*Artsworld*. Beth Roberts am Apparat.«

»Ich würde gern mit Miriam Greenberg sprechen.«

»Hallo.«

»Hallo, Miriam. Hier spricht Barney Panofsky. Erinnern Sie sich?«

»Oh.«

»Ich bin zufällig in Toronto und frage mich, ob Sie morgen Zeit zum Mittagessen haben.«

»Tut mir leid, nein.«

»Abendessen?«

»Ich habe keine Zeit.«

»Ich habe Ihr Interview mit Mailer gehört, Sie haben ihm genau die richtigen Fragen gestellt.«

»Danke.«

»Wie wär's mit einem Drink um fünf?«

»Barney, ich gehe nicht mit verheirateten Männern aus.«

»Drinks, um Himmels willen. Das ist kein Staatsverbrechen. Ich bin zufällig in der Bar des Four Seasons auf der anderen Straßenseite.«

»Bitte, machen Sie keine Schwierigkeiten.«

»Ein andermal?«

»Ja. Vielleicht. Nein. Aber danke für den Anruf.«

»Keine Ursache.«

Ich schreibe das an einem Sonntagnachmittag in meinem Haus in den Laurentians, wo ich am Abend zuvor im Fernsehen einen alten Schwarzweißfilm gesehen habe, in Gesellschaft einer grüblerischen, mehr als nur ein bißchen gereizten Chantal. *Operation Hellfire* von 1947, Regie Hymie Mintzbaum, mit John Payne, Yvonne de Carlo, Dan Duryea und George Macready. Die Geschichte beginnt zwei Wochen vor dem D-Day in einem amerikanischen Armeecamp in England. Major Dan Duryea, der durch die harte Schule der Holzköpfe gegangen ist, hat genug von Sergeant John Payne, einem faulen Playboy und Erben eines Kaufhaus-Vermögens, und befiehlt ihm, mit dem Fallschirm über dem besetzten Frankreich abzuspringen, um Kontakt mit einer Partisanengruppe aufzunehmen, die von jemandem mit dem Codenamen Hellfire geleitet wird. Hellfire ist Yvonne de Carlo, und sie und Payne sind sich vom ersten Augenblick an unsympathisch. Alles wird jedoch anders, nachdem Payne sie mit einem Schuß aus der Hüfte aus den Folterkammern des Gestapomannes George Macready gerettet hat, der ihr gerade die Bluse vom Leib riß. Zwei Tage nach dem D-Day sprengen Payne und de Carlo gemeinsam einen Zug in die Luft, der Truppen an die Küste der Normandie transportieren sollte. Und als Duryea und seine kampfesmüden Truppen in St.-Pierre-sur-mer einmarschieren, auf eine weitere kostspielige Schlacht gefaßt, ist es bereits von Payne befreit, der mit de Carlo auf dem Dorfplatz Champagner trinkt, umringt von neugierigen Bauern. »Ich dachte schon, Sie würden nie hier auftauchen«, sagt Payne und zwinkert de Carlo zu. Ende.

Ich möchte eins absolut klarstellen. Ich habe Chantal nicht eingeladen, das Wochenende hier zu verbringen. Zu meiner Überraschung tauchte sie am Samstag rechtzeitig zum Abendessen hier auf, beladen mit Leckereien aus der Pâtisserie Belge in der Laurier Avenue: Gänseleberpastete, dicke Scheiben gekochter Schinken, eine Quiche lorraine, Schüsseln mit Rote-Bete- und Kartoffel-Salat, Käse, ein Baguette und Croissants zum Frühstück. Ich nahm ihr die Reisetasche ab, darauf bedacht, sie nur mit kurzen, onkelhaften Küssen auf die Wangen zu begrüßen.

»He, freust du dich nicht, mich zu sehen?« fragte sie.

»Natürlich freue ich mich.«

Aber ich köpfte absichtlich keine Flasche Champagner. Statt dessen brachte ich ihr ein Glas Aligoté.

»Ich decke den Tisch«, sagte sie.

Ich erklärte ihr, daß um acht im Fernsehen ein Film gezeigt würde, bei dem ein alter Freund von mir Regie geführt hatte, und daß ich vor dem Fernseher essen wollte. »Ach, wie reizend«, sagte sie. »Ich werd versuchen, den Mund zu halten.«

Ich widerstand und setzte mich nicht zu ihr aufs Sofa, sondern machte es mir in sicherer Entfernung mit einer Flasche Macallan und einer Montecristo Nummer vier im Sessel bequem. Nach dem Film hörte ich mich sagen: »Chantal, ich freue mich wirklich, daß du hier bist, aber ich möchte, daß du oben in einem der Zimmer schläfst.«

»Hat meine Mutter mit dir über uns gesprochen?«

»Natürlich nicht.«

»Ich bin kein Kind mehr, und es geht sie überhaupt nichts an.«

»Chantal, meine Liebe, es ist einfach nicht richtig. Ich bin Großvater, und du bist noch nicht mal dreißig.«

»Ich bin zufälligerweise zweiunddreißig.«

Sie sah so herzerfrischend jung aus, so hinreißend, daß ich beschloß, nicht zu protestieren, sollte sie sich weigern, oben zu schlafen, und statt dessen zu mir ins Bett schlüpfen. Ich bin schwach. Ich kann mich einmal zusammenreißen, aber nicht öfter. Sie starrte mich finster an und verschwand dann nach oben, und als nächstes hörte ich, wie sie die Tür zuknallte. Verdammt verdammt verdammt. Als König David alt war, wurde er in seinem Bett gewärmt von heiratsfähigen jungen Frauen. Warum sollte mir das nicht auch vergönnt sein? Ich goß mir einen kräftigen Drink ein und überlegte, ob ich vielleicht hinaufgehen und sie trösten sollte. Aber ich tat es nicht, war endlich einmal stolz auf mich und freute mich auf das Lob von Solange. Ich ging erst um vier Uhr morgens ins Bett, und als ich am nächsten Mittag aufstand, war Chantal, ohne eine Nachricht zu hinterlassen, bereits abgefahren. Am Abend rief Solange an: »Sie hat ihr Wochenende geopfert und ist den weiten Weg zu dir hinausgefahren, um dir mit dem Budget für nächsten Monat zu helfen, und du wolltest nur fernsehen und saufen. Was hast du zu ihr gesagt, du Mistkerl? Seit sie zurück ist, weint sie und will nicht mehr für dich arbeiten.«

»Weißt du was, Solange. Frauen hängen mir zum Hals raus. Du auch. Vor allem du. Und ich überlege mir ernsthaft, ob ich nicht zu Serge ziehe.«

»Ich will wissen, was du zu ihr gesagt hast, daß sie so verletzt ist.«

»Richte ihr aus, daß ich sie morgen früh um zehn im Büro erwarte.«

9 Das letzte Mal sah ich Hymie vor ein paar Monaten anläßlich einer Reise nach Hollywood. Ich war dort, um mit einem Pilotfilm hausieren zu gehen, und plötzlich juckte es meine altersfleckige Hand, sich wieder einmal am Drehbuchschreiben zu versuchen. Und deswegen traf ich mich dummerweise mit dem jungen Laffen, der jetzt das Studio leitet, um ihm meine irre Idee aufzuschwatzen. Shelley Katz, ein Enkel eines der Gründungsväter, gilt in Beverly Hills als Nonkonformist. Anstatt in einem Rolls-Royce oder Mercedes durch die Canyons zu brausen, was eigentlich sein Geburtsrecht wäre, ist Shelleys Markenzeichen ein Ford Pickup aus dem Jahr 1979. Die kreativ verbeulten Kotflügel sind vermutlich das Werk eines Mitarbeiters aus der künstlerischen Abteilung des Studios. Shelley hat wahrscheinlich zu ihm gesagt: »Was ich will, ist ein realistischer Ignoranten-Look, wie in einer Geschichte, die in einer gottverlassenen armen Kleinstadt spielt, sagen wir, im nördlichen Vermont. Eine Spur Rost wäre auch nicht schlecht. Du bist ein guter Mann und sollst wissen, daß deine Arbeit geschätzt wird. Wir sind eine Familie.«

Parkwächter vom Dôme oder Spago's verdienen sich fünfzig Dollar, wenn sie ein paar wichtigen Agenten und Produzenten die Ankunft des Ford Pickup auf dem Parkplatz melden (»Der Wagen steht hier, er ist gerade reingegangen. Nein, ich rufe niemand anders an. Ehrenwort«), damit sie herbeieilen, ihm huldigen, vielleicht ein bißchen mit ihm plaudern und für ein Projekt werben können.

»Unser Held«, sagte ich zu Shelley, »ist ein zeitgenössischer Candide.«

»Candide?«

»Sie wissen schon, Voltaire.«

»Was ist das?«

Das soll nicht heißen, daß Shelley fachlich ein Analphabet ist, nein, er ist eins der neuen *Wunderkinder* der Branche. Hätte ich Superman, Batman, Wonder Woman oder Submariner gesagt, hätte er kenntnisreich genickt und damit zu verstehen gegeben, daß wir beide gebildete Menschen sind. Die jungen Leute heutzutage. Allmächtiger. Privilegiert sondergleichen. Zu spät geboren, um sich noch an die Schlacht um Stalingrad zu erinnern, an den D-Day, an Rita Hayworth, wie sie sich in *Gilda* den bis zum Ellbogen reichenden Handschuh auszieht, an Maurice Richard, wie er über die blaue Linie stürmt, an die Belagerung Jerusalems, an Jackie Robinson, der mit den Montreal Royals einbricht, an Brando in *Endstation Sehnsucht* oder den strahlenden Harry Truman, der die Titelseite der *Chicago Tribune* mit der riesigen Schlagzeile DEWEY SCHLÄGT TRUMAN hochhält. »Unser Protagonist«, fuhr ich fort, »ist ein Unschuldslamm. Ein Kind. Meine Geschichte beginnt 1912, er war auf der Jungfernfahrt der *Titanic*, alle Zuschauer warten auf den Zusammenstoß mit dem Eisberg …«

»Wissen Sie, was Lew Grade über seinen Scheißfilm, *Raising the Titanic*, gesagt hat? ›Es wäre billiger gewesen, den Atlantik abzusenken.‹«

»Aber, man höre und staune«, fuhr ich fort, »das Schiff legt sicher in New York an, wo der unschuldige Junge von einer sexy Reporterin begrüßt wird, Typ Lauren Bacall, die …«

»Lauren Bacall«, sagte er. »Sie machen wohl Witze, außer sie spielt eine Mutter.«

»Typ Demi Basinger, meine ich, die ihn fragt, wie die Reise war. Langweilig, sagt er, und dann …«

»Demi Basinger? Sie haben aber wirklich einen bösartigen Sinn für Humor, Mr. Panofsky. Sie sollen wissen, daß ich die aussichtsreiche Gelegenheit schätze, mit jemandem ein Strategiegespräch zu führen, der Produzent war, aber ich fürchte, in diesem Fall muß ich passen. He, ich bin mit Hymie Mintzbaums Enkelin verheiratet. Fiona. Ich liebe sie. Und wir sind mit zwei Kindern gesegnet.«

»Und lieben Sie die auch?«

»Absolut.«

»Man stelle sich das vor.«

Dann klingelte das Telefon. »Wenn man vom – spricht. Beinahe hätte ich es gesagt. Es ist meine Frau. Entschuldigen Sie mich einen Augenblick.«

»Sicher.«

»Hm. Hm. Beruhige dich, Darling, entschuldige dich bei Miss O'Hara und sag ihr, daß es okay ist. Ich glaube, ich habe das Problem gerade gelöst. Echt. Ja. Nein, ich kann es dir jetzt nicht erklären.« Er legte auf und strahlte mich an. »Als Fiona Hymie erzählte, daß ich mich mit Ihnen treffe, um ein kreatives Gespräch zu führen, fragte er, ob Sie heute abend mit ihm im Hillcrest essen wollen. Sie können meine Limousine haben. Es wäre mir ein Vergnügen.«

Seit unserer Auseinandersetzung in London war genug Zeit vergangen, ebenso mein Gefühl, getäuscht worden zu sein, und ich freute mich außerordentlich, daß Hymie unseren Streit beilegen wollte. Wir würden über so vieles reden. Bevor ich zum Hillcrest aufbrach, ging ich zu Brentano's und kaufte für Hymie den neuen Roman von Beryl Bainbridge, einer Autorin, die ich bewundere. Dann ließ ich die Limousine kommen.

Ich hätte Hymie nicht erkannt, hätte mich nicht ein Kellner im Speisesaal des Hillcrest zum Tisch geführt, an dem er in seinem motorisierten Rollstuhl saß und döste. Von seinen dichten schwarzen Locken waren nur noch zufällig verteilte weiße Flaumflocken übrig, hauchzart wie Löwenzahnsamen, die die leichteste Brise davontragen konnte. Die Stürmerfigur war zusammengesunken zu einem nahezu leeren Sack mit ein paar hervorstehenden Knochen. Der Kellner, der Hymie zuvorkommend ein Lätzchen umgebunden hatte, schüttelte ihn wach. »Ihr Gast ist da, Mr. Mintzbaum.«

»Schleiß flauf dem Mam«, sagte ein aufgeregter Hymie und griff mit der knochendürren, zitternden Hand, die er noch bewegen konnte, nach mir.

»Sagen Sie einfach, daß Sie sich freuen, ihn zu sehen«, sagte der Kellner und zwinkerte mir zu.

Hymies Augen tränten, und sein Mund war auf einer Seite nach unten gezogen, als wäre er mit einem Draht befestigt. Spucke tröpfelte auf sein Kinn. Er lächelte oder versuchte zu lächeln, das Ergebnis war ein Loch, und deutete auf mein Glas.

»Möchten Sie etwas trinken?« fragte der Kellner.

»Einen Springbank. Pur.«

»Und für Mr. Mintzbaum zweifellos das Übliche«, sagte er und ging.

Mit auf und ab wackelndem Kopf fing Hymie an zu wimmern. Er griff erneut nach meiner Hand und drückte sie kaum spürbar.

»Alles in Ordnung, Hymie«, sagte ich und wischte ihm die Augen und das Kinn mit dem Lätzchen ab.

Der Kellner brachte mir einen Springbank und schenkte Hymie ein Evian ein. »Floshui beshuga shlup«, sagte Hymie, und die Augen traten ihm vor Anstrengung aus den Höhlen, als er sein Evian umwarf und auf mein Glas deutete.

»Nicht ungezogen sein, Mr. Mintzbaum.«

»Reden Sie nicht so mit ihm«, sagte ich, »und bringen Sie ihm bitte einen Springbank.«

»Er darf keinen Alkohol trinken.«

»Auf der Stelle«, sagte ich.

»Aber nur, wenn Sie ihr sagen, daß Sie darauf bestanden haben.«

»Ihr?«

»Seiner Enkelin. Mrs. Katz.«

»Los schon.«

»Ich weiß, was Mr. Mintzbaum ißt«, sagte der Kellner und reichte mir die Speisekarte, »aber was möchten Sie ...«, und er hielt kurz inne, bevor er hinzufügte: »Sir?«

»Und was bekommt Mr. Mintzbaum?«

»Gedämpftes Gemüse mit einem pochierten Ei. Ohne Salz.«

»Nicht heute abend. Wir wollen beide Rinderbraten und Latkes. Und vergessen Sie den Meerrettich nicht.«

»Flanz schenau«, sagte Hymie und wiegte sich vor Vergnügen.

»Und wir möchten eine Flasche Beaujolais. Wie ich sehe, hat Mr. Mintzbaum kein Weinglas. Bringen Sie ihm eines.«

»Mrs. Katz wird an die Decke gehen.«

»Tun Sie, was ich sage, und ich übernehme Mrs. Katz, sobald sie auftaucht.«

»Das wird Ihre Beerdigung.«

Hymie stach mit der Gabel in seinen offenen Mund und verdrehte die Augen.

»Versuch erst gar nicht zu reden, Hymie. Ich versteh kein Wort von dem, was du sagst.«

Der Kellner brachte ihm seinen Springbank. Ich stieß mit ihm an, und wir tranken. »Auf uns«, sagte ich, »auf die schönen Zeiten, die wir gemeinsam verbracht haben und die uns niemand nehmen kann.«

Er nippte an seinem Drink. Ich wischte ihm das Kinn mit dem Lätzchen ab.

»Und auf die Eighth Army Air Force«, sagte ich, »und Duke Snider und Mozart und Kafka und Jelly Roll und Dr. Johnson und Sandy Koufax und Jane Austen und Billie Holiday.«

»Vlerschammt«, sagte Hymie und weinte leise.

Ich rückte meinen Stuhl näher an ihn heran und schnitt ihm das Fleisch und die Latkes. Als der Kellner wieder an unseren Tisch kam, begann Hymie zu stottern und zu gestikulieren. »Okay. Hab verstanden«, sagte der Kellner und brachte Block und Bleistift.

Hymie brauchte eine Weile, konzentrierte sich, schrieb etwas, riß die Seite heraus, fing von vorne an, riß die nächste Seite heraus, atmete schwer, sabberte, bevor er mir reichte, was er zustande gebracht hatte:

Und dann waren wir beide betrunken, aber Gott sei Dank waren die kompromittierenden Teller bereits abgeräumt, als Fiona Darling in den Speisesaal rauschte, Shelley im Schlepptau, sie grasten die Tische ab, ließen Segen auf die herabsinken, die noch in ihrer Gunst standen, und die, die nicht mit einem Rückruf rechnen konnten, wurden mit einem knappen Nicken des Kopfes abgetan. Schließlich kamen sie zu uns. Die untersetzte Fiona Darling war mit Schmuck behangen und eingewickelt in ein zu kleines Abendkleid aus Chiffon, das an den falschen Stellen beulte, das schwarze Samtcape wurde von einer diamantenbesetzten Brosche gehalten. Shelley trug einen Smoking und eins dieser dunkelroten Rüschenhemden, die mich immer an ein Waschbrett erinnern, eine schmale Krawatte mit Navajo-Anhänger und handgemachte Cowboystiefel, die ihn vor Schlangenbissen schützen würden, wenn er es riskierte, den Rodeo Drive zu überqueren. »Ihr zwei alten Schlingel habt bestimmt viel zu reden gehabt«, sagte Fiona Darling, kräuselte die süße, vom Chirurgen modellierte Nase und drückte einen scharlachroten Lippenstiftfleck auf Hymies nahezu kahlen Schädel. »Ich habe gehört, daß ihr nicht schlecht gelebt habt, damals im schönen Parieh.«

»Warum zum Teufel hat Shelley mir nicht gesagt, daß er nicht mehr reden kann?«

»Aber, aber. Das ist nicht nett. Ihnen mangelt es an Einfühlungsvermögen. Hymie ist manchmal etwas schwer zu verstehen. Stimmt's, Opi?«

Der Rest war ein großes Durcheinander, aber ich erinnere mich, daß der Kellner Fiona Darling beiseite nahm, und anschließend ging sie auf mich los: »Haben Sie ihm harten Alkohol bestellt und rotes Fleisch und Wein?«

Hymie, dem die Augen aus den Höhlen traten, kämpfte darum, gehört zu werden. »Vlerschammte Schleiße.«

»Er leidet unter Inkontinenz«, sagte Fiona Darling. »Möchten Sie gern um drei Uhr nachts hinter ihm aufwischen?«

»Sagen Sie bloß, Sie machen das.«

»Das tut zufälligerweise Miss O'Hara, aber die hat heute frei.«

Ich erinnere mich daran, daß Hymie seinen Rollstuhl vom Tisch zurücksetzte, anhielt und dann auf die kreischende Fiona Darling zusteuerte, und Shelley konnte sie gerade noch rechtzeitig aus dem Weg ziehen. Aber vielleicht ist das auch nicht passiert, ich bastle mir wieder einmal Erinnerungen zusammen und biege mir die Realität zurecht. Als nächstes, glaube ich, fuhr der frustrierte Hymie, der Verräter noch nie hatte ausstehen können, hinter dem Kellner her, um ihn zu rammen, versuchte jedoch, mit zu großer Geschwindigkeit um eine Ecke zu biegen, und kollidierte mit einer Frau, die an einem Tisch saß. Aber womöglich wünsche ich mir bloß, es wäre so gewesen. Wenn ich eine aufregende Geschichte erzähle, neige ich dazu, ihr Effet zu geben. Offen gestanden, ich bin ein geborener Aufpolierer. Aber kann ein Schriftsteller, zumal ein Anfänger wie ich, überhaupt etwas anderes sein?

Jedenfalls erinnere ich mich an einen zornigen Wortwechsel. Eine immer lauter kreischende Fiona Darling nannte mich einen verantwortungslosen Säufer. Daraufhin erkundigte ich mich, eiskalt und höflich, ob ihre Brüste gottgegeben oder künstlich vergrößert seien, weil sie meinem fachkundigen Blick unterschiedlich hoch und füllig erschienen. Das veranlaßte Shelley, mir damit zu drohen, mich bewußtlos zu schlagen. Auf diese Herausforderung reagierte ich, indem ich mein Gebiß aushustete, es in die Jackentasche steckte und die Fäuste hob. Fiona Darling drehte die stark geschminkten Augen himmelwärts. »Gott, ist er widerlich«, sagte sie. »Nichts wie weg hier.« Und sie schob den zusammenhanglos vor sich hin brabbelnden Hymie aus dem Speisesaal.

Als ich meine Limousine vorfahren lassen wollte – laut Shelley war es ihm ein Vergnügen, sie mir zur Verfügung zu stellen –, sagte der Türsteher, daß Mrs. Katz den Fahrer nach Hause geschickt habe. Ich stand da, mein Hemd mit Beaujolaisflecken übersät – Fiona Darlings Abschiedsgeschenk –, und sagte: »In diesem Fall brauche ich ein Taxi.«

»Wohin wollen Sie, Sir?«

»Ins Beverly Wilshire.«

Der Türsteher rief einen blonden, muskelbepackten Chauffeur. »Clint wird Sie für fünfundzwanzig Dollar plus Trinkgeld hinfahren«, sagte der Türsteher.

Clint holte den Rolls-Royce irgendeines Gastes vom Parkplatz und lud mich alsbald stilvoll vor dem Beverly Wilshire ab. Aufgeregt und bedrückt suchte ich sofort Fernando's Hideaway auf, setzte mich auf einen Barhocker und bestellte einen Courvoisier XO, was dumm von mir war, denn ich hatte bereits mehr als genug getrunken und vertrug Cognac spätabends ohnehin nicht mehr.

»Und was ist mit Ihnen passiert, Sie böser Junge?« fragte die junge Frau, die neben mir saß, und zeigte auf mein Hemd.

Sie war ein attraktiver Rotschopf, mit süßen Sommersprossen und einem aufreizenden Lächeln. Ihr enger Pullover war überaus kurz, und der knöchellange Rock auf einer Seite bis zur Hüfte geschlitzt. »Möchten Sie etwas trinken?« fragte ich sie.

»Ein Glas französischen Champagner.«

Petula (kurz, aber nicht lang, Pet genannt, sagte sie) und ich begannen, Banalitäten auszutauschen, und selbst meine schwächsten Witze wurden mit einem sanften Kniff ins Knie belohnt. Ich bedeutete dem Barkeeper, daß wir eine zweite Runde wollten.

»Guck mal«, sagte sie, »wenn sich unsere Schnittflächen weiterhin schneiden, verstehst du, und warum auch nicht, wir leben in einem freien Land, warum schnappen wir uns dann nicht den kleinen Tisch dort in der Ecke, bevor uns jemand anders so was wie zuvorkommt?«

Ich zog den Bauch ein, ergriff die mir dargereichte Hand und schleppte ihre außerordentlich schwere Handtasche zu dem Tisch. In meinem trunkenen Zustand schien mir, und das vergrößerte mein Entzücken noch, daß mich andere Männer im Raum, jüngere Männer, die mich als jenseits von Gut und Böse abgeschrieben hatten – das Vorrecht der Unreifen –, jetzt neiderfüllt anblickten. Dann begann es zu läuten. *In ihrer Handtasche.* Erschrocken warf ich sie ihr zu. Sie kramte darin herum und holte ein Handy heraus. »Ja. Mhm. Nein, jemand ist bei mir. Richt ihm Grüße aus und daß Brenda ihm gefallen wird«, sagte sie und verstaute dann das Telefon wieder.

Zwei Männer mittleren Alters, die beide Bluejeans und Sweatshirts der Los Angeles Kings trugen, steckten am Nebentisch die Köpfe zusammen. »Stimmt es«, sagte der mit der Nummer 99 und flüsterte den Namen eines Studios, »daß der Verkauf an die Japsen abgeschlossen ist?«

»Unter uns, ich hab die Papiere gesehen«, sagte der andere. »Man muß nur noch die Striche durch die ›F‹s und die Punkte auf die ›I‹s machen.«

»Sag bloß«, sagte Petula, »daß du Produzent bist. Nicht daß ich nach Arbeit suche, verstehst du, mach dir keine Gedanken. Rat mal, wie alt ich bin.«

»Achtundzwanzig.«

»Du Witzbold. Ich bin vierunddreißig, meine biologische Uhr macht tick-tick-tick, auch jetzt, wo wir uns in die Augen sehen. Und du? Ich würd sagen, du bist vierundfünfzig. Hab ich recht?«

Nicht gewillt, in meine Brusttasche zu langen und meine kompromittierende Lesebrille herauszuholen, gab ich vor, die Weinkarte zu studieren, die vor meinen Augen vollkommen verschwamm, und bestellte dann eine Flasche Veuve Cliquot und noch einen Courvoisier XO.

»Du bist wirklich ungezogen«, sagte sie und stieß mich mit dem Ellbogen.

Der Braten mit Latkes forderte seinen Tribut, er lag mir wie ein Stein im Magen, und ich mußte mich zusammenreißen, um nicht einen, wie ich fürchtete, laut widerhallenden Furz fahren zu lassen. Dann mußte sie Gott sei Dank »für kleine Mädchen«, und mir war es möglich, meiner Natur freien Lauf zu lassen, ich seufzte vor Erleichterung und blickte absolut unschuldig drein, als der Mann am Tisch zu meiner Rechten mich finster anstarrte und seine Frau sich demonstrativ mit der Speisekarte frische Luft zufächelte.

Petula, die in meine Richtung tänzelte, wurde kurz von dem jungen Mann mit Ohrring, der allein an einem Tisch saß, aufgehalten. Er gefiel mir überhaupt nicht. »Was wollte er?« fragte ich.

»Ehrlich gesagt«, meinte sie und warf mir ihren *Weltschmerz*-Blick zu, »was alle Männer wollen.«

Während wir uns durch den Champagner arbeiteten, meiner immer mit einem Schuß Cognac, kramte ich in meinem Sammelsurium eigennütziger Anekdoten und begann, schamlos Namen zu nennen. Aber sie hatte nie von Christopher Plummer oder Jean Beliveau gehört; und bei Pierre Elliott Trudeau, dem ich einmal vorgestellt worden war, fiel der falsche Groschen.

»Oh, bitte sag ihm von mir, daß mir *Doonesbury* fürchterlich gefallen hat.« Sie unterdrückte ein Gähnen und fuhr fort. »Warum trinken wir nicht aus und gehen in dein Zimmer? Aber dir ist doch klar, oder, daß ich eine professionelle Begleiterin bin?«

»Aha.«

»Schau nicht so finster, Baby«, sagte sie, ließ die Schnalle an ihrer riesigen Handtasche aufschnappen und gewährte mir einen Blick auf ihre Kreditkartenmaschine. »Meine Agentur nimmt alle Kreditkarten, nur nicht die von American Express.«

»Aus reinem Interesse, was verlangst du?«

»Es ist keine Gebühr, sondern so was wie ein Honorarium, und das hängt ab von den Wünschen, verstehst du, und der Zeitdauer.« Dann griff sie wieder in ihre Handtasche und holte ein Kärtchen in einer Plastikhülle heraus, das bezeugte, daß sie nicht an Aids erkrankt war.

»Petula, ich habe einen langen Tag hinter mir. Warum trinken wir nicht aus und sagen uns hier gute Nacht? Schaden ist ja keiner entstanden.«

»Danke, daß du meine Zeit verschwendet hast, Opa«, sagte sie, trank ihr Glas aus und ging zum Tisch, an dem ihr Zuhälter mit dem Ohrring saß. Ich unterzeichnete die Rechnung, stand unsicher auf und wankte aus der Bar, wobei ich zweifellos nicht sonderlich würdevoll wirkte. Endlich in meinem Zimmer, hatte ich eine solche Wut auf Miriam, daß ich nicht schlafen konnte. Schau mich an, dachte ich, in meinem Alter flirte ich kopflos mit einer Nutte, nur weil du mich verlassen hast. Ich ging ins Bett mit Boswells *Dr. Samuel Johnson. Leben und Meinungen*, dem Buch, das ich auf jede Reise mitnehme, weil ich will, daß es neben meinem Bett gefunden wird, sollte ich in der Nacht dahinscheiden, und ich las: »Durch den Verkehr mit Savage, der dem ausschweifenden Lotterleben der Großstadt frönte, kam Johnson leider, trotz seiner nach wie vor guten Grundsätze, von jenem untadeligen Verhalten ab, durch das er sich nach dem Zeugnis seines Freundes Hector in den Tagen ländlich-sittlicher Unerfahrenheit ausgezeichnet hatte, und geriet allmählich auf Pfade, die seinem tugendhaften Sinn sehr zu schaffen machten.« Dann begannen die Buchstaben auf der Seite zu tanzen, und ich mußte das Buch weglegen.

Ich hätte meine Schmach noch steigern, mir damit jedoch ein bißchen Erleichterung verschaffen können, wenn ich den nächstbesten Erwachsenenfilm im Fernsehen eingeschaltet hätte, aber ich entschied mich dagegen. Statt dessen beschwor ich mit klopfendem Herzen die gute alte, stets verläßliche Mrs. Ogilvy vor meinem geistigen Auge herauf. Mrs. Ogilvy, die aus Kent stammte, wo ihr Vater ein Textilgeschäft besaß. Wieder einmal stolperte ich in ihr Schlafzimmer, wo ich sie in einer hinreißenden Haltung überraschte: Mrs. Ogilvy, treues Chormitglied der St. James United Church, stand in Unterhose und Strumpfgürtel da, leicht nach vorn geneigt und nachdenklich damit beschäftigt, ihre Brüste in einem BH unterzubringen und diesen zu schließen. Nein, nein. Nicht so schnell. Ich spulte mein persönliches Softporno-Video schnell zurück und fing mit meinem Eintreffen in ihrer Wohnung am Morgen an.

Die knackige Mrs. Ogilvy, die uns in Französisch und Literatur unterrichtete und oft laut aus *John O'London's Weekly* vorlas, ganze neunundzwanzig Jahre alt, hielt ich für unerreichbar. Dann war da dieser Samstag, als sie mich anheuerte, ihre Wohnung zu streichen. »Vorausgesetzt, du bist ein guter Arbeiter«, sagte sie, »lad ich dich zum Abendessen ein. *En français, s'il vous plaît.*«

»Wie bitte, Mrs. Ogilvy?«

»Arbeiter?«

»Ouvrier.«

»Très bien.«

Wir fingen mit der winzigen Küche an und stießen in diesem provozierend kleinen Raum unvermeidlicherweise immer wieder zusammen, eine Qual sondergleichen. Zweimal berührten meine Handrücken zufällig ihre Brüste, und ich fürchtete, meine Hände würden Feuer fangen. Dann stieg sie auf die Leiter, weil jetzt sie an der Reihe war, die Decke zu streichen. Wow. »Hilf mir runter, mein Lieber«, sagte sie.

Sie verlor das Gleichgewicht und taumelte in meine Arme. »Hoppla«, sagte sie.

»Tut mir leid«, sagte ich und richtete sie auf.

»Tut mir leid ist nicht übermäßig schmeichelhaft«, sagte sie und zerzauste mein Haar.

Mittags setzten wir uns auf zwei Hocker an die Küchentheke und schmierten Fischpaste auf Weißbrot. Außerdem machte sie eine Dose mit Tomaten auf und legte jeweils eine auf meinen und ihren Teller. »Wir sollten hier nicht müßig herumsitzen. In zwei Wochen sind Prüfungen, hast du das vergessen? Und jetzt sag mir das richtige Wort, das Amerikaner und ihr hier in diesem Nachmacher-Dominion für das Gefährt benutzt, in dem Babys gefahren werden.«

»Perambulator.«

»Braver Junge. Und nun nenne mir einen umgangssprachlichen Ausdruck für ›jemandem zu nahe treten‹.«

»Weiß ich nicht.«

»Jemandem an die Titten tippen.«

»Oh, glaub ich nicht«, sagte ich und erstickte fast an meiner Fischpaste.

»O doch, man sagt, jemandem an die Titten tippen, aber ich weiß, was du denkst, du ungezogener Junge. Den Ursprung des Wortes ›Alibi‹, bitte.«

»Latein.«

»Gut.«

Dann bemerkte sie den weißen Farbfleck auf ihrem Rock. Sie stand auf, tauchte einen Lappen in Terpentin, hob den Rock vorne hoch, legte ihn flach auf den Stuhl, um den Fleck wegzureiben. Es war ein brauner Faltenrock.[19] Ich sehe ihn vor mir. Ich meinte, mein rasendes Herz würde jeden Augenblick aus dem Brustkasten springen und durchs Fenster davonfliegen. Dann wackelte sie mit den Hüften und schüttelte den Rock wieder zurecht. »Ach du liebe Zeit. Jetzt bin ich an einer unaussprechlichen Stelle feucht. Ich ziehe mich lieber um. Entschuldige mich, mein Lieber«, sagte sie und ging an mir vorbei in ihr Schlafzimmer. Die federleichte Berührung ihrer Brüste hinterließ ein gewiß unauslöschliches Brandzeichen auf meinem Rücken.

Ich zündete mir eine Zigarette an, rauchte, und sie kam noch immer nicht zurück. Ich mußte dringend pinkeln, aber um auf die Toilette zu gelangen, hätte ich durch ihr Schlafzimmer gehen müssen. Die Küchenspüle, dachte ich. Nein. Was, wenn sie hereinplatzte und mich dabei erwischte? Unfähig, es länger auszuhalten, schlich ich ins Wohnzimmer und sah, daß die Tür zum Schlafzimmer nur angelehnt war. Zur Hölle damit, dachte ich, so groß war meine Pein. Ich trat ins Schlafzimmer, und da stand sie in Unterhose und Strumpfgürtel, leicht nach vorn geneigt, um nachdenklich ihren BH zu schließen. »Entschuldigung«, sagte ich, »ich hatte keine Ahnung, daß …«

»Macht doch nichts.«

»Ich muß einfach auf die Toilette.«

»Na, dann geh doch«, sagte sie, ihre Stimme erstaunlich heiser.

Als ich zurückkam – vor Erleichterung war mir ganz schwindlig –, war sie bereits angezogen. Sie schaltete das Radio an, und jemand sang »Mr. Five by Five«.[20]

Und dann nahm ich allen Mut zusammen und packte sie, ließ die Hände unter ihren Pullover gleiten und hakte ihren BH auf. Sie leistete keinen Widerstand. Statt dessen schlüpfte sie aus ihren Schuhen, was mich sowohl erschreckte als auch entzückte. »Ich weiß nicht, was über mich gekommen ist«, sagte sie und wand sich aus ihrem Rock. Ich zerrte an ihrer Unterhose.

»Du bist so ungeduldig. So ein eifriges Hündchen. *Attendez un instant.* Sag mir, ein Gentleman ist nie in …?«

Verdammt verdammt verdammt.

19 Auf Seite 21 als »Schottenrock« beschrieben.
20 Auf Seite 21 war es »Mairzy Doats«.

»Weißt du es nicht mehr?« fragte sie und fuhr mir mit der Zunge ins Ohr. »Ein Gentleman ist nie in ...«

»In Eile«, rief ich triumphierend.

»Volltreffer. Gib mir deine Hand. Na also. So. O ja, *si'l vous plaît.*«

Genau an dieser Stelle, allein in meinem Hotelzimmer, mein Gebiß in einem Glas auf dem Nachttisch, langte ich hinunter. In fortgeschrittenem Alter lautet die Antwort für gewöhnlich Selfservice. Gewiß würde ich danach endlich einschlafen können, aber es sollte nicht sein. Nein, Sir. Denn in diesem Augenblick schlug Mrs. Ogilvy meine Hand weg. »Was fällt dir eigentlich ein? Du hinterhältiger Straßenköter. Du dreister Judenjunge. Zieh sofort deine stinkenden Kleider wieder an, die du bestimmt im Ausverkauf erstanden hast, und verschwinde.«

»Was hab ich diesmal falsch gemacht?«

»Schmutziger alter Mann. Hast du mich mit einer gewöhnlichen Nutte verwechselt, die du in einer Bar aufgegabelt hast? Was, wenn Miriam gekommen wäre und gesehen hätte, was aus dir auf deine alten Tage geworden ist? Oder eins deiner Enkelkinder? Du bist wirklich *dégoûtant. Méchant.* Heute nacht lernst du Keats' ›Ode an den Westwind‹ auswendig, und am Montag morgen wirst du sie vor der Klasse aufsagen.«

»Die ist von Shelley.«

»Quatsch.«

Miriam suchte mich im Traum auf, bewaffnet mit meinem Sündenregister: »Du würdest gern glauben, daß du Hymie einen Gefallen getan, dich für seine Rechte eingesetzt hast, aber ich kenne dich. Ich kenne dich nur zu gut!«

»Bitte, Miriam.«

»Die Wahrheit ist, daß du ihm das Essen und den Alkohol bestellt hast, weil du ihm nie verziehen hast, daß es Boogies Geschichte war und daß er es dir nicht gesagt hat. Du warst wie immer rachsüchtig.«

»Nein.«

»Du hast nie irgend jemandem irgend etwas verziehen.«

»Und du?« schrie ich. »Und du?«

Ich stand früh auf, wie ich es zu tun pflege, gleichgültig, wann ich ins Bett gegangen bin, und litt unter den Sünden des Vorabends: pochende Kopfschmerzen, juckende Augen, verstopfte Nase, rauher Hals, brennende Lungen, schwere Unterwasserbeine. Ich faßte die üblichen Beschlüsse, duschte, steckte meine minzefrischen Kauwerkzeuge in den Mund, wenn auch nur, um die Form meines eingefallenen Mundes wiederherzustellen, bevor ich mich rasierte. Dann rief ich den Zimmerservice an und griff auf die idiotensichere Methode zurück, die ich von Duddy Kravitz gelernt hatte, um so schnell wie möglich ein Frühstück serviert zu bekommen.

»Guten Morgen, Mr. Panofsky.«

»Was ist so gut daran? Vor einer Dreiviertelstunde habe ich ein Frühstück bestellt, und Sie haben mir Ihr Wort gegeben, daß es innerhalb von zwanzig Minuten käme.«

»Wer hat Ihre Bestellung aufgenommen, Sir?«

»Wie zum Teufel soll ich mich daran erinnern, wer meine Bestellung aufgenommen hat? Aber es war ein frischgepreßter Orangensaft, pochierte Eier, Roggentoast, getrocknete Pflaumen, die *New York Times* und das *Wall Street Journal.*«

Nach einer Pause sagte sie: »Ich kann keinen Beleg für Ihre Bestellung finden, Sir.«

»Ich wette, ihr seid alle illegale Immigranten dort unten.«

»Geben Sie mir zehn Minuten.«

»Sorgen Sie dafür, daß ich nicht noch ein drittes Mal anrufen muß.«

Zwölf Minuten später brachte ein Kellner, der sich vielmals für die Verspätung entschuldigte, mein Frühstück. Ich kippte den Orangensaft zusammen mit meiner täglichen Knoblauch-, Blutdruck-, Cholesterin-, entzündungshemmenden und Hab-einen-schönen-Tag-Pillenladung und den Vitamin-C-Tabletten und überprüfte dann im *Journal* den Stand meiner Aktien. Merck war um eineinhalb Punkte gestiegen, Schlumberger unverändert, American Home Products um einen Punkt gefallen, Royal Dutch um zwei gestiegen, und der Rest war ebenfalls unverändert. Auf den Seiten mit den Todesanzeigen in der *New York Times* fand ich weder Freund noch Feind. Dann klingelte das Telefon. Es war der kriecherische BBC-Fernsehproduzent, der sich von Taxifahrern

Blanko-Quittungen geben ließ und wahrscheinlich alle Marmeladendöschen am Frühstückstisch einsteckte. Er rief von der Lobby aus an. Himmel, den hatte ich völlig vergessen. »Ich dachte, Sie hätten halb elf gesagt«, sagte ich.

»Nein, halb neun.«

Ich war ihm ein paar Tage zuvor in der Polo Lounge begegnet, wo er mir erzählte, daß er einen Dokumentarfilm über Hollywoods schwarze Liste drehte. In der Stimmung, Mist zu reden, gab ich mit den auf der Liste stehenden Typen an, die ich 1961 durch Hymie in London kennengelernt hatte, und stimmte zu, mich interviewen zu lassen – in der Hoffnung, daß Mike den Film sehen würde. Nein, weil mir die Idee gefiel, klug daherschwätzen zu können.

Ich saß blinzelnd im heißen Licht der Scheinwerfer, angeblich tief in Gedanken versunken, und sagte: »Senator McCarthy war ein haltloser Säufer. Ein Clown. Aber jetzt, nachdem die Hexenjagd längst vorbei ist, glaube ich, daß er im nachhinein als der scharfsinnigste und einflußreichste Filmkritiker aller Zeiten gelten muß. Vergessen Sie Agee.« Dann hielt ich um der besseren Wirkung willen kurz inne, bevor ich meinen Sandsack fallen ließ. »So, wie die Dinge liegen, hat er die Ställe ausgemistet.«

»Aber gewiß doch«, sagte der Moderator. »Diese Version habe ich noch nie gehört.«

Scheinbar nach Worten suchend, offenbar bekümmert, zögerte ich, bevor ich sagte: »Mein Problem ist, daß ich den Hollywood Ten großen Respekt als Menschen entgegenbrachte, aber nicht als Drehbuchschreibern, auch nicht als zweitklassigen. Dieser getriebene Haufen investierte so viel Integrität in seine dumme, von Schuldgefühlen belastete Politik, daß keine mehr für die Arbeit übrigblieb. Sagen Sie mir, brauchte Franz Kafka einen Swimmingpool?«

Das brachte mir ein kurzes verkrampftes Lachen.

»Ich sage es nicht gern, aber für die BBC, *veritas*. Und die Wahrheit ist, daß ich, sosehr ich Evelyn Waughs Politik auch verabscheute, jederzeit einen seiner Romane mit ins Bett nehmen würde, statt mir spätabends die Wiederholung eines ihrer rührseligen, selbstredend liberalen Filme anzusehen.«

Brabbel, brabbel, brabbel. Dann machte ich eine Pause, um mir die erste Montecristo an diesem Tag anzuzünden, zog daran, nahm meine Lesebrille ab, blickte direkt in die Kamera und sagte: »Lassen Sie mich mit zwei einschlägigen Zeilen von W. B. Yeats schließen: ›Den Besten mangelt jegliche Überzeugung, während die Schlechtesten von leidenschaftlicher Inbrunst erfüllt sind.‹ Ich fürchte, so war es damals.«

Mein Auftritt war beendet, und der zufriedene Produzent dankte mir für die originellen Gedanken. »Superzeug«, sagte er.

10 Das Telefon klingelte, und ich erschrak, denn niemand wußte, daß ich am Vortag zu meinem Haus gefahren war. Es war natürlich Kate. »Woher weißt du, daß ich hier bin?« fragte ich.

»Intuition. Gefühl. Aber als wir am Mittwochabend miteinander gesprochen haben, hast du nichts davon gesagt. Ich habe Solange angerufen, und sie hatte keine Ahnung, wo du bist. Der Portier ...«

»Kate, es tut mir leid.«

»... mußte sie in deine Wohnung lassen. Ich bin hier vor Sorgen wahnsinnig geworden.«

»Ich hätte dich anrufen sollen. Du hast recht.«

»Du solltest dort sowieso nicht Trübsal blasen. Das ist nicht gut für dich.«

»Das habe ich zu beurteilen, Liebes.«

»Nichts hält dich mehr in Montreal. Michael ist in London, Saul in New York. Es ist nicht so, daß du König Lear wärst und keins deiner Kinder dich aufnehmen will. Du kannst morgen bei uns einziehen. Ich würde mich um dich kümmern.«

»Ich fürchte, meine Verhaltensweisen sind zu festgefahren, auch dir gegenüber, Kate. Außerdem habe ich hier noch meine Freunde. Aber ich verspreche, daß ich euch bald besuche. Vielleicht schon nächstes Wochenende.«

Aber dann wäre ich verpflichtet, mir Gavins endloses Gerede von der Notwendigkeit einer Einkommenssteuerreform anzuhören. Er würde mir den Plot des letzten Films, den er gesehen hat, erzählen. Auf Kates Anweisung hin würde er mit mir zu einem Spiel in den Maple Leaf Gardens gehen und Begeisterung vortäuschen.

»He, weißt du, was ich hier in einer Schublade gefunden habe? Ein Schulheft von dir aus der fünften Klasse, mit Aufsätzen.«

»Verkauf das Haus, Daddy.«

»Ich kann nicht, Kate. Noch nicht.«

Die Wahrheit ist, daß ich mich in mein Haus in den Laurentians, Schauplatz meines angeblichen Verbrechens, von Zeit zu Zeit zurückziehe, um mit einem Drink in der Hand durch leere Zimmer zu schlendern, die einst von Miriams Lachen und dem glücklichen Geschrei der Kinder erfüllt waren. Ich schaue Fotoalben an, schniefe wie ein alter Narr. Miriam und ich auf dem Ponte Vecchio in Florenz. Oder auf der Terrasse des Colombe d'Or, wo ich ihr von dem anderen Treffen mit Boogie und Hymie Mintzbaum erzählte. Miriam, die strahlend auf unserem Bett sitzt und Saul stillt. Ich spiele ihr Lieblingsstück von Mozart. Ich sitze da, Tränen strömen mir über die Backen, ihre alten Gartenschuhe in den Händen. Oder schnüffle an dem Nachthemd, das ich versteckt habe, als sie ihre Sachen packte. Und stelle mir vor, daß sie mich so finden werden. Ein einsamer alter Mann. Gestorben an gebrochenem Herzen. Ihr Nachthemd an meinen Zinken gepreßt.

»Was hält der alte Jude da fest?« fragt Professor Blair Hopper né Hauptman, »die Nummer seines Schweizer Bankkontos, auf einen Lumpen gekritzelt?«

»Ach, mein armer Liebster, verzeih mir«, fleht sie, sinkt auf die Knie und drückt meine kalte Hand an ihre Wange. »Du hattest recht. Er ist ein Schmock.«

Dann erstehe ich von den Toten auf, wie die wie-heißt-sie-noch, diese Sexbombe[21], die offensichtlich in der Badewanne ertrunken war, in diesem Film mit Kirk Douglas' Sohn – der Junge so häßlich wie der Vater –, nur daß ich kein Messer in der Hand halte. *Final Attraction*[22]. Ich erhebe mich und sage mit zitternder Stimme: »Ich verzeihe dir, mein Liebling.«

Man schmähe nicht das Selbstmitleid. Es spricht vieles dafür. Ich genieße es jedenfalls. Aber gelegentlich schreckt mich die vor-

21 Glenn Close.

22 *Fatal Attraction* mit Michael Douglas. Ein Paramount-Film von 1987, der an den nordamerikanischen Kinokassen 156 645 693 Dollar einspielte.

wurfsvolle Stimme der zweiten Mrs. Panofsky, mit der ich hier auch gelebt habe, aus meinen Träumereien.

»Ich gefalle dir nicht, stimmt's, Barney?«

Ich sehe von meinem Buch auf, runzle die Stirn, gebe klar zu erkennen, daß ich mich gestört fühle, und sage: »Natürlich gefällst du mir.«

»Du verachtest meine Eltern, die dir nie etwas getan haben. Du warst es, oder?«

»Was war ich?«

»Derjenige, der meiner Mutter diesen Brief auf Briefpapier vom Buckingham Palace – keine Ahnung, wie du da rangekommen bist – geschrieben hat, des Inhalts, daß sie für ihre wohltätigen Werke für den Verdienstorden vorgesehen ist.«

»So etwas würde ich nie tun.«

»Jeden Morgen hat sie am Fenster auf den Postboten gewartet, und schließlich mußte sie die Party absagen, die sie sich zu Ehren geben wollte. Ich hoffe, es hat dir Spaß gemacht, sie so zu demütigen.«

»Ich war es nicht. Ich schwör's.«

»Barney, ich will, daß du uns eine Chance gibst. Sag mir doch, was ich tun kann, um dich glücklich zu machen.«

»Ichbinglücklich, ichbinglücklich.«

»Warum redest du dann nie mit mir?«

»Korrigier mich, wenn ich mich täusche. Aber tun wir das nicht genau in diesem Augenblick? Miteinander reden?«

»Ich rede, du hörst zu, so in etwa. Du hast nicht einmal dein Buch aus der Hand gelegt.«

»Da. Ich hab's weggelegt. Und jetzt?«

»Ach, scher dich zum Teufel.«

Ich hatte gehofft, hier Ruhe zu finden, aber nachdem ich angeklagt worden war, parkten Autos vor dem Grundstück, und die Leute stiegen aus, um das Haus des Mörders anzustarren. Motorbootfahrer stellten ihre Außenbordmotoren ab und standen auf, um es zu fotografieren. Aber zu Beginn meiner zweiten Ehe gelang es mir bisweilen, meiner Frau zu entfliehen.

»Liebling, ich glaube nicht, daß du dieses Wochenende mitkommen willst. Die Kriebelmücken sind jetzt am schlimmsten. Von den Moskitos ganz zu schweigen nach dem Regen. Du gehst zur Silverman-Hochzeit. Entschuldige mich bei ihnen, und ich hole Benoit, damit er das undichte Dach repariert.«

Mein Vater, der erst vor kurzem den Polizeidienst in Montreal hatte quittieren müssen und in den Ruhestand getreten war, suchte mich ab und zu am Wochenende heim. »Ich könnt irgendwo nen Job als Wachmann kriegn bei meiner erstklassigen Erfahrung, wenn diese *chasejrim* nich meine Waffenlizenz eingezogen hättn.«

»Warum das denn?«

»Warum? Warum? Weil ich Panofsky heiß, darum.«

Und deswegen rief Izzy den hohen Beamten bei der Provinzpolizei von Quebec an, der früher sein Fahrer gewesen war. »Wochen vergingn, und ich kriegte ihn nich ans Telefon. Aber dann hab ich's doch geschafft. Dann hab ich doch gewußt, wie ich ihn drankrieg, verstehste? Ich ließ ne Freundin von mir anrufn, ließ sie sagen, daß sie in der Vermittlung sitzt und ein Ferngespräch aus Los Angeles für ihn hat, und die menschliche Neugier, verstehste, man erwartet kein Anruf, da is er drangegangn. Ich sag, hör mal zu, du gottverdammter Pferdearsch, wenn ich den Papst anruf, sag ich, krieg ich ihn schneller dran wie dich. Ach, sagt er, Panofsky, du weißt doch, daß ich viel zu tun hab. Ich sag, komm mir nicht mit dieser Scheiße, früher warste nich so beschäftigt. Ich sag, ich will keine Sonderbehandlung. Aber jeder Schmierlappen in der Stadt hat ne Lizenz, und ich will nen Job als Wachmann, und ohne Waffe komm ich mir nackt vor. Und er hat das für mich erledigt. Und jetzt isses okay, ich hab zwei Revolver behaltn, die sind mir am liebsten. Dann noch einen mitm kurzn Lauf, schön is der, und nen Tiger. Und ein laß ich dir hier, in deiner Nachttischschublade.«

»Wozu das denn?«

»Jemand bricht ein, du bist hier am Arsch der Welt, dann wirste ihm verdammt noch mal ein paar Luftlöcher verpassen.«

An den meisten Wochenenden lud die zweite Mrs. Panofsky, statt mein Schweigen zu ertragen, ihre Eltern oder andere unerwünschte Personen ein. Aus Notwehr entwickelte ich gewisse Rituale. Ich verschwand für ein, zwei Stunden mit Schnorchel und Schwimmflossen, sprang in den See und schwamm herum auf der Suche nach Flußbarschschwärmen. Unter dem Vorwand, daß ich zuwenig Bewegung hätte und zuviel Fett ansetzte, packte ich jeden Sonntagmorgen, ob es regnete oder die Sonne schien, meinen Rucksack mit Salami-Sandwiches, Obst, einer Flasche Macallan, einer Thermoskanne mit Kaffee und einem Buch und steuerte mit meinem Kanu aus Rottannenholz[23], ein zeitgenössischer *voyageur*, den Berg am gegenüberliegenden Ufer an und schmetterte dabei »Mairzy Doats« oder »Bongo, Bongo, Bongo, I Don't Want to Leave the Congo …«.

Der Berg, der damals auf den Landkarten noch als Eagle Head eingezeichnet war, heißt längst Mont Groulx nach dem fanatischen Rassisten Abt Lionel Groulx, der von den Separatisten als großer Held gefeiert wird. Ich stieg zu einer Lichtung auf dem Gipfel hinauf, machte es mir im Schatten des Unterstandes bequem, den ich gebaut hatte, spülte mein Mittagessen mit dem Macallan hinunter und las, bis ich einschlief.

Bei meiner Rückkehr war ich normalerweise angenehm angeheitert, und es gelang mir bisweilen, dem Abendessen und den nachfolgenden Scharade- oder Scrabble-Spielen zu entgehen, indem ich Kopfschmerzen vorschützte. Denn wenn ich mit der Familie am Tisch saß, kam es unweigerlich zu einem Streit mit meinem Schwiegervater, der zum Beispiel verkündete, daß sich Richard Nixon bei seiner Küchen-Debatte mit Nikita Chruschtschow in Moskau verdient gemacht hätte.

»Daddy möchte dich als Mitglied im Elmridge Club vorschlagen.«

»Das ist furchtbar nett von ihm, aber es wäre vergebliche Liebesmühe. Ich spiele nicht Golf.«

»Offen gesagt«, meinte meine Schwiegermutter, »könntest du dort viele soziale Kontakte knüpfen, die für uns selbstverständlich sind und dir zum Vorteil gereichen würden. Mr. Bernard Gurksys Sohn ist dort Mitglied, ebenso Harvey Schwartz.«

»Wir spielen oft zu dritt«, sagte mein Schwiegervater.

»Sieh nur, wie sehr es Maxim Gold genützt hat, und der spielt auch nicht Golf. Als er als Junge aus Ungarn kam, sprach er kaum ein Wort Englisch.«

Der hassenswerte Gold, heutzutage unvergleichlich reich, besaß

23 Zedernholz.

ein Pharmaunternehmen, dessen Verkaufsschlager Blutplasma war. »Bei aller Liebe«, sagte ich, »einem Club, der einen Maxim Gold, der aus menschlichem Blut Profit schlägt, und seinesgleichen aufnimmt, möchte ich nicht angehören. Und außerdem«, fügte ich hinzu und bedachte meinen Schwiegervater mit meinem liebenswürdigsten Lächeln, »will es mir nicht in den Kopf, daß erwachsene, ansonsten reife Männer ganze Nachmittage mit dem Versuch verschwenden, einen kleinen weißen Ball in ein Loch zu schlagen. Man könnte doch an der Menschheit verzweifeln, oder?«

»Er macht nur Spaß, Daddy.«

»Nun ja, ich kann einen Scherz verkraften. Aber draußen, an der frischen Luft ...«

»Die nicht von Zigarrenrauch verschmutzt ist«, sagte meine Schwiegermutter und fächelte sich Luft zu.

»... kann man zumindest genießen, womit uns Mutter Natur überreich gesegnet hat, und wir geben uns keinen Handgreiflichkeiten hin wie die Hooligans, die Eishockey spielen. Was meinst du dazu, Barney?«

Ich hänge an diesem Haus, das mit so vielen Erinnerungen verbunden ist. Mit folgender zum Beispiel.

An einem Sommerabend vor zwei Jahren saß ich in meinem Schaukelstuhl auf der Veranda, rauchte eine Montecristo, nippte an einem Cognac und schwelgte in Erinnerungen an vergangene, glückliche Zeiten, die wir als Familie hier verbracht hatten, als ich vom Knirschen des Kieses auf der Einfahrt aufgestört wurde. Es ist Miriam, dachte ich, und mein Herz hüpfte vor Freude. Miriam, die nach Hause kommt. Dann hielt direkt vor mir ein Mercedes-Sportwagen, und heraus kletterte ein geckenhaft gekleideter, andeutungsweise lächelnder Mann. Ein dürrer, kleiner alter Mann, dem scheinbar nicht bewußt war, wie albern er aussah. Es war ein gramgebeugter Norman Charnofsky, seit langem nicht mehr an der NYU, und was von seinem zinnfarbenen Haar noch übrig war, steckte unter einem Toupet. »Hol mich der Teufel« war alles, was ich herausbrachte.

»Ich bin gekommen, um Ihnen meine Version der Geschichte zu erzählen. Das bin ich Ihnen einfach schuldig.«

Der arme, harmlose, sanftmütige Norman war geschrumpft, aber, wie sich herausstellte, immer noch unfähig, seine Heulkrämpfe zu beherrschen. Sein völlig unpassendes Salonlöwen-Outfit wurde etwas abgemildert durch einen großen Saucenfleck auf der Hose.

»Bevor Sie anfangen«, sagte ich, »möchte ich, daß Sie wissen, daß ich mit Ihrer Frau in Verbindung stehe.« Dann bat ich ihn ins Wohnzimmer.

»Sie stehen mit Flora in Verbindung. Meinen Sie etwa, daß ich mir ihretwegen keine Sorgen mache?«

Norman fing damit an, daß er mich an unser erstes Treffen vor vielen Jahren im Algonquin erinnerte, als ich die Rechte an Claras Werk abtrat, das wir beide für kommerziell wertlos hielten. Aber zu Normans und meinem Erstaunen verkaufte sich der Band mit ihren Tuschezeichnungen Jahr für Jahr tausendfach und ihr in viele Sprachen übersetztes *Versbuch der Xanthippe* wurde wieder und wieder aufgelegt. Die Clara-Charnofsky-Stiftung, als liebenswerte, aber scheinbar sinnlose Geste ins Leben gerufen, scheffelte Millionen. Zunächst erledigte Norman die anfallende Arbeit in dem winzigen Büro in seiner Wohnung, wo er, unter einer nackten Glühbirne sitzend, frühmorgens auf seiner tragbaren Schreibmaschine Briefe beantwortete und gewissenhaft Buch führte über das für Briefpapier, Briefmarken, Farbbänder, Büroklammern und Kohlepapier ausgegebene Geld. Ja, Kohlepapier, falls irgend jemand von Ihnen alt genug ist, um noch zu wissen, was das ist. Denn in jenen Tagen benutzten wir nicht nur Kohlepapier, sondern es antwortete uns auch ein menschliches Wesen, wenn wir jemanden anriefen, und nicht ein Anrufbeantworter mit einer gewollt witzigen Ansage. In der guten alten Zeit mußte man kein Raumfahrtexperte sein, um das Gerät zu bedienen, das den Fernsehapparat ein- und ausschaltet, dieses lächerliche Dings, das heutzutage mindestens zwanzig Knöpfe aufweist. Gott weiß, wofür. Ärzte machten Hausbesuche. Rabbis waren Männer. Kinder wuchsen zu Hause bei ihren Müttern auf, nicht in Kindertagesställen wie Ferkel. Eine Maus war ein Tier. Es gab keine auf Zahnfleisch, Backenzähne, Plomben und Extraktionen spezialisierten Zahnärzte – ein Stümper machte alles. Wenn der Kellner heiße Suppe auf Ihre Begleiterin geschüttet hatte, bot der Manager an, die Reinigungskosten zu übernehmen, und schickte Drinks an den Tisch, und sie klagte nicht auf Milliarden Schmerzensgeld, weil sie angeblich »der Freude am Leben« verlustig gegangen war. War man in einem italienischen Restaurant, wurde einem noch etwas serviert, was sich Spaghetti nannte, häufig mit Hackfleischsauce. Es hieß noch nicht Pasta mit Räucherlachs oder Linguine in allen Regenbogenfarben oder Penne mit einem dampfenden vegetarischen Haufen darauf, der aussieht wie Hundekotze. Ich schwadroniere wieder einmal. Schweife ab. Tut mir leid.

Das Büro der Stiftung, einst ein unbelüftetes Loch, war vor Jahren in eine Fünf-Zimmer-Suite in der Lexington Avenue umgezogen, beschäftigte acht Angestellte, ohne die Rechtsberater und den Aktienmakler, der Wunder an der Börse vollbrachte. Millionen sammelten sich an, nicht nur durch Umsatzbeteiligungen und schlaue Investitionen, sondern auch dank Spenden. Als Norman es allein nicht mehr schaffte, holte er zwei afroamerikanische Feministinnen in den Vorstand: Jessica Peters, deren Gedichte sowohl im *New Yorker* als auch in *Nation* veröffentlicht wurden, und Dr. Shirley Wade, die in Princeton »kulturvergleichende Studien« lehrte. Die furchterregenden Schwestern holten eine schroffe Historikerin dazu, Doris Mandelbaum, Verfasserin von *Weibliche Geschichte von Boadicia bis Madonna*.

Es war Ms. Mandelbaum, die die Vorstandszimmer-Rebellion ursprünglich anführte und darauf hinwies, daß es Ausdruck typisch männlichen Machtstrebens sei – manche würden es sogar »ein Oxymoron, in geschlechtsspezifischer Hinsicht« nennen –, daß der Vorstandsvorsitzende einer feministischen Stiftung ein Mann sei, ein überzeugter Anhänger der Kleinfamilie, der seinen Anspruch auf diesen Posten nur mit der Verwandtschaft mit Clara rechtfertigen könne, die ihrerseits eine Märtyrerin männlich-chauvinistischer Dickhäutigkeit gewesen sei. Ein verlegener Norman erklärte sich sofort bereit, als Vorsitzender zurückzutreten, woraufhin Dr. Shirley Wade seinen Posten einnahm. Aber Norman hatte weiterhin ein Auge auf alle Vorgänge und prüfte die Buchführung der Stiftung. 1992 stellte er auf einer Vorstandssitzung auf seine typisch ängstliche Art einen als Dienstreise deklarierten Besuch einer Literatur-Konferenz in Nairobi, mit Zwischenstopp in Paris, in Frage, für den die Stiftung aufgekommen war.

»Wären wir nach Tel Aviv geflogen, würden Sie die Reise vermutlich nicht kritisieren.«

Als nächstes besaß Norman die Unverfrorenheit, die Rechtmäßigkeit von Mittagessen im Four Seasons, Le Cirque, Lutèce und Russian Tea Room zu hinterfragen, die ebenfalls der Stiftung in Rechnung gestellt worden waren.

»Aber ich nehme an, es wäre sozusagen koscher gewesen, wenn wir uns in einer schmierigen Kaschemme in Harlem getroffen hätten, um über einem Teller Kutteln Stiftungsangelegenheiten zu besprechen.«

»Bitte«, sagte Norman und errötete.

»Wir haben die Nase voll von Ihrer Penispower, Norm.«

»Offen gestanden, wir haben Ihre herablassende Art satt . . .«

». . . und Ihre sexuellen Komplexe . . .«

». . . und Ihren Rassismus.«

»Wie kommen Sie dazu, mir vorzuwerfen, ich sei . . . Habe ich nicht Shirley und Sie in den Vorstand geholt?«

»*Oj wej*, Bubbele, und deswegen haben Sie sich unheimlich gut gefühlt, stimmt's? Es hat Ihre Kischkes gewärmt.«

»Sie konnten nach Hause gehen und Ihrem Frauchen erzählen, daß jetzt *schwarze* im Vorstand sitzen.«

Zwei Jahre später wurde in Normans Abwesenheit eine eilig einberufene Vorstandssitzung im La Côte Basque abgehalten mit dem Ergebnis, daß ihm per Einschreiben der Rausschmiß aus dem Vorstand der Clara-Charnofsky-Stiftung mitgeteilt wurde, die von da an Clara-Charfnosky-Stiftung für Frauen hieß.

»Verdammt noch mal, Norman, warum haben Sie sich nicht einen Anwalt genommen und sie hochkantig rausgeworfen?«

»Klar, und dann schreiben sie einen Brief an die *Times*, in dem sie mich als Rassisten verdammen.«

»Na und?«

»Dann hätten sie recht behalten, verstehen Sie das denn nicht? Ich habe herausgefunden, daß ich tatsächlich ein Rassist bin, und Sie sind auch einer, nur daß ich es zugebe, und das verdanke ich ihnen. Ich habe auch sexuelle Vorurteile. Ich bin ein Heuchler. Ich habe im Unterricht an der NYU die Aids-Schleife am Revers getragen, aber wissen Sie was? Ich ging nicht mehr in dieses Restaurant in der Neunten Straße – Flora und ich waren dort jahrelang Stammgäste. Ein paar Kellner sind schwul und wurden plötzlich ganz hager, und was wäre, wenn sich einer von ihnen beim

Kartoffelschälen in der Küche in den Finger schneidet und sich nichts dabei denkt?

Diese Frauen haben mich gezwungen, mir selbst sehr genau auf den Grund zu gehen. Und ich mußte zugeben, daß ich mir gut vorkam, edel sogar, als ich zwei Afroamerikanerinnen in den Vorstand holte, und zuinnerst erwartete ich Dankbarkeit von ihnen. Einmal sagte ich zu ihnen, daß ich Shamir grauenhaft fände und für einen Palästinenserstaat sei, und das stimmt auch – aber war das der wahre Grund, oder wollte ich mich bloß bei ihnen einschmeicheln? He, Charnofsky ist wirklich ein netter Jude. Er bricht arabischen Kindern auf der West Bank nicht den Arm. Jessica hat sich bei einer Vorstandssitzung mal über mich lustig gemacht. Geben Sie's zu, sagte sie, wenn Sie meine drei Söhne auf der, sagen wir, Sechsundvierzigsten Straße auf sich zukommen sehen, gehen Sie dann nicht auf die andere Straßenseite, aus Angst, überfallen zu werden? Die Jungs haben diesen oben abgeflachten Haarschnitt, aber einer hat ein Stipendium für Julliard, und die anderen beiden studieren in Harvard. Es regnet, sie winken einem Taxi, aber das schießt an ihnen vorbei. Und wenn Sie Taxifahrer wären, würden Sie es vielleicht genauso machen. Sie auch. Jesse Jackson reißt einen Witz über Juden, und alle haben einen Anfall, aber ich habe gehört, daß auch Sie sie *schwarze* nennen, und ich wette, wenn Ihre Tochter einen geheiratet hätte, hätten Sie keinen Champagner knallen lassen. Außerdem muß ich sagen, daß beide, Jessica Peters und Shirley Wade, wesentlich intelligenter sind als ich. Aber statt daß ich mich freue – da, schon wieder. *Mich freue*«, sagte er und schlug sich mit der Faust gegen die Stirn. »Welches Recht habe ich, so auf die überlegene Intelligenz eines Afroamerikaners zu reagieren? Kein Recht der Welt. Aber damals hegte ich insgeheim einen Groll. Nach so vielen Jahren bin ich immer noch Assistent an der NYU, sagte ich mir, aber Shirley hat einen Lehrstuhl in Princeton, nur weil ihr als Angehöriger einer Minderheit der Vorzug gegeben wurde. Aber Shirley und Jessica sind geistreich und schlagfertig. Bei Vorstandssitzungen traute ich mich kaum, den Mund aufzumachen, so eingeschüchtert war ich, sie konnten einem mit einem Bonmot über den Mund fahren, daß einem Hören und Sehen verging.

Jetzt kommt's, hören Sie zu. Als sie sich selbst ein jährliches Honorar von dreißigtausend Dollar für die Teilnahme an Vorstandssitzungen und andere Aufgaben genehmigten, kämpfte ich dagegen wie verrückt, aber, Mannomann, war ich aufgeregt. Ich konnte es riechen. Das Geld. Und Jessica sagt und lächelt dabei süffisant: Aber Norman, wenn Sie so empört sind, dann verzichten Sie doch auf Ihr Honorar. Nein, das kann ich nicht, sagte ich erschrocken, weil es dann aussehen würde, als würde ich meinen geschätzten Kolleginnen kritisch gegenüberstehen. Es könnte als moralische Verurteilung interpretiert werden.

Wollen Sie etwas hören, wofür ich mich noch mehr schäme? Jessica ist nicht nur brillant, sondern auch eine Schönheit, und sie steht in dem Ruf, sich durch alle Betten zu schlafen. Ich war nie mit einer schwarzen Frau im Bett. Wovon rede ich? Ich bin dreiundsechzig Jahre alt und hab's mit niemandem außer Flora getan. Ich kann sterben, ohne zu wissen, ob ich was verpaßt habe, weil es mit einer anderen Frau vielleicht viel besser gewesen wäre. Wie auch immer, bei Vorstandssitzungen habe ich mich dabei ertappt, wie ich verstohlen auf Jessicas Brüste schaute oder auf ihre übereinandergeschlagenen Beine, und sie wußte es, darauf können Sie Gift nehmen. Sie saß da in diesem kurzen Rock, und wenn er noch ein kleines Stück kürzer gewesen wäre ... egal, und äußert sich geistreich über Henry James oder Twain, brilliert, wirft mit Ideen um sich, auf die ich in dreißig Jahren Lehre nicht gekommen bin, und ich habe eine Erektion. Ich habe mittags immer was zu essen aus dem Restaurant unten im Haus bringen lassen, und einmal waren es Hühnchenteile mit Kartoffelsalat, und Shirley will mir gerade eine halbe Brust geben, als Jessica ihre Hand festhält und sagt: Ich glaube, Norman mag das dunkle Fleisch, und die zwei brechen in dieses kehlige Lachen aus, und ich krieg einen roten Kopf. Oh, und ich schäme mich. Ich bin so ein Schwein. Und Doris, ja Doris, ich konnte es nicht ertragen, wenn sie mich auf den Arm nahm, aber was mich anbelangt, hatte sie recht. Mir würde es nicht gefallen, wenn meine Tochter mit einer Frau zusammenleben würde. Die Wahrheit ist, daß es mir unangenehm ist, zusammen mit einer Lesbe oder einem Homosexuellen in einem Zimmer zu sitzen. Warum? Ich erzähl's Ihnen. Wie Doris sagte, bin ich mir meiner Männlichkeit nicht sicher. Wenn ich mit geschlossenen Augen im Bett läge und ein Mann mir den Schwanz lutscht – entschuldigen Sie, daß ich so rede –, aber würde ich einen Unterschied merken? Würde ich nicht trotzdem kommen? Wenn ich so etwas denke, wird mir fast schlecht vor Angst. Aber ich wette, Ihnen ging's genauso, wenn es ein Mann wäre, und deswegen reißen Sie Witze über Schwule. Aber ich tue es nicht mehr.

Okay. Genug davon. Keine Ausflüchte mehr, Norman. Was Sie wirklich unbedingt wissen wollen, ist, warum ich das Geld, Anführung, gestohlen, Abführung, habe. Also, ich hab es nicht gestohlen, ich hab mir genommen, was mir zustand. Nein. Weniger, als mir zustand. Sehen Sie mal, wenn ich nicht gewesen wäre, wer würde heute Clara Charnofsky kennen? Haben Sie ihre Gedichte auf eigene Kosten drucken lassen? Haben Sie das privat gedruckte Buch von einem Verleger zum nächsten geschleppt, die mich damals wie Dreck behandelt haben, und haben Sie etwa die vielen Bettelbriefe an Rezensenten geschrieben? Was hätte ein Agent verlangt? Zehn Prozent, glaube ich, oder vielleicht fünfzehn. Die Stiftung war ausschließlich meine Idee. Millionen auf Bankkonten, die tagein, tagaus Zinsen abwerfen, alles nur dank meiner Idee. Und jedes Jahr geben wir Hunderttausende aus für Beihilfen, Stipendien und so weiter, und glauben Sie etwa, ich hätte auch nur ein einziges Dankschreiben erhalten? Vergessen Sie's. Und so zählte ich alle Stunden zusammen, die ich im Lauf der Jahre hineingesteckt hatte, und rechnete fünfzig Dollar die Stunde – das ist weniger, als ein verdammter Klempner heutzutage verdient, ganz zu schweigen von einem Rechtsanwalt – und kam auf siebenhundertfünfzigtausend Dollar. Sie können es von mir aus Diebstahl nennen oder Unterschlagung oder Betrug, das ist mir scheißegal, es stand mir zu. He, wollen Sie was zum Lachen hören? Ich erzähl Ihnen was. Schenken Sie mir noch einen Drink ein.«

»Ich glaube, Sie haben genug, Norman.«

»Er glaubt, ich hätte genug. Und das aus Ihrem Munde«, sagte er und hielt mir sein Glas hin.

Ich goß ihm einen kleinen Schluck mit viel Wasser ein.

»Ich ging zum Mittagessen ins Lutèce. Sie haben mich ins hinterste Eck gesetzt, wo die Kellner ständig vorbeikommen, und ich wußte nicht, was ich bestellen sollte, und welcher Wein wozu paßt. Mögen Sie Kaviar? Mein Leben lang lese ich in Romanen was von Kaviar, aber er ist mir zu salzig. Ich verstehe das Theater nicht, das man darum macht. Sieht man, daß ich ein Toupet tragen, ich meine, wenn man mich nicht von früher kennt?«

»Möchten Sie über Nacht bleiben, Norman?«

»Ich hab schon ein Motelzimmer gebucht.«

»Das war nicht nötig.«

»Erstens war ich nicht sicher, ob Sie hier sind und mich zum Übernachten auffordern. Zweitens bin ich mit einer jungen Frau unterwegs, Ihnen würde sie nicht gefallen, aber sie geht nur mich was an.« Statt weiterhin zu weinen, kicherte er jetzt. »Doreen liest Archie-Comics, hört im Auto Rockmusik und macht Kaugummiblasen. Sie treibt mich in den Wahnsinn. Wir müssen jeden Abend um halb sieben in einem Motel sein, damit sie ›Jeopardy‹ sehen kann. Es ist mir peinlich, mich vor ihr auszuziehen, ich bin ein dürrer alter Mann. Entschuldigen Sie die Frage, aber haben Sie Krampfadern?«

»Ein paar.«

»Barney, Barney, ich weiß nicht mehr, wer ich bin oder was ich tue. Ich sitze auf der Toilette und weine, ich dreh den Wasserhahn an, damit sie mich nicht hört. Ich bin krank vor Sorgen um Flora, mein Sohn muß mich hassen, und eines Tages werden sie mich erwischen, und ich werde mit normalen Kriminellen im Gefängnis sitzen. Wie geht es Ihnen, ich hab Sie noch gar nicht gefragt.«

»Haben Sie das ganze Geld ausgegeben?«

»Bis jetzt, glaube ich, zweihunderttausend Dollar, vielleicht weniger. Warum?«

»Sind Sie gewillt, den Rest zurückzugeben?«

»Ich habe nur genommen, was mir von Rechts wegen zusteht.«

»Beantworten Sie meine Frage.«

»Seine Frage soll ich beantworten. Ich werde nicht ins Gefängnis gehen.«

»Wenn Sie den Rest zurückgeben, könnte ich nach New York fahren und mit dem Vorstand sprechen. Ich werde anbieten, das fehlende Geld zu ersetzen, vorausgesetzt, sie stimmen zu, Sie nicht anzuzeigen. Ich bin sicher, daß sie sich darauf einlassen würden.«

»Wieso sollte ich Sie so etwas tun lassen?«

»Ich bin reich, Norman.«

»Er ist reich. Vielleicht hätte ich auch Fernsehproduzent werden und Schund für die Ungewaschenen produzieren sollen.«

»Norman, Sie klingen immer mehr wie Ihr Onkel Chaim, *alef-ha-scholem.*«

»Ich weiß Ihr Angebot zu schätzen. Wirklich. Aber Flora würde mich nie wieder aufnehmen. Kann ich es ihr verübeln? Und ich würde alten Freunden nie wieder ins Gesicht sehen können«, sagte er und stand abrupt auf. »Sagen Sie, haben Sie was zum Knabbern da, was Sie mir mitgeben können? Cashewnüsse oder Schokolade oder so was? Ich hab ihr versprochen, was mitzubringen, aber jetzt sind die Läden schon geschlossen.«

»Tut mir leid. Nein. Norman, ich will, daß Sie zum Frühstück wiederkommen, dann können wir noch mal darüber reden. Ich meine es ernst. Ich würde das fehlende Geld ersetzen. Ich könnte auch mit Flora sprechen.«

»Erdnußbutter vielleicht? Ein paar Scheiben Brot?«

»Tut mir leid, ich bin nicht mehr so oft hier wie früher. He, mir würde ein bißchen frische Luft guttun. Warum lassen Sie Ihren Wagen nicht hier, und ich fahre Sie in Ihr Motel?«

»Es sind nur zwei Meilen, vielleicht drei. Ich kann noch fahren.«

Ich hätte hart bleiben sollen.

11

Jeremy Katz
Vorstandsmitglied
KAKK
PO Box 124
Montreal, Quebec

18. Mai 1994

Clara-Charnofsky-Stiftung
für Frauen
615 Lexington Avenue
New York, N. Y.
USA

Werte Persönlichkeiten,

hallo. Ich möchte mich hiermit um eine Beihilfe für KAKK (Kontaktgruppe antikonventionelle Kampagnen) bewerben, aber bevor ich Ihnen meinen Projektvorschlag unterbreite, sollte ich Ihnen etwas über unsere Organisation, meine Wenigkeit und meine Bezugsperson mitteilen.

Mein Halt und meine Stütze, Georgina, auf die ich sehr stolz bin, ist das einzige weibliche Mitglied des Sondereinsatzkommandos der Polizei von Montreal. Eine Position, die sie erreicht hat, obwohl sie situationell benachteiligt und Objekt von Pfiffen, liebäugelnden Blicken und anderen geschlechtsspezifischen Schikanen ist. Erst letzte Woche, als sie in Zivil (hautenger Pullover, Mikrorock, schwarze Netzstrumpfhose und Pfennigabsätze) das 10. Revier verließ, zog der diensthabende Beamte die Augenbrauen hoch und rief: »Hey, sehen Sie aber gut aus heute abend, Georgy.«

Ich bin derjenige, der den häuslichen Herd warm hält und unsere beiden Kinder, Oscar und Radclyffe, erzieht. Ich liebe Georgina abgöttisch, obwohl sie meine Langmut bisweilen ernsthaft auf die Probe stellt. Nach der Arbeit trifft sich Georgina gelegentlich mit einer Freundin in Sappho's Cellar, ihrer Lieblingskneipe, und lädt sie dann zum Abendessen zu uns nach Hause ein, ohne mich vorher anzurufen. Ich habe überhaupt nichts dagegen, aber ich werde nicht gern in meiner alten Kittelschürze überrascht. Einen kurzen Anruf vorher und die Gelegenheit, etwas Aparteres anziehen zu können, wüßte ich zu schätzen, ganz zu schweigen davon, daß man uns nicht mit *Papierservietten* auf dem Tisch ertappen würde.

Gestern nachmittag rief Georgina an, um zu sagen, daß sie zum Abendessen nicht nach Hause kommt. Zwei dem Streifendienst zugeteilte weibliche Personen vom 10. Revier, Brunhilde Mueller und Helene Dionne, hatten beschlossen, den Bund fürs Leben einzugehen und zusammenzuziehen. Deswegen organisierten alle Frauen des Reviers einen Polterabend und reservierten zwei Tische im COX, einem Lokal im East End, in dem Männer strippen. Und ich setzte mich hin, um die seltene Gelegenheit zu nutzen und die *Zeitung* zu lesen. Und dort, auf der ersten Seite des Sportteils, war ein Foto von Mike Tyson, dem rechtskräftig verurteilten Vergewaltiger, der in Bälde erneut um den Titel im Schwergewicht kämpfen will, und da hatte ich einen Geistesblitz.

Am nächsten Morgen legte ich mein bestes Tischtuch aus irischem Leinen auf und bat alle Mitglieder des KAKK-Vorstands zu Tee und zuckerfreien Keksen in meine Küche.

Ich will mich nicht selbst loben, aber sie bejubelten meinen Geistesblitz mit enthusiastischem Gekreisch. Jetzt kommt's. Einfach ausgedrückt, wäre es nicht großartig, wenn Mike Tyson, dieser Verletzer der weiblichen Ehre, diese Peinlichkeit für alle Minderheiten auf der Welt, *von einer weiblichen Boxgröße zu einem Schwergewichtstitelkampf herausgefordert und geschlagen würde*? Das wäre doch auf jeden Fall ein MEILENSTEIN in WEIBLICHER GESCHICHTE. Deswegen erklärt sich KAKK bereit, von Küste zu Küste nach einer geeigneten weiblichen Boxgröße zu suchen. Aber unsere finanziellen Mittel sind begrenzt, und deswegen bewerben wir uns bei der Clara-Charnofsky-Stiftung für Frauen um eine Beihilfe in Höhe von 50 000 Dollar, um unsere Einnahmen aus Kuchenverkäufen und Bingo-Abenden aufzubessern. Sie können sich daran beteiligen, die erste weibliche Schwergewichtsboxweltmeistergröße aller Zeiten zu finden. Wie wäre es?

KAKK wartet gespannt auf Ihre Antwort.

Mit freundlichen Grüßen
Jeremy Katz
i. A. von KAKK

12 Gelangweilt nahm ich im Büro den Telefonhörer ab und hörte gerade noch unsere Empfangsdame sagen: »Guten Tag. Totally Unnecessary Productions Limited.«

»Könnte ich bitte mit Barney Panofsky sprechen?«

»Wen darf ich melden?«

»Miriam Greenberg.«

»Wenn Sie Schauspielerin sind, ist es Mr. Panofsky lieber, wenn Sie einen Brief schreiben.«

»Können Sie ihm einfach sagen, daß Miriam Greenberg ihn sprechen möchte?«

»Ich schaue, ob er Zeit hat.«

»Miriam, sind Sie in Montreal?«

»Nein, in Toronto.«

»Was für ein Zufall. Ich bin morgen in Toronto. Wie wäre es mit einem Abendessen?«

»Sie sind unmöglich, Barney. Ich rufe an, weil gestern Ihr Geschenk gekommen ist.«

»Aha.«

»Wie können Sie es wagen, so vertraulich zu sein?«

»Sie haben recht. Das hätte ich nicht tun sollen. Aber ich habe es zufällig im Fenster von Holt Renfrew gesehen und sofort an Sie gedacht.«

»Ich habe es zurückgeschickt.«

»Oh, ins Büro?«

»Machen Sie sich keine Sorgen.«

»Ich bitte vielmals um Entschuldigung.«

»Das muß ein Ende haben. Ich habe nie etwas getan, um Sie zu ermutigen.«

»Ich denke, wir sollten uns treffen, um das zu besprechen.«

»Es gibt nichts zu besprechen.«

»Bitte, werden Sie doch nicht wütend.«

»Für was für eine Art Frau halten Sie mich eigentlich?«

»Oh, Sie wären erstaunt. Miriam, Miriam, ich denke die ganze Zeit an Sie.«

»Hören Sie auf damit. Ich bin mit jemandem zusammen.«

»Aber Sie leben nicht mit ihm zusammen, oder?«

»Was könnte Sie das angehen?«

»Ich bin eine Nervensäge. Ich geb's zu. Aber warum treffen wir uns nicht zum Mittagessen und ...«

»Ich habe Ihnen schon gesagt ...«

»Warten Sie. Mittagessen. Nur ein einziges Mal. Und wenn Sie mich nie wiedersehen wollen, na gut, dann war's das.«

»Ehrenwort?«

»Ich schwöre es.«

»Wann?«

»Sagen Sie mir, wann, und ich komme.«

»Mittwoch. Wir können oben im Park Plaza Roof schnell etwas essen.«

»Nein. Unten. Im Prince Arthur Room.«

13 Gestern abend habe ich einen großen Fehler gemacht. Ich habe einen Teil von dem Schund wiedergelesen, den ich mittlerweile großartig als meine ureigene *Apologia pro vita sua* betrachte, wobei ich in Richtung Kardinal Newman an meinen Hut tippe. Abschweifungen – ich ziehe es vor, sie Barney Panofskys Tischgespräche zu nennen – zuhauf. Aber Laurence Sterne ist damit durchgekommen, warum also nicht auch ich? Der Leser sollte dankbar sein. Er muß nicht bis zum Ende von Band drei warten, bis ich überhaupt erst geboren werde. Und noch etwas: Ich benötige nicht wie Thomas Hardy sechs Seiten, um eine Wiese zu überqueren. Anders als John Updike zügle ich meinen Gebrauch von Metaphern. Ich bin bewundernswert knapp, wenn es um deskriptive Passagen geht, im Gegensatz zu P. D. James, eine Schriftstellerin, die ich im übrigen bewundere. Eine Figur von P. D. James kann mit explosiven Neuigkeiten einen Raum betreten, aber der Leser erfährt erst davon, wenn ihm Farbe und Material der Vorhänge, die Herkunft des Teppichs, der Farbton der Tapete, Qualität und Sujet der Bilder, Anzahl und Design der Stühle geschildert worden sind, und wenn er weiß, ob die Beistelltischchen tatsächlich antik und aus Pimlico sind oder nachgemacht und von Heal's. P. D. James ist nicht nur talentiert, sondern offensichtlich auch eine echte *baleboosteh* oder Schloßherrin. Sie ist außerdem liebenswert, was nicht mein Problem ist, mich jedoch zu einer weiteren Abschweifung veranlaßt. Oder dazu, eine Charakterschwäche einzugestehen.

Abends liege ich einsam auf dem Sofa und trinke, während ich von Kanal zu Kanal schalte. Dabei befindet sich stets ein Fernglas in Reichweite auf dem Couchtisch. Ich brauche es, wenn ich ›sondierende‹ CBC-TV-Interviews mit verquasselten Polit-Meinungsführern, Wirtschaftsbossen, Zeitungsverlegern, Soziologie- oder Psychologieexperten oder anderen beglaubigten Idioten sehe. Warum? Weil diese Interviews in der Regel in angeblichen Bibliotheken geführt werden, die Regale im Rücken der Schwätzer voller Bücher. Nehmen wir mal an, es handelt sich um den gefeierten Autor einer bahnbrechenden Studie, bei der eine Befragung von fünftausend Kanadiern ergeben hat, daß die Reichen glücklicher sind als die Armen (aber hallo) und seltener unter ernährungsbedingten Mangelerscheinungen leiden. Oder, noch besser, ein Sexologe, was immer das ist, der behauptet, daß Serienvergewaltiger oft Einzelgänger sind, die als Kinder sexuell mißbraucht wurden oder zumindest aus dysfunktionalen Familien stammen. Sofort zücke ich mein Fernglas, um die Titel in den Bücherregalen zu entziffern. Wenn etwas von Terry McIver dabei ist, schalte ich den Fernseher aus und verfasse einen Brief an die CBC, worin ich die Intelligenz und den Geschmack des Experten in Frage stelle.

Letzte Nacht habe ich schlecht geschlafen, wachte um fünf auf und mußte bis halb sieben auf meine Zeitungen warten.

Gute Geschichte im heutigen *Globe and Mail*. Eldfriede Blauensteiner, eine Wiener Witwe, steckt schwer in der Klemme. Sie scheint regelmäßig auf den Seiten der Liebeskranken in der österreichischen Presse annonciert zu haben:

> Witwe, 64, 1,65 m, würde den ruhigen Herbst ihres Lebens gern mit einem Witwer verbringen. Ich bin Hausfrau, Gärtnerin, Krankenschwester und eine treue Gefährtin.

Diese Krautversion von Mrs. Lonelyhearts ist eine gebleichte Blondine mit blaugetönter Brille, die süchtig war nach den Rouletterädern und Blackjacktischen von Baden. Jede Menge einsamer alter Knaben, die meisten von ihnen Rentner, antworteten auf ihre Anzeigen, und sie zog Erkundigungen über ihr Vermögen ein. Die Polizei schätzt, daß ihre Einnahmen – Bankkonten, Grundstücke und Bargeld – aufgrund zu ihren Gunsten geänderter Testamente in die Millionen gehen. Ihr bevorzugter *modus operandi* war es, über Monate hinweg eine Spur eines Diabetesmittels in Speisen und Getränke ihres Opfers zu geben. Dies führte unweigerlich zum Tod, offensichtlich aufgrund natürlicher Ursachen. Bislang hat unsere Herzallerliebste vier Morde gestanden, aber die Polizei vermutet, daß sie noch mehr Leichen im Keller hat, sozusagen. Das erinnert mich an eine Figur, die Charlie Chaplin in seinem letzten Film spielte, Monsieur Wie-hieß-er-doch-gleich?[24], in dem er alle diese Witwen verschliß, und ich frage

24 *Monsieur Verdoux* (Universal, 1947) war nicht Chaplins letzter Film. Sein letzter Film war *Die Gräfin von Hongkong* (Charles Chaplin, 1967) mit Marlon Brando in der Hauptrolle.

mich, ob Eldfriede von demselben idiotischen Kalkül ausging. Nämlich, was bedeuten schon ein paar nutzlose alte Leben, verglichen mit den Schrecken dieser Welt?

Zu meinen Gunsten muß ich sagen, daß ich nie daran dachte, die zweite Mrs. Panofsky zu ertränken oder zu vergiften, wiewohl unsere gemeinsamen Frühstücke Ausflüge in die Hölle waren. Unvergleichlich rücksichtsvoll teilte mir meine geschwätzige Frau gewohnheitsmäßig beim morgendlichen Kaffee ihre Erinnerungen an die Träume der vergangenen Nacht mit, und davon gab es nicht wenige. Ein Morgen hat sich meinem bisweilen nicht ganz zuverlässigen Gedächtnis für alle Zeiten eingeprägt. Aber der Reihe nach. Am Abend zuvor traf ich mit zwei Karten für das Eishockeyspiel in der Tasche John Hughes-McNoughton, der mich begleiten sollte, in Dink's. John war bereits betrunken, und auch Zack Keeler war da, der ebenfalls schon einiges intus hatte. »He, Barney, weißt du, warum die Schotten Schottenröcke tragen?« fragte er mich.

»Interessiert mich nicht.«

»Weil die Schafe es hören, wenn man ein Hosentürchen aufmacht.«

Saul, dessen Schmähungen ich ertragen muß, beurteilt meine Eishockeybegeisterung eher düster. »In deinem Alter«, sagte er kürzlich, »ist es nicht mehr angemessen, sich als Männerbündler zu gebärden.«

Wir schafften es nicht ins Stadion. Und als Dink's um zwei Uhr schloß, traten John, Zack und ich in die eisige Kälte hinaus, Schneeflocken wirbelten im Wind, kein Taxi in Sicht, und schlurften zu einer Flüsterkneipe in der McTavish Street. Als wir eintraten, dampften unsere Mäntel in der plötzlichen Wärme.

Verständlicherweise litt ich am Morgen Qualen, als sich die zweite Mrs. Panofsky in ihrem gesteppten rosa Morgenmantel zu mir an den Frühstückstisch setzte. Ich duckte mich hinter die *Gazette* und schlug den Sportteil auf. Ich las: *Big Jean Beliveau führte die ...*

»Letzte Nacht habe ich was Schreckliches von dir geträumt.«

... Canadiens zu einem ...

»Haa-llo. Ich sagte, daß ich ...«

»Ich habe dich gehört.«

... überzeugenden 5: ...

»Ich war wieder sechzehn Jahre alt, allerdings verstehe ich nicht, warum ich im Traum noch einen Pferdeschwanz hatte, zusammengebunden mit der Samtschleife von Saks Fifth Avenue, die mir meine Tante Sarah geschenkt hat, vielleicht einen Monat bevor sie ins Krankenhaus mußte, du weißt schon, wegen ihrer Hysterektomie. Sie haben der armen Frau die Gebärmutter herausgeschnitten, und als nächstes heuerte sie einen Privatdetektiv an, der Onkel Sam überallhin folgen mußte. Das Schlimmste, was sie herausfand, war, daß er, statt in Rabbi Teitelbaums Talmudunterricht zu gehen, Pinockel spielte, im Hinterzimmer des Broadway Barbershop in der St. Viateur. Du weißt schon, gleich nebenan war Reubens Koschere Metzgerei, meine Mutter schwor auf seine Hühner. Reuben war wirklich eine Nummer. Wenn meine Mutter mich mitnahm, ich war erst zehn, sagte er immer: ›Wie ist es nur möglich, daß so eine Schönheit wie du noch nicht verheiratet ist?‹ Jedenfalls paßte es einfach nicht, daß ich im Traum noch einen Pferdeschwanz hatte, ich weiß bloß noch nicht, warum, denn mit sechzehn ging ich schon zum Friseur, in Mr. Mario's Salon in der Sherbrooke nahe Victoria. Da fällt mir ein, hast du gestern bei Grunwald's den Lampenschirm abgeholt? Ich hab dich erst dreimal darum gebeten, und du hast es versprochen. Du hast es wieder vergessen? Na klar. Aber wenn wir keinen Maltwhisky mehr im Haus hätten, dann hättest du *hundertprozentig* alles liegen- und stehenlassen und Nachschub besorgt. Ich war Mr. Marios Liebling. So wunderbare Naturlocken, hat er immer gesagt, ich sollte *dir* etwas bezahlen, weil ich deine Haare machen darf. Er ist vor drei Jahren gestorben, nein, vor vier, mit Hodenkrebs fing's an.«

Mit zittriger Hand stellte ich meine Kaffeetasse ab und zündete eine Montecristo an.

»Hast du schon mal von Emphysemen gehört?«

»Und dann?«

»Es muß schlimmer sein als eine Hysterektomie, für einen Mann, meine ich, wenn er seine Hoden verliert, ganz zu schweigen davon, was es für Gina, seine Frau, bedeutete, die Arme. Man nannte ihr eine Verdi-Arie, und Gina sang sie, aufs Wort genau, während sie mir die Haare wusch. Er hatte sich schon ausgebreitet, der Hodenkrebs, und sie haben Mr. Mario den Bauch aufgeschnitten und gleich wieder zugenäht, da war nichts mehr zu machen. Er hinterließ Gina und zwei Kinder. Die Tochter arbeitet jetzt am Lanvin-Stand bei Holt Renfrew, deswegen gehe ich da nicht mehr hin, sie tut zu vertraut. Das mag ich nicht. Mir gefällt nicht, daß sie meinen Vornamen herauskreischt, als ob wir die besten Freundinnen wären, man kann es im ganzen Stockwerk hören. Aber der jüngere, Miguel, ist der Koch und, ich glaube, Mitbesitzer von Michelangelo's in der Monkland. Du weißt schon, die Straße, in der auch das Monkland-Kino ist. Dort hab ich als Kind *Amber, die große Kurtisane* gesehen, mein Vater wäre gestorben, wenn er es gewußt hätte. Mit Linda Darnell und Cornel Wilde und George Sanders, erinnerst du dich an ihn? Mir hat er wahnsinnig gefallen. Wir sollten dieser Tage mal zu Michelangelo's gehen. Die Silvermans waren letzte Woche dort und sagten, daß es nicht teuer, aber sehr gut sei, und zwischen den Tischen ist genügend Platz. Nicht wie deine Bistros in der St. Denis Street, in die du gehst, weil sie dich an Paris erinnern. Da kannst du gleich die Franzmänner rechts und links an deinen Tisch bitten. Und immer fängst du an, laut Englisch zu reden, weil du dir wie üblich Ärger einhandeln willst. Oh, ich weiß, wieviel Spaß dir das macht. Nur weil du weißt, daß sie zuhören, tust du so, als hättest du ein fettes Bankkonto in der Schweiz und würdest die Speisekarte nicht verstehen, weil sie auf französisch ist. Was zum Teufel ist Pâté, hast du geschrien und es so ausgesprochen, als würde es sich auf Matte reimen. Du hast Glück gehabt, daß sie dich an diesem Abend nicht zusammengeschlagen haben. Der Kerl am Nebentisch hat geschäumt vor Wut. Herb hatte die Pasta e fagioli und dann die Lasagne à la Sorrent. Der macht sich keine Gedanken um sein Gewicht, obwohl er es tun sollte, wenn er eine Treppe raufsteigt, schnauft er, als wäre er den Boston-Marathon gelaufen. Er hat Furunkel. Auch im Genitalbereich. Das kann einem den Spaß verderben, sagt Marsha, besonders wenn sie aufplatzen. Marsha hatte die Antipasti und das Kalbsschnitzel Milanese, trotz der großen Lücken zwischen ihren Zähnen, sie hätte sich nie mit einer Zahnspange abgefunden, als wir zusammen im Kibbuz waren, da blieben immer kleine Stückchen drin hängen, und ich wußte nicht, wo ich hinschauen soll. Einmal war ich rücksichtsvoll genug und hab es ihr zugeflüstert, wir hatten eine Doppelverabredung, Abendessen im Miss Montreal, ich war mit Sonny Applebaum dort, er wollte mich heiraten, und weißt du, was? Heute müßte ich einen Typen mit Parkinson pflegen. Ich hab es ihr also zugeflüstert, und, Junge, wenn Blicke töten könnten. Deshalb hab ich's nie wieder erwähnt. Aber sie sollte beim Reden den Mund nicht so weit aufreißen. Oh, tut mir leid. Ich bitte dich um Entschuldigung. In deinen Augen kann sie ja nichts falsch machen. Bei der Rothstein-Hochzeit hast du wieder und wieder mit ihr getanzt, zwischen euch hätte kein Haar mehr gepaßt. Glaub nur nicht, es wäre den anderen nicht aufgefallen, daß ihr eine Stunde lang verschwunden wart. Ich weiß. Du brauchst es nicht noch mal zu sagen. Ihr war schwindlig, und du hast mit ihr einen Spaziergang am Wasser gemacht. Ja, ja. Aber, Sir Galahad, Norma Fleischer – sie ist nicht so fett, weil sie soviel ißt, es sind die Drüsen – könnte auf der Tanzfläche in Ohnmacht fallen, und du würdest keinen Finger rühren. Spaziergang. Du bist mit Marsha ins Bootshaus. Es wäre nicht das erste Mal für sie, sie ist hinter allem her, was Hosen trägt, bilde dir also nichts ein. Sie sollte euch Typen Postkarten geben, wie in dem Restaurant in Paris, wo man zur Ente eine Postkarte kriegt, das Tour d'Argent.«

... 5:2, aber es könnte sich als kostspieliger ...

»Langweile ich dich?«

»Nein.«

»Dann leg doch die Zeitung weg, wenn es dir nichts ausmacht.«

»Ich hab sie weggelegt.«

... als kostspieliger Sieg erweisen, denn Phil Goyette wurde crossgecheckt von Mikita ...

»Du liest schon wieder.«

»Du wolltest mir deinen Traum erzählen.«

»Ich weiß sehr wohl, was ich dir erzählen wollte, und ich werde zu gegebener Zeit dazu kommen. Ich wußte nicht, daß wir es so eilig haben. Mann, hast du heute nacht einen Krach gemacht, als du endlich da warst. Das Spiel muß achtzehn Drittel gedauert haben statt drei, gemessen an der Uhrzeit, als du endlich gekommen bist, und wie hast du dein Hemd zerrissen, möchte ich wissen. Nein. Ich möcht's lieber nicht wissen. Aber da fällt mir ein, dein Verhalten, ich muß dich um etwas bitten. Am Freitag abend gehen wir zu meinen Eltern zum Sabbatessen, und diesmal kommst du mit. Oh, ich weiß, es ist eine große Zumutung, du mußt einen Anzug anziehen, aber mein Vater hat immer die besten Maltwhiskys, nur um dir eine Freude zu machen. Ach, wie konnte ich's nur vergessen. Das neue Mädchen hat ihn beim letztenmal, als du dabei warst, mit Eis serviert. Kopf ab, oder? Ich könnte mir auf die Zunge beißen, weil ich dumm genug war und dir gesagt habe, daß meine Mutter Pfeifen am Tisch nicht ausstehen kann. Du tust es nie, nicht hier, nirgendwo. Nie, nie. Aber am Freitagabend, kaum sind wir mit dem gefilten Fisch fertig, tust du so, als würdest du für die ›Ed Sullivan Show‹ üben. Würdest du also bitte, bitte, bitte am nächsten Freitag bei Tisch weder ›Mairzy Doats‹ noch ›Bongo, Bongo, Bongo, I Don't Want to Leave the Congo‹ oder irgendein anderes blödes Lied von Spike Jones pfeifen? Du findest das lustig? Du mußt darüber lachen? Verdammte Scheiße. Mein Vater wartet noch immer auf die Ergebnisse der Biopsie, und wenn sie positiv sind, weiß ich nicht, was ich tun werde. Ich glaube, ich werde sterben. Wo war ich?«

»Du warst sechzehn mit einem Pferdeschwanz.«

»Das war das Jahr, als es im Tempel mir zu Ehren das Abendessen mit anschließendem Tanz gab. Ich trug ein weißes Taftkleid von Bergdorf-Goodman mit farblich passenden Handschuhen und Seidenstrümpfe und hochhackige Schuhe. Als mein Vater mich sah, schossen ihm Tränen in die Augen. Mr. Bernard und seine Frau kamen zum Essen und die Bernsteins und die Katanskys und …«

»Was gab's zum Essen?« fragte ich und lächelte drohend.

»Bist du sarkastisch?«

»Ich bin interessiert.«

»An etwas, was mir etwas bedeutet? Na klar. Und du hast es auch nie mit diesen *schicksen*, diesen sogenannten Schauspielerinnen, getrieben, und letzte Nacht hast du auch keinen Tropfen getrunken. Richtig? Falsch. Also, zu deiner Information, Monsieur Henri hat für das Essen gesorgt, keine Kosten wurden gescheut. Er war ein sephardischer Jude aus Marokko, aber nicht einer dieser schmierigen. Er war außerordentlich höflich. Sehr distinguiert. Wurde ihm eine Dame vorgestellt, küßte er ihr die Hand, ohne sie wirklich zu berühren. Und dann stellte sich heraus, daß sein einziger Sohn Epileptiker war, und das hat ihm das Herz gebrochen. Er fing an zu trinken, und mit seinem Geschäft ging es bergab. *Schau mich nicht so an. Verschone mich.* Ich weiß, daß der Schnaps dich nicht am Arbeiten hindert. Jedenfalls noch nicht. In deinem Fall würde ich sogar sagen, daß es deine Arbeit ist, die dich am Trinken hindert. Keine Reaktion? Was muß ich tun, damit du lächelst? Einen Kopfstand machen? Im Schaufenster von Eaton's meinen Slip ausziehen? Etwas, was diese junge Schauspielerin, die du so magst, diese Solange, nie tun könnte. Wie ich gehört habe, trägt sie keine Unterwäsche, und vor mir sitzt der Mann, der das sicherlich auf die eine oder andere Weise bestätigen kann. Ja? Nein? Egal. Damals jedenfalls florierte Monsieur Henris Unternehmen, und er sorgte für das Essen bei vielen Feiern, auch nichtjüdischen. Alte Familien in Westmount, die nie einen Juden in ihre Clubs aufgenommen hätten, auch keinen so kultivierten wie meinen Vater, heuerten ihn für die Partys ihrer Töchter und andere soziale Anlässe an, über die auf der Gesellschaftsseite der *Gazette* berichtet wurde. Ach, schau dich bloß an. Schon wirst du ungeduldig. Ich komm besser zum Wesentlichen, stimmt's? Oder du wirst demnächst dringend auf die Toilette müssen, *mit der Zeitung*, aber zufällig weiß ich, daß du heute morgen schon warst, und ich weiß auch, *wie*. Würdest du also bitte das nächste Mal sprühen, dafür ist die Sprayflasche nämlich da. Betrachte es doch einmal folgendermaßen. Nicht jede Flasche ist zum Trinken. Wie üblich kein Lächeln. Kein Hahaha. Du findest es nicht witzig. Nur du kannst Witze machen. Okay, okay. Tara-tara-tara. Die Speisenfolge. Wir fingen mit *foie de poulet* an, serviert in einem Gurkenboot und umgeben von Picklesscheiben und Blumenblüten. Meine Tante Fanny wußte nicht, daß es Blüten waren, und aß sie alle auf, und das war jahrelang ein Familienscherz. Mein Vater ging mit uns zum Essen ins Café Martin, mitten auf dem Tisch stand eine Vase mit Blumen, und er zwinkerte und sagte: ›Gut, daß Tante Fanny nicht dabei ist.‹

Die Jungen waren wie Beduinen angezogen und gingen von Tisch zu Tisch mit Körben voller Schokolade-, Zimt-, Himbeer- und Zitronenbagels, wie sie niemand zuvor gegessen hatte. Sie waren Monsieur Henris Erfindung. Die Suppe war eine Art Bouillon, aber wie sie duftete, darin schwammen winzig kleine herzförmige Bällchen aus gehacktem Kalbfleisch, in einer Hülle aus hauchdünnem Teig. Dann gab es ein kleines Minzsorbet, um den Gaumen zu erfrischen, und ein paar der älteren Gäste begannen zu murren, weil sie dachten, das Essen wäre vorbei, und sie würden keinen Hauptgang bekommen. Der Hauptgang war Lammrücken auf einem Kuskusbett, garniert mit gebackenen Apfelscheiben. Danach gab es entkernte Datteln, Pekannüsse, geviertelte frische Feigen, in Schokolade getauchte Erdbeeren, alles in einer Schale aus Biskuitteig, die geformt war wie ein Jagdhorn.«

... von Mikita früh im ersten Drittel ...

»Mein Vater schenkte mir einen Onyxring und eine Perlenkette mit dazugehörendem Armband und Ohrringen. Ich habe es bei Birk schätzen lassen, schau mich nicht so an, ich bin nicht geldgierig, ich mußte es wegen der Versicherung schätzen lassen, und alles zusammen war tausendfünfhundert Dollar wert, und das war 1947, nicht heute. Er schenkte mir auch ein Frisierset aus Sterlingsilber von Mappin und Webb, das immer noch auf meiner Kommode liegt, und bitte stell darauf keine Whiskygläser mehr ab, sie hinterlassen Ringe auf dem antiken Leder, nicht daß es dir was ausmachen würde. Meine Großmutter schenkte mir meine erste Nerzjacke mit dazugehörendem Muff, wer trägt so was heute noch? Aber ich würde sie um nichts in der Welt hergeben. Du liest schon wieder.«

»Tue ich nicht.«

»Warum hast du dann gerade jetzt die Kaffeetasse weggeschoben?«

»Weil ich etwas verschüttet habe.«

»Eine Frage könntest du mir beantworten. Am Donnerstag abend gehst du zu einem Eishockeyspiel, du bist dabei, du weißt, wer die Tore geschossen hat, aber am nächsten Morgen liest du als erstes den Sportteil. Warum? Meinst du, das Ergebnis in der *Gazette* ist ein anderes?«

»Du wolltest mir deinen Traum erzählen.«

»Du interessierst dich nicht für meinen Traum.«

»Natürlich interessiere ich mich dafür.«

»Weil er von dir handelt?«

»Ich habe nicht damit angefangen.«

»Weißt du, was mich interessieren würde? Sylvia Hornstein hat dich vor zwei Wochen in der Wäscheabteilung von Holt Renfrew gesehen und behauptet, beobachtet zu haben, wie du ein Negligé aus Seide gekauft hast und es als Geschenk hast verpacken lassen, und dann – und das finde ich besonders interessant – hast du es noch in braunes Papier einwickeln lassen, als ob du es verschicken wolltest. Es war also offenbar nicht für mich. Für wen dann?«

»Also ...«

»Mann, das wird eine Geschichte!«

»... Irv Nussbaums Hochzeitstag steht bevor, und er rief mich aus Calgary an und bat mich, es für seine Frau zu kaufen und es ihr zu schicken.«

»Lügner, Lügner, Lügner.«

»Das ist unerhört.«

»Welche deiner sogenannten Schauspielerinnen hat es letzte Nacht für dich getragen? Du bist erst um vier Uhr nach Hause gekommen.«

»Zufälligerweise war ich letzte Nacht mit John und Zack unterwegs, und das kannst du nachprüfen, wenn dir danach ist.«

»Fahr zur Hölle«, sagte sie und sprang auf.

... es waren die blitzschnellen Habs, die den Hawks zeigten, was ein Spiel ist. Zuerst versorgte Big Jean Beliveau Dickie Moore auf engem Raum, dann gab Boom-Boom einen 15-Meter-Schuß auf Glenn Hall ab, den der Torhüter der Hawks gern zurückhaben würde, und schließlich stürmte Beliveau, der einen langen Paß von Doug Harvey aufgenommen hatte, ganz allein auf Hall los. Peng, peng, peng, und es stand 5:1 für die Guten.

14

Die zweite Mrs. Panofsky klopfte an die Tür der Dusche. »Telefon«, sagte sie. »Dein Vater.«

Izzy sagte: »Du wolltest mich heut abend zum Eishockey mitnehm? Große Sache. Die verdammtn Rangers. Hast wahrscheinlich niemand sonst gefundn. Tja, ich kann nich. Und du kannst auch nich.« Dann hielt er inne, um sich die Nase zu putzen. »Es is vorbei.«

»Was ist vorbei?«

»Das Leiden deiner armen Mutter. Sie is letzte Nacht im Schlaf gestorbn, und ich bin todunglücklich.«

»Komm mir nicht damit.«

»He, sei ein bißchen respektvoller. Du hättest se sehen solln, als wir frisch verheiratet warn. Sie war ne Nummer. Über die Jahre hattn wir unsere klein Reibereien, wer hat die nich, aber sie hat das Haus immer saubergehaltn. In der Hinsicht hatt ich kein Grund zur Klage.«

Aber ich hatte in mancherlei Hinsicht Grund zur Klage. Mein Vater war selten zu Hause, als ich ein Kind war. Zum Abendessen gab es meistens Makkaroni mit Käse, und zu besonderen Gelegenheiten machte sie Wiener Würstchen heiß und servierte sie mit einer Pyramide aus klumpigem Kartoffelbrei, bestreut mit Cornflakes. Etwas Gutes hat sie jedoch für mich getan, sie hat mich bei Mr. Jeepers Creepers, der zweimal wegen sexuellen Mißbrauchs von kleinen Jungs angeklagt war, Steptanz-Unterricht nehmen lassen. Ihre größte Hoffnung war, daß ich in *Major Bowes' Amateur Hour* auftreten und entdeckt werden würde, aber sie verlor das Interesse, als ich beim Vortanzen für eine Show durchfiel. Nur einmal bin ich ihr richtig nahegekommen, das war, als sie schon krank und im Pflegeheim war. Ich schloß die Tür ihres Zimmers, setzte meinen Strohhut auf, wirbelte meinen Stock herum, steppte um ihr Bett und sang dazu »Shoofly Pie and Apple Pan Dowdy« oder »Ac-cent-tchu-ate the Positive«, auch eins ihrer Lieblingslieder. Sie kreischte und klatschte in die Hände, während ihr Tränen über die Wangen liefen. Meine Stimmung schwankte zwischen der Genugtuung, meiner Mutter endlich einmal Freude zu machen, und Wut, weil sie so verdammt dumm war.

Izzy weinte bei der Beerdigung, wenn auch nur wegen ihrer zwei Brüder und deren Frauen, die aus Winnipeg angereist waren, woher meine Mutter stammte. Meine Onkel, die ich seit meiner Bar-Mizwa nicht mehr gesehen hatte, waren angesehene Männer. Milty war Kinderarzt, Eli Anwalt, und beide erwärmten sich sofort für die zweite Mrs. Panofsky. »Wenn ich recht informiert bin«, sagte Onkel Eli zu ihr, »ist Ihr Vater ein guter Freund von Mr. Bernard. Er wird nächste Woche bei einer Wohltätigkeitsveranstaltung in unserer Synagoge reden. Sagen Sie Ihrem Vater, wenn ich behilflich sein kann, stehe ich Mr. Bernard zur Verfügung.«

Die zweite Mrs. Panofsky erklärte hastig, daß sich ihre Eltern auf Europareise befänden, sonst wären sie selbstverständlich zur Beerdigung gekommen.

»Sollte Ihr Vater jemals geschäftlich nach Winnipeg müssen, so hat er dort einen Freund. Richten Sie ihm das bitte aus.«

Meine Onkel hatten meinen Vater nie gemocht, und für meine Mutter, die sie für den Familienidioten hielten, schämten sie sich. Trotzdem fragte Onkel Milty meinen Vater: »Wo wirst du Schiwa sitzen?«

»Meine eigene Philosophie – persönlich gesprochn – is modern«, sagte Izzy. »Ich hab nix übrig für religiösn Hokuspokus.«

Erleichtert beschlossen meine Tanten und Onkel, sofort zurückzufliegen. Ich brachte die zweite Mrs. Panofsky nach Hause und fuhr mit meinem Vater zu Dink's, wo wir auf Panofsky-Art miteinander trauerten. Erst als wir schon einiges gekippt hatten, fing mein Vater an, zu schniefen und sich mit einem schmutzigen Taschentuch die Augen zu tupfen. »Ich werd nich wieder heiratn. Nie wieder.«

»Wer zum Teufel würde sich auch mit einem alten Knacker wie dir zusammentun?«

»Du würdst dich wundern, Junge. Se hat dich geliebt, weißte. Als se schwanger war, du warst ein Unfall, weißte.«

»Ach?«

»Se war schwanger und hat sich Sorgen um ihre Figur gemacht. Ich hab gesagt, wenn du ne Abtreibung willst, kann ich das arrangiern. Nee, hat se gesagt. Se wollt dich Skeezix nenn, nach dem Jungn in ›Gasoline Alley‹, aber da hab ich aufn Tisch gehaun, und wir ham uns auf Barney geeinigt, nach *Barney Google*.«

»Soll das heißen, daß ich nach einer Figur aus einem Comic strip benannt wurde?«

»Se hat gehofft, daß du mal beim Radio Karriere machst.«

»Wie Charlie McCarthy oder Mortimer Snerd?«

»Komm schon. Das warn Blödmänner. Junge, auch ein Werbespot im kanadischen Radio hätt ihr gefalln. Se hat nie ne ›Happy-Gang‹-Show versäumt, erinnerste dich? Bert Pearl. Kay Stokes. Die ganze Bande.«

»Brauchst du Geld, Daddy?«

»Ich bin gesund, und Gesundheit kann man sich nich mit Millionen kaufn. Was ich brauch, is ein Job. Ich war beim Bürgermeister von Côte St.-Luc. Na, was is? hab ich gesagt. Izzy, hat er gesagt, ich bin Jude, und der Stadtrat is Jude. Es würd nich gut aussehn, wenn wir auch noch nen jüdischen Polizisten hättn. Die Gojim würdn reden. Du weißt doch, wie se sin. Und recht hat er. Als ich ein Kind war, hab ich gemerkt, daß sogar Al Jolson ziemlich unbeliebt war. Er is kein richtiger Nigger, ham se gesagt. Is alles Schminke.«

»Daddy, ich wüßte nicht, was ich ohne dich tun würde. Du brauchst keinen Job. Ich laß unseren Keller in eine Wohnung für dich umbauen.«

»Ja, klar. Deine Olle wird begeistert sein.«

Wie Izzy vorausgesehen hatte, reagierte die zweite Mrs. Panofsky wütend, als ich ihr mitteilte, daß ich den Keller in eine Wohnung für ihn umbauen lassen würde. »Ich will dieses Tier nicht hier haben«, sagte sie.

»Er ist mein Vater. Mir ist es nicht recht, daß er in seinem Alter allein in einem kleinen Zimmer zur Miete lebt.«

»Wie würde es dir gefallen, wenn mein Vater einzöge? Er ist so krank, wenn er mich einen Tag mal nicht sieht, fühlt er sich richtig elend.«

Der Umzug aus der schmutzigen Pension in der Dorchester in eine blitzsaubere, mit allen Schikanen ausgestattete Wohnung in einer baumbestandenen Straße in Hampstead schüchterte meinen Vater nicht ein. Er machte es sich sofort gemütlich. Binnen weniger Wochen stank seine Küche nach alten Furzen und Zigarren Marke Weiße Eule, und auf Papptellern schimmelte chinesisches Essen. Auf jedem Wohnzimmerstuhl lag ein Stapel Zeitschriften und Zeitungen (*True Detective, National Enquirer, Police Gazette, Playboy*[25]), die Ecken der Umschlagseiten riß er ausnahmslos ab und verwendete sie als behelfsmäßige Zahnstocher, während er »Perry Mason« oder »Have Gun, Will Travel« ansah. Sein Bett machte er nie, und die Aschenbecher quollen über vor Orangenschalen, Sonnenblumenkernen, Essiggurkenzipfeln und Zigarrenstumpen. Überall standen leere Bier- und Whiskyflaschen herum.

Standhaft weigerte ich mich, die Bitte der zweiten Mrs. Panofsky zu erfüllen und ein Schloß an der Küchentür anzubringen, zu der mein Vater über die Hintertreppe Zugang hatte. Armer Izzy. Der unerschrockene Polizist, der Schränke von Männern zu Bo-

25 Die erste Ausgabe des *Playboy* erschien erst im Dezember 1963.

den gerungen, Bankräuber gejagt, Drogenhändler mit seinem linken Haken flachgelegt und Gewalttätern mit seinem Revolvergriff den Schädel eingeschlagen hatte, fürchtete die zweite Mrs. Panofsky mehr als alle Gesetzesbrecher. Nur wenn er außer mir niemanden hörte, stieg Izzy auf Zehenspitzen die Treppe rauf, öffnete vorsichtig die Küchentür und fragte: »Is die Luft rein, Junge?«

»Sie ist weg.«

Izzy griff sich dann ein Glas und steuerte geradewegs den Barschrank im Eßzimmer an.

»Vorsicht, Daddy. Sie markiert den Flüssigkeitspegel jeder Flasche mit einem Bleistift.«

»He, du redest mit nem Kriminalen.«

»Wenn ich mir dieser Tage einen Maltwhisky einschenke«, sagte ich und sah ihm in die Augen, »brauche ich kein Wasser mehr dazuzutun. Das hat schon jemand für mich gemacht.«

»Es is das neue Mädchen. Mann, is die prüde.«

»Verdammt noch mal, Daddy, du hast doch nicht ...«

»Ich hab se nich angerührt, egal, was se sagt.«

Izzy mochte besonders die Mittwochabende, wenn die zweite Mrs. Panofsky ihre Eltern besuchte, um meiner wöchentlichen Pokerrunde zu entgehen. Normalerweise waren Marv Guttman, Sid Cooper, Jerry Feigelbaum, Hershey Stein und Nate Gold dabei. Ein Mittwoch ist mir unvergeßlich, als Irv Nussbaum für den verhinderten Nate Gold einsprang. Irv mischte und strahlte Marv an. »Also, wie hat es dir und Sylvia in Israel gefallen?«

»Es ist unwirklich. Es war eine tolle Zeit. Ich sag euch, was die dort tun ...«

»Was die dort tun«, sagte Irv und sprach die gesamte Runde an, während er austeilte, »kostet ungezählte Millionen, und dieses Jahr muß sich jeder, und ich meine wirklich jeder, engagieren wie nie zuvor.«

»Es war ein mieses Jahr für uns«, sagte Hershey.

»Das schlechteste bislang«, sagte Jerry.

»Und bei den Kosten heutzutage«, sagte Marv.

»Und was«, fragte Irv, »ist mit den Kosten des Kampfes gegen die Fedajin oder mit den Kosten für die Aufnahme unserer Brüder aus dem Jemen?«

Als binnen einer Stunde das Spiel ins Stocken geriet und alle empört zusahen, wie Irv eine Kristallglasschüssel mit Spielmarken zu sich heranzog und sie der Farbe nach zu sortieren und aufzustapeln begann, wurde mir zu spät klar, daß es ein Fehler gewesen war, Irv einzuladen. Es waren nicht seine Chips, aber auf sein Beharren hin repräsentierten sie jeweils zehn Prozent des Einsatzes jeder Runde, die an die Ben-Gurion-Universität im Negev gehen sollten. Irv verwaltete die Bank.

»Er ruht nie«, sagte Hershey und starrte Irv finster an.

»Ebensowenig«, sagte Irv, »wie unsere Feinde.«

Um zehn Uhr hatte keiner mehr Spaß am Spiel. Und nach einer weiteren Runde beschlossen die Jungs – extrem früh für unsere Verhältnisse –, aufzuhören und sich auf die Leckerbissen zu stürzen, die ich auf einem Beistelltisch angerichtet hatte: geräuchertes Fleisch, Salami, Leberpastete, Kartoffelsalat, Pickles, Bagels und in Scheiben geschnittenes Kümmelbrot. Irv zählte noch einmal die Chips in der Kristallglasschüssel und verkündete anschließend: »Wir haben dreihundertfünfundsiebzig Dollar für die Ben-Gurion-Universität im Negev gesammelt. Wenn jeder noch zwanzig Dollar drauflegt, haben wir glatte fünfhundert.«[26]

In diesem Augenblick stürzte Izzy ins Zimmer, angelockt von Speis und Trank, und fuchtelte grinsend mit seinem Revolver herum. »Keine Bewegung«, schrie er und entsicherte die Waffe. »Das is ne Razzia.«

»Daddy, um Himmels willen, der Witz hängt mir zum Hals raus. Er ist ausgesprochen blöd.«

Wutschnaubend, eine aufgeweichte Weiße Eule im Mund, ließ sich Izzy auf den Stuhl sinken, der den Platten mit dem Essen am nächsten stand. »Ich hab drei Waffn im Haus.« Er mied meinen vorwurfsvollen Blick und zog die Platte mit dem geräucherten Fleisch zu sich heran, langte nach einer Gabel und begann, sich fette Stücke auf eine Scheibe Kümmelbrot zu schichten. Die mageren Fleischscheiben schob er beiseite. »Se sin gut versteckt, verteilt, versteht ihr? Kommt hier jemand uneingeladn rein, Mann, wenn er will, verpaß ich ihm ein paar Luftlöcher.« Dann begab er sich auf einen Ausflug auf der Straße der Erinnerung. »Wißt ihr, was ich während

26 375 Dollar plus 6 mal 20 Dollar macht eigentlich 495 Dollar.

der Depression verdient hab? Zwölfhundert Dollar im Jahr, mehr nich, und wetten, soviel ham einige von euch heut abend verlorn. Konnt ich davon lebn? Gute Frage. Ihr dürft nich vergessn, ich hatt nen Dienstwagn. War mir nach ner Mieze, ging das immer auf Kosten des Hauses«, sagte Izzy. Und dann steuerte er mit dem wackligen Sandwich in der Hand zum Barschrank und goß sich einen kräftigen Schuß Crown Royal in sein Ginger Ale. »Wenn man irgendwo hinkommt, wußtn die Leute, daß man Kriminaler is, sie freutn sich, mich zu sehn, versteht ihr? In Metzgereien, besonders in koschern, oder Lebensmittelläden warn se meistens froh, wenn ich auftauchte. Vor allm, wenn se Hilfe brauchtn. Se überhäuftn ein mit Sachen, gratis. Auch Kleiderfirmen, vielleicht brauchtn se ein, um zu ermitteln, zum Beispiel um nen Angestellten zu erschrecken, der ne Gewerkschaft oder so n Scheiß gründn wollt. Mir hat die Depression überhaupt nix ausgemacht.« Und dann, das riesige Sandwich in einer Hand, das Ginger Ale mit Whisky in der anderen, eine Essiggurke zwischen den Zähnen, zwinkerte Izzy mir zu und zog sich in seine Kellerwohnung zurück.

»Der ist vielleicht ne Nummer«, sagte Jerry.

»Sag mal, Marv«, fragte Irv, »hattet ihr unterwegs nach Israel einen Zwischenstopp in Europa?«

»Paris.«

»Man sollte sein Geld nicht in Europa ausgeben. Schon gar nicht in Frankreich. 1943[27] haben sie dort so viele jüdische Kinder für die Gaskammern zusammengetrieben, daß sogar die Gestapo es kaum schaffte.«

Um Ärger zu vermeiden, eilten alle zu ihren Manteln und flohen. Ich stellte mich oben auf die Treppe, die zur Wohnung meines Vaters führte, und rief: »Du bist ein Schwein, ein *chaser*, und ich durchschaue deine kindischen Tricks.«

Ich hörte Latschen auf den Stufen schlurfen, und mein Vater kam herauf, das Gesicht aschfahl. Manchmal sah er aus wie fünf-

27 Am 16. Juli 1942 trieben Tausende französischer Polizisten 13 000 Juden in Paris zusammen, darunter Behinderte, schwangere Frauen und 3000 Kinder. Die Juden wurden ohne etwas zu essen oder zu trinken in das Winter-Vélodrome gesperrt, wo sie auf ihre Deportation in ein Todeslager warten mußten. Die Aktion war Teil eines Abkommens zwischen Pierre Laval vom Vichy Regime und den Nazis, die so viele Juden nur mit größter Mühe auf einmal transportieren konnten.

zig, seine Kraft schien unerschöpflich, und dann wieder wirkte er uralt und kaputt, wie jetzt. »Alles in Ordnung, Daddy?« fragte ich.

»Sodbrennen.«

»Wundert mich nicht, bei dem Sandwich, das du dir einverleibt hast.«

»Kann ich ein Alka-Seltzer haben, oder hat sie die weggeschlossen?«

»Fang bitte nicht damit an, Daddy. Ich bin müde«, sagte ich entnervt und löste ein Alka-Seltzer auf.

Izzy nahm das Glas, schüttete das Alka-Seltzer hinunter und rülpste laut. »Barney«, sagte er mit zittriger Stimme, »ich liebe dich.« Und plötzlich, ohne Vorwarnung, weinte er.

»Was ist los, Daddy? Bitte, sag's mir. Vielleicht kann ich dir helfen.«

»Niemand kann mir helfen.«

Krebs. »Hier, nimm, Daddy.«

Mein Vater nahm das Taschentuch, putzte sich die Nase und trocknete sich die Augen. Ich streichelte seine Hand und wartete. Endlich hob er das tränenverschmierte Gesicht und sagte: »Du kannst dir gar nich vorstelln, wie es is, wenn man nich mehr regulär vögeln kann.«

Nicht schon wieder, dachte ich und zog wütend meine Hand zurück, während Izzy neuerlich den Weggang von Madame Langevin, unserer ersten Haushaltshilfe, beklagte. »Achtundvierzig Jahre alt«, sagte er niedergeschlagen, »und Brüste hatte sie«, erinnerte er mich und klopfte dabei mit den Fingerknöcheln auf die Platte der Küchentheke, »so fest wie die.«

Madame Langevin war von der zweiten Mrs. Panofsky, sobald sie es herausgefunden hatte, trotz meiner Einwände entlassen worden. Unser neues Mädchen von den Westindischen Inseln durfte nur in die Kellerwohnung, wenn Izzy nicht zu Hause war.

»Daddy, bitte geh jetzt ins Bett.«

Aber er stand bereits wieder vor der Bar und genehmigte sich ein weiteres Ginger Ale mit Whisky. »Deine Mutter, sie ruhe in Friedn, hat schrecklich unter Blähungen gelittn. Was hat se in ihrn letztn Jahrn zusammengehaltn? Draht und Fäden. Nähte. So viele Operationen. Scheiße. Ihr Bauch war kreuz und quer zersäbelt wie das Eis im letztn Drittel.«

»Das ist nicht unbedingt passend«, erwiderte ich.

Izzy, der betrunkener war, als ich dachte, umarmte mich, küßte mich auf beide Backen, seine Augen schwammen schon wieder in Tränen. »Gib nich auf, Barney. Genieß das Leben, solange du kannst.«

»Du bist ein widerlicher alter Mann«, sagte ich und machte mich los.

Izzy schlurfte zur Treppe, blieb stehen und wandte sich noch einmal mir zu. »Himmel. Die Garagentür. Das is ihr Wagen. Die Gräfin von Outremont is zurück. Bis bald, Junge.«

Zehn Tage später starb er in einem Massagesalon an einem Herzinfarkt.

15 An einem lauen Sommerabend 1973 war ich mit einer strahlenden Miriam, mittlerweile die Mutter unserer drei Kinder, beim Essen, und wie alle Welt damals diskutierten wir hitzig über die im Fernsehen übertragenen Watergate-Hearings, die wir den ganzen Nachmittag verfolgt hatten. »Die Tonbänder werden ihn Kopf und Kragen kosten«, sagte sie. »Er wird zurücktreten müssen.«

»Den Teufel wird er tun. Der Dreckskerl wird auch das überstehen.«

Natürlich behielt sie recht, wie immer. Und ich lag ihr wie immer mit meinen Bürosorgen in den Ohren. »Ich hätte Marty Klein nie damit beauftragen sollen, die Drehbücher zu schreiben.«

»Ich sag's nicht gern, aber ich habe dich gewarnt.«

»Aber seine Frau ist schwanger, und er hat bei CBC gekündigt, um zu mir zu kommen. Ich kann ihn nicht feuern.«

»Dann befördere ihn. Mach ihn zum leitenden Produzenten oder Vizepräsidenten mit dem Zuständigkeitsbereich Aschenbecher. Alles, solange er nicht schreibt.«

»So etwas kann ich nicht tun«, entgegnete ich.

Ich brauchte wie immer drei Tage, um Miriams Rat zu verdauen, und dann tat ich genau das, was sie vorgeschlagen hatte, und verkaufte es als meine Idee. Andere Paare machten sich über uns lustig. Wir gingen zu einer Party und standen schließlich zu zweit in einer Ecke oder saßen auf der Treppe, plauderten miteinander und ignorierten alle anderen. Und Miriam kam immer mal wieder Klatsch zu Ohren. Sie war mit einer ihrer sogenannten Freundinnen, die damals in einen häßlichen Scheidungsprozeß verwickelt war, zum Mittagessen verabredet. Diese Freundin erzählte ihr: »Ich dachte, Barney hätte nur Augen für dich. Zumindest behaupten das die Leute. Werd jetzt bitte nicht wütend auf mich, aber ich weiß aus Erfahrung, daß man selbst es nicht als letzte erfahren sollte. Dorothy Weaver – du kennst sie nicht – hat ihn letzten Mittwoch auf Johnsons Cocktailparty gesehen. Und da hat dein dir treuergebener Mann eine Frau angemacht. Auf sie eingeredet. Ihr ins Ohr geflüstert. Ihr den Rücken massiert. Sie sind zusammen gegangen.«

»Ich weiß.«

»Gott sei Dank, denn ich wollte dich wirklich nicht aufregen.«

»Meine Liebe, die Frau war ich, und von dort sind wir ins Ritz und haben Champagner getrunken. Und dann, aber bitte erzähl's nicht weiter, bin ich sogar mit ihm nach Hause gegangen.«

Wir aßen im La Sapinière in Sainte Adèle zu Abend. Während Miriam die Speisekarte studierte, brachte ich ihre Wangen zum Erröten, indem ich unter dem Tisch ihren seidenen Oberschenkel streichelte. Oh, was für glückliche Tage! Was für hinreißende Nächte! Ich neigte mich zu ihr, um an ihrem Ohr zu knabbern, als ich spürte, wie sie plötzlich erstarrte. »Schau«, sagte sie.

Ausgerechnet Yankel Schneider hatte soeben mit zwei Freunden das Lokal betreten, nur daß er diesmal nicht an unserem Tisch stehenblieb, um mich aus gutem Grund zu beschimpfen. Aber sein Auftauchen erinnerte Miriam und mich an das alles entscheidende Mittagessen im Park Plaza in Toronto, in dessen Verlauf wir ihm zum letztenmal begegnet waren. An das Essen, das bereits als Katastrophe begann. Bei dem ich mich ungeheuer lächerlich machte. Im nachhinein amüsierten wir uns köstlich über diese Episode, die zu einem beliebten Teil unserer Familiengeschichte geworden war. Eine Episode, die unsere Kinder, wenn auch in redigierter Form, heiß und innig liebten.

»Und was ist dann passiert?« fragte zum Beispiel Saul.

»Erzähl's ihm, Miriam.«

»Den Teufel werd ich tun.«

Aber an dem Abend in Sainte Adèle erfüllte mich Yankels Anwesenheit noch immer mit Schuldgefühlen. Verstohlen blickte ich zu ihm, aber ich sah nicht den Mann Anfang Vierzig, sondern den zehnjährigen Schuljungen, dessen Leben ich zu einem Jammertal gemacht hatte. »Ich verstehe immer noch nicht, warum ich ihn so gequält habe. Wie konnte ich nur so grausam sein.«

Miriam, die meinen Kummer spürte, ergriff meine Hand.

Oh, Miriam, Miriam, Sehnsucht meines Herzens. Ohne sie bin ich nicht nur einsam, sondern auch unvollständig. In unseren besten Zeiten konnte ich alles mit ihr teilen, auch die beschämendsten Augenblicke, von denen es zu viele gibt, als daß sie mich auf meine alten Tage noch heimsuchen würden. Den folgenden zum Beispiel. An dem Tag, an dem ich der *Gazette* entnahm, daß McIver den Literaturpreis des Generalgouverneurs gewonnen hatte – und der infolgedessen für mich ruiniert war –, schickte ich ihm einen kurzen Brief. *Einen anonymen Brief.* Ein paar Zeilen aus Dr. Johnsons *Eitelkeit der menschlichen Wünsche*[28]:

»Giert, ihr dumpfen Scharen, mit heilger Inbrunst«, schreit er,
»Nach Wohlstand, Titeln, Vergänglichkeit all das, nichts weiter;
Für diese *flüchtgen* Segnungen Verachtung ich doch nur empfinde.«
Kaum hat er dies gedacht, kommt aller Rat zu spät, er nicht verweilt,
Dies und mehr gibt er in Druck, geschwind er seinem Schicksal entgegeneilt;
Schon hat er den innig ersehnten Lorbeer nah vor Augen,
Der immergrüne Kranz auf seinem Haupt, der würd ihm taugen;
Eitle Jugend, sei gewarnt vor diesem Schicksal und sei weis,
Diese Träume waren *Settles* einst und *Ogilbys*.[29]

Ich war einst nicht nur ein Erzsadist, der sich darin gefiel, einen stotternden Klassenkameraden lächerlich zu machen, sondern auch

28 Das Zitat stammt aus dem Buch *The Young Author*, das Dr. Johnson im Alter von zwanzig Jahren schrieb.

29 John Ogilby ist längst vergessen, ebenso Elkanah Settle, einst der offizielle »Stadtdichter« Londons.

ein kleinmütiger Dieb. Als Junge gehörte es zu meinen Aufgaben, unsere Bettwäsche in die chinesische Wäscherei in der Fairmount Street zu bringen und wieder abzuholen. Eines Nachmittags fiel dem gebeugten bärtigen Mann vor mir, der eine Yarmulke trug, unbemerkt ein Fünfdollarschein auf den Boden, als er seine Rechnung zahlte. Ich stellte sofort den Fuß darauf und hob den Schein auf, kaum war er hinausgeschlurft.

In der fünften Klasse war ich es, der FUCK YOU, MISS HARRISON an die Tafel schrieb, aber Avie Fried wurde dafür eine Woche lang vom Unterricht ausgeschlossen. Unser Direktor, Mr. Langston, rief mich in sein Büro. »Ich bin verpflichtet, dich zu bestrafen, junger Mann, weil du wußtest, daß Fried der Übeltäter war. Ich bewundere jedoch deinen Schneid, daß du dich geweigert hast, einen Klassenkameraden zu verraten.«

»Danke, Sir«, sagte ich und streckte ihm die Hand hin, die Handfläche nach oben.

Ich habe große Schmach auf mich geladen. Als Sheila Ornstein, die in der besten Lage von Westmount wohnte, ihren sechzehnten Geburtstag feierte, war es kein Versehen, daß ich eine Lampe umwarf und einen Lampenschirm von Tiffany zerbrach. Ich tat es, weil ich sie für ihren Reichtum haßte. Klar, aber ich empörte mich, als vor ungefähr fünf Jahren irgendwelche Rüpel in mein Haus am See einbrachen und nicht nur den Fernsehapparat und andere tragbare Dinge klauten, sondern auch auf mein Sofa schissen. Bis zum heutigen Tag bin ich ein unbußfertiger Schweinehund, ein übelgesinnter Mann, der über die Fehler der mir Überlegenen jubelt.

Ein einschlägiges Beispiel.

Ich verstehe, warum unsere scharfsinnigsten Literaten etwas gegen die zeitgenössische Neigung der Biographen haben, die darin besteht, Genies auseinanderzunehmen. Tatsächlich aber erfreut mein Herz nichts so sehr wie die Biographie einer wahrhaft großen Persönlichkeit, in der der hinterhältige Verfasser nachweist, daß er oder sie unzweifelhaft ein Stück Scheiße war. Ich bin verrückt nach Berichten über diejenigen, die, wie dieser Freund von Auden schrieb (nicht MacNeice und auch nicht Isherwood, sondern der andere), »... eine Weile der Sonne entgegenschwebten/ und der klaren Luft ihre Ehre angedeihen ließen«.[30] Aber dabei über Leichen gingen, wie man jetzt, da die Fakten bekannt sind, weiß. Wie T. S. Eliot, der seine erste Frau ins Irrenhaus sperren ließ, womöglich weil sie es war, die ein paar seiner besten Zeilen geschrieben hatte. Oder ein Buch, das den ganzen Schmutz über Thomas Jefferson ans Tageslicht zerrt, der Sklaven und Sklavinnen hielt und der hübschesten von ihnen ein Kind machte, das er nicht anerkannte. (»Wie ist es möglich«, fragte Dr. Johnson, »daß wir die Sklavenschinder am lautesten nach Freiheit schreien hören?«) Oder das enthüllt, daß Martin Luther King plagiierte und zwanghaft weiße Frauen vögelte. Oder daß Admiral Byrd, einer der Helden meiner Kindheit, in Wahrheit ein glattzüngiger Lügner, ein grauenhafter Navigator und ein Luftreisender war, der so viel Angst vorm Fliegen hatte, daß er häufig betrunken war und andere die Maschine steuern mußten, und zudem ein Mann, der nie zögerte, unverdiente Lorbeeren einzustecken. Oder eins, das schildert, wie FDR Eleanor betrog. Oder nachweist, daß JFK *Zivilcourage* nicht selbst geschrieben hat. Oder daß Bobby Clarke Kharlamov mit dem Schläger gegen die Knöchel schlug und damit den besten Eishockeyspieler der unglaublichen Russen im ersten Thriller der Serie außer Gefecht setzte. Oder daß Dylan Thomas ein geborener Schnorrer war. Oder daß Sigmund Freud manche seiner Fallgeschichten mit eigenen Erfindungen aufpolierte. Ich könnte noch mehr Beispiele anführen, aber vermutlich wissen Sie bereits, worum es mir geht. Und meine Gesinnung wird von keinem geringeren Moralisten als Dr. Johnson bestätigt, der einst gegenüber Edmond Malone, einem Shakespeare-Kenner, über den Nutzen von Biographien verkündete:

> Wenn nur die erfreulichen Seiten eines Charakters gezeigt werden, sollten wir uns verzagt hinsetzen und es für vollkommen unmöglich erachten, sie in *irgendeiner* Hinsicht nachzuahmen. Die heiligen Männer der Feder schilderten die verwerflichen wie die tugendhaften Taten der Menschen; welches die moralische Wirkung hatte, daß die Menschheit nicht der Verzweiflung anheimfiel.

30 Stephen Spender, Zeilen aus »The Truly Great«, Seite 30, Collected Poems 1928–1985. Random House, New York, 1986.

In gebotener Kürze: Ich bin mir meiner Verfehlungen durchaus bewußt. Auch Ironie ist mir nicht fremd. Mir ist klar, daß ich – dem das unzusammenhängende Geplapper der zweiten Mrs. Panofsky Übelkeit verursachte – Hunderte von Seiten verbraucht und eine Abschweifung an die andere gereiht habe, um den Bericht über das folgenreiche Wochenende in den Laurentians hinauszuschieben, das mein Leben beinahe zerstört hätte und mir den Ruf eines Mörders einbrachte. Und dieser Ruf haftet mir in den Augen mancher Zeitgenossen noch immer an. Nun also endlich die Aufklärung. Abgang Boogie. Auftritt Detective-Sergeant Sean O'Hearne. Und ich schwöre, daß das, was folgt, die Wahrheit ist. Ich bin unschuldig. Ehrenwort. So wahr mir Gott helfe, wie man sagt.

16

Halt. Einen Augenblick noch. Ich komme gleich zum Haus (zu Boogie, O'Hearne, der zweiten Mrs. P. et cetera, et cetera). Ich verspreche es. Aber jetzt ist es Zeit für »Auf besonderen Wunsch«. Miriams Sendung. Verdammt. Irgend etwas scheint mit meinem Radio nicht zu stimmen. Vielleicht schwache Wie-heißt-das-Zeug-doch-gleich. Sie wissen schon, die Dinger, die für den Saft sorgen. Ich kann Miriam nur hören, wenn ich den Lautstärkeregler voll aufdrehe. Nichts funktioniert mehr richtig. Gestern abend war es mein Fernseher. Der Ton kam und ging. Als ich ihn endlich eingestellt hatte, klopfte es an der Tür. Es war der Sohn der Mieter unter mir. »Gehen Sie nicht ans Telefon, Mr. Panofsky?«

»Selbstverständlich gehe ich ans Telefon. Was gibt's, Harold?«

»Meine Mutter läßt fragen, ob Sie Ihren Fernseher vielleicht leiser stellen könnten.«

»Deine Mutter muß ein sehr empfindliches Gehör haben, aber gut, ich drehe leiser.«

»Danke.«

»Ach, Harold. Einen Moment.«

»Ja, Sir.«

»Eine knifflige Frage. Wenn dein Radio immer leiser wird, was glaubst du, woran liegt es? Es ist keins, das man in eine Steckdose steckt, sondern eins, das man von einem Zimmer ins andere mitnehmen kann ...«

»Ein tragbares.«

»Meine Worte, oder?«

»Tja, ich würde die Batterien austauschen.«

Als Harold gegangen war, goß ich mir einen Cardhu ein und sah nach, welche Filme spätabends im Fernsehen geboten wurden. Burt Lancaster in *Der rote Korsar. Der silberne Kelch* mit Paul Newman und Virginia Mayo. *FBI Girl* mit Cesar Romero, George Brent und Audrey Totter. Nein, danke, aber ich konnte nicht einschlafen. Und so fischte ich die zuverlässige Mrs. Ogilvy aus dem Nebel und erinnerte mich an den Sonntag, als sie sich von irgend jemandem einen Austin lieh und mich zu einem Picknick in den Laurentians einlud. Zu meinem Erstaunen gab mir meine Mutter tatsächlich etwas zu essen mit. Unsägliche, von ihr selbst erdachte Kreationen. Sandwiches mit Bananen und weichgekochten Eiern und andere Doppeldecker mit Sardinen und Erdnußbutter. »Denk dran, sei höflich«, sagte sie.

»Klar«, sagte ich und warf die Sandwiches in die Straße hinter unserem Haus.

Mrs. Ogilvy, eine zweifelhafte Fahrerin, rammte bei dem Versuch zu parken den Randstein. Sie trug ein ärmelloses Sommerkleid, das ihr zwei Nummern zu klein und vorne geknöpft war. Die Reifen quietschten, wenn sie vor einer roten Ampel auf die Bremse trat, öfter als einmal würgte sie den Motor ab und fuhr ruckartig wieder an, aber schließlich schafften wir es doch unversehrt aufs Land. »Hast du deine Badesachen mit?« fragte sie.

»Hab ich vergessen.«

»Himmel, ich auch.«

Sie langte zu mir, um mich zu streicheln, der Austin schlingerte auf die Gegenfahrbahn.

»Das ist Mr. Smithers' Auto. Er leiht es mir in der Hoffnung, daß ich mich bereit erkläre, in einer mondhellen Nacht mit ihm spazierenzufahren, aber mit dem würde ich mich nie und nimmer auf den Rücksitz quetschen. Er leidet unter Pyorrhöe.«

Auf einer Waldlichtung breiteten wir die Decke aus, und sie öffnete ihren Picknickkorb. Gentleman's Relish. Fischpaste. Oxford-Orangenmarmelade. Teekuchen. Zwei Schweinefleischpasteten. »Wir wollen jetzt ein Spiel spielen. Du stellst dich an den Baum da, dein *derrière* mir zugewandt, und dann zählst du bis *vingt-*

cinq en français. Ich versteck ein paar Süßigkeiten an meinem Körper, Schokolade mit einem ambrosischen Kern, und du mußt danach suchen und sie auflecken. Auf die Plätze, fertig, los. Und nicht gucken.«

Wie ich geahnt hatte, lag sie, als ich mich umdrehte, nackt auf der Decke, die Schokoladenstücke genau an den Stellen, an denen ich sie vermutet hatte. »Beeil dich. Sie schmelzen gleich, und die Angelegenheit ist jetzt schon très delikat.«

Ich versteifte mich, als sie sich zu winden und zu stöhnen begann, und als sie sich wieder beruhigt hatte, konnte ich mich endlich aufsetzen und mir mit der Hand den Mund abwischen. Völlig überraschend hob sie die Beine und versetzte mir mit dem Knie einen harten Schlag aufs Kinn. »Du weißt, und ich weiß, daß das hier niemals passiert ist. Schwindler. Das hast du dir alles nur ausgedacht, du kleiner Wichser, beschmutzst den guten Namen einer ehrenhaften Schullehrerin ... die in London geboren und aufgewachsen ist, die den Blitz, unsere schönste Stunde, überlebt hat, nur um sich in die Niederung dieser Dominion, in diese *tiefste Provinz* zu begeben, wo man Teebeutel benutzt ... Du hast das erfunden, weil du unter der *dégringolade* des Alters leidest und gehofft hast, dich zumindest genug aufzugeilen, um ein paar Tropfen auf das Laken zu vergießen. Mann, das passiert so selten, daß du sie in eine Flasche abfüllen solltest. Du hast dir dieses Picknick ausgedacht ...«

»Den Teufel hab ich. Sie haben mich auf eine ...«

»Richtig. Aber du bist nicht weiter gekommen, als mich auf deine gierige, unerfahrene Art zu begrapschen, als der Provinzler – dieser *habitant* – kam, der dieses Patois sprach, das hier als Französisch durchgeht, und sagte, wir befänden uns auf Privatgrund. Den Rest hast du erfunden, weil keine Frau, die diesen Namen verdient, dich auch nur noch eines Blickes würdigen würde, wenn die Wahrheit ans Licht käme, du verdorbener, schrumpfender, leberfleckiger, hühnerbrüstiger, nahezu taubstummer alter Jude. Du hast dir diese geile Geschichte ausgedacht, weil du die Wahrheit noch immer hinauszögerst und lieber alles mögliche hinkritzelst, als endlich zu erzählen, was damals im Sommerhaus geschah. Steh jetzt auf und pinkle ein paar erbärmliche Tröpfchen, die nicht einmal eine Pipette füllen würden. Armer Boogie.«

17 Ich habe nie den Kontakt mit Boogie verloren, der mir kurze kryptische Postkarten schickte, von wo immer er war. Marrakesch. Bangkok. Kioto. Havanna. Kapstadt. Las Vegas. Bogotá. Varanasi.

In Ermangelung einer *mikwe* gibt es immer den Ganges, in dem man sich reinigen kann. Habe Chester, Alfred gelesen. Green, Henry. Auch Roth, Joseph.

Oder eine Karte aus dieser Stadt in Kaschmir, wie immer sie heißt[31], wo die Drogensüchtigen nachtanken. Als Junge hatte ich eine Landkarte an meiner Schlafzimmerwand, auf der ich nach dem D-Day den Vormarsch der Alliierten in Europa verfolgte. Jetzt hatte ich einen Globus im Büro, um den Weg meines Freundes nachvollziehen zu können, den Weg dieses zeitgenössischen Pilgers durch seine ganz persönliche tiefe Verzweiflung. Seine Kurzgeschichten erschienen in unregelmäßigen Abständen in der *Paris Review*, in *Zero* und *Encounter*. Es war unausbleiblich, daß sich Boogie in einem Loft im Village niederließ und Stammkunde im San Remo und Lion's Head wurde. Frauen interessierten sich für ihn. Darunter, zum Erstaunen aller Beobachter, eines Abends auch Ava Gardner. Mit seinem Schweigen, das er nur für seine seltenen Bemerkungen brach, zog er die Aufmerksamkeit – nein, etwas, was nahezu Verehrung war – der jungen und der schönen Frauen auf sich. Eines Abends, als Jack Kerouacs Name fiel, murmelte er: »Energie reicht nicht aus.«

»Das ist keine Literatur«, sagte ich. »Das ist Fließbandarbeit.«[32]

Boogie verachtete auch Allen Ginsberg. Ich war zufällig dabei, als eine bezaubernde junge Frau, die unbedingt Eindruck schinden wollte, den Fehler beging, die ersten Zeilen von *Geheul* zu zitieren:

»Ich sah die besten Köpfe meiner Generation zerstört von
Wahnsinn,
hysterisch, nackt, verhungert
schleppten sie sich durch die Negerstraßen auf der Suche
nach einem wuterfüllten Schuß ...«

31 Srinagar.

32 Als erster machte allerdings Truman Capote diese berühmte Beobachtung.

»Die besten Köpfe? Namen, bitte«, entgegnete Boogie.

»Ich verstehe nicht.«

»Isaiah Berlin? Nein, der ist zu alt. Doch nicht etwa Mr. Trocchi?«

Zu Boogies Saufkumpanen gehörten regelmäßig Seymour Krim und Anatole Broyard. Boogie war das Gegenteil von Hymie Mintzbaum, nannte nie Namen, aber plötzlich tauchte vielleicht ein Brief aus Kuba auf, adressiert an Boogie c/o The Lion's Head, und er war von Ernest Hemingway. Oder John Cheever schaute vorbei und nahm ihn mit zum Mittagessen. Oder Norman Mailer oder William Styron kamen herein und setzten sich zu ihm oder erkundigten sich nach ihm, wenn er nicht da war. Billie Holiday suchte ihn nach ihrer katastrophalen letzten Tour durch Frankreich und Italien. Mary McCarthy fragte nach ihm. Und John Huston. Boogie wurde zur Legende, nachdem ein Exzerpt seines Romans, an dem er arbeitete, in der *New American Review* veröffentlicht wurde, aber ich wußte, daß er es ungefähr zehn Jahre zuvor in Paris geschrieben hatte. Boogie erwarb sich langsam den Ruf, der Autor des großartigsten modernen amerikanischen Romans zu sein, der erst noch geschrieben werden mußte. Leiter der besten Verlage in New York kamen, bewaffnet mit Scheckbüchern, und umwarben ihn. Einer von ihnen schickte eine Limousine, die Boogie zu einer sorgfältig inszenierten Dinnerparty in Southampton bringen sollte; aber Boogie besuchte lieber eine Freundin in Sag Harbor, und der Wagen traf ohne ihn vor der Datscha des Verlegers ein, was Boogies geheimnisumwobenen Nimbus noch vergrößerte. Ein anderer Verleger ging mit ihm zum Mittagessen in den Russian Tea Room. Er strich ihm Honig um den Mund und fragte: »Wäre es möglich, mehr von Ihrem Roman zu sehen?«

»Das wäre indiskret«, sagte Boogie und putzte sich die tropfende Nase. »Ich werde diese Erkältung einfach nicht los.«

»Vielleicht sollten wir mit Ihrem Agenten sprechen.«

»Ich habe keinen.«

Als sein eigener Agent, der beste, blieb Boogie unnachgiebig oder wechselte das Thema, wenn ihm großzügige Verträge angeboten wurden. Je länger er widerstand und sich weigerte, einen Vertrag abzuschließen, um so höher stieg sein Wert. Schließlich unterschrieb Boogie bei Random House und erhielt einen sechsstelligen Vorschuß, heute keine unübliche Summe, aber ich spreche von 1958, dem Jahr, in dem die Canadiens den dritten Stanley Cup in Folge gewannen und die Boston Bruins im fünften Spiel mit 5:3 endgültig schlugen. Geoffrion und Maurice Richard trafen im ersten Drittel, Beliveau und noch einmal Geoffrion im zweiten, und Doug Harvey traf blinden Auges mit einem heißen 13-Meter-Schuß im letzten. Es ist also doch alles in Ordnung mit dem Gedächtnis des alten Barney Panofsky, stimmt's? Spaghetti gießt man in ein Sieb. Die Namen der sieben Zwerge lauten Sleepy, Grumpy, Sneezy, Doc, Happy und die anderen beiden.[33] Das Weizmann-Institut ist in Haifa. Frederic Wakeman hat nicht *Der Mann im grauen Flanell* geschrieben, es war der andere Typ.[34] Napoleon wurde in der Stadt besiegt, über die Spike Jones dieses Unsinnslied geschrieben hat:

> Die Tochter des Perlentauchers ist sie,
> am liebsten verläßt sie das Wasser nie,
> WATERLOO …

Um Boogie ging es. Er verschleuderte einen Teil des Gelds an Blackjack- und Chemin-de-fer-Tischen, und den Rest vertrank er, zog ihn die Nase hoch und spritzte ihn sich in den Arm, und als er die Vene nicht mehr fand, spritzte er sich in den Knöchel und sogar in die Zunge. Dann kam der Tag, an dem er mich in meinem Büro anrief. Wäre ich mit der Gabe des Hellsehens gesegnet, hätte ich sofort wieder aufgelegt. Aber ich tat es nicht.

»Ich hätte gern für eine Weile dein Sommerhaus«, sagte er. »Ich versuche, aufzuhören. Kannst du mich aufnehmen?«

»Klar.«

»Ich werde Methadon brauchen.«

»Mein Freund Morty Herscovitch wird's besorgen.«

Ich holte Boogie am Flughafen ab und war entsetzt, wie hager er geworden war, seit wir uns zuletzt gesehen hatten, Schweiß perlte auf seiner Stirn, lief ihm über die Backen trotz der für Ende Juni ungewöhnlichen Kühle. »Wir feiern mit einem erstklassigen

33 Dopey und Bashful

34 Sloan Wilson.

Mittagessen im El Ritzo«, sagte ich und hakte mich bei ihm unter, »und dann fahren wir in die Laurentians, wo uns die zweite Mrs. Panofsky erwartet.«

»Nein, nein, nein«, sagte er. »Zuerst mußt du mich irgendwohin bringen, wo ich mir einen Schuß setzen kann.«

»Ich dachte, du bist gekommen, um aufzuhören?«

»Nur noch einmal, sonst schaffe ich es nicht.«

Wir fuhren zu meinem Haus, wo Boogie sofort die Jacke auszog, den Ärmel aufkrempelte, sich die Krawatte um den Arm band und ihn kreisen ließ wie ein Baseballwerfer, damit die schlechte Vene hervortrat, während ich das Heroin in einem Löffel erhitzte. Dreimal stach er sich in den Arm, bis es ihm gelang, die Spritze richtig in die Vene zu setzen. »Vermutlich meint Forster das damit, wenn er davon spricht, ›nur den Bogen zu schlagen‹«, sagte ich.

»›Darf ich fragen, wofür Sie die Spritze brauchen?‹ wollte der Apotheker wissen. ›Ich werde einen Schinken auf Südstaatenart kochen und Jack Daniels hineinspritzen.‹«

»Sollen wir jetzt zum Essen gehen?«

»Nein. Freut mich, dich zu sehen.«

»Ganz meinerseits.«

»Wie viele von diesen Zigarren rauchst du am Tag?«

»Ich zähle sie nicht.«

»Sie sind schlecht für dich. Sag mal, was ist aus deinem Freund McIver geworden?«

»Nicht viel.«

»Er schien doch ganz vielversprechend.«

»Pah.«

Die zweite Mrs. Panofsky erwartete uns auf der Veranda, in ihren Sonntagsstaat gekleidet, sie sah gut aus, sogar sexy, das muß ich ehrlichkeitshalber zugeben. Sie hatte sich große Mühe gemacht und ein Abendessen bei Kerzenlicht vorbereitet. Aber Boogie schlief schon beim ersten Gang ein – Erbsensuppe –, der Kopf fiel ihm auf die Brust, und sein Körper zuckte immer wieder zusammen. Ich führte ihn in das Zimmer, das für ihn vorgesehen war, brachte ihn ins Bett und zeigte ihm, wo der Methadonvorrat war. Dann kehrte ich an den Eßtisch zurück. »Tut mir leid«, sagte ich.

»Du hast ihn betrunken gemacht, bevor du mit ihm hergefahren bist, spielt ja keine Rolle, daß ich den ganzen Tag am Herd gestanden habe.«

»So war es nicht.«

»Jetzt mußt du hier rumsitzen und mit mir reden, als wären wir ein richtiges Paar. Oder soll ich dir eine Zeitschrift holen?«

»Er ist schwer krank.«

»Ich will nicht, daß er im Bett raucht. Er könnte das ganze Haus in Brand stecken.«

»Er raucht nicht. Schadet der Gesundheit, sagt er.«

»Wohin gehst du? Ich habe noch nicht mal das Lamm serviert. Oder hast du auch keinen Hunger mehr?«

»Ich wollte mir nur einen Scotch einschenken.«

»Bring in diesem Fall die Flasche mit zum Tisch, dann mußt du nicht alle zwei Minuten aufspringen.«

»Mann, was wird das die nächsten Tage für ein Spaß werden.«

»Ich hab noch mehr zu sagen. Am Dienstag, bevor ich deinen Anzug in die Reinigung gebracht habe, mußte ich die Taschen ausleeren, und das kam dabei heraus.«

Oi, oi, oi. Eine Rechnung von Regal Florists über ein Dutzend langstielige rote Rosen. »Ach, das«, sagte ich und griff nach der Flasche.

»Ich dachte, das ist aber reizend von dir. Ich habe eine Vase ausgespült und bin den ganzen Tag nicht aus dem Haus gegangen – *damit ich da bin, wenn sie gebracht werden.*«

»Wahrscheinlich haben sie das Sommerhaus nicht gefunden.«

»Deine Nase wird immer länger.«

»Willst du damit andeuten, daß ich lüge?«

»Andeuten? Nein, Liebster. Ich behaupte es.«

»Das geht zu weit.«

»Für wen waren sie?«

»Wie die Dinge nun einmal liegen, war es eine völlig harmlose Sache, aber es paßt mir nicht, in meinem eigenen Haus so verhört zu werden.«

»Für welche deiner Huren waren die Rosen?«

»Wenn die Rosen morgen früh gebracht werden, wird es dir furchtbar peinlich sein.«

»Nur wenn du dich fortschleichst und zum Laden gehst und per

Notruf ein weiteres Dutzend bestellst. *Ich will wissen, ob du irgendwo eine Wohnung samt Hure unterhältst.*«

»Nur eine?«

»Ich warte darauf, daß du meine Frage beantwortest.«

»Ich könnte meine Unschuld beweisen und deine Frage einfach so beantworten«, sagte ich und schnippte mit den Fingern, »aber dein Tonfall gefällt mir nicht und deine Unterstellungen ebensowenig.«

»Dann bin ich es also, die sich danebenbenimmt?«

»Genau.«

»Sag mir jetzt, für wen die Rosen waren.«

»Für eine Schauspielerin, die wir unbedingt für einen Pilotfilm haben wollen.«

»Wo wohnt sie?«

»Irgendwo in Outremont, glaube ich. Woher soll ich das wissen? Dafür habe ich schließlich eine Sekretärin.«

»Irgendwo in Outremont?«

»Côte St.-Catherine Road, glaube ich.«

»Willst du es noch mal versuchen?«

»Das ist lächerlich. Das Lamm ist köstlich. Wirklich hervorragend. Warum können wir nicht wie zwei zivilisierte Menschen zu Abend essen?«

»Ich habe bei Regal Florists angerufen und mich als deine Sekretärin ausgegeben ...«

»Du hattest kein Recht, so etwas ...«

»... und der Mann wollte wissen, ob du deinen Dauerauftrag ändern willst. Ein Dutzend langstielige Rosen einmal in der Woche an eine Adresse in Toronto. Nein, sagte ich, aber ich wollte den Namen der Empfängerin überprüfen. Daraufhin wurde er mißtrauisch und sagte: ›Ich muß den Namen raussuchen und rufe dann zurück.‹ Da habe ich aufgelegt. Jetzt sag mir den Namen deiner Hure in Toronto.«

»Ich weigere mich, hier länger zu sitzen«, sagte ich und sprang mit der Flasche Macallan in der Hand auf, »und mich auf diese Art verhören zu lassen.«

»Du schläfst heute nacht im anderen Gästezimmer, und wenn dein Freund, der Junkie, wissen will, warum, sag ihm, er soll mich fragen. Weiß er, daß du Steptanz-Unterricht nimmst?«

»Erzähl's ihm. Mir macht es nichts aus.«

»Ich kann's gar nicht erwarten, bis er dich mit Strohhut und Spazierstock sieht. Du siehst aus wie ein Schmock.«

»Vermutlich«, sagte ich.

»Mein Vater – er ruhe in Frieden – hat dich vom ersten Augenblick an durchschaut. Wenn ich auf ihn gehört hätte, wäre ich jetzt nicht in dieser Lage.«

»Unter deinem Niveau verheiratet.«

»Ich bin in jeder Hinsicht eine attraktive junge Frau«, sagte sie mit brechender Stimme, »intelligent und gebildet. *Warum brauchtest du jemand anders?*«

»Laß uns schlafen gehen. Wir reden morgen früh.«

Sie hatte angefangen zu weinen. »Warum hast du mich geheiratet, Barney?«

»Das war falsch von mir.«

»Bei unserer Hochzeit stand ich hinter dir, als du zu Boogie sagtest: ›Ich bin verliebt. Zum erstenmal in meinem Leben bin ich wirklich, ernstlich, unwiderruflich verliebt.‹ Ich kann dir gar nicht sagen, wie gerührt ich war. Was ich in diesem Augenblick für dich empfunden habe. Und schau uns jetzt an. Wir sind erst ein gutes Jahr verheiratet, und seit Monaten hast du nicht mehr mit mir geschlafen, und ich hasse dich aus ganzem Herzen dafür, daß du dich mir entziehst.«

»Ich möchte, daß du weißt«, sagte ich, und Schuld lastete schwer auf mir, »daß ich dich nie betrogen habe.«

»Ach, ich schäme mich so. Ich bin kaputt. Und du bist so ein Lügner. Ein Mensch von der Straße. Ein Tier. Nur zu. Trink die Flasche aus. Gute Nacht.«

Ich trank die Flasche nicht ganz aus, aber fast, erwachte früh und hörte, wie sie mit ihrer Mutter telefonierte. Der morgendliche Lagebericht der zweiten Mrs. Panofsky. »Es war Lammhachse. Nein, nicht aus Neuseeland. Vom Ort. Von Delaney. Ma, ich weiß sehr wohl, daß es im Atwater Market billiger ist, aber ich hatte keine Zeit, und außerdem kriegt man dort nie einen Parkplatz. Ich denk dran. Natürlich überprüfe ich die Rechnung. Das mach ich immer. Damals hattest du recht, dich zu beschweren. Der Braten war zäh. Es war mir nicht peinlich. Ich habe einfach lieber draußen gewartet. Ma, das ist nicht fair. Nicht jeder katholische

Ire ist automatisch ein Antisemit. Es war eben zufällig ein zäher Braten. Ich kritisiere deine Kochkunst nicht. Was? Ach, Erbsensuppe und danach grüner Salat und Käse. Ja, das Rezept hast du mir gegeben. Ich weiß, daß Rabbi Hornstein verrückt danach ist, aber Barney liegt nichts an Desserts. Er kriegt genug Zucker ab von dem vielen Scotch, den er trinkt. Ich werd's ihm sagen, wirklich, aber er ist nicht daran interessiert, ein sabbernder alter Idiot von achtzig Jahren zu werden, sagt er. Richtig. Das ist kein Alter. Bitte, er weiß sehr wohl, daß du an der McGill studiert hast und Bücher für das Damenlesekränzchen des Tempels besprichst. *Er hält dich nicht für dumm.* Ich muß mich korrigieren. Er hält alle Welt für dumm. Was? Das hat er zu dir gesagt? Tja, um der Wahrheit die Ehre zu geben, ich glaube auch nicht, daß er alle sieben Bände von Gibbon gelesen hat. Du mußt ihm nichts beweisen. Ma, ich finde auch, daß Frank Harris ekelhaft ist und es dir nicht zu Chanukka hätte schenken sollen. Das war ein schlechter Scherz. Ach, er ist Schriftsteller. Ein alter Freund von Barney aus Pariser Tagen. Moscovitch. Bernard Moscovitch. Nein, kein Kanadier. Er ist ein richtiger Schriftsteller. Ma, du bist nicht die einzige, die nie von ihm gehört hat. Tut mir leid, aber so habe ich es nicht gemeint. Ich weiß, daß du sehr belesen bist. *Ma, ich behandle dich nicht von oben herab.* Fang nicht wieder damit an. Das ist mein ganz normaler Tonfall. Er ist mir angeboren. Gestern konnte ich nicht. Ich hatte hier soviel zu tun. Ich habe es nicht vergessen und betrachte es nicht als Verpflichtung, dich anzurufen. Ich liebe dich und weiß, wie sehr du Daddy vermißt und daß ich das einzige bin, was du noch hast auf der Welt. Und wenn wir schon dabei sind, möchte ich klarstellen, daß ich nie andeuten wollte, daß du dir nicht die Haare färben solltest, aber ich finde die Locken, die er dir macht, etwas zu mädchenhaft für eine Frau deines Alters. Ma, ich weiß sehr gut, daß ich eines Tages genauso alt sein werde, und ich kann nur hoffen, daß ich ebenso attraktiv aussehen werde wie du, wenn es soweit ist. *Ich will dich nicht kritisieren.* Du kannst nicht beides haben. Wenn ich was sage, kritisiere ich dich, wenn ich nichts sage und jemand anders weist dich darauf hin, dann habe ich dich nicht früh genug gewarnt. *Ich habe nicht gesagt, daß jemand anders darauf hingewiesen hat.* Ma, bitte. Ja, natürlich fahren wir nächsten Monat zusammen nach New York. Ich kann dir gar nicht sagen, wie sehr ich mich auf unsere Reisen freue. Ma, bitte sei nicht beleidigt, du hast jetzt Größe vierundvierzig und solltest keine Zeit damit verschwenden, dich in Größe zweiundvierzig zu zwängen. Moment. Halt. Du hast mich nie in Verlegenheit gebracht. In deinem Alter würde ich mich glücklich schätzen, wenn ich deine Figur hätte. Wir könnten Schwestern sein, hat das nicht die Verkäuferin bei Bloomingdale's gesagt? Er meinte, wir könnten in seinen Showroom kommen und würden alles zum Großhandelspreis kriegen? Wirklich. He, glaubst du, Katz hat ein Auge auf dich geworfen? *Ich bin nicht respektlos.* Auch für mich könnte niemand Daddys Stelle einnehmen. Aber, weißt du, mit Katz' Sachen gibt es ein Problem. Es sind keine *schmatess*, bestimmt nicht. Es sind hervorragende Kopien von den Kleidern, die er bei Pariser Modeschauen gesehen hat, wenn man nichts gegen Maschinennähte hat. Aber wenn man bei ihm was von der Stange kauft und sich für eine Party zurechtmacht, dann taucht dort mindestens eine andere Frau auf, die das gleiche anhat. Was soll das heißen, du warst nicht zu Ginsbergs Hochzeitstagsfeier eingeladen, das warst du doch immer. Ma, das bildest du dir ein. Alte Freunde lassen dich nicht fallen, nur weil Daddy gestorben ist. Es stimmt nicht, daß die Leute keine Witwe an ihrem Tisch haben wollen. In deiner Altersgruppe gibt es doch viele Witwen. Tut mir leid. Ich wollte dich nicht kränken. Ma, ich bin nicht unsensibel, und ich warte auch nicht darauf, daß du stirbst. Du bist keine Last für mich. Aber in deiner Altersgruppe passiert so etwas eben. So ist das Leben. *Ma, wäre es dir lieber, wenn ich meine Gedanken zensiere, bevor ich sie ausspreche?* Können wir nicht mehr offen miteinander reden? Oder nur noch über das Wetter? Ma, in dieser Laune legst du nicht einfach auf. Ma, bitte. Hör auf. Kein Geschniefe. *Ich bin nicht ungeduldig.* Ruf Malka an, ich wette, sie ist so einsam wie du, und ihr könntet zusammen essen gehen und anschließend zwei Kerle in einer Bar aufreißen. Ma, das war ein Scherz. Ich weiß sehr wohl, daß du so etwas nie tun würdest. Okay, sie zahlt nie. Na und? Du bist nicht gerade pleite. Was soll ich damit gemeint haben? Ich habe überhaupt nichts damit gemeint. *Ma, ich habe dich nie gefragt, wieviel er hinterlassen hat, und ich will es auch jetzt nicht wissen.* Scheiße. Wenn du das glaubst, kannst du von mir aus alles dem Tierschutzverein vererben. Ich finde es schrecklich, daß du so von mir denkst. Weißt du, wie ich mich jetzt fühle? *Gedemütigt.* Ich muß jetzt auflegen und – Ma, es ist absolut krank von dir, zu glauben, daß es mir immer gelingt, die Dinge in ihr Gegenteil zu verkehren, bevor ich auflege, nur damit ich die Beleidigte spielen kann. Jetzt mach aber mal halblang. Ich hab Sachen gesagt, die *dich verletzt* haben? Zum Beispiel? Mhm. Ohhh. Scheiße. Wenn du meinst, du siehst mit deinen Shirley-Temple-Locken gut aus, dann behalt sie doch. Und wenn du nächsten Winter mit Malka nach Florida fährst, dann kauf dir doch einen Bikini. So groß wie ein Taschentuch. Aber rechne nicht damit, daß ich dich dann besuchen werde. Ich muß jetzt auflegen und – ich habe nicht einen meiner Anfälle. Ma, wenn wir unser Gespräch auf Tonband aufgenommen hätten, würd ich's dir jetzt vorspielen, nur um dir zu beweisen, daß ich nie gesagt habe, daß du Cellulitis hast. Du hast noch immer großartige Beine. Nein, ich muß jetzt wirklich, wirklich auflegen und was tun. Barney läßt grüßen. Nein, das sage ich nicht nur so. Bis bald.«

Nach dem Streit vom Vorabend waren die zweite Mrs. Panofsky und ich den ganzen Morgen über außergewöhnlich höflich zueinander. Ich kochte und schälte die Eier für den Salat Niçoise, und sie, die meinen Zustand richtig einschätzte, machte mir eine Bloody Mary. Aber das Schweigen in der Küche war erdrückend, bis sie das Radio einschaltete, weil sie sich von »CBC-Überblick am Sonntagmorgen« Erleichterung erhoffte. Ein Schriftsteller aus Toronto wurde interviewt und sagte, daß kein einziger Buchhändler seine Bücher im Schaufenster ausstelle, einfach deshalb, weil er weder Amerikaner noch Brite sei. Die Hölle, fügte er hinzu, sei das leere Blatt, das jeden Morgen in seiner Schreibmaschine stecke. Die zweite Mrs. Panofsky drehte den Ton lauter. »Ich kann's nicht fassen. Er wird von Miriam Greenberg interviewt.«

»Ach ja?«

»Ich würde diese klägliche Stimme überall wiedererkennen. Ich kann's mir einfach nicht erklären, außer daß sie sich den Job erschlafen hat. An der McGill hatte sie diesen Ruf.«

»Ja?«

»Würdest du die Dose mit Anchovis für mich aufmachen, bitte?«

»Natürlich, Liebling.«

Boogie lag in schweißnassen Laken im Bett. Es ging ihm so

schlecht, daß er nicht zum Mittagessen herunterkommen konnte. Ich brachte ihm ein Tablett und erklärte der zweiten Mrs. Panofsky, daß ich im Büro neben anderen Dingen, die nicht warten konnten, Schecks unterschreiben müsse, aber ich versprach, rechtzeitig zum Abendessen wieder zurück zu sein. »Fahr vorsichtig«, sagte sie und bot mir die Wange zum Kuß.

»Ja, natürlich«, sagte ich und küßte sie. »Ach, brauchst du etwas aus der Stadt?«

»Ich glaube nicht.«

»Ich ruf an, bevor ich losfahre, nur für den Fall.«

Ein mißmutiger Hughes-McNoughton erwartete mich in Dink's. »Was ist so dringend?« fragte er.

»Ich will die Scheidung.«

»Und natürlich am liebsten morgen früh, oder?«

»Ja.«

Die Gesetze Quebecs basieren auf dem Code Napoléon, und in dieser von der Kirche geprägten Provinz war im Jahr 1960 eine Scheidung nur möglich, wenn ein Mitglied im Parlament eine Petition einbrachte. Die Begründung mußte auf *Ehebruch* lauten. »*Deo volente*«, sagte Hughes-McNoughton, »hat sie eine Affäre, und du kannst es beweisen. Worüber lachst du?«

»Sie würde mich nie betrügen.«

»Tja, ist sie bereit, dich zu verklagen, damit die Scheidung durchgeht?«

»Darüber haben wir noch nicht gesprochen.«

»Wenn sie einverstanden ist, gehe ich normalerweise so vor, daß ich eine Nutte anheuere, und ihr werdet in einem heruntergekommenen Motel in Kingston von einem wachsamen, absolut unbescholtenen Privatdetektiv *in flagrante delicto* erwischt.«

»Nichts wie los.«

»Nicht so schnell. Sie muß zuerst mit der Komödie einverstanden sein. Und die Sache hat stets ein Preisschild. *Lex talionis*. Das Gesetz der Rache. Ihr Anwalt kann dir ein Riesenstück deines Einkommens abzwacken, jetzt und für alle Zeiten. Ich spreche aus Erfahrung, mein Kind.«

»Es ist mir alles wert.«

»Das sagst du jetzt. Das sagen sie alle. Aber in fünf Jahren wirst du anders darüber denken, und dann wirst du mir die Schuld in die Schuhe schieben. Ich will ja nicht neugierig sein. Aber ich nehme an, es ist deshalb so dringend, weil du in jemand anders verknallt bist, du Schweinehund. Ist sie guter Hoffnung?«

»Nein. Und ich bin nicht verknallt. Ich bin verliebt.«

»Das erklärt dein dämliches Verhalten. Wenn du mit ihr zuerst redest, und sie ist bereit, das Gesetz zu hintergehen, dann können ihr Anwalt und ich vielleicht eine Vereinbarung aushandeln, die es dir erlaubt, einen Tisch plus Stuhl, ein Bett und einmal Socken zum Wechseln zu behalten.«

»Sie wird jede Menge Geld erben.«

»Mein Gott, Barney, man sollte dich nicht ohne Aufpasser auf die Straße lassen. Was hat das denn damit zu tun?«

»Scheiße, wie spät ist es?«

»Gleich acht. Warum?«

»Ich hab versprochen, zum Abendessen zurück zu sein.«

»In deinem Zustand kannst du nicht fahren. Außerdem habe ich gerade noch eine Runde bestellt.«

Ich ging zum Telefon im Flur.

»Ich wußte, daß du trinken würdest«, sagte sie. »Und was soll ich jetzt tun? *Deinen* Gast unterhalten? Ich kenne ihn kaum.«

»Krank, wie er ist, kann er nicht mal sein Zimmer verlassen. Ehrenwort. Bring einfach ein Tablett in sein Zimmer. Zwei gekochte Eier. Toast. Eine Banane. Mach dir keine Umstände.«

»Fahr zur Hölle.«

»Ich bin morgen zum Mittagessen zurück.«

»Warte. Leg bloß nicht auf. Ich werde hier draußen verrückt. Den ganzen Vormittag über verhalten wir uns wie zwei Roboter, als wäre nichts geschehen. Das ist Folter. Eins muß ich wissen. Wollen wir es noch mal versuchen oder nicht?«

»Selbstverständlich, Liebling.«

»Das dachte ich mir«, sagte sie und legte auf.

Hughes-McNoughton hatte die Rechnung bezahlt. »Gehen wir zu Jumbo's?« fragte er.

»Warum nicht?«

»Hast du ihr gesagt, daß du dich scheiden lassen willst?«

»Ja.«

»Was hat sie gesagt?«

»Gott sei Dank.«

»Ich berate dich jetzt seit drei Stunden. Bei hundertfünfzig Dollar pro Stunde schuldest du mir bislang vierhundertfünfzig Dollar, und von jetzt an berechne ich den Überstundensatz.«

Es war schwül, der erste Abend einer Hitzewelle, die tagelang anhalten sollte, und die Klimaanlage von Jumbo's funktionierte nicht. Außerdem war der Laden gesteckt voll mit Singles, aber schließlich fanden wir eine ruhige Ecke. »Was ist, wenn sie nicht mitmacht?« fragte ich.

»Du hast doch gerade gesagt ...«

»Nur für den Fall.«

»Es könnte ewig dauern und wesentlich teurer werden. Barney, was immer du tust, du darfst auf keinen Fall zugeben, daß du in jemand anders verliebt bist. Ehefrauen sind diesbezüglich verblüffend empfindlich. Manchmal sogar rachsüchtig. Die beste Strategie wäre, du ziehst aus und wiegst sie in dem Glauben, daß es mit der Scheidung keine Eile hat.«

Von Jumbo's ging's weiter in den Montreal Press Club, und ich kam erst nach drei Uhr nach Hause. Trotzdem war ich um sechs wieder wach. Und niedergeschlagen. Litt abwechselnd unter Schuld- und Angstgefühlen. Machte mir Sorgen um Boogie. War überzeugt, daß sie mich auf dem Boden kriechen lassen würde, bevor sie zu harten, von ihrer Mutter und einem halsabschneiderischen Anwalt aus ihrem Bekanntenkreis diktierten Bedingungen in eine Scheidung einwilligen würde. Ich rasierte mich, duschte, trank eine Kanne Kaffee, zündete eine Montecristo an und fuhr hinaus zu meinem Sommerhaus, wobei ich diverse Variationen meiner Ich-glaube-es-ist-das-Beste-für-dich-wenn-wir-uns-scheiden-lassen-Rede übte, die in meinen Ohren alle beunruhigend unbeherrscht klangen. Die zweite Mrs. Panofsky war nicht in der Küche und auch nicht in unserem Bett, das bereits gemacht war. Vielleicht war sie so unruhig wie ich und ebenfalls früh aufgestanden und schwimmen gegangen. Heiß genug war es. Was, wenn ich eine kurze Nachricht des Inhalts auf dem Küchentisch hinterließe, daß ich einer Scheidung zustimmte? Und mich dann verdrückte? Nein, das wäre feige. *Na und, Barney? Nein, das geht nicht.* Ich beschloß, Boogie aufzuwecken und mein Problem mit ihm zu diskutieren. Und, man höre und staune, da waren sie: Meine Frau und mein bester Freund lagen gemütlich im Bett. Ich konnte mein Glück nicht fassen. »Aha!« sagte ich und tat so, als wäre ich außer mir.

»Scheiße.« Die zweite Mrs. Panofsky sprang splitternackt aus dem Bett, griff nach ihrem Nachthemd und floh.

»Es ist deine Schuld«, sagte Boogie. »Du wolltest doch anrufen, bevor du losfährst.«

»Mit dir red ich später, du Dreckskerl«, brüllte ich und folgte der zweiten Mrs. Panofsky in unser Schlafzimmer, wo sie sich bereits anzog.

»Ich bin hergekommen in der Hoffnung, daß wir uns versöhnen würden«, sagte ich, »entschlossen, unsere Ehe zu retten, und ich finde dich mit meinem besten Freund im Bett.«

»Es war ein Versehen. Ehrlich, Barney.«

Stapel klischeegetränkter Drehbücher waren nicht vergebens auf meinem Schreibtisch gelandet, und jetzt zitierte ich aus den schlechtesten. »Du hast mich betrogen«, sagte ich.

»Ich hab ihm was zu essen gebracht, wie du gesagt hast«, schluchzte sie, »und er zitterte, und seine Laken waren naß, und ich hab mich neben ihn gelegt, nur um ihn zu wärmen, und er hat angefangen, und ich war Wachs in seinen Händen, weil du mich seit Monaten nicht mehr angerührt hast, und ich bin doch auch nur ein Mensch, und eins führte zum anderen. Mir war gar nicht klar, was eigentlich passierte, bis es vorbei war.«

»Meine Frau und mein bester Freund«, wiederholte ich.

Sie langte nach mir, um mich zu trösten.

»Faß mich nicht an«, sagte ich und hoffte, nicht zuviel des Guten zu tun.

»Wir sollten jetzt nicht darüber reden«, sagte sie, »solange ich so durcheinander bin.«

»Du bist durcheinander?«

Tränenüberströmt ergriff sie ihre Handtasche, nahm die Autoschlüssel von der Kommode und lief die Treppe hinunter. Ich hinter ihr her. »Ich bin bei meiner Mutter«, rief sie.

»Sag ihr, daß wir uns scheiden lassen.«

»Sag du's ihr. Nein, untersteh dich ja nicht. Sie muß heute nachmittag zum Zahnarzt. Wurzelbehandlung.« Vor ihrem Auto wirbelte sie zu mir herum. »Wenn du mich lieben würdest, hättest du mich mit so einem Mann nie und nimmer allein gelassen.«

»Ich habe dir vertraut.«

»Ihr habt keine Moral, Kerle wie du und Boogie. Ich bin so unerfahren, und er ist so ein – ich hatte keine Ahnung, was da passierte. Er schien so bedrückt, so traurig, und ich dachte, seine Hand – daß er nicht mal wußte, daß er mich dort berührte – daß es ein Versehen war – ich tat, als wäre es ein Versehen – ich wollte nicht als Spießerin dastehen – kein Theater machen. Ich – er ist dein bester Freund, ich – dann war es zu – ich weiß immer noch nicht, wie er mir das Nachthemd ausgezogen hat. Ich – er – ach, was soll's? Dir kann ich sowieso nichts recht machen.« Sie stieg ins Auto und kurbelte das Fenster herunter. »Scheiße. Jetzt hab ich mir einen Fingernagel abgebrochen. Ich hoffe, du bist glücklich. Du hörst ja nicht auf, mich anzuschreien, aber er war es, der angefangen hat, bei Gott, ich schwör's, er war's, dein bester Freund. Ich wette, er hat auch deine erste Frau gebumst, ein Mann wie er. Das ist vielleicht ein Freund. Was wirst du mit ihm tun?«

»Oh, ich werde ihn umbringen, das werde ich tun, und dann kommst vielleicht du dran – und deine Mutter.«

»Meine Mutter. Scheiße. Sie darf mich nicht so sehen – ich habe meine Schminksachen auf dem Frisiertisch vergessen. Meinen Eyeliner. Ich muß mein Valium haben.«

»Dann hol's doch.«

»Fuck you«, kreischte sie, trat aufs Gas und raste die Einfahrt entlang, daß der Kies nur so spritzte. Als sie außer Sichtweite war, tanzte ich auf der Veranda einen Hotch und hielt mich dabei am Geländer fest. Darauf legte ich einen sauberen Shim Sham und einen Da-Pupple-Ca hin, und beinahe hatte sie mich erwischt, als sie auf der Einfahrt wieder herandonnerte und neuerlich ihr Fenster herunterkurbelte. »Du kannst dir in Toronto eine Hure halten, und ich soll mich nicht beschweren, du bist eben ein Mann, und ich bin keiner, so ist das Leben. Tja, jetzt weißt du, daß zwei das gleiche Spiel spielen können. Scheiße, was?«

»Ich habe eine Schreckschraube geheiratet.«

»Du willst die Scheidung. Bitte sehr. Aber zu meinen Bedingungen, du Scheißkerl«, sagte sie und fuhr wieder davon, knapp an einem Baum vorbei.

Yabba dabba do. Barney Panofsky, du bist unter einem Glücksstern geboren. Ich beschloß, Hughes-McNoughton erst später anzurufen, aber eine Nutte und einen Privatdetektiv würde ich jetzt nicht mehr brauchen. Nosireebob. Ich riß mich zusammen, setzte eine, wie ich hoffte, angemessen strenge Miene auf und ging ins Haus, um Boogie zu stellen. Er war bereits unten, unrasiert, klapperdürr in seinen Boxershorts, und holte eine Flasche achtzehn Jahre alten Macallan und zwei Gläser aus der Bar. »Unten ist es kühler, nicht wahr?«

»Du hast meine Frau gevögelt, du Hurensohn.«

»Ich denke, wir sollten etwas trinken, bevor wir damit anfangen.«

»Ich hab noch nicht mal gefrühstückt.«

»Es ist noch zu früh, um was zu essen«, sagte er und goß zwei Gläser voll.

»Wie konntest du mir das antun?«

»Ich habe es ihr angetan, nicht dir. Und wenn du angerufen hättest, bevor du aus Montreal losgefahren bist, hätte diese peinliche Sache vermieden werden können. Ich glaube, ich geh schwimmen.«

»Nicht jetzt. Es ist also mein Fehler, oder wie?«

»In gewisser Weise, ja. Du hast deine ehelichen Pflichten vernachlässigt. Sie sagt, du hättest vor sieben Monaten zum letztenmal mit ihr geschlafen.«

»Das hat sie dir erzählt?«

»Prost«, sagte er.

»Prost.«

»Sie ist mit einem Tablett in mein Zimmer gekommen«, sagte er und schenkte nach, »und hat sich in ihrem kurzen Nachthemd auf mein Bett gesetzt. Und es war so fürchterlich schwül, und deswegen hatte ich Verständnis dafür, aber ich hatte das Gefühl, daß damit eine Botschaft verbunden war. Ein Subtext. *Skål.*«

»Skål.«

»Ich legte also mein Buch weg. John Marquands *Sincerely, Willis Wayde*. Das ist wirklich mal ein fürchterlich unterschätzter Autor. Na ja, nach einem krampfhaften Austausch von Nettigkeiten (Heiß, nicht wahr? Ich hab so viel von dir gehört. Es ist so freundlich von euch, mich in meinem Zustand aufzunehmen, et cetera, et cetera) und einer oder zwei verlegenen Pausen – ich würde wirklich gern schwimmen gehen. Leihst du mir deinen Schnorchel und die Flossen?«

»Verdammt noch mal, Boogie.«

Er goß noch einmal nach, und wir zündeten uns beide eine Montecristo an. »Vermutlich müssen wir uns heute selbst um unser Mittagessen kümmern«, sagte er. *»A votre santé.«*

»Klar. Jetzt bitte weiter.«

»Und dann fing sie unaufgefordert damit an, mir von euren Problemen zu erzählen in der Hoffnung, daß ich ihr einen guten Rat geben könnte. An den meisten Abenden ziehst du die Gesellschaft von Verlierern in Kneipen deinem Zuhause vor, und wenn du mal, und dazu läßt du dich nur selten herab, direkt vom Büro nach Hause kommst, redest du nicht mit ihr, sondern liest ein Buch. Oder die *Hockey News*, was immer das ist. Wenn sie andere Paare zum Essen einlädt, alte Freunde von ihr, fällst du über sie her. Wenn es Rechte sind, behauptest du, daß die Sowjets den Zweiten Weltkrieg gewonnen haben und daß Stalin eines Tages als Mann des Jahrhunderts anerkannt werden wird. Sind es Linke, behauptest du, es gebe wissenschaftliche Beweise, daß Schwarze weniger intelligent, dafür aber sexbesessener als Weiße sind, und du lobst Nixon. Wann immer du bei ihren Eltern zum Sabbat-Abendessen bist, pfeifst du bei Tisch, um ihre Mutter zu ärgern. Sie hat dich gegen die Einwände ihres Vaters, der ein hochkarätiger Intellektueller war, geheiratet. Und dann? Du hast sie im Bett vernachlässigt, und sie hat herausgefunden, daß du dir in Toronto eine Geliebte hältst. Ich weiß zufällig, daß im Kühlschrank gefüllte Eier sind. Was meinst du?«

Wir gingen in die Küche, nahmen die Flasche und unsere Gläser mit. *»L'Chaim«*, sagte er.

»L'Chaim.«

»Ich muß sagen, daß sie einen Hang zur Weitschweifigkeit hat. Wenn sie einmal in Fahrt ist, kann sie nichts mehr aufhalten, und ich fürchte, ich dachte an andere Dinge. Dann beugte sie sich über mich, um das Tablett wegzunehmen, und ich konnte einen Blick auf ihren hübschen Busen werfen. Sie setzte sich wieder aufs Bett und begann zu schniefen, und ich fühlte mich verpflichtet, sie in die Arme zu nehmen und zu trösten, aber sie hörte immer noch nicht auf zu quasseln. Dann hab ich sie hier und dort gestreichelt, und ihr Protest – eine Art Gurren – machte auf mich den Eindruck einer Aufforderung. ›Das darfst du nicht.‹ ›Wir sollten jetzt aufhören.‹ ›Oh, bitte, nicht dort.‹ Und dann tat sie so, als würde sie meine Liebkosungen nicht erwidern, und fing an, einen Traum aus der letzten Nacht zu erzählen, sie redete weiter, als sie unaufgefordert die Arme hob, damit ich ihr das Nachthemd ausziehen konnte, und, Mann, ich dachte, die einzige Möglichkeit, sie zum Schweigen zu bringen, wäre, sie zu vögeln, und so ist es passiert. Ich glaube, die Flasche ist leer.«

Ich holte eine andere.

»Chin-chin«, sagte er und griff nach dem Geschirrtuch, um sich den Schweiß auf der Brust zu trocknen. »Sind alle Fenster auf?«

»Ich sollte dir die Zähne ausschlagen, Boogie.«

»Erst nachdem ich geschwommen bin. Ach, und sie hat eine Menge Fragen über Clara gestellt. Weißt du, je länger ich darüber nachdenke, um so überzeugter bin ich, daß ich nichts weiter war als ein zweckdienlicher *deus ex machina*. Sie wollte mit dir abrechnen, wegen dieser Frau in Toronto.«

»Einen Augenblick«, sagte ich. Ich lief in unser Schlafzimmer, holte die alte Dienstwaffe meines Vaters und legte sie zwischen uns auf den Küchentisch. »Hast du Schiß?« fragte ich.

»Konnte das nicht warten, bis ich geschnorchelt habe?«

»Du kannst mir einen großen Gefallen tun, Boogie.«

»Zum Beispiel?«

»Ich will, daß du als Zeuge bei meiner Scheidung aussagst. Du mußt nur bezeugen, daß ich zu meiner geliebten Frau nach Hause kam und sie bei dir im Bett vorfand.«

»Das hast du geplant, du Mistkerl. Nutzt einen alten Freund aus«, sagte er und hielt mir sein leeres Glas hin.

Ich nahm den Revolver und zielte auf ihn. »Wirst du für mich aussagen?«

»Ich werde beim Schwimmen darüber nachdenken«, sagte er, stand schwankend auf, um die Schnorchelausrüstung und die Flossen zu holen.

»Du bist viel zu betrunken zum Schwimmen, du verdammter Idiot«, sagte ich und folgte ihm, den Revolver noch immer in der Hand.

»Komm mit«, sagte er und ging den steilen grasbewachsenen Abhang zum Wasser hinunter. »Das wird uns beiden guttun. Imetay or-fay old oys-bay to et-gay ober-say.«

»Ich werd mich hinlegen. Das solltest du auch tun. Schau dich doch an. Du kannst nicht mal mehr gerade gehen. Nicht, Boogie.«

»Wer als letzter im Wasser ist, muß abwaschen.«

»Bleib stehen«, schrie ich, »oder ich erschieß dich.«

Boogie lachte daraufhin schallend, um seine Wertschätzung für meinen Scherz auszudrücken. Er blieb stehen, um Taucherbrille, Schnorchel und Flossen anzulegen, fiel dabei zweimal um und stolperte dann weiter den Abhang hinunter. »Paß auf«, rief ich und schoß einmal hoch über seinen Kopf.

Boogies Arme schnellten in die Höhe. »*Kamerad*«, rief er, »*Kamerad, nicht schießen.*« Dann brachte er im Zickzack das letzte Stück Weg hinter sich, lief über den Steg, sprang in den See und verschwand im Wasser.

Ich ging ins Wohnzimmer, um mich hinzulegen, und war gerade auf dem Sofa eingedöst, als das Telefon klingelte.

»Ich rufe an, um dich davon in Kenntnis zu setzen, daß meine Tochter für die absehbare Zukunft bei mir wohnen wird. Ich soll dich darauf hinweisen, daß du nicht zu versuchen brauchst, dich mit ihr in Verbindung zu setzen, sondern alle Anfragen an Rechtsanwalt Hyman Goldfarb zu richten hast.«

»Ts, ts, Goldlöckchen, das ist aber nicht sehr freundlich.«

»Wie kannst du es wagen.«

»Und richte ihr aus, daß Miriam Greenberg keine klägliche Stimme hat. Sie hat eine wunderschöne Stimme«, sagte ich und legte auf.

Großmaul, dachte ich. Jetzt hast du mal wieder alles verpatzt. Hughes-McNoughton wird an die Decke gehen.

Auf allen vieren kroch ich zum Sofa zurück und schlief augenblicklich höchst zufrieden ein. Mir schien, als hätte ich nur Minuten geschlafen, als ein Dröhnen wie von einem Flugzeugmotor den Raum erschütterte, und ich träumte, mein Flugzeug würde abstürzen. Ich schüttelte meine Benommenheit ab und war völlig verwirrt. Wo war ich? In Montreal? In Miriams Wohnung? Im Sommerhaus? Langsam kam ich auf meine Gummibeine und taumelte hinaus, wo ich versuchte, die Quelle des Lärms zu orten. Es war ein vorbeifliegendes Flugzeug, aber es war schon so weit weg, daß ich nicht erkennen konnte, ob es ein NATO-Kampfflieger aus Plattsburg oder ein Transatlantik-Jet war. Und dann bemerkte ich, daß es bereits dämmerte. Ich blickte auf meine Uhr und mußte überrascht feststellen, daß ich über drei Stunden geschlafen hatte. Ich ging zurück ins Haus, klatschte mir kaltes Wasser ins Gesicht, stellte mich dann an den Fuß der Treppe und rief: »Boogie.«

Keine Antwort.

»Aufwachen, Boogie-man.«

Er war weder in seinem Schlafzimmer noch sonst irgendwo im Haus. Wahrscheinlich auf dem Steg eingeschlafen, dachte ich, aber dort war er auch nicht. *Oh, mein Gott, er ist ertrunken. Nein, nicht Boogie. Bitte, Gott.* Das Wasser am Steg ist flach und bis ungefähr fünfzehn Meter in den See hinaus vollkommen klar. Ich sprang in unser Boot, warf den Motor an und begann ihn zu suchen, hielt am Grund nach ihm Ausschau, zunehmend hektisch. Schließlich lief ich zum Haus zurück und rief die Provinzpolizei. Sie trafen zwei endlose Stunden später ein, und ich erzählte ihnen eine redigierte Version der Geschehnisse. Meinen Streit mit der zweiten Mrs. Panofsky erwähnte ich ebensowenig wie ihre Anwesenheit Stunden zuvor. Ich gab jedoch zu, daß Boogie und ich getrunken hatten und daß ich ihn angefleht hatte, nicht schwimmen zu gehen.

Boogies Leiche trieb nicht an der Oberfläche, und ein Polizeiboot suchte von Merkin's Point aus den See in Ufernähe ab, ohne ihn zu finden.

»Vielleicht hängt er irgendwo in den Wasserpflanzen fest«, sagte ich.

»Nein.«

Am frühen Nachmittag des nächsten Tages kehrten die Polizisten wieder, diesmal in Begleitung eines Kriminalbeamten. »Meine Name ist Sean O'Hearne«, sagte er. »Ich glaube, wir sollten uns ein bißchen unterhalten.«

Boogie, der in den See springt, war das letzte, was ich von ihm gesehen habe. Ich schwöre beim Leben meiner Enkelkinder, daß es genau so passiert ist, aber er war schon öfter als einmal verschwunden, und ich habe die Hoffnung nie aufgegeben. Es vergeht kein Tag, an dem ich nicht damit rechne, daß er mir eine Postkarte aus Taschkent oder Havanna oder Addis Abeba schickt.

Oder, noch besser, sich in Dink's von hinten an mich heranschleicht und »Buh« sagt.

Genug ist genug. Boogie wäre heute einundsiebzig Jahre alt – nein, zweiundsiebzig –, und ich verstehe nicht, warum er nicht auftaucht und meinen Namen ein für allemal reinwäscht.

III

MIRIAM

1960–

1 Wie gesagt, es begann katastrophal. Aufgeregt wie ein Teenager zählte ich die Tage bis zu dem, wie ich dachte, alles entscheidenden Mittagessen mit Miriam und flog bereits am Vorabend nach Toronto, wo ich im Park Plaza abstieg, entschlossen, mich nicht aus meinem Zimmer fortzubewegen und keinen Tropfen anzurühren. Aber ich konnte mich nicht auf mein Buch, *Rabbit, Run*, konzentrieren. Auch der Bericht in *New Republic* über den Triumph von Senator Kennedy über Humphrey bei den Vorwahlen in West Virginia fesselte mich nicht. Ich erinnerte mich noch an den alten Bastard Joe Kennedy und mißtraute folglich dem Sohn. Auch das Foto des überschwenglichen Nikita Chruschtschow, der, auf der Titelseite der *New York Times*, ein Stück des abgeschossenen U-2-Spionageflugzeugs in der Hand hielt, faszinierte mich nicht. Ich legte Buch, Zeitschrift und Zeitung weg und schaltete die Nachttischlampe aus. Aber ich konnte nicht einschlafen, und unweigerlich sah ich Mrs. Ogilvy vor mir, die sich mit der Zunge über die Lippen fuhr und das Kleid aufknöpfte, das ihr eine Nummer zu klein war.[1] »Das wird dir nichts nützen, du arrogante Imperialisten-Schlampe«, sagte ich. »Ich betrüge Miriam nicht einmal mit meiner Frau, warum sollte ich mich also mit dir abgeben?«

Ich wälzte mich, ich warf mich hin und her. *Denk dran, schau direkt in diese blauen Augen, für die du sterben könntest, aber STARRE JA NICHT auf ihre Brüste. Oder ihre Beine. Du Tier.* Im Geist polierte ich Anekdoten auf, die ihr gefallen konnten und vielleicht das Grübchen in ihrer Wange hervorrufen würden, und Geschichten, die mich ausnahmslos in gutem Licht zeigten, aber dann verwarf ich alles wieder als selbstbeweihräuchernde Pferdekacke. In der Hoffnung, meine Nerven zu beruhigen, rauchte ich eine Montecristo und ging danach ins Bad, um mir die Zähne und sogar die Zunge zu putzen, damit ich nicht aus dem Mund roch. Auf dem Rückweg zum Bett mußte ich, wie das Schicksal es wollte, an der Minibar vorbei. Es kann nicht schaden, dachte ich, mal nachzusehen, was drin ist, und vielleicht ein paar Cashewnusse zu knab-

1 Auf Seite 319 als zwei Nummern zu klein beschrieben.

bern. Und ein winziger Schluck würde auch nicht schaden. Aber um drei Uhr früh mußte ich entsetzt feststellen, daß ein Dutzend leerer Fläschchen Scotch, Wodka und Gin auf dem Glastisch standen. *Säufer. Schwächling.* Voller Selbsthaß schlich ich wieder ins Bett und beschwor das Bild von Miriam bei meiner Hochzeit herauf, als sie ein Cocktailkleid aus blauem Chiffon trug und sich mit erstaunlicher Anmut bewegte. Diese Augen. Diese nackten Schultern. *O mein Gott, was wäre, wenn ich im Prince Arthur Room aufstünde, um sie zu begrüßen, und sie sehen könnte, daß ich eine Erektion habe?* Ich machte mir im Geist eine Notiz, daß ich mir kurz vor unserer Verabredung einen runterholen würde, wenn auch nur als Präventivmaßnahme. Anschließend schlief ich, aber nur kurz, sprang buchstäblich aus dem Bett und verfluchte mich: *Du hast verschlafen, du Idiot, und jetzt wirst du zu spät kommen.* Ich begann, mich hektisch anzuziehen, hatte dann jedoch noch so viel Verstand, auf die Uhr zu blicken. Es war sechs. Verdammt verdammt verdammt. Ich zog mich wieder aus, duschte und rasierte mich, zog mich erneut an und verließ das Hotel, um bis um sieben, als im Prince Arthur Room das Frühstück serviert wurde, durch die Straßen zu latschen. »Ich habe einen Tisch für zwei Personen zum Mittagessen reserviert«, sagte ich zum Oberkellner, »ich hätte gern einen am Fenster.«

»Tut mir leid, aber die sind alle schon vergeben, Sir.«

»Den da«, sagte ich und schob ihm einen Zwanziger hin.

In meinem Zimmer blinkte das rote Licht am Telefon. Mein Herz begann wie wild zu schlagen. *Sie kann nicht kommen. Sie hat es sich anders überlegt.* »Ich esse nicht mit erwachsenen Männern zu Mittag, die im Bad ihres Hotelzimmers wichsen.« Der Anruf stammte von der zweiten Mrs. Panofsky. Ich rief zurück. »Du hast deine Brieftasche auf dem Tisch im Flur vergessen«, sagte sie.

»Hab ich nicht.«

»Ich halte sie hier in der Hand, mit all deinen Kreditkarten.«

»Auf dich ist Verlaß, wenn es um gute Nachrichten geht.«

»Ich bin schuld, stimmt's?«

»Ich laß mir was einfallen«, sagte ich und legte auf. Und plötzlich überwältigte mich Übelkeit, und ich rannte auf die Toilette. Ich sank auf die Knie, hielt den Kopf über die Schüssel und übergab mich wieder und wieder. *Glückwunsch, Barney, jetzt riechst du wie ein Abwasserkanal.* Ich zog mich also wieder aus, duschte noch einmal, putzte mir den Schmelz von den Zähnen, wechselte das Hemd und die Socken und verließ erneut das Hotel. Ich war erst drei Blocks weit gekommen, als ich wie angewurzelt stehenblieb, weil mir eingefallen war, daß ich den Oberkellner um eine Flasche Dom Pérignon in einem Kühler neben unserem Tisch um Punkt 12 Uhr 55 gebeten hatte. *Angeber.* Eine Frau von Miriams Kaliber würde das unweigerlich als Provokation auffassen. Als aufdringlich. Als hätte ich es darauf angelegt, sie zu verführen. »Hast du etwa geglaubt, daß ich mit dir ins Bett springe, wenn du eine Flasche Champagner bestellst?« Meine Vorstellungen waren natürlich nicht von derart unreiner Natur. *Ehrenwort.* Ich ging also zum Hotel zurück und bestellte den Champagner wieder ab. Aber was wäre, wenn sie, so unwahrscheinlich es auch war, doch mit mir auf mein Zimmer käme? Schließlich habe ich auch ein paar gute Seiten.

– *Das ist eine Multiple-choice-Frage, Barney. Kreuze mindestens drei positive Charakterzüge von den folgenden zehn an.*

– *Fuck you.*

Für den Fall des Falles wollte ich mein Zimmer überprüfen und mußte feststellen, daß das Bett noch nicht gemacht war. Ich rief an und beschwerte mich, dann orderte ich beim Zimmerservice zwölf rote Rosen und eine Flasche Dom Pérignon mit zwei Gläsern.

»Aber, Mr. Panofsky, Sie haben den Champagner gerade abbestellt.«

»Ich habe die Flasche für den Prince Arthur Room abbestellt, und jetzt möchte ich eine Flasche auf mein Zimmer, gut gekühlt, Punkt vierzehn Uhr, wenn es keine Umstände macht.«

Gegen Mittag taten mir die Füße weh, ich war schwer verkatert, müde und emotional erschöpft und sagte mir, daß eine Tasse schwarzer Kaffee in der Roof Bar genau das richtige wäre, bestellte jedoch, einer plötzlichen Eingebung folgend, eine Bloody Mary. Das Glas in der Hand, stellte ich fest, daß ich immer noch eine Dreiviertelstunde Zeit und nur noch Eiswürfel im Glas hatte. Ich trank noch eine Bloody Mary. Dann kramte ich in meiner Tasche nach der vorbereiteten Liste mit den interessanten Gesprächsthemen. Hatte sie *Psycho* gesehen? *Der Regenkönig* gelesen? Was hielt sie vom Treffen Ben Gurions mit Adenauer in New York? »Hätte Caryl Chessman hingerichtet werden sollen?« Nach dem dritten Drink schwebte ich auf einer Wolke neugefundenen Selbstvertrauens und blickte auf die Uhr: 12.55. Und wurde von Panik überwältigt. *Himmel, ich hatte noch nicht masturbiert, und jetzt war es zu spät. Meine Requisiten.* Ich hatte sie in meinem Zimmer liegenlassen. Ihr Vater war Sozialist gewesen, deswegen hatte ich die Penguin-Ausgabe von Laskis *Liberty in the Modern State* und die neueste Ausgabe des *New Statesman* mitgebracht. Ich rannte in mein Zimmer, stopfte den *New Statesman* in meine Jackentasche und saß um 13 Uhr 02 im Prince Arthur Room, und da kam sie, Miriam, die der Oberkellner an meinen Tisch führte. Ich stand auf, um sie zu begrüßen, und verbarg meine kompromittierende Erektion hinter der Leinenserviette. Oh, wie schön sie aussah mit dem kecken schwarzen Lederhut und dem schwarzen Wollkleid, ihr Haar kürzer, als ich es in Erinnerung hatte. Ich hätte ihr zu gern ein Kompliment für ihr Aussehen gemacht, aber ich befürchtete, sie würde das als Flirtversuch interpretieren. Als Taktlosigkeit. »Freut mich, Sie zu sehen«, sagte ich. »Möchten Sie etwas trinken?«

»Was ist mit Ihnen?«

»Ach, ich trinke ein Perrier. Aber, das ist doch die Gelegenheit, was meinen Sie? Wie wär's mit einer Flasche Champagner?«

»Also, ich ...«

Ich winkte dem Kellner. »Bitte, bringen Sie uns eine Flasche Dom Pérignon.«

»Aber Sie haben ihn doch ab...«

»Bringen Sie eine Flasche, bitte.«

Ich zündete eine Gitane nach der anderen an und suchte verzweifelt nach einem der *bon mots*, die ich einstudiert hatte, mir fiel allerdings nur »Heiß heute, finden Sie nicht auch?« ein.

»Nein, finde ich nicht.«

»Ich auch nicht.«

»Oh.«

»HabenSie den*Regenkönig*gesehen?«

»Wie bitte?«

»*Der Re*... ich meine *Psycho*?«

»Noch nicht.«

»Mir schien die Szene in der Dusche – was halten Sie davon?«

»Dazu muß ich den Film vermutlich zuerst sehen.«

»Ach, ja. Selbstverständlich. Wir könnten ihn heute abend anschauen, wenn Sie ...«

»Aber Sie haben ihn doch offenbar schon gesehen.«

»Ach, ja. Stimmt. Hatte ich vergessen.« Scheiße, mußte er die Flasche Champagner aus Montreal holen? »Hätte sich Ihrer Meinung nach«, fragte ich, und mir brach der Schweiß aus, »Ben Gurion bereit erklären sollen, Eisenhower in New York zu treffen?«

»Ich glaube, Sie sprechen von Adenauer.«

»Ja, natürlich.«

»Haben Sie mich eingeladen, um mich auszuhorchen?« fragte sie. Und da war es, das Grübchen in ihrer Wange. Ich werde auf der Stelle sterben und in den Himmel kommen. *Trau dich ja nicht, auf ihren Busen zu blicken. Schau ihr in die Augen.* »Ah, da kommt er ja.«

»Der Zimmerservice läßt fragen, ob Sie die andere Flasche noch auf Ihr ...«

»Schenken Sie einfach ein, ja?«

Wir stießen an. »Ich kann Ihnen gar nicht sagen, wie sehr ich mich freue, daß es heute geklappt hat«, sagte ich.

»Es war nett von Ihnen, daß Sie zwischen Ihren Geschäftsterminen Zeit für mich haben.«

»Aber ich bin nur gekommen, um Sie zu treffen.«

»Ich dachte, Sie hätten gesagt ...«

»Ja, klar. Geschäfte. Deswegen bin ich hier.«

»Sind Sie betrunken, Barney?«

»Natürlich nicht. Ich denke, wir sollten bestellen. Ignorieren Sie das Menü. Bestellen Sie, was immer Sie wollen. Man sollte hier eine Klimaanlage einbauen«, sagte ich und lockerte meine Krawatte.

»Aber es ist nicht heiß.«

»Ja. Ich meine, nein, ist es nicht.«

Sie bestellte Erbsensuppe, und ich bat, unerklärlicherweise, um Hummercremesuppe, ein Gericht, das ich hasse. Als der Prince Arthur Room zu wanken und zu schwanken begann, suchte ich nach einer geistreichen Bemerkung, nach einem Knockout-Aphorismus, der Oscar Wilde die Schamesröte ins Gesicht getrieben hätte, und hörte mich dann sagen: »Leben Sie gern in Toronto?«

»Ich mag meinen Job.«

Ich zählte bis zehn und sagte dann: »Ich lasse mich scheiden.«

»Oh, das tut mir leid.«

»Wirmüssenjetztnichtdarüberreden, aberdasheißtdaßwirunswiedertreffenkönnen, weilichnichtmehrverheiratetseinwerde.«

»Sie sprechen so schnell, daß ich nicht alles verstehe, was ...«

»Bald werde ich kein verheirateter Mann mehr sein.«

»Das liegt auf der Hand, wenn Sie sich scheiden lassen. Aber hoffentlich nicht meinetwegen.«

»Was soll ich tun? Ich liebe Sie. Aus ganzem Herzen.«

»Barney, Sie kennen mich kaum.«

Dann ragte, wie das Schicksal es wollte, ein wutschnaubender Yankel Schneider, den ich nicht mehr gesehen hatte, seit wir als Zehnjährige in der Grundschule waren, vor unserem Tisch auf: nicht ganz Banquos Geist, aber fast. »Du bist der Dreckskerl, der mein Leben zu einem Jammertal gemacht hat, als wir Kinder waren, indem du mein Stottern imitiert hast.«

»Ich weiß nicht, wovon Sie reden.«

»Haben Sie das Pech, seine Frau zu sein?«

»Noch nicht«, sagte ich.

»Bitte«, sagte Miriam.

»Ziehen Sie sie da nicht mit hinein, wenn es Ihnen recht ist.«

»Er hat sich über mein Stottern lustig gemacht, und ich habe mir nachts die Haare ausgerissen, und meine Mutter mußte mich buchstäblich in die Schule zerren, während ich schrie und um mich trat. *Warum hast du das getan?*«

»Hab ich nicht, Miriam.«

»Was für ein Vergnügen hat es dir bereitet?«

»Ich weiß nicht einmal, wer zum Teufel Sie eigentlich sind.«

»Jahrelang habe ich davon geträumt, am Steuer zu sitzen, wenn du über die Straße gehst, und dich zu überfahren. Acht Jahre lang war ich bei einem Analytiker, bevor ich einsah, daß du es nicht wert bist. Du bist Abschaum, Barney«, sagte er, zog ein letztes Mal an seiner Zigarette, ließ sie anschließend in meine Hummercremesuppe fallen und schritt davon.

»Himmel«, sagte ich.

»Ich dachte schon, Sie wollten ihn schlagen.«

»Nicht in Ihrer Gegenwart, Miriam.«

»Man hat mir erzählt, daß Sie Choleriker sind, und wenn Sie zuviel getrunken haben, wie jetzt, was nicht sehr schmeichelhaft für mich ist, halten Sie Ausschau nach einer Schlägerei.«

»McIver?«

»Das habe ich nicht gesagt.«

»Mir geht's nicht gut. Muß mich übergeben.«

»Schaffen Sie es bis zur Toilette?«

»Wie peinlich.«

»Können Sie ...«

»Muß mich hinlegen.«

Sie half mir in mein Zimmer, wo ich sofort auf die Knie ging und in die Toilettenschüssel kotzte und dabei lautstark furzte. *Ich wünschte, ich wäre lebendig begraben. Oder gestreckt und gevierteilt. Von Pferden zerrissen. Alles.* Sie machte ein Handtuch naß, wischte mir damit das Gesicht ab und führte mich schließlich ins Bett.

»Das ist so demütigend.«

»Psst«, sagte sie.

»Sie hassen mich und wollen mich nie wiedersehen.«

»Ach, halten Sie den Mund«, sagte sie und rieb mich noch einmal mit dem nassen Handtuch ab, ließ mich ein Glas Wasser trinken, stützte dabei mit ihrer kühlen Hand meinen Kopf. Ich beschloß, mir nie wieder die Haare zu waschen. Ich ließ mich aufs Kissen sinken, schloß die Augen und hoffte, das sich drehende Zimmer würde verschwinden. »In fünf Minuten bin ich wieder okay. Bitte, bleiben Sie.«

»Versuchen Sie zu schlafen.«

»Ich liebe Sie.«

»Ja. Gewiß.«

»Wir werden heiraten und zehn Kinder bekommen«, sagte ich.

Als ich zirka zwei Stunden später wieder aufwachte, saß sie im Sessel, die Beine übergeschlagen, und laß *Rabbit, Run*. Ich sagte erst einmal nichts, sondern nutzte ihr Vertieftsein aus, um mich an ihrer Schönheit zu weiden. Tränen strömten mir über die Backen. Mein Herz tat weh. Wenn die Zeit jetzt ein für allemal stehenbliebe, dachte ich, würde ich mich nicht beklagen. Schließlich sagte ich: »Ich weiß, daß Sie mich nie wiedersehen wollen. Und ich kann es Ihnen nicht verübeln.«

»Ich werde Ihnen trockenen Toast und Kaffee bestellen«, sagte sie, »und wenn es Ihnen recht ist, ein Thunfisch-Sandwich für mich. Ich habe Hunger.«

»Ich muß schrecklich stinken. Gehen Sie nicht weg, wenn ich mich schnell dusche?«

»Wie ich sehe, betrachten Sie mein Verhalten als voraussagbar.«

»Wie kommen Sie denn darauf?«

»Sie haben damit gerechnet, daß ich Sie in Ihr Zimmer begleiten würde.«

»Keinesfalls.«

»Für wen waren dann der Champagner und die Rosen?«

»Wo?«

Sie deutete darauf.

»Oh.«

»Ja. Oh.«

»Ich weiß heute nicht, was ich tue. Ich bin nicht ich selbst. Ich bin vollkommen durcheinander. Ich ruf den Zimmerservice und lasse sie wieder wegbringen.«

»Nein, das tun Sie nicht.«

»Ich tue es nicht.«

»Worüber sollen wir jetzt reden? *Psycho* oder Ben Gurions Treffen mit Adenauer?«

»Miriam, ich kann Sie nicht anlügen. Jetzt nicht und in Zukunft nicht. Yankel hat die Wahrheit gesagt.«

»Yankel?«

»Der Mann, der an unseren Tisch kam. Auf dem Schulhof hab ich ihm immer den Weg verstellt und gesagt: ›P-p-pißt d-d-du ins B-b-bett, A-a-arschg-g-gesicht?‹ Und wenn er angstbebend aufstand, um im Unterricht eine Frage zu beantworten, fing ich an zu kichern, bevor er etwas sagen konnte, und dann brach er in Tränen aus. ›G-g-gut g-g-gemacht, Y-y-yankel‹, sagte ich dann. Warum hab ich so schreckliche Dinge getan?«

»Sie erwarten doch nicht wirklich, daß ich Ihnen diese Frage beantworten kann?«

»Oh, Miriam, wenn Sie nur wüßten, wie sehr ich auf Sie zähle.«

Und dann, ganz plötzlich, erlitt – oder vielmehr genoß – ich so etwas wie die Frühjahrsschmelze des Eises um meine Seele. Ich begann zu erzählen, zusammenhanglos, fürchte ich, mischte Mißgeschicke meiner Kindheit mit Geschichten über Paris. Von Boogie, der über den Kauf von Heroin verhandelte, kehrte ich zur Gleichgültigkeit meiner Mutter zurück. Ich erzählte ihr, wie Yossel Pinsky Auschwitz überlebt hatte und jetzt seine Tage in Tel Aviv damit verbrachte, in einer Bar in der Trumpeldor Street Geschäfte zu machen. Ich meinte, sie sollte wissen, daß ich einst mit gestohlenen ägyptischen Kunstwerken gehandelt hatte. Daß ich steppte. Von Izzy Panofskys Tagen bei der Sittenpolizei sprang ich zu dem Abend, an dem McIver in George Whitmans Buchhandlung gelesen hatte, und ging dann zu Hymie Mintzbaum über. Ich erzählte ihr von dem Brief, den ich zu spät erhalten hatte, und daß Clara deswegen unnötig früh gestorben war und daß ich noch immer davon träumte, wie sie in ihrem Sarg verweste.

»Sie sind also der Calibanovitch in dem Gedicht.«

»Ja, der bin ich.«

Ich erklärte ihr, daß ich in die Ehe mit der zweiten Mrs. Panofsky aus Trotz gestolpert war – nein, aus Schuldgefühlen gegenüber Clara –, nein, aus Wut auf ihr Urteil über mich. Und ich schwor, daß ich nie verliebt gewesen war, bis ich Miriam auf meiner Hochzeit sah. Dann bemerkte ich, daß es draußen dämmerte und unsere Flasche Champagner leer war. »Sollen wir irgendwo essen gehen?« fragte ich.

»Warum machen wir nicht erst einen Spaziergang?«

»Gute Idee.«

Das selbstzufriedene Toronto ist eine Stadt, für die ich mich nie erwärmen konnte. Es ist die Buchhaltung dieses Landes. Aber als wir uns an diesem warmen Abend Anfang Mai in den lärmigen Berufsverkehr auf der Avenue Road stürzten, schritt ich federnd aus und war in einer nachsichtigen, lebensfrohen Stimmung. Schließlich waren die Bäume mit Knospen übersät. Wenn die Margeriten, die bündelweise in Eimern vor Obst- und Gemüseläden feilgeboten wurden, orange und rot gefärbt waren, so machten die Sträuße jungfräulicher Narzissen das wieder wett. Einige der jungen Büromädchen, die Sommerkleider trugen und meist paarweise unterwegs waren, sahen zweifellos hübsch aus. Ich war so hingerissen, daß ich die junge Mutter, die einen Kinderwagen schiebend auf uns zukam, vermutlich zu breit anlächelte, denn sie runzelte die Stirn und beschleunigte den Schritt. Ausnahmsweise irritierte mich der verschwitzte Jogger in Shorts nicht, der an einer roten Ampel auf der Stelle trat. »Wunderbarer Abend, nicht wahr?« trillerte ich, und er griff sich sofort an die Gesäßtasche, um zu überprüfen, ob seine Brieftasche noch da war. Wahrscheinlich hätte ich nicht stehenbleiben dürfen, um vor einem Antiquitätengeschäft einen brandneuen Alfa Romeo zu bewundern, denn sofort tauchte der Besitzer in der Tür auf und starrte uns böse an. Irgendwo stießen wir auf einen kleinen Park, und ich dachte, wir könnten uns für eine Weile auf eine Bank setzen, aber das Tor war verschlossen, und auf einem Schild war zu lesen:

ESSEN UND TRINKEN VERBOTEN
KEINE MUSIK
KEINE HUNDE

Ich drückte Miriams Hand und sagte: »Manchmal glaube ich, daß die schreckliche Angst, jemand könnte irgendwo glücklich sein, diese Stadt inspiriert und die treibende Kraft hinter ihrer Fassade ist.«

»Ach, schäm dich.«

»Warum?«

»Weil du Mencken über den Puritanismus zitierst. Ohne ihn zu nennen.«

»Ja?«

»Und so tust, als stamme der Gedanke von dir. Ich dachte, du hättest versprochen, mich nie anzulügen.«

»Ja. Tut mir leid. Von jetzt an.«

»Ich bin mit Lügen aufgewachsen, und ich werde mich nie mit Lügen abfinden.«

Und dann erzählte mir eine plötzlich leidenschaftliche Miriam von ihrem Vater, dem Zuschneider und Gewerkschaftler. Sie liebte ihn abgöttisch, er war so ein Idealist, bis sie entdeckte, daß er zwanghaft hinter Frauen her war. Es auf dem Klo mit Mädchen aus der Fabrik trieb. Sich an Samstagabenden in schmierigen Tanzlokalen und Bars herumtrieb. Es hatte ihrer Mutter das Herz gebrochen.

Warum findest du dich damit ab? hatte Miriam ihre Mutter gefragt.

Was soll ich denn tun? erwiderte sie, über ihre Nähmaschine gebeugt.

Miriams Mutter starb einen langsamen Tod. Darmkrebs. »Den hatte sie ihm zu verdanken«, sagte Miriam jetzt.

»Das ist eine starke Behauptung«, sagte ich.

»Nein, ist es nicht. Und kein Mann wird mir so etwas antun.«

Ich erinnere mich nicht mehr, wo und was wir aßen, irgendwo in der Yonge Street, jedenfalls saßen wir nebeneinander auf einer Bank, unsere Oberschenkel berührten sich. »Ich habe noch nie erlebt, daß jemand auf seiner eigenen Hochzeit so todunglücklich aussieht. Jedesmal, wenn ich aufschaute, hast du mich angestarrt.«

»Was, wenn ich im Zug geblieben wäre?«

»Wenn du nur gewußt hättest, wie sehr ich das wollte.«

»Wirklich?«

»Ich war heute morgen beim Friseur und habe mir dieses Kleid extra für das Mittagessen gekauft, und du hast nicht einmal gesagt, daß ich hübsch aussehe.«

»Nein. Ja. Ehrenwort, du siehst hinreißend aus.«

Es war gegen zwei Uhr morgens, als wir vor ihrem Wohnhaus in der Eglinton Avenue standen. »Vermutlich wirst du jetzt so tun, als wolltest du nicht mit reinkommen«, sagte sie.

»Nein. Ja. Hilfe, Miriam.«

»Ich muß um sieben aufstehen.«

»Aha. Tja. In diesem Fall ...«

»Ach, komm schon«, sagte sie und nahm mich bei der Hand.

2 Jetzt, da es mit mir zu Ende geht, tickt die Zeit wie in einem heißgelaufenen Taxameter. Bald werde ich achtundsechzig, und Betty, die ein Auge auf diese Dinge hat, wird in Dink's ein Mittagessen für mich veranstalten wollen. Betty, ein sentimentaler Typ, will, daß sich Zack, Hughes-McNoughton, ich und ein paar andere verbrennen lassen, wenn wir gestorben sind, damit sie unsere Urnen über der Bar aufstellen kann und wir ihr so Gesellschaft leisten. Vielleicht hätte ich ihr nicht erzählen sollen, was Flora Charnofsky getan hat. Nachdem Norman in seinem Mercedes-Sportwagen gegen den Strommast gefahren und auf der Stelle tot war, ließ sie ihn verbrennen und verteilte seine Asche. Der größere Teil kam in ein Stundenglas, das sie extra hatte anfer-

tigen lassen, der Rest in eine Eieruhr. »Norm ist immer bei mir«, sagte sie.

Ich werde nicht zu Bettys Party gehen. Es gibt nichts zu feiern. Außerdem bin ich ein so leicht erzürnbarer alter Kerl und traue mir nicht über den Weg. Gestern nachmittag ging ich zu Downtown Video, um *Der Bankdetektiv* zurückzugeben, einer meiner Lieblingsfilme mit W. C. Fields, und der junge Flegel mit Pferdeschwanz hinter der Ladentheke, der jetzt auch noch einen Nasenring trug, sagte: »Oh, oh. Wir müssen Ihnen drei Dollar zusätzlich berechnen, um das Band zurückzuspulen.«

»Haben Sie einen Stift?«

Verdattert reichte er mir einen Kugelschreiber, den ich in die Spule steckte, dann begann ich, sie damit im Uhrzeigersinn[2] zurückzudrehen und ignorierte die fünf Kunden, die hinter mir warteten.

»Was machen Sie da?«

»Ich spule zurück.«

»Das kann ja ewig dauern.«

»Es ist drei Uhr, mein Junge, und ich muß die Kassette erst um fünf zurückgeben.«

»Geben Sie her, Paps, und vergessen Sie die drei Dollar.«

Heute morgen frühstückte ich zeitig und schaltete dann das Radio ein, weil ich mir Miriam zur Abwechslung einmal live anhören wollte. Halleluja. Sie las gerade einen Brief vor, der angeblich von einem Hörer aus Calgary stammte:

Liebe Ms. Greenberg,

ich bin einer der komischen alten Käuze, von denen man so liest, ein Mann, der die besten Jahre seines Lebens der Frau geschenkt hat, die er liebte und die ihm dann mit einem jüngeren Mann davonlief. Hoffentlich können Sie meine Handschrift entziffern, die seit meinem letzten kleinen Schlaganfall nicht mehr die alte ist. Wie Sie sicher gemerkt haben, ist es mit meiner Bildung nicht weit her. Verglichen mit den Hörern, deren Briefe Sie normalerweise vorlesen. Ich bin ein pensionierter Müllmann oder Müllrecycler, ha, ha, ha! Aber ich hoffe instän-

2 Entgegen dem Uhrzeigersinn.

dig, daß meine Grammatik gut genug ist, daß ich in den Äther komme. Ich vermisse meine Frau noch immer, und ihr Foto steht auf meinen Nachttisch hier in Winnebago, wo ich lebe. Heute ist Marylous Geburtstag, und ich wünsche mir, daß Sie das Liedchen spielen, das wir im Speisesaal des Highlander Inn in Calgary gehört haben, wo wir 1975 ihren dreißigsten Geburtstag feierten.

Ich erinnere mich noch an ein paar Worte des Liedchens (sie passen wie die Faust aufs Auge auf meinen derzeitigen Zustand), aber nicht an den Titel oder an die Melodie. Der Text ging so:

> Vollmond und ein leerer Arm,
> er war schon was, dein spröder Charme ...

Und die Musik war, soweit ich mich erinnere, überwiegend Klavier, geschrieben, sagte sie, von einem berühmten Polacken. Moment. Ich glaube, es gab sogar einmal einen Film über ihn mit Cornel Wilde, und daß er Tb hatte, der Klavierspieler, nicht Cornel. Bitte, spielen Sie diese Nummer, und widmen Sie sie Marylou, der ich nicht böse bin. Tausend Dank.

Mit herzlichen Grüßen
Wally Temple

P. S. Ich liebe klassische Musik und bin ein großer Fan Ihrer Sendung. Eine meiner Lieblingsplatten, die ich Ihnen nur empfehlen kann, damit Sie sie vielleicht einmal spielen, ist »Mozarts größte Hits«.

Miriam hielt kurz inne und sagte dann: »Dieser Brief stammt von demselben Witzbold, der unter anderem vorgab, Doreen Willis zu sein.«

Scheiße.

»Ich habe ihn vorgelesen, damit der fragliche Zuhörer weiß, daß er mich nicht hinters Licht führen kann. Und in Anerkennung seiner Mühen will ich jetzt eine Aufnahme von Louis Lortie von Chopins 12 Etuden, Opus 10, spielen. Diese Chandos-Platte wurde im April 1988 in Suffolk, England, produziert.«

Die Buschtrommeln oder Desinformationswege der Familie waren in letzter Zeit etwas überlastet, aber ich konnte folgende Puzzleteile zusammensetzen. Mike rief Saul an. »Halt dich fest, Daddy schreibt seine Memoiren.«

»Ich wußte, daß er etwas vorhat. Entschuldige mich einen Augenblick. Nancy, du stellst das Buch in das falsche Regal. Es muß an genau die gleiche Stelle, wo du es rausgenommen hast. Tut mir leid, Mike. Seine Memoiren. Verdammt, was ist, wenn er keinen Verleger findet? Es würde ihm das Herz brechen.«

»Heutzutage gibt es einen Markt für alles, was mit Clara Charnofsky zu tun hat, und vergiß nicht, er kannte eine Menge berühmter Leute.«

»Hör mal, hast du nicht gesagt, daß Carolines Schwager ein erstklassiger Orthopäde ist?«

»Ja. Warum?«

»Nancy, nein, das ist nicht *genau* die Stelle, wo du's rausgenommen hast. Scheiße Scheiße Scheiße. Entschuldige, Mike. Ich möchte eine zweite Meinung zu einer Sache. Wenn ich dir meine Röntgenaufnahmen schicke, könntest du sie ihm dann zeigen?«

»Er wird die alte Geschichte über den Tod, oder was unsere Kate noch immer das Verschwinden von Bernard Moscovitch nennt, wieder aufwärmen.«

»Ich habe dich was gefragt.«

»Ja. Klar. Wenn du darauf bestehst.«

Dann rief Saul Kate an. »Hast du's schon gehört? Daddy wird uns berühmt machen.«

»Hast du etwa geglaubt, du wärst der einzige Schriftsteller in der Familie?«

»Hat er dir was davon gezeigt?«

»Saul, du solltest ihn am Telefon hören. Er lacht sich krumm über alte Geschichten. Er erinnert sich an Eishockeystars, die er zu ihren besten Zeiten gesehen hat. Daddy hatte eine Affäre mit einer Lehrerin, als er erst vierzehn Jahre alt war.«

»Ach, er nimmt uns auf den Arm. Das hab ich ihm nie geglaubt.«

»Erinnerst du dich, wie er uns Vorträge über die Gefährlichkeit von Drogen gehalten hat? Also, in Paris hat er Tag und Nacht Haschisch geraucht. Wenn er über die Vergangenheit spricht, vergießt er Tränen. Die Vergangenheit ist das einzige, wofür er sich heutzutage noch begeistern kann.«

Dann rief Mike mich an. »Daddy, über mich kannst du schreiben, was du willst, aber Caroline mußt du bitte verschonen.«

»Würdest du so mit Samuel Pepys oder Jean-Jacques Rousseau sprechen, nicht daß du einen von beiden gelesen hättest.«

»Ich meine es ernst, Daddy.«

»Du brauchst dir keine Sorgen zu machen. Wie geht's den Kindern?«

»Jeremy hat nur Einsen im Zeugnis. Harold sitzt an einem Brief für dich, während wir miteinander sprechen.«

Saul rief am nächsten Morgen um zehn an. »Warum bist du so früh auf?« fragte ich.

»Ich habe um elf einen Termin bei meinem Dermatologen.«

»Ach du liebe Zeit. Lepra. Leg sofort auf.«

»Schreibst du wirklich deine Memoiren?«

»Ja.«

»Ich würde gern einen Blick darauf werfen. Bitte, Daddy.«

»Eventuell, vielleicht. Wie geht's Nancy?«

»Ach, die. Sie hat meine CDs herumliegen und verstauben lassen und Eselsohren in mein Exemplar des *Neo-Conservative Reader* gemacht. Ich hab dir die Nummer geschickt, erinnerst du dich? Nancy ist zu ihrem Mann zurückgekehrt.«

Der Anruf, der mich jedoch wirklich Nerven kostete, war der von Miriam, mit der ich seit eineinhalb Jahren nicht gesprochen hatte. Der Klang der Stimme, die sich direkt an mich wendete, genügte, um mein Herz zum Rasen zu bringen.

»Barney, wie geht es dir?«

»Gut. Warum fragst du?«

»Das tut man, wenn man seit so langer Zeit nicht mehr miteinander geredet hat.«

»Stimmt. Okay. Und dir?«

»Mir geht's auch gut.«

»Tja, das reicht dann wohl, oder?«

»Barney, bitte.«

»Ich höre deine Stimme, du nennst mich beim Namen, und meine Hände fangen an zu zittern, also bitte keine Barney-bittes mehr.«

»Wir waren mehr als dreißig Jahre zusammen ...«

»Einunddreißig.«

»Die meisten davon wunderbar. Wir sollten eigentlich miteinander reden können.«

»Ich will, daß du nach Hause kommst.«

»Ich bin zu Hause.«

»Du warst immer stolz darauf, direkt zu sein. Also bitte, was ist der Grund deines Anrufs?«

»Solange hat mich angerufen.«

»Wir haben nichts miteinander. Wir sind nur gute Freunde.«

»Barney, du schuldest mir keine Erklärungen.«

»Recht hast du, das tue ich nicht.«

»Du bist keine dreißig mehr ...«

»Du auch nicht ...«

»... und du kannst nicht immer weiter so trinken, wie du es tust. Sie will, daß du zu einem Spezialisten gehst. Bitte, tu, was sie sagt, Barney.«

»Aha.«

»Ich mag dich immer noch und denke oft an dich. Saul sagt, du schreibst deine Memoiren.«

»Ach, darum geht es also. Tja, ich habe beschlossen, Fußspuren im Sand der Zeit zu hinterlassen.«

Das brachte mir ein kehliges Kichern ein.

»Du darfst nichts Kränkendes über die Kinder schreiben. Vor allem ...«

»Weißt du, was Early Wynn einmal gesagt hat?«

»Early Wynn?«

»Baseballspieler. Einer der größten. Jemand fragte ihn, ob er zu seiner Mutter werfen würde. ›Das hängt davon ab, wie gut sie schlagen kann‹, hat er geantwortet.«[3]

»Vor allem nicht über Saul. Er ist so empfindlich.«

»Oder Professor Hopper, stimmt's, den ich in meinem Haus willkommen geheißen habe. Oh, entschuldige. Wie geht es Blair?«

»Er geht in den vorzeitigen Ruhestand. Wir wollen ein Jahr in London verbringen, wo er endlich seine Keats-Biographie zu Ende schreiben kann.«

»Es gibt bereits ungefähr sechs. Was zum Teufel hat er zu sagen, was nicht schon zigmal gesagt worden ist?«

3 Dieses Zitat habe ich nirgendwo gefunden.

»Barney, reiß dich zusammen.«

»Tut mir leid, aber Saul ist der Aufbrausende, nicht ich.«

»Saul ist dein absolutes Ebenbild, und deswegen bist du so brutal zu ihm.«

»Ja, ja, ja.«

»Blair ist daran gelegen, daß du nicht erwähnst, daß er früher für *American Exile in Canada* geschrieben hat.«

»Warum versteckt er sich hinter deinem Rock? Er hätte selbst anrufen können.«

»Er weiß nicht, daß ich dich anrufe, und der wahre Grund, Barney, ist wirklich, daß ich mir Sorgen um dich mache und möchte, daß du zu einem Arzt gehst.«

»Richte Blair was aus von mir. Noch eine Keats-Biographie. Himmel. Sag ihm, daß es überhaupt keinen Bedarf mehr an Büchern gibt, die wie künstlich gereifte Tomaten sind«, sagte ich und legte auf, bevor ich noch weitere Peinlichkeiten auf mich häufen konnte.

Von Blair direkt hörte ich nichts, aber nur allzubald erhielt ich ein OHNE-OBLIGO-Einschreiben von seinen Anwälten in Toronto. Ihr Mandant, Professor Dr. Blair Hopper, hatte durch eine Anfrage an das FBI unter dem Freedom of Information Act erfahren, daß der Rektor des Victoria College, University of Toronto, 1994 einen anonymen Brief erhalten hatte, in dem behauptet wurde, daß der obenerwähnte Professor Hopper, ein bekannter sexueller Deviant, 1969 vom FBI nach Kanada geschickt worden war, um die Aktivitäten der amerikanischen Kriegsdienstverweigerer auszuspionieren und darüber Bericht zu erstatten. Sollte diese – vollkommen unhaltbare – Verleumdung in den Memoiren von Barney Panofsky wiederholt werden, behält sich Professor Hopper das Recht vor, gerichtlich gegen den Autor und den Verlag vorzugehen. Ich holte mir Rat von Hughes-McNoughton und schrieb zurück, MIT OBLIGO, daß ich mich nie und nimmer dazu herablassen würde, anonyme Briefe zu schreiben, und sollte diese bösartige Unterstellung öffentlich wiederholt werden, behielte ich mir das Recht vor, gerichtliche Schritte einzuleiten. Ich machte mich auf, um den Brief als Einschreiben abzuschicken, überlegte es mir jedoch anders. Ich fuhr mit einem Taxi in die Notre Dame Street, kaufte eine neue Schreibmaschine, tippte den Brief noch einmal und schickte ihn eingeschrieben ab. Dann warf ich sowohl meine alte als auch meine neue Schreibmaschine weg. Ich bin nicht umsonst der Sohn eines Kriminalinspektors.

3 Am See habe ich einen Nachbarn, einer dieser TV-Piraten, von denen es immer mehr gibt, und der hat eine pizzagroße Satellitenschüssel installiert, was gegen das Gesetz verstößt, weil er damit ungefähr hundert amerikanische Kanäle empfangen kann, die hier nicht zugelassen sind. Er kann die Programme entschlüsseln, denn er hat dreißig Dollar in einen Decoder investiert. Ich erwähne das nur, weil ich in meinem derzeitigen Zustand des Verfalls nachts unter einer wahren Bilderflut aus meiner Vergangenheit leide, aber nicht über die Mittel verfüge, sie zu entschlüsseln. In letzter Zeit wache ich häufig auf und bin mir nicht länger sicher, was an jenem Tag am See wirklich geschah. Und ich frage mich, ob ich die Ereignisse jenes Tages korrigiert habe, so wie ich andere Begebenheiten beschönigte, damit ich in einem besseren Licht dastünde. Um auf den Punkt zu kommen, was, wenn O'Hearne recht hätte? Was, wenn ich, wie dieser miese Kerl annimmt, Boogie tatächlich mitten ins Herz geschossen habe? Ich muß davon ausgehen, daß ich zu solcher Brutalität nicht fähig bin, aber was, wenn ich Boogie doch ermordet habe?

Letzte Woche schreckte ich eines Nachts hoch, aufgewühlt von einem Alptraum, in dem ich Boogie erschoß und über ihm stand, während er sich wand und Blut aus seiner Brust strömte. Ich schälte mich aus den schweißnassen Laken, zog mich an und fuhr zu meinem Haus, wo ich in der Morgendämmerung ankam. Ich ging durch den Wald in der Hoffnung, daß der meinem Gedächtnis nachhelfen und mich zum Schauplatz meines angeblichen Verbrechens führen würde, trotz der Wildnis, die entstanden war, seit Boogie vor mehr als dreißig Jahren verschwand. Ich verirrte mich. Geriet in Panik. Plötzlich wußte ich nicht mehr, wo sich dieser Wald befand und was ich hier eigentlich wollte. Ich muß stundenlang auf einem umgefallenen Baumstamm gesessen und eine Montecristo geraucht haben, als ich plötzlich Musik hörte, bei weitem keine himmlische. Ich ging in die Richtung und stand plötzlich auf dem Rasen vor meinem Haus, auf den Benoit O'Neil, der das Laub zusammenrechte, einen Ghettoblaster gestellt hatte.

Hallo, Schmock.

Die Tage, an denen mein Gedächtnis fehlerfrei funktioniert, sind schwerer zu ertragen als die, an denen es mich im Stich läßt. Oder, anders ausgedrückt, es gibt Episoden im Labyrinth meiner Vergangenheit, an die ich mich nur allzu deutlich erinnere. Blair zum Beispiel.

Blair Hopper né Hauptman trat im Sommer 1969 in mein Leben wie ein unerwünschter Polyp. An einem regnerischen Abend tauchte er vor unserem Haus in den Laurentians (in dem Miriam, dieses blutende Herz, gestörte Kinder, mißhandelte Hausfrauen und anderes Treibgut beherbergte) auf, nachdem er unsere Adresse im *Handbuch für nach Kanada emigrierte Kriegsdienstverweigerer* gefunden hatte:

> Obwohl Sie aufgrund der Umstände und nicht aus freien Stücken nach Kanada gekommen sind, heißen wir Sie herzlich willkommen. Wir, die wir im Kriegsdienstverweigerer-Programm arbeiten, gehen davon aus, daß Ihr Widerstand gegen den Krieg in Vietnam auf Prinzipien beruht und daß Sie gerade deswegen zu einem beispielhaften Staatsbürger werden.

(Ach, ich sollte an dieser Stelle erwähnen, daß die zweite Mrs. Panofsky unter den erbarmungslosen Bedingungen meiner Befreiung von ihr das Haus samt abgesenkter Sitzgruppe in Hampstead bekam, ich jedoch das Grundstück in den Laurentians behalten konnte. Mein erster Gedanke war, den Schauplatz meines angeblichen Verbrechens loszuwerden, aber nach kurzem Nachdenken wäre mir das als Eingeständnis meiner Schuld erschienen. Stattdessen ließ ich das Häuschen auseinandernehmen, bevor ich mit Miriam einzog, ließ Wände einreißen, Verandatüren und Oberlichte ein- und Zimmer für die Kinder und jeweils ein Arbeitszimmer für mich und Miriam anbauen.)

Auftritt Blair. Ich würde gern behaupten, daß Max, unser normalerweise hellseherisch begabter Schäferhund, mit dem die Kinder soviel Freude hatten, diesen Eindringling knurrend und mit gefletschten Zähnen begrüßte, aber die Wahrheit ist, daß der verräterische Hund freudig mit dem Schwanz wedelnd an ihm hochsprang. Die Ehre gebietet es mir, zuzugeben, daß Blair Hopper né Hauptman damals ein gutaussehender junger Mann war. Daran besteht kein Zweifel. Sein Alter entsprach eher dem Miriams als meinem, das heißt, er war ungefähr zehn Jahre jünger als ich. Er war groß, strohblond, blauäugig und breitschultrig. In einer SS-Uniform hätte er recht flott ausgesehen. Tatsächlich aber trug er Hemd, Krawatte, Anzug und Halbschuhe. Er brachte Geschenke mit: ein Glas unbehandelten Honig (geimkert von einer Kommune in Vermont, der ersten Station auf dem damaligen Untergrundpfad) und, Klasse!, ein Paar mit Perlen verzierte Indianer-Mokassins. Ich nippte an einem Macallan, als er kam, und lud ihn ein, mir dabei Gesellschaft zu leisten.

»Ich wäre dankbar für ein Glas Mineralwasser«, sagte er, »aber nur, wenn eine Flasche offen ist.«

Es war uns gerade ausgegangen. Miriam machte ihm einen Kräutertee. Hagebutte, glaube ich, war es. »Hatten Sie Schwierigkeiten an der Grenze?« fragte sie.

»Ich bin als Tourist eingereist. In meinem Anzug haben sie mich wahrscheinlich für einen Republikaner und Mitglied eines Golfclubs gehalten. Außerdem konnte ich den Schweinen jede Menge Reiseschecks unter die Nase halten.«

»Ich sollte Sie warnen«, sagte ich auf meine höflichste und eisigste Art, »aber mein Vater ist Polizist im Ruhestand. Deswegen hören wir dieses Schimpfwort nicht gern.«

»Bestimmt sind die Dinge in diesem Land anders, Sir«, sagte er und wurde rot, »und die Polizei verhält sich hier bewundernswert.«

»Tja, da bin ich mir nicht so sicher.« Und als ich zu einer Anekdote über die Heldentaten des Kriminalinspektors Izzy Panofsky ansetzen wollte, schnitt mir Miriam das Wort ab.

»Möchten Sie ein Erdnußbutter-Sandwich?«

Blair tauchte an einem Freitag auf und blieb nur zehn Tage bei uns, aber schon am ersten Wochenende machte er sich nützlich, bestand darauf, abzuspülen und das Gartentor zu reparieren, was ich seit Tagen versprach. Als sich eine Hornisse in unsere Küche verirrte und ich nach der Fliegenklatsche griff, rief er: »Bitte nicht!« und schaffte es, sie durch die Tür ins Freie zu lassen. Dieser abartige Kerl konnte sogar ein kindersicher verschlossenes Fläschchen Aspirin öffnen, ohne sich abzumühen und »Scheiße, Scheiße, Scheiße« zu murren. Und noch etwas. Die großen Augen, die er Miriam machte, und die Art, wie sie sich über seine Aufmerksamkeiten zu amüsieren schien, gefielen mir gar nicht.

Am Sonntagabend fragte Miriam: »Mußt du heute abend nicht in die Stadt zurückfahren?«

»Ach, ich nehme die Woche frei«, sagte ich so beiläufig wie möglich.

»Und was ist mit deiner Pokerrunde am Mittwochabend?«

»Einmal kommen sie auch ohne mich aus. Und wenn ich im Büro gebraucht werde, können sie mich hier anrufen.«

Miriam, von Natur aus so anmutig, war sich ihrer bezaubernden Präsenz bemerkenswert unbewußt. Ich hätte den Rest meiner Tage zufrieden damit verbringen können, sie zu beobachten, über diese Schönheit in meiner Nähe zu staunen, aber das habe ich ihr nie gesagt. Und jetzt, wenn ich die Augen schließe, um die Tränen der Reue zurückzudrängen, sehe ich vor mir, wie sie Saul stillt, den Blick gesenkt, sein verletzliches Köpfchen mit der Hand stützend. Ich sehe, wie sie Mike das Lesen beibringt, ein Spiel daraus macht und mit ihm kichert. Ich kann ein Bild von ihr und Kate heraufbeschwören, wie sie sich im Bad gegenseitig naßspritzen. Ich sehe sie an einem Samstagnachmittag in der Küche herumhantieren und dabei eine Übertragung aus der Metropolitan Opera hören. Oder schlafend in unserem Bett. Oder in einem Sessel sitzend, lesend, die langen Beine übergeschlagen. In unseren glücklichsten Tagen, wenn wir in der Bar des Ritz verabredet waren und einen Abend allein vor uns hatten, wartete ich immer an einem nahezu versteckten Tisch ganz hinten auf sie, damit ich sehen konnte, wie sie durch den Raum schwebte, elegant gekleidet, heiter, alle Blicke auf sich ziehend, bis sie mich mit einem zärtlichen Lächeln und einem Kuß begrüßte. Miriam, Miriam, Sehnsucht meines Herzens.

Miriam trug stets schlichte Sachen und war herrschenden Moden gegenüber gleichgültig. Sie, die es nicht nötig hatte, für sich zu werben, war nie in einem Minirock zu sehen oder in einem Kleid mit tiefem Ausschnitt. Aber in unserem Sommerhaus am

See lief sie ganz lässig umher. Das lange pechschwarze Haar wurde von einer Spange zusammengehalten, sie verzichtete auf jedes Make-up, ging barfuß und trug am liebsten weite T-Shirts mit Mozart- oder Proust-Karikaturen von David Levine und abgeschnittene Jeans, was mir nur recht war, solange wir keinen geilen jungen Kriegsdienstverweigerer beherbergten, mit dem sie Gemeinsamkeiten hatte. Keiner von beiden war zum Beispiel alt genug, um sich an den Zweiten Weltkrieg zu erinnern, und am Montagabend, ausgelöst durch einen Zeitungsbericht über Bomber Harris vom British Bomber Command, verdammten sie die flächendeckende Bombardierung deutscher Städte, das überflüssige Hinmetzeln unschuldiger Zivilisten. Daraufhin mußte ich natürlich an den jungen Hymie Mintzbaum denken, der über die Ruhr geflogen war. »Einen Augenblick mal«, sagte ich, »und was ist mit Coventry?«

»Ich sehe ein«, sagte Blair, »daß es für Ihre Generation anders ist, aber wie kann man den Feuersturm auf Dresden rechtfertigen?«

Später an diesem Abend erwischte ich Blair dabei, wie er Miriam beobachtete, die das Spielzeug der Kinder vom Wohnzimmerboden sammelte. Am Dienstagnachmittag erwachte ich aus meinem Mittagsschlaf und fand das Haus leer vor. Keine Frau. Keine Kinder. Kein *Über-Obersturmführer* Blair Hopper né Hauptman. Sie waren alle im Gemüsegarten. Blair, der ein T-Shirt mit aufgedruckter Picasso-Taube trug, half Miriam dabei, den Komposthaufen umzusetzen, auch eine Aufgabe, die ich in die ferne Zukunft verschoben hatte. Von meinem Standpunkt auf der Veranda aus sah ich, wie Blair in ihr weites T-Shirt blickte, als sie sich auf ihren Spaten gestützt vorbeugte. Mistkerl. Ich schlenderte zum Gemüsegarten und fragte: »Kann ich helfen?«

»Ach, geh und lies ein Buch«, sagte Miriam. »Oder mach dir einen Drink. Hier bist du nur im Weg.«

Aber bevor ich den Gemüsegarten verließ, zog ich meine Frau an mich, umfaßte mit beiden Händen ihren Hintern und küßte sie fest. »Puh«, sagte sie und wurde rot.

Später am Nachmittag erwischte ich diesen Spanner in der Garage, wo er die Schneidblätter unseres Rasenmähers schliff. Ich hatte zwei Bier dabei und reichte ihm eins. »Möchten Sie auch eine Zigarre?« fragte ich.

»Nein, danke, Sir.«

»Aber Sie haben doch nichts dagegen, wenn ich mir eine anzünde?« sagte ich und setzte mich auf eine umgedrehte Regentonne.

»Aber nein, Sir.«

»Können Sie das ›Sir‹ nicht um Himmels willen weglassen?«

»Entschuldigen Sie.«

»Blair, ich mach mir Sorgen um Sie. Vielleicht war es ein Fehler, nach Kanada zu kommen. Warum haben Sie denen von der Armee nicht einfach erzählt, daß Sie schwul sind?«

»Aber ich bin nicht schwul.«

»Das habe ich Miriam auch gesagt.«

»Soll das heißen, daß sie glaubt ...«

»Selbstverständlich nicht. Auch ich wollte nicht im entferntesten andeuten, daß Sie es sind. Vermutlich liegt es an Ihrer Art zu gehen.«

»Was ist mit meiner Art zu gehen?«

»Hören Sie mal, ich wollte Sie wirklich nicht verunsichern. Nichts ist dran. Vergessen Sie's. Aber Sie hätten so tun können, als seien Sie schwul. Jetzt, wo Sie hier sind, können Sie nie wieder nach Hause zurück.«

»Mein Vater würde mich sowieso nicht zurückhaben wollen. Er hat letztes Jahr für Nixon Wahlkampf gemacht.«

»Was wollen Sie hier tun?«

»Ich hoffe, daß ich in Toronto zu Ende promovieren und dann lehren kann.«

»Waren Sie an der Columbia University?«

»Princeton.«

»Wenn ich so alt wäre wie Sie und Amerikaner, dann wäre ich schon letztes Jahr abgehauen, Clean for Gene. Ich glaube, daß James Baldwin recht hatte, als er Ihr Land ›Das Vierte Reich‹ nannte. Aber etwas an der Besetzung von Columbia durch die Studenten hat mir zu denken gegeben. Irgendwo habe ich gelesen, daß ein Student in die oberste Schublade im Schreibtisch des Dekans geschissen hat. Verstehen Sie mich nicht falsch. Mir ist klar, daß er damit ein antifaschistisches Statement abgeben wollte. Trotzdem, wissen Sie ...«

»Sie haben die Sch... die Polizei reingeschickt, viele davon in

Zivil, und die Studenten zusammenschlagen lassen. Über hundert mußten ins Krankenhaus.«

Mr. Mary Poppins schmeichelte sich bei unseren Kindern ein, brachte ihnen gojische Tricks bei, zum Beispiel wie man allerhand Seemannsknoten knüpft oder ein Backenhörnchen dazu bringt, einem eine Nuß aus der Hand zu nehmen, oder wie man einen abgesoffenen Außenbordmotor wieder anwirft, mit dem ich auch nicht fertig wurde, wenn ich fluchte und so lange an der Schnur zerrte, bis sie abriß. Eines Spätnachmittags, als ich mich von meinem Nickerchen erhob und mir einen Drink eingießen und mit Mike und Saul herumalbern wollte (Kate war noch nicht geboren), mußte ich erneut feststellen, daß sie nicht da waren. »Blair ist mit ihnen Erdbeeren pflücken gegangen«, sagte Miriam.

»Du hättest nicht zulassen dürfen, daß er allein mit ihnen loszieht. Er ist vielleicht pädophil.«

»Barney, hast du Blair eingeflüstert, daß ich ihn für homosexuell halte?«

»Im Gegenteil. Ich habe ihm versichert, daß du ihn nicht einmal im Traum dafür hältst. Er neigt dazu, die Dinge zu verzerren.«

»Du bist doch nicht etwa eifersüchtig, oder?«

»Auf diesen humorlosen Linken? Natürlich nicht. Außerdem vertraue ich dir blind.«

»Dann würde ich, wenn ich du wäre, aufhören, ihn ködern zu wollen. Er ist viel intelligenter, als du glaubst, aber zu höflich, um dir gegenüber grob zu werden.«

»Ich fühle mich gestört.«

»Weil er so freundlich ist?«

»Aufdringlich freundlich.«

Blair vergiftete mein Jasnaja Poljana. Unsere zehn Morgen am See. Nach der verrückten Clara, der Scheiße, die ich mit der zweiten Mrs. Panofsky durchmachen mußte, dem Prozeß und der darauffolgenden Schmach, dem grauenhaften TV-Geschäft, das ich haßte, das mir jedoch jede Menge Geld einbrachte, war Miriam mein Hauptgewinn in der Lotterie. Meine Erlöserin. Mein erster Preis. Wenn Sie können, dann stellen Sie sich vor, daß die Boston Red Sox tatsächlich einmal die World Series gewinnen oder Danielle Steele den Nobelpreis einsackt, dann haben Sie eine Ahnung, wie ich mich fühlte, als Miriam wider Erwarten zustimmte, mich zu heiraten. Aber meine Epiphanie war von Angst gezeichnet. Die Götter auf dem Olymp hatten sich mit Sicherheit meine Nummer für eine Vergeltungsaktion notiert.

– Wir holen uns Panofsky. Lassen ihn auf seinem nächsten Air-Canada-Flug abstürzen.

– Hmmm.

– Oder wie wär's mit Hodenkrebs? Schnipp, schnipp. Weg mit den Eiern.

Jetzt ließ ich mich regelmäßig von Morty Herscovitch untersuchen, den ich jahrelang gemieden hatte für den Fall, daß ich dunkle Stellen in der Lunge hatte. In der Hoffnung, den rachsüchtigen Jahwe zu besänftigen, spendete ich großzügig für wohltätige Zwecke und war versucht, mit den Spendenquittungen Richtung Himmel zu wedeln, wann immer wir von Blitz und Donner bedroht waren. Ich begann, an Jom Kippur heimlich zu fasten. Ich rechnete damit, daß meine Kinder taubstumm geboren würden, ohne Arme oder mongoloid, und als das nicht der Fall war, wurden meine Vorahnungen noch dunkler. Irgend etwas Gruslig-Schauriges wartete dort draußen auf mich. Ich wußte es. Ich zählte darauf. Ohne daß ich es Miriam sagte, versteckte ich 5000 Dollar in einer verschlossenen Schublade. Mit dem Geld würde ich unter Drogen stehende Einbrecher abwimmeln, die jederzeit bei uns einsteigen konnten.

Kaum hatten die Ferien begonnen, brachte ich Miriam und die Kinder in unser Haus am See, und ich fuhr jedes Wochenende und jeden Dienstagabend hinaus. Wenn ich spät an einem Dientag- oder Freitagabend ankam, brannten stets alle Lichter im Haus. Miriam wartete auf der Veranda, Saul döste in ihren Armen, und Mike spielte mit Legosteinen zu ihren Füßen. Wenn ich die Wagentür öffnete, liefen sie auf mich zu, und ich umarmte Miriam und warf die vor Vergnügen kreischenden Kinder hoch in die Luft, um sie im letzten Moment wieder aufzufangen.

Am Morgen paßte ich auf die Jungs auf, damit Miriam vor dem Frühstück in den See springen und ans andere Ende der Bucht schwimmen konnte. Ich saß mit den Kindern auf der Veranda, trank schwarzen Kaffee, erfreute mich an Miriams perfektem Kraulstil und sah zu, wie sie zu mir zurückschwamm, *nach Hause kam*. Ich erwartete sie am Ufer mit einem Handtuch, trocknete sie ab und verweilte dabei an Stellen, die nur Barney Panofsky berühren durfte. Aber jetzt gesellte sich Blair, ein noch besserer Schwimmer, zu ihr. Am gegenüberliegenden Ufer kletterte er auf den höchsten ins Wasser ragenden Felsen und sprang kopfüber in den See, fast ohne das Wasser zu kräuseln oder gar eine Bauchlandung à la Panofsky zu machen.

Am Mittwochabend erhielt ich einen dringenden Anruf von Serge Lacroix, diesem Fan der *Cahiers du Cinéma*, der bei einer Folge von »McIver von der RCMP« Regie führte. Serges Vorstellung von Kunst bestand darin, von einem Mann mit nacktem Oberkörper, der mit seiner Liebsten auf ein Eisbärenfell sinkt, zu einer Nahaufnahme eines Preßlufthammers, der Beton aufreißt, oder, Gott steh uns bei, zu einer Tanksäule, die Benzin in einen Autotank spritzt, zu schneiden. Wann immer ich Schnellkopien seiner Sachen sah, platzte ich fast vor Lachen, aber sein Anruf bedeutete, daß ich den Donnerstag in der Stadt verbringen mußte.

Als ich begann, diese wahre Geschichte meines verpfuschten Lebens zu schreiben, beschloß ich, auch Dinge zu erwähnen, die mir heute noch, so viele Jahre später, hochnotpeinlich sind. Also weiter. Ich stellte meiner offensichtlich treuen, aber vielleicht verknallten Frau und ihrem gutaussehenden SS-Verehrer eine Falle. Am Mittwochabend verkündete ich, daß ich die Kinder mit nach Montreal nehmen würde, und versicherte einer zweifelnden Miriam, daß sie niemandem zur Last fallen, sondern großen Spaß im Studio haben würden. Dann, früh am Mittwochmorgen, als Miriam und Blair Hopper né Hauptman, der gewiß mit irgendwelchen Kriegsverbrechern verwandt war, über den See schwammen, holte ich Miriams präzise Küchenwaage, lief nach oben, nahm ihre Tube mit Vaginalcreme aus dem Badezimmerschrank, wog sie und notierte ihr genaues Gewicht. Noch immer in James-Bond-Manier riß ich mir ein Haar aus und legte es auf ihren Diaphragmabehälter. Am Frühstückstisch sagte ich: »Ich weiß noch nicht, wann ich heute abend zurückkomme, aber ich verspreche anzurufen, bevor ich losfahre, falls du etwas aus der Stadt brauchst.«

Ein hysterischer Serge hatte mich gerufen, weil es Probleme mit dem Budget gab und ich die besorgten Schauspieler beruhigen sollte. Ich war jedoch so schlecht gelaunt, daß ich die Probleme nur noch verschlimmerte. Unser sogenannter männlicher Hauptdarsteller nahm es nicht gerade wohlwollend auf, als ich ihm vor versammelter Mannschaft, was unverzeihlich war, sagte, daß ein anderer seine Rolle übernehmen würde, wenn er nicht aufhöre, vor laufender Kamera unfreiwillig komisch zu agieren. Dann erklärte ich dem absolut talentlosen Flittchen, das die weibliche Hauptrolle spielte, daß eine Schauspielerin auch in einer so beschissenen Serie wie der unseren mehr können müsse, als nur mit den Titten zu wackeln, woraufhin sie in Tränen aufgelöst vom Drehort floh.

Während ich weiterhin rüpelhaft nach allen Seiten Schläge austeilte, stellte ich mir eine schweißnasse Miriam vor, die mit Blair Positionen ausprobierte, von denen das *Kamasutra* nur träumen konnte. Entsetzen erfüllte mich. Schon wieder ein Déjà-vu, wie Yogi Berra es einmal ausgedrückt hat. Nun, nicht ganz. Dasselbe Haus, aber eine andere Besetzung. Und diesmal hatte ich Gott sei Dank keine Waffe. Schließlich, um sechs Uhr, rief ich sie an. Es klingelte vierzehnmal, bevor Miriam, die sich offensichtlich nur ungern aus einem postkoitalen Nickerchen hatte reißen oder sich beim Posieren für ein weiteres pornographisches Foto hatte unterbrechen lassen, abnahm. »Wir können hier erst in einer Stunde weg«, sagte ich.

»Du klingst schrecklich. Was ist los, Liebling?«

»Ich bin frühestens um halb neun da«, sagte ich und legte auf. Dann sammelte ich die Kinder ein und fuhr sofort los. Wenn sie vorhatten, gemeinsam zu duschen, dann würde ich sie in flagranti erwischen.

Tiere.

Mike und Saul, die meine Laune spürten, waren gewieft genug, um den ganzen Weg zurück zum See so zu tun, als schliefen sie. »Ihr erzählt Mummy, daß ihr unheimlich viel Spaß hattet. Klar?«

»Ja, Daddy.«

Kaum war ich vorgefahren und stürzte aus dem Wagen, bereit zu jeder Grausamkeit, als eine strahlende Miriam neben mir stand und mich mit einer Umarmung begrüßte. »Du wirst nie erraten, was wir getan haben«, sagte sie.

Unverfrorenes Weib. Hure von Babylon. Jezabel.

Sie nahm mich bei der Hand und führte mich zu unserem Traktor, der hinter dem Haus stand. »Erinnerst du dich, du wolltest

Jean-Claude dafür bezahlen, daß er ihn fortschafft, und einen neuen kaufen.«

Ich mußte mich hinters Steuer setzen, dann reichte sie mir die Schlüssel, während Blair ununterbrochen sein bescheidenes Ach-Unsinn-Lächeln lächelte. Ich drehte den Schlüssel, trat aufs Pedal, und der Motor brummte.

»Blair hat den ganzen Nachmittag daran gearbeitet. Er hat die Zündkerzen gesäubert, den Ölfilter gewechselt und weiß Gott was noch alles getan, und hör dir jetzt den Motor an.«

»Sie müssen in Zukunft aufpassen und dürfen ihn nicht absaufen lassen, Mr. Panofsky.«

»Na ja. Danke. Aber ich muß jetzt wirklich aufs Klo. Entschuldigt mich.«

Ich sperrte die Badezimmertür ab, öffnete das Schränkchen unter dem Waschbecken und fand mein Haar auf ihrem Diaphragmabehälter. Und Miriams Vaginalcreme wog genausoviel wie am Morgen. *Aber was, wenn er sie besprungen hatte und sie nicht verhütet hatte, und ich würde der Vater seines Kindes? Vermutlich ein Vegetarier. Und mit Sicherheit ein Abonnent von* Consumer's Report. Nein, nein. Noch immer beunruhigt, aber bereits mehr als nur ein bißchen schuldbewußt, trug ich die Küchenwaage zurück, holte eine Flasche Champagner aus dem Kühlschrank und stellte sie auf den Eßtisch.

»Was gibt es zu feiern?« fragte Miriam.

»Die Wiederauferstehung des Traktors. Blair, ich weiß nicht, wie wir je ohne Sie zurechtgekommen sind.«

Im nachhinein sehe ich ein, daß es vermutlich besser gewesen wäre, ich hätte keine zweite Flasche aufgemacht und auch nicht den Châteauneuf zu Miriams *osso buco* und ebensowenig den Cognac. Blair lehnte den Cognac ab und bedeckte kleinlich den Schwenker mit der Hand. »Ach, na machen Sie schon«, sagte ich.

»Hoffentlich bin ich nicht gerade bei einem Männlichkeitstest durchgefallen«, sagte er. »Aber wenn ich noch einen Tropfen trinke, wird mir schlecht.«

Dann hielt er wie jeden Tag seine unvermeidliche Vietnam-Predigt und zog über Nixon, Kissinger und Westmoreland her. Nicht in der Stimmung zuzugeben, daß ich auch für dieses Pack keine Zeit hatte, sagte ich: »Klar, es ist ein dreckiger Krieg, aber,

Blair, fühlen Sie sich nicht ein winziges bißchen schuldig, ein Mann mit Ihrem Gewissen, weil Sie zulassen, daß dieser Krieg überwiegend von Schwarzen und Ledernacken und Arbeiterkindern aus den Städten geführt wird, während Sie Ihren Mittelklassearsch in Kanada in Sicherheit gebracht haben?«

»Halten Sie es für meine Pflicht, Babys mit Napalm umzubringen?«

Miriam wechselte das Thema, und dann drohte ein richtiger Streit. Blairs Schwester, Anwältin in Boston, leitete eine Organisation, die für Taube, Blinde und Rollstuhlfahrer Arbeit suchte. Statt einzuräumen, daß das wirklich bewundernswert war, protestierte ich. »Ja, aber sie nehmen gesunden Menschen die Arbeitsplätze weg. Ich sehe es vor mir. Unser Haus brennt, und sie finden es nicht, weil sie blind sind. Oder ich liege auf der Intensivstation und jammere: ›Hilfe, Hilfe! Schwester, Schwester! Ich sterbe.‹ Aber sie hört mich nicht, weil sie taubstumm ist.«

An seinem letzten Abend bei uns machte »Onkel« Blair meinen begeisterten Kindern ein Lagerfeuer, und ich saß wütend auf der Veranda, trank Remy Martin und rauchte eine Montecristo. Ich sah ihnen zu, wie sie da am Ufer saßen, Würstchen und Marshmellows grillten, und hoffte, daß die Funken den Wald in Brand setzten und Blair, ein gesuchter Pyromane im »Vierten Reich«, in Handschellen abgeführt würde. Aber so viel Glück hatte ich nicht. Er klimperte auf seiner verdammten Gitarre und brachte meinen Kindern Balladen von Woody Guthrie bei (»This Land is Your Land« und andere linke Tagträume), und Miriam stimmte mit ein. Meine Familie, die *Mischpoche* Panofsky, erst seit zwei Generationen dem Schtetl entkommen, umgemodelt zu einem alten *Saturday-Evening-Post*-Titelbild von Norman Rockwell. Scheiße. Scheiße. Scheiße.

Blair war schon verschwunden, als ich am nächsten Tag zum Frühstück herunterkam, und ich dachte, ich würde nie wieder etwas von ihm sehen oder hören. Aber dann trafen ab und zu Postkarten aus Toronto ein, jeweils eine für Mike und Saul, und er forderte sie auf, seine Brieffreunde zu werden. Als ich die Karten im Postamt des Dorfes abholte, war mein erster Gedanke, sie in die nächste Mülltonne zu werfen, aber ich hatte Angst, daß Miriam es herausfinden würde. Und deswegen überreichte ich sie am Eßtisch meinen heimtückischen Kindern, die in Freudenschreie ausbrachen. Quislinge, beide. Und diejenigen von Ihnen, die zu jung sind, um noch zu wissen, wer Quisling war, können unter – unter – Sie wissen schon, dem Land neben Schweden nachschlagen. Nicht Dänemark, das andere.[4] »Natürlich müßt ihr ihm antworten, Kinder«, sagte ich. »Aber die Briefmarken bezahlt ihr von eurem Taschengeld.«

»Ich traue meinen Ohren nicht«, sagte Miriam.

»Und ich bin noch nicht fertig. Heute abend lade ich euch alle zum Essen bei Giorgio ein.«

»Und sag mal, Père Goriot, müssen die Kinder ihre Hamburger und Pommes frites auch selbst bezahlen und in Rekordzeit aufessen, damit du früh genug wieder zu Hause bist, um das erste Inning des Baseballspiels im Fernsehen nicht zu verpassen?«

Dann schickte Blair Miriam die Kopie eines Artikels, den er für *American Exile in Canada* geschrieben hatte. Sie versuchte vergeblich, ihn vor mir zu verstecken, weil er sogar ihr peinlich war.

Man nehme einmal an, schrieb Blair, daß Kanada von seinen Volksmassen gezwungen würde, seine Unabhängigkeit zu bekräftigen, indem es »alle Industrieunternehmen in U$-Besitz verstaatlichte und alle weiteren U$-Investitionen untersagte. Die unvermeidliche U$-Invasion wäre hart, brutal und blutig.« Aber, so meinte Blair, Kanada würde gewinnen:

> Das Wichtigste im Fall einer Yanqui-Invasion ist, nicht zu vergessen, daß sich die Masse der Kanadier gegen die Schweine erheben würde. Guerilla- und Partisanenkämpfe würden die Zahl der Yanqui-Invasoren dezimieren. Die Masse der Kanadier würde die Partisanenkämpfer unterstützen, Erste Hilfe leisten, sie mit Nahrung versorgen, sie verstecken, sie als ihre Brüder annehmen. Wir müssen von den Vietnamesen lernen, wie man die Yanqui-Invasoren bekämpft ...

Wußte dieser Idiot denn nicht, daß beim letztenmal, als die Amerikaner in Montreal einmarschierten, Vizegouverneur Guy Carleton floh, die Stadt kapitulierte und der Sprecher der *habitants*,

4 Norwegen.

Valentin Juatard, die Yanqui-Schweine als Brüder begrüßte und sagte: »Unsere Herzen haben sich immer nach einem Zusammenschluß gesehnt, und wir haben die Truppen der Union immer wie unsere eigenen willkommen geheißen«?

4

Zipporah Ben Yehuda
Dimonah
Negev
Eretz Yisroel
Tishri 22, 5754

Clara-Charnofsky-Stiftung
für Frauen
615 Lexington Ave.
New York, N.Y.
USA

Zu Händen von Chawera Jessica Peters und Dr. Shirley Wade

Schalom, Schwestern,

ich wurde als Jemima (nach der ältesten der drei Töchter Hiobs) Fraser vor fünfunddreißig Jahren in Chicago geboren, aber seit ich vor vier Jahren in die Stadt Dimonah im Negev kam, trage ich den Namen Zipporah Ben Yehuda. Ich bin eine Schwarze Hebräerin, eine Anhängerin Ben Ammis, des früheren Meisters im Freistilringen von Illinois, der uns lehrte, daß wir die wahren Israeliten sind. Ja. Ein Schwarzes Volk, das von den Römern nach Afrika gedrängt und dann als Sklaven nach Amerika gebracht wurde. Zu unseren Brüdern gehören die Lemba in Südafrika, die sich ebenfalls Israeliten nennen, auch wenn sie nicht mehr glatt koscher leben. Im Jahr 1966 der christlichen Zeitrechnung hatte Ben Ammi, der noch in Chicagos South Side predigte, eine Vision, als ein Schnapsladen dank einer Bombe in Flammen aufging. Er rappte mit Jahwe und erfuhr dabei, daß es für die wahren Kinder Israels an der Zeit war, die *alije* zu machen. Dreihundertundfünfzig coole Leute nahmen an dem Großen Exodus teil, und jetzt zählen wir *Gott sedank* 1500, leiden aber nach wie vor unter Pfeil' und Schleudern des Antisemitismus der weißen jüdischen Usurpatoren.

Laßt mich Euch sagen, daß es kein Honiglecken ist, in Eretz Yisroel ein Schwarzer Jude zu sein. In Cäsarea gibt es Golfclubs, die uns nicht aufnehmen, und in Tel Aviv und Jerusalem gibt es Restaurants, die ausgebucht sind, wenn wir auftauchen. Die bleichen Israelis mißbilligen einige unserer Rituale, besonders die Polygamie, *die auf der wahren Auslegung der fünf Bücher Mosis basiert.* Wir beschämen sie vielleicht, weil wir strenggläubiger sind als sie. Wir fasten den ganzen Sabbat. Wir sind strikte Vegetarier und nehmen weder Milch noch Käse zu uns. Und wir tragen keine synthetische Kleidung. Kurz gesagt, wir sind zum wahren Glauben zurückgekehrt, so wie er war, bevor ihn die sogenannte eurochristliche Zivilisation korrumpierte.

Wir sind Patrioten. Wir mögen keine Muslims, weil sie die schlimmsten Sklavenhändler waren. Und wir sind gegen einen Palästinenserstaat. Unsere Gemeinde hält es mit strenger Disziplin, wir haben nichts gemein mit der Schwarzen Straßenkultur in Chicago. Entgegen dem, was Ihr vielleicht in der *Jerusalem Post* gelesen habt, handeln wir nicht mit Drogen. Unsere Kinder verneigen sich leicht, wenn sie einen Erwachsenen grüßen, und die Frauen ordnen sich den Männern vollkommen unter. Das letzte Wort in allen Dingen hat Ben Ammi, unser Messias, den wir »Abba Gadol«, Großer Vater, nennen.

Unsere *Mischpoche*, die aus sieben »Soul«-Gruppen besteht, ist gefürchtet, weil die Bigotten in uns die Avantgarde einer immensen Schwarzen Einwanderung gemäß dem Gesetz der Rückkehr sehen. Aber laut unserem *Abba Gadol* gibt es höchstens 100 000 Schwarze in Amerika, die israelitischen Ursprungs sind. Wohl wahr, daß israelitische Stämme in Afrika ungefähr fünf Millionen Mitglieder haben, aber wir rechnen nicht damit, daß mehr als eine halbe Million hierherkommt.

Ich möchte dementieren, was einer unserer Teenager angeblich zu einem weißen Reporter der *Jerusalem Post* gesagt hat:

»Im Jahr 2000 wird's ne Riesenapokalypse gebn. Vulkane und so. Und dann werdn Schwarze von überall her nach Israel komm. Dann wird das Land uns gehörn.«

Schwestern, der Grund, warum ich Euch schreibe, ist, daß ich eine Beihilfe von, sagen wir mal, 10 000 Dollar brauche, damit meine Gruppe einen Rap Haggada komponieren kann, der von den Gedichten von Iced T. inspiriert sein soll. Das wäre dann unser Geschenk an Eretz Yisroel. Eine Art zeitgenössisches Sechstes Buch Mo.

Ich danke Euch im voraus und verbleibe

voller Hochachtung
Zipporah Ben Yehuda

5 »Meine Name ist Sean O'Hearne«, sagte der Kriminalbeamte, der am Tag nach Boogies Verschwinden auftauchte. »Ich glaube, wir sollten uns ein bißchen unterhalten.«

Sein mehr als nur fester Händedruck hätte mir fast die Finger gebrochen, und dann drehte er plötzlich meine schmerzende Hand um, als ob er mir daraus die Zukunft vorhersagen wollte. »Das sind vielleicht Schwielen, die Sie da haben.«

O'Hearne, der noch nicht fett war oder das Haupthaar verlor oder von den nassen Hustenanfällen heimgesucht wurde, die seine Augen aus den Höhlen treten lassen, trug einen Strohhut, ein grasgrünes Gabardine-Jackett und eine karierte Hose. Als er es sich in einem Rohrstuhl auf meiner Veranda bequem machte, bemerkte ich seine zweifarbigen Golfschuhe mit Quasten. Er hatte vor, den Nachmittag auf dem Golfplatz zu verbringen. »Dieser Arnold Palmer, der ist schon einer«, sagte er. »Ich hab ihn einmal bei den Canadian Open gesehen und mir anschließend vorgenommen, nach Hause zu gehen und meine Schläger zu verbrennen. Was ist Ihr Handicap?«

»Ich spiele nicht Golf.«

»Ach, halten Sie mich nicht zum Narren. Ich dachte, daher hätten Sie die Schwielen.«

»Ich habe Gräben ausgehoben, um Spargel zu pflanzen. Haben Sie Boogie schon gefunden?«

»Man sagt ja, keine Nachrichten sind gute Nachrichten, in diesem Fall vielleicht auch nicht, was? Das Polizeiboot und die Taucher sind mit leeren Händen zurückgekehrt, und soweit wir wissen, hat niemand einen Tramper in Badehose und mit Flossen an den Füßen mitgenommen.«

O'Hearne war in einem Zivilfahrzeug gekommen, gefolgt von zwei Wagen der Quebecer Polizei. Und jetzt begannen vier junge Polizisten, die so taten, als langweilten sie sich, über das Grundstück zu schlendern und Ausschau nach Anzeichen frisch aufgeworfener Erde zu halten. »Sie haben verdammtes Glück, daß Sie bei dieser Hitze nicht in der Stadt festsitzen«, sagte O'Hearne, nahm den Strohhut ab und wischte sich mit einem Taschentuch die Stirn.

»Ihre Leute verschwenden hier ihre Zeit.«

»Ich hatte mal ein kleines Grundstück am Lake Echo. Nichts so Großartiges wie das hier, nur eine kleine Hütte. Aber ich erinnere mich, daß man immer wegen der Ameisen und Feldmäuse aufpassen mußte. Und bevor ich nach einem Wochenende wieder abfuhr, mußte ich saubermachen und den Abfall entsorgen. Fahren Sie Ihren Abfall auf eine Müllhalde?«

»Ich lasse ihn vor der Küchentür stehen, und Benoit O'Neil holt ihn ab. Wenn Sie ihn durchsuchen wollen, bitte sehr.«

»Wissen Sie, was ich nicht verstehe? Daß Sie den Beamten, die hier waren, nicht gesagt haben ...«

»Sie waren hier, weil ich sie gerufen habe.«

»... was hier vorgefallen ist, wie durcheinander Sie gewesen sein müssen, Ihren Freund einfach so zu verlieren, durch Ertrinken.«

»Er ist nicht ertrunken. Er ist in irgendein Häuschen eingebrochen, und man wird erst wieder von ihm hören, wenn er alle Flaschen Schnaps, deren er habhaft werden kann, ausgetrunken hat.«

»Hm. Hm. Es wurden keine Einbrüche gemeldet.«

»Ich rechne damit, daß ein vollkommen ernüchterter Boogie heute oder morgen hier wieder auftaucht.«

»He, vielleicht ist Mr. Moscovitch in seiner Badehose noch irgendwo da draußen im Wald. Himmel, die Moskitos müssen ihn in den Wahnsinn treiben. Außerdem hat er bestimmt Hunger. Was meinen Sie?«

»Ich meine, Sie sollten jedes Haus am See nach ihm absuchen, bis Sie ihn finden.«

»Das ist wirklich Ihre Meinung, was?«

»Ich habe nichts zu verbergen.«

»Das hat niemand unterstellt. Aber vielleicht können Sie mir mit ein paar langweiligen Details aushelfen, nur der Ordnung halber.«

»Möchten Sie was trinken?«

»Ein kaltes Bier würde ich nicht ablehnen.«

Wir gingen ins Haus. Ich holte O'Hearne ein Molson und goß mir selbst einen Scotch ein. O'Hearne stieß einen Pfiff aus. »So viele Bücher habe ich bislang nur in einer Bibliothek gesehen.« Er stand neben einer kleinen Tuschezeichnung an der Wand. Beelzebub & Co., die eine nackte junge Frau schänden. »He, hier hat aber jemand eine wirklich kranke Phantasie.«

»Das hat meine erste Frau gezeichnet, nicht daß es Sie etwas anginge.«

»Geschieden, was?«

»Sie hat sich umgebracht.«

»Hier?«

»In Paris. Das ist in Frankreich, falls Sie es nicht wußten.«

Ich lag auf dem Boden, und es pochte in meinem Schädel, bevor mir noch klar war, daß er mich niedergeschlagen hatte. Erschrocken rappelte ich mich auf, meine Beine fühlten sich an wie Gummi.

»Wischen Sie sich den Mund ab. Sie wollen doch Ihr Hemd nicht mit Blut besudeln, oder? Ich wette, es ist von Holt Renfrew. Oder Brisson et Brisson. Wo dieser Mistkerl Trudeau[5] einkauft. Ihre Frau hat sich mit uns in Verbindung gesetzt. Verbessern Sie mich, wenn ich etwas Falsches sage, aber laut ihrer Aussage gab es hier früh am Mittwochmorgen ein Mißverständnis, und Sie dachten, Sie hätten Grund, auf sie und Mr. Moscovitch wütend zu sein.« Er blätterte in seinem kleinen schwarzen Notizbuch und fuhr dann fort: »Sie sagt, Sie wären von Montreal hierhergefahren und unerwartet früh eingetroffen, deswegen hätten Sie die beiden im Bett erwischt und gedacht, sie hätten es, nun, miteinander getrieben. Aber, und ich zitiere, in Wahrheit war Ihr Freund ein sehr kranker Mann. Sie brachte ihm auf einem Tablett das Frühstück, und er zitterte so, fror trotz der Hitze, seine Zähne klapperten wie

5 1960 war Pierre Elliot Trudeau noch weitgehend unbekannt. 1968, als er zum Premierminister gewählt wurde, war das Jahr der Trudeaumanie.

verrückt, daß sie sich zu ihm ins Bett legte, um ihn festzuhalten, wie eine Krankenschwester es vielleicht tut, und dann stürmten Sie herein, wutschnaubend, und zogen voreilig Schlußfolgerungen.«

»Sie sind so ein Idiot, O'Hearne.«

Diesmal überraschte er mich mit einem schnellen Schlag in den Magen. Ich taumelte, rang nach Luft und ging neuerlich zu Boden. Ich hätte liegenbleiben sollen, denn kaum war ich wieder auf den Beinen und wollte mich auf ihn stürzen, schlug er mich mit seiner Linken hart ins Gesicht und behandelte die andere Backe mit seiner Rechten. Ich fuhr mir mit der Zunge über die Zähne, um zu überprüfen, ob noch alle festsaßen.

»Das kaufe ich ihr natürlich überhaupt nicht ab. Nicht die ganze *bobe-majße*, was? Ich kann ein bißchen Jiddisch. Ich bin in der Main aufgewachsen. Sie sehen einen professionellen *schabeß-goj* vor sich. Ich habe mir an Freitagabenden ein paar Pfennige verdient, indem ich für religiöse Juden das Feuer anzündete, und ich habe nie einen nobleren, gesetzestreueren Haufen gekannt. Ich denke, Sie sollten sich Ihr Kinn noch einmal abwischen.«

»Wovon sprachen Sie?«

»Mann, das muß Sie umgehauen haben. Ihre Frau und Ihr bester Freund zusammen im Bett.«

»Sagen wir mal, ich war nicht gerade erfreut.«

»Das kann ich Ihnen nicht verübeln. Das wäre keiner. Wo hat Mr. Moscovitch denn geschlafen?«

»Oben.«

»Kann ich mal kurz nachsehen? Das ist mein Job.«

»Haben Sie einen Durchsuchungsbefehl?«

»Ach, kommen Sie. Seien Sie nicht so. Wie Sie gesagt haben – Sie haben doch nichts zu verbergen.«

»Erstes Zimmer rechts.«

Ich kämpfte gegen meine mit Angst vermischte Wut und ging zum Küchenfenster, von wo ich einen Polizisten in den Wald gehen sah. Ein anderer hatte meinen Müllsack geleert und inspizierte den Inhalt. Dann kam O'Hearne zurück, eine Hand hinter dem Rücken. »Verdammt merkwürdig. Er hat seine Kleidung dagelassen. Seine Brieftasche. Seinen Paß. Dieser Moscovitch ist wirklich viel gereist.«

»Er wird seine Sachen abholen.«

Er langte in eine Jackentasche. »Sie wollen mich für dumm verkaufen, Panofsky. Ich würde sagen, das ist Marihuana.«

»Aber nicht meins.«

»Ach, das hätte ich beinahe vergessen«, sagte er und holte endlich die andere Hand hinter dem Rücken hervor. »Schauen Sie mal, was ich gefunden habe.«

Verdammt verdammt verdammt. Die Dienstwaffe meines Vaters.

»Haben Sie eine Lizenz?«

In diesem Moment überwältigte mich Panik, und ich vermasselte die Sache. »Ich habe sie noch nie zuvor gesehen. Sie muß Boogie gehören.«

»Wie das Marihuana?«

»Ja.«

»Ich hab sie aber auf Ihrem Nachttisch gefunden.«

»Keine Ahnung, wie sie dort hingekommen ist.«

»Mann, Ihnen gefällt's wohl, verdroschen zu werden, was?« sagte er und schlug so fest zu, daß ich erneut das Gleichgewicht verlor. »Jetzt reden wir mal ernsthaft.«

»Ach, jetzt erinnere ich mich. Sie gehörte meinem Vater. Er hat sie an einem Wochenende hier vergessen. Er war Kriminalinspektor bei der Polizei von Montreal.«

»Tja, ich will verdammt sein. Sie sind der Sohn des verfluchten Israel Panofsky.«

»Ja.«

»Dann gehören wir ja irgendwie zur gleichen *mischpoche*. So nennt ihr Witzbolde doch die Familie. In dem Revolver ist eine leere Kammer.«

»Er konnte eine Waffe noch nie richtig laden.«

»Ihr Vater?«

»Ja.«

»Ich werd Ihnen ein kleines Geheimnis verraten. Genau wie Ihr Vater habe ich mehr als einen Tatverdächtigen ins Krankenhaus schaffen müssen. ›Widerstand bei der Festnahme‹, Sie wissen schon.«

»Ich habe geschossen.«

»Jetzt kommen wir der Sache schon näher. Vor kurzem?«

»Boogie und ich haben eine Menge getrunken, nachdem meine Frau weggefahren war.«

»Klar. Sie müssen wütend auf ihn gewesen sein. Mir wär's nicht anders ergangen. Vögelt hinter Ihrem Rücken Ihre Frau. Bums, peng, peng. Ein Kerl mit Ihrem Temperament.«

»Was soll das heißen?«

»Sie wurden einmal aufs 10. Revier gebracht, ich hab hier irgendwo das genaue Datum, wegen einer Schlägerei in einer Bar. Ein anderes Mal hat ein Kellner Sie wegen Körperverletzung angezeigt. Ich hoffe, Sie halten mich nicht für einen *gojische kop*. Wir Typen haben vielleicht keine Grundstücke am See, aber wir machen unsere Hausaufgaben, was?«

»Ich habe Boogie angefleht, in seinem Zustand nicht schwimmen zu gehen. Als er den Abhang runtergelaufen ist, hab ich einen Warnschuß über seinen Kopf abgefeuert.«

»Sie hatten zufälligerweise die Waffe in der Hand?«

»Zu diesem Zeitpunkt haben wir bereits herumgealbert«, sagte ich, und der Schweiß lief mir unter dem Hemd runter.

»Sie haben nur so zum Spaß über seinen Kopf gefeuert? Sie verdammter Lügner«, sagte er und schubste mich. »Lassen Sie uns ernsthaft miteinander reden.«

»Ich sage die Wahrheit.«

»Sie lügen durch die Zähne. Seien Sie froh, daß Sie sie noch haben, es wäre doch peinlich, wenn Sie hinfallen und ein paar davon verlieren, nicht wahr?«

»Es ist mir scheißegal, wie es sich anhört. Aber so war es.«

»Er ist also schwimmen gegangen. Und dann?«

»Ich war selbst etwas benommen. Deswegen habe ich mich aufs Sofa gelegt, und dann hatte ich einen Alptraum und bin, wie ich meinte, ein paar Minuten später wieder aufgewacht. Ich träumte, daß ich in einem Flugzeug saß, das in den Atlantik stürzte.«

»Ach, Sie Armer.«

»Tatsächlich hatte ich jedoch ungefähr drei Stunden geschlafen. Ich machte mich auf die Suche nach Boogie, konnte ihn aber im Haus nirgendwo finden. Ich hatte Angst, er wäre ertrunken. Deswegen habe ich die Polizei angerufen und gebeten, so schnell wie möglich jemanden herzuschicken, was ich sicherlich nicht getan hätte, wenn etwas zu verbergen gewesen wäre.«

»Oder wenn Sie sich nicht für einen Oberschlaumeier halten würden. Wissen Sie, was? Ich bin ein Fan von Agatha Christie. Ich wette, wenn sie sich diese Geschichte ausgedacht hätte, würde sie *Der Fall des vermißten Schwimmers* heißen. Sie hätten die Waffe nach dem Tod Ihres Vaters abgeben sollen.«

»Ich habe vergessen, daß sie hier ist.«

»Sie haben vergessen, daß sie hier ist, aber Sie haben sie nur so zum Spaß in der Hand gehabt und einen Schuß über seinem Kopf abgefeuert?«

»Nein, ich habe ihn mitten ins Herz getroffen und dann im Wald vergraben, wo diese Dummköpfe jetzt gerade suchen.«

»Jetzt reden wir ernsthaft.«

»Haben Sie das Wort ›Ironie‹ schon mal gehört, O'Hearne?«

»Wenn ich nicht schwerhörig bin, haben Sie gerade gesagt: ›Ich habe ihn mitten ins Herz getroffen und dann im ...«

»Verdammt, O'Hearne. Wenn Sie hier sind, um mir irgend etwas anzuhängen, dann sagen Sie es. Wenn nicht, dann verschwinden Sie mitsamt Ihren Leuten.«

»Mann, Sie haben vielleicht ein Temperament. Hoffentlich schlagen Sie mich nicht. Ich bin vielleicht froh, daß Sie nicht mich mit Ihrer Frau im Bett erwischt haben.«

»Hier ist noch was für Ihr Notizbuch. Aber ich fürchte, es wird Ihre Beweisführung schwächen. Ich war überhaupt nicht wütend auf Boogie. Ich war hoch erfreut. Glücklicher als seit langem. Ich will mich nämlich scheiden lassen, und jetzt habe ich einen Grund. Boogie hatte zugestimmt, für mich auszusagen. Ich brauche ihn als Zeugen. Warum also sollte ich ihn umbringen?«

»Jetzt machen Sie mal langsam. Das habe ich nie behauptet«, sagte O'Hearne. Dann fuhr er sich mit der Zunge über die Lippen und blätterte in seinem Notizbuch. »Laut Aussage Ihrer Frau haben Sie, kurz bevor sie abfuhr, weil sie Angst vor Ihrem gewalttätigen Temperament hatte ...«

»Ich habe kein gewalttätiges Temperament.«

»Ich zitiere ja nur. Sie fragte: ›Was wirst du mit Boogie machen?‹ Und Sie sagten, Zitat: ›Ich werde ihn umbringen.‹ Zitat Ende. Dann drohten Sie ihr und ihrer kürzlich verwitweten Mutter.«

»Das war sozusagen eine Redewendung.«

»Sie leugnen es nicht?«

»Verdammt noch mal, Sie Idiot. Ich hatte keinerlei Absicht, Boogie etwas anzutun. Ich brauche ihn.«

»Sie haben eine Freundin in Toronto?«

»Das geht Sie nichts an.«

»Ein hübsches Flittchen namens Miriam Irgendwas?«

»Lassen Sie verdammt noch mal ihren Namen aus dem Spiel, Sie Flegel. Sie war nicht einmal hier. Was sollte sie damit zu tun haben?«

»Okay. Verstanden. Ich nehme jetzt diese Waffe mit, lasse Ihnen jedoch eine Quittung da.«

»Sagen Sie mir, wenn Sie Hilfe beim Buchstabieren brauchen.«

»Sie sind wirklich ein harter Fall.«

»Wollen Sie mich irgendeines Verbrechens bezichtigen?«

»Schlechter Manieren vielleicht.«

»Dann lassen Sie mich Ihnen zum Abschied einen schönen Nachmittag auf dem Golfplatz wünschen. Möge Ihnen jemand einen Ball an den Kopf schießen, nicht daß Sie hinterher anders aussehen würden«, sagte ich, packte ihn am Revers und begann, ihn zu schütteln. Er leistete keinen Widerstand. Er lächelte nur. »*Bobe-majße. Schabeß-goj. Mischpoche.* Wagen Sie es ja nicht, mir mit Ihrem Pidgin-Jiddisch zu kommen, Sie blöder Analphabet. Agatha Christie. *Der Fall des vermißten Schwimmers.* Ich wette, das letzte Buch, das Sie gelesen haben, war die Erstkläßlerfibel, und wahrscheinlich versuchen Sie heute noch, die Geschichten zu verstehen. Wo haben Sie gelernt, einen Verdächtigen zu verhören? Haben Sie ›Dragnet‹ gesehen? Oder *True Detective* gelesen? Nein, das hätte ich gemerkt, Ihre Lippen wären immer noch aufgesprungen.«

Grinsend befreite sich O'Hearne von meinem Griff mit einem sauberen Schlag seiner Hand, so daß ich wieder zusammenzuckte. Dann legte er seine andere Hand um meinen Nacken, riß meinen Kopf nach vorn und rammte mir ein Knie in die Leiste. Mit offenem Mund klappte ich zusammen, aber nur kurz, weil er als nächstes seine beiden geballten Fäuste wie einen Preßlufthammer unter mein Kinn trieb, was mich rücklings und mit kreisenden Armen auf den Boden warf. »Panofsky, tu dir selbst einen Gefallen«, sagte er. »Wir wissen, daß du es getan hast, und früher oder später werden wir die Stelle finden, an der du den armen Kerl verbuddelt hast. Spargelbeet, du meine Güte. Spar uns Zeit und Mühe. Zeig ein bißchen *rachmoneß* mit den hart arbeitenden Hütern des Gesetzes. Das heißt Mitleid in deinem Kauderwelsch, das ich, und darauf würde ich wetten, besser spreche als du. Gib's zu. Führ uns zu der Leiche. Dafür kriegst du Pluspunkte. Ich werde vor Gericht schwören, daß du wirklich nett warst, kooperativ, voller Reue. Du heuerst einen schlauen Juden-Anwalt an und wirst nur wegen Totschlags oder irgendeiner anderen Scheiße angeklagt, weil ihr miteinander gekämpft habt und dann zufälligerweise der Revolver losging. Oder es war Notwehr. Oder, von mir aus, du hast nicht einmal gewußt, daß er geladen war. Richter und Geschworene werden Verständnis haben. Deine Frau. Dein bester Freund. Herr im Himmel, du warst vorübergehend unzurechnungsfähig. Im schlimmsten Fall kriegst du drei Jahre und darfst nach eineinhalb Jahren nach Hause. Mann, womöglich kriegst du sogar Bewährung. Ein armer, betrogener Mann wie du. Aber wenn du auf dieser *bobe-majße* bestehst, die du hier zum besten gibst, und ich vor Gericht aussage, daß du mich geschlagen hast, wird niemand deine Geschichte glauben, und dann brummen sie dir vielleicht lebenslänglich auf, und das heißt mindestens zehn Jahre, und während du im Gefängnis dahinsiechst und Hundefutter fressen mußt und von üblen Burschen, die keine Juden mögen, verprügelt wirst, wird deine heiße Mieze in Toronto für jemand anders die Beine breit machen, was? Und wenn du endlich rauskommst, bist du ein gebrochener alter Mann. Also, was hast du dazu zu sagen?«

Gar nichts hatte ich zu sagen, weil ich nicht aufhören konnte zu würgen.

»Himmel, schau nur, wie du deinen Teppich zurichtest. Wo finde ich einen Eimer, den ich dir bringen kann?«

O'Hearne beugte sich vor und bot mir die Hand, um mir vom Boden aufzuhelfen, aber ich schüttelte den Kopf, nein, weil ich Angst hatte, daß er noch einmal zuschlagen würde. »Dem Teppich kann nur noch ein Shampoo helfen. Tja, *merci beaucoup* für das Bier.«

Ich stöhnte.

»Und wenn oder falls dein Freund, der Langstreckenschwimmer, auftaucht, sei so gut und ruf uns an, ja?«

Auf dem Weg hinaus gelang es O'Hearne, mir auf die Hand zu treten. »Hoppla. Tut mir leid.«

Nachdem O'Hearne und seine Spießgesellen abgefahren waren, lag ich eine Stunde oder länger auf dem Boden, dann schaffte ich es, mir einen weiteren Laphroaig einzuschenken und John Hughes-McNoughton anzurufen. Er war weder zu Hause noch in seinem Büro. Ich erwischte ihn in Dink's und erzählte ihm, daß die Bullen mir einen Besuch abgestattet hatten. »Deine Stimme klingt komisch«, sagte er.

»O'Hearne hat mich zusammengeschlagen. Ich will ihn anzeigen.«

»Hoffentlich hast du keine Fragen beantwortet.«

Ich hielt es für das Beste, John alles zu erzählen, auch daß O'Hearne den Revolver meines Vaters gefunden und ich harte Worte an ihn gerichtet hatte, bevor er ging.

»Du hast ihn am Revers gepackt und geschüttelt?«

»Ich glaube. Aber erst nachdem er mich geschlagen hat.«

»Tu mir einen Gefallen, Barney. Ich hab noch ein paar Dollar auf der Bank. Sie gehören dir. Aber bitte such dir einen anderen Anwalt.«

»Außerdem brauche ich dich für meine Scheidung. Aber, Mensch, wir müssen keine Nutte und keinen Detektiv mehr einschalten. Ich habe sie in flagranti erwischt. Boogie wird für mich aussagen.«

»Nur daß er wahrscheinlich tot ist.«

»Er wird wieder auftauchen. Ach, da ist noch etwas, was ich erwähnen sollte. Sie weiß von Miriam.«

»Wie das?«

»Woher soll ich das wissen? Die Leute quatschen. Vielleicht sind wir zusammen gesehen worden. *Sie hätte nie so über Miriams Stimme reden sollen.*«

»Wie meinst du das?«

»Ich hab mich verquasselt. Okay, hätte ich nicht tun sollen. Hab's aber getan. Hör mal, John, ich kann nicht ins Gefängnis. Ich bin verliebt.«

»Wir sind uns nie begegnet. Ich kenne dich nicht. Das ist mein letztes Wort. Von wo aus rufst du an?«

»Aus meinem Sommerhaus.«

»Leg auf.«

»Du bist paranoid. Das wäre gegen das Gesetz.«

»Leg sofort auf.«

Scheiße. Scheiße. Scheiße.

Früh am nächsten Morgen wurde ich in Montreal vom Klingeln an der Tür geweckt. Es war O'Hearne mit einem Haftbefehl wegen Mordverdachts. Und es war Lemieux, der mir die Handschellen anlegte.

6 Die Kinder konnten die Geschichten von meinem Werben um Miriam nicht oft genug hören, sie jauchzten über unsere Frechheiten und wollten ständig weitere Einzelheiten wissen.

»Heißt das, daß er von seiner eigenen Hochzeit weggerannt und dir in den Zug nach Toronto gefolgt ist?«

»So war es.«

»Das war gemein von dir, Daddy«, sagte Kate.

Ein ernster Saul blickte von seinem Buch auf und sagte: »Ich war noch nicht geboren.«

»Um wieviel Uhr ist der Zug nach Toronto abgefahren?« fragte Michael zum x-tenmal.

»Ungefähr um zweiundzwanzig Uhr«, sagte Miriam.

»Wenn das Eishockeyspiel, sagen wir, um halb elf aus war und der Zug ungefähr um zehn Uhr abgefahren ist, dann verstehe ich nicht, wie ...«

»Michael, darüber haben wir schon so oft geredet. Er muß Verspätung gehabt haben.«

»Und du hast ihn gezwungen, in ...«

»Ich verstehe trotzdem nicht, wie ...«

»Ich war noch nicht fertig mit meinem Satz«, sagte Kate.

»Ach, du bist so eine Nervensäge ...«

»Du darfst erst etwas sagen, wenn ich mit meinem Satz fertig bin. Und du hast ihn gezwungen, in Montreal West auszusteigen. Punkt.«

»In Wahrheit war sie insgeheim sauer, daß ich nicht bis Toronto mitgefahren bin.«

»Es war seine Hochzeitsnacht, Liebes.«

»Er war sturzbesoffen«, sagte Saul.

»Daddy, warst du das, Fragezeichen.«

»Natürlich nicht.«

»Aber es stimmt doch, daß du nicht aufhören konntest, sie anzustarren, Komma, obwohl es dein Hochzeitstag war. Punkt.«

»Er hat mich überhaupt nicht zum Tanzen aufgefordert.«

»Mummy hat ihn einfach für ein bißchen dämlich gehalten. Punkt.«

»Wenn du sie angestarrt hast, dann sag doch, was sie damals angehabt hat.«

»Ein Cocktailkleid aus blauem Chiffon mit tief angesetzten Schultern. Ha, ha, ha.«

»Und stimmt es, Komma, daß er überallhin gekotzt hat, als ihr zum erstenmal miteinander beim Essen wart, Fragezeichen.«

»Ich wurde erst drei Jahre später geboren.«

»Ja, und es ist wirklich ein Wunder, daß der Tag nicht zu einem Feiertag erklärt wurde. So wie Königin Viktorias Geburtstag.«

»Kinder, bitte.«

»Bei eurer ersten Verabredung bist du schon mit ihm auf sein Hotelzimmer gegangen. Punkt. Schämst du dich denn gar nicht, Fragezeichen.«

»Mummy ist Daddys dritte Frau«, sagte Michael, »aber wir sind die einzigen Kinder.«

»Bist du dir da sicher?« fragte ich.

»Daddy«, sagte Kate.

»Ich war beim Friseur und trug ein sexy neues Kleid, und ...«

»Mummy!«

»... und er hat nicht mal gesagt, daß ich hübsch aussehe.«

»Und was ist dann passiert?«

»Sie haben Champagner getrunken.«

»Daddys erste Frau ist berühmt geworden, und ...«

»Das wissen wir schon.«

»... und sie hat diese eklige Tuschezeichnung gemacht, die er hat. Punkt.«

»Die ist jetzt eine Menge Geld wert«, sagte Michael.

»Das fällt dir natürlich als erstes ein«, sagte Saul.

»Das klingt überhaupt nicht romantisch«, sagte Kate, »daß er gleich bei eurer ersten Verabredung gekotzt hat.«

»In Wahrheit hatte ich schreckliche Angst davor, bei eurer Mutter einen schlechten Eindruck zu machen.«

»Und hast du?«

»Das muß sie beantworten.«

»Sein Annäherungsversuch war sehr originell. Das muß ich eurem Vater zugestehen.«

»Ihr habt euch also unterhalten und seid spazierengegangen«, sagte Kate. »*Und dann?*« fragte sie mit großen Augen. Auch die Jungen waren jetzt ganz Ohr.

»Das geht euch nichts an«, sagte Miriam, und da war wieder das Grübchen in ihrer Wange.

»Ach, komm schon. Wir sind alt genug.«

»Ich weiß noch«, sagte Kate, »wie wir alle im Auto gesessen haben, damals in Toronto ...«

»Im Toyota.«

»Es war zufälligerweise der Volvo-Kombi.«

»Bitte, unterbrecht mich nicht. Und wir sind an einem Wohnhaus vorbeigefahren ...«

»In dem Mummy gewohnt hat.«

»... und Daddy hat dich so komisch angesehen, und deine Backen sind rot wie Tomaten geworden, und du hast dich rübergebeugt und ihn geküßt.«

»Wir dürfen auch Geheimnisse haben«, sagte ich.

»Als Mummy in dem Haus gewohnt hat, war Daddy noch mit dieser fetten Frau verheiratet«, sagte Kate und blies die Backen auf, streckte den Bauch heraus und watschelte durchs Zimmer.

»Jetzt reicht es. Und damals war sie noch nicht fett.«

»Mummy sagt, du wärst auch noch nicht fett gewesen.«

»Mein Gott, ich mache doch eine Diät.«

»Wir wollen nicht, daß du einen Herzinfarkt kriegst, Daddy.«

»Es ist nicht das geräucherte Fleisch, es sind die Zigarren, weswegen ich mir Sorgen mache.«

»Und stimmt es, daß Mummy am nächsten Morgen deine Rechnung im Park Plaza zahlen mußte?«

»Ich hatte meine Kreditkarten in Montreal vergessen, und damals kannten sie mich dort noch nicht. Himmel, ist denn gar nichts heilig?«

»Mann, hast du Glück gehabt, daß sie dich geheiratet hat.«

»So etwas sagt man nicht«, sagte Kate.

»Punkt oder Komma? Hast du vergessen.«

»Er ist ein guter Vater.«

»Ich ging zum Park Plaza, um mit ihm zu frühstücken«, sagte Miriam, »und an der Rezeption gab es eine Mordsaufregung, alle sahen zu, und natürlich steckte euer Vater dahinter. Er hatte keine Schecks und keinen Ausweis dabei, und selbstverständlich war der Hotelangestellte daran schuld. Dann kam der Manager und hat dem Wachmann ein Zeichen gegeben, und da bin ich dazwischengetreten und habe ihm meine Kreditkarte hingehalten. Aber der Mann war empört. ›Wir akzeptieren Ihre Kreditkarte, Miss Greenberg‹, sagte er, ›aber zuerst muß sich Mr. Panofsky dafür entschuldigen, daß er mich mit Bezeichnungen belegt hat, die so schmutzig sind, daß ich sie nicht wiederholen will.‹ Euer Vater sagte: ›Ich habe ihn bloß einen typischen Toronto-Trottel genannt, aber ich neige dazu, zu untertreiben.‹ ›Barney‹, sagte ich, ›ich möchte, daß du dich sofort bei diesem Herrn entschuldigst.‹ Euer Vater hat sich auf die Lippen gebissen und am Kopf gekratzt, wie er es häufig tut. ›Ich werde mich ihr zuliebe entschuldigen, aber ich meine es nicht wirklich.‹ Der Mann schnaubte. ›Ich nehme Miss Greenbergs Kreditkarte an, damit sie nicht länger in dieser peinlichen Situation ausharren muß.‹ Euer Vater wollte sich auf ihn stürzen, aber ich schob ihn von der Rezeption weg. ›Das ist sehr freundlich von Ihnen‹, sagte ich zu dem Hotelangestellten. Und selbstverständlich mußten wir woanders frühstücken, und euer Vater hat die ganze Zeit nur gemurrt. So, und wenn es euch nichts ausmacht, ziehe ich mich jetzt um, sonst komme ich zu spät.«

»Wohin gehst du?«

»Blair Hopper hält an der McGill einen Vortrag über ›Die Welt des Henry James‹, und er war so aufmerksam, uns zwei Eintrittskarten zu schicken.«

»Sag bloß nicht, daß du mitgehst, Daddy?«

»Er wird natürlich nicht mitkommen. Michael, willst du?«

»Daddy hat gesagt, er nimmt mich mit zum Eishockey.«

»Dann komme ich mit«, sagte Saul.

»Na, toll«, sagte Kate. »Und ich bleib allein zu Hause.«

»Wir lassen dich allein«, sagte ich, »weil wir dich alle nicht mögen. Miriam, ich treffe mich mit dir und Blair hinterher auf einen Schluck in der Maritime Bar.«

»Das sieht dir ähnlich.«

»Ich bin sicher, daß sie irgendwo einen Kräutertee auftreiben werden. Oder zumindest ein Mineralwasser.«

»Barney, du kannst ihn nicht leiden. Und er weiß es. Aber ich komme in die Maritime Bar.«

»Um so besser.«

7 Mit später Einsicht gesegnet (oder vielmehr damit geschlagen), begreife ich jetzt, daß Blair von dem Augenblick an, als er sie zum erstenmal sah, hinter Miriam her war. Das kann ich keinem Mann verdenken. Statt dessen verüble ich es mir, ihn unterschätzt zu haben. Das muß man dem Bastard lassen. Im Lauf der Jahre tauchte er immer mal wieder auf, schmeichelte sich bei unserer Familie ein, unterminierte sie wie Trockenfäule, die an den Balken eines für die Ewigkeit gebauten Hauses nagt. Als die Kinder noch jung und anstrengend waren, machten wir einmal für zwei Tage in Toronto Station auf dem Weg zu Freunden in Georgian Bay, und Blair kam ins Hotel mit einem diskreten Strauß Freesien für Miriam und einer Flasche Macallan für mich. Er erbot sich, mit den Kindern ins Science Center zu gehen, damit Miriam und ich einen Nachmittag für uns hätten. Mike, Saul und Kate kehrten mit Geschenken beladen ins Hotel zurück. Pädagogisch wertvolle Geschenke natürlich. Kein Kriegsspielzeug wie Wasserpistolen und Schwerter, so daß ich sie zu Cowboy und Indianer oder anderen rassistischen Spielen hätte anstiften können. »Peng, peng. Das passiert einem, wenn man nette jüdische Witwen und Waisen skalpiert und seine Hausaufgaben nicht macht.«

Als Mike beim Schulabschluß einen Preis in Mathematik gewann, schickte ihm »Onkel« Blair ein Glückwunschschreiben und ein Buch – einen Essayband über Kanadiana –, das er herausgegeben hatte, mit Widmung. Ich las es, zunehmend verärgert, weil es gar nicht so schlecht war.

Anläßlich einer anderen Reise nach Toronto, diesmal ohne die

Kinder, fragte Miriam: »Ich nehme an, du bist zum Mittagessen verabredet?«

»Mit den Amigos Three, leider.«

»Blair will mit mir essen und anschließend zu einer Vernissage in der Isaacs Gallery gehen.«

Ich erzählte ihr von dem Nachmittag, als ich Duddy Kravitz zufällig in New York in einer Galerie in der 57. Straße traf. Duddy, der damals sein Haus in Westmount einrichtete, deutete auf drei Bilder, die ihn interessierten, und setzte sich zu dem zwitterhaften hyperventilierenden Besitzer. »Wieviel wollen Sie, wenn ich ihnen alle drei abnehme?« fragte er.

»Das käme auf fünfunddreißigtausend Dollar.«

Duddy zwinkerte mir zu, nahm seine Rolex ab, legte sie auf die gepunzte Lederfläche des Schreibtischs und sagte: »Ich bin bereit, Ihnen einen Scheck über fünfundzwanzigtausend auszustellen, aber dieses Angebot gilt nur drei Minuten.«

»Sie scherzen.«

»Zwei Minuten und fünfundvierzig Sekunden.«

Nach einer längeren Pause sagte der Galeriebesitzer: »Ich könnte auf dreißigtausend Dollar runtergehen.«

Duddy machte das Geschäft für 25 000 Dollar, als noch knapp eine Minute übrig war, und lud mich anschließend in seine Suite im Algonquin ein, um zu feiern. »Riva ist bei Vidal Sassoon. Wir wollen zu Sardi's und uns dann *Oliver!* ansehen. Auf Kosten des Hauses. Oswald war nur der Sündenbock, wenn du mich fragst. Jack Ruby hat was damit zu tun, verstehst du.«

Wir tranken acht Fläschchen Scotch aus seiner Minibar, und dann holte Duddy eine volle Teekanne, die er im Bad unter dem Waschbecken versteckt hatte, stellte die Miniflaschen der Reihe nach auf den Tisch, goß Tee hinein, verschraubte sie wieder und räumte sie zurück. »Wie findest du das?« fragte er.

Wann immer Blair zu einer akademischen Konferenz nach Montreal kam, verdächtig oft, wie mir zu spät auffiel, rief er vorher an, um uns beide zu einem Abendessen einzuladen. Ich erinnere mich, daß ich einmal den Hörer abnahm, dann die Hand auf die Sprechmuschel legte und an Miriam weitergab. »Dein Freund.«

Wie gewöhnlich machte ich irgendeine Verpflichtung geltend

und drängte Miriam, allein hinzugehen. »Warum hat er nie geheiratet?«

»Weil er hoffnungslos in mich verliebt ist. Bist du nicht beunruhigt?«

»Blair? Mach dich nicht lächerlich.«

Als alle Kinder in die Schule gingen, wurde Miriam von ihrem früheren Produzenten, Kip Horgan, bedrängt, wieder für ihn zu arbeiten, wenn auch nur freiberuflich. »Wir vermissen dich sehr«, sagte er.

Als wir in Les Halles gemeinsam zu Mittag aßen, wartete Miriam, bis ich einen Remy Martin XO trank und eine Montecristo rauchte, bevor sie sagte: »Was hältst du davon, wenn ich wieder anfange zu arbeiten?«

»Aber wir brauchen das Geld nicht. Wir haben mehr als genug.«

»Vielleicht brauche ich die Anregung.«

»Du wirst den ganzen Tag bei der CBC sein, und was kriege ich zum Abendessen, wenn ich heimkomme?«

»Ach, du bist so ein Idiot, Barney«, sagte sie und sprang vom Tisch auf.

»Ich hab doch nur Spaß gemacht.«

»Nein, das hast du nicht.«

»Wohin gehst du? Ich hab noch nicht ausgetrunken.«

»Aber deine Hausfrau hat ausgetrunken, und ich gehe jetzt spazieren. Sogar Hausmädchen haben einen freien Nachmittag.«

»Warte. Setz dich noch für einen Augenblick. Wir waren doch noch nie in Venedig. Ich gehe von hier aus direkt ins Reisebüro. Du kannst zu Hause gleich packen. Solange wird die Kinder versorgen, und wir fliegen heute abend.«

»Na, großartig. Saul tritt morgen abend mit seinem Debattierclub gegen das Lower Canada College an, und Kate habe ich versprochen, mit ihr am Samstagnachmittag *Lawrence von Arabien* anzusehen.«

»Bellinis in Harry's Bar. Carpaccio. Fegato alla veneziana. Tiramisu. Markusplatz. Rialtobrücke. Wir wohnen im Gritti Palace und fahren mit dem Boot nach Torcello und essen bei Cipriani zu Mittag.«

»Mich wundert nur, daß du mir noch keinen Nerzmantel versprochen hast.«

»Ich mach alles falsch.«

»Nicht alles, aber mehr als genug. Und jetzt gehe ich mit deiner Erlaubnis spazieren. Womöglich sogar ins Kino. Vergiß also nicht, die Wäsche bei Miss Oliver vorbeizubringen, sie liegt auf dem Rücksitz. Hier ist die Einkaufsliste für Steinberg's und die Quittung für das Polster, das zur Reparatur bei Lawson's, Ecke Claremont ist. Wenn du dreimal um den Block fährst, findest du vielleicht einen Parkplatz. Du hast bestimmt keine Zeit mehr, bei Mr. Tony Saul neue Schuhe zu kaufen, aber du könntest bei Pascal's vorbeigehen und mir acht Wandhaken mitbringen, und wenn du schon dort bist, dann tausch doch bitte den Toaster um, er taugt nichts. Das Abendessen überlasse ich dir. Ich liebe Überraschungen. Bis dann, mein Liebling.« Und damit war sie verschwunden.

An diesem Abend aßen wir etwas Lauwarmes, Klebriges, das ich beim Chinesen geholt hatte. »Daddy ist doch ein Schlaumeier, oder?« sagte Miriam.

Die Kinder, die die schlechte Stimmung spürten, aßen mit gesenkten Köpfen. Aber als sie im Bett waren, tranken Miriam und ich eine Flasche Champagner, wir liebten uns und lachten über den Streit beim Mittagessen. »Ich kenne dich«, sagte sie. »Ich wette, du hast den Toaster nicht umgetauscht, sondern in die nächste Mülltonne geworfen, und jetzt tust du so, als hättest du einen neuen dafür bekommen.«

»Ich schwöre beim Leben meiner Kinder, daß ich den Toaster umgetauscht habe, wie es mir meine Haushälterin aufgetragen hat.«

Am nächsten Abend, einem Donnerstag, lag ich mit Grippe darnieder, konnte nicht zum Eishockey gehen, sondern lag in Decken gewickelt auf dem Sofa und verfolgte das Spiel im Fernsehen. Guy Lafleur fing hinter der eigenen blauen Linie einen Fehlpaß von Boston ab, stürmte über das Mittelfeld, und das Forum brüllte: »Guy! Guy! Guy!« Lafleur umspielte zwei Verteidiger, ließ den Torwart zu Boden gehen und setzte mit der Rückhand zum Schuß an ... als Miriam wieder anfing. »Ich brauche deine Erlaubnis nicht, um freiberuflich zu arbeiten.«

»Wie konnte er ein so ungedecktes Netz verfehlen?«

»Ich bin nicht dazu geboren, deine Socken und nassen Handtücher aufzusammeln, die Kinder zum Zahnarzt zu fahren, den Haushalt zu erledigen und dich zu verleugnen, wenn du nicht ans Telefon willst.«

»Das Drittel ist in drei Minuten vorbei.«

Als Milbury Shutt hinter dem Netz ins Stolpern brachte, stellte sich Miriam vor den Fernsehapparat. »Hörst du mir jetzt zu?« sagte sie.

»Du hast recht. Du brauchst meine Erlaubnis nicht.«

»Und ich entschuldige mich für den schlechten Witz mit dem Nerzmantel. Das hast du nicht verdient.«

Verdammt verdammt verdammt. Ich hatte ihr am Morgen einen gekauft. In der St. Paul Street. »Wieviel kostet dieser *schmate*?« hatte ich gefragt.

»Viertausendfünfhundert. Minus die Steuer, wenn Sie bar zahlen.«

Ich nahm meine Armbanduhr ab und legte sie auf den Ladentisch. »Ich bin bereit, dreitausend Dollar zu zahlen«, sagte ich, »aber dieses Angebot gilt nur drei Minuten.«

Wir standen da, starrten einander an, und als die drei Minuten vorbei waren, sagte er: »Vergessen Sie Ihre Uhr nicht.«

»Ich nehme ihn, ich nehme ihn.«

Zum Glück war der Mantel noch in meinem Büro versteckt. Ich konnte ihn wieder zurückgeben. »Den Witz mit dem Nerzmantel hättest du nicht machen sollen«, sagte ich zu Miriam. »Ich war tief getroffen. So etwas würde ich nie tun.«

»Ich sagte doch, daß es mir leid tut.«

Und so fing Miriam wieder an, für CBC zu arbeiten, machte gelegentlich ein Interview mit einem Autor, der auf Lesereise war und mit seinem Buch hausieren ging. Ich tat nichts, um sie zu ermutigen, aber Herr Professor Blair Hopper né Hauptman, dieser Retter der Bäume und Gegner von biologisch nicht abbaubaren Plastiktüten, tat es selbstverständlich. »Mit wem hast du so lange telefoniert?« fragte ich eines Abends.

»Ach, Blair hat mein Interview mit Margaret Laurence gehört und angerufen, um mir zu sagen, daß er beeindruckt war. Wie fandest du es?«

»Ich wollte mir das Band heute abend anhören.«

»Blair sagte, wenn ich eine Reihe von Interviews mit zehn kanadischen Schriftstellern mache, findet er dafür in Toronto bestimmt einen Verleger.«

»Es gibt keine zehn kanadischen Schriftsteller, und in Toronto kann man alles veröffentlichen. Tut mir leid. Das habe ich nicht so gemeint. He, interview doch McIver. Erinnere ihn an seine Lesung in George Whitmans Buchhandlung in Paris. Frag ihn, wo er seine Ideen klaut. Nein. Sie müssen von ihm selbst stammen. Phantasielos, wie sie sind. Was ist los?«

»Nichts.«

»Ich höre mir das Band gleich nach dem Abendessen an.«

»Mir wäre lieber, du hörst es dir nicht an.«

Miriam war es, die darauf bestand, daß Michael sein Studium an der London School of Economics fortsetzte.

»Er wird als Snob aus London zurückkommen. Was hast du gegen McGill einzuwenden?«

»Mike muß eine Weile weg von uns. Du bist ein Tyrann, und ich bin zu fürsorglich. Eine jüdische Mutter wider Willen.«

»Hat Mike das gesagt? Wie kann er es wagen?«

»Ich sage das. Hier wird er ständig in deinem Schatten stehen. Es macht dir zu großen Spaß, ihn mit Argumenten niederzuzwingen.«

»London School of Economics?«

»Ja.«

Um ehrlich zu sein, ich hatte kaum die High-School geschafft, war stets ein drittklassiger Schüler und beneidete meine Klassenkameraden, die mühelos an der McGill aufgenommen wurden. In jenen guten alten Tagen hatte McGill noch eine Quote für Juden. Wir mußten 75 Prozent erreichen, um zugelassen zu werden, während Gojim nur 65 Prozent brauchten, und selbst wenn ich unterwegs zu McGills Rodham-Toren konvertiert wäre, hätten sie mich nicht genommen. Ich schämte mich so für mein Versagen, daß ich die Treffpunkte der Studenten mied, zum Beispiel das Café André, und auf die andere Straßenseite wechselte, wenn ein alter Schulfreund auf mich zukam, der den weißen Pullover mit dem großen roten M darauf trug. Ich konnte damals nur für mich in Anspruch nehmen, daß ich vom Hilfskellner zum Kellner im Normandy Roof aufgestiegen war. Ich war über die Maßen stolz, daß unsere Kinder so hervorragende Leistungen brachten, Preise gewannen und auf die eine oder andere Universität gingen. Andererseits bezweifle ich, daß Kardinal Newman, ganz zu schweigen von Dr. Arnold, beeindruckt gewesen wären von dem Wind, der nun in akademischen Gefilden wehte. Ich warf einen Blick in Kates Vorlesungsverzeichnis von Wellington und mußte feststellen, daß man dort einen Kurs in Hauswirtschaft belegen, das heißt lernen konnte, wie man ein Ei kocht. Oder staubsaugt. Saul, der es sich leichtmachen wollte, nahm an der McGill an einem Creative-writing-Seminar teil unter der Leitung von – Sie haben es erraten – Terry McIver. *Gazette*-Reporter im Ruhestand lehrten in Wellington Journalismus und legten die Vorlesungen so, daß sie ihre Termine bei den Anonymen Alkoholikern einhalten konnten.

Mike lernte Caroline an der LSE kennen, und als wir nach London flogen, um ihn zu besuchen, wurden wir von ihren Eltern zum Abendessen in ihr Haus in den Boltons eingeladen. Nigel Clarke war ein bekannter Anwalt, und seine Frau, Virginia, schrieb ab und zu für den *Tatler* einen Artikel über Gartenarbeit. Meine Befürchtungen (oder, laut Miriam, meine Unsicherheiten) waren so groß, daß ich beide von vornherein als Snobs und geharnischte Antisemiten abtat, deren Familien – die zweifellos im *Debrett's* aufgeführt waren – 1940 vermutlich mit dem Herzog von Windsor konspiriert hatten, um in England ein Nazi-Regime zu errichten. Die Sache wurde noch verschlimmert, als ich herausfand, daß das Landgut der Clarkes nicht weit entfernt war von dem Dorf Eaglesham in Schottland. »Dir ist hoffentlich klar«, sagte ich zu Miriam, »daß Rudolf Heß 1941 dort gelandet ist.«

»Virginia hat angerufen, um zu sagen, daß wir legere Kleidung anziehen sollen, aber ich hab dir trotzdem eine Krawatte in der Jermyn Street gekauft. Ach, zu deiner Information, das schreibt sich J, E, R, M, Y, N.«

»Ich werde sie nicht umbinden.«

»Doch, das wirst du. Außerdem wollte sie wissen, ob es irgend etwas gibt, was du nicht ißt. Ist das nicht nett?«

»Nein, ist es nicht. Weil das eigentlich heißt, ob wir so jüdisch sind, daß wir kein Schweinefleisch essen.«

Nigel trug weder Krawatte noch Jackett, sondern ein Sporthemd und eine Strickjacke mit einem durchgewetzten Ellbogen, und die aufdringliche Virginia gefiel sich in einem weiten Pullover – wir nennen so was Labberdings – und einer Hose. Damit wir sie nur ja nicht für Kolonialisten halten, dachte ich, und denk dran, das Fleisch nicht mit den Händen zu zerreißen. Um mich standesgemäß vorzubereiten, hatte ich ein feierliches Versprechen gegenüber Miriam gebrochen und in einem Pub in Soho jede Menge Scotch getrunken, und beim zweiten Glas Champagner von Marks & Spencers machte ich mich daran, die Tafelrunde zu schockieren. Ich übernahm die Rolle meines Vaters und erzählte von seinen Tagen bei der Polizei von Montreal. Wie sie einen Delinquenten wie einen erlegten Hirsch auf die Motorhaube gebunden hatten. Von Izzys Methoden, jemanden zum Reden zu bringen. Von den Gunstbeweisen, deren er in Bordellen teilhaftig wurde. Zu meinem großen Kummer lachte Virginia schallend über meine Geschichten und wollte mehr davon hören, und Nigel revanchierte sich mit saftigen Episoden von seinen Scheidungsfällen. Wieder einmal hatte ich mich geirrt, aber anstatt mich für die Clarkes, ein flottes Paar, zu erwärmen, schmollte ich, weil meine Strategie versagt hatte, und wie immer deckte mir Miriam den Rücken, bis ich mich entspannte.

»Wir sind hoch erfreut über Ihren brillanten Sohn«, sagte Nigel. »Hoffentlich haben Sie nichts dagegen, wenn er ein Mädchen heiratet, das nicht seiner Religionsgemeinschaft angehört.«

»Daran habe ich nicht einmal im Traum gedacht«, log ich.

Dann lud mich Nigel ein, mit ihm im Spey Lachse zu angeln. Wir würden in der Tulcan Lodge übernachten. »Ich habe keine Ahnung, wie man mit Fliegen angelt«, sagte ich.

»Sehen Sie«, sagte eine erregte Miriam, »als Barney noch ein Kind war, hat er in einem brackigen Teich gefischt, mit einem Zweig als Angel und einer Leine aus zusammengebundenen Schnüren von den Paketen des Metzgers.«

Eine entzückte Virginia drückte Miriams Hand. »Sie müssen einfach mit mir auf die Blumenschau in Chelsea gehen«, sagte sie.

Bei unserer Rückkehr nach Montreal waren unter den zahllosen Nachrichten auf dem Anrufbeantworter drei von Blair. Ob wir mit ihm am nächsten Mittwoch im Club der Universität zu Mittag essen wollten? »Geh du«, sagte ich zu Miriam.

Kate sagte: »Wie kannst du nur so gelassen sein, wenn Mom sich dauernd mit Blair trifft?«

»Kate, red keinen Blödsinn. Unsere Ehe ist ein Fels.«

8 Einen Moment. Ich will damit überhaupt nicht andeuten, daß Miriam eine Affäre mit Blair Hopper né Hauptman hatte. Sie war gern in seiner Gesellschaft. Das ist alles. Vielleicht schmeichelten ihr seine Aufmerksamkeiten, aber das war es auch schon. Ich bin für das Scheitern unserer Ehe verantwortlich. Ich mißachtete Warnsignale, die laut genug waren, um jeden Dorftrottel wachzurütteln. Und ich habe gesündigt.

Irgendwo habe ich gelesen, daß Wölfe ihre territorialen Rechte behaupten und Eindringlinge warnen, indem sie an den Grenzen Duftmarken setzen. Ich machte etwas Ähnliches. Ich war erstaunt, daß eine so intelligente und schöne Frau wie Miriam jemanden wie mich geheiratet hatte. Und ich hatte solche Angst, sie zu verlieren, daß ich sie zu meiner Gefangenen machte und ihr systematisch ihre früheren Freunde entfremdete. Wann immer sie ehemalige CBC-Kollegen zum Essen einlud, verhielt ich mich verabscheuungswürdig. Meine Streitsucht war nicht völlig unbegründet. Über die Maßen rechtschaffen, neigten diese intellektuellen Ratten vom People's Network dazu, mich als geldgierigen TV-Schundproduzenten abzutun, während sie uns selbstlos vor den kulturellen Vandalen aus dem Süden beschützten. Vielleicht trafen sie damit zu tief ins Mark. Jedenfalls reagierte ich darauf, indem ich mich über die für kanadische Produktionen reservierten Quoten in Radio und Fernsehen lustig machte, eine Lizenz für Mittelmäßigkeit (ein profitables Stück dieses Kuchens fiel an mich, wie Miriam verschmitzt klarstellte), und ihnen vorwarf, wie Auden[6] es ausgedrückt hatte, seit Jahren mit ihren Ärschen auf einer Pension zu sitzen. Der schlimmste Fall war Miriams früherer Produzent Kip Horgan, ein gebildeter und respektloser Mann, ein Trinker, der beunruhigenderweise in der Lage war, meine schärfsten Spitzen mit geistreichen Bemerkungen zu parieren. Hätte er nicht ein so gutes Verhältnis zu Miriam gehabt, hätten wir Freunde werden können. Statt dessen haßte ich ihn. Nachdem er endlich als letzter aus unserem Haus getaumelt war, ging Miriam auf mich los: »Mußtest du die letzte Stunde dasitzen und gähnen?«

»War Kip dein Liebhaber?«

»Barney, was soll das? Damals kannten wir uns noch nicht.«

6 Es war Louis MacNeice in »Bagpipe Music«.

»Ich will nicht, daß er noch mal zum Essen kommt.«

»Korrigier mich, wenn ich mich irre, aber ich glaube, du warst zweimal verheiratet, bevor wir uns kennenlernten.«

»Ja, aber du bist es, die den Leuten die Treue bewahrt.«

Das brachte mir nicht das Grübchen in ihrer Wange ein. Miriam war nicht amüsiert, sondern niedergeschlagen. »Kip hat mir erzählt, daß Martha Hanson – zu meiner Zeit war sie bloß Sprecherin und nicht mal eine besonders gute – jetzt Chefin der Kulturredaktion geworden ist.«

»Und?«

»In Zukunft muß ich alle meine Vorschläge ihr unterbreiten.«

An einem anderen Abend schalteten wir die CBC-TV-Nachrichten ein, gerade als eine junge Frau aus London berichtete. »Ich kann's nicht fassen«, sagte Miriam bekümmert, »das ist Sally Ingrams. Ich hab ihr den ersten Job verschafft.«

»Miriam, erzähl mir nicht, daß du gern Fernsehreporterin wärst.«

»Nein. Ich glaube nicht. Und ich bin sicher, daß Sally gut ist. Nur manchmal tut es mir weh, daß alle, die ich früher kannte, jetzt interessante Sachen zu machen scheinen.«

»Ist es denn nicht interessant, drei wunderbare Kinder in die Welt zu setzen und aufzuziehen?«

»Normalerweise schon, aber manchmal denke ich nicht so. Heutzutage bringt es einem keinen großen Respekt ein, stimmt's?«

Solange unsere Kinder bei uns wohnten und ständig Miriams Unterstützung brauchten, hatten wir selten Krach, und meist endete er damit, daß wir uns umarmten und darüber lachten, und wir hatten weiterhin eine leidenschaftliche Liebesbeziehung. Aber in dieser Zeit wildgewordener sexueller Großmäuligkeit will ich altmodisch zurückhaltend bleiben und nicht mehr sagen, als daß ich mit Miriam im Bett Dinge tat, die ich mit niemand anders getan habe, und ich glaube, dasselbe gilt für sie. Nachdem das letzte unserer Küken das Nest verlassen hatte, feierten wir unsere neugewonnene Freiheit, indem wir uns spontan Auslandsreisen gönnten, aber Miriam litt unter plötzlichen Anfällen von Depression und Unzufriedenheit wegen ihrer freiberuflichen Arbeit und hielt sich für unzulänglich. Dummerweise nahm ich ihre Probleme auf die leichte Schulter und tat sie auf meine flegelhafte

Art als irritierende, aber vorübergehende Wechseljahre-Erscheinungen ab.

Mike heiratete, und Saul zog nach New York. Und eines Abends, bevor wir uns im Parador oberhalb von Granda liebten, sagte ich zu ihr: »Ich glaube, du hast dein Diaphragma vergessen.«

»Ich brauche es nicht mehr, aber du kannst selbstverständlich noch Kinder zeugen, stimmt's?«

»Oh, Miriam, bitte.«

»Beneidest du Nate Gold?«

Nate hatte sich nach dreißig Jahren von seiner ersten Frau scheiden lassen und eine zwanzig Jahre jüngere Frau geheiratet. Dieser Tage sah man ihn einen Kinderwagen mit einem eineinhalbjährigen Kleinkind durch die Greene Avenue schieben.

»Ich finde, er sieht albern aus«, sagte ich.

»Verdamm ihn nicht, Liebling. Es muß wie ein zweiter Frühling sein.«

An einem Nachmittag, kurz nachdem Kate in Toronto geheiratet hatte, kam ich früh vom Büro nach Hause und sah auf dem Eßzimmertisch das Vorlesungsverzeichnis der McGill. »Wofür ist das?« fragte ich.

»Ich will vielleicht ein paar Kurse belegen. Hast du was dagegen?«

»Natürlich nicht«, sagte ich, aber am Abend, vor lauter Angst, in ein leeres Haus zu kommen, wenn sie in einem Hörsaal saß, ließ ich dummerweise eine meiner antiakademischen Tiraden vom Stapel. Ich bestand darauf, daß Vladimir Nabokov recht hatte, als er seinen Studenten in Cornell erklärte, daß Dr. phil. »Doktor des Philistertums« bedeute, und dann behauptete ich, daß die begabtesten Menschen, die ich kannte, nie an einer Universität studiert hätten.

»Und was ist mit unseren Kindern?«

»Ausnahmen bestätigen die Regel. Boogie zum Beispiel. Er war in Harvard.«

»Ich bezweifle, daß man eine Plakette angebracht hat, um an ihn zu erinnern.«

Was Boogie anbelangt, waren wir nie einer Meinung, und ich teilte Miriams Respekt vor Professoren nicht. Für den Fall, daß ich es noch nicht erwähnt habe: Ich bin stolz darauf, daß an einer Wand in meinem Büro mein High-School-Abschlußzeugnis hängt, von oben angestrahlt. Miriam warf es mir vor. »Nimm es ab, Liebling«, bat sie mich einmal. Aber es hängt immer noch dort.

Am Tag nach meinem schlechtberatenen antiakademischen Erguß fand ich das McGill-Vorlesungsverzeichnis im Mülleimer in der Küche. »Miriam«, sagte ich, »es tut mir schrecklich leid. Wenn es das ist, was du willst, dann geh zurück an die McGill. Warum auch nicht?«

»Schon gut. Es war nur eine vorübergehende Laune.«

An einem Tag waren wir Jungverheiratete, und unser Glück war grenzenlos, und am nächsten, so schien es, hatten wir zwei Enkelkinder in London. Miriam brachte es nicht über sich, die Sachen wegzugeben, die Mike, Saul und Kate als Kinder getragen hatten. Ebensowenig ließ sie es zu, daß ich die Sammlung kolorierter Malbücher fortschaffte. Aber als sie immer häufiger Aufträge für das Radio übernahm, war sie seltener deprimiert und wieder öfter ihr altes Selbst. Im Lauf der Jahre reagierte ich leider immer unangemessener auf ihre seltenen dunklen Phasen, ging früher zu Dink's und blieb länger dort. Manchmal kam ich nach Hause – Miriam hatte wie immer ein exzellentes Essen vorbereitet, ein Fest für zwei – und schlief dann rüpelhaft und betrunken auf dem Sofa im Wohnzimmer ein. Wenn es Zeit war, ins Bett zu gehen, rüttelte mich Miriam sanft wach. »Solange hat mich eingeladen, heute abend mit ihr ins Théâtre du nouveau monde zu gehen, aber ich habe abgesagt. Ich wollte nicht, daß du allein bist.«

»Es tut mir leid. Wirklich, Liebling.«

Eines Nachmittags saß ich auf meinem angestammten Barhocker in Dink's und quasselte auf zwei junge Frauen ein, die Zack mitgebracht hatte, als Betty mir einen Blick zuwarf. »Miriam ist gerade reingekommen.«

»Wo ist sie?«

»Sie ist reingekommen, hat sich umgedreht und ist wieder gegangen.«

»Hat sie mich nicht gesehen?«

»Doch.«

»*Tempus edax rerum*«, sagte Hughes McNoughton.

»John, du bist ein Vollidiot.«

Ich eilte nach Hause, Miriam war außer sich. »Ich habe ein Kleid angezogen, das dir besonders gut gefällt, und bin zu Dink's, um dich zu überraschen. Ich dachte, du würdest dich freuen, wenn ich mal was mit dir trinke, und dann wären wir beide zum Essen gegangen. Dann sah ich, wie du auf diese zwei Frauen eingeredet hast, die deine Töchter sein könnten. Ich war nicht eifersüchtig, sondern einfach nur traurig.«

»Du verstehst nicht. Zack hat sie mitgebracht. Ich wollte nur höflich sein.«

»Ich werde bald sechzig. Vielleicht willst du, daß ich mir das Gesicht liften lasse.«

»Miriam, um Himmels willen.«

»Soll ich mir die Haare färben? Was muß ich tun, um meinem Mann, dem Salonlöwen, zu gefallen?«

»Du ziehst falsche Schlußfolgerungen.«

»Ja?«

Und dann begann sie, wie in letzter Zeit häufiger, ihren Vater anzuprangern. Den Schürzenjäger. Den Betrüger. Den Mörder ihrer Mutter. Noch immer war die Promiskuität ihres Vaters eine von Miriams Obsessionen. Vielleicht war es der erste Verrat gewesen, den sie erlebt hatte. Ich lernte es, ihre Ausbrüche zu ertragen. Glaubte nicht, daß sie von Bedeutung waren. Jedenfalls nicht für uns. *Schmock.*

Am nächsten Morgen mußte ich früh aufstehen, um nach Toronto zu fliegen, und als ich abends zurückkehrte, war Miriam nicht da. Auf dem Eßtisch lag ein Zettel:

Liebling,

ich fliege heute nacht nach London zu Mike, Caroline und den Kindern. Bitte entschuldige, daß ich gestern abend hysterisch geworden bin, und bitte versteh mich nicht falsch. Ich brauche einfach eine Pause, und Du auch. Wenn Du früh genug nach Hause kommst, fahre nicht zum Flughafen, um mich zurückzuholen. Bitte, Liebling. Ich bleibe nicht länger als eine Woche. Ich liebe Dich.

Miriam

P.S. Geh ja nicht jeden Abend zu Schwartz's, um geräuchertes Fleisch und Pommes frites zu essen. Das ist nicht gut für Dich. Im Kühlschrank stehen ein paar Sachen.

Im Kühlschrank fand ich einen Topf mit Fleischsauce für Spaghetti, einen Topf mit Kartoffellauchsuppe, ein gebratenes Hühnchen, einen Hackbraten, eine Schüssel mit Kartoffelsalat und einen Käsekuchen. Da ich mir selbst leid tat, aß ich vor dem Fernseher und ging früh ins Bett. Um sieben Uhr morgens rief Miriam an. »Alles in Ordnung?« fragte ich.

»Mir geht es gut. Ich komm mir ein bißchen vor wie ein kleines Mädchen, das die Schule schwänzt. So was sollte ich öfter tun.«

»Da bin ich mir nicht so sicher. Ist wirklich alles in Ordnung?«

»Ja. Caroline geht mit mir zu Daphne's, und ich muß mich jetzt fertigmachen. Bist du heute abend zu Hause?«

»Natürlich. Ich habe die Spaghetti zum Frühstück gegessen, und abends werde ich das Brathühnchen und den Käsekuchen essen.«

»Ich rufe später wieder an. Küsse. Bis dann.«

Ich will nicht darüber reden, was an diesem Abend passierte. Es war nicht meine Schuld. Ich war betrunken. Es bedeutete mir nichts. Verdammt verdammt verdammt. An dem Abend, für den ich ein Jahr meines Lebens geben würde, um ihn ungeschehen zu machen, blieb ich länger in Dink's, als die alten Knacker normalerweise dort herumhängen, so lange, bis allmählich die geilen Singles hereinschneiten. Zack, der früher, Sie wissen schon, für diese Zeitung über Geld gearbeitet hatte. Nicht das *Wall Street Journal*. Die kanadische Version davon. *Financial Report* oder *Post*. Wie auch immer.[7] Spaghetti gießt man in ein ... Himmel, ich wußte es doch. Die sieben Zwerge heißen Doc, Sleepy, Sneezy, Dopey, Grouchy und die anderen beiden. Lillian Hellman schrieb nicht *Der Mann im grauen Flanell*. Oder war es *Tweed*? Scheiße.

Zack, der früher bei dieser Zeitung über Geld gearbeitet hat, erzählte mir gerade, wie er Duddy Kravitz kennenlernte: »Ich wurde losgeschickt, um in Montreal frischgebackene junge Millionäre für ein Feature zu interviewen. Ein reicher Langweiler nach dem anderen verwahrte sich dagegen, Millionär zu sein, nicht einmal auf dem Papier, und jeder, der das behaupte, würde sie verleumden. Sie erzählten mir von ihren Hypotheken und

7 Es war die *Financial Times*, deren Erscheinen in Kanada am 18. März 1995 eingestellt wurde.

Krediten und von den Schulgebühren, die sie nur unter Mühen zahlen konnten. Die frankokanadischen Aktienmakler, mit denen ich sprach, waren auch nicht entgegenkommender. Anglophone Bankiers würden sie diskriminieren. Die großen Investoren würden jemandem, der Bissonette oder Turgeon hieß, nie und nimmer ihre Aktiengeschäfte anvertrauen. Sie halten uns für dumm, es ist ein ständiger Kampf, sagten sie. Sie könnten nicht schlafen wegen ihrer hohen Schulden. Dann ging ich zu Kravitz, um ihn zu interviewen, auf noch lauteres Geschrei von wegen Armut gefaßt. Statt dessen strahlte Kravitz mich an. ›Mann, und ob ich Millionär bin. Vielleicht sogar dreifacher. Sie meinen, ich gebe an? Ich zeige Ihnen ein paar Dokumente. Haben Sie einen Fotografen mitgebracht?‹ Seitdem habe ich immer für ihn Zeit, egal, was andere sagen. Wohin gehst du?«

»Nach Hause.«

»Komm schon. Einen noch für unterwegs.«

»Okay. Aber nur einen.«

Und dann kam sie reingeschleudert, die dumme Kuh, die mein Leben ruinierte. Sie schob sich auf den Barhocker neben Zack, der augenblicklich auf sie einzureden begann. Ich erinnere mich nicht einmal mehr an ihren Namen, aber sie war wasserstoffblond und trug einen engen Pullover und einen Minirock. Sie roch nach Parfüm und war höchstens dreißig Jahre alt. Sie zwang Zack, sich zurückzulehnen, beugte sich zu mir und sagte: »Sind Sie nicht Barney Panofsky?«

Ich nickte.

»Vor ein paar Monaten hatte ich eine Rolle in einer ›McIver‹-Folge. Ich spielte die investigative Reporterin vom *Toronto Globe*. Erinnern Sie sich?«

»Klar.«

»Sie haben gesagt, daß die Rolle vielleicht weitergeht, aber seitdem habe ich nichts mehr von Ihren Leuten gehört.«

Zu diesem Zeitpunkt hätte ich nach Hause gehen oder mich wie Odysseus an den Mast binden lassen sollen. Nicht daß sie was von Circe hatte oder von den Sirenen oder wer immer es war.[8]

8 Um den Sirenen, nicht Circe, zu widerstehen, ließ sich Odysseus an den Mast binden.

Aber als Zack aufstand, um pinkeln zu gehen, glitt sie auf den Hocker neben meinem, und der Straßenjunge in mir erwachte zum Leben. Zack mag fünfzehn Jahre jünger sein als ich und besser aussehen, aber ich werd ihm beweisen, daß ich's noch kann. *Nicht daß ich mich für sie interessiert hätte. Oder die Absicht hatte, die Sache weiterzutreiben.* Ich erinnere mich, daß ich noch jede Menge trank, sie auch, aber ich weiß nicht mehr, wie ich in ihre Wohnung kam, wo immer die war, oder wie wir im Bett landeten. Aber ich weiß, daß ich es nicht wirklich wollte. Ich wollte nur Zack in den Schatten stellen. Wirklich.

Es muß drei Uhr, vielleicht auch später gewesen sein, als ich endlich zu Hause war, angewidert von mir selbst, mich auszog und unter die Dusche torkelte.

Miriam weckte mich um acht. »Gott sei Dank, daß du da bist«, sagte sie.

»Wie meinst du das?«

»Ich weiß nicht, was in mich gefahren ist, aber ich bin um fünf Uhr hiesige Zeit aufgewacht und war plötzlich ganz krank vor Sorge um dich, ich weiß nicht, warum, dann habe ich wieder und wieder angerufen, und niemand hat abgenommen.«

»Ich habe lange mit Zack getrunken.«

»Du klingst komisch, Liebling. Ist wirklich alles in Ordnung?«

»Ich bin verkatert, das ist alles.«

»Du verheimlichst mir doch nichts? Du hast dich in deinem Alter doch nicht auf eine Schlägerei eingelassen? Oder einen Unfall gehabt?«

»Mir geht es gut.«

»Irgend etwas stimmt nicht, Barney. Ich höre es dir an.«

»Alles in Ordnung.«

»Ich weiß nicht, ob ich dir glauben soll.«

»Komm nach Hause, Miriam.«

»Donnerstag.«

»Komm morgen. Bitte, Miriam.«

»Morgen abend gehe ich mit Virginia ins Theater. Der neue Pinter. Aber ich freue mich, daß du mich vermißt. Du fehlst mir auch. Ich rutsche immer auf deine Seite vom Bett, und du bist nicht da.«

Am Nachmittag, nachdem ich noch zweimal geduscht hatte, machte ich mich wie gewöhnlich auf den Weg zu Dink's, blieb dann aber wie angewurzelt stehen. Was, wenn dieses Flittchen dort auf mich wartete? Was, wenn sie glaubte, es wäre mehr drin als eine betrunkene Nacht? Ich kehrte um und ging statt dessen ins Ritz. Als wären nicht Jahre vergangen, saß ich plötzlich wieder mit Boogie und Hymie auf der Terrasse des Colombe d'Or, die Sonne, die uns gewärmt hatte, ging langsam hinter den olivgrünen Hügeln unter und setzte sie in Brand. Ein von einem Esel gezogener Karren, gelenkt von einem grauhaarigen alten Kauz in einem blauen Kittel, fuhr klipp-klapp unterhalb der steinernen Mauer der Terrasse vorbei, und die abendliche Brise trug den Duft der Rosen, mit denen der Karren beladen war, zu uns heran. Die Rosen waren für die Parfümhersteller in Grasse bestimmt. Dann stapfte ein dicker Bäckerjunge an unserem Tisch vorbei, er trug einen großen Weidenkorb mit frischgebackenen, duftenden Baguettes auf dem Rücken. Dann tänzelte ein wirklich widerlicher Franzose mit eingesunkenem Brustkasten, offensichtlich jenseits von Gut und Böse, auf die Terrasse, um die junge Frau abzuholen, die zwei Tische weiter saß und seine Tochter hätte sein können. *Madame Bovary, c'est moi*, schrieb der Franzose mit dem Papagei einst[9], und nun war ich dieser hassenswerte Franzose unseligen Angedenkens. Ich spürte Tränen des Selbstmitleids in meine Augen aufsteigen, ließ mir die Rechnung geben und wollte nach Hause gehen, als ich innehielt, weil mir ein paar Gedanken durch den Kopf schossen. Ich ging zu Dink's und zog Zack in eine ruhige Ecke. »Du darfst nie, nie, nie mit mir oder mit irgend jemand anders Witze über das Mädchen von letzter Nacht machen, sonst sind wir Freunde gewesen. Hast du mich verstanden?«

»Nur die Ruhe, Barney.«

Dann sagte Betty: »Jemand namens Lorraine hat für dich angerufen.« Sie reichte mir einen Zettel und fügte hinzu: »Sie hat ihre Telefonnummer hinterlassen.«

»Wenn sie wieder anruft, ich bin nicht da. Was weißt du über sie?«

»Ich glaube, sie ist Model oder Schauspielerin. Sie hat diesen sexy Werbespot für eine Bank gemacht, den man eine Zeitlang im Fernsehen bewundern konnte. Du weißt schon, die Canadiens

9 Flaubert.

kriegen einen Strafstoß, Dick Irwin sagt, wir sehen uns gleich nach der Werbung wieder, und da tanzt sie ganz allein am mondbeschienenen Strand auf Bermuda. In einem Sarong. Kicher, kicher. ›Meinen Urlaub finanziert die Bank of Montreal.‹ Die Männer an der Theke haben geschrien vor Lachen.«

Die Nacht von Mittwoch auf Donnerstag konnte ich nicht schlafen. Am Morgen schnitt ich mich beim Rasieren und verschüttete den Kaffee. Dann kaufte ich Miriam bei Birk's eine lange Perlenkette und fuhr zum Flughafen Mirabelle, um sie abzuholen. Kaum waren wir zu Hause, sagte sie: »Etwas stimmt nicht.«

»Alles in Ordnung.«

»Ist Saul irgend etwas zugestoßen, während ich weg war?«

»Ihm geht's gut.«

»Kate?«

»Ehrenwort.«

»Du verheimlichst mir etwas.«

»Tu ich nicht«, sagte ich und machte eine Flasche Dom Pérignon auf, um sie zu Hause willkommen zu heißen. Es nützte nichts.

»Irgendwas im Büro? Schlechte Nachrichten?«

»Es ist wirklich alles in Ordnung, Liebling.«

Die Hölle war los. Miriam war seit zwei Tagen zu Hause, und wir hatten noch immer nicht miteinander geschlafen, was sie verdutzte, aber was, wenn ich mir Herpes zugezogen hätte, einen Tripper oder, Gott steh uns bei, diese Sache, die Schwule und Junkies kriegen? Sie wissen schon, diese Krankheit, die wie ein Wohltätigkeitsverein klingt. Aids, so heißt sie.

Wann immer es klingelte, war ich schneller am Telefon als Miriam, ich blieb morgens so lange zu Hause, bis die Post kam, nur für den Fall. Ich kehrte rechtzeitig zum Abendessen aus Dink's zurück, mit Magenschmerzen und einer Lüge auf den Lippen, falls diese Frau in meiner Abwesenheit angerufen hatte.

Vor Jahren, als ich in meinem unverdienten Glück mit Miriam und den Kindern schwelgte, fürchtete ich den Zorn der Götter. Ich war davon überzeugt, daß etwas Grauenhaftes auf mich wartete. Ein Rachemonster, das aus dem Abfluß der Badewanne herausschießen würde wie eine Erfindung von Stephen King. Jetzt war ich klüger. Das Monster war ich selbst. Ich war der Zerstörer meiner von Liebe geschützten Zuflucht vor »der Welt der Telegramme und des Zorns«.

Damals war ich noch verpflichtet, Begeisterung für den Dreck zu heucheln, der mich reich machte, ich litt unter den Geschäftsessen mit mittelmäßigen, mehr oder weniger analphabetischen Schauspielern und Schreiberlingen, talentlosen Regisseuren und Fernsehmanagern in New York und L. A. Es war demütigend. Ein schmutziger Pfuhl. Aber bis zu meinem Sündenfall war ich mit einem Refugium gesegnet. Miriam. Unsere Kinder. Wo niemand Heuchelei von mir forderte. Jetzt drehte ich voller Angst den Schlüssel im Türschloß um, fürchtete Entdeckung. Deshalb ergriff ich Präventivmaßnahmen im Büro und rief Gabe Orlansky und Serge Lacroix zu mir. »Erinnert ihr euch an das Mädchen, das in einer der letzten McIver-Folgen die investigative Reporterin vom *Globe* gespielt hat? Ich glaube, sie hieß Lorraine Peabody, ich kann mich aber auch täuschen.«

»Ja. Und?«

»Ich möchte, daß sie noch in weiteren Folgen mitspielt.«

»Sie kann nicht schauspielern.«

»Du kannst nicht schreiben, und du kannst nicht Regie führen. Tut, was ich euch sage.«

Chantal stand hinter mir. »Was ist los?« fragte ich.

»Wer hätte gedacht ...«

»Was gedacht?«

»Nichts.«

»Das hört sich schon besser an.«

»Ich habe mich in dir getäuscht. Du bist nicht anders als die anderen. Eine Frau wie Miriam verdienst du überhaupt nicht. Du bist ein verkommener alter Mann.«

»Raus.«

Mit wild schlagendem Herzen vereinbarte ich ein Mittagessen mit Lorraine in einem dieser putzigen Touristenfallen-Restaurants in Old Montreal, wo niemand mich kannte. »Hör mal«, sagte ich, »was neulich passiert ist, war ein Fehltritt. Du wirst mir nicht schreiben, mich nicht anrufen oder jemals wieder versuchen, Kontakt mit mir aufzunehmen.«

»He, das war keine große Sache. Entspann dich. Wir haben miteinander gevögelt, das war alles.«

»Ich nehme an, daß sich meine Leute mit dir in Verbindung gesetzt haben.«

»Ja, aber wenn du glaubst, daß ich deswegen ...«

»Selbstverständlich glaube ich das nicht. Es gibt jedoch etwas, was du für mich als Gegenleistung tun mußt.«

»Ich dachte, ich sollte nicht mehr versuchen, mich ...«

»Sobald wir hier gehen, fahre ich dich zu Dr. Mortimer Herscovitchs Praxis, wo du einen Bluttest machen lassen wirst.«

»Du machst Witze, Tiger.«

»Wenn du tust, was ich sage, gibt es mehr Arbeit für dich. Wenn nicht, nicht.«

Von Schuldgefühlen geplagt, schwankte ich heftig zwischen Selbstvorwürfen und Aggression. Wenn ich zuviel getrunken hatte, war ich der Ansicht, daß ich mich nicht allzu übel verhalten hatte und daß Miriam im Unrecht war. Wie konnte sie es wagen zu glauben, ich wäre ohne Makel? Unempfänglich für Versuchung. Männer waren nicht so. Männer gingen gelegentlich fremd, und auch ich war ein Mann. Ich verdiente eine Medaille, nicht Schmähungen, dafür, daß ich ihr in einunddreißig Jahren nur einmal untreu war. Außerdem bedeutete es mir nichts. Ich weiß nach wie vor nicht, wie ich von Dink's in ihre Wohnung gekommen bin. Ich habe sie nach Hause gefahren, das war alles. Ich wollte nicht noch auf einen Schluck eingeladen werden. Ich war sinnlos betrunken und habe dieses Weibsstück nicht darum gebeten, sich meiner anzunehmen. Junge Frauen sollten sich nicht wie Nutten anziehen und achtbare alte Familienväter in Versuchung führen. Ich war ausgenutzt worden, und ich würde mir kein härenes Hemd anziehen oder mich selbst kasteien. Verglichen mit dem Verhalten anderer Männer in Dink's war ich der Inbegriff der Korrektheit. Miriam konnte von Glück sagen, daß sie einen Mann wie mich hatte. Einen zärtlichen, liebevollen Mann, der die Familie wundervoll versorgte. War ich in dieser Stimmung, torkelte ich von Dink's nach Hause und brach kleinliche Streitigkeiten vom Zaun. »Müssen wir heute schon wieder Huhn essen?«

»Du magst keinen Fisch, und rotes Fleisch schadet deiner Gesundheit.«

»Weißwein auch. Er hat James Joyce umgebracht.«

»Dann mach eine Flasche Rotwein auf.«

»Das ist kein Grund, mich anzufahren.«

»Aber du bist es, der ...«

»Ja. Klar. Immer bin ich es.«

Saul rief mich im Büro an. »Ich will wissen, warum Mummy heute nachmittag geweint hat.«

»Es war nichts, Saul. Ehrenwort.«

»Sie scheint anders darüber zu denken.«

Ich war im Begriff, meine Welt zu verlieren. Meine Frau. Meine Kinder.

»Barney, ich will wissen, warum du jeden Abend betrunken nach Hause kommst.«

»Bin ich verpflichtet, über jeden Drink Rechenschaft abzulegen, den ich mir vor dem Abendessen genehmige?«

»Es wird dir nicht gefallen, aber ich fürchte, in deinem Alter verträgst du nicht mehr soviel wie früher. Du kommst in einer so unsäglichen Stimmung nach Hause, daß ich, um ehrlich zu sein, lieber allein essen würde«, sagte sie.

In dieser Nacht wandte sich Miriam im Bett von mir ab und weinte leise. Ich wäre am liebsten gestorben. Am nächsten Morgen erwog ich ernsthaft, bei Rot über die Sherbrooke Street zu fahren. Ein anderes Auto würde meines rammen, und man würde mich in einem Krankenwagen ins Montreal General bringen. In der Intensivstation säße Miriam an meiner Seite, hielte meine Hand, verziehe mir alles. Aber ich war zu feige. Ich wartete, bis die Ampel auf Grün schaltete.

Berichtigung. Diese mäandrierenden Memoiren haben schließlich einen Zweck. Im Lauf der auszehrenden Jahre habe ich mich aus vielen Kalamitäten befreit, indem ich auf große, kleine und mittelgroße Lügen zurückgriff. Sag nie die Wahrheit. Erwischt, lüge, daß sich die Balken biegen. Als ich erstmals die Wahrheit sagte, wurde ich des Mordes bezichtigt. Das zweite Mal kostete mich mein Glück. Eines Samstagnachmittags kam Miriam, so unerhört schön wie eh und je, mit einer Kanne Kaffee und zwei Tassen auf einem Tablett in mein Arbeitszimmer. Sie stellte das Tablett auf meinen Schreibtisch, setzte sich in den Ledersessel mir gegenüber und sagte: »Ich will wissen, was passiert ist, als ich in London war.«

»Nichts ist passiert.«

»Erzähl es mir. Vielleicht kann ich dir helfen.«

»Ehrenwort, Miriam, ich ...«

»Wie du nachts im Bett hustest. Die Zigarren. Verheimlichst du mir und den Kindern etwas, was Morty Herscovitch dir gesagt hat?«

»Ich hab noch nicht Lungenkrebs, falls du das meinst.« Und dann brach ich zusammen und erzählte ihr, was passiert war. »Es tut mir so leid. Mir geht es entsetzlich. Es hat mir nichts bedeutet.«

»Ich verstehe.«

»Mehr hast du nicht zu sagen?«

»Es wäre nicht passiert, wenn du nicht bereit gewesen wärst«, sagte sie, und dann verließ sie mein Zimmer und packte einen Koffer.

»Wohin gehst du?«

»Ich weiß es nicht.«

»Bitte, Miriam. Wir haben ein gemeinsames Leben.«

»Hatten. Und ich bin dankbar dafür. Aber bevor du es noch weiter ruinieren kannst und es damit endet, daß ich dich hasse ...«

»Wir werden damit fertig. Bitte, mein Liebling.«

Aber es war sinnlos, denn Miriam war wieder zwölf Jahre alt. Sie blickte mir in die Augen und sah ihren Vater. Der Fabrikmädchen nachstellte. Durch schmierige Bars zog.

»Warum findest du dich mit ihm ab?« hatte Miriam gefragt.

»Was soll ich denn tun?« hatte ihre Mutter erwidert.

Miriam wäre nicht so hilflos.

»Ich muß eine Zeitlang allein sein«, sagte sie zu mir.

»Ich tu alles, was du willst. Ich verkaufe die Firma, und wir ziehen uns in eine Villa in der Provence oder in der Toskana zurück.«

»Was wirst du dort den ganzen Tag tun, ein Mann mit deiner Energie? Modellflugzeuge bauen? Bridge spielen?«

Sie erinnerte mich an das letzte Mal, als ich versprochen hatte, mir zur Entspannung ein Hobby zuzulegen. Ich hatte einen Bauunternehmer damit beauftragt, eine den modernsten Ansprüchen genügende Werkstatt auf dem Grundstück am See zu errichten, und ich hatte sie mit allen nur erdenklichen Maschinen von Black & Decker ausgestattet. Ich baute ein schiefes Bücherregal, schnitt mir mit der Elektrosäge in die Hand, mußte mit vierzehn Stichen genäht werden und benutzte die Werkstatt seitdem als Lagerraum.

»Wir werden reisen. Ich werde lesen. Wir schaffen es, Miriam.«

»Barney, du tust nur so, als würdest du deine Produktionsfirma hassen. In Wahrheit liebst du das Geschäftemachen und das Geld und die Macht über die Leute, die für dich arbeiten.«

»Ich würde zur Bank gehen und ihnen mit Abfindungen helfen. Miriam, du kannst mich nicht wegen einer dummen Nacht verlassen.«

»Ich hab es satt, es allen recht zu machen. Dir. Den Kindern. Deinen Freunden. Seit wir verheiratet sind, hast du alle Entscheidungen für mich getroffen. Ich möchte selbst entscheiden, ob richtig oder falsch, bevor ich zu alt dazu bin.«

Als Miriam in eine kleine Wohnung in Toronto gezogen war und wieder voll für die CBC arbeitete, schickte sie Saul vorbei, um ihre Sachen zu holen.

»Wer hätte gedacht, daß es je so weit kommen würde«, sagte ich und bot meinem Sohn etwas zu trinken an.

»Du mieser alter Kerl, ich bin froh, daß sie dich verlassen hat. So eine Frau hast du überhaupt nicht verdient. Wie du sie behandelt hast. Du hast überhaupt nicht gewußt, was du an ihr hattest. Scheiße Scheiße Scheiße. Und jetzt zeig mir, welche Bücher und Platten ihr gehören.«

»Nimm, was du willst. Pack alles ein. Jetzt, nachdem ich eine Brut undankbarer Kinder aufgezogen habe und meine Frau mich verlassen hat, brauche ich kein so großes Haus mehr. Ich denke, ich werde es verkaufen und in eine Wohnung im Zentrum ziehen.«

»Wir waren eine Familie. Eine richtige Familie. Und du hast alles kaputtgemacht, und das werde ich dir nie verzeihen.«

»Ich bin immer noch dein Vater.«

»Daran kann ich nichts ändern.«

Kate flehte Miriam an, mir meinen peinlichen Fehltritt zu verzeihen, vergeblich, und Mike weigerte sich, Partei zu ergreifen. Jedes Wochenende flog ich nach Toronto, ging mit Miriam essen, brachte sie zum Lachen und vermutete, daß sie dieses zweite Werben ebenso genoß wie ich. »Wir verstehen uns so gut. Warum fliegst du nicht mit mir nach Hause?«

»Und ruiniere alles?«

Und so riskierte ich eine andere Taktik. Ich erklärte Miriam, daß sie, wenn sie auf einer Scheidung bestünde, die Bedingungen selbst festlegen müßte, ich wollte nichts damit zu tun haben, und sie könnte haben, was immer sie wollte. Ich würde alles unterschreiben, was ihre Anwälte mir vorlegten. Zwischenzeitlich, fügte ich hinzu, hätten wir ja noch das gemeinsame Konto, das ihr nach wie vor uneingeschränkt zur Verfügung stünde. Aber sie demütigte mich und gestand, daß sie zehntausend Dollar von dem Konto abgehoben hatte, eine Art Darlehen, außerdem habe sie der Bank geschrieben, daß ihre Unterschrift für das Konto nicht länger gültig sei, und ihre Scheckhefte zurückgeschickt.

»Wovon, um Himmels willen, willst du leben?«

»Von meinem Gehalt.«

»Du bist keine junge Frau mehr.«

»Aber das hast du doch schon überdeutlich klargemacht, nicht wahr, Liebling?«

Mike rief an: »Wir haben Mummy zu uns eingeladen, und sie soll eine Weile bleiben, und diese Einladung gilt selbstverständlich auch für dich.«

Kate sagte: »Sie erzählt von einer Reise nach Venedig und Madrid, die ihr zusammen gemacht habt, und dann bricht sie in Tränen aus. Laß nicht locker, Daddy. Streng dich an.«

Freunde versuchten, mich aufzuheitern. Frauen in Miriams Alter, so versicherten sie mir, würden häufig unberechenbare Dinge tun, sich dann aber wieder beruhigen. Hab Geduld, sie wird bald zurückkommen. Die Nussbaums waren dumm genug, mich gelegentlich zu einem Abendessen einzuladen, um mir eine lustige Witwe oder eine geschiedene Frau vorzustellen, die ich dann überflüssigerweise beleidigte. »Mein Frau hielt es nie für nötig, ihr Haar zu färben, und sie ist noch immer schön. Aber ich glaube, der Verlust der Schönheit ist nichts, was Ihnen je Kummer bereitet hat.«

O'Hearne berichtete mir in Dink's: »Die zweite Mrs. Panofsky hat sich über die Nachricht gefreut. Sie hofft, daß Sie die Scheidung ein Vermögen kosten wird. Und daß Sie sich dabei einen Schlaganfall oder einen Herzinfarkt einhandeln.«

»Gott segne sie. Ach, ich gedenke übrigens, einen zweiten Mord zu begehen.«

Blair war der Kandidat. Ich rief Miriam an, um ihr mitzuteilen, daß ich spät am Freitagabend in Toronto eintreffen würde. »Ich kann mich am Samstag nicht mit dir treffen, Barney«, sagte sie. »Ich habe Blair versprochen, mit ihm übers Wochenende nach North Carolina zu fahren. Er hält einen Vortrag an der Duke.«

Scheiße. Scheiße. Scheiße. Ich ließ Chantal im Institut für kanadische Studien der Duke University anrufen und behaupten, sie wäre Blairs Sekretärin und er hätte den Zettel mit der Hotelreservierung verlegt. Wo stieg er ab? Im Washington Duke Hotel. Dann bestand ich darauf, daß Chantal im Washington Duke anrief, um sich Professor Hoppers Reservierungen bestätigen zu lassen. »Wir haben ein Einzelzimmer für Dr. Hopper und ein Einzelzimmer für Mrs. Panofsky reserviert«, sagte der Mann an der Rezeption.

»Fühlst du dich jetzt besser?« fragte Chantal.

Ich lud Solange zum Essen ein. »Was findet sie an diesem Idioten?« fragte ich.

»Ich wette, auf Dinnerpartys korrigiert er sie nicht permanent und widerspricht ihr auch nicht ständig. Möglicherweise ist er öfter rücksichtsvoll als schlecht gelaunt. Vielleicht gibt er ihr das Gefühl, geschätzt zu werden.«

»Aber ich liebe Miriam. Ich brauche sie.«

»Was, wenn sie dich nicht mehr braucht? So was gibt es.«

Ein halbes Jahr verging, bevor sie mit Blair Hopper né Hauptman zusammenzog, und ich dachte, ich würde verrückt. Ich stellte mir vor, wie dieser Mistkerl im Bett ihre Brüste liebkoste. Eines Abends – ich war betrunken – fegte ich das Geschirr aus den Küchenschränken in unserem Haus in Westmount, riß Bilder von den Wänden, warf Tische um, schlug mit Stühlen auf den Boden, bis die Beine abbrachen, und ramponierte unseren Fernseher durch einen schwungvollen Schlag mit einer Stehlampe. Ich wußte, wieviel Liebe und Augenmerk Miriam noch für das kleinste Stück in unserem Haus aufgewendet hatte, und ich hoffte, daß der Krach, den ich machte, indem ich zerstörte, was sie zusammengestellt hatte, auch in dem Sündenpfuhl zu hören war, in dem sie mit Blair in Toronto lebte. Am nächsten Morgen war mein Herz von Reue erfüllt. Ich sammelte einige ihrer Lieblingsstücke auf in der Hoffnung, daß man sie reparieren konnte, und ließ einen Restaurator kommen. »Darf ich fragen, was hier vorgefallen ist?« fragte er.

»Einbrecher. Vandalen.«

Ich zog in meine jetzige Wohnung in der Stadt, brachte es aber nicht über mich, das Haus sofort zu verkaufen. Nur für den Fall. Ich ertrug die Vorstellung von Fremden in unserem Schlafzimmer nicht. Oder daß irgendein Halbstarker mit seiner Yuppie-Biene eine Mikrowelle in der Küche installierte, wo Miriam perfekte Croissants gebacken oder *osso bucco* gekocht hatte, während sie Saul bei den Hausaufgaben half und ein Auge auf Kate hatte, die in ihrem Laufstall mit Töpfen knallte. Keinesfalls wollte ich einen Zahnarzt oder Aktienmakler tolerieren, der über den Wohnzimmerteppich trampelte, auf dem wir uns öfter als einmal geliebt hatten. Niemand würde unsere Bücherregale mit den gesammelten Werken von Tom Clancy oder Sidney Sheldon verunstalten. Ich wollte nicht, daß irgendein Flegel in voller Lautstärke Nirvana in dem Zimmer hörte, in das sich Miriam um drei Uhr nachmittags zurückgezogen hatte, um Kate auf der Chaiselongue zu stillen, während sie Glenn Gould so leise hörte, daß ich nicht davon aufwachte. Ich hatte keine Ahnung, was ich mit einem Schrank voller Schlittschuhe, Hockeyschläger und Langlaufskier und -stiefel anfangen sollte. Oder mit der weißen Korbwiege, in die Miriam drei Neugeborene gelegt hatte. Oder mit Mikes aufgegebenem Versuch, eine elektrische Gitarre zu basteln.

In den frühen Morgenstunden schritt ich in meiner Wohnung auf und ab, trank, rauchte die x-te Montecristo, schloß die Augen und beschwor Miriam herauf, wie sie zu meiner Hochzeit mit der zweiten Mrs. Panofsky gekommen war. Die bezauberndste Frau, die ich je gesehen hatte. Langes schwarzes Haar wie die Flügel eines Raben. Diese blauen Augen, für die ich hätte sterben können. Sie trug ein Cocktailkleid aus blauem Chiffon und bewegte sich mit hinreißender Anmut. Ach, dieses Grübchen in ihrer Wange. Diese nackten Schultern.

– Ich habe zwei Tickets für den morgigen Flug nach Paris in der Jackentasche. Kommen Sie mit.

– Das ist nicht Ihr Ernst.

– ›Come live with me and be my love‹. Bitte, Miriam.

– Wenn ich jetzt nicht gehe, verpasse ich meinen Zug.

Miriam ist jetzt seit drei Jahren fort, aber ich schlafe noch immer auf meiner Seite des Bettes und taste nach ihr, wenn ich aufwache. Miriam, Miriam, Sehnsucht meines Herzens.

9 Okay, jetzt kommt er. Der Prozeß. Ich und der große Franz K., beide zu Unrecht angeklagt.

Wenn ich ein richtiger Schriftsteller wäre, hätte ich die Karten meiner Erinnerung so gemischt, daß es wirklich ein spannungsgeladener Höhepunkt wäre. Würdig eines Eric Sie-wissen-schon, er schrieb *Das Irgendwas des Dimitrios*. Eric Als-ob-ich-spazierengehen-wollte. Eric Stroller? Nein. Eric wie die Zeitschrift, für die Sam Johnson schrieb. *Idler*. Eric Idler?[10] Nein. Macht nichts. Vergessen Sie's. Ich weiß ein besseres Beispiel. Ein aktuelleres. Würdig eines John Le Carré. Aber Sie wissen ja bereits, daß ich von den Geschworenen für unschuldig befunden wurde, wenn auch nur in Ermangelung einer Leiche, nicht jedoch von den Klatschmäulern dieser Stadt, von denen die meisten noch heute glauben, daß ich als Mörder davongekommen bin.

O'Hearne grinste, als mir Lemieux die Handschellen anlegte. Sie brachten mich ins Polizeirevier von St. Jérôme, wo man mir Fingerabdrücke abnahm und ich für ein Foto für die Verbrecherkartei posierte. Sollte ich am Galgen enden, würde ich Feigheit heucheln – wie James Cagney seligen Angedenkens –, um meinem Priester, Pat O'Brien, einen Gefallen zu tun; die Bowery Boys würden mich nicht länger als Helden betrachten (oder, wie man heutzutage sagt, als Vorbild), sondern statt dessen in den Rotary Club eintreten. Ich wurde in eine Zelle gesperrt, die nicht ganz den Ritz-Standards entsprach, aber eine deutliche Verbesserung des Verlieses darstellte, in dem der Graf von Monte Cristo dahinsiechen mußte. Außerdem war ich gesegnet mit einem Wärter, der wild darauf war, sein mageres Gehalt aufzubessern. Heute ist es einfach, darüber Witze zu machen, aber damals lebte ich in Angst und Schrecken, litt unter Heulkrämpfen und Schüttelfrost. Da ich unter Mordanklage stand, wurde mir eine Haftentlassung auf Kaution verweigert. »Es wird nicht über eine erste Anhörung hinausgehen«, sagte Hughes-McNoughton. »Ich werde auf vollkommenen Mangel an Beweisen plädieren.«

Später erfuhr ich, daß die Staatsanwaltschaft nicht gerade erpicht darauf war, den Prozeß zu eröffnen, weil sie ihren Fall auf schwachen Füßen stehen sah, obwohl O'Hearne versicherte, daß

10 Eric Ambler, Autor von *Die Maske des Dimitrios*, 1939.

es nur eine Frage der Zeit wäre, bis er die Leiche gefunden hätte. Aber die rasende zweite Mrs. Panofsky hatte einen Feuerschlucker von Anwalt angeheuert, einen Mann mit politischem Einfluß, der darauf bestand, daß ich angeklagt wurde. Nichts würde diese Quasseltante davon abhalten, ihren Auftritt vor Gericht zu genießen; und selbstverständlich nahm diese Quasseltante ihr Recht als Ehefrau, die Aussage zu verweigern, nicht in Anspruch. Zum Teufel mit ihr. Dagegen machte ich mir Sorgen um Miriam, die am zweiten Tag, den ich im Knast verbrachte, von Toronto nach Montreal flog. »Was immer passiert«, sagte ich, »du mußt wissen, daß ich Boogie nicht umgebracht habe.«

»Ich glaube dir«, sagte sie.

»In einer Woche bin ich draußen«, sagte ich und hoffte, daß es wahr wäre, nur weil ich es ausgesprochen hatte. »In der Zwischenzeit knüpfe ich ein paar nützliche Kontakte. Wenn ich mir wünsche, daß mein Haus oder mein Büro abbrennt, dann gibt es hier einen Kerl, der das zu einem vernünftigen Preis erledigen kann. Und noch etwas. Ich bin hier nicht der einzige unschuldige Mann. Wir werden alle zu Unrecht beschuldigt. Sogar der Typ, der seine Frau mit der Axt erschlagen haben soll, weil sie ihm die Spiegeleier zu stark gebraten hat. Tatsächlich ist ihr schwindlig geworden, dann fiel sie die Kellertreppe hinunter und landete mit dem Kopf auf der Axt. Sein Hemd wurde blutig, als er ihr helfen wollte. Bitte, wein doch nicht. Ich werde nicht lange hier drin sein. Ehrenwort.«

Acht Tage lang mußte ich auf die erste Anhörung meines Falls warten. Der Friedensrichter lehnte Hughes-McNoughtons Antrag ab und verfügte, daß es »ausreichend Beweise gebe, die eine Eröffnung des Verfahrens rechtfertigten, das heißt, Beweise aufgrund deren Geschworene, angemessen instruiert, zu einem Schuldspruch gelangen könnten«. Laut Hughes-McNoughton war ausschlaggebend gewesen, daß ich O'Hearne zunächst wegen der Waffe belogen hatte, was mich verdächtig erscheinen ließ. »Ich will vor Gericht keine Überraschungen hören. Wird O'Hearne eine Leiche finden?«

»Wo?«

»Woher zum Teufel soll ich das wissen?«

»Ich habe ihn nicht umgebracht.«

Fünf lange Wochen vergingen, bevor mein Fall während der Herbst-Sitzungsperiode des Gericht von St. Jérôme verhandelt wurde. Miriam flog jedes Wochenende nach Montreal, stieg in einem Motel ab, brachte mir Bücher, Zeitschriften, Montecristos und Räucherfleisch-Sandwiches von Schwartz's.

»Miriam, wenn ich Pech habe und im Gefängnis verfaulen muß, dann warte nicht auf mich. Du bist frei.«

»Barney, trockne dir bitte die Augen. So viel Edelmut steht dir nicht.«

»Ich meine es ernst.«

»Nein, das tust du nicht, mein Liebling.«

Meine Kumpane im Kittchen waren unter anderem der Idiot, der einen kleinen Lebensmittelladen überfiel und sich mit 85 Dollar und ein bißchen Kleingeld sowie zehn Stangen Zigaretten aus dem Staub machte und am selben Nachmittag dabei erwischt wurde, wie er seine Beute in einer Kneipe loswerden wollte. Zwei Autodiebe und ein Kerl, der mit gestohlenen Fernsehgeräten und Hi-Fi-Anlagen handelte, ein kleiner Drogendealer, ein Exhibitionist und so weiter.

Ein Blick auf meinen Richter genügte, und ich hatte das Gefühl, daß mir der Sturz ins Nichts bevorstand. Ich sah meine Füße baumeln und hoffte nur, daß meine Eingeweide mich während meiner letzten Momente auf Erden nicht im Stich lassen würden. Richter Euclid Lazure, ein schlanker, streng wirkender Mann mit gefärbtem schwarzem Haar, wilden buschigen Augenbrauen, Adlernase und einem Schlitz von Mund, hatte eine interessante Geschichte hinter sich. Wie die meisten nachdenklichen alteingesessenen Bürger Quebecs, die während des Zweiten Weltkriegs aufwuchsen, hatte er als sensibler junger Fatzke aus Outremont mit dem Faschismus geflirtet. Er hatte sich seine intellektuellen Hörner an der rassistischen Tageszeitung *Le Devoir* und an der fanatisch antisemitischen *L'Action Nationale* des Abbé Lionel-Adolphe Groulx abgestoßen. Er war Mitglied der *Ligue pour la défense du Canada* gewesen, der Stolz der frankokanadischen Patrioten, die schworen, wie die wilden Hunde zu kämpfen, sollte Kanada angegriffen werden, es aber ablehnten, ihre Ärsche in einem, wie sie meinten, weiteren britisch-imperialistischen Krieg zu riskieren. Er war in der kreuzfidelen Menge gewesen, die 1942 die Main entlangmarschierte, die Schaufenster von jüdischen Geschäften einwarf und »Bringt sie um! Bringt sie um!« schrie. Aber er hatte seine Jugendsünden öffentlich bereut. Einem Journalisten sagte er: »Ich hatte keine Ahnung, was 1942 vor sich ging. Von den Todeslagern wußten wir noch nichts.« Aber, wie Hughes-McNoughton beteuerte, es hatte auch etwas Gutes, daß dieser Dreckskerl über mich zu Gericht saß. Euclids Angetraute war mit einem Konzertpianisten durchgebrannt. Er stand in dem wohlverdienten Ruf, ein Frauenfeind zu sein. In einem früheren Fall hatte er gesagt, bevor er eine Frau verurteilte, die ihrem Mann ein Küchenmesser ins Herz gerammt hatte: »Auf der Leiter der Tugend sind Frauen höher gestiegen als Männer, das ist seit langem meine Überzeugung. Aber die Leute behaupten, und auch das glaube ich, daß Frauen, wenn sie fallen, zu Gemeinheiten fähig sind, zu denen die meisten niederträchtigen Männer nicht in der Lage sind.«

Deshalb konnte ich es kaum erwarten, bis meine geschwätzige, schockierend untreue Frau aussagte.

»Der arme Mr. Moscovitch zitterte«, sagte sie, »und ich habe mich nur zu ihm ins Bett gelegt, um ihn zu wärmen, denn ich habe Mitgefühl mit jedem, dem es schlechtgeht, ungeachtet seiner Rasse, Hautfarbe, Religionszugehörigkeit oder sexuellen Neigung. Ich bin eine tolerante Person. Vielen Menschen ist diese Eigenschaft an mir aufgefallen. Aber, Himmel noch mal, irgendwo muß man eine Grenze ziehen. Das richtet sich gegen niemand in diesem Gerichtssaal, denn ich habe den größten Respekt vor Frankokanadiern. Unser Hausmädchen habe ich geliebt. Aber, offen gesagt, ich bin der Meinung, daß man die Tradition abschaffen sollte, der Braut vor der Hochzeit alle Zähne zu ziehen. Wenn Sie mich fragen, gibt es bessere Geschenke, die man einem Bräutigam machen kann.

Nur die, die zu schmutzigen Gedanken neigen, können irgendwas Sexuelles darin erkennen, daß ich mich zu Mr. Moscovitch ins Bett gelegt habe. Obwohl ich als attraktive Frau in meinen besten Jahren natürlich bestimmte Bedürfnisse habe und mein Mann seinen ehelichen Verpflichtungen seit Monaten nicht mehr nachgekommen ist. Die Ehe hat er nicht einmal in unserer Hochzeitsnacht vollzogen, auch den Tag der Eheschließung hätte er gern verschoben, weil er mit dem Finale des Stanley Cup zusammenfiel. Ungeachtet der Kaution, die mein Vater im Tempel hinterlegt hatte, oder der Tatsache, daß die Einladungen bereits verschickt waren und mehr als ein Gursky zugesagt hatte. Unsere Familien sind befreundet. Seit langem. Für die Hochzeit wurden keine Kosten gescheut. Für meine Prinzessin, sagte mein Vater immer, ist nur das Beste gut genug, weswegen er auch absolut dagegen war, daß ich Mr. Panofsky heiratete. Er stammt aus einer anderen Welt, sagte mein Vater, und er hatte recht, Mann, und wie recht er hatte, aber ich dachte, ich könnte Barney zu Höherem erziehen, Sie wissen schon, wie ein weiblicher Professor Higgins in *Pygmalion*, diesem Stück von dem großen Bernard Shaw. Vielleicht haben Sie die Filmversion mit Leslie Howard gesehen, die ihm die Rolle in *Vom Winde verweht* eingebracht hat. Am meisten begeistert hat es mich als Musical, *My Fair Lady*, mit Rex Harrison und Julie Andrews, es wundert mich nicht, daß das ein so großer Erfolg war. Ich kann mich noch daran erinnern, daß ich, als ich mit meiner Mutter aus dem Theater kam, den Kopf noch voller Melodien, daß ich sagte ...«

Der Richter unterdrückte ein Gähnen und unterbrach sie: »Sie legten sich zu Mr. Moscovitch ins Bett ...«

»Um ihn zu wärmen. So wahr mir Gott helfe. Ich trug mein rosarotes Nachthemd aus Satin mit dem Besatz aus Spitze, das ich bei meinem letzten Aufenthalt in New York mit meiner Mutter gekauft habe. Bei Saks. Wenn wir zusammen einkaufen gehen, halten uns die Verkäuferinnen für Schwestern. Für eine Frau ihres Alters hat sie eine tolle Figur ...«

1960[11] galten Frauen in Quebec noch als zu begriffsstutzig, um als Geschworene zu fungieren, und so lag mein Schicksal in den Händen von zwölf Männern, gute und aufrechte Bürger. Bauerntölpel aus der Gegend. Schweinefarmer und ein Angestellter einer Eisenwarenhandlung, ein Bankangestellter, ein Bestattungsunternehmer, ein Zimmermann, ein Florist, ein Schneepflugfahrer und so weiter, die alle etwas dagegen hatten, Zeit im Gerichtssaal zu verschwenden. Sie waren von hinterwäldlerischen Pfarrern erzogen worden, und deswegen glaubte ich, daß sie darauf warteten, ob ich einen Teufelsschwanz enthüllen würde. Ich überlegte,

11 Der Oberste Gerichtshof Kanadas erklärte Frauen erst 1928 zu »Personen«.

ob ich nicht einen Tag barfuß vor Gericht erscheinen sollte, nur um zu beweisen, daß ich keine Hufe hatte. Für die Anklage eröffnete der Staatsanwalt Mario Begin das Verfahren. »Mein ehrenwerter Kollege wird Sie zweifellos immer wieder daran erinnern, daß es keine Leiche gibt, tatsächlich haben wir jedoch genügend Beweise, die belegen, daß ein Mord begangen wurde. Und es ist bei weitem nicht so, daß es keine Leiche gäbe, vielmehr ziehe ich es vor, zu behaupten, daß die Leiche des ermordeten Mannes bislang nicht gefunden wurde. Sehen Sie den Fall einmal folgendermaßen: Zwischen dem ersten Anruf des Angeklagten bei der Polizei – ein überaus schlauer Schachzug – und den Ermittlungen von Kriminalkommissar O'Hearne lag ein ganzer langer Tag, an dem er die Leiche verschwinden lassen konnte. Und vergessen Sie nicht, wir haben es hier mit einem Mann zu tun, der zugibt, ein Lügner zu sein. Mr. Panofsky hat zugegeben, die Polizei zweimal angelogen zu haben. Zunächst erzählte er Kriminalkommissar O'Hearne, er habe keine Ahnung, wie der Revolver auf seinen Nachttisch gekommen sei. Und als er mit der Tatsache konfrontiert wurde, daß eine Kammer des Revolvers leer war, log er erneut und behauptete, sein Vater, der nie gewußt hätte, wie man eine Waffe richtig lädt, hätte den Revolver zurückgelassen. Erstaunlich in Anbetracht der Tatsache, daß sein Vater ein erfahrener Polizeibeamter war. Aber uns interessiert hier vor allem die dritte Lüge. Ja, der Angeklagte gab schließlich zu, den Revolver abgefeuert zu haben, aber nur zum Spaß, über den Kopf des Opfers. Aber wie Sie von Kriminalkommissar O'Hearne erfahren werden, brach der Angeklagte schließlich doch zusammen und gestand den Mord. Er sagte, Zitat: Ich schoß ihn mitten ins Herz. Zitat Ende. Das sind seine eigenen Worte. Ich schoß ihn mitten ins Herz.

Ich muß sagen, es fällt mir nicht leicht. Wie Sie, meine Herren Geschworenen, bin ich nicht ohne Mitgefühl. Wir sprechen über einen Mann, der nach Hause kam und seine Frau mit seinem besten Freund zusammen im Bett vorfand. Er konnte darüber gewiß nicht erfreut sein. Aber, ohne den Kummer des Angeklagten, der seine unglückliche Frau mit einem anderen Mann im Bett antraf, auf die leichte Schulter zu nehmen, das war kein Freibrief für Mord. Du sollst nicht töten, lautet ein Gebot des Bundes, den sein Volk mit dem Herrn schloß, und, wie wir alle wissen, wenn es sich um die Auserwählten handelt, ist ein Vertragsabschluß ein Vertragsabschluß. Ich will Sie hier nicht mit einer windigen und abstrusen Eröffnung aufhalten, denn ich kann mich auf die Beweise verlassen, die den Angeklagten des Mordes überführen werden. Da sind der Revolver und die fehlende Kugel und das Opfer, das angeblich zuletzt gesehen wurde, als es ins Wasser sprang. Wäre der Mann ertrunken, hätte seine Leiche innerhalb von Wochen, wenn nicht von Tagen an die Oberfläche treiben müssen. Aber vielleicht ist er ja noch am Leben, und möglicherweise bin ich der letzte Nachfahre des Zaren von Rußland, dessen Familie auf Anordnung des Kommunisten Leo Trotzki né Bronstein auf grausame Weise ermordet wurde. Oder vielleicht kletterte Mr. Moscovitch – ohne Geld und ohne Paß – auf der anderen Seite aus dem See, angetan nur mit seiner Badehose, und trampte zurück in die Vereinigten Staaten. Wenn Sie das glauben, dann würde ich Ihnen auch gern ein Grundstück in den Sümpfen Floridas verkaufen.

Meine Herren Geschworenen, lassen Sie Ihre Gefühle für einen betrogenen Ehemann nicht Ihren gesunden Menschenverstand benebeln. Mord ist und bleibt Mord. Und sobald Sie mit den Beweisen vertraut sind, rechne ich damit, daß Sie den Anklagten im Sinne der Anklage schuldig sprechen werden.«

Dann war John Hughes-McNoughton an der Reihe zu brillieren.

»Ich weiß wirklich nicht, was ich hier soll. Ich muß mich wundern. In meinen vielen Jahren als Anwalt ist mir noch nie so ein Fall untergekommen. Wenn Sie mich fragen, sollte das Verfahren, das kaum eröffnet ist, sofort wieder eingestellt werden. Von mir wird erwartet, daß ich mit dem bestmöglichen Einsatz meiner bescheidenen Kräfte einen Mandanten verteidige, der des Mordes angeklagt ist, aber es gibt keine Leiche. Was wird uns als nächstes zugemutet werden? Soll ich einen aufrichtigen Bankier verteidigen, der angeklagt wird, Geld hinterzogen zu haben, das nicht fehlt? Oder einen ehrbaren Bürger, der angeklagt wird, seine Lagerhalle abgebrannt zu haben, obwohl es dort überhaupt nicht gebrannt hat? Ich habe so großen Respekt vor dem Gesetz, vor unserem ehrenwerten Richter, vor meinen geschätzten Kollegen und vor Ihnen, meine Herren Geschworenen, daß ich mich im voraus dafür entschuldigen muß, daß dieser Fall verhandelt wird, eine Beleidigung Ihrer Intelligenz. Aber hier sind wir nun einmal, *faute de mieux*, und deswegen muß ich weitermachen. Wie Sie bereits gehört haben, traf Barney Panofsky, ein liebender, fürsorglicher Ehemann, eines Morgens zur festgesetzten Stunde in seinem Sommerhaus in den Laurentians ein und fand seine Frau zusammen mit seinem besten Freund im Bett vor. Diejenigen von Ihnen, die ebenfalls liebende Ehemänner sind, mögen sich bitte diese Szene vorstellen. Er kommt an, bringt Delikatessen aus der Stadt mit und muß feststellen, daß er hintergangen wurde. Von seiner Frau. Von seinem besten Freund. Mein geschätzter Kollege von der Anklage wird von Ihnen verlangen zu glauben, daß Mrs. Panofsky keinen Ehebruch beging. O nein. Sie ist keine schamlose Person. Verzehrt von verbotener Lust. Bekleidet mit einem verführerischen Nachthemd, kuschelte sie sich neben Mr. Moscovitch ins Bett, weil er zitterte und sie ihn wärmen wollte. Ich hoffe, Sie sind gerührt. Aber, ich gestehe es, ich bin es nicht. Waren im ganzen Haus keine Decken zu finden? Oder eine Wärmflasche? Und wieso, wieso trug seine Frau, als der sie hingebungsvoll liebende Angeklagte die beiden im Bett überraschte, *dieses aufreizende Nachthemd aus rosarotem Satin nicht mehr*? War Mrs. Panofsky im Gegensatz zum zitternden Mr. Moscovitch unempfindlich gegen Kälte? Oder war sie gezwungen, das sie schützende Nachthemd auszuziehen, um die Kopulation zu ermöglichen? Die Entscheidung darüber überlasse ich Ihnen. Auch werden Sie sicher herausfinden, warum eine verheiratete Frau in Abwesenheit ihres Ehemannes das Schlafzimmer eines fremden Mannes betritt, ohne sich vorher mit ihrem leicht zugänglichen Morgenmantel zu bekleiden. Auch muß ich die Frage stellen, warum sie so überstürzt aus dem Sommerhaus geflohen ist, wenn sie Mr. Moscovitch doch nur in aller Unschuld gewärmt hat? Warum ist sie nicht geblieben, um die Sache zu erklären? Weil sie sich schämte? Aus gutem Grund, wenn Sie mich fragen. Auf Mr. Moscovitchs Laken wurden Reste von Sperma nachgewiesen, aber das soll Sie nicht beunruhigen. Wahrscheinlich hat er nachts masturbiert.«

Hughes-McNoughton genoß das Gelächter der Geschworenen und fuhr gestärkt fort: »Aber auch wenn der Angeklagte verständlicherweise schockiert war von dem, was er im Schlafzimmer sah … seine geliebte Frau, sein geschätzter Freund … so war das noch lange keine Freibrief für Mord, und ich behaupte, es gab keinen Mord. Sonst gäbe es auch eine Leiche. Mr. Moscovitch und der Angeklagte stritten sich, das stimmt, und beide tranken eine Menge. Zuviel. Mr. Moscovitch beschloß, schwimmen zu gehen, keine gute Idee in seinem Zustand, und Mr. Panofsky, der soviel Alkohol nicht gewohnt war, schlief auf dem Sofa ein. Als er erwachte, konnte er Mr. Moscovitch weder im Haus noch auf dem Steg finden. Er befürchtete, er wäre ertrunken. Bedenken Sie, er hat sein Grundstück nicht, wie Mrs. Panofsky, fluchtartig verlassen. Statt dessen hat er sofort die Polizei gerufen. Beeilen Sie sich, hat er gesagt. Handelt so ein schuldiger Mann? Nein. Gewiß nicht. Aber es wurde, wie Sie bereits gehört haben, ein Schuß abgefeuert aus der Dienstpistole, die Mr. Panofskys Vater gehörte, Kriminalinspektor Israel Panofsky. Die Tatsache, daß der Angeklagte, was die in seinem Haus gefundene Waffe anbelangt, zunächst log, wurde bereits zur Genüge aufgebauscht. Da die Beamten der Polizei unsere Freunde und Helfer sind, ist das bedauerlich. Aber es ist auch verständlich, denn zu diesem Zeitpunkt war Barney Panofsky sowohl von Trauer als auch von Angst erfüllt. Deswegen gab er zweimal täppische, ausweichende Antworten auf Fragen zur Herkunft des Revolvers. Aber schließlich sagte er *freiwillig* die Wahrheit, obwohl er hätte schweigen und einen Anwalt zu Rate ziehen können. Bedenken Sie, dieser Sohn eines Kriminalinspektors, erzogen im Gehorsam vor dem Gesetz, wurde ja nicht gezwungen, die Wahrheit zu sagen. Glücklicherweise leben die Bürger dieser Provinz«, rief er und hielt kurz inne, um O'Hearne zuzunicken, »nicht in einem Land der Dritten Welt, wo Verdächtige selbstverständlich von der Polizei verprügelt werden. Nein, Sir. Wir haben Glück mit unserer Polizei und allen Grund, auf das korrekte Verhalten unserer Beamten stolz zu sein.

Und so sagte Mr. Panofsky Kriminalkommissar O'Hearne die Wahrheit. Er hatte spaßeshalber einen Schuß über den Kopf von Mr. Moscovitch abgefeuert. Wäre es anders gewesen, hätten unsere scharfsinnigen Beamten bestimmt Blutspuren gefunden … im Haus, auf dem Grundstück. *Irgendwo.* Sie haben überall gesucht, sie nahmen Hunde zu Hilfe, aber sie fanden nirgendwo Blutspuren oder Anzeichen eines Kampfes, und das sind Männer, die ihr Handwerk verstehen. Sie fanden nichts, weil Barney Panofsky die Wahrheit sagte. Wo also, werden Sie sich fragen, ist der vermißte Mr. Moscovitch? Er lebt irgendwo unter anderem Namen, und *das nicht zum erstenmal.* Warum hat er dann, fragt der Vertreter der Anklage zu Recht, seine gesamte Kleidung zurückgelassen? Nun, hat er das wirklich getan? Weiß Kriminalkommissar O'Hearne genau, wie viele Kleidungsstücke Mr. Moscovitch dabeihatte? Kann er unter Eid bezeugen, daß Mr. Moscovitch nicht doch mit einem Hemd, einer Hose, Schuhen und Socken auf und davon gezogen ist? Ah, aber er hat ein Sparbuch zurückgelassen, und von diesem Konto wurde seither nichts mehr abgehoben. Aber woher wissen wir, daß er bei anderen Banken nicht weitere Konten hatte? Womöglich sogar in anderen Ländern. Mr. Moscovitch war kein gewöhnlicher Mann. Er war krank, drogenabhängig und spielsüchtig. Ist er geflohen und hat eine andere Identität angenommen, um Drogenhändlern, Buchmachern oder Kasinobesitzern, denen er große Summen schuldete, zu entkommen? Zeugen, darunter ein gefeierter kanadischer Schriftsteller und ein international anerkannter amerikanischer Maler, die beide mit Mr. Moscovitch und Mr. Panofsky in Paris befreundet waren, werden Ihnen bestätigen, daß Mr. Moscovitch bereits früher verschwand, oft monatelang. Und ich werde als Beweis eine Kurzgeschichte von Mr. Moscovitch vorlegen, für deren obszöne und bisweilen blasphemische Sprache, an der Sie vielleicht Anstoß nehmen, ich mich bereits jetzt entschuldigen möchte. Die Geschichte trägt den Titel ›Margolis‹ und handelt von einem Mann, der seine Frau und sein Kind verläßt und irgendwo eine andere Identität annimmt. Es wird Sie überraschen – so wie Barney Panofsky überrascht war, als er es erfuhr –, aber Mr. Moscovitch hat tatsächlich eine Frau und ein kleines Kind in Denver, und sie schätzen ihn so sehr, daß sie es vorziehen, nicht vor Gericht zu erscheinen. Zeugen werden zudem bestätigen, ebenso wie Kontrollabschnitte von ausgestellten Schecks, die ich Ihnen vorlegen kann, daß Mr. Panofsky seinen Freund wieder und wieder finanziell unterstützt hat, wenn seine Spielschulden unerträglich wurden – den Freund, den er mit seiner Frau im Bett erwischen sollte.

Ich werde den gramgebeugten Mr. Panofsky nicht in den Zeugenstand rufen. Zu Unrecht angeklagt, hat er bereits genug leiden müssen. Doppelt wurde er betrogen. Einmal von seiner Frau. Einmal von seinem besten Freund. Aber ich vertraue auf Ihren gesunden Menschenverstand. Sie werden ihn freisprechen. Zum Abschluß und auf die Gefahr hin, indiskret zu erscheinen, muß ich gestehen, daß es nichts Schöneres gibt, als Anwalt zu sein. Dieser Fall ist so unsinnig, so bar jeder Substanz, daß ich das Gefühl habe, mich schuldig zu machen, wenn ich mein Honorar annehme. Als nächstes werde ich einen Mann verteidigen, der angeklagt ist, die Kronjuwelen aus dem Tower von London gestohlen zu haben. Es gibt allerdings ein kleines Problem. Es fehlen keine Juwelen. Hier haben wir es mit einem ähnlichen Problem zu tun. Ein achtbarer Mann ist des Mordes angeklagt. Das Problem: Es gibt keine Leiche. Ich danke Ihnen für Ihre Aufmerksamkeit.«

O'Hearne sagte unter Eid aus, daß er, als er in mein Sommerhaus kam, bemerkte, daß ich frische Schwielen an den Händen hatte, die angeblich vom Ausheben eines Spargelbeetes stammten. Auf weitere Fragen seinerseits habe sich herausgestellt, daß ich überhaupt nicht glücklich verheiratet war, sondern anscheinend eine jüdische Geliebte in Toronto hatte. »Lassen Sie verdammt noch mal ihren Namen aus dem Spiel«, hätte ich gesagt. Dreimal hätte ich ihn hinsichtlich des versteckten *(sic)* Revolvers angelogen und dann gesagt: »Ich habe ihn mitten ins Herz getroffen und dann im Wald vergraben, wo diese Dummköpfe jetzt gerade suchen.« Ich sei ein unkooperativer Zeuge gewesen, der zu Obszönitäten neigte und öfter als einmal den Namen unseres Herrn Jesus Christus lästerte. Schließlich sei ich gewalttätig geworden und mußte festgehalten werden. Offensichtlich voller Verachtung für die nichtjüdischen Beamten der Polizei von Quebec hätte ich ihn, sagte O'Hearne und entschuldigte sich für die Vulgarität meiner Sprache, bevor er mich zitierte, einen blöden Analphabeten genannt.

Ich konnte nicht umhin, den Mistkerl zu bewundern. Der Angeklagte, fuhr O'Hearne fort, dessen Bibliothek viele indizierte Bücher enthalte – verfaßt von Freimaurern, von bekannten Kommunisten, von seinen Glaubensgenossen –, habe gesagt: »Ich wette, das letzte Buch, das Sie gelesen haben, war die Erstkläßlerfibel, und wahrscheinlich versuchen Sie noch immer, die Geschichten zu verstehen. Wo haben Sie gelernt, einen Verdächtigen zu verhören? Haben Sie ›Dragnet‹ gesehen? Oder *True Detective* gelesen? Nein, das hätte ich gemerkt, Ihre Lippen wären immer noch aufgesprungen.« Er sei verpflichtet, im Zweifel alles zu meinen Gunsten auszulegen, und deshalb habe er, wider seine Polizisteninstinkte, in New York Erkundigungen eingezogen. Dabei habe er erfahren, daß der Ermordete – oder vielmehr der vermißte Mann, sagte er grinsend – nicht wieder in seiner Wohnung aufgetaucht sei. Sein Bankkonto sei bis zum heutigen Tag unverändert.

Hughes-McNoughton tat sein Bestes, um meine dumme und belastende Behauptung, ich hätte Boogie mitten ins Herz geschossen, zu entschärfen, indem er darauf hinwies, daß ich ein sarkastischer, zu Ironie neigender Kerl sei und daß mein sogenanntes Geständnis tatsächlich aus dem Felsen meiner unermeßlichen Empörung gesprengt worden sei. Aber ich spürte, als er die Geschworenen und dann mich ansah, daß Hughes-McNoughton meinen Fall für hoffnungslos hielt. In seiner Verzweiflung nahm er Zuflucht zu einem melodramatischen Trick, der selbst eines Perry Mason unwürdig gewesen wäre. »Was wäre, wenn ich vor Ihren Augen ein kleines Wunder vollbringen würde?« sagte er, an die Geschworenen gewandt. »Was wäre, wenn ich bis fünf zählen würde, und dann käme Bernard Moscovitch durch diese Tür dort in den Gerichtssaal spaziert. Eins, zwei, drei, vier ... FÜNF!«

Die Geschworenen wachten auf, alle blickten zur Tür, und auch ich drehte mich um, reckte den Hals, mein Herz pochte.

»Sehen Sie«, sagte Hughes-McNoughton, »Sie alle haben sich umgedreht, denn Sie haben alle berechtigte Zweifel, daß in diesem Fall ein Mord verübt wurde.«

Der Schuß ging nach hinten los. Den Geschworenen gefiel es überhaupt nicht, zum Narren gehalten, Opfer eines billigen Tricks zu werden. Staatsanwalt Mario Begin konnte seine Schadenfreude nicht verhehlen. Meine Verzweiflung wurde noch größer, als ich einen Blick auf Miriam warf, die ganz hinten im Saal saß und knapp davor war, in Ohnmacht zu fallen.

Hughes-McNoughton führte Zeugen vor, die meinen guten Charakter bestätigten, vergebens. Zack, nicht gerade nüchtern und offensichtlich ein Lebemann, machte zu viele Witze. Es wäre gut gewesen, wenn sich Serge Lacroix nicht gerade die Haare blond gefärbt und einen Diamanten im Ohr getragen hätte. Leo Bishinsky hätte nicht aus New York mit einem Flittchen einfliegen sollen, das halb so alt war wie er und aufstand und ihm zuwinkte, als er im Zeugenstand Platz nahm. Aber wenn ich gehängt werden sollte, dann war es der liebenswerte Irv Nussbaum, den die größte Schuld daran traf. Mein Freund Irv bestand darauf, auf das Alte Testament eingeschworen zu werden, und trug eine Jarmulke. Er sagte, ich sei eine Säule der Gemeinde, der beste Spendensammler von allen, der mehr als nur seinen Teil für Israel getan habe. Er wäre stolz, mich seinen Sohn nennen zu können.

Schweißgebadet, meinte ich, mich in die lange Reihe jüdischer Märtyrer einreihen zu müssen. Kapitän Dreyfus, der jahrelang auf der Teufelsinsel dahinsiechte, bevor er begnadigt und nicht etwa nachträglich freigesprochen wurde. Menahem Mendel Beilis, 1911 Opfer einer Blutfehde in Kiew. Von der Schwarzen Hundertschaft des Ritualmords an einem zwölfjährigen christlichen Jungen angeklagt, mußte er zwei Jahre Gefängnis ertragen, bevor er freigesprochen wurde. Leo Max Frank, Sohn eines reichen jüdischen Kaufmanns, angeklagt des Mordes an einem vierzehnjährigen Mädchen und schuldig gesprochen, 1915 von einem Mob in Georgia gelyncht. Ich verbrachte die Zeit damit, mir im Geist Notizen für meine Rede vor Gericht zu machen, die ich halten wollte, bevor ich verurteilt würde. »Ich habe Ihre Brunnen nicht vergiftet«, wollte ich beginnen, »ebensowenig habe ich Ihre Babys auf der Suche nach Blut für meine Pessach-Matzen ermordet. Wenn man Panofsky sticht, blutet er dann nicht ...?«

Und dann, Heureka, vollbrachte der Erzhalunke Maître Hughes-McNoughton tatsächlich ein Wunder und rief einen unverhofften letzten Leumundszeugen auf. Es war der gute Bischof Sylvain Gaston Savard, der mir damals noch völlig unbekannt war. Der winzige, leichtfüßige, schwarzgewandete Bischof trippelte in den Gerichtssaal, strahlte wohlwollend die Geschworenen an, von denen sich drei sofort bekreuzigten. In der beringten manikürten Hand hielt der edle Kirchenmann die ledergebundene Hagiographie, die er zum Lob seiner Tante, Schwester Octavia, dieser antisemitischen Hexe, geschrieben hatte. Während ich erstaunt zuhörte, von einem kurzen Tritt von Hughes-McNoughton jedoch zum Schweigen gebracht wurde, verkündete der Bischof, daß ich

– obwohl ich als Jude geboren war, wie Unser Erlöser, nebenbei erwähnt – mich einverstanden erklärt hatte, für eine Übersetzung ins Englische seines kleinen Buches aufzukommen. Mit seiner kratzigen, kreischigen Stimme fuhr er fort und sagte, daß ich außerdem zugestimmt habe, eine Kampagne zu finanzieren, deren Ziel darin bestünde, eine Statue von Schwester Octavia in Auftrag zu geben und auf einer Kreuzung in St.-Eustache aufstellen zu lassen, und ich sei der beste Spendensammler von allen, wie jemand vor ihm bereits betont habe. Nach seiner Aussage nickte mir der Bischof zu, als wollte er mich segnen, zog seine Röcke zurecht und setzte sich.

Der Rest war eine Scharade, und der geknickte Mario Begin wußte es. Trotzdem scheute er keine Mühe und rief Zeugen auf, die mir ein gewalttätiges Temperament attestierten, Beleidigungen wiederholten, Kneipenschlägereien und anderes unziemliches Verhalten meinerseits schilderten.

Vergessen Sie's.

Bestimmt haben die meisten von Ihnen *Der Pate, Teil II* von Martin Wie-heißt-er-gleich gesehen. Sie wissen schon, wie der Name von dem Typ, dem Opernsänger, der die Hauptrolle in *South Pacific* spielte. Martin Pinza? Nein. Einen Augenblick. Ich hab's. Zumindest beinahe. Marty mit einem Nachnamen so ähnlich wie der von Don Quijotes Schildknappen. Marty Panza? Marty Puzo.[12] Wie auch immer, während in *Der Pate, Teil II* in Mafiakreisen ermittelt wird, stimmt ein in das Zeugenschutzprogramm aufgenommener Mann aus der Verbrecherbande zu, als Kronzeuge aufzutreten. Aber Al Pacino läßt den Vater des Mannes aus Sizilien einfliegen, und in dem Augenblick, als der abtrünnige Mafioso anfangen will zu singen, betritt der alte Mann den Gerichtssaal, setzt sich und starrt ihn an. Der Möchtegern-Kronzeuge bringt kein Wort heraus. Und während der aufgeregte Richter Euclid Lazure zusammenfaßte, lächelte mein heißgeliebter Bischof die Geschworenen milde an, die Hände im Schoß gefaltet.

12 Mein Vater bringt zwei italoamerikanische Filmschaffende durcheinander, den Schriftsteller und Drehbuchautor Mario Puzo und den Regisseur Martin Scorsese. Puzo schrieb die *Paten*-Filme, und Scorsese führte unter anderem Regie bei *Raging Bull*.

Die Geschworenen berieten sich respektable zwei Stunden, dann erklärten sie mich für unschuldig und eilten nach Hause, um sich ein Freundschaftsspiel, die Canadiens gegen die Washington Caps, in Radio Canada anzuhören. Ich sprang auf und umarmte Hughes-McNoughton, und dann schloß ich Miriam in die Arme.

Ein letzter Gedanke. Wenn ich in den Jahren vor meinem Prozeß auf der Straße zu meinem Sommerhaus in einen Stau geriet und einem verbeulten, rostigen Pick-up hinterherkriechen mußte, auf dessen Stoßstange ein Aufkleber mit der Aufschrift JESUS WIRD DICH ERLÖSEN klebte, dachte ich immer: Verlaß dich nicht darauf, Freundchen. Jetzt bin ich mir da nicht mehr so sicher.

10 Schlechte Nachrichten. In der ersten Zeile dieser ausschweifenden Erinnerungen steht, daß Terry der Pfahl in meinem Fleisch war. Der Splitter unter meinem Fingernagel. Ich begann diese Geschichte meines verpfuschten Lebens als Replik auf die unflätigen Betrachtungen, die McIver in seiner Autobiographie über Boogie, meine drei Frauen und den Skandal, den ich mit ins Grab nehmen werde, anstellte. Okay, okay. Dieser Erstling ist zum Weinen. Aber nicht so peinlich wie die ersten Gehversuche des großen Gustave Flaubert. In *Leidenschaft und Tugend* erzählt er die Geschichte eines Mannes, der lebendig begraben wird und seinen eigenen Arm verschlingt. In *Quidquid Volueris* ist der Protagonist der Sohn einer schwarzen Sklavin und eines Orang-Utans. Allerdings war er nicht siebenundsechzig, als er sich hinsetzte und die Geschichten zu Papier brachte, sondern gerade mal fünfzehn.

Nachdem ich eine Billion Wörter aneinandergereiht habe, hat dieser Türstopper von einem Manuskript plötzlich seine *raison d'être* verloren. Dieser miese, rücksichtslose Kerl ist mir einfach weggestorben. Herzinfarkt. Er war auf dem Weg zu einer Lesung an der McGill, als ihm auf der Sherbrooke Street schwindlig wurde, er sich an die Brust faßte und auf dem Gehsteig zusammenbrach. Wäre er sofort ins Krankenhaus gebracht worden, hätte er vielleicht überlebt, aber die Passanten hielten ihn für einen Säufer und machten einen Bogen um ihn. *Bonjour la visite*.

McIver hat nie geheiratet. »Ich bin der anspruchsvollsten aller Geliebten zu Diensten«, sagte er zu einem *Gazette*-Reporter, »der Literatur.« Aber im Alter genoß er die Gunstbeweise reicher Frauen: Kulturwichserinnen. Wie ich gehört habe, hat er Besprechungen seiner Bücher in ein Album geklebt und jede Seite mit Cellophan geschützt. Während seiner letzten Jahre wurde Montreals G.A.M.[12] mit Auszeichnungen überhäuft. Die Ehrendoktor-Urkunden hingen über die gesamte Breite einer Wand in seinem Arbeitszimmer. Das Harbourfront Festival of Authors in Toronto zollte ihm Tribut. Er saß im Vorstand des Canada Council und war Beirat der McGill University. Gerüchte besagten, daß man ihn demnächst in den Senat berufen wollte, wo er mit dem geschätzten Bewohner unseres Penthouse, Harvey Schwartz, in einen Gedankenaustausch hätte treten können. Auch über den früheren *Consigliere* der Gurskys wird dieser Tage in den Nachrichten berichtet. Er ist Gründer und wichtigster Finanzier der Pan-Canadian Society. »Ich bin entschlossen, den Rest meines Lebens der Rettung dieses Landes zu widmen, das so gut zu mir war«, sagte der Händler von Insidertips, Börsenspekulant, Grundstücksmakler, Feindliche-Übernahme-Bieter-plus-Vermögenswerte-an-sich-Reißer und Steuerhinterzieher, der Millionen in der Schwartz-Familien-Stiftung versteckt hat.

Was Beerdigungen anbelangt, bin ich gespalten. In meinem Alter jagt es einem Schauder über den Rücken, wenn man in die zwei Meter tiefen Löcher schaut, aber der Bestattung von jemand anders ist auch ein bißchen Befriedigung abzugewinnen. Außer es würde sich um Miriam oder eines unserer Kinder handeln. Aber zu meinem eigenen Erstaunen vergoß ich bei McIvers Beerdigung heiße Tränen. Wir waren einst in Paris gemeinsam jung und unbeschwert, Großmäuler aus der Provinz, und im nachhinein bedauere ich, daß wir nie Freunde wurden.

Eine weitere Abschweifung, aber eine sachdienliche. Vor kurzem flog ich nach New York, um Saul zu besuchen und mir Gregory Hines und dieses junge Wunderkind, Savion Glover, in *Jelly's Last Jam* anzuschauen. Ich glaube, Glover ist der talentierteste Steptänzer, den ich je gesehen habe, und am nächsten Abend ging

12 Großer Alter Mann.

ich nochmals hin. Am folgenden Nachmittag traf ich mich mit Leo Bishinsky im Algonquin. »Ich bin jetzt verdammte achtundsechzig Jahre alt«, sagte er. »Und ich kapier's einfach nicht. Es muß passiert sein, als ich weggeschaut habe. Ich bin achtundsechzig Jahre alt, war viermal verheiratet, bin ebensooft geschieden und ungefähr achtundvierzig Millionen wert, auch noch nachdem mich meine Händler nach Strich und Faden beklaut haben. Ich war auf der Titelseite von *Vanity Fair*. *People* hat ich weiß nicht wie oft über mich geschrieben. Ich werde in Liz Smith's Kolumne zitiert. Früher trat ich bei Johnny Carson auf, heute bei Leno oder Letterman. Das MOMA hat mir eine Retrospektive gewidmet. Ich bin berühmt. Mein Vater würde staunen, wenn er wüßte, daß man mit Malerpinseln mehr Geld verdienen kann als mit Damenbekleidung. Meine Mutter wäre stolz. Aber dieses australische Arschgesicht schreibt über mich in *Time*, und es ist ein Verriß. Die Kerle, mit denen ich im Le Coupole geplaudert habe – oder heißt es La? Egal –, oder im Select oder im Mabillon, hassen mich jetzt. Ich gehe auf eine ihrer Vernissagen, und sie schneiden mich oder sagen: Wow, hier kommt ja ein richtiger Star, willst du dir die Slums anschauen, Leo? Verdammt, wir haben zusammen in den Cafés gesessen, Witze gerissen und auf Walter Chrysler jr. gewartet, damit er sich unsere Sachen ansieht und vielleicht was davon kauft. Wir sind Freunde fürs Leben, dachte ich. Gehen füreinander durchs Feuer. Zum Teufel mit ihnen. Heutzutage werde ich zu den feinsten Essen in der Park Avenue oder in den Hamptons eingeladen. Leute vom Typ: He, behandeln Sie mich gefälligst mit Respekt, ich bin jemand, der schon im Weißen Haus gegessen hat. Ich werde zu diesen Essen eingeladen, und der geschätzte Gastgeber ist entweder ein Arbitrage-Guru oder ein ehemaliger Aktienhai mit einer geschwätzigen Frau als Trophäe, und womöglich hängt eine meiner *chatchkas* an der Wand, die den Idioten vielleicht zwei Millionen gekostet hat, und am liebsten würde ich sie wieder mitnehmen, weil ich nicht länger als fünf Minuten mit ihnen zusammensein kann, ohne verrückt zu werden. Ich sitze da und schäme mich und frage mich: Hab ich das etwa für Leute wie dich gemacht? Als ich mit einer Mahlzeit am Tag auskommen mußte, hab ich da um ihre Anerkennung gekämpft? Ich habe sechs Kinder von vier Frauen, und ich kann sie alle miteinander nicht ausstehen, genausowenig wie den Gedanken, daß sie alle unermeßlich reich sein werden, wenn ich den Löffel abgebe. Einer von ihnen produziert HipHop-Musik. Ein ganz schön weiter Weg von Mozart zu Rap oder HipHop. Und das ausgerechnet aus meinem Munde. Von Goya bis zu mir war's auch ein schönes Stück. Gestern haben sie eine Biopsie von meiner Prostata gemacht, und jetzt warte ich auf die schlechten Nachrichten. Und alle beneiden mich um meine Mädchen, aber wenn ich mit ihnen ins Bett gehe, habe ich eine Wahnsinnsangst, impotent zu sein und dafür ausgelacht zu werden. Scheiße, Barney, wir hatten so viel Spaß. Ich verstehe nicht, wo der hin ist und wieso es so schnell gegangen ist.«

McIver, das muß man ihm lassen, hat sich, so unwahrscheinlich es klingt, durchgesetzt. Er hat sich mit seinem kleinen überflüssigen Talent in seinem eigenen Land Anerkennung erworben, und das ist mehr, als ich je versucht oder auch nur gewagt habe. Ich hätte nicht so grausam zu ihm sein sollen. Nach McIvers Beerdigung ging ich zu Dink's und las den Nachruf auf ihn in der *Gazette*, der überschrieben war: TERRY McIVER HAT TIEF IN SEINER EIGENEN PSYCHE NACH INSPIRATION GESUCHT. Ach du meine Güte. Trotzdem schrieb ich an diesem Abend einen Brief, der ihm Tribut zollte und drei Tage später in der *Gazette* veröffentlicht wurde.

Ich höre mit diesem Gekritzel nicht auf, nur weil McIver mich im Stich gelassen hat. Statt dessen ändere ich die Widmung dieser nahezu beendeten Lebensbeichte. Sie ist jetzt den von mir geliebten Menschen zugeeignet: Miriam, Mike, Saul und Kate. Solange und Chantal. Aber nicht Caroline.

Ich erinnere mich, daß Caroline bei meinem letzten Besuch in London eines Abends ein vegetarisches Essen servierte: Artischoken, danach Ratatouille, Käse und biologisch-organische Früchte. Als Caroline den koffeinfreien Kaffee brachte, holte ich mein Zigarrenetui heraus, zündete eine Montecristo an und bot Mike eine an. »Tut mir leid, daß es diesmal keine Cohiba ist«, sagte ich, um ihn auf die Probe zu stellen.

Als Mike seine Zigarre anzündete, stand Caroline auf, ganz diskret, um ein Fenster zu öffnen.

»Aber du hast dir die Schachtel Cohibas damals doch schmecken lassen, oder?«

»Und wie.«

Provoziert fuhr ich fort: »Laß uns einen Schluck Cognac trinken, Mike, und traurige Geschichten aus der Zeit erzählen, als wir noch eine Familie waren, geborene Fleischfresser alle miteinander, und dein kleiner Bruder, dieser ungezogene Junge, in Selwyn House mit Marihuana handelte.«

»Mike verträgt keinen Cognac«, sagte Caroline.

»Ach, nur einen kleinen, zwei cl«, sagte Mike, der dazu neigt, Drinks mit einem kleinen Meßbecher aus Chrom auszuteilen, »nur um Daddy Gesellschaft zu leisten.«

»Und morgen früh bist du um vier Uhr wach, weil dein Herz so hämmert, und ich kann dann auch nicht mehr schlafen.«

Am nächsten Morgen, lange nachdem Mike um 8 Uhr 06 wie gewohnt das Haus verlassen hatte, um in vierundzwanzig Minuten zur Arbeit zu fahren, schlich ich nach unten, verkatert, auf Zehenspitzen, entschlossen, mit einem Taxi zu Bloom's zu fahren, um dort gepökeltes Rindfleisch und Latkes zu essen, aber Caroline fing mich ab. Sie hatte ihren Yoga-Kurs sausenlassen, um mir altem verkommenem Subjekt etwas Gesundes zuzubereiten: frischgepreßten Karottensaft, gedämpften Brokkoli und gemischte Blattsalate. »Reich an Eisen«, sagte sie.

Ich saß in der Falle, war aber trotzig und wertete den Karottensaft mit einem Schuß Wodka auf. Das brachte mir einen von Carolines offen vorwurfsvollen Blicken ein. »Ist es dafür nicht ein bißchen früh, Barney?« fragte sie, das »selbst für dich« blieb unausgesprochen, hing aber in der feindselig aufgeladenen Luft zwischen uns.

»Verdammte Scheiße, es ist schon elf Uhr«, sagte ich.

Ich bin nicht total flegelhaft. In Anwesenheit anständiger junger Damen sage ich normalerweise nicht »verdammte Scheiße«. Aber sie sollte zusammenzucken und vielleicht kapieren, daß sie trotz ihres blaublütigen Erbes, ihrer Aristo-Verbindungen und affektierten Bildungshuberei in einen Hexenzirkel jüdischer Aufsteiger eingeheiratet hatte. Nachkommen der Unterschichts-*fußgejer*, Rowdys, die singend aus dem Schtetl zogen:

Geit jidelke, in der waiter welt;
in kanada, wert ir ferdinen gelt.

Das war pervers von mir. Ungehobelt. Ich weiß, ich weiß. Vor allem in Anbetracht der Tatsache, daß Caroline eine intelligente Frau ist, attraktiv, soweit ich weiß treu und eine gute Mutter. Sie betet Mike an. Aber was mir auf die Nerven ging, war, daß sie, wie manche Frauen, die meine Geschichte kennen, lieber nicht allein mit mir war für den Fall, daß stimmte, was über mich gemunkelt wurde. Deswegen zog ich sie an jenem Morgen auf. »Caroline, meine Liebe, jetzt, da wir uns so gut kennen, warum rückst du nicht mit der Sprache raus und fragst mich, ob ich es getan habe?«

Sie stand abrupt auf, sammelte die Teller ein, brachte die Küchentheke zwischen uns und wischte imaginäre Flecken weg. »Na gut. Hast du es getan?«

»Nein.«

»Na also.«

»Aber das muß ich doch sagen, oder?«

Später hörte ich, wie Mike und Caroline stritten.

»Ist er so unsäglich naiv, daß er glaubt, mich schockieren zu können, indem er ›verdammte Scheiße‹ sagt?« fragte sie.

»Können wir nicht morgen darüber reden?«

»Morgen. Nächste Woche. Er ist ein Tyrann.« Dann berichtete sie von unserem kleinen Zusammenstoß in der Küche. »Er hat damit angefangen. Nicht ich. Er sagte, daß er es nicht getan habe, fügte dann aber mit diesem spöttischen Lächeln hinzu: ›Aber das muß ich doch sagen, oder?‹«

»Nur er weiß es.«

»Das ist keine Antwort.«

»Ich war noch nicht geboren. Ich weiß es einfach nicht.«

»Oder du willst es nicht wissen. Was von beidem?«

»Hör auf damit, Caroline. Es spielt keine Rolle mehr.«

»Ich habe keine Ahnung, wie deine Mutter ihn so viele Jahre ertragen konnte.«

»Er war nicht immer so verbittert. Und er hatte auch nicht immer solche Angst davor zu sterben. Laß uns jetzt schlafen.«

»Du hättest die Zigarre gestern abend nicht rauchen müssen. Du hättest ihm sagen können, daß du dir das Rauchen abgewöhnt hast.«

»Aber ich wollte ihm nur dieses eine Mal eine Freude machen. Er ist jetzt so ein einsamer alter Mann.«

»Du hast Angst vor ihm.«

»Caroline, du hättest diese Cohibas nie verschenken dürfen, ohne mich vorher zu fragen.«

»Warum nicht?«

»Weil sie ein Geschenk von meinem Vater waren.«

»Aber ich habe dabei an dich gedacht. Es fiel dir so schwer, mit dem Rauchen aufzuhören. Ich wollte nicht, daß du in Versuchung gerätst.«

»Trotzdem ...«

Scheiße Scheiße Scheiße. Mike, tut mir leid. Bitte, entschuldige. Wieder einmal habe ich dich falsch eingeschätzt. Aber ich hielt es für besser, nichts zu sagen. Typisch für mich.

Ich möchte, daß alle Menschen, die mir nahestehen, die Wahrheit kennen. Sie müssen wissen, daß auch ich mich umgedreht und geschaut habe, als Hughes-McNoughton auf diesen dummen Trick zurückgriff, bis fünf zählte und sagte, Boogie käme gleich durch die Tür in den Gerichtssaal spaziert. Ich dachte: Das sieht meinem perversen alten Freund ähnlich, daß er gerade noch rechtzeitig auftaucht, um meine Haut zu retten. Ich habe Boogie nicht umgebracht und im Wald vergraben. Ich bin unschuldig. Mein eigenes Endspiel ist bereits weit fortgeschritten, und da er fünf Jahre älter war als ich, könnte er mittlerweile eines natürlichen Todes gestorben sein. Nicht daß die zweite Mrs. Panofsky das jemals glauben wird.

Hoppla. Ich habe etwas vergessen. Meine faßrunde zweite Frau kam zu McIvers Beerdigung, wenn auch nur, um mich finster anzustarren, und später reagierte sie auf meinen rührseligen Brief an die *Gazette* mit einem einzigen Wort, das ein Kurier vorbeibrachte: HEUCHLER!!! Sie hatte sich, auf zwei Stöcke gestützt, den Hügel zu McIvers Grab hinaufgekämpft, ihr Atem ein Pfeifen, gekleidet in ein Zelt von einem Kaftan. Ihren Kopf bedeckte ein Turban, und als ich sie immer mal wieder verstohlen ansah, konnte ich nicht eine einzige Haarsträhne entdecken, die darunter hervorlugte. Daraus schloß ich, daß die Arme sich einer Chemotherapie unterziehen muß und daß auch sie mir in eines dieser zwei Meter tiefen Löcher vorausgehen wird. Das würde mir ungefähr 13 750 Dollar im Monat sparen. Nach meinem Prozeß wurde unsere Scheidung vom Senat gebilligt, Entschließung 67, vom 15. März 1961. Ihr wurde eine Unterhaltszahlung in Höhe von 2000 Dollar monatlich plus Inflationsausgleich zugesprochen, ein Haufen Geld damals, und das Haus in Hampstead. Trotzdem habe ich dieser wahnsinnigen Vettel niemals Krebs gewünscht.

Unfähig zu schlafen, von McIvers Beerdigung noch immer aufgewühlt, dachte ich, daß es vielleicht hilfreich wäre, wenn ich meinen Abscheu für ihn auffrischte, indem ich ein bißchen in seiner Autobiographie las. Ich schlug das Buch an einer willkürlichen Stelle auf. Es war zufällig seine charmante Schilderung meiner Hochzeit mit der zweiten Mrs. Panofsky:

> Montreal. 29. April 1959. Nach meiner Rückkehr nach Montreal habe ich mich in meiner Erdgeschoßwohnung in der Tupper Street niedergelassen und bislang vermieden, P--- zu treffen, wiewohl mir seine Heldentaten durchaus zu Ohren gekommen sind. Wie vorauszusehen war, wandte er sich nach seiner Rückkehr nach Montreal ernsthaft den Geschäften zu und handelte mit allem, von Schrott bis zu ägyptischen Kunstgegenständen, die angeblich gestohlen waren. Heute jedoch ließ mich mein Glück im Stich. Es regnete, und wir sind in der Sherbrooke Street[13] beinahe zusammengestoßen, und P---, hinterhältig wie immer, heuchelte Freude über unsere zufällige Begegnung und bestand darauf, im Ritz etwas zu trinken. Es mußte das Ritz[14] sein, *à coup sûr*, wenn auch nur, um mich mit seinem neuen Wohlstand zu verhöhnen. Er gab damit an, jetzt Fernsehproduzent zu sein und vielleicht Spielfilme produzieren zu wollen, aber ich wußte, daß er tatsächlich schäbige Werbespots und Industriefilme verhökerte. Dann griff er wie gewöhnlich zu seinem Schnappmesser: »Tut mir leid, daß dein erster Roman nicht besser besprochen worden ist«, sagte er. »Mir hat er sehr gut gefallen.«
>
> Und wie ich zurechtkäme, wollte er wissen, floß über vor Mitgefühl und stellte *comme d'habitude* direkte Fragen.
>
> Ich erzählte ihm, daß ich hart an meinem zweiten Roman

13 Oder Stanley Street, siehe oben.

14 Das Tour Eiffel laut meinem Vater.

arbeitete, von einem Stipendium des neugegründeten Canada Council lebte und an einem Abend in der Woche am Wellington College Creative writing lehrte.

Er erzählte, daß er gerade eine Fernsehserie mit einem Privatdetektiv als Protagonisten entwickle, und besaß die Frechheit, mich zu fragen, ob ich nicht Interesse hätte, mich am Drehbuchschreiben zu versuchen, woraufhin ich laut lachen mußte.

Als ihm klarwurde, daß er zu weit gegangen war, bestand P--- darauf, mich zu seiner Hochzeit einzuladen – um der alten Zeiten willen. Boogie würde auch kommen, sagte er, als wäre das ein weiterer Anreiz. Mein erster Impuls war, mit einem nachdrücklichen Nein zu antworten, aber mit Rücksicht auf meine Obliegenheit als Schriftsteller – der endlosen Suche nach Wasser für meine Mühle – sagte ich doch zu. Schließlich hatte ich noch nie an einem jüdischen Hochzeitsfest teilgenommen, deswegen beschloß ich, im Namen der Ontologie das Leiden auf mich zu nehmen. Wie zu erwarten herrschte kein Mangel an Eßbarem und Hochprozentigem. Aber angesichts der Tatsache, daß P--- auch in Paris bevorzugt Restaurants im jüdischen Viertel frequentierte, die gefilte Fisch, Hühnersuppe mit Matzen und Fettaugen obendrauf servierten, überraschte es mich, daß die kulinarische Kost nicht ethnischen Ursprungs war, sondern statt dessen ganz normal. Wie ich geahnt hatte, war kaum ein Burbank mit einem Baedeker anzutreffen, dafür jedoch Bleisteins mit einer Zigarre im Mund zuhauf.

Auszüge von *conversazioni* aus meinem Notizbuch.

1. »Ach, Sie sind Schriftsteller. Wie interessant. Muß ich Ihren Namen kennen?«
2. »Was halten Sie von Scholem Aleichem? Allerdings rechne ich nicht damit, daß Sie Jiddisch verstehen. So eine ausdrucksstarke Sprache.«
3. »Sie sollten mal die Briefe lesen, die meine Tochter aus dem Ferienlager schreibt. Sie sind zum Totlachen.«
4. »Waren Sie schon mal auf der Bestsellerliste?«
5. »Meine Lebensgeschichte. Das wäre vielleicht ein Buch, aber ich habe nicht die Zeit dafür.«

Ich entdeckte die Braut am Tisch mit den Desserts, Melonenbällchen und Beeren kugelten aus dem Maul eines aus Eis geformten Drachen.[15] Sie lud sich ihren Teller unglaublich voll und legte auf die Früchte noch ein Eclair aus Schokolade. Das erinnerte mich sofort daran, wie »Rachel née Rabinovitch mit mörderischen Pranken an den Trauben zerrt«.

Kaum verwunderlich, daß der Bräutigam so melancholisch wirkte, ununterbrochen dem Alkohol zusprach und ständig einer attraktiven jungen Frau nachstellte, die ihr Bestes tat, um ihm aus dem Weg zu gehen. In späteren Jahren sollte sie jedoch seine dritte Frau werden, statt, wie mir zu Ohren kam, sein Kind abzutreiben.[16] Aber an diesem Abend, noch nicht in seinen Fängen, sagte sie, daß sie meinen ersten Roman uneingeschränkt bewundere. »Wenn ich gewußt hätte, daß Sie hier sind«, sagte sie, »hätte ich meine Ausgabe mitgebracht, dann hätten Sie mir etwas hineinschreiben können.«

Wir begaben uns auf die Tanzfläche, wo P--- (seine Angetraute im Arm, die sich die Schokolade von den Fingern leckte) es schaffte, zweimal mit mir zusammenzustoßen und mir den Ellbogen in die Seite zu rammen. Ironischerweise wurde ich dadurch nur enger an meine Partnerin gepreßt, und so wie ich ihre Körpersprache interpretierte, fand sie das alles andere als unangenehm.

11 Das hart umgekämpfte Referendum vom 30. Oktober 1995 machte der altehrwürdigen Wahltradition von *la belle province* keine Schande. Ich schaute mir die Berichterstattung zusammen mit den anderen in Dink's an. Das Ergebnis war denkbar knapp: NEIN zur Unabhängigkeit 50,57 Prozent, JA 49,43 Prozent. Aber innerhalb von Tagen wurde bekannt, daß es doch nicht ganz so knapp ausgefallen war. Die Wahlprüfer, allesamt von unserer separatistischen Regierung ernannt, hatten ungefähr 80 000 Wahlzettel zurückgewiesen, auf so gut wie allen war das NEIN angekreuzt.

15 Oder war es ein Jagdhorn? Siehe oben.

16 Ich wurde sechs Monate nach der Heirat meiner Eltern geboren.

Die Stimmen wurden für ungültig erklärt, weil die Kreuze zu dunkel, zu schwach oder schief oder größer als das Kästchen waren.

Als ich in der siebten Klasse war, wandte Mrs. Ogilvy ihren bombigen Hintern den Schülern zu und schrieb auf die Tafel:

Kanada ist –
a. eine Diktatur,
b. eine postkoloniale Demokratie mit beschränkter Kultur,
c. eine Theokratie.

Keine der Antworten trifft zu. Die Wahrheit ist, daß Kanada ein Wolkenkuckucksheim ist, ein unerträglich reiches Land, das von Idioten regiert wird, seine hausgemachten Probleme lenken auf komische Weise ab von den Sorgen der wirklichen Welt, in der Hungersnöte, Rassenunruhen und Vandalen in der Regierung die traurige Regel sind. Aufgeheitert von diesem Gedanken, eilte ich nach Hause. Ich hatte mir gerade einen Gute-Nacht-Trunk eingeschenkt, als das Telefon klingelte. Es war Serge Lacroix. Er mußte mich unbedingt treffen.[17]

Ein paar Monate zuvor, als ich mir eine ganze Folge der »McIver-von-der-RCMP«-Serie angesehen hatte, bei der Serge Regie führte, wandte ich mich an Chantal und sagte: »Ich kann's nicht fassen. Wir müssen ihn loswerden. Würdest du ihm bitte heute nachmittag kündigen?«

»Mach's selbst.«

Aber Feigling, der ich bin, brachte ich es nicht über mich, nicht nach den vielen Jahren, in denen er für mich gearbeitet hatte. Und ich tat es auch dann nicht, als seine Arbeit noch schlechter wurde. Aber als er mich jetzt um ein Treffen in meinem Büro um 12 Uhr bat – bestimmt wollte er mich um eine Gehaltserhöhung bitten, was es mir leichter machen würde –, beschloß ich zu handeln, mit Chantal als Zeugin. »Setz dich, Serge. Was kann ich für dich tun?«

»Ich komme gleich zum Thema. Dein Freund Dr. Herscovitch hat festgestellt, daß ich nach meinem kleinen Abenteuer im Park

17 Ich fürchte, daß zu diesem Zeitpunkt die Erinnerung meines Vaters nicht mehr verläßlich, wenn nicht sogar etwas wirr war, und daß er Seiten des Manuskripts willkürlich aneinanderfügte. Das Referendum fand zwar am 30. Oktober 1995 statt, aber die folgenden Ereignisse trugen sich erst Monate später zu.

Lafontaine HIV-positiv war. Und jetzt ist Aids bei mir voll ausgebrochen.«

»O Scheiße, Serge. Das tut mir leid.«

»Ich kann noch arbeiten, aber ich würde es verstehen, wenn du mich aus meinem Vertrag entlassen wolltest.«

»Tatsächlich hat mich Barney erst gestern gebeten, dir einen neuen Vertrag auszustellen«, sagte Chantal. »Er will dich prozentual beteiligen, wenn wir die Serie ins Ausland verkaufen.«

»Rückwirkend?« hörte ich mich selbst fragen. Ich starrte Chantal böse an und wünschte, ich hätte mir auf die Zunge gebissen.

»Ja. Wie du willst.«

»Ich brauche deinen Rat, Barney.«

Wir gingen zu dritt zum Mittagessen ins Le Mas des Oliviers.

»Was ist mit Peter?« fragte ich.

»Er scheint einer von denen zu sein, die Glück haben. Ich glaube, er ist immun. Barney, in New York gibt es einen Versicherungsagenten, der Leuten wie mir die Lebensversicherungspolicen abkauft. Ich setze ihn als Bezugsberechtigten ein, und er zahlt mir sofort fünfundsiebzig Prozent dessen aus, was bei meinem Tod fällig wird. Was hältst du davon?«

»Mit solchen Blutsaugern brauchst du dich nicht einzulassen. Sag mir, wieviel du willst, und ich leihe es dir. Das wolltest du auch gerade vorschlagen, nicht wahr, Chantal?«

»Ja.«

Als Serge gegangen war, tranken Chantal und ich noch etwas.

»Weißt du was, Barney? Du bist gar kein so schlechter Mensch.«

»O doch, das bin ich. Du weißt noch nicht mal die Hälfte. Meine Sünden sind Legion. Deswegen muß ich noch ein paar Pluspunkte sammeln, solange noch Zeit ist.«

»Wenn du es so sehen willst, bitte.«

»Himmel, ich werde bald mehr tote Leute kennen als lebendige. Warum heiratest du nicht Saul?«

»Wenn es darum geht, was am besten für mich ist, dann würfelt ihr, wer gerade dran ist, du oder meine Mutter.«

»Ich möchte nicht, daß du mit Solange streitest.«

»Warum heiratest du sie nicht, Barney?«

»Weil Miriam eines Tages zurückkommen wird. Darauf wette ich. He, für einen Kerl, der nach einer Comic-strip-Figur benannt ist, hab ich's eigentlich doch ganz gut hingekriegt, was meinst du?«

»Barney, es gibt etwas, was ich dich schon immer fragen wollte.«

»Tu's nicht.«

»Hast du den Mann damals wirklich umgebracht?«

»Ich glaube nicht, aber manchmal bin ich mir nicht mehr sicher. Nein, ich hab's nicht getan. Ich kann es nicht getan haben.«

12

An schlechten Tagen funktioniert mein Gedächtnis nicht besser als ein kaputtes Kaleidoskop, aber an guten Tagen ist meine Erinnerung schmerzhaft deutlich. Heute scheine ich auf allen Zylindern zu laufen, und deswegen bringe ich jetzt, bevor es wieder weg ist, besser zu Papier, was ich bislang vermieden habe. Was die letzten zwei Tage[18] mit Boogie angeht, habe ich nicht gelogen, aber ich habe auch nicht alles erzählt. Die Wahrheit ist, daß der Boogie-man, der zu mir kam, um seine Sucht loszuwerden, nicht mehr der Freund war, den ich verehrte. Im Lauf der Jahre hatten die Drogen, ganz zu schweigen von der Zeit und den Räuschen, sein Gehirn verwirrt und seine ganz eigene Schönheit zerstört.[19] Zum Beispiel war er anderen Schriftstellern gegenüber nicht mehr großzügig, mit Ausnahme von McIver – »Er ist vielversprechend« –, aber das auch nur, um mich zu ärgern. Und noch etwas. Als ich nach seinem Verschwinden Streifzüge durch seine bevorzugten Kneipen in New York machte, mußte ich feststellen, daß er nicht mehr als Mann galt, der hält, was er verspricht.

Als wir vor meinem Haus in Hampstead vorfuhren, damit er sich einen letzten Schuß setzen konnte, sagte er: »Du mußt jetzt reich sein.«

»Boogie, mach keine Witze. Ich bin schwer verschuldet. Ich hätte nie ins Fernsehgeschäft einsteigen sollen. Wenn nicht die Werbespots und die beschissenen Industrie-Dokumentarfilme wären, die ich machen muß, wäre ich längst bankrott.«

Boogie amüsierte sich über unser Haus mit den Zwischenge-

18 Drei Tage.

19 Eine Paraphrase einer Zeile aus W. H. Audens »Lullaby«.

schossen und über die Art, wie die zweite Mrs. Panofsky es eingerichtet hatte. Über den riesigen Spiegel, der mit Goldflocken durchbrochen war. Über die Sammlung von Porzellankatzen auf dem Kaminsims. Über das Teeservice aus Sterlingsilber und die Whiskykaraffe aus Kristallglas. »Es fehlt etwas«, sagte er.

»Was?«

»Plastikbezüge über den Lampenschirmen.«

Zu meiner eigenen Überraschung nahm ich die zweite Mrs. Panofsky in Schutz. »Zufälligerweise gefällt mir, was sie aus dem Haus gemacht hat«, log ich.

Boogie schlenderte zum Bücherregal, nahm meine Ausgabe von Claras *Versbuch der Xanthippe* heraus, fand mit seinem Adlerauge sofort zwei Zeilen, die nicht das richtige Versmaß hatten, und las sie mir mit unziemlichem Vergnügen laut vor. »Eine Frau vom verdammten *Life*-Magazin hat mich mal interviewt. ›Wie war Clara damals, in ihrer kreativen Zeit?‹ fragte sie. Verrückt, sagte ich. Eine zwanghafte Ladendiebin, die mit jedem ins Bett ging. ›Welches ist Ihre liebste oder typischste Clara-Charnofsky-Anekdote?‹ Ach, hau ab. *Fiche le camp. Va te faire cuire un œuf.* ›Wann beschlossen Sie, Schriftsteller zu werden?‹ Verdammt will ich sein. ›Macht es Ihnen etwas aus, daß Sie nicht so weltberühmt sind wie Clara?‹ Verschwinde. ›Nichts für ungut, aber ich glaube, es mangelt Ihnen an Selbstachtung.‹ Scheiße. Ich verstehe immer noch nicht, warum du Clara geheiratet hast.«

»Warum hast du nie geheiratet?«

»Hab ich das nicht?«

»Hast du?«

»Nimm deine Krawatte ab und bind sie mir um den Arm.«

Er brauchte drei blutige Versuche, bis er endlich die Vene fand, und auf der Fahrt hinaus zum See döste er, stöhnte, murmelte unverständliche Klagen gegen, wie ich mir vorstellte, unerträgliche Träume. An unserem Eßtisch schlief er erneut ein, und ich brachte ihn ins Bett. Am nächsten Morgen fuhr ich nach Montreal, trank viel zuviel, und als ich am nächsten Vormittag früher als erwartet zurückkehrte, fand ich den Boogie-man zusammen mit der zweiten Mrs. Panofsky im Bett vor.

»Das ist deine Schuld«, sagte ein kichernder Boogie. »Du wolltest anrufen, bevor du losfährst.«

Meine hysterische Frau, die hinter dem Lenkrad des Buick saß, brüllte: »Das ist vielleicht ein Freund. Was wirst du mit ihm tun?«

»Oh, ich werde ihn umbringen, das werde ich tun, und dann kommst vielleicht du dran – und deine Mutter.«

»Fuck you«, kreischte sie, trat aufs Gas, raste die Einfahrt entlang, daß der Kies nur so aufwirbelte. Boogie und ich fingen an, Macallan zu trinken.

»Ich sollte dir die Zähne ausschlagen«, sagte ich, aber in scherzhaftem Tonfall.

»Erst nachdem ich geschwommen bin. Ach, und sie hat eine Menge Fragen über Clara gestellt. Weißt du, je länger ich darüber nachdenke, um so überzeugter bin ich, daß ich nichts weiter war als ein zweckdienlicher *deus ex machina*. Sie wollte mit dir abrechnen, wegen dieser Frau in Toronto.«

»Einen Augenblick«, sagte ich. Ich lief in unser Schlafzimmer, holte die alte Dienstwaffe meines Vaters und legte sie zwischen uns auf den Küchentisch. »Hast du Schiß?« fragte ich.

»Konnte das nicht warten, bis ich geschnorchelt habe?«

»Du kannst mir einen großen Gefallen tun, Boogie.«

»Zum Beispiel?«

»Ich will, daß du als Zeuge bei meiner Scheidung aussagst. Du mußt nur bezeugen, daß ich zu meiner geliebten Frau nach Hause kam und sie bei dir im Bett vorfand.«

»Das hast du geplant, du Mistkerl.«

»Nein, habe ich nicht. Ehrenwort.«

»Du hast mir eine Falle gestellt.«

»Hab ich nicht. Aber vielleicht kannst du auch mal was für mich tun.«

»Was soll das heißen?«

»Ich weiß nicht mehr, wie oft ich dir im Lauf der Jahre mit Geld ausgeholfen haben.«

»Oh.«

»Ja. Oh.«

»Das war wohl als Vorauszahlung gedacht.«

»Scheiße.«

»Was, wenn ich Geld von dir genommen habe, weil das alles ist, was du zu geben hast?«

Das knisterte eine Weile in der Luft zwischen uns, dann antwortete ich ihm mit einer Stimme, die nicht meine eigene war. »Ich mußte mir wegen dir Geld leihen, Boogie.«

»Jetzt wird's aber interessant.«

»*In vino veritas.*«

»Sag bloß, du hast in deiner komischen High-School Latein gelernt?«

»Mann, war das ein billiger Witz.«

»Nein. Du bist es, der sich hier billig verhält. Du bist der alte Freund, der Buch über mich geführt hat, nicht ich.«

»Wie du willst. Aber wenn wir schon dabei sind, dann erzähl mir doch, was aus deinem Roman geworden ist, auf den die ganze Welt wartet.«

»Fragst du als Freund oder als Investor?«

»Beides.«

»Ich arbeite noch daran.«

»Boogie, du bist ein Betrüger.«

»Ich habe dich enttäuscht.«

»Du warst einmal ein Schriftsteller, ein verdammt guter, aber jetzt bist du nichts weiter als ein arroganter Junkie.«

»Ich habe meine Pflichten dir gegenüber vernachlässigt. Ich sollte die Welt in Erstaunen versetzen, damit du eines Tages angeben könntest: ›Wenn ich ihm nicht geholfen hätte ...‹«

»Das ist erbärmlich.«

»O nein. Ich werde dir sagen, was erbärmlich ist. Erbärmlich ist ein Mann, der so leer ist, daß er die Errungenschaften eines anderen braucht, um sein eigenes Leben zu rechtfertigen.«

Ich erholte mich noch von diesem Schlag, als er lächelte und sagte: »Wenn es dir nichts ausmacht, gehe ich jetzt schwimmen.«

»Ich will wissen, warum du keinen Roman in die Hand nehmen kannst, ohne dreckig darüber zu grinsen.«

»Weil alles, was heutzutage publiziert und gelobt wird, zweitklassig ist. Und ich habe noch meine Standards im Gegensatz zu ...«

»Hier, wenn du mal einen richtigen Roman lesen willst«, sagte ich und warf ihm meine Ausgabe von *Der Regenkönig* zu.

»Leo Bishinsky hat mich immer gefragt, wie ich es bloß mit diesem ungebildeten Kerl aus Montreal aushalte.«

»Und du hast zweifellos darauf hingewiesen, daß wir Freunde sind.«

»Ich habe dich bei der Hand genommen und dir zu Bildung verholfen, verdammt noch mal. Ich habe dir die richtigen Bücher zu lesen gegeben. Und was ist aus dir geworden? Eine Fernsehnutte. Verheiratet mit der vulgären Tochter eines reichen Mannes.«

»Nicht so vulgär, daß du sie nicht letzte Nacht gevögelt hättest.«

»Stimmt, aber sie ist nicht die einzige Frau von dir, mit der ich ins Bett gegangen bin. Clara, habe ich sie gefragt, was findest du bloß an ihm? Er verdient Geld, sagte sie. Es war ein geschickter Schachzug in ihrer Karriere, so früh zu sterben. Das muß man ihr lassen.«

»Boogie, vielleicht sollte ich dich k.o. schlagen. Das war verdammt gehässig.«

»Aber wahr«, sagte er.

Mehr konnte ich nicht ertragen. Ich hatte zu große Angst. Und weil ich ein geborener Feigling bin, griff ich auf Humor zurück. Ich nahm die Waffe und zielte auf ihn. »Wirst du für mich aussagen?«

»Ich werde beim Schwimmen darüber nachdenken«, sagte er und stand schwankend auf, um die Schnorchelausrüstung und die Flossen zu holen.

»Du bist viel zu betrunken zum Schwimmen, du verdammter Idiot.«

»Komm mit.«

Statt dessen feuerte ich diesen Schuß über seinen Kopf ab. Aber ich riß die Hand erst im allerletzten Augenblick hoch. Wenn ich also des Mordes nicht schuldig bin, so doch des Vorsatzes.

13 »Was ist los?« fragte Chantal.

»Ich weiß nicht mehr, wo ich meinen Wagen abgestellt habe. Schau mich nicht so an. Das kann jedem passieren.«

»Gehen wir«, sagte sie.

Er stand nicht in der Mountain Street. Pardon, Rue de la Montagne. Auch nicht in der Bishop.

»Er wurde gestohlen«, sagte ich. »Wahrscheinlich von einem der Separatistenfreunde deiner Mutter.«

Wir suchten in der de Maisonneuve, vormals Dorchester Boulevard.[20] »Und was ist das?« fragte sie und zeigte mit dem Finger.

»Wenn du mich bei Solange verpetzt, bist du gefeuert.«

Am Samstagnachmittag – ich war gerade am Eindösen – rief Solange an. »Um wieviel Uhr holst du mich heute abend ab?« fragte sie.

»Ich soll dich abholen? Warum?«

»Das Spiel.«

»Ach, ich glaube, das lasse ich heute ausfallen.«

»Das Eishockeyspiel?«

»Weißt du was? Ich hab genug vom Eishockey. Außerdem bin ich sehr müde.«

»Es ist vielleicht das letzte Mal, daß Gretzky spielt.«

»Großartig.«

»Ich kann's nicht fassen.«

»Willst du die Karten? Nimm Chantal mit.«

Zehn Tage später diktierte ich Chantal, wie sie behauptete, den gleichen Brief zum drittenmal in einer Woche. Als ich das Büro verließ, so wurde mir erzählt, griff ich automatisch in die Tasche und holte einen Schlüssel heraus, wußte aber nicht, wofür er war.

»Was starrst du da an?« fragte Chantal.

»Nichts.«

»Mach deine Hand auf.«

»Nein.«

»Barney.«

Ich machte sie auf.

»Und jetzt sag mir, was das ist.«

»Ich weiß verdammt gut, was das ist. Warum fragst du?«

»Sag's mir.«

»Ich glaube, ich muß mich setzen.«

Als nächstes – als ich eines Spätnachmittags von Dink's nach Hause schlenderte und die Tür öffnete – fand ich Solange und Morty Herscovitch auf der Lauer liegend vor. Scheiße. Scheiße. Scheiße. »Ich weiß, daß die Zeiten hart sind, Morty, aber erzähl mir bloß nicht, daß ihr Quacksalber jetzt Hausbesuche macht.«

»Solange glaubt, daß du vielleicht an Erschöpfung leidest.«

20 Bis 1966 hieß diese Straße Burnside.

»Wer tut das nicht in unserem Alter?«

»Vielleicht ist es auch nur ein Gehirntumor. Wir werden eine Computertomographie und eine NMR-Spektroskopie machen müssen.«

»Den Teufel werden wir tun. Und ich werde auch deine Tranquilizer und Antidepressiva nicht schlucken. Ich erinnere mich an Zeiten, als Ärzte Ärzte waren und noch nicht bei der Pharmaindustrie unter Vertrag standen.«

»Warum sollte ich dir Antidepressiva verschreiben?«

»Ich werde mir jetzt einen Drink einschenken. Ihr könnt auch einen haben, bevor ihr geht.«

»Bist du depressiv?«

»Chantal hat mir meine Autoschlüssel weggenommen und weigert sich, sie mir zurückzugeben.«

»Du bist morgen früh um neun Uhr in meiner Praxis.«

»Vergiß es.«

»Wir werden kommen«, sagte Solange.

Morty war nicht allein. Es war noch ein anderer Typ da. Ein fetter Kerl, den er als Dr. med. Jeffrey Singleton vorstellte.

»Sind Sie Klapsmühlendoktor?« fragte ich.

»Ja.«

»Dann will ich Ihnen mal was sagen. Ich halte nichts von Schamanen, Medizinmännern oder Psychiatern. Shakespeare, Tolstoi und sogar Dickens verstanden mehr von der menschlichen Psyche, als jemals einem von euch eingefallen ist. Ihr seid ein überschätzter Haufen von Scharlatanen, ihr beschäftigt euch mit der Grammatik menschlicher Probleme, während sich die Schriftsteller, die ich erwähnt habe, ihrem Wesen widmen. Ich habe nichts übrig für die aalglatte Weise, in der ihr Menschen in Stereotype einteilt. Oder dafür, wie schnell ihr euch dafür hergebt, als Gutachter vor Gericht aufzutreten. Einer für die Verteidigung, ein anderer für die Anklage. Zwei sogenannte Experten, die uneins sind. Aber beide dicke Schecks einstecken. Ihr spielt Gedankenspiele mit Menschen und schadet ihnen mehr, als ihr ihnen helft. Und neulich habe ich gelesen, daß ihr wie mein Freund Morty hier die Couch gegen die Chemie eingetauscht habt. Schluck das da zweimal am Tag gegen Paranoia. Kau das vor jeder Mahlzeit gegen Schizophrenie. Also, ich trinke Maltwhisky und rauche Montecristo gegen alles und jedes, und ich empfehle Ihnen, das auch zu tun. Macht zweihundert Dollar.«

»Ich würde gern einen kleinen Test mit Ihnen durchführen.«

»Ich habe gepinkelt, bevor ich hierhergekommen bin.«

»Es wird nicht lange dauern. Betrachten Sie es als Spiel.«

»Kommen Sie mir bloß nicht auf die arrogante Art.«

»Barney, jetzt reicht's.«

»Wird es lange dauern?«

»Nein.«

»Na gut. Schießen Sie los.«

»Welcher Wochentag ist heute.«

»Ich wußte, daß es lächerlich ist. Scheiße. Scheiße. Scheiße. Es ist der Tag vor Dienstag.«

»Und der heißt?«

»Sie zuerst.«

Aber er biß nicht an.

»Mal sehen. Samstag, Sonntag ... *es ist Montag.*«

»Und der Wievielte ist heute?«

»Hören Sie mal, so hat es keinen Zweck. Ich konnte mir noch nie meine Autonummer oder meine Sozialversicherungsnummer merken, und wenn ich einen Scheck ausstelle, muß ich immer jemand nach dem Datum fragen.«

»Welchen Monat haben wir?«

»April. Stimmt, was?«

»Welche Jahreszeit?«

»Mann, ich werde Klassenbester. Wenn wir April haben, muß es Sommer sein.«

Tränen begannen Solange über die Wangen zu laufen. »Was ist los mit dir?« fragte ich.

»Nichts.«

»Welches Jahr haben wir?«

»Laut dem Kalender meines Volkes oder in der Zeitrechnung der christlichen Ähre? Ära meine ich.«

»Christliche Zeitrechnung.«

»1996.«

»Wo befinden wir uns?«

»Das ist kinderleicht. In der Praxis von Morty Herscovitch.«

»In welchem Stockwerk?«

»Mein Vater war der Kriminale in unserer Familie, nicht ich. Wir sind in den Aufzug gestiegen. Solange drückte auf einen Knopf, und jetzt sind wir hier. Nächste Frage.«

»In welcher Stadt befinden wir uns?«

»Montreal.«

»Provinz?«

»Jetzt wird es lustig. Wir befinden uns in der gesegneten Provinz, die eingequetscht ist zwischen Alberta und der anderen, auf dem nordamerikanischen Kontinent, der Welt, dem Universum, wie ich immer auf das braune Papier geschrieben habe, in das in der vierten Klasse mein Wie-heißt-es-Buch eingebunden war.«

»Und das Land?«

»Im Moment Kanada. Solange ist eine *indépendantiste*. Tut mir leid, ein Ausrutscher. Sie ist für hier. Für Quebec ohne die anderen. Deswegen müssen wir aufpassen, was wir sagen.«

»Wiederholen Sie bitte die folgenden Wörter: Zit ...«

»Sie ist eine Separatistin, Himmel noch mal. Der Morgen ist nicht meine beste Zeit.«

»Zitrone, Schlüssel, Ballon.«

»Zitrone, Schlüssel, Ballon.«

»Jetzt zählen Sie bitte in Siebenerschritten von hundert an rückwärts.«

»Bis jetzt war ich geduldig, aber das ist wirklich zu albern. Ich werde es nicht tun. Ich könnte. Aber ich tu's nicht«, sagte ich und zündete eine Montecristo an. »He, ich habe das richtige Ende abgebissen. Kriege ich Punkte dafür?«

»Würden Sie so gut sein, und das Wort ›Welt‹ rückwärts buchstabieren?«

»Haben Sie als Kind Dick Tracey gelesen?«

»Ja.«

»Erinnern Sie sich, als er Geheimagent wurde, nannte er sich Reppoc. Das ist ›copper‹ rückwärts buchstabiert.«

»Wie wäre es mit ›Welt‹ rückwärts?«

»T, l, e und der Rest. Okay?«

»Erinnern Sie sich noch an die drei Wörter, die zu wiederholen ich Sie bat?«

»Darf ich Ihnen eine Frage stellen?«

»Ja.«

»Wären Sie nicht nervös, wenn Sie so einen Test machen müßten?«

»Doch.«

»Orange war eins davon. Von den Wörtern. Ich sage Ihnen die anderen beiden, wenn Sie mir die sieben Zwerge namentlich aufzählen.«

»Was halte ich in der Hand?«

»Das ist ein verdammter Nicht-Tinten-Stift, Himmel noch mal, und wissen Sie, worin man Spaghetti abgießt? In einem Sieb. Ha.«

»Was ist das an meinem Handgelenk?«

»Daran liest man die Zeit ab. Eine Uhr.«

»Entschuldigen Sie mich«, sagte Solange und flüchtete ins Wartezimmer.

»Jetzt nehmen Sie bitte dieses Blatt Papier in die rechte Hand, falten Sie es einmal, und legen Sie es auf den Boden.«

»Nein, mir reicht es. Und jetzt sagen Sie, wie habe ich in Ihrem kindischen Test abgeschnitten?«

»Ihre Mutter wäre stolz auf Sie.«

»Sie werden mich also nicht in eine Zwangsjacke stecken?«

»Nein. Aber ich möchte, daß Sie einen Neurologen aufsuchen. Es sollten ein paar Tests gemacht werden.«

»Gehirntests?«

»Wir müssen bestimmte Möglichkeiten ausschließen. Vielleicht leiden Sie wirklich nur an Erschöpfung. Oder Sie werden einfach nur vergeßlich, das wäre nicht ungewöhnlich für einen Mann Ihres Alters.«

»Oder an einem Gehirntumor?«

»Wir sollten jetzt keine unerfreulichen Schlußfolgerungen ziehen. Leben Sie allein, Mr. Panofsky?«

»Ja. Warum?«

»War nur eine Frage.«

Am nächsten Nachmittag bluffte ich mir einen Weg in die McGill-Bibliothek und schlug nach:

> Als Alzheimer (1907) die Krankheit beschrieb, die heute seinen Namen trägt, hielt er sie für eine atypische Form von Demenz ... Es wird von Familien berichtet, in denen sie dominant oder rezessiv vererbt wurde ... Alzheimer ist histiopathologisch

nicht von seniler Demenz zu unterscheiden, und Sjogren et al. (1952) stellten in Alzheimer-Familien ein häufigeres Auftreten von seniler Demenz fest, als normalerweise zu erwarten wäre ...

O mein Gott. Kate. Saul. Michael. Was habe ich getan, Miriam?

Krankheitsbild

Das Gehirn weist extreme Atrophie auf. Koronare Schnitte bestätigen eine uniforme Atrophie der Gehirnwindungen, verbreiterte Furchen, eine verminderte weiße Gehirnmasse und ventrikuläre Erweiterung ...

Jajaja.

Klinisches Erscheinungsbild

Das erste Anzeichen ist eine milde Form von Gedächtnisverlust. Eine Hausfrau verlegt ihr Nähzeug, läßt den Toast verbrennen und vergißt ein oder zwei Dinge beim Einkaufen. Berufstätige Personen vergessen Termine oder halten mitten in einem Vortrag inne, weil ihnen das passende Wort nicht einfällt. Ein Jahr lang oder länger treten aufgrund des langsamen Fortschreitens der Krankheit keine weiteren schweren Symptome auf ...

»Morty, ich bin's. Tut mir leid, daß ich dich zu Hause anrufe. Hast du einen Augenblick Zeit?«

»Ja, klar. Ich muß nur den Fernseher leiser stellen.«

»Es ist Alzheimer, nicht wahr?«

»Wir sind nicht sicher.«

»Morty, wir kennen uns seit hundert Jahren. Mach mir nichts vor.«

»Okay. Möglicherweise. Die Sache ist, daß deine Mutter an ...«

»Vergiß meine Mutter. Sie hatte von Anfang an nur Stroh im Kopf. Was ist mit meinen Kindern?«

»Die Wahrscheinlichkeit ist gering. Ehrlich.«

»Aber größer als für die, die familiär nicht belastet sind. Scheiße. Scheiße. Scheiße. Saul liest alles über Krankheiten in der *Times*, und er ist sicher, daß er es hat.«

»Wir haben die Tomographie und die NMR für morgen früh angesetzt. Ich hol dich um acht ab.«

»Ich muß meine Angelegenheiten ordnen, Morty. Wieviel Zeit bleibt mir?«

»Wenn es Alzheimer ist, und dahinter steht noch ein großes Fragezeichen, werden die Gedächtnislücken kommen und gehen, aber ich würde sagen, daß du noch ein Jahr hast, bevor du ...«

»Bevor ich vollkommen gaga bin?«

»Wir wollen keine Vermutungen anstellen, bevor wir nicht sicher sind. Ich habe heute abend nichts vor. Soll ich zu dir kommen?«

»Nein. Trotzdem vielen Dank.«

14 »Margolis« habe ich bereits erwähnt, aber es gibt eine noch schaurigere Geschichte von Boogie, die ich las, als ich im Gefängnis saß. »Seligman«, geschrieben während der frühen fünfziger Jahre in Paris, wurde erst Monate nach seinem Verschwinden in der *New American Review* veröffentlicht. Wie von allen seinen Geschichten gab es auch davon zahllose Fassungen, bevor er sie auf weniger als 3000 Wörter kürzte. Es ist die Geschichte einer Gruppe wohlhabender New Yorker Anwälte, darunter auch Harold Seligman, die die Ödnis ihres Lebens dadurch mildern wollen, daß sie einander Streiche spielen und dabei ständig den Einsatz erhöhen. Aber das Spiel hat eine Bedingung. Damit ein Streich den Anforderungen genügt, muß er einen Makel im Charakter des Betreffenden aufzeigen und attackieren – in Seligmans Fall seine treue Ergebenheit gegenüber seiner triebhaften Frau. Eines Morgens fordert Boris Frankel, Strafrechtler und Mitglied der Gruppe, Seligman auf, zum Spaß in einem Polizeirevier an einer Gegenüberstellung teilzunehmen. Der Täter soll angeblich einen Einbruch begangen und versucht haben, das Opfer zu vergewaltigen. Zum großen Erstaunen der Gruppe, die die Szene hinter einem Einwegspiegel verfolgt, identifiziert das noch traumatisierte Opfer Seligman als den Täter. Die Anwälte fürchten, daß der Spaß diesmal zu weit getrieben wurde, aber Seligman bleibt gelassen. Er hat ein hieb- und stichfestes Alibi. Am fraglichen Abend hatten er und

seine Frau mit Boris in ihrer Wohnung zu Abend gegessen. Aber Boris, der seinen Kalender konsultiert, bestreitet dies, und Seligmans Frau bestätigt, daß an jenem Abend kein Essen in ihrer Wohnung stattgefunden hat. Dann fahren Boris und Seligmans Frau zu einem Motel, wo sie sich gegenseitig die Kleider vom Leib reißen und ihre leidenschaftliche Affäre fortsetzen.

Als ich heute morgen die Geschichte noch einmal las und mich an des Boogie-mans Vorliebe für grausame Scherze erinnerte, konnte ich nicht wie früher glauben, daß er nach unserem Streit hinreichend wütend gewesen war, um mich aus Trotz zu hintergehen. Und doch – und doch – ich nahm McIvers Pariser Tagebuch zur Hand und schlug den 22. September 1951 nach:

> ... Im Vorübergehen sagte ich einmal zu Boogie: »Wie ich sehe, hast du einen neuen Freund.«
>
> »Jeder hat das Recht auf einen Lakaien, meinst du nicht auch?«

Nein. Das hat Boogie nie gesagt, beschloß ich und brach zu einem meiner ziellosen morgendlichen Spaziergänge auf. Das ist eine bösartige Erfindung, typisch für den verlogenen McIver. Boogie und ich hatten ein so herzliches Verhältnis. Ich war nicht sein Faktotum. Kumpane, das waren wir, Brüder, die gegen die Spießer rebellierten. Ich konnte mich nicht täuschen. Ich würde nicht erlauben, daß Boogie, auch nicht in seinem von Drogen beeinflußten Zustand am See, dieses einst so vielversprechende, dann aber heillos verwirrte Talent, für alle Zeiten verschwunden war, nur um sich an mir zu rächen. Wahrscheinlicher war es, daß wir mitschuldig waren an seiner Selbstzerstörung, weil wir, als wir jung und dumm waren, ihn als den einzigen in unserer Gruppe auserkoren, dem Größe bestimmt war. Und die Verleger aus New York, die um ihn warben und großzügige Vorschüsse boten für einen Roman, von dem nur er wußte, daß er ihn nie beenden würde, haben ihn nur noch mehr belastet. Endlich hatte ich das Problem gelöst. Boogie, auf der Flucht vor den unerträglich hohen Erwartungen, war untergetaucht und hatte irgendwo eine neue Identität angenommen, genau wie Margolis. »Ruhe, ruhe, verwirrter Geist.« Ich vergebe dir.

Ich mußte ungefähr eine Stunde gegangen sein, vielleicht länger, so tief in Gedanken versunken, daß ich in eine mir unbekannte Gegend geraten war. Ich hatte keine Ahnung, wo ich mich befand, bis ich den Busbahnhof erkannte. Und, o mein Gott, ich fing den zermürbenden Blick der Dame meiner einstigen feuchten Träume auf, Mrs. Ogilvy von den Schamhaaren, zwischen denen einst perlengleiche Tropfen für mich glitzerten. Ich schätzte, daß sie jetzt achtzig Jahre alt war. Knotige Hände klammerten sich an die Griffe ihrer Gehhilfe, an der sie trotzig einen Union Jack befestigt hatte. Bucklig war sie jetzt. Verschrumpelt. Froschäugig. Zusammen mit anderen rief sie:

Eins, zwei, drei, vier,
warum sind wir hier?
Behindertenaufgänge,
Behindertenaufgänge.

Es waren mindestens fünfunddreißig Leute da, vielleicht mehr, und alle saßen im Rollstuhl. Ein zum Leben erwachter Hieronymus Bosch. Oder eine Szene aus einem Fellini-Film. Einfach Amputierte und doppelt Amputierte. Überlebende von Schlaganfällen und Polio, mit Beinen so dünn wie Stecken. Opfer von Parkinson und multipler Sklerose, mit wackelndem Kopf und vollgesabbertem Kinn. Ich ergriff die Flucht und winkte einem Taxi.

»Wohin, Mister?«

»... um, fahren Sie ...«

»Ja, klar. Das tue ich. Aber wohin?«

»... geradeaus ...«

»Wollen Sie in ein Krankenhaus?«

»Nein.«

»Wohin dann?«

»... ins Zentrum ...«

»In Ordnung.«

»... in die Straße gleich neben, Sie wissen schon, ich will ...«

»Verstanden.«

»... die Straße gleich nach dem Hotel ...«

»Welchem Hotel?«

»Genau.«

»Ich bringe Sie in ein Krankenhaus.«

»Nein.«

»... kennen Sie die Buchhandlung am Eck?«

»Wenn Ihnen schlecht wird, Himmel noch mal, übergeben Sie sich bitte nicht im Wagen, sagen Sie es mir, und ich halte an.«

»Ich werde mich nicht übergeben.«

»Es gibt immer einen Silberstreifen am Horizont, stimmt's?«

»... wo man was zu trinken kriegt, da will ich ...«

»Eine Bar?«

»Selbstverständlich eine Bar. Ich bin doch nicht blöd.«

»Heute muß mein Glückstag sein«, sagte er und hielt am Straßenrand. »Haben Sie Ihre Brieftasche dabei? Vielleicht ist darin eine Visitenkarte mit Ihrer Adresse. Dorthin bringe ich Sie.«

»Ich weiß, wo ich wohne.«

»Dann sagen Sie es mir. Ich werde nicht aufschreien.«

»... mir würde es schon reichen, wenn Sie mich in der Straße absetzen könnten, die einen Heiligen im Namen hat.«

»Mann, das ist eine große Hilfe in diesem verdammten Montreal.«

»... Catherine. An der Ecke, bitte.«

»Welche Ecke?«

Scheiße Scheiße Scheiße. »... an der Ecke gleich nach der religiösen Straße ...«

»Religiöse Straße?«

»Nicht Rabbi oder Mullah. Katholisch.«

»Kardinal?«

»Bischof.«

»Mann, jetzt hab ich's. Sie meinen St. Catherine, Ecke Crescent. Stimmt's?«

»Genau. Ich will zu Dink's.«

Dort lag Hughes-McNoughton auf der Lauer. »Alles in Ordnung, Barney?«

»Ich weiß selbst, wie ich heiße.«

»Selbstverständlich. Bring ihm einen Kaffee, Betty.«

»Scotch.«

»Klar. Aber zuerst einen Kaffee.«

Ich wartete, bis meine Hand nicht mehr zitterte, bevor ich den Kaffee trank. Hughes-McNoughton zündete eine Montecristo für mich an. »Geht's dir jetzt besser?«

»Ich will, daß du den Papierkram erledigst, damit ich meinen Kindern alle Vollmachten übertragen kann.«

»Dafür brauchst du keinen Anwalt. Ein Notar kann das erledigen. Aber warum die Eile?«

»Egal.«

»Ich erzähl dir eine Geschichte, nur um meine Rolle als *advocatus diaboli* zu bestätigen. Als junger, unerfahrener Anwalt, noch voller Vertrauen in die menschliche Natur, hatte ich einen Mandanten, einen netten alten Juden aus dem *schmate*-Geschäft, der beschlossen hatte, seinen florierenden Laden seinen beiden Söhnen zu überschreiben, um Erbschaftssteuern zu umgehen. Ich habe die schmutzige Tat begangen. Und wir tranken zusammen Champagner – der alte Knacker, seine zwei Söhne und ich. Als der alte Mann am nächsten Morgen in seinem Büro auftauchte, erklärten ihm seine Söhne, daß er dort nicht mehr benötigt würde. Er hatte dort nichts mehr verloren. Also sei vorsichtig, Barney.«

»Sehr witzig, aber meine Kinder sind nicht so.«

In meinem Zustand vertrug ich nicht mehr als einen Scotch. Ich schlenderte zurück zu meiner Wohnung, fühlte mich immer noch ein bißchen unwohl, fragte mich, wann mein Gedächtnis das nächste Mal versagen würde, und dachte an die vielen unerledigten Dinge. Miriam, Miriam, Sehnsucht meines Herzens. Meine Kinder, meine Kinder. Mike hat keine Ahnung, wie sehr ich ihn liebe. Ich fürchte, Kates Ehe wird nicht von Dauer sein. Und was wird aus Saul?

Als Saul acht, neun Jahre alt war, schickte ich ihn manchmal nach oben, damit er mir einen Pullover holte oder ein Drehbuch, das ich gerade brauchte. Eine halbe Stunde verging, und er war immer noch nicht zurück. Ich wußte, daß er an einem Bücherregal vorbeigekommen war, ein Buch herausgenommen hatte und jetzt irgendwo auf dem Bauch lag und las. Als er *A History of the Kings of England* las, brachte Saul eines Abends die Unterhaltung am Eßtisch zum Verstummen. »Wenn Daddy der König wäre, würde Mike nach seinem Tod den Thron erben und das Reich regieren, und ich wäre nur Herzog von irgendwas.«

Er war damals erst zehn Jahre alt, aber mein zweitgeborener Sohn hatte bereits begriffen, daß er in eine ungerechte Welt geboren war.

Oje, oje, wenn ich ein Engel des Herrn wäre, würde ich die Türen meiner Kinder mit einem X kennzeichnen, damit Plagen und Unglück daran vorbeizögen. Leider bin ich nicht dafür qualifiziert. Als ich noch Möglichkeiten und Zeit genug hatte, haderte ich. Ich nörgelte. Ich verbesserte. Ich machte alles falsch.

Verdammt verdammt verdammt.

Als seine Frau gestorben war, schrieb Sam Johnson an den Reverend Thomas Wharton: »Seitdem scheint mir, ich wäre von der Welt abgeschnitten; ein einsamer Wanderer in der Wildnis des Lebens, der die Richtung und seinen Standort nicht kennt: ein schwermütiger Betrachter der Welt, zu der ich kaum einen Bezug habe.«

Aber meine Frau war nicht tot, sie war nur abwesend. Vorübergehend abwesend. Und ich mußte mit ihr sprechen. Ich mußte sofort mit ihr sprechen. Sie lebt in dieser Stadt in Ontario, dachte ich. Nicht in Ottawa. Die Stadt, in der sich der Prince Arthur Dining Room befindet, erinnern Sie sich? Ja. Ich bin noch nicht vollkommen durchgeknallt. Ich weiß sogar noch, wie man Spaghetti abgießt. Mit diesem Dingsbums, das bei mir in der Küche hängt. Es sind sieben Zwerge, und wen interessiert schon, wie sie heißen? Lillian Kraft schrieb nicht *Der Mann im Brooks-Brothers-Hemd*. Oder *Anzug*. Was immer. Es war Mary McCarthy. Ich nahm den Telefonhörer ab und begann zu wählen – hielt inne – und fluchte. Ich konnte mich nicht an Miriams Nummer erinnern.

NACHWORT

von Michael Panofsky

Am 24. September 1996 um 10 Uhr 28 fanden ein Landvermesser und zwei Holzfäller, Angestellte von Drummondville Pulp & Paper, auf einer Lichtung nahe dem Gipfel des Mont Groulx die verstreuten Überreste eines menschlichen Skeletts: ein Schädel, ein durchtrenntes Rückgrat, ein Becken, ein Oberschenkelknochen, gesplitterte Rippen und ein gebrochenes Schienbein. Die Polizei wurde informiert, die Knochen wurden eingesammelt und einem Pathologen des Krankenhauses Notre-Dame in Montreal übergeben. Dr. Roger Giroux erklärte, daß es sich um die Überreste eines gut dreißig Jahre alten Weißen männlichen Geschlechts handelte, der vor dreißig bis vierzig Jahren aus unbekannter Ursache gestorben war. Er spekulierte, daß die gesplitterten Rippen, das durchtrennte Rückgrat und das gebrochene Schienbein möglicherweise darauf zurückzuführen waren, daß der unbekannte Mann mit einem stumpfen Gegenstand grausam geschlagen worden oder aus großer Höhe gefallen war. Es sei jedoch wahrscheinlicher, sagte er und führte als Beweise die Spuren an, die Zähne hinterlassen hatten, daß Kojoten oder andere Tiere die Knochen geknackt hätten, um an das Mark zu kommen. Die Geschichte, über die in der *Gazette* berichtet wurde, erregte die Aufmerksamkeit eines Kriminalbeamten im Ruhestand, Sean O'Hearne. Er bestand darauf, daß ein alter Fall wieder aufgerollt und ein Zahnarzt aus New York eingeflogen wurde, um den Schädel zu untersuchen. Kurz darauf wurde bestätigt, daß es sich um die Überreste von Bernard Moscovitch handelte, der am 7. Juni 1960 in der Gegend verschwunden war. Ein triumphierender O'Hearne wurde von der *Gazette* und von *La Presse* interviewt und trat in mehreren lokalen Fernsehsendungen auf, ebenso die zweite Frau meines Vaters, die jedesmal ein gerahmtes Foto von Mr. Moscovitch auf dem Schoß hielt. »Er hat mir ewige Liebe geschworen«, sagte sie. Erneut wurde über den Prozeß meines Vaters in St. Jérôme berichtet, unter Überschriften wie: TRIUMPHIERT DIE GERECH-

TIGKEIT? oder DIE RACHE DER KNOCHEN. Der Verteidiger meines Vaters, John Hughes-McNoughton, wurde in Dink's (eine Bar in der Crescent Street in Montreal) gestellt und erteilte einem Reporter eine Abfuhr mit *»Credo quia impossibile«*, zu einem anderen, der ihn mit den neuen Beweisen konfrontierte, sagte er *»Argumentum ex silentio«*, bevor er sich abwandte. Einem regen Fotografen von *'Allo Police* gelang es, sich in das King-David-Pflegeheim einzuschleichen und meinen Vater zu fotografieren, als ihn Solange mit Bratenstücken fütterte. Ich flog von London nach Montreal, Kate kam aus Toronto, und Saul wurde von einer jungen Frau namens Linda von New York nach Kanada gefahren. Wir trafen uns im Sommerhaus in den Laurentians, in dem wir einst eine so glückliche Familie waren, um zu verarbeiten, daß Barney gelogen hatte und doch ein Mörder war. Kate ließ die hieb- und stichfesten Beweise selbstverständlich nicht gelten.

»Boogie war betrunken, und vielleicht ist er auf den Berg gegangen und gestürzt, und dabei hat er sich die Beine gebrochen, und dann ist er verhungert. Wie könnt ihr Daddy nur so schnell für schuldig halten, wo er nicht einmal mehr auf seinen Namen reagiert?«

»Kate, du bist nicht die einzige, die durcheinander ist. Bitte, sei vernünftig.«

»Klar, vernünftig. Daddy war ein wahnsinniger Mörder. Liegt doch auf der Hand, oder? Er hat Boogie erschossen, auf den Berg geschleift und seine Beine mit einer Schaufel gebrochen.«

»Ich behaupte nicht, daß es so war ...«

»Man hat nicht einmal Beweise dafür gefunden, daß auch nur ein flaches Grab ausgehoben wurde. Glaubt ihr etwa, Daddy hätte ihn einfach so liegenlassen, damit die Tiere ihn abnagen?«

»Wenn er keine Zeit hatte?«

»In so vielen Jahren.«

»Die Überreste wurden in der Nähe von Daddys altem Unterstand gefunden, von dem er uns erzählt hat. Auch Glasscherben wurden gefunden. Von einer Flasche Scotch.«

»Na und?«

»Kate, wir wissen, wie du dich fühlst, aber ...«

»Sie waren beide betrunken. Vielleicht hat er ihn aus Versehen umgebracht. Das gestehe ich dir zu.

Er hat uns nie zu beeinflussen versucht, und im Zweifel muß alles zugunsten des Angeklagten ausgelegt werden. Ihr könnt glauben, was ihr wollt, aber ich werde immer davon überzeugt sein, daß er unschuldig ist, auch wenn ich hundert Jahre alt werde. Außerdem weiß ich zufällig, daß er nie die Hoffnung aufgegeben hat, daß Boogie noch irgendwo am Leben ist und eines Tages wiederauftauchen wird.«

»Er ist wiederaufgetaucht, oder?«

Wir hatten uns im Sommerhaus getroffen, weil wir entscheiden wollten, was mit Barneys unvollendetem Manuskript, das wir alle gelesen hatten, geschehen sollte; und um Erinnerungsstücke, an denen uns lag, zu retten und Abschied von dem Haus zu nehmen, das bereits zum Verkauf angeboten war. Das Vorhaben stand unter keinem guten Omen. Der Makler hatte gesagt: »Am Tag nach dem Referendum haben zweiundvierzig Leute angerufen, die ihr Grundstück verkaufen wollen, und bislang habe ich noch keinen einzigen Interessenten.«

Es war weder unser erstes noch unser zweites Familientreffen, seit wir erfahren hatten, daß Barney an Alzheimer erkrankt war. Saul erinnerte uns daran, daß auch unsere Großmutter darunter gelitten hatte, und also waren auch wir gefährdet.

Saul sagte, daß wir als erstes keine Deodorants auf Zinkbasis mehr benutzen und nicht mit Aluminiumtöpfen kochen sollten. Er war Abonnent sowohl von *Lancet* als auch vom *New England Journal of Medicine* und informierte uns darüber, daß Nikotin seit kurzem als Gehirnstimulans galt und Raucher etwas seltener an Alzheimer erkrankten.

»Aber nur weil sie vorher an Lungenkrebs sterben«, sagte Kate, »deswegen kannst du die Zigarre gleich wieder ausmachen.«

»Punkt?«

»Punkt«, sagte Kate und fiel Saul schluchzend in die Arme.

Die Diagnose Alzheimer war vier Monate zuvor bestätigt worden, am 18. April 1996 bei einem Treffen in den Büroräumen von Totally Unnecessary Productions in Anwesenheit von Morty Herscovitch und zwei Spezialisten, von Solange und Chantal Renault, und natürlich waren Kate, Saul und ich zugegen. Saul fuhr mit dem Zug nach Toronto, um Miriam zu informieren. Von der Nachricht in Tränen aufgelöst, rief sie Barney an, sobald sie ihrer

Stimme wieder mächtig war, und fragte ihn, ob sie kommen und ihn besuchen könne.

»Ich glaube nicht, daß ich das verkraften würde.«

»Bitte, Barney.«

»Nein.«

Aber er rasierte sich wieder jeden Morgen, rauchte und trank weniger und sprang auf, wann immer das Telefon läutete oder jemand an der Tür klingelte. Solange rief Miriam an. »Komm, so schnell du kannst«, sagte sie.

»Aber er hat nein gesagt.«

»Er geht nicht mal mehr kurz spazieren, damit er auf jeden Fall zu Hause ist, solltest du auftauchen.«

Miriam kam am nächsten Morgen, und die beiden aßen im Ritz zu Mittag, wo der Oberkellner den Fauxpas beging und sagte: »Na, so was, ich habe Sie seit Jahren hier nicht mehr zusammen gesehen. Das ist ja wie in alten Zeiten.«

Später erzählte Miriam Saul: »Ich sah, daß die Speisekarte ihn verwirrte, und er bat mich, für uns beide zu bestellen. Am Anfang war er unbeschwert. Sogar ausgelassen. Ich freue mich schon auf das Versteckspielen und Topfschlagen mit den anderen Verrückten, in welchem Krankenhaus auch immer ich enden werde. Vielleicht haben sie dort Dreiräder für uns. Kaugummi. Eiscreme. Hör auf damit, sagte ich. Er bestellte Champagner, sagte aber zum Kellner, er solle uns eine Flasche von dem Zeug bringen, Sie wissen schon, was so perlt und wir hier immer getrunken haben, und der Kellner lachte, weil er glaubte, Barney wollte witzig sein, und ich war an seiner Statt gekränkt. Am liebsten hätte ich gesagt: Wenn mein Mann witzig sein will, dann ist er auch witzig.

Wäre es nicht großartig gewesen, sagte Barney, wenn ich mit ihm an seinem Hochzeitstag nach Paris geflogen wäre? Wir erinnerten uns an die guten Zeiten, als wir noch jung und unbekümmert waren, und er versprach, daß er sich nicht würde übergeben müssen wie bei unserem ersten gemeinsamen Mittagessen. Obwohl es, wenn man darüber nachdenkt, sagte er, für eine gewisse Symmetrie sorgen würde. Aber es muß doch nicht unser letztes gemeinsames Mittagessen sein, sagte ich. Wir können doch jetzt Freunde sein. Nein, das können wir nicht, sagte er. Entweder alles oder nichts. Ich mußte zweimal aufstehen und in die Damentoilette gehen, weil ich Angst hatte, daß ich am Tisch zusammenbrechen würde. Ich sah zu, wie er ich weiß nicht wie viele verschiedenfarbige Pillen schluckte, aber er trank den Champagner. Er langte unter dem Tisch nach meiner Hand und sagte, daß ich noch immer die schönste Frau sei, die er jemals gesehen habe, und daß er einst gewagt hätte zu hoffen, wir würden, wenn wir über neunzig wären, gemeinsam sterben, wie Philemon und Baucis, und ein gnädiger Zeus würde uns in zwei Bäume verwandeln, deren Äste sich im Winter liebkosten und deren Blätter sich im Sommer vermischten.

Und dann, ich weiß nicht, vielleicht hätte er den Champagner nicht trinken sollen. Er konnte die Worte nicht mehr richtig aussprechen und hatte Schwierigkeiten mit dem Besteck. Er nahm den Löffel, als er die Gabel brauchte, hielt das Messer an der Schneide statt am Griff. Er veränderte sich auf peinliche Weise, vielleicht weil er frustriert war. Seine Miene verfinsterte sich. Er senkte die Stimme, winkte mich näher zu sich und sagte, daß Solange Schecks fälschen würde. Daß sie ihn hinterginge. Er hatte Angst, sie würde ihn dazu zwingen, ein Testament zu unterschreiben, das sie verfaßt hatte. Sie sei eine Nymphomanin, die einmal den Portier seines Wohnhauses in den Aufzug gezerrt und ihren Rock hochgehoben habe, um ihm zu zeigen, daß sie keinen Slip trug. Dann kam die Rechnung, und ich sah, daß er sie nicht überprüfen konnte. Unterschreib einfach, sagte ich, und da mußte er lachen. Okay, sagte er, aber ich bezweifle, ob sie meine neue Unterschrift gelten lassen. He, an manche Dinge erinnere ich mich noch, sagte er. Ich war einmal mit ihr und ihrer Mutter hier, und die alte Vettel sagte: ›Mein Mann gibt immer zwölfeinhalb Prozent Trinkgeld.‹

Und dann veränderte sich sein Verhalten erneut. Er war zärtlich. Liebevoll. Barney von seiner liebenswertesten Seite. Und mir wurde klar, daß er nicht mehr wußte, daß ich ihn verlassen hatte, und offensichtlich nahm er an, daß wir jetzt zusammen nach Hause gehen und vielleicht noch einen Film anschauen würden. Oder im Bett lesen, unsere Beine ineinander verhakt. Oder mit einem späten Flugzeug nach New York fliegen, so wie er immer irgendwelche Überraschungen aus dem Hut gezogen hatte. Ach, wir hatten so viel Spaß, er war so unberechenbar, so liebevoll, und ich dachte, was wäre, wenn ich nicht nach Toronto zurückkehrte, sondern mit ihm nach Hause ginge? Und da stand ich auf und rief Solange an und bat sie, sofort zu kommen. Ich kehrte zu unserem Tisch zurück, und er war nicht mehr da. O mein Gott, wo ist er, fragte ich den Kellner. Toilette, sagte er. Ich wartete vor der Herrentoilette, und als er herauskam, schlurfend, mit einem dämlichen Lächeln, sah ich, daß seine Hose offen war und er sich naß gemacht hatte.«

Als er noch verhältnismäßig klar im Kopf war, rief mein Vater John Hughes-McNoughton zu sich und bestand darauf, sein Vermögen aufzuteilen und seinen Kindern alle Vollmachten zu erteilen. Totally Unnecessary Productions Ltd. wurde an Amigos Three in Toronto verkauft, und zwar für fünf Millionen Dollar in bar plus weitere fünf Millionen in Anteilen an Amigos Three. Gemäß seinem Willen wurden der Verkaufserlös sowie sein gesamter Besitz, darunter ein beträchtliches Aktienpaket, folgendermaßen aufgeteilt: Fünfzig Prozent bekamen seine Kinder, fünfundzwanzig Prozent jeweils Miriam und Solange. Zuerst jedoch mußten die Erben aus dem Nachlaß folgende Forderungen erfüllen:

Fünfundzwanzigtausend Dollar für Benoit O'Neil, der sich jahrelang um das Sommerhaus in den Laurentians gekümmert hatte.

Fünfhunderttausend Dollar für Chantal Renault.

Seine zwei Abonnements auf der Tribüne des neuen Molson Centre sollten weitere fünf Jahre beibehalten und Solange überlassen werden.

Die Erben waren verpflichtet, John Hughes-McNoughtons monatliche Rechnung in Dink's bis an sein Lebensende zu begleichen.

Eine Mrs. Flora Charnofsky in New York sollte hunderttausend Dollar erhalten.

Dann gab es noch eine Überraschung, wenn man bedenkt, wie oft unser Vater über *schwarze* gespottet hatte. Eine Stiftung, die über zweihunderttausend Dollar verfügte, sollte einem schwarzen Studenten, der Hervorragendes im Bereich der Künste leistete, das Studium an der McGill University ermöglichen; das Stipendium wurde in Erinnerung an Ismail Ben Yussuf, alias Cedric Richardson, eingerichtet, der am 18. November 1995 an Krebs gestorben war.

Fünftausend Dollar wurden für eine Totenwache in Dink's reserviert, an der alle seine Freunde teilnehmen sollten. Auf seiner Beerdigung sollte kein Rabbi sprechen. Er wollte, wie er es arrangiert hatte, auf dem protestantischen Friedhof am Fuß des Mont Groulx begraben werden, sein Grabstein sollte mit einem Davidstern verziert werden, das angrenzende Grab hatte er für Miriam reserviert.

Saul nahm es auf sich, unsere Mutter zu fragen. Bevor sie auflegte, brachte sie noch heraus: »Ja. So soll es ein.«

Nachdem er seine Angelegenheiten geregelt hatte, ging es mit meinem Vater rapide bergab. Immer öfter vergaß er die Namen von alltäglichen Gegenständen oder von Personen, die ihm lieb und teuer waren, und bisweilen erwachte er morgens und wußte nicht mehr, wer und wo er war. Kate, Saul und ich kamen wieder nach Montreal und besprachen uns mit Mr. Herscovitch und den Spezialisten. Eine schwangere Kate erbot sich, Barney bei sich aufzunehmen, aber die Ärzte warnten, daß eine ungewohnte Umgebung Barneys Schwierigkeiten nur vergrößern würde. Deshalb zog zuerst einmal Solange in Barneys Wohnung in der Sherbrooke Street. Wenn er sie mit Miriam ansprach oder sie als undankbare Hure beschimpfte, die sein Leben zerstört hätte, fuhr sie fort, ihn zu füttern und sein Kinn mit einer Serviette abzuwischen. Wenn er ihr einen Brief diktierte, dabei die Worte zusammenhanglos oder unverständlich aussprach und wirre Sätze mehrmals wiederholte, versicherte sie, den Brief sofort zur Post zu bringen. Wenn er zum Frühstück mit dem linken Arm im rechten Hemdsärmel oder mit der Hose falsch herum auftauchte, sagte sie nichts. Dann begann er, auf sein Spiegelbild einzureden, weil er es entweder für Boogie, Kate oder Clara hielt. Einmal verwechselte er sein eigenes Spiegelbild mit Terry McIver und schlug mit dem Kopf dagegen, so daß er mit zweiundzwanzig Stichen genäht werden mußte. Kate, Saul und ich kamen wieder nach Montreal.

Gegen Solanges Einwände brachten wir unseren Vater am 15. August 1996 in das King David Pflegeheim. Obwohl er jetzt niemanden mehr erkennt, nicht einmal seine Kinder, lassen wir ihn nicht im Stich. Kate kommt einmal in der Woche aus Toronto, um ihn zu besuchen. Wie es das Schicksal wollte, spielte sie eines Nachmittags gerade Halma mit Barney, als Miriam auftauchte, die vor kurzem einen kleinen Schlaganfall erlitten hatte. Sie und Kate stritten sich fürchterlich und waren sich monatelang spinnefeind. Sie sprachen nicht mehr miteinander, bis Saul sie gemeinsam zu einem Mittagessen in Toronto einlud. »Wir sind immer noch eine Familie«, sagte er. »Also benehmt euch. Beide.« Seine barsche Art, die so sehr an Barney erinnert, überzeugte sie. Saul besucht ihn häufig. Einmal warf er Barneys Bausteine um und brüllte: »Wie konntest du bloß zulassen, daß das aus dir wird, du mieser Kerl«, dann brach er zusammen und weinte. Die diensttuenden Schwestern fürchten seine Besuche. Wenn er einen Eierfleck auf Barneys Morgenmantel entdeckt oder Laken, die nicht frisch gebügelt sind, droht er ihnen Schläge an. »Scheiße. Scheiße. Scheiße.« Als er eines Nachmittags kam und Oprah Winfrey im Fernsehen lief, hob er den Fernsehapparat vom Tisch und warf ihn auf den Boden. Die Schwestern kamen angerannt. »Das ist das Zimmer meines Vaters«, brüllte er, »und so einen Schrott will er nicht sehen.«

Mein jüngerer Bruder hat etwas von der Schönheit unserer Mutter und dem aufbrausenden Temperament unseres Vaters geerbt. Zwischen Barney und Saul fanden immer Gladiatorenwettkämpfe statt, Stärke maß sich an Stärke, keiner von beiden gab auch nur einen Millimeter nach. Barney, der insgeheim den jugendlichen linken Hitzkopf bewunderte und nie müde wurde, die Geschichte des 18. November Fünfzehn zu erzählen, verabscheute später seinen Wechsel zur erbarmungslosen Rechten. Trotzdem blieb Saul sein bevorzugter Sohn, wenn auch nur, weil er der Schriftsteller war, der unser Vater immer sein wollte. Auf der ersten Seite seiner Lebenserinnerungen schrieb mein Vater, daß er einen feierlichen Schwur breche und in fortgeschrittenem Alter ein Erstlingswerk verfasse. Das stimmt nicht, wie vieles andere, was er hier zu Papier brachte. Als ich Barneys Unterlagen sichtete, entdeckte ich, daß er im Lauf der Jahre mehrmals versucht hat, Kurzgeschichten zu schreiben. Außerdem fand ich den ersten Akt eines Stücks und fünfzig Seiten eines Romans. Er war, wie er selbst behauptete, ein unersättlicher Leser, ein Bewunderer vor allem von stilistisch brillanten Autoren, von Edward Gibbon bis zu

A. J. Liebling. Als ich in seinem Notizbuch blätterte, fand ich viele von ihm transkribierte Sätze Gibbons. Diesen zum Beispiel. Gibbon über den Kaiser Gordianus:

> Seine Umgangsformen waren weniger tadellos, aber seine charakterlichen Eigenheiten ebenso liebenswürdig wie die seines Vaters. Zweiundzwanzig offizielle Konkubinen und eine Bibliothek mit zweiundsechzigtausend Bänden bezeugten seine vielfältigen Neigungen; und die Früchte seines Schaffens, die er hinterließ, belegen, daß sowohl die einen als auch die anderen für den Gebrauch bestimmt waren und nicht nur der Prachtentfaltung dienten.[21]

Und von A. J. Liebling ein Satz über den Boxtrainer Charlie Goldman, alias Der Professor:

> »Ich habe nie geheiratet«, sagt der Professor. »Ich lebe immer à la carte.«[22]

»Wie Zack«, hat er daruntergeschrieben.

Ich habe Barneys Geschick, Geld zu machen, geerbt. Leider ist es ein Talent, das er bei sich selbst stets geringschätzte, und das ist vermutlich der Grund, warum ich das von ihm am wenigsten geliebte Kind bin, die Zielscheibe der vollen Wucht seines Sarkasmus. Seiner vorschnellen Urteile. Caroline und ich haben entgegen seiner Behauptung *Don Giovanni* mehrmals gesehen. Und wie meine Fußnoten umfassend belegen, habe ich auch die *Ilias*, Swift, Dr. Johnson und andere gelesen. Aber wenn ich der Ansicht bin, daß dieses exklusiv eurozentrische Pantheon revidiert und erweitert werden muß und ich auch Mapplethorpe, Helen Chadwick und Damien Hirst verdienstvoll finde, dann ist das sicherlich mein gutes Recht. Ich will meinen Groll auch gar nicht verhehlen. Trotzdem fliege ich ungefähr alle sechs Wochen nach Kanada, um Barney zu besuchen. Vielleicht leide ich am wenigsten unter sei-

21 Edward Gibbon, *The Decline and Fall of the Roman Empire*. Bd. 1, S. 191, Methuen & Co., London, 1909.

22 A. J. Liebling, *A Neutral Corner, Boxing Essays*, S. 41, Farrar, Straus and Giroux, New York, 1996.

nem derzeitigen Zustand, weil wir in Wahrheit nie viel miteinander gemeinsam hatten.

Barney mangelt es nicht an anderen regelmäßigen Besuchern. Solange kommt fast jeden Tag, um ihn zu baden und ihm dabei zu helfen, in seinen Malbüchern zu malen. Alte Trinkkumpane aus Dink's schauen häufig vorbei: ein übelbeleumundeter Anwalt namens John Hughes-McNoughton, ein vom Alkohol abhängiger Journalist namens Zack und andere. Erst durch einen strengen Brief der Verwaltung des Pflegeheims erfuhr ich, daß eine gewisse Ms. Morgan einmal in der Woche zu ihm kam, um ihn zu masturbieren. Ein munterer alter Mann, Irv Nussbaum, besucht ihn oft und bringt ihm eine Tüte mit Bagels oder großen Strängen *karnatzel* von Schwartz's Delicatessen. »Dein Vater«, sagte er einmal zu mir, »war einer der wirklich wilden Juden. Ein *bonditt*. Ein *mazik*. Ein Teufel. Ich hätte schwören können, daß er aus Odessa stammt.«

An seinem letzten Geburtstag überraschte uns Barney damit, daß er auf seinen Namen mit einem spitzbübischen Grinsen reagierte. Wir brachten Luftballons, Papierhüte, Knaller und eine Schokoladentorte mit. Miriam und Solange, die sich miteinander berieten, hatten eine scheinbar geniale Idee. Sie engagierten einen Steptänzer, der ihm etwas vortanzte. Ein ausgelassener Barney klatschte in die Hände und sang uns Bruchstücke eines Lieds vor:

Mairzy doats,
and dozy doats,
andlittlelambseativy,
akid'lleativytoo,
wouldn'tyou?

Aber Barney stolperte, stürzte und pinkelte in die Hose, als er versuchte, Mr. Chuckles Schritte nachzuahmen, und Miriam, Solange und Kate flohen aus dem Zimmer und fielen sich gegenseitig in die Arme.

Ich erinnere mich noch an einen anderen lichten Moment meines Vaters. Er erhielt einen Brief aus Kalifornien, der mir völlig unverständlich war, nicht jedoch meinem Vater, der ihn las und ausgiebig weinte. Er lautete:

Mutter erklärte, daß der Brief von Hymie Mintzbaum stammte, der ein paar Jahre zuvor einen schweren Schlaganfall erlitten hatte. 1961 habe Hymie sie in London zum Mittagessen ausgeführt, erzählte sie, und gemeint, daß sie Barney unbedingt heiraten müsse. »Nur du kannst den Kerl retten«, hatte er gesagt.

Um kurz abzuschweifen, wie Barney so gern sagte, die letzten Reisen nach Montreal waren ausnahmslos deprimierend. Nicht nur wegen des Zustands unseres Vaters, sondern auch aufgrund dessen, was aus der Stadt geworden war, in der ich aufgewachsen bin. Als ich das Telefonbuch zur Hand nahm in der Hoffnung, alte Freunde ausfindig zu machen, die mit mir an der McGill studiert hatten, mußte ich feststellen, daß bis auf zwei oder drei alle nach Toronto, Vancouver oder New York gezogen waren, um den Auswüchsen des Separatismus zu entgehen. Das, was in Quebec geschieht, wirkt von außen betrachtet selbstverständlich grotesk. Es gibt hier tatsächlich erwachsene Menschen, Beamte der *Commission de protection de la langue française*, die jeden Tag mit einem Maßband losziehen und Sorge tragen, daß die Buchstaben der englischen Aufschrift auf öffentlichen Schildern und Plakaten nur halb so groß und nicht auffälliger sind als die der französischen. 1995, als ein besonders eifriger Kontrolleur (oder, wie sie hier genannt werden, Sprachpolizist) im Schaufenster eines koscheren Lebensmittelladens einsprachig beschriftete Matzen entdeckte, wurde die Entfernung des anstößigen Produkts aus den Regalen veranlaßt. Der Protest dagegen war jedoch so groß, daß der jüdischen Gemeinde 1996 eine Sondererlaubnis erteilt wurde: einsprachig beschriftete Schachteln mit Matzen sind jetzt an sechzig Tagen im Jahr zugelassen. Der alte Irv Nussbaum war begeistert. »Schau mal«, sagte er, »Marihuana, Kokain und Heroin sind das ganze Jahr über verboten, aber wenn Pessach näher rückt, sind jüdische Junkies ein Ausnahmefall. Sechzig Tage im Jahr können wir Matzen essen, ohne Fensterläden oder Türen schließen zu müssen.

Bitte, glaub nicht, daß ich mich einmischen will, aber ich weiß, daß dein Vater immer hoffte, deine Kinder würden jüdisch erzogen werden. Wenn du ihnen eine Reise nach Israel schenken willst, helfe ich gern bei den Arrangements.«

Das Manuskript meines Vaters sorgte für Probleme. Kate war dafür, daß es publiziert würde, Saul meinte, daß es überarbeitet und gekürzt werden müsse, und ich schwankte wegen der überflüssig grausamen Bemerkungen über Caroline. Aber uns waren die Hände gebunden. Barney hatte bereits eine Vereinbarung mit einem Verleger in Toronto getroffen, und ein Zusatz in seinem Testament verbot jegliche Veränderungen oder Kürzungen. Außerdem wurde überraschenderweise ich darin als derjenige bestimmt, der das Manuskript bis zur Veröffentlichung betreuen sollte. In langwierigen Verhandlungen kamen der Verleger und ich überein, daß ich Fußnoten hinzufügen und die ungeheuerlichsten falschen Behauptungen korrigieren durfte, eine Aufgabe, die mich dazu verpflichtete, eine Menge zu lesen. Außerdem wurden mir zwei weitere Privilegien zugestanden. Es wurde mir gestattet, die inkohärenten, bruchstückhaften Kapitel, die von Barneys Entdeckung handeln, daß er an Alzheimer leidet, neu zu schreiben, wenn ich mich mit Solange und den Doktoren Mortimer Herscovitch und Jeffrey Singleton beriet. Zudem wurde ich autorisiert, dieses Nachwort zu verfassen, vorausgesetzt, Kate und Saul hätten nichts dagegen. Sie waren nicht erfreut. Wir stritten uns.

»Der Schriftsteller hier bin ganz eindeutig ich«, sagte ein beleidigter Saul, »und ich sollte das Manuskript betreuen.«

»Saul, ich freue mich wirklich nicht auf diese Arbeit. Wenn er mich dafür ausgewählt hat, dann muß ich das als seine letzte mir zugedachte Demütigung akzeptieren. Weil ich, wie er auf seine herablassende Art schreibt, so pedantisch bin. Er kann sich darauf verlassen, daß ich seine eklatantesten Gedächtnislücken korrigiere.«

»Zufällig weiß ich«, sagte Kate, »daß viele seiner sogenannten Irrtümer oder Zitate, die er falschen Autoren zuschreibt, für dich aufgestellte Fallen sind. Einmal hat er zu mir gesagt, ich weiß, wie ich Mike endlich dazu bringen kann, Gibbon und ein paar andere Schriftsteller zu lesen. Mein System ist idiotensicher.«

»Im Gegensatz zu seiner Annahme habe ich die meisten dieser Autoren zufälligerweise sowieso schon gelesen. Aber wir haben trotzdem ein Problem.«

»Boogie?«

»Nicht schon wieder.«

»Kate, bitte. Sei vernünftig. Er war auch mein Vater. Aber wann immer er schrieb, daß er tagtäglich mit dem Wiederauftauchen von Boogie rechnete, log er offensichtlich.«

»Daddy hat Boogie nicht umgebracht.«

»Kate, wir müssen mit der Tatsache fertig werden, daß Daddy nicht alles war, was er vorgab zu sein.«

»Saul, du sagst nichts.«

»Scheiße. Scheiße. Scheiße. Wie konnte er es nur tun?«

»Die Antwort lautet: Er hat es nicht getan.«

Ich erkundigte mich bei John Hughes-McNoughton. »Es gibt die Regel«, sagte er, »daß ein Anwalt seinen Mandanten nicht nach der Wahrheit fragt. Die Antwort könnte sich als wenig hilfreich erweisen. Aber Barney hat mehrmals von sich aus darauf hingewiesen, daß das, was er O'Hearne erzählt hat, die ungeschminkte Wahrheit war.«

»Haben Sie ihm geglaubt?«

»Zwölf ehrbare Geschworene haben ihn für unschuldig befunden.«

»Aber jetzt gibt es neue erdrückende Beweise. Wir haben ein Recht, die Wahrheit zu erfahren.«

»Die Wahrheit ist, er ist euer Vater.«

Bevor er auf diesen gemüseartigen Zustand reduziert war, warf unser Vater einen langen Schatten. Kates Mann zum Beispiel fühlte sich in seiner Gegenwart immer minderwertig und fand keinen Gefallen an seinen Besuchen in Toronto. Barneys bedauernswerter Zustand und Kates langsame widerwillige Akzeptanz dessen, was er getan hatte – nicht daß sie es je zugeben würde –, brachten sie einander näher. Aber etwas in ihr zerbrach und mußte dringend gekittet werden. Glücklicherweise stellte die Geburt eines Jungen ihre heitere Gemütsverfassung weitgehend wieder her. Sie nannte ihren Sohn Barney.

In den Monaten nach dem Fund der Überreste von Bernard

Moscovitch auf dem Gipfel des Mont Groulx machte mein jüngerer Bruder, was seine politische Einstellung anbelangt, eine Wendung um 180 Grad. Er kehrte zu den linken Ansichten seiner Jugend zurück, seine Artikel erscheinen jetzt in *Nation, Dissent* und anderen Organen, die ihm einst ein Greuel waren. Saul widerspricht aufs schärfste meiner Theorie, daß er genau zu dem Zeitpunkt konvertierte, als er nicht mehr das Gefühl hatte, gegen unseren Vater antreten zu müssen. Miriam, die jetzt am Stock geht, bat mich, sie in diesem Nachwort zu verschonen und nur zu erwähnen, daß sie und Blair sich in ein Häuschen nahe Chester, Nova Scotia, zurückgezogen haben.

Bevor sein Hirn zu schrumpfen begann, hielt es Barney Panofsky mit zwei Glaubenssätzen. Das Leben ist absurd, und kein Mensch kann einen anderen wirklich verstehen. Keine tröstliche Philosophie, und bestimmt keine, der ich jemals anhängen werde.

Diese Zeilen schreibe ich auf der Veranda unseres Sommerhauses in den Laurentians während meines definitiv letzten Aufenthalts hier. Jeden Augenblick kann der Makler mit den Fourniers eintreffen, und ich werde ihnen die Schlüssel übergeben. Hier, wo wir einst eine so glückliche Familie waren, bereitet es mir Freude, dieses Nachwort mit etwas zu beschließen, was nichts mit belastenden Knochenfunden zu tun hat. Ich rief Caroline an, um ihr zu erzählen, was passiert war. Ich saß auf der Veranda und dachte an alte Zeiten, als plötzlich ein dicker fetter Wasserbomber herandonnerte. Er schwebte zum See hinunter und nahm im Flug weiß Gott wie viele Tonnen Wasser auf, flog davon und ließ das Wasser über dem Berg wieder ab.

Ich wünschte, ich hätte meinen Camcorder mitgebracht. Es war ein so unglaublicher, wahrhaft kanadischer Anblick, und die Kinder wären sicherlich aus dem Häuschen gewesen. So etwas werden sie in London nie zu Gesicht bekommen. Benoit O'Neil erklärte, daß es ein Trainingsflug der Waldfeuerwehr gewesen sei. Früher, sagte er, hätten sie häufiger solche Trainingsflüge absolviert. Vielleicht ein-, zweimal im Sommer, um neue Flugzeuge zu testen. Aber ich hatte so etwas noch nie zuvor gesehen.

»Na klar«, sagte er. »Ich rede von den Zeiten, als du noch nicht geboren warst.«

Dann kam der Makler mit den Fourniers. Nachdem wir Höflichkeiten ausgetauscht hatten, entschuldigte ich mich und brach auf. Ich war gute fünfzehn Kilometer weit gefahren, als ich auf die Bremse trat und am Straßenrand anhielt. O mein Gott, dachte ich, und mir brach der Schweiß aus, ich muß sofort Saul anrufen. Ich muß mich bei Kate entschuldigen. Aber, o Gott, für Barney ist es zu spät. Er kann es nicht mehr begreifen. Verdammt verdammt verdammt.

Kanadische Literatur im Carl Hanser Verlag

Mordecai Richler

Solomon Gursky war hier
Roman
Aus dem Englischen von Hartmut Zahn
und Carina von Enzenberg
1992. 616 Seiten

Zehn Jahre lang hat der 1931 in Montreal geborene Mordecai Richler an dieser Familiensaga gearbeitet. Sein Roman entzieht sich jedweder Kategorisierung und verzichtet auf postmodernen Schnickschnack. Der Autor erzählt satirische bis absurde Episoden und gebärdet sich dabei als begnadeter Schelm, zugleich aber auch als Moralist. Mit seinem boshaften Humor zielt er auf die träge Provinzialität seiner Landsleute. Richler beherzigt die erste und wichtigste Regel der Satire: Niemand wird geschont.

Peter M. Hetzel, Frankfurter Rundschau

Jüdische Weisheit und puritanischen Pragmatismus, Satire und Parodie, Groteske und Phantastik verknüpft Richler in seinem Roman, und die Charaktere überzeichnet er zu solcher Unwahrscheinlichkeit, daß sie schon wieder glaubhaft werden. Aber nicht nur in der Komik der Charaktere liegt der Witz dieses Buches, sondern auch in der Handlung, die sie tragen und die voller überraschender Entwicklungen ist.

Stefana Sabin, Die Tageszeitung

Kanadische Literatur im Carl Hanser Verlag

Michael Ondaatje

In der Haut eines Löwen
Roman
Aus dem Englischen von Peter Torberg
1990. 248 Seiten

Es liegt in der Familie
Aus dem Englischen von Peter Torberg
1992. 216 Seiten mit mehreren Fotos aus dem Familienbesitz des Autors

Der englische Patient
Roman
Aus dem Englischen von Adelheid Dormagen
1993. 328 Seiten

Buddy Boldens Blues
Roman
Aus dem Englischen von Adelheid Dormagen
1995. 184 Seiten mit Abbildungen

Die gesammelten Werke von Billy the Kid
Aus dem Englischen von Werner Herzog
1997. 144 Seiten mit Abbildungen